DENTRO
DO ESPELHO

Tana French

DENTRO DO ESPELHO

Tradução
Márcia Arpini

Rocco

Título original
The Likeness
Copyright © Tana French, 2008

O direito de Tana French de ser identificada como autora desta obra foi assegurado por ela em conformidade com o Copyright, Designs and Patents Act 1988.

Todos os direitos reservados. Nenhuma parte desta obra pode ser reproduzida, ou transmitida por qualquer forma ou meio eletrônico ou mecânico, inclusive fotocópia, gravação ou sistema de armazenagem e recuperação de informação, sem a permissão escrita do editor.

Todos os personagens são fictícios e qualquer semelhança com pessoas reais, vivas ou não, é mera coincidência.

Direitos para a língua portuguesa reservados
com exclusividade para o Brasil à
EDITORA ROCCO LTDA.
Av. Presidente Wilson, 231 – 8º andar
20030-021 – Rio de Janeiro – RJ
Tel.: (21) 3525-2000 – Fax: (21) 3525-2001
rocco@rocco.com.br / www.rocco.com.br

Printed in Brazil/Impresso no Brasil

CIP-Brasil. Catalogação na fonte.
Sindicato Nacional dos Editores de Livros, RJ.

F94d	French, Tana
	Dentro do espelho / Tana French; tradução de Márcia Arpini. – Rio de Janeiro: Rocco, 2011.
	Tradução de: The likeness
	ISBN 978-85-325-2677-9
	1. Detetives – Ficção. 2. Homicídios – Investigação – Ficção. 3. Ficção policial inglesa. I. Arpini, Márcia. II. Título.
11-3639	CDD-823
	CDU-821.111-3

AGRADECIMENTOS

Devo enormes obrigadas a cada vez mais pessoas. A fantástica Darley Anderson e todos na agência, especialmente Zoë, Emma, Lucie e Maddie; três incríveis editores, Ciara Consindine, da Hachette Books Ireland, Sue Fletcher, da Hodder & Stoughton e Kendra Harpster, da Viking Penguin, por tornarem esse livro muitas vezes melhor; Breda Purdue, Ruth Shern, Ciara Doorley, Peter Mcnulty e todos na Hodder Headline Ireland; Swati Gamble, Tara Gladden, Emma Knight e todos na Hodder & Stoughton; Clare Ferraro, Ben Petrone, Kate Lloyd e todos na Viking; Jennie Cotter da Plunkett Communications; Rachel Burd, pela revisão afiada; Davis Walsh, por responder a uma gama voraz de perguntas sobre procedimento policial; Jody Burgess, pelas informações, correções e noções sobre a Austrália, sem falar de Tim Tams; Fearghas Ó Cochláin, pelas informações médicas; meu irmão, Alex French, pelo apoio técnico e variado; Oonagh Montague, por ser maravilhoso como sempre; Ann-Marie Hardiman, por suas inserções acadêmicas; David Ryan. Por suas inserções totalmente acadêmicas; Helena Burling; todos na PurpleHeart Theatre Company; o BB, por novamente me ajudar a preencher a lacuna cultural; e, claro, meus pais, David French e Elena Hvostoff-Lombardi, por seu apoio e fé que valem por uma vida inteira.

Em alguns lugares onde a história parecia exigir, tomei liberdades com os fatos (a Irlanda, por exemplo, não possui uma equipe de Homicídios). Todos os erros, deliberados ou não, são meus.

Para Anthony, por um milhão de motivos

PRÓLOGO

Certas noites, quando durmo sozinha, ainda sonho com a Casa dos Espinheiros-Brancos. No sonho é sempre primavera, uma luminosidade suave, delicada, e a névoa ao cair da tarde. Subo os degraus de pedra desgastados e bato à porta, e uma velha senhora de avental, com um rosto esperto, determinado, me deixa entrar. Depois ela volta a pendurar a grande chave enferrujada no cinto e se afasta caminhando pela aleia, sob as flores que caem das cerejeiras, e eu fecho a porta.

A casa está sempre vazia. Nos quartos desertos e claros, apenas o som dos meus passos ecoa nas tábuas do piso e sobe em círculos, em meio ao sol e às partículas de poeira, até os tetos altos. Aroma de jacintos selvagens, entrando pelas janelas escancaradas, e de cera de abelhas. Lascas de tinta branca soltando-se dos caixilhos das janelas e uma gavinha de hera oscilando sobre os parapeitos. Pombas preguiçosas, em algum lugar lá fora.

Na sala, o piano está aberto, a madeira lustrosa quase brilhante demais para ser contemplada nas faixas de sol e a brisa agitando a partitura amarelada como se fosse um dedo. A mesa está posta para nós, cinco lugares – pratos de porcelana finíssima e taças de vinho de hastes longas, madressilvas frescas saindo de uma floreira de cristal – mas os talheres de prata ficaram foscos e manchados, e os espessos guardanapos adamascados têm franjas de poeira. A cigarreira de Daniel repousa no lugar dele à cabeceira da mesa, aberta e vazia, exceto por um fósforo totalmente queimado.

Em algum lugar da casa escuto sons, leves como o roçar de uma unha aos meus ouvidos: passos arrastados, sussurros. Meu coração quase para. Os outros não se foram, de alguma maneira eu entendi tudo errado. Estão apenas se escondendo; permanecem aqui, para todo o sempre.

Acompanho os pequenos ruídos pela casa, de cômodo em cômodo, parando a cada passo para ouvir, mas nunca sou rápida o bastante: eles fogem como miragens, sempre logo atrás daquela porta ou escada acima. O final de uma risadinha, abafada de pronto; um ranger de madeira. Deixo abertas as portas dos guarda-roupas, subo os degraus de três em três, giro segurando a coluna no topo da escada e percebo um movimento rápido com o canto do olho: no velho espelho no fim do corredor, o meu rosto refletido, rindo.

1

Esta é a história de Lexie Madison, não a minha. Adoraria contar uma sem entrar na outra, só que não dá certo. Eu pensava ter costurado nós duas juntas pelas bordas, com minhas próprias mãos, apertando bem os pontos, e que poderia desfazê-los quando quisesse. Agora acredito que sempre houve algo mais profundo e mais extenso, oculto; longe dos olhos e muito além do meu controle.

Esta parte, porém, eu assumo: tudo que fiz. Frank atribui toda a responsabilidade aos outros, principalmente a Daniel, enquanto Sam, segundo me consta, acha que, de alguma maneira obscura e ligeiramente ilógica, foi culpa de Lexie. Quando digo que não foi assim, eles me olham de soslaio, cautelosos, e mudam de assunto – sinto que Frank acha que tenho alguma variante sinistra da síndrome de Estocolmo. De fato, isso às vezes acontece com agentes infiltrados, mas não foi o caso desta vez. Não estou tentando proteger ninguém; não sobrou ninguém para ser protegido. Lexie e os outros nunca saberão que estão levando a culpa, e não ligariam se soubessem. Mas eu não sou tão tola assim. Outra pessoa pode ter dado as cartas, porém eu as peguei da mesa, joguei cada uma delas e tive minhas razões.

O fato mais importante que vocês precisam saber a respeito de Alexandra Madison é o seguinte: ela nunca existiu. Frank Mackey e eu a inventamos, muito tempo atrás, numa tarde luminosa de verão, em seu escritório empoeirado na rua Harcourt. Ele queria pessoas para se infiltrar numa rede de traficantes que operava na University College Dublin, a UCD. Eu queria a tarefa, talvez mais do que tenha desejado qualquer outra coisa na vida.

Ele era uma lenda: Frank Mackey, menos de quarenta anos e já responsável pelas operações secretas; o melhor agente de Inteligência que a Irlanda jamais tivera, diziam as pessoas, arrojado e destemido, um equilibrista na corda bamba, que nunca usava rede de proteção. Ele entrava em células do IRA e em gangues de criminosos como se estivesse entrando no pub do seu bairro. Todo mundo tinha me contado a história: quando o Cobra – um gângster profissional muito maluco que já deixara tetraplégico um dos seus homens que se recusara a pagar as bebidas – ficou desconfiado e ameaçou usar uma pistola de pregos nas mãos de Frank, ele o encarou com toda a calma e conseguiu levá-lo na conversa, até que o Cobra lhe deu um tapinha nas costas e presenteou-o com um Rolex falso, à guisa de desculpa. Frank usa o relógio até hoje.

Eu era uma novata ainda muito crua, concluíra o curso na Templemore Training College havia apenas um ano. Poucos dias antes, quando Frank enviara a chamada para policiais que tivessem nível universitário e pudessem aparentar vinte e poucos anos, eu usava uma jaqueta amarelo-neon grande demais para mim e patrulhava uma cidadezinha em Sligo, onde quase todos os moradores eram assustadoramente parecidos. Deveria ter ficado nervosa na presença de Frank, mas não fiquei, nem um pouco. Desejava a tarefa com tal intensidade que não havia lugar para mais nada.

A porta do seu escritório estava aberta e ele, sentado na beirada da mesa, de jeans e camiseta azul desbotada, folheava a minha ficha funcional. O escritório era pequeno e parecia desarrumado, como se fosse usado mais como depósito. A mesa estava vazia, não tinha nem mesmo uma foto de família; nas prateleiras, documentos se misturavam a CDs de blues, tabloides, um conjunto para jogo de pôquer e um casaco feminino cor-de-rosa, ainda com a etiqueta. Decidi que gostava do cara.

– Cassandra Maddox – disse ele, levantando os olhos.

– Sim, senhor – confirmei. Ele era de estatura mediana, atarracado, mas não gordo, ombros largos e cabelo castanho cortado curto. Eu esperara alguém tão indefinido a ponto de ser praticamente invisível, talvez o Canceroso do Arquivo X, mas esse cara tinha feições grosseiras, duras, grandes olhos azuis e um tipo de presença que deixa no ar ondas de calor por onde passa. Não era o meu tipo, mas eu tinha quase certeza de que atraía muita atenção por parte das mulheres.

– Frank. "Senhor" é para burocratas. – Seu sotaque era da área mais antiga e pobre de Dublin, sutil ainda que deliberado, como um desafio. Ele deslizou para fora da mesa e estendeu a mão.

– Cassie – disse, cumprimentando-o.

Ele apontou para uma cadeira e voltou para o seu poleiro na mesa.

– Diz aqui – falou, batendo de leve na minha ficha – que você trabalha bem sob pressão.

Levei um segundo para entender a que ele se referia. Quando eu era estagiária e trabalhava numa área horrorosa de Cork, negociei com um adolescente esquizofrênico em pânico, que ameaçava cortar a própria garganta com a navalha de barbear do avô. Tinha quase me esquecido daquilo. Não me ocorrera, até aquele momento, que provavelmente fosse esta a razão pela qual eu estava sendo avaliada para este trabalho.

– Acho que sim.
– Você tem, o que... vinte e sete anos?
– Vinte e seis.

A luz que entrava pela janela batia no meu rosto e ele me olhou por um bom tempo, avaliando-me.

– Pode passar por vinte e um, sem problema. Diz aqui que você tem três anos de curso universitário. Onde?

– Trinity. Psicologia.

Ele arqueou as sobrancelhas, fingindo admiração.

– Ah, uma profissional. Por que não concluiu?

– Contraí uma alergia a sotaques anglo-irlandeses, desconhecida pela ciência. – Ele gostou.

– A UCD vai provocar um ataque de coceira em você?

– Posso tomar anti-histamínicos.

Frank foi até a janela, fazendo sinal para que eu o acompanhasse.

– Ok – disse ele. – Vê aquele casal lá embaixo?

Um rapaz e uma moça subiam a rua, conversando. Ela pegou uma chave e eles entraram num prédio deprimente.

– Fale-me sobre eles – pediu Frank. E se recostou na janela, enganchando os polegares no cinto, enquanto me observava.

– São estudantes. Bolsas de livros. Foram comprar comida, as sacolas eram da Dunne's. Ela tem mais dinheiro do que ele; o casaco dela era caro, ele tinha um remendo no jeans, e não do tipo que está na moda.

– Eles são um casal? Amigos? Só dividem um apartamento?

– Um casal. Andavam mais juntos do que amigos, inclinavam a cabeça para perto um do outro.

– Estão juntos há muito tempo?

Eu gostava disso, desse novo jeito que a minha cabeça estava funcionando.

– Há algum tempo, sim – confirmei. Frank levantou uma sobrancelha com ar de interrogação, e por um momento não tive certeza de como eu sabia daquilo; aí deu o estalo. – Eles não se olhavam enquanto estavam conversando. Casais novos se olham o tempo todo; os já estabelecidos não precisam de uma confirmação tão frequente.

– Moram juntos?

– Não, se fosse o caso ele teria automaticamente apanhado também a sua chave. O apartamento é dela. Mas pelo menos mais uma pessoa mora com ela. Os dois olharam para cima, para uma janela, verificando se as cortinas estavam abertas.

– Como é o relacionamento deles?

– É bom. Ela o fez rir... os homens em geral não riem das piadas das mulheres, a não ser que ainda estejam na fase da conquista. Ele carregava as duas sacolas da Dunne's, e ela segurou a porta para ele antes de entrar: são amorosos um com o outro.

Frank aprovou com um gesto de cabeça.

– Muito bom. O trabalho de agente infiltrado é metade intuição... e não me refiro a esses médiuns de merda. Refiro-me a observar as coisas e analisá-las, antes mesmo de perceber o que está fazendo. O resto é velocidade e colhões. Se for dizer ou fazer alguma coisa, faça rápido e com plena convicção. Se parar para pensar no assunto, está fodida, talvez morta. Você vai ficar muito tempo inacessível, talvez um ou dois anos. Tem família?

– Uma tia e um tio.

– Namorado?

– Sim.

– Vai poder entrar em contato com eles, mas eles não poderão contatar você. Vão concordar com isso?

– Vão ter que concordar.

Frank continuava calmamente recostado na janela, mas percebi um lampejo afiado de azul: ele estava me observando com toda a atenção.

– Não estamos falando de nenhum cartel colombiano e você vai lidar com pessoas de nível mais baixo, pelo menos no começo, mas é bom saber que esse trabalho não é seguro. Metade desse pessoal fica completamente doidão o tempo todo e a outra metade leva o negócio muito a sério, o que quer dizer que nenhum deles teria o menor problema com a ideia de matá-la. Isso deixa você nervosa?

– Não – respondi, e era verdade. – Nem um pouco.

– Beleza. Vamos pegar um café e começar a trabalhar.

Demorei um pouco a perceber que tinha acabado: eu fora aceita. Tinha esperado uma entrevista de três horas e uma pilha de testes esquisitos com borrões de tinta e perguntas sobre minha mãe, mas Frank não trabalha assim. Ainda não sei em que ponto do processo ele tomou a decisão. Por muito tempo, esperei o momento certo para perguntar. Agora não estou mais segura se quero saber o que ele viu em mim; o que o convenceu de que eu me daria bem.

Pegamos um café com gosto de queimado e um pacote de biscoitos de chocolate na cantina, e passamos o resto do dia criando Alexandra Madison. Eu escolhi o nome, "Assim você vai lembrar com mais facilidade", disse Frank. Madison, porque é tão parecido com o meu próprio sobrenome que eu me viraria ao ouvi-lo, e Lexie porque quando eu era menina esse era o nome da minha irmã imaginária. Frank encontrou uma folha de papel grande e desenhou para mim uma linha do tempo da vida dela.

– Você nasceu no Holles Street Hospital, no dia 1º de março de 1979. Pai, Sean Madison, um diplomata de baixo escalão, servindo no Canadá. Isso é para podermos afastá-la rapidamente, se necessário: arranjamos uma emergência familiar e você vai embora. Isso também quer dizer que pode ter passado a infância viajando, para explicar por que ninguém a conhece.

A Irlanda é pequena; a namorada do primo de qualquer pessoa pode ter sido sua colega de escola.

– Poderíamos fazer de você uma estrangeira, mas não quero que perca tempo com sotaque. Mãe, Caroline Kelly Madison. Ela trabalha?

– É enfermeira.

– Cuidado. Pense mais rápido; fique alerta às implicações. Enfermeiras precisam de uma licença diferente em cada país. Ela fez o curso prático, mas parou de trabalhar quando você tinha sete anos e a família deixou a Irlanda. Quer irmãos e irmãs?

– Claro, por que não? Vou ter um irmão. – Havia algo inebriante nisso tudo. Eu ficava com vontade de rir, a liberdade era ampla e perturbadora: parentes, países e possibilidades se abriam à minha frente e eu podia escolher o que quisesse, podia ter sido criada num palácio no Butão com dezessete irmãos e irmãs e um motorista, se me desse vontade. Enfiei outro biscoito na boca antes que Frank me visse sorrir e pensasse que eu não estava levando a coisa a sério.

– Como quiser. Ele é seis anos mais novo, por isso está no Canadá com os seus pais. Como é o nome dele?

– Stephen. – Irmão imaginário; tive muitas fantasias quando criança.

– Vocês se dão bem? Como ele é? Mais rápido – orientou Frank, quando parei para respirar.

– Ele é metido a esperto. Louco por futebol. Briga com nossos pais o tempo todo porque tem quinze anos, mas ainda conversa comigo...

O sol batia enviesado na madeira marcada da mesa. Frank tinha cheiro de coisa limpa, como sabão e couro. Era um bom professor, um excelente professor; sua esferográfica preta rabiscava datas, lugares e eventos, e Lexie Madison saiu do nada como uma foto Polaroid, se soltou do papel e pairou no ar como fumaça de incenso, uma garota com o meu rosto e uma vida tirada de um sonho meio esquecido. Quando você teve o seu primeiro namorado? Onde estava morando? Como era o nome dele? Quem terminou o namoro? Por quê? Frank encontrou um cinzeiro, me ofereceu um cigarro do seu maço de Player's. Quando os raios de sol sumiram da mesa e o céu começou a escurecer do lado de fora da janela, ele rodou a cadeira, pegou uma garrafa de uísque numa prateleira e colocou um pouco no café que tomávamos:

— Nós merecemos — disse. — Saúde.

Nós a fizemos irrequieta, a Lexie: brilhante e instruída, uma boa menina a vida inteira, mas educada sem o hábito de criar raízes e nunca pegou o jeito. Um pouco ingênua, talvez, um pouco incauta, pronta a responder qualquer coisa que lhe perguntassem sem pensar duas vezes.

— Ela é a isca — disse Frank sem rodeios —, e tem que ser a isca certa para que os traficantes a mordam. Precisamos que ela seja inocente o bastante para que eles não a considerem uma ameaça, suficientemente respeitável para ser útil a eles e rebelde a ponto de não se perguntarem por que ela quer entrar no jogo.

Quando terminamos, já estava escuro.

— Bom trabalho — disse Frank, dobrando a linha do tempo e passando a folha para mim. — Tem um curso de treinamento de detetives começando daqui a dez dias; vou fazer sua matrícula. Depois você volta aqui e vamos trabalhar juntos por um período. Quando as aulas na UCD recomeçarem, em outubro, você entra.

Ele tirou um casaco de couro pendurado num canto das prateleiras, apagou a luz e fechou a porta do pequeno escritório escuro. Caminhei de volta até o terminal de ônibus atordoada, envolta em mágica, flutuando em meio a um segredo e num mundo totalmente novo, com a linha do tempo fazendo barulhinhos no bolso da jaqueta do meu uniforme. Foi rápido assim, e pareceu assim tão simples.

Não vou entrar na longa e confusa cadeia de eventos que me levou da Inteligência para a Violência Doméstica. A versão resumida: o viciado-mor da UCD ficou paranoico e me deu uma facada. Como fui ferida em serviço, consegui um lugar na equipe de Homicídios, a equipe de Homicídios é uma fábrica de doidos, eu saí. Havia muitos anos que não pensava em Lexie e na sua vida curta e obscura. Não sou do tipo que fica presa ao passado, ou pelo menos tento não ser. O que passou, passou; fingir qualquer outra coisa é perda de tempo. Agora, porém, acho que eu sempre soube que haveria consequências de Lexie Madison. Não se pode construir uma pessoa, um ser humano com primeiro beijo, senso de humor e sanduíche preferido, e depois esperar que ela volte a ser apenas rabiscos e café com uísque quando não serve mais aos seus propósitos. Acho que sempre soube que Lexie voltaria para me encontrar, algum dia.

Ela demorou quatro anos. E escolheu o momento com cuidado. Quando chegou e bateu à porta, numa manhã de abril, ainda cedo, poucos meses depois do término do meu período na Homicídios, eu estava no estande de tiro.

O estande que usamos fica no centro da cidade, no subsolo, bem abaixo de metade dos carros de Dublin e de uma grossa camada de fumaça poluída. Eu não precisava estar lá – sempre fui boa de tiro, e o meu próximo teste de qualificação só ocorreria dali a meses – mas nos últimos tempos eu andava acordando cedo demais para ir trabalhar e agitada demais para qualquer outra atividade, e a prática de tiro era a única coisa que me deixava mais relaxada. Com muita calma, ajustei os protetores de ouvido, verifiquei a arma e esperei até que todos os outros estivessem concentrados em seus alvos, de modo que eles não me vissem acesa nos primeiros tiros como um personagem de desenho animado eletrocutado. O fato de se descontrolar com facilidade traz no mesmo pacote um conjunto de habilidades especiais: você desenvolve truques sutis para disfarçar, garantir que as pessoas não percebam. Em dois tempos, se aprender rápido, pode passar o dia inteiro parecendo quase exatamente um ser humano normal.

Nunca tinha sido assim antes. Sempre imaginara que ataques de nervos eram para personagens de Jane Austen e garotas de voz esganiçada que nunca pagam pelas bebidas; era tão improvável que eu tremesse numa crise quanto que eu carregasse sais aromáticos na bolsa. Ser esfaqueada pelo Demônio das Drogas na UCD não me abalou em nada. O psicólogo do departamento passou semanas tentando me convencer de que eu estava profundamente traumatizada, mas no final teve que desistir, reconhecer que eu estava bem (lamentando um pouco; ele não atende muitos tiras esfaqueados, acho que tinha esperança de que eu tivesse algum tipo de complexo bizarro) e me deixar voltar ao trabalho.

Para constrangimento meu, o caso que me afetou não foi um massacre de grandes proporções, uma crise com reféns que acabou mal ou um cara simpático e calmo com órgãos humanos guardados num Tupperware. O meu último caso na Homicídios era muito simples, muito parecido com dúzias de outros, nada que nos alertasse: só uma garotinha morta numa manhã de verão, e o meu parceiro e eu de bobeira na nossa sala quando recebemos o chamado. Olhando de fora, tudo correu até bem. Oficialmente, chegamos a uma solução em apenas um mês, a sociedade foi salva do malfeitor, tudo apareceu bem-arrumado na mídia e nas estatísticas anuais. Não houve carros em perseguição dramática, nenhum tiroteio, nada disso; quem terminou em pior estado fui eu, pelo menos fisicamente, e sofri apenas uns arranhões no rosto, que não deixaram nem cicatrizes. Um final feliz, sob todos os aspectos.

Sob a superfície, porém... Operação Vestal: diga isso para alguém da equipe de Homicídios, até hoje, mesmo para um dos caras que não conhece toda a história, e logo verá aquele olhar rápido, mãos e sobrancelhas se erguendo de modo significativo, enquanto ele se distancia daquela merda toda e do estrago paralelo. De todas as maneiras que importam, nós perdemos, e perdemos feio. Algumas pessoas são como uma pequena Chernobil, luzindo com um veneno que se espalha em silêncio: chegue perto delas e a cada vez que você respirar será destruído de dentro para fora. Alguns casos – pergunte a qualquer tira – são malignos e incuráveis, devorando tudo à sua volta.

Quando acabou, eu apresentava vários sintomas que fariam o psicólogo dar pulos em suas sandalinhas de couro, só que milagrosamente não ocorreu a ninguém me mandar ao psicólogo por causa de uns arranhões no rosto. Era um caso padrão de trauma – tremores, falta de apetite, pânico toda vez que tocava o telefone ou a campainha – com mais alguns chiliques que acrescentei por conta própria. Minha coordenação ficou esquisita; pela primeira vez na vida, tropeçava nos meus próprios pés, dava encontrões em soleiras de portas, batia a cabeça nos armários. E parei de sonhar. Antes, sempre sonhava em torrentes de imagens fantásticas, colunas de fogo rodeando montanhas escuras, plantas trepadeiras explodindo através de sólidas paredes de tijolos, cervos correndo pela praia de Sandymount envoltos em cordões de luz; depois, passei a ter um sono escuro e profundo, que me atingia como uma marreta no momento que minha cabeça encostava no travesseiro. Sam – meu namorado, apesar de a ideia ainda me assustar às vezes – me disse para dar um tempo, tudo ia passar. Quando comentei com ele que não tinha tanta certeza, ele acenou com a cabeça tranquilamente e disse que isso também ia passar. De vez em quando, Sam me irritava muito.

Pensei na solução tradicional dos tiras – bebida, cedo e com frequência –, mas tive medo de acabar ligando para as pessoas erradas às três da manhã para desabafar e, além disso, descobri que a prática de tiro me anestesiava quase do mesmo jeito e sem nenhum efeito colateral desagradável. Não fazia quase nenhum sentido, considerando-se o jeito que eu reagia a barulhos fortes em geral, mas isso não foi problema. Depois dos primeiros tiros, um fusível estourava no meu cérebro e o resto do mundo desaparecia em algum lugar apagado e longínquo, minhas mãos se tornavam firmes como rocha no revólver e só havia eu e o alvo de papel, o cheiro forte e familiar de pólvora no ar e as minhas costas travadas para me proteger do coice da arma. Saía de lá calma e entorpecida como se tivesse tomado um Valium. Até o efeito passar, eu já tinha completado mais um dia de trabalho e podia ir bater a cabeça em cantos pontudos no conforto da minha casa. Chegara a um ponto em que, de cada dez tiros, nove eu acertava na cabeça, a trinta e seis metros de distância, e o homenzinho encarquilhado responsável pelo estande tinha começado a me observar com olho de treinador de cavalos e a falar qualquer coisa sobre os campeonatos do departamento.

Naquela manhã, terminei lá pelas sete. Estava no vestiário, limpando minha arma e tentando bater papo com dois caras da Narcóticos, sem dar a impressão de que eu queria ir tomar café, quando o meu celular tocou.

– Nossa – disse um dos rapazes. – Você é da VD, não é? Quem teria disposição para bater na patroa a uma hora dessas?

– Sempre se acha tempo para as coisas importantes – falei, tirando a chave do meu armário do bolso.

– Talvez seja o pessoal das operações secretas – sugeriu o cara mais novo, sorrindo para mim. – Procurando bons atiradores. – Ele era grande, ruivo e me achava bonitinha. Estufava os músculos para se exibir e peguei-o observando meu dedo anular.

– Devem saber que não estamos disponíveis – disse seu companheiro.

Peguei o telefone no armário. O visor mostrava SAM O'NEILL, e o ícone de chamada não atendida piscava num canto.

– Oi – atendi. – O que houve?

– Cassie – disse Sam. A voz dele estava péssima: ofegante e ansiosa, como se tivesse levado um soco no estômago. – Você está bem?

Afastei-me dos caras da Narcóticos e andei até um canto.

– Está tudo bem. Por quê? Algum problema?

– Deus do céu – disse Sam. E fez um barulhinho seco, como se a garganta estivesse apertada demais. – Liguei para você *quatro vezes*. Já ia mandar alguém até a sua casa. Por que não atendeu a droga do telefone?

Esse não era o jeito normal de Sam. Ele é o cara mais gentil que conheço.

– Estou no estande de tiro – expliquei. – O celular estava no armário. O que aconteceu?

– Desculpe. Não tive intenção de... desculpe. – E fez de novo aquele barulhinho seco. – Recebi um chamado. Para um caso.

Meu coração deu um enorme salto dentro do peito. Sam está na equipe de Homicídios. Eu pensei que provavelmente deveria me sentar, mas não conseguia dobrar os joelhos. Em vez disso, me encostei nos armários.

– Quem foi? – perguntei.

– O quê? Não... ai meu Deus, não, não é... quer dizer, não é ninguém que a gente conheça. Ou pelo menos acho que... Escute, você pode vir até aqui?

Voltei a respirar.

– Sam, o que está acontecendo?

– É só que... dá para você vir? Estamos em Wicklow, nos arredores de Glenskehy. Você sabe onde é, não sabe? Siga as placas, atravesse a aldeia de Glenskehy e continue na direção sul, depois de cerca de um quilômetro tem uma estradinha à sua direita, você vai ver a fita de isolamento. Esperamos você lá.

Os caras da Narcóticos estavam começando a ficar interessados.

– Meu turno começa daqui a uma hora. Vou levar esse tempo só para chegar lá.

– Eu ligo para avisar. Comunico à VD que precisamos de você.

– Vocês não precisam de mim. Não estou mais na Homicídios, Sam. Se é um caso de homicídio, não tenho nada a ver com isso.

Uma voz masculina ao fundo: sotaque arrastado, calmo e seguro, difícil de ignorar; conhecido, mas eu não conseguia me lembrar de onde.

– Espere um pouco – disse Sam.

Prendi o telefone entre a orelha e o ombro e comecei a montar a minha arma. Se não era uma pessoa conhecida, então devia ser grave, para Sam falar daquele jeito; muito grave. Os homicídios irlandeses ainda são, em sua maioria, casos simples: brigas relacionadas com drogas, assaltos que deram errado, assassinatos CMC (cônjuge mata cônjuge ou, dependendo da pessoa a quem você pergunte, um Caso de Merda Comum), aquele feudo familiar complicado em Limerick que distorce as estatísticas há décadas. Nunca tivemos as orgias que são pesadelos em outros países: assassinatos em série, requintes de tortura, porões cobertos de cadáveres em quantidade equivalente a folhas de outono. Agora, porém, é só uma questão de tempo. Nos últimos dez anos, Dublin tem se modificado mais rápido do que nossa cabeça consegue acompanhar. O período do Tigre Celta nos deu gente demais com helicópteros, muitos espremidos em apartamentos infernais cheios de baratas, muitos mais odiando suas vidas em cubículos fluorescentes, mal suportando os fins de semana e depois recomeçando tudo de novo, e estamos afundando sob esse peso. No fim do meu período na Homicídios, já dava para sentir: a vibração da loucura no ar, a cidade curvada e se contorcendo como um cão raivoso, acumulando fúria. Mais cedo ou mais tarde, ocorreria o primeiro caso de crime bárbaro.

Não temos peritos especializados em traçar perfis, mas os caras da Homicídios, que em sua maioria não frequentaram universidade e admiravam mais do que deveriam a minha semiformação em psicologia, costumavam usar os meus serviços. Eu fazia bem o trabalho; lia muitos livros e estatísticas nas horas vagas, tentava me manter informada. Os instintos policiais de Sam teriam vencido os seus instintos de proteção e ele teria me chamado se precisasse; se ele tivesse encontrado algo de muito grave na cena do crime.

– Espere um pouco – disse o ruivo. Ele tinha desligado o modo Exibir e sentava-se ereto no banco. – Você trabalhou na Homicídios? – Esse era exatamente o motivo pelo qual eu não queria muita aproximação. Já detectara aquele tom de curiosidade inúmeras vezes nos últimos meses.

– Há muito, muito tempo – respondi, com o sorriso mais gentil que consegui e um olhar de não-quero-falar-sobre-esse-assunto.

A curiosidade de Redser e sua libido travaram um rápido duelo; parece que ele deduziu que sua libido tinha pouca ou nenhuma chance, porque a curiosidade venceu.

– Foi você que trabalhou naquele caso, não foi? – perguntou, deslizando alguns armários mais para perto. – A garota morta. Qual é a história verdadeira?

– Todos os boatos são verdadeiros – respondi. Na outra ponta da linha, Sam discutia em voz baixa, perguntas curtas e frustrantes interrompidas por aquele sotaque arrastado, e eu sabia que, se o ruivo se calasse por um segundo, eu poderia descobrir de quem era.

– Ouvi dizer que o seu parceiro pirou e transou com uma suspeita – informou Redser, a título de ajuda.

– Eu não saberia dizer – comentei, tentando me livrar do colete à prova de balas sem deixar cair o telefone. Minha primeira reação ainda era de dizer a ele para ir cuidar da sua vida, mas nem o estado mental do meu ex-parceiro, nem sua vida afetiva eram mais problemas meus.

Sam voltou a falar comigo, parecendo ainda mais tenso e abalado.

– Dá para você usar óculos escuros e um capuz, ou chapéu, ou algo assim?

Parei, com o colete ainda no meio da cabeça.

– Que droga...?

– Por favor, Cassie – pediu Sam, parecendo estressado a ponto de ter uma crise. – Por favor.

Tenho uma Vespa antiga, meio fraquinha, nada chique numa cidade onde você é o que você gasta, mas que tem sua utilidade. No tráfego urbano, anda quatro vezes mais rápido do que um SUV normal, me permite estacionar e serve como atalho para interações sociais, no sentido de que qualquer pessoa que olhe para ela com desdém provavelmente não será meu novo melhor amigo. Fora da cidade, o tempo estava perfeito para andar de moto. Tinha chovido durante a noite, uma furiosa chuva de granizo batera na minha janela, porém se dissipara de madrugada, e o dia estava frio e azul, o primeiro da quase-primavera. Antigamente, em manhãs como esta, eu costumava sair dirigindo pelos campos e cantar ao vento, a plenos pulmões, no limite da velocidade permitida.

Glenskehy fica nos arredores de Dublin, escondida nas montanhas Wicklow, longe de quase tudo. Eu passara metade da minha vida em Wicklow, mas só conhecia Glenskehy por uma ou outra placa na estrada. O que vi foi um tipo de lugar assim: umas casas espalhadas, envelhecendo em torno de uma igreja frequentada uma vez por mês, um pub e uma loja que vende de tudo; um lugar pequeno e isolado o bastante para ser ignorado até pela geração desesperada que percorre a região procurando casas com preço acessível. Oito horas de uma manhã de quinta-feira e a rua principal – e uso as duas palavras de modo figurado – estava perfeita como um cartão-postal e vazia, apenas uma senhora idosa puxando um carrinho de compras em frente a um monumento de granito em homenagem a alguma coisa, casinhas parecendo amêndoas açucaradas enfileiradas em curva atrás dela, e as colinas se erguendo verdes, marrons e indiferentes acima de tudo. Eu podia imaginar alguém sendo assassinado ali, só que talvez um fazendeiro por causa de uma briga de gerações sobre o limite de uma propriedade, uma mulher cujo marido teve um acesso de fúria devido a embriaguez ou confinamento forçado, um homem compartilhando a casa com o irmão há quarenta anos, tempo demais: crimes familiares, arraigados, tão velhos quanto a Irlanda, nada que fizesse um detetive experiente como Sam ficar daquele jeito.

E aquela outra voz que ouvi ao telefone estava me perturbando. Sam é o único detetive que conheço que não tem parceiro. Ele gosta de voos solo, trabalha em cada caso com uma equipe diferente – policiais locais querendo a ajuda de um especialista, duplas da equipe de Homicídios precisando de um terceiro homem em algum caso importante. Sam se relaciona bem com todo mundo, é o assessor perfeito, e eu gostaria de saber qual das pessoas com quem trabalhei ele estaria assessorando desta vez.

Depois da aldeia, a estrada se estreitava e subia em curvas entre arbustos de tojo verdejantes, e os campos se tornavam menores e mais rochosos. Dois homens estavam de pé no topo da colina: Sam, aloirado, forte e tenso, pés afastados e mãos nos bolsos do casaco; e, um pouco afastado dele, um outro, de cabeça erguida, se segurando contra o vento forte. O sol ainda estava baixo no céu e as sombras alongadas os tornavam gigantescos e prodigiosos, suas silhuetas quase ofuscantes demais com as nuvens rápidas ao fundo, como dois mensageiros saindo do sol e descendo uma estrada cintilante. Atrás deles, fitas de isolamento tremulavam e batiam como chicotes.

Sam levantou a mão quando acenei. O outro cara inclinou a cabeça para o lado, um movimento rápido como uma piscadela, e eu soube quem era.

– Puta que pariu – falei, antes mesmo de sair da Vespa. – É Frankie. De onde você saiu?

Frank me levantou do chão num abraço. Quatro anos e ele não mudara nem um pouco; eu tinha quase certeza de que estava até usando o mesmo casaco gasto de couro.

– Cassie Maddox – disse ele. – A melhor falsa aluna do mundo. Como você está? Que história é essa de VD?

— Estou salvando o mundo. Eles me deram até um sabre de luz e tudo. — Vi de relance a expressão confusa de Sam; como não falo muito sobre as operações secretas, não sei se alguma vez ele já me ouvira mencionar o nome de Frank. Mas foi só quando me virei para Sam que percebi sua aparência horrível, a palidez em volta da boca e os olhos muito abertos. Algo dentro de mim se contraiu: um caso grave.

— Tudo bem com você? — perguntei, tirando o capacete.

— Tranquilo — disse Sam. E tentou sorrir, mas o sorriso saiu torto.

— Ah, ha — exclamou Frank, brincalhão, me segurando a um braço de distância e me examinando. — Veja só você. É assim que uma detetive elegante se veste agora? — A última vez que nos vimos eu estava de calça cargo e uma camiseta com os dizeres "A casa de diversão de Miss Kitty quer VOCÊ".

— Sai pra lá, Frank. Pelo menos mudei de roupa uma ou duas vezes nos últimos anos.

— Não, não, não, estou bem impressionado. Muito executiva. — Ele tentou me rodar; afastei sua mão com um tapa. Só para constar, eu não estava vestida como Hillary Clinton. Usava minhas roupas de trabalho, terninho preto e blusa branca; não é que eu adorasse essas roupas, mas, quando entrei na Violência Doméstica, o meu novo superintendente vivia falando sobre a importância de projetar uma imagem correta da corporação e inspirar a confiança das pessoas, o que aparentemente não pode ser feito de jeans e camiseta, e não tive coragem para resistir. — Trouxe óculos escuros e um capuz ou coisa parecida? — perguntou Frank. — Vai combinar bem com essa indumentária.

— Você me trouxe até aqui para discutir meu conceito de moda? — perguntei. Achei uma boina vermelha antiga na minha mochila e agitei-a na frente dele.

— Não, essa conversa é para outra hora. Tome, pegue isso. — Frank tirou do bolso um par de óculos escuros, horríveis e espelhados, do tipo que Don Johnson usava em 1985, e passou-os para mim.

— Se vou andar por aí com essa cara de debiloide — falei, olhando para eles —, é melhor que haja uma explicação muito boa.

— Vamos chegar lá. Se não gostar dos óculos, o seu capacete serve. — Frank esperou até que eu desse de ombros e pusesse os acessórios de debiloide. O entusiasmo ao vê-lo tinha passado e minhas costas estavam ficando tensas de novo. Sam parecendo doente, Frank trabalhando no caso e não querendo que eu fosse vista na cena do crime: dava muito a impressão de que um agente infiltrado fora assassinado.

— Linda como sempre — comentou Frank. Ele levantou a fita de isolamento para eu passar por baixo, e isso parecia muito familiar, eu tinha feito aquele movimento rápido e fácil tantas vezes, que por um segundo me senti em casa. Automaticamente, ajeitei o revólver no cinto e olhei por cima do ombro procurando o parceiro como se o caso fosse meu, antes de me lembrar de que não era.

– A história é a seguinte – disse Sam. – Mais ou menos às seis e quinze da manhã de hoje, um rapaz daqui da cidade chamado Richard Doyle estava passeando com o cachorro por esta estrada. Ele tirou a coleira para o cachorro correr pelo campo. Tem uma casa em ruínas não muito longe da estrada, o cachorro entrou e demorou tanto a sair que, afinal, Doyle teve que ir atrás dele. Encontrou-o farejando o corpo de uma mulher. Doyle agarrou o cachorro, puxou-o para fora e chamou a polícia.

Relaxei um pouco: eu não sabia de nenhuma mulher na Inteligência.

– E eu estou aqui por quê? – indaguei. – E você, bonitão? Foi transferido para a Homicídios e ninguém me contou?

– Você vai ver – respondeu Frank. Eu o seguia pela estradinha e só dava para ver as suas costas. – Acredite, você vai ver.

Olhei por cima do ombro para Sam.

– Não se preocupe – disse ele, baixinho. A sua cor normal estava voltando, em manchas irregulares e vivas. – Está tranquilo.

A estradinha era em aclive, estreita demais para duas pessoas andarem lado a lado, apenas uma trilha lamacenta com sebes irregulares de pilriteiros se espalhando dos dois lados. Nos intervalos, a encosta formava uma colcha desencontrada de campos verdes com carneiros esparsos – um carneirinho novo balia em algum lugar, ao longe. O ar era como uma bebida fria e agradável e o sol salpicava de ouro os pilriteiros; pensei na possibilidade de continuar caminhando, para além do topo da colina, deixando Sam e Frank lidarem com qualquer que fosse a mancha escura e fervilhante que nos esperava esta manhã.

– Aqui vamos nós – disse Frank.

A sebe diminuía até um muro de pedra meio destruído, que delimitava um campo não cultivado. A casa ficava uns trinta metros fora da estrada: um daqueles chalés da época da Grande Fome que ainda infestam a Irlanda, abandonado no século XIX, por motivo de morte ou emigração, e nunca retomado. Bastou um olhar para aumentar a minha vontade de querer estar bem longe de qualquer coisa que estivesse acontecendo ali. Toda a área deveria estar agitada, com movimentação paciente e atenta – policiais andando de cabeça baixa pela relva, a equipe da Perícia Técnica, de macacões brancos, ocupada com câmeras, réguas e pós para digitais, os caras do necrotério descarregando a maca. Em vez disso, vi dois policiais, um de cada lado da porta do chalé, apoiando-se ora numa perna ora na outra e parecendo meio alheios, e um casal de pássaros furiosos pulando no beiral do telhado e fazendo barulhos indignados.

– Onde está todo mundo? – perguntei.

Dirigi-me a Sam, mas Frank respondeu:

– Cooper já veio e já foi. – Cooper é o médico-legista. – Achei que ele deveria dar uma olhada nela o quanto antes, para determinar a hora da morte. A Perícia pode esperar; evidências forenses não vão a lugar nenhum.

– Deus do céu – eu disse. – Vão, sim, se andarmos por cima delas. Sam, já trabalhou em algum homicídio duplo?

Frank ergueu uma sobrancelha.

– Tem outro corpo?

– Vai ter o seu quando os peritos chegarem aqui. Seis pessoas passeando pela cena do crime antes da análise deles? Vão te matar.

– Vai valer a pena – disse Frank animado, passando a perna por cima do muro. – Gostaria de manter tudo isso em segredo por um tempinho, e é difícil quando os caras da Perícia dominam a área. Chama a atenção das pessoas.

Havia algo de muito errado ali. Este caso era de Sam, não de Frank; Sam deveria estar decidindo como tratar as evidências, a quem chamar e quando. O que estava naquela casa tinha perturbado Sam a ponto de ele deixar Frank dominar a situação, tirá-lo do caminho e, com eficiência e presteza, começar a tratar do caso de acordo com os seus planos. Tentei discretamente atrair a atenção de Sam, mas ele estava pulando o muro e não olhava para nenhum de nós.

– Você consegue subir em muros com essa roupa – perguntou Frank, amavelmente – ou precisa de ajuda? – Fiz uma careta para ele e pulei para dentro do campo, me enfiando até o tornozelo na relva alta e molhada e nos dentes-de-leão.

O chalé tivera dois quartos, um dia, muito tempo atrás. Um deles ainda parecia mais ou menos intato – tinha até grande parte do telhado –, mas o outro era só pedaços de paredes e janelas abertas ao tempo. Trepadeiras, musgo e florezinhas azuis rasteiras tinham crescido nas rachaduras. Alguém pintara com tinta spray a palavra SHAZ ao lado da porta, sem muita arte, mas a casa era inconveniente demais para encontros regulares: mesmo os adolescentes que vagavam por ali a tinham deixado em paz, entregue à sua lenta destruição.

– Detetive Cassie Maddox – apresentou Frank. – Sargento Noel Byrne e policial Joe Doherty, delegacia de Rathowen. Glenskehy está na área deles.

– Infelizmente – disse Byrne. Ele parecia falar com sinceridade. Tinha mais ou menos cinquenta anos, olhos azuis lacrimejantes, era corcunda e cheirava a uniforme molhado e fracasso.

Doherty era um garoto desajeitado, de orelhas feias, e, quando estendi a mão para cumprimentá-lo, teve uma reação de personagem de desenho animado; dava quase para escutar o *boing* dos seus olhos voltando às órbitas. Só Deus sabe o que ele ouvira a meu respeito – os tiras têm uma rede de fofocas melhor do que qualquer clube de bingo –, mas eu não tinha tempo para me preocupar com isso naquele momento. Dei o meu sorriso-e-olhar padrão, ele gaguejou qualquer coisa e soltou a minha mão como se ela o queimasse.

– Gostaríamos que a detetive Maddox desse uma olhada no corpo – disse Frank.

– Acho que deveria mesmo – disse Byrne, me olhando com atenção. Não sei se ele teve a intenção de dizer o que disse; parecia não ter energia para tanto. Doherty deu uma risadinha nervosa.

– Pronta? – perguntou Sam, em voz baixa.

– Esse suspense está me matando. – Minha voz saiu mais debochada do que eu pretendia. Frank já estava se abaixando para entrar no chalé e afastando os longos galhos de amoreiras silvestres que encobriam a entrada do quarto de dentro.

– Primeiro, as damas – disse ele, fazendo uma reverência. Enfiei uma haste dos óculos de garanhão na frente da blusa, respirei fundo e entrei.

Deveria ser um quartinho triste, tranquilo. Longos raios de sol penetravam oblíquos pelos buracos do telhado e se infiltravam na teia de galhos acima das janelas, tremeluzindo como luzes na água; a lareira, que já pertencera a alguma família, estava fria havia cem anos, com pilhas de ninhos de pássaros caídos da chaminé e o gancho cheio de ferrugem ainda pendurado, pronto para o caldeirão. Uma pomba sussurrava satisfeita ali perto.

Mas, se você já viu um cadáver, sabe como ele muda o ambiente: o silêncio imenso, a ausência poderosa como um buraco negro, o tempo parado e as moléculas congeladas em volta daquela coisa imóvel que aprendeu o segredo final, aquele que nunca vai poder contar. Quase todos os mortos estão sós em um aposento. As vítimas de assassinato são diferentes; elas não estão sozinhas. O silêncio se transforma em grito ensurdecedor e a atmosfera tem manchas e sinais de mãos, o cadáver exala a marca daquela outra pessoa, que agarra você com a mesma força: o assassino.

A primeira coisa que me chamou a atenção na cena, porém, foi como eram pequenas as marcas deixadas pelo criminoso. Eu me preparara para o inimaginável – nudez, pernas e braços abertos, ferimentos escuros e brutais em quantidade, partes do corpo espalhadas pelos cantos –, mas esta garota parecia ter se acomodado cuidadosamente no chão e exalado seu último suspiro com calma, escolhendo a hora e o lugar que lhe convinham sem precisar da ajuda de ninguém. Estava deitada de costas, entre as sombras em frente à lareira, bem colocada, com os pés juntos e os braços ao longo do corpo. Vestia uma japona azul-marinho, meio aberta, e jeans até a cintura, com o zíper fechado, tênis e uma blusa azul com uma estrela escura tingida em *tie-dye* na frente. A única coisa fora do normal eram suas mãos, com os punhos cerrados. Frank e Sam estavam agora ao meu lado, e questionei Frank com o olhar "Qual é o lance?", mas ele apenas me observou com o rosto impassível.

Ela era de estatura mediana, o corpo parecido com o meu, forte e com jeito de menino. O rosto estava virado para o lado oposto, para a parede mais afastada, e, na luz fraca, eu só conseguia enxergar cachos de cabelo preto e curto e uma faixa de pele branca: a curva alta e arredondada da maçã do rosto, a ponta de um queixo pequeno.

– Olhe aqui – disse Frank. Ele acendeu uma lanterna minúscula e potente e iluminou o rosto da garota com um pequeno círculo de luz clara.

Por um momento fiquei confusa – "Será que Sam mentiu?" – porque eu a conhecia de algum lugar, já tinha visto aquele rosto um milhão de vezes. Aí dei um passo à frente para conseguir ver melhor e o mundo silenciou, congelado, a escuridão foi avançando pelos cantos e apenas o rosto da garota brilhava, branco, no centro de tudo; porque era eu. O formato do nariz, a linha longa das sobrancelhas, as menores curvas e ângulos claros como água: era eu, com os lábios arroxeados, inerte, sombras sob os olhos como hematomas escuros. Eu não conseguia sentir minhas mãos e meus pés, não sentia minha respiração. Por um segundo imaginei que estava flutuando, separada de mim, rajadas de vento me carregando para longe.

– Você a conhece? – perguntou Frank, parecendo distante. – Algum parentesco?

Foi como ficar cega; meus olhos não compreendiam o que viam. Ela era uma impossibilidade: uma alucinação de febre alta, uma falha gritante de todas as leis da natureza. Percebi que eu estava rígida, me segurando na ponta dos pés, mão a meio caminho da arma, cada músculo pronto para lutar até a morte contra o cadáver dessa garota.

– Não – consegui dizer. Minha voz parecia estranha, vinda de fora de mim. – Nunca a vi antes.

– Você foi adotada?

Sam virou subitamente a cabeça, assustado, mas a franqueza foi boa, ajudou, como se fosse um beliscão.

– Não – respondi. Por um instante terrível, perturbador, até fiquei em dúvida. Mas já vi fotos, minha mãe cansada e sorridente em uma cama de hospital, e eu novinha em folha no seu peito. Não.

– Com que lado da família você se parece?

— O quê? — Demorei um pouco a entender. Não conseguia desviar os olhos da garota; tive que me forçar a piscar. Não admira que Doherty e suas orelhas tivessem reagido daquela maneira. — Com a família do lado da minha mãe. Não é o caso de o meu pai ter tido amantes e isso é... Não.

Frank deu de ombros.

— Foi uma tentativa.

— Dizem que todos nós temos um duplo, em algum lugar — cochichou Sam ao meu lado. Ele estava perto demais; levei um segundo para perceber que estava pronto para me amparar se fosse o caso.

Não sou do tipo que desmaia. Mordi com força a parte de dentro do lábio; o choque da dor clareou o meu cérebro.

— Ela não tem documento de identidade?

Adivinhei, pela pausa mínima antes da resposta, que havia algo de estranho. "Merda", pensei, com mais um nó apertando meu estômago, "roubo de identidade." Não tinha muita clareza sobre como funcionava, exatamente, mas bastaria essa garota ter me visto uma vez, usar sua criatividade, e presume-se que pudesse estar compartilhando meu passaporte e comprando carros BMW em meu nome.

— Ela estava com uma carteira de estudante — informou Frank. — Um chaveiro no bolso esquerdo do casaco, uma lanterna no direito, carteira de dinheiro no bolso direito da frente da calça jeans. Doze libras e uns trocados, um cartão de banco, uns recibos velhos e isto aqui. — Ele catou um saco de provas de plástico transparente na pilha perto da porta e colocou na minha mão.

Era uma identidade da Universidade de Trinity, bem-feita e digitalizada, bastante diferente dos pedaços de papel coloridos plastificados que tínhamos na época. A garota na foto parecia dez anos mais jovem do que o rosto pálido e encovado ali no canto. Ela sorria o meu sorriso para mim e usava uma boina listada virada de lado, e de repente minha cabeça pirou: "Mas eu nunca tive uma boina listada assim, será?, quando foi que eu..." Fingi inclinar a carteira na direção da luz para ler as letras miúdas, de modo que pudesse ficar de costas para os outros. "Madison, Alexandra J."

Num redemoinho instantâneo, entendi tudo: Frank e eu éramos os responsáveis. Criamos Lexie Madison osso a osso, fibra a fibra, nós a batizamos, durante alguns meses lhe demos um rosto e um corpo, e quando a descartamos ela quis mais. Passou quatro anos se recriando, com terra escura e ventos noturnos, e depois nos chamou até aqui para vermos o que havíamos feito.

— Que *merda*... — disse, quando consegui respirar.

— Quando os policiais fizeram o registro e checaram o nome dela no computador — explicou Frank, pegando o saco plástico de volta —, o nome estava marcado e com uma mensagem: se acontecer alguma coisa com essa garota, me avisem O MAIS RÁPIDO POSSÍVEL. Nunca me dei ao trabalho de tirá-la do sistema; imaginei que poderíamos precisar dela de novo, mais cedo ou mais tarde. Nunca se sabe.

– É isso aí – concordei. – Sem brincadeira. – Olhei fixamente para o cadáver e me controlei: aquilo não era nenhum ser sobrenatural, era uma garota viva e real que estava morta, oximoro e tudo. – Sam – chamei. – O que sabemos?

Sam me lançou um olhar rápido, inquisitivo; quando percebeu que eu não ia desmaiar, nem berrar, nem fazer nada do que ele imaginara, fez um gesto afirmativo com a cabeça. Ele começava a voltar ao normal.

– Mulher branca, vinte e cinco a trinta e poucos anos, lesão única no tórax por arma branca. Segundo Cooper, a morte ocorreu perto de meia-noite, uma hora a mais ou a menos. Não dá para ele ser mais específico: choque, variações na temperatura ambiente, se houve atividade física pouco antes da hora do óbito e todo o resto.

Ao contrário de muita gente, eu me dou bem com Cooper, mas fiquei satisfeita de não tê-lo encontrado. O chalezinho já parecia cheio demais, cheio de passos pesados, pessoas se mexendo e muitos olhos pregados em mim.

– Ela foi esfaqueada aqui? – perguntei.

Sam abanou a cabeça.

– Difícil dizer. Vamos esperar para ver o que diz a Perícia, apesar de aquela chuva toda da noite passada ter levado muita coisa. Não vamos encontrar pegadas na estrada, trilha de sangue, nada parecido. Se a minha opinião vale alguma coisa, porém, eu diria que este não é o local exato do crime. A garota continuou de pé pelo menos por um tempo depois de ser esfaqueada. Vê ali? O sangue escorreu pela perna do jeans. – Frank mudou o foco da lanterna para ajudar. – E tem lama nos dois joelhos e um rasgão em um deles, como se estivesse correndo e tivesse caído.

– Tentando se esconder – arrisquei. A imagem me surgiu como algo saído de todos os pesadelos esquecidos: o caminho em curvas desaparecendo no escuro e ela correndo, os pés escorregando nas pedras e a respiração descontrolada. Senti Frank deliberadamente calado, só observando.

– É possível – concordou Sam. – Talvez o assassino estivesse atrás dela, ou ela pensou que estivesse. Ela poderia até ter deixado um rastro a partir da porta dele, nunca saberemos; sumiu tudo.

Eu queria fazer alguma coisa com minhas mãos, passar no cabelo, na boca, qualquer coisa. Enfiei-as nos bolsos para mantê-las paradas.

– Então, ela se abrigou e desfaleceu.

– Não exatamente. Acho que ela morreu ali. – Sam afastou a folhagem e fez um sinal de cabeça em direção a um canto do quarto de fora. – Ali tem o que parece ser uma poça de sangue de bom tamanho. Não dá para dizer exatamente a quantidade, vamos ver se a Perícia nos ajuda, mas se há tanto depois de uma noite assim, eu diria que havia muito mais antes disso. Provavelmente ela estava sentada de costas para aquela parede; a maior parte do sangue está na frente da blusa, no colo e no assento do jeans. Se ela estivesse deitada, teria escorrido para os lados. Vê isso?

Ele apontou para a blusa da garota e de repente me dei conta: não era *tie-dye*.

– Ela levantou a blusa, torceu e apertou em cima da ferida, na tentativa de estancar o sangramento.

Encolhida naquele canto; rajadas de chuva, o sangue quente escorrendo entre os dedos.

– E como ela chegou até aqui? – perguntei.

– O homem conseguiu alcançá-la afinal – respondeu Frank. – Ou alguém conseguiu.

Ele se abaixou, levantou um dos pés da garota pelo cadarço – senti um rápido calafrio na espinha quando ele a tocou – e apontou a lanterna para o calcanhar do tênis dela: arranhado e escuro, com muita terra presa.

– Ela foi arrastada. Depois de morta, porque não há acúmulo de sangue sob o corpo: quando chegou aqui, não estava mais sangrando. O cara que a encontrou jura que não tocou em nada, e eu acredito nele. O homem estava com uma cara de quem ia vomitar; com certeza não chegou mais perto do que o necessário. De qualquer modo, ela foi puxada não muito tempo depois de morta. Cooper diz que a rigidez ainda não havia se instalado, e não há livores em posições opostas às de declive; e ela não ficou muito tempo naquela chuva. Quase não está molhada. Se tivesse ficado exposta ao tempo a noite inteira, estaria encharcada.

Vagarosamente, como se os meus olhos estivessem agora se ajustando à luz mortiça, percebi que todas as manchas escuras e pontos que pensei serem sombras e água de chuva eram, na verdade, sangue. Estava em toda parte: formando listas no chão, empapando a calça jeans da garota, ressecado em suas mãos até o pulso. Eu não queria olhar para o seu rosto, nem para o rosto de ninguém. Mantive os olhos na sua blusa e tentei desfocá-los, de modo que a estrela escura ficasse boiando e embaçada.

– Encontrou pegadas?

– Zero – respondeu Frank. – Nem mesmo as dela. Seria normal, com essa terra toda; mas, como disse Sam, teve a chuva. No outro quarto só temos um monte de lama, com as pegadas do cara que fez o chamado e do cachorro; inclusive por isso não me preocupei muito com vocês andarem por aqui. A mesma coisa com relação à estrada. E aqui... – Ele movimentou o foco da lanterna pelas bordas do chão, iluminando os cantos: montes de terra sem nada de especial, lisos demais. – Era assim que estava tudo quando chegamos aqui. As pegadas que você vê em volta do corpo são nossas, de Cooper e dos policiais. A pessoa que a arrastou arrumou tudo antes de sair. Tem um galho de tojo quebrado no meio do campo lá fora, provavelmente tirado daquele arbusto grande perto da porta; imagino que ele o tenha usado para varrer o chão antes de sair. Vamos ver se a Perícia encontra nele sangue ou impressões. Além de não termos pegadas...

Ele me entregou mais um saco plástico de provas.

– Nota alguma coisa errada?

Era uma carteira de falso couro branco, com uma borboleta costurada com fio prateado, levemente manchada de sangue.

– Está limpa demais – comentei. – Você disse que a carteira estava no bolso da frente da calça jeans, e o sangue escorreu para o colo. A carteira deveria estar coberta de sangue.

– Exatamente. O bolso ficou tão ensopado que endureceu, mas na carteira quase nada? Com a lanterna e as chaves aconteceu a mesma coisa: nem uma gota de sangue, só umas poucas manchas. Parece que o cara esvaziou os bolsos dela, depois limpou tudo e colocou de volta. Vamos pedir à Perícia que tire impressões de tudo que fique parado por tempo suficiente, mas eu não apostaria em conseguir algo proveitoso. Alguém estava sendo muito, muito cuidadoso.

– Algum sinal de agressão sexual? – perguntei. Sam se encolheu. Eu já nem ligava mais para isso.

– Cooper não pode ter certeza até a necropsia, mas a análise preliminar não indica isso. Pode ser que a gente dê sorte e encontre nela sangue de outra pessoa – muitos assassinos que usam arma branca se cortam –, mas, basicamente, não espero grande coisa do resultado de DNA.

Minha primeira impressão – o assassino invisível, que não deixa rastros – não tinha sido muito diferente. Depois de trabalhar alguns meses na Homicídios, dava para identificar Um Daqueles Casos a quilômetros de distância. Com o pouco de clareza que ainda me restava, lembrei a mim mesma que, por pior que fosse o caso, o problema não era meu.

– Muito bem – falei. – O que você sabe com certeza? Algo mais sobre a garota, além do fato de ela frequentar a Trinity e andar por aí com um nome falso?

– O sargento Byrne diz que ela é da localidade – disse Sam. – Mora na Casa dos Espinheiros-Brancos, a cerca de um quilômetro daqui, com um bando de outros estudantes. É só o que sabe sobre ela. Ainda não falei com o pessoal da casa porque... – Ele fez um gesto indicando Frank.

— Porque eu implorei que ele esperasse — justificou Frank, com jeito. — Tenho uma ideia e queria conversar com vocês dois, antes do começo oficial da investigação. — Arqueou as sobrancelhas indicando a porta e os policiais. — Vamos dar uma volta?

— Por que não — falei. O corpo da garota tornava a atmosfera lá dentro estranha, com um chiado, como o barulhinho de televisão fora do ar; era difícil pensar com clareza. — Se ficarmos tempo demais no mesmo lugar, o universo pode se transformar em antimatéria. — Devolvi a Frank o saco plástico e limpei a mão na lateral da calça.

Um segundo antes de atravessar o vão da porta, virei a cabeça e olhei para a garota por cima do ombro. Frank apagara a lanterna, mas, ao puxar os galhos de amoreira, o sol primaveril entrou com força e por um momento, antes que minha sombra bloqueasse a luz, ela se levantou faiscando no escuro, queixo inclinado, punho cerrado, o grande arco de sua garganta, brilhante, ensanguentado e implacável como o meu próprio fantasma destroçado.

Foi a última vez que a vi. Não me ocorreu naquele momento — tinha outras coisas na cabeça — e agora parece impossível, mas aqueles dez minutos, como um vinco profundo, marcaram a minha vida: foi a única vez que ficamos juntas.

Os policiais estavam no mesmo lugar, com sua postura curvada, como sacos meio vazios. Byrne tinha o olhar fixo a média distância, num estado meio catatônico; Doherty examinava um dedo de um jeito que me fez pensar que ele tinha futucado o nariz.

— Certo — disse Byrne, quando saiu do transe e percebeu que estávamos de volta. — Então, nós já vamos. Ela é toda sua.

Às vezes os policiais locais são uma joia, fornecendo detalhes até de pessoas que moram a quilômetros de distância, listando uma meia dúzia de motivos possíveis, entregando um suspeito importante de bandeja. Outras vezes, eles só querem passar o problema para você e voltar aos seus joguinhos. Naquele momento era obviamente o caso de outras vezes.

— Precisamos que vocês fiquem um pouco mais — disse Sam, o que interpretei como um bom sinal, já que a extensão da influência de Frank neste caso me deixava desconfortável. — A Perícia Técnica pode querer que vocês ajudem nas buscas, e eu vou pedir que me deem todas as informações locais que puderem.

— Com certeza ela não é daqui — afirmou Doherty, limpando o dedo na lateral da calça. Ele me olhava fixamente de novo. — Aquele pessoal da Casa dos Espinheiros-Brancos, eles são de fora. Não têm nada a ver com Glenskehy.

— Filhos da mãe sortudos — murmurou Byrne com a cabeça baixa.

— Acontece que ela morava aqui — explicou Sam com paciência — e morreu aqui. Isso quer dizer que vamos precisar examinar a área. Vocês podem nos ajudar, conhecem tudo nas redondezas.

A cabeça de Byrne afundou mais entre os ombros.

— Eles são todos meio malucos por aqui — disse mal-humorado. — Malucos de pedra. E é só isso que vocês precisam saber.

— Alguns dos meus melhores amigos são malucos — retrucou Frank, animador. — Pense nisso como um desafio. — Ele acenou para eles e embicou na direção do campo aberto, com os pés chafurdando na relva molhada.

Sam e eu o seguimos. Mesmo sem olhar, eu podia sentir a pequena linha de preocupação entre as sobrancelhas de Sam, mas não tive coragem de acalmá-lo. Agora que estava fora do chalé, só sentia revolta, pura e simples. Meu rosto e meu antigo nome: era como chegar em casa um dia e encontrar outra mulher preparando o jantar tranquilamente na sua cozinha, usando o seu jeans mais confortável e cantando junto com o seu CD preferido. Eu estava tão furiosa que mal conseguia respirar. Pensei naquela foto e senti vontade de apagar o meu sorriso do rosto dela com um soco.

— Bem — falei quando alcancei Frank na parte alta do campo —, foi divertido. Posso ir trabalhar agora?

— VD deve ser bem mais interessante do que pensei — comentou Frank, fazendo cara de admiração — para você estar nessa pressa toda. Óculos.

Deixei os óculos onde estavam.

— A não ser que essa garota seja vítima de violência doméstica, e nada parece indicar isso, ela não tem porra nenhuma a ver comigo. Então, qual foi exatamente o motivo de você me arrastar até aqui?

— Ei, senti sua falta, menina. Qualquer desculpa serve. — Frank abriu um largo sorriso para mim; olhei para ele com ar ameaçador. — E você acha mesmo que ela não tem porra nenhuma a ver com você? Vamos ver se vai dizer isso quando tentarmos identificá-la e todo mundo que você conhece entrar em pânico e ligar para nós para dar o seu nome.

Toda a minha raiva passou, deixando um buraco desagradável no fundo do estômago. Frank, o sacana, estava certo. Assim que o rosto da garota aparecesse nos jornais, junto com um pedido de reconhecimento, haveria um bando de pessoas que tinham me conhecido como Lexie, conhecido a garota como Lexie, e me conhecido como eu mesma, todas querendo saber quem estava morta e quem nós duas tínhamos sido, se não éramos na verdade Lexie Madison, um caso sério de casa dos espelhos. Acredite se quiser, foi a primeira vez que me ocorreu: não havia nenhuma maneira de ser tudo tão fácil como "Não a conheço, não quero conhecer, obrigada por desperdiçar a minha manhã, a gente se vê".

— Sam, tem algum jeito de você adiar a divulgação da foto dela por um ou dois dias? Até eu ter tempo de avisar às pessoas. — Eu não tinha nem ideia de como iria explicar a situação. "Sabe, Tia Louisa, nós encontramos essa garota morta e..."

— Interessante — disse Frank —, agora que você tocou no assunto, isso se encaixa bem com a ideia que tive. — Havia uma pilha de pedras cobertas de musgo empilhadas num canto; ele se ergueu nos braços, de costas, e sentou nas pedras, com uma perna pendurada.

Eu já vira aquele brilho em seus olhos. Sempre indicava que estava a ponto de declarar algo que era um completo absurdo, de uma maneira espetacular e casual.

— O que é, Frank? — perguntei.

— Bom — começou ele, se ajeitando nas pedras e cruzando os braços atrás da cabeça —, o que nós temos agora é uma oportunidade única, não é? Seria uma pena perdê-la.

— Temos? — indagou Sam.

— *Nós* temos? — perguntei.

— Ah, temos sim. Puxa vida, claro que temos. — Havia o começo daquele sorriso perigoso nos cantos da boca de Frank. — Temos a oportunidade — disse ele sem pressa — temos a oportunidade de investigar um caso de homicídio por dentro, de colocar uma investigadora experiente infiltrada bem no meio da vida de uma vítima de assassinato.

Nós dois o encaramos.

— Vocês alguma vez viram algo parecido? É lindo, Cass. É uma obra de arte.

— Parece mais uma obra de asno — retruquei. — Que droga é essa que você está falando, Frankie?

Frank abriu os braços, como se fosse uma obviedade.

— Veja bem. Você já foi Lexie Madison antes, certo? Então pode ser de novo. Você pode... não, espere, ouça até o fim... se ela não estiver morta, apenas ferida, certo? Você pode entrar direto na vida dela e começar do ponto em que ela parou.

— Ai, meu Deus — falei. — Por isso não veio ninguém nem da Perícia, nem do necrotério? Por *isso* você quis que eu me vestisse como uma debiloide? Para ninguém notar que você tem uma sobressalente? — Tirei o chapéu e enfiei-o de volta na bolsa. Até para Frank, foi preciso raciocínio rápido. Segundos depois de chegar à cena do crime, ele deve ter bolado essa história.

– Você pode ter acesso a informações que um tira jamais descobriria, pode se aproximar de todas as pessoas que conviviam com ela, identificar suspeitos...

– Você quer usá-la como isca – disse Sam, num tom racional demais.

– Quero usá-la como detetive, companheiro – declarou Frank. – E isso, que eu saiba, é o que ela é.

– Você quer que ela entre lá para o sujeito voltar a aparecer a fim de terminar o serviço. Isso é isca.

– E daí? Agentes infiltrados são isca o tempo todo. Não estou pedindo que ela faça nada que eu mesmo não faria, se...

– Não – disse Sam. – De jeito nenhum.

Frank levantou uma sobrancelha.

– O que você é, a mãe dela?

– Sou o investigador-chefe neste caso, e estou dizendo que de jeito nenhum.

– Você devia pensar mais de dez segundos, cara, antes de...

Parecia que eu nem estava ali.

– Alô? – chamei.

Os dois se viraram para me fitar.

– Desculpe – disse Sam, ao mesmo tempo contrito e desafiador.

– Oi – exclamou Frank, sorrindo para mim.

– Frank – falei –, com certeza essa é a ideia mais maluca que já ouvi. Você pirou de vez. Você perdeu a noção. Você...

– Onde está a maluquice? – indagou Frank, magoado.

– Nossa – Passei as mãos pelo cabelo e voltei ao início da história, tentando descobrir por onde começar. Colinas, campos, policiais desorientados, casa com garota morta: não era um sonho sem sentido. – Ok, antes de mais nada, é impossível. Nunca ouvi nem *falar* de nada parecido antes.

– Mas aí está a beleza da coisa – explicou Frank.

– Se você finge ser alguém que realmente existe, é por, digamos, meia hora, Frank, e para fazer algo específico: uma entrega de alguma coisa a um *estranho*, ou uma coleta. O que você está dizendo é que eu poderia me jogar bem no meio da vida dessa garota, só porque me pareço um pouco com ela...

– Um *pouco*?

– Você sabe pelo menos a cor dos olhos dela? E se forem azuis, ou...

– Eu não sou tão idiota assim, menina. São castanhos.

– E se ela programava computadores ou jogava tênis? E se era canhota? Não dá. Eu seria descoberta em menos de uma hora.

Frank tirou um cigarro do maço amarrotado no bolso do casaco. Estava de novo com aquele brilho no olhar; adora um desafio.

— Tenho muita fé em você. Quer fumar?

— *Não* — respondi, apesar da vontade de aceitar. Não conseguia parar de andar de um lado para outro e em volta do trecho de capim alto entre nós. "Nem mesmo gosto dela", me deu vontade de dizer, o que não fazia nenhum sentido.

Frank deu de ombros e acendeu o cigarro.

— Deixe que eu me preocupe sobre ser possível. Talvez não seja, admito, mas só vou saber à medida que avançarmos. Próximo ponto?

Sam olhava para o outro lado, com as mãos enfiadas no fundo dos bolsos, sem interferir.

— O próximo ponto — argumentei — é que seria totalmente antiético. Essa garota devia ter família, amigos. Você vai dizer a eles que ela está viva e bem e só precisa de uns pontos, enquanto, na verdade, ela está no necrotério sendo retalhada por Cooper? Caramba, Frank.

— Ela estava usando um nome falso, Cass — disse Frank, com razão. — Você acha mesmo que ela mantinha contato com os parentes? Quando conseguirmos encontrá-los, isso tudo estará terminado. Para eles, não vai fazer diferença.

— E os amigos que moravam com ela? Os policiais disseram que é um bando de gente. E se ela namorava alguém?

— As pessoas que gostavam dela — disse Frank — vão querer que prendamos o cara que fez isso. Custe o que custar. É o que eu desejaria. — E soprou a fumaça em direção ao céu.

Sam fez um movimento com os ombros. Achou que Frank estivesse apenas falando da boca para fora. Acontece que Sam nunca trabalhou como agente infiltrado, não tinha como saber: os infiltrados são diferentes. Não há nada que deixem de fazer, com relação a eles ou a qualquer outra pessoa, para conseguir pegar o criminoso. Não adiantava discutir com Frank sobre esse ponto, porque ele acreditava no que acabara de dizer: se o seu filho fosse assassinado, e alguém escondesse isso dele com a finalidade de botar as mãos no malfeitor, ele aceitaria sem dar um pio. É um dos atrativos mais poderosos do trabalho de infiltrado, a dureza, a ausência de limites; um troço forte, tão forte que você fica sem fôlego. Esse foi um dos motivos por que saí.

— E depois? — perguntei. — Quando tudo terminar. Você diz a eles "Opa, a propósito, esquecemos de dizer, esta é a sósia; a sua amiga morreu há três semanas"? Ou eu continuo a ser Lexie Madison até morrer de velhice?

Frank apertou os olhos contra o sol, pensando no assunto.

— O seu ferimento pode infeccionar — disse ele, se animando. — Você vai para o CTI, os médicos tentam tudo que a medicina moderna tem a oferecer, mas não adianta.

— Meu Jesus Cristinho — disse eu. E parecia que só tinha me lamentado a manhã toda. — Por que *cargas d'água* você cismou que é uma boa ideia?

— Próximo ponto? — perguntou Frank. — Vamos lá, me teste.

— O próximo ponto — respondeu Sam, ainda com os olhos na estrada — é que é muito perigoso.

Frank ergueu uma sobrancelha e fez um sinal de cabeça em direção a Sam, enquanto sorria para mim, em particular, com malícia. Numa confusão momentânea, tive que me segurar para não sorrir de volta para ele.

— O próximo ponto — falei — é que, de qualquer modo, já é tarde demais. Byrne e Doherty e sei-lá-o-nome-dele do cachorro, todos sabem que tem uma mulher morta lá dentro. Vai me dizer que consegue que os três fiquem de boca fechada, só porque é conveniente para você? Sei-lá-o-nome-dele com certeza já contou para metade da população de Wicklow.

— Sei-lá-o-nome-dele é Richard Doyle, e não planejo fazer com que fique de boca fechada. Assim que terminarmos aqui, vou dar os parabéns a ele por ter salvado a vida dessa jovem. Se não tivesse tido a presença de espírito de nos chamar imediatamente, as consequências poderiam ter sido trágicas. Ele é um herói, e pode contar essa história para quem quiser. E você viu Byrne, menina. Não é um membro feliz da nossa gloriosa corporação. Se eu sugerir que é possível conseguir para ele uma transferência, não só ficará de boca fechada como também manterá fechada a de Doherty. Próximo ponto?

— O próximo ponto é que é inútil. Sam já trabalhou em dúzias de assassinatos, Frank, e solucionou quase todos, sem precisar desse negócio maluco de dublê. Esse esquema que você pensou levaria semanas para ser organizado...

— Dias, com certeza — emendou Frank.

— ... e até lá ele já terá pegado alguém. A não ser que você ferre com a investigação dele, fazendo todo mundo fingir que não houve nenhum assassinato para começo de conversa. Isso tudo vai ser uma perda de tempo para você, para mim e para todo mundo.

— Ferraria com a sua investigação? — perguntou Frank a Sam. — Falando em tese. Se você divulgar, só por, digamos, dois ou três dias, que foi um caso de agressão, não de assassinato. Ferraria?

Depois de um tempo, Sam deu um suspiro.

— Não — disse ele. — De fato, não. Não há muita diferença entre investigar uma tentativa de assassinato e um assassinato de fato. E, como disse Cassie, vamos ter que manter isso em segredo por uns dias mesmo, até sabermos quem é a vítima, para a situação não ficar muito confusa. Só que não é esse o ponto.

— Tudo bem — continuou Frank. — Então ouçam o que vou sugerir. Geralmente, vocês têm um suspeito em setenta e duas horas, certo?

Sam ficou calado.

— Certo?

— Certo — disse Sam. — E não há motivo para ser diferente desta vez.

— Absolutamente nenhum motivo — concordou Frank, simpático. — Hoje é quinta-feira. Durante o fim de semana, somente, deixamos as opções em aberto. Não dizemos aos civis que houve um assassinato. Cassie fica em casa, assim não há possibilidade de o assassino vê-la nem de relance, e temos uma carta na manga, para o caso de decidirmos usá-la. Eu investigo tudo que puder sobre a garota, por via das dúvidas. Claro, isso teria que ser feito de qualquer maneira, correto? Não vou atrapalhar vocês, dou a minha palavra. Como você disse, é provável que tenham alguém em vista até domingo à noite. Se tiverem, eu recuo, Cassie retorna à VD, tudo volta ao procedimento normal, ninguém saiu prejudicado. Se, por acaso, não tiverem... bem, aí, ainda temos todas as opções em aberto.

Ninguém respondeu.

— Estou pedindo só três dias, caras — disse Frank. — Nenhum compromisso com nada. Que mal há nisso?

Percebi que Sam se acalmou um pouco, mas eu não, porque sei como Frank trabalha: uma série de passinhos mínimos, cada um parecendo perfeitamente seguro e inocente até que, de repente, bum, você se vê bem no meio de algo que não queria enfrentar.

— Mas *por quê*, Frank? — questionei. — Responda a essa pergunta e tudo bem, concordo em passar um lindo fim de semana primaveril sentada em casa vendo a droga dos programas de televisão, em vez de sair com o meu namorado como uma pessoa normal. Você está falando em investir enormes quantidades de tempo e esforço em alguma coisa que poderia muito bem se revelar totalmente inútil. Por quê?

Frank levantou a mão para proteger os olhos do sol e conseguir me encarar.

— *Por quê?* — repetiu. — Porra, Cassie! Porque *podemos*. Porque ninguém, na história da polícia, teve uma chance como essa. Porque seria *fantástico*. Como assim, você não percebe? Puta merda, o que há de errado com você? Virou burocrata de carteirinha?

Tive a sensação de ter levado um soco no estômago. Parei de andar de lá para cá e olhei para o outro lado, para as colinas, para longe de Frank, de Sam e dos policiais que viravam a cabeça para dentro da casa para lançarem olhares estúpidos ao meu cadáver molhado.

Daí a pouco, Frank falou atrás de mim, com mais suavidade:

— Desculpe, Cass. Foi só que eu não esperava. Dos caras da Homicídios, sim, eu esperaria, mas não de você, especialmente não de você. Não achei que... pensei que estivesse apenas se preocupando com todos os lados da questão. Não percebi.

Ele parecia chocado, de verdade. Eu estava perfeitamente ciente de que Frank fazia um trabalho de convencimento e podia listar todas as estratégias que ele estava usando, mas isso não tinha importância; porque ele estava certo. Cinco anos atrás, um ano atrás, eu estaria agarrando essa aventura fascinante e incomparável ao lado dele, eu estaria lá dentro verificando se as orelhas da garota morta eram furadas e como ela repartia o cabelo. Olhei para os campos e pensei, com clareza e isenção: *"Que merda aconteceu comigo?"*

– Tudo bem – eu disse finalmente. – O que vocês vão dizer à imprensa não é problema meu, podem decidir entre vocês. Vou ficar fora de circulação durante o fim de semana. Mas, Frank, não estou prometendo nada além disso. Não importa quem Sam encontre ou deixe de encontrar, não significa que vou aceitar. Está bem claro?

– É assim que se fala – disse Frank, e eu podia ouvir o riso em sua voz. – Por um momento, pensei que os alienígenas tinham implantado um chip no seu cérebro.

– Vá a merda, Frank – falei, dando as costas para ele. Sam não parecia satisfeito, mas naquele momento eu não podia me preocupar com isso. Precisava ficar sozinha e pensar.

– Eu ainda não concordei – disse Sam.

– A decisão é sua, obviamente – comentou Frank, sem parecer preocupado. Eu sabia que talvez ele tivesse que brigar mais do que supunha. Sam é um cara cordato, só que de vez em quando ele cisma com alguma coisa, e aí, tentar fazê-lo mudar de opinião é como tirar uma casa do caminho. – Só que é bom decidir logo. Se prosseguirmos com o plano, pelo menos por enquanto, temos que chamar uma ambulância RÁPIDO.

– Avise depois o que decidir – pedi a Sam. – Vou para casa. Nos vemos à noite? – As sobrancelhas de Frank deram um pulo. Agentes que atuam em operações secretas têm uma rede própria de informações confidenciais impressionante, mas em geral fazem questão de ficar afastados das fofocas comuns, e Sam e eu tínhamos mantido as coisas meio em segredo. Frank me lançou um olhar de quem está se divertindo e fez uma expressão irônica. Eu o ignorei.

– Não sei a que horas vou terminar – disse Sam.

Dei de ombros.

– Não vou sair mesmo.

– Até logo, menina – disse Frank satisfeito, fumando mais um cigarro, e fez um aceno de despedida.

Sam caminhou de volta comigo pelo campo, tão próximo que o seu ombro roçava o meu, como a me proteger; tive a impressão de que ele não queria que eu fosse obrigada a passar pelo cadáver sozinha. Na verdade, eu ansiava por olhá-lo de novo, de preferência sozinha e durante muito tempo, mas dava para intuir os olhos de Frank me seguindo, por isso nem virei a cabeça ao passarmos pelo chalé.

– Eu queria avisar a você – disse Sam, de súbito. – Mackey não deixou. Ele foi muito insistente e eu não conseguia pensar direito... eu deveria ter avisado. Me desculpe.

Era óbvio que Frank, como todo mundo ao meu redor, ouvira os boatos sobre a Operação Vestal.

– Ele queria ver como eu me comportaria – falei. – Testar meu estado de nervos. E sabe como conseguir o que quer. Está tudo bem.

– O Mackey. Ele é um bom tira?

Eu não sabia o que responder. "Bom tira" são palavras que levamos a sério. Significam um conjunto complexo e vasto de coisas, sendo uma diferente para cada policial. Eu não tinha nenhuma certeza de que Frank se encaixava na definição de Sam, ou mesmo, pensando bem, na minha.

– Ele é esperto como o diabo – eu disse afinal –, e sempre pega os bandidos. De um jeito ou de outro. Você vai concordar com os três dias que ele pediu?

Sam suspirou.

– Se você não se importa de ficar em casa no fim de semana, então, sim, acho que vou concordar. Vai ser até bom, na verdade, não divulgar esse caso antes de sabermos com o que estamos lidando: uma identificação, um suspeito, alguma coisa. Diminui a confusão. Não gosto de dar falsas esperanças aos amigos dela, mas pode ser, sim, que amenize o golpe, dar a eles alguns dias para se acostumarem com a ideia de que talvez ela não se salve...

O dia se anunciava magnífico; o sol secava a relva e o silêncio era tanto que dava para ouvir insetos minúsculos ziguezagueando entre as flores do campo. Algo nas encostas verdes me deixava inquieta, alguma coisa teimosa e secreta, como costas viradas. Demorei um segundo para descobrir: elas estavam vazias. De toda a aldeia de Glenskehy, nem uma só pessoa tinha vindo ver o que estava acontecendo.

Já na estradinha, protegidos dos olhares dos outros pelas árvores e sebes, Sam me abraçou com força.

– Pensei que fosse você – disse ele, com a boca no meu cabelo. Sua voz estava baixa e trêmula. – Pensei que fosse você.

2

Na verdade, não passei os três dias seguintes vendo a droga dos programas de televisão, como dissera a Frank que faria. Não sou de ficar sentada e quando estou ansiosa preciso me movimentar. Por isso – o que gosto nesse trabalho é a adrenalina – comecei a limpar. Esfreguei, passei aspirador e lustrei cada centímetro do meu apartamento, inclusive os rodapés e o interior do fogão. Tirei as cortinas, lavei-as na banheira e pendurei na escada de incêndio para secar. Estendi o meu edredom na janela e bati nele com uma espátula, para remover a poeira. Teria pintado as paredes, se tivesse tinta. Até pensei em usar o meu disfarce de debiloide e ir a uma loja fazer compras, mas eu prometera a Frank, então, em vez disso, limpei a parte de trás da caixa da descarga.

E pensei sobre o que Frank havia me dito. "Especialmente não de você..." Depois da Operação Vestal, saí da Homicídios. Em comparação, VD talvez não seja um grande desafio, mas, puxa, é tranquilo, embora eu saiba que é estranho usar essa palavra. Alguém espancou alguém, ou não espancou; é simples assim, e você só tem que descobrir qual é a afirmação correta e como melhorar a situação. Na VD tudo é objetivo e, sem dúvida nenhuma, útil, e eu precisava muito disso. Estava cansada de altos riscos e complicações e dilemas éticos.

"Especialmente não de você... virou burocrata de carteirinha?" Meu elegante terninho de trabalho, passado e pendurado na porta do armário, pronto para segunda-feira, me deixava enjoada. Depois de um tempo, não consegui mais olhar para ele. Joguei-o no guarda-roupa e bati a porta com força.

É claro que o tempo todo, por trás de tudo que eu fazia, o meu pensamento estava na garota morta. Eu tinha a sensação de que deveria haver alguma pista no seu rosto, alguma mensagem secreta em um código que só eu poderia ter lido, se apenas tivesse tido inteligência ou tempo para perceber. Se ainda trabalhasse na Homicídios, teria roubado uma foto da cena do crime ou uma cópia da identidade dela e levado para casa para olhar sozinha. Sam teria me dado uma, se eu tivesse pedido, mas não pedi.

Em algum lugar, em algum momento durante esses três dias, Cooper estaria fazendo a autópsia. A ideia dava um nó na minha cabeça.

Eu jamais tinha visto uma pessoa parecida comigo. Dublin está cheia de garotas assustadoras que, juro por Deus, são na verdade a mesma pessoa, ou pelo menos saíram da mesma embalagem de bronzeador artificial; eu posso não ser nenhum tipo de beleza, mas não sou genérica. O pai da minha mãe era francês, e de algum modo o lado francês e o lado irlandês resultaram numa combinação única e personalíssima. Não tenho irmãos nem irmãs; o que tenho são tias, tios e uma coleção de primos de segundo grau, e nenhum deles se parece comigo.

Meus pais morreram quando eu tinha cinco anos. Ela cantava em clubes noturnos, ele era jornalista e estava dirigindo o carro, levando-a de volta para casa depois de uma apresentação em Kilkenny, numa noite chuvosa de dezembro, quando passaram por um trecho escorregadio da estrada. O carro capotou três vezes – é provável que ele estivesse dirigindo em alta velocidade – e ficou de rodas para cima num campo, até que um fazendeiro viu os faróis e foi até lá. Ele morreu no dia seguinte; ela nem chegou a entrar na ambulância. Eu conto isso às pessoas logo depois que as conheço, para encerrar o assunto. Todas ficam sem saber o que dizer, ou então adotam um tom meloso ("Você deve sentir *tanta* falta deles") e quanto mais nos conhecemos, mais tempo elas acham que o estágio meloso tem que durar. Nunca sei como responder, já que eu tinha cinco anos e isso aconteceu há mais de vinte e cinco; acho que não corro riscos ao dizer que já mais ou menos superei esse episódio. Gostaria de me lembrar dos meus pais o suficiente para sentir saudade deles, mas só consigo sentir saudade da ideia, e às vezes das canções que minha mãe cantava para mim, e não conto isso para ninguém.

Tive sorte. Milhares de outras crianças naquela situação foram negligenciadas, indo parar em lares adotivos ou em escolas industriais que eram um pesadelo. Acontece que, no caminho para a tal apresentação, meus pais tinham me deixado em Wicklow, para passar a noite com a irmã do meu pai e o marido dela. Eu me lembro de telefones tocando no meio da noite, passos rápidos na escada e cochichos apressados no corredor, o motor de um carro, pessoas entrando e saindo durante vários dias, segundo me pareceu, e depois tia Louisa sentando comigo na sala escurecida para explicar que eu ficaria lá por mais tempo, porque a minha mãe e o meu pai não voltariam.

Tia Louisa era bem mais velha do que o meu pai, e ela e tio Gerard não têm filhos. Ele é historiador; eles jogam bridge com frequência. Acho que na verdade jamais se acostumaram com a ideia de que eu morava lá; me deram o quarto de hóspedes, completo, com a cama de casal de espaldar alto, os frágeis pequenos enfeites e uma gravura inadequada do Nascimento de Vênus, e pareceram ligeiramente preocupados quando fiquei mais velha e quis pendurar os meus pôsteres nas paredes. Durante doze anos e meio, porém, eles me alimentaram, me mandaram para o colégio e para as aulas de ginástica e de música, fizeram carinho na minha cabeça, de uma forma meio vaga, mas afetuosa quando eu estava por perto, e me deixaram viver a minha vida. Em troca, nunca deixei que descobrissem quando matei aulas, caí de onde não deveria ter subido, fiquei de castigo na escola e comecei a fumar.

Foi uma infância feliz, e isso é sempre mais um choque para as pessoas. Nos primeiros meses, passei muito tempo no fundo do jardim, chorando até vomitar e berrando palavrões para a garotada da vizinhança que tentava fazer amizade. Mas as crianças são pragmáticas, saem vivas e bem de situações piores do que a orfandade, e eu só pude resistir até certo ponto, diante da constatação de que nada traria os meus pais de volta e diante das mil coisas interessantes ao meu redor, minha vizinha de porta Emma se debruçando no muro e a minha bicicleta nova, brilhando vermelha ao sol, e os gatinhos meio selvagens no depósito do jardim, todos se mexendo sem parar enquanto aguardavam que eu acordasse e fosse brincar lá fora. Cedo descobri que você pode desperdiçar a sua vida chorando pelo que perdeu.

Eu me criei com a nostalgia como substituta da metadona (menos viciante, menos óbvia, menos capaz de levar à loucura): saudade do que nunca tinha tido. Quando meus novos amigos e eu comprávamos barrinhas de chocolate Curly Wurly, eu guardava a metade para a minha irmã imaginária (e enfiava no fundo do guarda-roupa, onde viravam uma pasta grudenta que entrava nos meus sapatos); deixava espaço para ela na cama de casal, quando Emma ou outra amiga não estavam dormindo comigo. Quando o terrível Billy MacIntyre, que sentava atrás de mim na escola, botava meleca nas minhas tranças, era o meu irmão imaginário quem batia nele, até que eu mesma aprendesse a fazê-lo. Na minha mente, os adultos nos olhavam, três cabeças de cabelos igualmente escuros andando em fila, e diziam: "Ah, meu Deus, logo se vê que é uma família, não são a cara um do outro?"

Não era afeição o que eu procurava, nada disso. O que eu queria era alguém que tivesse um vínculo comigo, sem qualquer possibilidade de negação ou dúvida; alguém cuja aparência fosse uma garantia, uma prova concreta de que estávamos unidos para o resto da vida. Em fotos, noto uma semelhança com a minha mãe; e com mais absolutamente ninguém. Não sei se você consegue imaginar. Todos os meus amigos de escola tinham ou o nariz da família, ou o cabelo do pai, ou os mesmos olhos das irmãs. Até Jenny Bailey, uma garota que era adotada, parecia ser prima do resto da turma – estávamos nos anos oitenta, todo mundo na Irlanda era aparentado, de uma maneira ou de outra. Quando entrei na fase de procurar motivos de angústia, não ter isso era como não ter reflexo. Não existia nada para provar que eu tinha o direito de estar ali. Eu poderia ter vindo de qualquer parte, ter sido deixada por alienígenas, trocada por duendes, fabricada num tubo de ensaio na CIA, e se algum dia eles aparecessem para me levar de volta, não haveria nada no mundo para me segurar.

Se essa garota misteriosa tivesse entrado na minha sala de aula um dia, naquela época, eu teria ficado felicíssima. Como isso não aconteceu, eu cresci, criei juízo e parei de pensar no assunto. Agora, de repente, eu tinha o melhor reflexo do pedaço, e não gostava dele nem um pouco. Tinha me habituado a ser única, nenhum vínculo com ninguém. Essa garota era um vínculo como uma algema, vinda do nada, atada ao meu pulso e apertada até o osso.

E eu sabia como ela encontrara a identidade de Lexie Madison. Estava na minha cabeça, brilhante e duro como vidro quebrado, claro como se tivesse acontecido comigo, e disso eu também não gostava. Em algum lugar da cidade, no balcão de um pub lotado ou escolhendo roupas numa loja, alguém atrás dela: "Lexie? Lexie Madison? Meu Deus, há quanto tempo!" E depois seria só uma questão de fazer o jogo com cuidado, as perguntas certas e displicentes ("Foi há tanto tempo, nem dá para lembrar, o que eu estava fazendo a última vez que nos vimos?"), avançando delicadamente para saber tudo o que precisava. Não tinha sido nada boba, essa garota.

Inúmeros casos de assassinato resultam em sérios e prolongados duelos verbais, mas este era diferente. Pela primeira vez eu sentia que o meu inimigo real não era o assassino, mas a vítima: desafiadora, agarrando seus segredos nos punhos cerrados, a oponente perfeita e equilibrada em todos os detalhes, o que tornava o resultado imprevisível.

Sábado, na hora do almoço, eu já estava tão pirada que subi na bancada da cozinha, tirei de cima do armário a caixa de sapatos onde guardo os meus Documentos Oficiais, joguei tudo no chão e procurei até achar a minha certidão de nascimento. Maddox, Cassandra Jeanne, sexo feminino, peso três quilos. Parto de feto único.

– Idiota – falei em voz alta, e voltei a subir na bancada.

Naquela tarde, Frank apareceu. Àquela altura, eu não aguentava mais ficar presa – o meu apartamento é pequeno, não tinha mais o que limpar – e fiquei até contente de ouvir a voz dele no interfone.

– Em que ano nós estamos? – perguntei, quando ele chegou lá em cima. – Quem é o presidente?

– Pare de reclamar – disse ele, passando um braço pelo meu pescoço. – Você tem todo esse apartamento simpático para se divertir. Poderia ser um atirador num esconderijo, sem mover nem um músculo durante dias seguidos, fazendo xixi numa garrafa. E eu trouxe suprimentos.

Ele me entregou uma sacola do supermercado Tesco, com produtos de todos os tipos: biscoitos de chocolate, cigarros, pó de café e duas garrafas de vinho.

– Você é um amor, Frank – agradeci. – Você me conhece bem demais. – E conhecia mesmo; quatro anos tinham se passado, e ele ainda lembrava que gosto de Lucky Strike Lights. Não que isso me deixasse tranquila, mas tampouco era essa a intenção dele.

Frank levantou uma sobrancelha, com expressão neutra.

– Tem um saca-rolhas?

Fiquei logo de antenas ligadas, porém não tenho problemas com bebida, e Frank com certeza sabia que eu não era burra a ponto de ficar bêbada com ele. Joguei um saca-rolhas em sua direção e fui procurar as taças.

– É bem legal esse lugar – disse ele, começando a abrir a primeira garrafa. – Fiquei com medo de encontrar você em algum apartamento yuppie horroroso, com superfícies cromadas.

– Com um salário de policial? – Os preços de moradia em Dublin são muito parecidos com os de Nova York, só que em Nova York você tem Nova York pelo que está pagando. O meu apartamento consiste de um único cômodo de tamanho médio, no último andar de uma casa alta em estilo georgiano transformada em prédio de apartamentos. Tem a lareira original de ferro batido, espaço suficiente para um futon e um sofá e todos os meus livros, inclinados como bêbados em direção ao assoalho em um canto, uma família de corujas morando no oco do telhado e a vista da praia de Sandymount. Gosto dele.

– Com o salário de dois policiais. Você não está namorando o nosso amigo Sammy?

Sentei-me no futon e estendi as taças para que ele servisse o vinho.

– Só há dois meses. Ainda não chegamos ao estágio de viver em pecado.

– Pensei que fosse há mais tempo. Ele me pareceu bem protetor na quinta-feira. É amor de verdade?

– Não é da sua conta – respondi, batendo de leve a minha taça na dele. – Saúde. E então, por que você veio aqui?

Frank fez cara de magoado.

– Pensei que precisasse de companhia. Fiquei me sentindo culpado de deixar você presa aqui, sozinha... – Olhei-o zangada; ele percebeu que não estava funcionando e sorriu. – Você é muito convencida, sabia? Não queria que ficasse faminta, ou entediada, ou desesperada por um cigarro e resolvesse sair para comprar. As chances de ser vista por alguém que conheceu a garota são de uma em mil, mas por que arriscar?

A explicação era plausível, mas Frank sempre teve o hábito de atirar falsas iscas em várias direções ao mesmo tempo para desviar a atenção da armadilha no meio.

— Continuo pensando em não fazer esse negócio, Frankie — comentei.

— Tudo bem — assentiu ele, impassível. Tomou um grande gole de vinho e se acomodou melhor no sofá. — Aliás, tive uma conversa com o chefe e esta investigação agora é oficialmente conjunta: Homicídios e Inteligência. Mas é provável que o seu namorado já tenha lhe contado.

Não tinha. Sam ficara em sua casa nas duas últimas noites ("Vou ter que acordar às seis, claro, não tem por que você fazer o mesmo. A não ser que precise que eu vá até aí. Vai ficar bem sozinha?"); não havíamos nos encontrado desde a cena do crime.

— Com certeza todos estão encantados — falei. Investigações conjuntas são uma droga. Sempre acabam num atoleiro fenomenal envolvendo inúteis e intermináveis competições de testosterona.

Frank deu de ombros.

— Eles vão sobreviver. Quer saber o que já descobrimos sobre a garota?

Claro que eu queria. Queria do jeito que um alcoólatra deseja beber: tanto que joga para o alto o fato concreto de que é uma péssima ideia.

— Pode contar. Já que você está aqui...

— Beleza — disse Frank, procurando os cigarros na sacola do Tesco. — Ok: ela aparece pela primeira vez em fevereiro de 2002, quando consegue a certidão de nascimento de Alexandra Madison e a usa para abrir uma conta bancária. Usando a certidão, um extrato bancário e a semelhança física, ela obtém o seu antigo histórico escolar na UCD e com isso se matricula na Trinity para fazer doutorado em inglês.

— Organizada — comento.

— Ah, sim. Organizada, criativa e convincente. Tinha talento; eu mesmo não faria melhor. Esperta, nunca tentou receber o seguro desemprego; arranjou um emprego numa cafeteria da cidade, trabalhou em tempo integral durante o verão, depois, em outubro, foi para a Trinity. O título da sua tese, você vai gostar, é "Outras vozes: identidade, ocultamento e verdade". É sobre escritoras que usaram pseudônimos.

— Bonitinho. Quer dizer que Lexie tinha senso de humor.

Frank me olhou curioso.

— Não temos que gostar dela, menina — disse, depois de uma pausa. — Só temos que descobrir quem a matou.

— Você tem. Eu não. Descobriu mais alguma coisa?

Ele colocou um cigarro entre os lábios e pegou o isqueiro.

— Então, ela está na Trinity. Faz amizade com quatro outros alunos da pós-graduação de inglês, sai praticamente só com eles. Em setembro do ano passado, um deles herda uma casa do tio-avô, e todos se mudam para lá. Casa dos Espinheiros-Brancos, é assim que se chama. Fica nos arredores de

Glenskehy, a pouco menos de um quilômetro do local onde ela foi encontrada. Na quarta à noite, ela sai para dar uma caminhada e não volta. Os outros quatro são o álibi um do outro.

— Isso você poderia ter me contado por telefone.

— Ah — disse Frank, remexendo no bolso do casaco —, mas não poderia mostrar isto. Aqui está: o Quarteto Fantástico. Os amigos que dividem a casa com ela. — E pegou um maço de fotos, espalhando-as sobre a mesa.

Uma delas era um instantâneo, tirado num dia de inverno, céu cinzento diáfano e salpicos de neve no chão: cinco pessoas em frente a uma casa georgiana grande, cabeças inclinadas encostando uma na outra e cabelos voando para os lados com o vento. Lexie estava no meio, usando aquela mesma japona, rindo, e minha mente de novo deu um solavanco e girou violentamente: "Quando foi que eu...?" Frank me olhava como um cão de caça. Devolvi a foto à mesa.

As outras fotos eram cenas tiradas de algum vídeo caseiro — dava para ver as bordas desfocadas pelo movimento das pessoas — e que tinham sido impressas na sala da equipe de Homicídios: a impressora sempre deixa uma faixa no canto superior direito. Quatro fotos de corpo inteiro, quatro ampliações de rostos, todas tiradas no mesmo cômodo, tendo ao fundo um papel de parede velho, listrado de florezinhas. Dava para ver um enorme pinheiro, sem enfeites, no canto de duas das fotos: era pouco antes do Natal.

— Daniel March — apontou Frank. — Não é Dan nem, Deus me livre, Danny: é Daniel. Foi ele que herdou a casa. Filho único, órfão, de antiga família anglo-irlandesa. O avô perdeu quase todo o dinheiro da família em negócios escusos nos anos cinquenta, mas ainda sobrou o suficiente para dar a Danny Boy uma pequena renda. Ele tem bolsa de estudos, por isso não precisa pagar a faculdade. Sua tese de doutorado é sobre, sem brincadeira, o objeto inanimado como narrador na poesia épica medieval antiga.

— Não é nenhum imbecil, pelo jeito — comentei. Daniel era um cara grande, bem mais de um metro e oitenta e corpo proporcional, com cabelo escuro brilhante e queixo quadrado. Estava sentado numa poltrona bergère, tirando com delicadeza um enfeite de vidro de uma caixa e olhando para a câmera. Suas roupas pareciam caras: camisa branca, calça preta, pulôver cinza macio. Na foto em close, seus olhos, por trás dos óculos de aro de metal, eram cinzentos e frios como pedra.

— Com certeza não é nenhum imbecil. Nenhum deles é, muito menos Daniel. Você vai precisar ser cuidadosa com ele.

Ignorei o comentário.

— Justin Mannering — continuou Frank. Justin estava num emaranhado de lâmpadas de Natal brancas e olhava para elas com ar desanimado.

Ele também era alto, mas esguio, com um jeito professoral precoce: cabelo curto castanho-claro, já começando a rarear, óculos pequenos sem aro, rosto comprido e simpático. – De Belfast. Sua tese de doutorado é sobre o amor sagrado e profano na literatura renascentista, seja lá o que for amor profano, acho que é do tipo que custaria umas duas ou três libras por minuto. A mãe morreu quando ele tinha sete anos, o pai se casou de novo, dois meio-irmãos, Justin não vai à casa paterna com frequência. Mas o papai, advogado, ainda paga a faculdade e dá mesada. Para certas pessoas, é tudo fácil, não é?

– O que é que eles podem fazer se os pais têm dinheiro? – falei distraída.

– Ora, podem arranjar um emprego, não podem? Lexie dava aulas, corrigia trabalhos, fiscalizava provas. Ela trabalhou numa cafeteria até eles se mudarem para Glenskehy e o transporte ficar complicado demais. Você não trabalhou enquanto estava na faculdade?

– Fui recepcionista num bar, e era uma droga. Se tivesse tido escolha, jamais teria trabalhado lá. Aguentar contadores bêbados beliscando sua bunda não faz de você necessariamente uma pessoa melhor.

Frank deu de ombros.

– Não gosto de pessoas que conseguem tudo sem esforço. E por falar nelas: Raphael Hyland, conhecido como Rafe. Um merdinha debochado. O papai é banqueiro de investimentos, um dublinense que se mudou para Londres nos anos setenta; a mamãe, socialite. Eles se divorciaram quando o filho tinha seis anos, ele foi mandado direto para um colégio interno, mudado a cada dois anos, quando o pai recebia um aumento e podia se dar ao luxo de pagar um colégio melhor. *Rafe* vive da renda de um fundo de investimento. Sua tese de doutorado é sobre os rebeldes na dramaturgia da época do rei Jaime I.

Rafe estava esticado num sofá, com uma taça de vinho e chapéu de Papai Noel, parecendo nada mais que decorativo e bem à vontade no papel. Ele era ridiculamente bonito, daquele jeito que faz muitos homens sentirem uma necessidade urgente de emitir comentários maliciosos em voz bem grossa. Tinha a mesma altura e compleição de Justin, mas o seu rosto era todo ossos e curvas perigosas e ele era dourado por inteiro: cabelo farto louro-escuro, aquele tipo de pele que parece sempre meio bronzeada, olhos alongados cor de chá gelado, encobertos como os de um falcão. Parecia uma máscara saída do túmulo de algum príncipe egípcio.

– Uau – falei. – De repente esse trabalho ficou bem mais tentador.

– Se for boazinha, não conto ao seu namorado que disse isso. Se bem que o cara provavelmente é gay – disse Frank, numa conclusão totalmente previsível. – A última, mas não menos importante: Abigail Stone. É chamada de Abby.

Abby não era exatamente bonita – miúda, cabelos castanhos compridos até os ombros e um nariz bem pequeno –, mas havia algo mais em seu rosto: o jeito das sobrancelhas e a curva da boca davam-lhe uma expressão curiosa, que despertava o desejo de olhá-la uma segunda vez. Estava sentada em frente a uma fogueira, fazendo guirlandas de pipocas, mas olhava para o operador da câmera – Lexie, presumo – com ar brincalhão, e o borrão no lugar da sua mão livre me fez pensar que tinha acabado de atirar uma pipoca na câmera.

– A história dela é muito diferente – disse Frank. – Nascida em Dublin, o pai nunca apareceu, a mãe entregou-a a uma família adotiva quando estava com dez anos. Abby concluiu com sucesso o ensino médio, entrou na Trinity, deu muito duro e acabou em primeiro lugar. Tese de doutorado sobre classes sociais na literatura vitoriana. Ganhava dinheiro limpando escritórios e dando aulas de inglês a crianças; agora que não precisa pagar aluguel, já que Daniel não cobra nada deles, ganha uns trocados dando aulas em estágios docentes na faculdade e auxiliando o seu orientador nas pesquisas. Vocês vão se dar bem.

Mesmo despreocupados como pareciam, os quatro atraíam a atenção. Em parte pela perfeição luminosa do todo – quase dava para sentir o cheiro de biscoitos de gengibre no forno e ouvir canções natalinas ao fundo, só faltava um pássaro de peito vermelho para que a foto se transformasse num cartão de Natal. E em parte pela maneira como eles se vestiam, austera, quase puritana: as camisas dos homens de um branco brilhante, calças com vincos bem marcados, a longa saia de lã de Abby presa sob os joelhos com recato, nenhum logotipo ou slogan à vista. Quando eu era estudante, todas as nossas roupas sempre davam a impressão de terem sido lavadas com excessiva frequência em alguma lavanderia duvidosa e com detergente sem marca, o que era verdade. Esses caras eram tão impecáveis que chegava a ser surreal. Separados, talvez parecessem apagados, ou mesmo entediantes, em meio à orgia de etiquetas famosas de Dublin que tentavam expressar personalidade, mas juntos eles tinham um olhar quádruplo elegante, desafiador, que os tornava não apenas excêntricos, mas exóticos, algo de outro século, remoto e extraordinário. Como a maior parte dos detetives – e Frank sabia disso, claro que sabia – jamais consegui desviar os olhos de alguma coisa que não conseguisse explicar.

– Eles são uma turma boa – concluí.

– Uma turma esquisita, é o que eles são, segundo as outras pessoas do departamento de inglês. Os quatro se encontraram quando entraram na faculdade, já faz quase sete anos. Desde aquela época tornaram-se inseparáveis; não têm tempo para mais ninguém. Não são muito populares no departamento: os outros alunos acham que eles são metidos, por incrível que pareça.

De alguma maneira, porém, a nossa garota se entrosou com eles, logo depois que entrou na Trinity. Outras pessoas tentaram ser seus amigos, mas ela não demonstrou interesse. Estava de olho nesse grupo.

Eu compreendia por que e simpatizei mais com ela, só um pouquinho. Digam o que disserem sobre essa garota, ela tivera bom gosto.

– O que você contou para eles?

Frank sorriu.

– Quando ela chegou ao chalé e desmaiou, o choque e o frio causaram um coma hipotérmico, o que desacelerou seus batimentos cardíacos, de modo que qualquer um que a encontrasse poderia pensar que estava morta, certo? O coma também estancou a hemorragia e evitou que outros órgãos fossem afetados. Cooper diz que isso é "clinicamente ridículo, mas talvez plausível para pessoas sem nenhum conhecimento médico", o que para mim é suficiente. Até agora ninguém questionou.

Ele acendeu o cigarro e soprou anéis de fumaça em direção ao teto.

– Ela continua inconsciente e corre risco de vida, mas pode ser que se recupere. Nunca se sabe.

Eu não mordi a isca.

– Eles vão pedir para vê-la.

– Já pediram. Infelizmente, devido a questões de segurança, não podemos dizer onde ela está no momento.

Ele estava se divertindo.

– Como eles receberam a notícia? – perguntei.

Frank pensou um pouco, cabeça encostada no sofá, fumando devagar.

– Ficaram abalados – disse finalmente –, como seria natural. Mas não há como saber se os quatro estão abalados porque ela foi esfaqueada ou se um deles está abalado porque ela pode sobreviver e contar o que aconteceu. Eles são muito atenciosos, respondem a todas as nossas perguntas, sem má vontade nem nada; só depois é que você percebe que na verdade contaram muito pouco. Eles são uns tipos esquisitos, Cass, difíceis de compreender. Adoraria saber como você os avaliaria.

Juntei as fotos numa pilha e as devolvi a Frank.

– Tudo bem – falei. – Mais uma vez, por que você tinha que vir até aqui e me mostrar essas fotos?

Ele deu de ombros, arregalou os olhos azuis inocentes.

– Para ver se você reconheceria algum deles, o que poderia acrescentar um ângulo totalmente novo...

– Não reconheço. Fale claro, Frank. O que você quer?

Frank suspirou, bateu a pilha de fotos na mesa com movimentos mecânicos, alinhando as pontas, e enfiou-as de volta no bolso do casaco.

— Gostaria de saber — falou em voz baixa — se estou perdendo o meu tempo. Preciso saber se você está cem por cento segura de que o que quer é voltar ao trabalho na VD segunda de manhã e esquecer que isso tudo aconteceu.

Todo o riso e disfarce tinham desaparecido da sua voz, e eu conhecia Frank bastante bem para saber que era nesse momento que ele era mais perigoso.

— Não sei bem se tenho a opção de esquecer — falei, com cuidado. — Esse negócio me deixou confusa. Não gosto disso e não quero me envolver.

— Tem certeza? Porque tenho trabalhado feito um louco esses últimos dois dias, interrogando todo mundo que aparece para saber cada detalhe da vida de Lexie Madison...

— O que seria necessário, de qualquer maneira. Pare de tentar fazer com que eu me sinta culpada.

— ... e se você tiver certeza absoluta, não se justifica mais perder o seu tempo e o meu só para fazer a minha vontade.

— Você queria que eu fizesse a sua vontade — rebati. — Só três dias, nenhum compromisso, blá-blá-blá.

Ele assentiu, pensativo.

— E foi só por isso que você ficou aqui: para fazer a minha vontade. Está feliz na VD. Tem certeza.

A verdade é que Frank — ele tem esse talento — tinha tocado num ponto sensível. Talvez fosse o fato de vê-lo de novo, seu sorriso aberto e o ritmo acelerado da sua voz, que me levava de volta ao tempo em que este emprego era tão atraente e interessante que tudo que eu queria era correr e mergulhar no trabalho. Talvez fosse a efervescência da primavera no ar me puxando; talvez fosse apenas o fato de eu não ter jeito para ficar infeliz por muito tempo. Qualquer que fosse o motivo, sentia-me acordada, pela primeira vez em muitos meses, e de repente a ideia de voltar à VD na segunda-feira — embora eu não tivesse nenhuma intenção de dizer isso a Frank — me dava coceira no corpo todo. Eu trabalhava com um cara chamado Maher, do condado de Kerry, que usava suéteres de golfista, achava que qualquer sotaque não irlandês era motivo de muita diversão e respirava pela boca quando datilografava, e de repente não tive certeza se conseguiria aturá-lo por mais de uma hora sem atirar o meu grampeador na sua cabeça.

— O que isso tem a ver com o caso? — perguntei.

Frank deu de ombros, apagou o cigarro.

— Apenas fiquei curioso. A Cassie Maddox que eu conheci não ficaria feliz num empreguinho seguro de nove às cinco que ela faz com um pé nas costas. Só isso.

Subitamente, e com fúria, eu queria que Frank saísse do meu apartamento. Com ele lá, o lugar parecia pequeno demais, atulhado e perigoso.

— Pois é — falei, pegando as taças de vinho e levando para a pia. — Há muito tempo não nos vemos.

— Cassie — disse Frank atrás de mim, com sua voz mais amável. — O que aconteceu com você?

— Encontrei Jesus Cristo meu Salvador — retruquei, jogando as taças na pia —, e ele não aprova que a gente engane as pessoas. Fiz um transplante de cérebro, peguei a doença da vaca louca, levei uma facada, envelheci e criei juízo, pode chamar como quiser, não *sei* o que aconteceu, Frank. Só sei que quero paz e tranquilidade na minha vida, para variar, e essa merda de caso e essa merda dessa ideia que você teve não vão me dar isso. Ok?

— Calma, tudo bem — falou Frank, numa voz tranquila que fez com que eu me sentisse uma idiota. — A decisão é sua. Mas se eu prometer não falar mais no caso, posso tomar outro copo de vinho?

Minhas mãos tremiam. Abri a torneira toda e não respondi.

— Podemos botar a conversa em dia. Como você disse, há muito tempo não nos vemos. Vamos reclamar do tempo, eu mostro fotos da minha filha e você pode me falar do seu novo namorado. O que aconteceu com o antigo, o advogado, como era mesmo o nome dele? Sempre achei que ele era meio quadrado para você.

As operações secretas acabaram com o Aidan. Ele terminou comigo quando viu que eu faltava aos encontros marcados, não dizia por que e não contava o que tinha feito durante o dia. Disse que eu gostava mais do trabalho do que dele. Lavei as taças e deixei-as no escorredor.

— A não ser que você precise ficar sozinha, para pensar — acrescentou Frank, solícito. — Posso entender. É uma decisão importante.

Não pude evitar: depois de um segundo, comecei a rir. Frank pode ser um sacana quando quer. Se eu o mandasse embora agora, seria o mesmo que dizer que estava pensando na sua ideia maluca.

— Tá bom — falei. — Tudo bem. Pode beber quanto vinho quiser. Mas se mencionar o caso mais uma vez, dou-lhe um golpe que fará seu braço ficar dormente. Combinado?

— Beleza — disse Frank, todo feliz. — Normalmente, tenho que pagar por esse tipo de coisa.

— Para você, faço de graça a qualquer hora. — Passei as taças para ele, uma a uma. Ele as enxugou na camisa e pegou a garrafa de vinho.

— E aí — perguntou —, o Sammy é bom de cama?

Terminamos a primeira garrafa e começamos a segunda. Frank me contou as fofocas da Inteligência, as notícias que nunca chegam ao conhecimento das outras divisões. Eu sabia exatamente o que ele estava fazendo, mas mesmo assim me sentia bem, ouvindo de novo aqueles nomes, o jargão, as piadas internas perigosas e o ritmo profissional, rápido e abreviado. Brincamos de você-se-lembra: daquela vez em que eu estava numa festa e Frank precisava me passar uma informação, então mandou outro agente fazer o papel de namorado rejeitado e imitar Stanley Kowalski embaixo da janela ("Lexiiiiiie!") até que eu aparecesse; daquela outra vez em que estávamos trocando informações num banco da praça Merrion e eu vi alguém da faculdade vindo em nossa direção, aí chamei Frank de velho tarado aos gritos e saí indignada. Percebi que, querendo ou não, eu estava gostando de Frank estar ali. Antes eu sempre tinha visitas – amigos, meu antigo parceiro, esparramados no sofá e ficando até muito tarde, música ao fundo e todo mundo meio alto –, mas havia muito tempo que Sam era o único a vir à minha casa, e havia mais tempo ainda que eu tinha rido tanto, e isso era bom.

– Sabe – disse Frank bem mais tarde, meditando e contemplando a taça –, você ainda não disse não.

Não tive ânimo para ficar aborrecida.

– Eu disse alguma coisa que se parecesse remotamente com um sim? – indaguei.

Ele estalou os dedos.

– Olhe só, tive uma ideia. Tem uma reunião sobre o caso amanhã no fim da tarde. Por que você não vai? Pode ajudá-la a decidir se quer ou não.

E, opa, ali estava: a armadilha no meio das falsas iscas, o motivo real por trás dos biscoitos de chocolate, das novidades e da preocupação com a minha saúde emocional.

– Pô, Frank. Percebe como você é óbvio?

Frank sorriu, nem um pouco envergonhado.

– Você não pode me culpar por tentar. Sério, você deveria ir. O pessoal temporário só começa na segunda, então seremos apenas eu e Sam conversando sobre o caso. Não está curiosa?

Claro que eu estava. Toda a informação de Frank não havia me revelado a única coisa que eu queria saber: como tinha sido aquela garota. Recostei a cabeça no futon e acendi mais um cigarro.

– Você acredita mesmo que daria certo, apesar de tudo? – perguntei.

Frank ficou pensativo. Serviu-se de mais um copo de vinho e fez um aceno com a garrafa em minha direção; fiz que não com a cabeça.

– Em circunstâncias normais – respondeu afinal, ajeitando-se de novo no sofá –, eu diria que provavelmente não. Mas as circunstâncias não são normais, e temos algumas coisas a nosso favor, além das óbvias. Por exemplo, para todos os efeitos, essa garota só existiu durante três anos. Não é o caso de ter a história de uma vida inteira para aprender. Não precisa enfrentar pais ou irmãos, não vai esbarrar com nenhum amigo de infância, ninguém vai perguntar se você se lembra do primeiro baile da escola. Outra coisa, durante esses três anos, a vida dela parece que foi bastante restrita: teve um grupo pequeno de amigos, estudou num departamento pequeno, teve um só emprego. Você não precisa lidar com grandes grupos de família, amigos e colegas.

– Ela fazia doutorado em literatura inglesa – observei. – O meu conhecimento de literatura inglesa é zero, Frank. Tirei boas notas na escola, mas só. Não falo o jargão da área.

Frank não deu importância.

– Lexie também não falava, pelo que sabemos, e ela conseguiu enganar todo mundo. Se ela pôde fazer, você também pode. Mais uma vez, demos sorte: ela poderia estar cursando farmácia ou engenharia. E se você não fizer porra nenhuma da tese dela, bem, e daí, o que esperam? Por ironia, aquela facada será útil: podemos inventar estresse pós-traumático, amnésia, qualquer coisa que nos dê na telha.

– Algum namorado? – Há limites para o que me disponho a fazer pelo emprego.

– Não, portanto a sua virtude está garantida. Tem outra coisa a nosso favor: sabe aquelas fotos? A garota tinha um telefone com câmera, parece que era usado pelos cinco como filmadora. A qualidade da imagem não é ótima, mas ela guardava um cartão de memória gigantesco, lotado de clipes: ela e os amigos em programas noturnos, em piqueniques, se mudando para a casa nova e fazendo a arrumação, tudo. Quer dizer, você tem um manual já pronto da voz dela, da linguagem corporal, dos trejeitos, do clima dos relacionamentos, tudo que precisar. E você é boa nisso, Cassie. Uma agente infiltrada danada de competente. Juntando tudo isso, eu diria que temos uma grande probabilidade de conseguir.

Ele inclinou a taça para beber as últimas gotas e pegou o casaco.

– Foi legal o papo, menina. Você tem o número do meu celular. Avise o que decidir sobre amanhã à noite.

E saiu. Foi só quando a porta se fechou atrás dele que percebi o que eu tinha perguntado sem querer: "E a faculdade, algum namorado?", como se eu estivesse revisando todo o plano para evitar furos; como se estivesse pensando em aceitar.

Frank sempre teve jeito para saber exatamente quando parar de falar sobre um assunto. Depois que ele saiu, sentei-me no parapeito da janela por um longo tempo, contemplando os telhados sem vê-los. Somente quando me levantei para pegar mais um copo de vinho percebi que ele deixara algo na mesinha de centro.

Era a foto de Lexie e seus amigos, em frente à Casa dos Espinheiros-Brancos. Fiquei ali, com a garrafa de vinho em uma das mãos e a taça na outra, e pensei em virar a foto para baixo e deixar no mesmo lugar até que Frank desistisse e voltasse para buscá-la; pensei, por um momento, em colocá-la num cinzeiro e atear fogo. Depois peguei a foto e levei-a para a janela comigo.

Ela poderia ter qualquer idade. Estava se passando por vinte e seis anos, mas eu teria acreditado em dezenove, ou trinta. Nenhum sinal no rosto, nem uma ruga, cicatriz ou marca de catapora. Tudo que ela talvez tivesse enfrentado na vida, antes que recebesse Lexie Madison de presente, tinha passado e se dissolvido como bruma, deixando-a intocada e perfeita, preservada sem um arranhão. Eu parecia mais velha do que ela: a Operação Vestal me deu as primeiras rugas em volta dos olhos e olheiras que não desaparecem após uma boa noite de sono. Dava quase para ouvir Frank: "Você perdeu um montão de sangue e esteve em coma vários dias, as olheiras estão ótimas, vê se não começa a usar creme à noite."

Perto dela, seus amigos me observavam, calmos e sorridentes, os longos casacos escuros ondulando e o cachecol de Rafe um lampejo de carmim. O ângulo da foto era meio torto; tinham apoiado a câmera em alguma coisa e usado um timer. Não havia fotógrafo do outro lado pedindo para sorrirem. Aqueles sorrisos eram particulares, de um para o outro, para eles se lembrarem um dia, para mim.

E atrás deles, ocupando a foto quase toda, a Casa dos Espinheiros-Brancos. Era uma casa simples: grande, cinza, estilo georgiano, três andares, com as janelas de guilhotina diminuindo à medida que subiam, para dar a ilusão de mais altura. A porta era azul-escuro, com a tinta se soltando em muitas partes; o acesso era por dois lances de escada de pedra, um de cada lado. Três filas distintas de canos de chaminé, hera espessa avançando pelas paredes quase até o telhado. A porta tinha colunas caneladas e uma bandeira em formato de cauda de pavão, mas, fora isso, nenhum adorno; somente a casa.

A paixão da Irlanda por propriedades está no sangue, uma torrente tão forte e primitiva como o desejo. Depois de séculos sendo despejados, indefesos, por capricho dos donos de terras, aprendemos na carne que tudo na vida gira em torno de ter uma casa própria. Por isso os preços de moradia são o que são: os construtores sabem que podem cobrar meio milhão por um apartamento de um quarto que é um lixo, porque se estiverem unidos e não oferecerem outra opção, os irlandeses vendem um rim, trabalham semanas de cem horas e pagam. Por algum motivo – talvez o sangue francês – esse gene não me pegou. A ideia de ter o peso de uma hipoteca nos ombros me deixa nervosa. Gosto do fato de meu apartamento ser alugado: aviso prévio de quatro semanas, dois sacos plásticos bem grandes e posso ir embora quando quiser.

Se algum dia, no entanto, eu tivesse desejado uma casa, teria sido muito parecida com essa. Ela não tinha nada em comum com as pseudocasas sem personalidade que todos os meus amigos andavam comprando, caixas de sapato encolhidas no meio do nada, apresentadas com grandes lances de eufemismos grudentos ("casinha graciosa com arquitetura de design em novíssimo bairro de luxo"), vendidas por vinte vezes o salário da pessoa e construídas para durar apenas o tempo suficiente para o construtor se livrar delas. Esta era uma casa de verdade, séria, do tipo não-se-meta-comigo, com força, orgulho e encanto para durar mais do que todos aqueles que a contemplaram. Minúsculos flocos de neve em rodopio embaçavam a visão da hera e se penduravam nas janelas escuras, e o silêncio era tão imenso que tive a sensação de poder atravessar com a mão a superfície brilhante da foto e penetrar em suas profundezas geladas.

Eu poderia descobrir quem era essa garota e o que tinha acontecido com ela, sem ir à reunião. Sam me contaria, quando conseguisse uma identificação ou um suspeito; provavelmente até me deixaria assistir ao interrogatório. Mas, bem lá no fundo, eu sabia que isso era tudo que ele iria conseguir, o nome da garota e o assassino, e eu ficaria especulando sobre todo o resto até o fim da vida. Aquela casa brilhava na minha mente como uma fortaleza imaginária que aparece só uma vez na vida, provocante e tentadora, com aquelas quatro figuras elegantes como guardiães e segredos turvos demais para serem mencionados. O meu rosto era o passe que abriria a porta. A Casa dos Espinheiros-Brancos estava pronta e esperando para sumir no nada, no momento em que eu dissesse não.

Percebi que a foto estava a poucos centímetros do meu nariz; eu estivera sentada naquele lugar por tanto tempo que já escurecia e as corujas faziam os seus exercícios de aquecimento acima do teto. Terminei o vinho e observei o mar escurecer e o piscar do farol bem longe no horizonte. Quando achei que estava bêbada o suficiente para não me importar caso ele cantasse vitória, mandei uma mensagem de texto para Frank: "A que horas é a reunião?"

O meu telefone apitou mais ou menos dez segundos depois: "7 em ponto, nos vemos lá." Ele estava com o celular à mão, esperando que eu dissesse sim.

Naquela noite, Sam e eu tivemos nossa primeira briga. Provavelmente já era de se esperar, considerando-se que estávamos saindo havia três meses sem ter tido nem uma desavença leve, mas o momento era péssimo.

Sam e eu começamos a namorar alguns meses depois que saí da Homicídios. Não sei exatamente como aconteceu. Não me lembro de muita coisa daquele período; parece que comprei dois suéteres bem deprimentes, do tipo que você só usa quando quer se encolher debaixo da cama durante vários anos, e mais nada, o que às vezes me fazia duvidar do bom-senso de qualquer relacionamento começado na mesma época. Sam e eu nos aproximamos na Operação Vestal e continuamos próximos depois que tudo desmoronou – os casos tipo pesadelo fazem isso, ou então têm o efeito contrário – e muito antes de o caso acabar eu tinha decidido que ele era uma joia rara; um namoro, porém, com qualquer pessoa, era a última coisa que eu tinha em mente.

Ele chegou lá em casa mais ou menos às nove horas.

– Oi – falou, me dando um beijo e um grande abraço. Seu rosto estava frio por causa do vento lá fora. – Tem alguma coisa com cheiro bom.

O apartamento recendia a tomates e alho e ervas. Eu tinha deixado um molho complicado em fogo baixo, a água fervendo e um enorme pacote de ravioli à mão, seguindo o princípio que as mulheres têm adotado desde o começo dos tempos: se tem algo a dizer que ele não vai gostar de ouvir, prepare comida.

– Estou virando dona de casa. Fiz limpeza e tudo. Oi, benzinho, como foi o seu dia?

– Ah, sim – respondeu Sam, meio distraído. – Vamos falar disso depois. Enquanto ele tirava o casaco, seus olhos foram até à mesa de centro: garrafas de vinho, rolhas, taças. – Tem se encontrado com algum homem simpático às escondidas?

– Frank – respondi. – Não muito simpático.

O sorriso desapareceu do rosto de Sam.

– Ah. O que ele queria?

Eu pretendia falar sobre isso só depois do jantar. Para uma detetive, a minha técnica de limpeza da cena do crime é sofrível.

– Ele quer que eu vá à reunião sobre o caso amanhã à noite – disse, tentando parecer despreocupada enquanto me dirigia à cozinha para ver se o pão de alho estava pronto. – Ele disfarçou, mas o objetivo mesmo era esse.

Vagarosamente, Sam dobrou o casaco e colocou-o nas costas do sofá.

– O que você respondeu?

– Pensei muito. Eu quero ir.

– Ele não tinha o direito – disse Sam, em voz baixa. Um rubor começava a cobrir o seu rosto. – Vir aqui na moita pressionar você quando eu não estava perto para...

– Eu teria decidido exatamente a mesma coisa se você estivesse aqui – rebati. – Sou uma menina crescida, Sam. Não preciso de proteção.

– Não gosto daquele cara – disse Sam, incisivo. – Não gosto do jeito que ele pensa e não gosto do jeito que ele trabalha.

Bati com força a porta do forno.

— Ele está tentando solucionar o caso. Talvez você não concorde com o jeito de ele fazer isso...

Sam afastou o cabelo dos olhos com força, usando o antebraço.

— Não — afirmou. — Não, não está. A questão não é solucionar o caso. Esse cara, o Mackey... este caso não tem nada a ver com ele, não é diferente de nenhum outro caso em que trabalhei, e nunca o vi aparecer nos outros mexendo os pauzinhos aqui e ali para participar. Ele só está envolvido para se divertir, é isso. Acha que vai ser uma piada botar você no meio de um bando de suspeitos de homicídio só porque ele pode, e depois ficar esperando para ver o que acontece. O cara é completamente *maluco*.

Peguei os pratos no armário.

— E se for isso? Só vou assistir à reunião. Por que tanto problema?

— Aquele lunático está usando você, esse é o problema. Você não é a mesma desde aquela história no ano passado...

As palavras me atingiram em cheio, um tranco rápido e violento como o choque de uma cerca elétrica. Eu me virei para ele rapidamente, esquecendo de vez o jantar; a minha vontade era jogar os pratos na cabeça de Sam.

— Ah, não. Não faça isso, Sam. Não misture aquele assunto com este.

— Já está misturado. Bastou o seu amigo Mackey olhar para você para saber que alguma coisa estava acontecendo e imaginar que não seria difícil pressioná-la para que concordasse com essa ideia maluca...

Ele estava tão possessivo, ali no meio da minha casa, com os pés bem plantados no chão e os punhos enterrados com fúria nos bolsos: *meu* caso, *minha* mulher. Larguei os pratos na bancada com violência.

— Estou cagando para o que ele imaginou, ele não está me pressionando coisa nenhuma. Não tem nada a ver com o que Frank quer, não tem nada a ver com Frank, ponto. Claro, ele tentou forçar a barra. Mandei ele se ferrar.

— Você está fazendo exatamente o que ele quer. Isso é mandar ele se ferrar?

Num segundo de loucura, me perguntei se ele poderia na verdade estar com ciúmes de Frank e, se estivesse, o que eu deveria fazer.

— E se eu não for à reunião, estarei fazendo exatamente o que você quer. Isso significaria que estou deixando você me pressionar? *Eu* decidi que quero ir amanhã. Acha que não sou capaz de tomar essa decisão sozinha? Que merda, Sam, o que aconteceu no ano passado não me deixou *lobotomizada*!

— Não disse isso. Só disse que você não é a mesma desde...

— Eu sou a mesma, Sam. Repare bem: esta aqui sou eu, porra. Estive em operações secretas *anos* antes da Operação Vestal aparecer. Então, deixe essa história de lado.

Nós nos encaramos. Daí a pouco, Sam falou em voz baixa:

– Claro. Claro, é verdade.

Ele se jogou no sofá e passou as mãos pelo rosto. De repente, parecia esgotado, e ao pensar em como tinha sido o seu dia senti uma pontada de arrependimento.

– Me desculpe – disse ele. – Por trazer o assunto à tona.

– Não quero discutir. – Meus joelhos tremiam e eu não conseguia entender por que acabamos brigando por causa disso, afinal, estávamos do mesmo lado. – Só... esqueça essa história, ok? Por favor, Sam. Estou pedindo.

– Cassie – disse Sam. O seu rosto redondo e simpático mostrava uma angústia que não era comum. – Não *posso* fazer isso. E se... meu Deus. E se acontecer alguma coisa com você? Num caso meu, que não tinha nada a ver com você. Só porque eu não consegui pegar o assassino. Não posso conviver com essa ideia. Não posso.

Ele parecia sem fôlego, respirando com dificuldade. Eu não sabia se deveria abraçá-lo ou dar-lhe um chute.

– O que faz você pensar que isso não tem nada a ver comigo? – questionei. – Essa garota é minha sósia, Sam. Ela andava por aí usando o meu rosto, porra. Como sabe que o cara pegou a pessoa certa? Pense. Uma doutoranda que vive lendo a droga da Charlotte Brontë ou uma detetive que mandou para a cadeia dúzias de pessoas: é mais provável que alguém esteja a fim de matar qual das duas?

Silêncio. Sam também trabalhou na Operação Vestal. Nós dois sabíamos de pelo menos uma pessoa que ficaria feliz em mandar alguém me matar, sem nem pensar duas vezes, e que poderia contratar esse serviço. Eu sentia meu coração batendo com força no peito.

Sam falou:

– Você está pensando em...

– Não vamos mencionar casos específicos – falei, categórica demais. – A questão é, pelo que sabemos, eu posso já estar envolvida até a raiz dos cabelos. E não quero ter que ficar olhando por cima do ombro o resto da vida. *Eu* não consigo conviver com *isso*.

Ele se encolheu.

– Não seria para o resto da vida – falou, em voz baixa. – Espero que pelo menos isso eu possa prometer. Sabe, eu realmente pretendo pegar esse cara.

Eu me recostei na bancada e respirei fundo.

– Eu sei, Sam. Sinto muito. Não foi o que eu quis dizer.

– Se, Deus me livre, ele estava atrás de você, mais uma razão para se afastar e deixar que eu o encontre.

O aroma agradável da comida tinha agora algo de acre, perigoso: alguma coisa estava começando a queimar. Desliguei o fogo, empurrei as panelas para trás – nenhum dos dois ia ter vontade de comer por algum tempo – e me sentei de pernas cruzadas no sofá, de frente para Sam.

– Você está me tratando como sua namorada, Sam – expliquei. – Não sou sua namorada, não quando se trata desse tipo de coisa. Sou só mais uma detetive.

Ele deu um sorrisinho triste, meio de lado.

– Não dá para ser as duas coisas?

– Espero que sim. – falei. Eu gostaria de não ter bebido todo o vinho, esse cara precisava de um drinque. – De verdade. Mas não desse jeito.

Depois de um tempo Sam deu um longo suspiro e encostou a cabeça no sofá.

– Então você quer ir em frente com o plano do Mackey.

– *Não*. Só quero saber da garota. Por isso disse que iria à reunião. Não tem nada a ver com Frank e sua ideia excêntrica. Só quero saber dela.

– *Por quê?* – insistiu Sam. Ele se sentou ereto e segurou minhas mãos, forçando-me a olhar para ele. Havia um tom de aspereza em sua voz, uma frustração, quase um apelo. – O que ela tem a ver com você? Não é parente, nem amiga, nada. Ela é resultado de uma circunstância, isso é tudo, Cassie: uma garota que procurava uma nova vida e encontrou a oportunidade ideal.

– Eu sei. Eu sei, Sam. Ela nem parece uma pessoa tão legal assim; se tivéssemos nos encontrado, é provável que eu nem gostasse dela. Esta é a questão. Não quero ficar com ela na cabeça. Não quero ficar pensando nela. Tenho esperança de que, se descobrir o bastante sobre essa garota, eu possa encerrar o assunto e esquecer que um dia ela existiu.

– Eu tenho um sósia – disse Sam. – Ele mora em Wexford, é engenheiro, e é só o que sei. Mais ou menos uma vez por ano, sou abordado por alguém que me diz que sou a cara dele, com frequência até me chamam de Brendan. Achamos graça, às vezes tiram uma foto minha com o celular para mostrar a ele, e fim.

Fiz que não com a cabeça.

– É diferente.

– Como assim?

– Primeiro, ele não foi assassinado.

– Eu estaria pouco me lixando se fosse. Não que eu deseje mal a ele, claro. A não ser que eu pegasse o caso, não seria problema meu.

– Essa garota é problema meu – expliquei. As mãos de Sam eram grandes, quentes e sólidas em volta das minhas, e seu cabelo caía sobre a testa, como sempre acontece quando ele está preocupado. Era uma noite de sábado primaveril; nós deveríamos estar caminhando numa praia afastada, cercados pela escuridão, por ondas e pássaros aquáticos, ou testando uma nova receita para o jantar e ouvindo música alta demais, ou acomodados num cantinho de um desses pubs raros e escondidos onde os frequentadores ainda cantam baladas depois da hora de fechar. — Eu gostaria que não fosse, mas é.

— Tem alguma coisa — disse Sam — que eu não estou entendendo. — As nossas mãos agora estavam sobre os meus joelhos e Sam olhava para elas com uma ruga na testa, fazendo círculos com o polegar na articulação de um dos meus dedos, num movimento contínuo, automático. — Tudo que vejo é um caso de assassinato trivial, com uma coincidência que poderia acontecer com qualquer um. Claro, levei um susto quando vi a garota, mas só porque pensei que fosse você. Quando isso foi esclarecido, pensei que tudo voltaria ao normal. Mas você e Mackey, vocês estão agindo como se essa garota tivesse uma ligação com você, como se fosse um assunto pessoal. O que é que eu não estou percebendo?

— De uma certa maneira, é pessoal, sim. Para Frank, em parte é exatamente o que você disse, ele acha que isso tudo seria uma grande aventura, genial. Mas é mais do que isso. Lexie Madison começou como responsabilidade dele, continuou a ser responsabilidade dele durante os oito meses em que eu trabalhei disfarçada, é responsabilidade dele agora.

— Mas essa garota *não é* Lexie Madison. É uma ladra de identidade; posso ir ao setor de Fraudes amanhã e mostrar a você centenas de outras como ela. Lexie Madison não existe. Você e Mackey a *inventaram*.

Suas mãos apertavam mais as minhas.

— Eu sei. Esta é mais ou menos a questão.

Sam fez um trejeito com o canto da boca.

— Como eu disse. O cara é maluco.

Eu não discordava inteiramente dele. Sempre achei que uma das razões para o destemor lendário de Frank é que, bem no fundo, ele jamais conseguiu se conectar com a realidade. Para ele, cada operação é um daqueles jogos de guerra usados pelo Pentágono, só que mais interessante, porque os riscos são maiores e os resultados tangíveis e duradouros. A falha é tão pequena e ele é tão esperto que nunca se percebe nada de uma maneira óbvia; entretanto, enquanto ele cobre todos os ângulos e mantém todas as situações sob um controle frio e perfeito, uma parte dele acredita, de verdade, que quem está atuando é Sean Connery.

Percebi essa característica porque a reconheço. A minha própria barreira entre real e não real nunca foi grande coisa. Minha amiga Emma, que gosta de tudo certinho, alega que isso acontece porque os meus pais morreram quando eu era pequena demais para entender o que tinha acontecido: um dia eles estavam lá e no outro tinham sumido, espatifando aquela barreira com tanta força e velocidade que ela ficou assim para sempre. Quando fui Lexie

Madison, durante oito meses ela se tornou uma pessoa real para mim, uma irmã que eu tinha perdido ou deixado para trás no caminho; uma sombra dentro de mim, em algum lugar, como as sombras de gêmeos evanescentes que aparecem nas radiografias das pessoas em raras ocasiões. Antes mesmo que ela voltasse para me encontrar, eu sabia que lhe devia alguma coisa, por ter sobrevivido.

Presumi que Sam não quisesse ouvir nada disso; ele já tinha tantos problemas na cabeça, não precisava de mais uma esquisitice para pensar. Em vez disso – foi o mais próximo que pude chegar – tentei falar com ele sobre o trabalho de agente infiltrado. Expliquei como os sentidos nunca voltam a ser o que eram, as cores ficam tão intensas que deixam uma marca, e o ar tem o mesmo brilho e é tão cortante quanto aquele licor transparente cheio de minúsculos flocos de ouro; como o seu modo de andar muda, o seu equilíbrio se torna perfeito e aprumado como o de um surfista, quando você passa cada segundo na crista mutante de uma onda rápida e arriscada. Expliquei como, depois, nunca mais compartilhei um baseado com meus amigos, nem usei ecstasy numa boate, porque nenhuma embriaguez é comparável. Expliquei como eu tinha o dom de fazer aquilo bem, melhor do que faria o trabalho na VD em um milhão de anos.

Quando terminei, Sam me olhava com uma pequena ruga de preocupação entre os olhos.

– O que você está querendo dizer? – perguntou. – Que quer voltar a trabalhar na Inteligência?

Ele tinha soltado as minhas mãos. Olhei para ele, sentado à minha frente no sofá com o cabelo amassado de um lado, me observando de cara feia.

– Não, não é isso. – E vi o alívio no seu rosto. – Não é nada disso.

Esta é a parte que não contei a Sam: coisas ruins acontecem com agentes infiltrados. Uns poucos são assassinados. A maioria perde amigos, casamentos, relacionamentos. Um ou outro se desgarra, passa para o outro lado de forma tão gradual que só se dá conta quando já é tarde demais, e acaba ganhando um plano de aposentadoria antecipada complicado e discreto. Alguns, nunca os que você imagina, perdem o controle – nenhum aviso, apenas acordam um dia e de repente percebem o que estão fazendo e congelam, como equilibristas na corda bamba que olharam para baixo. Aquele cara, o McCall: tinha se infiltrado num grupo dissidente do IRA, e todos achavam que ele nem sabia o que era medo, até que uma tarde ligou de um beco onde ficava um pub. Não podia entrar lá de novo, disse ele, e não podia andar porque suas pernas não paravam de tremer. Ele chorava. "Venham me buscar", falou, "quero ir para casa". Quando o conheci, trabalhava no Arquivo. E outros vão na direção oposta, a mais letal de todas: quando a pressão é excessiva, não são os nervos que falham, é o medo. Eles perdem a capacidade de sentir medo, mesmo quando deveriam senti-lo. Esses nunca mais podem voltar para casa. São como aqueles pilotos da Primeira Guerra Mundial, os melhores, notáveis em sua ousadia, invencíveis, que voltavam para casa e descobriam que lá não era o seu lugar. Algumas pessoas são agentes infiltrados até a medula; o trabalho os domina por inteiro.

Nunca tive medo de ser assassinada nem de perder o controle. O tipo de coragem que tenho melhora quando posto à prova; são perigos diferentes, mais refinados e traiçoeiros, que me abalam. As outras coisas: essas me preocupavam. Uma vez, Frank me disse – e não sei se ele está certo ou não e não contei isso ao Sam – que todos os melhores agentes infiltrados têm um fio escuro em algum ponto da sua urdidura.

3

No fim da tarde de domingo, então, Sam e eu fomos ao Castelo de Dublin para o conselho de guerra de Frank. O Castelo de Dublin é onde trabalha a equipe de Homicídios. Lá eu tinha esvaziado a minha mesa, em outra tarde longa e fria, no outono: empilhado os documentos com capricho e etiquetado cada pilha com um Post-it, jogado fora os cartuns colados no meu computador, as canetas mordidas, os cartões de Natal antigos e os chocolates M&M velhos que estavam nas gavetas, apagado a luz e fechado a porta.

Sam foi me apanhar. Estava muito calado. Tinha acordado e saído de manhã bem cedo, tão cedo que o apartamento ainda estava escuro quando ele se debruçou para me dar um beijo de despedida. Não perguntei sobre o caso. Se ele tivesse descoberto qualquer informação importante, nem que fosse a menor das pistas, teria me contado.

– Não deixe o seu amigo pressionar você – disse ele no carro – a fazer nada que não queira fazer.

– Sem essa. Quando foi que deixei alguém me pressionar a fazer alguma coisa?

Sam ajustou o espelho retrovisor com cuidado.

– É, eu sei.

Quando ele abriu a porta, o cheiro do prédio me atingiu como um grito: um odor indefinido, antigo, umidade e fumaça e limão, em nada semelhante ao cheiro antisséptico da VD no novo prédio no Phoenix Park. Odeio nostalgia, é preguiça com acessórios mais bonitos, mas a cada passo alguma coisa me atingia direto no estômago: eu descendo as escadas na correria, com uma pilha de pastas em cada mão e uma maçã presa entre os dentes, meu parceiro e eu comemorando com um toque de mãos espalmadas do lado de fora daquela porta após conseguirmos a primeira confissão naquela sala de interrogatório; nós dois em trabalho de equipe, andando por aquele corredor, um de cada lado do superintendente, enchendo os ouvidos dele para que nos desse mais tempo. Parecia que os corredores tinham um visual de Escher, todas as paredes inclinadas de uma maneira sutil que deixava a pessoa mareada, mas eu não conseguia focalizar os olhos o suficiente para compreender como isso acontecia.

– Como você está? – perguntou Sam em voz baixa.

– Morrendo de fome – respondi. – Quem teve a ideia de fazer essa reunião na hora do jantar?

Sam sorriu, aliviado, e apertou minha mão rapidamente.

– Ainda não temos uma central de operações para o caso. Até decidirmos... bem, como vamos fazer, onde vamos trabalhar. – E então abriu a porta da sala da equipe de Homicídios.

Frank estava logo na frente, montado numa cadeira virada ao contrário, diante do grande quadro branco, e tudo que ele dissera sobre uma conversa informal entre mim e ele e Sam tinha sido papo furado. Cooper, o médico-legista, e O'Kelly, o superintendente da equipe de Homicídios, sentavam-se em mesas em lados opostos da sala, com os braços cruzados, e idênticas expressões de desagrado. Deveria ter sido engraçado – Cooper parece uma garça e O'Kelly tem cara de buldogue que quer esconder a careca –, mas na verdade me deu uma sensação muito ruim. Cooper e O'Kelly se odeiam; conseguir que fiquem na mesma sala por qualquer período de tempo requer muita técnica de persuasão e algumas garrafas de vinho da melhor qualidade. Por alguma razão críptica que só ele sabia, Frank usou de todos os recursos para conseguir que ambos estivessem aqui. Sam me lançou um olhar de advertência, desconfiado. Ele também não esperava por isso.

– Maddox – cumprimentou O'Kelly, conseguindo dar à voz um tom de mágoa. O'Kelly nunca ligou para mim quando eu estava na Homicídios, mas foi só eu pedir transferência para subitamente me transformar na ingrata que desprezou anos de orientação devotada e se mandou para a VD. – Como vai a vida nos escalões inferiores?

– Tudo azul com bolinhas brancas, chefe – respondi. Quando estou tensa, fico petulante. – Noite, Dr. Cooper.

– É sempre um prazer, detetive Maddox – disse Cooper. Ele ignorou Sam. Cooper odeia Sam e mais meio mundo. Até agora eu não estava na sua lista negra, mas se descobrisse que eu namorava Sam, seria cortada da sua relação de cartões de Natal na velocidade da luz.

– Pelo menos na Homicídios quase todo mundo tem dinheiro para comprar roupas decentes – disse O'Kelly, olhando de um jeito esquisito para minha calça jeans rasgada. Por alguma razão, eu não tivera ânimo para vestir minhas novas e elegantes roupas de trabalho que projetavam a imagem apropriada, não para vir aqui. – Como vai Ryan? – perguntou ele.

Fiquei em dúvida se a pergunta era maliciosa. Rob Ryan era meu parceiro, quando eu trabalhava na Homicídios. Não o via fazia algum tempo. Assim como não havia me encontrado nem com O'Kelly, nem com Cooper desde que fora transferida. Tudo isso estava acontecendo de maneira rápida e descontrolada demais.

– Ryan mandou abraços e beijos – falei.

– Sempre tive uma suspeita – disse O'Kelly e riu debochado para Sam, que olhou para o outro lado.

A sala da equipe acomoda vinte pessoas; havia, porém, o vazio do fim da tarde de domingo: computadores desligados, mesas com papéis e embalagens de fast food espalhadas – o pessoal da limpeza só vem na segunda de manhã. No canto do fundo, perto da janela, as mesas onde Rob e eu nos sentávamos ainda estavam em ângulo reto, do jeito que gostávamos, para podermos ficar lado a lado. Eram agora ocupadas por outras pessoas, talvez os novatos que nos substituíram. Quem se sentava na minha mesa tinha um filho – havia uma foto emoldurada em prata de um garotinho sorridente sem os dentes da frente – e uma pilha de folhas de depoimento onde agora o sol batia enviesado. Sempre batia nos meus olhos, a esta hora do dia.

Eu estava com dificuldade de respirar; o ar parecia espesso demais, quase sólido. Uma das lâmpadas fluorescentes não funcionava bem e dava à sala uma atmosfera trêmula e epilética, como o delírio de febre. Algumas pastas grandonas, alinhadas nos arquivos, ainda tinham a minha caligrafia nas lombadas. Sam puxou sua cadeira para perto da mesa e me olhou de relance com uma leve ruga entre os olhos, mas não disse uma palavra, o que me deixou agradecida. Concentrei-me no rosto de Frank. Apesar das olheiras e de ter se cortado ao fazer a barba, ele parecia bem acordado, alerta e cheio de energia, aguardando ansioso.

Ele percebeu o meu olhar.

– Contente de estar de volta?

– Encantada – respondi. De repente, pensei que talvez ele tivesse escolhido esta sala deliberadamente, sabendo que eu poderia ficar abalada. Larguei minha mochila numa mesa, a de Costello, reconheci a letra nos papéis, recostei-me na parede e enfiei as mãos nos bolsos do casaco.

– Apesar da companhia agradável – disse Cooper, afastando-se mais um pouco de O'Kelly – eu, particularmente, gostaria muito de saber logo o objetivo deste nosso encontro.

– Muito bem – falou Frank. – O caso Madison, ou melhor, o caso da desconhecida, codinome Madison. Qual é o nome oficial?

– Operação Espelho – esclareceu Sam. Era óbvio que a notícia sobre a aparência da vítima tinha se espalhado até a Central. Beleza. Fiquei pensando se seria tarde demais para mudar de ideia, ir para casa e pedir uma pizza.

Frank concordou.

— É isso, Operação Espelho. Já se passaram três dias e não temos nenhum suspeito, nenhuma pista e nenhuma identificação. Como todos vocês sabem, acho que talvez esteja na hora de tentar uma abordagem diferente...
— Calma lá — disse O'Kelly. — Chegaremos à sua "abordagem diferente" daqui a pouco, não se preocupe. Antes, porém, tenho uma pergunta.
— Vá em frente — concedeu Frank, magnânimo, com um gesto amplo para reforçar as palavras.
O'Kelly lançou-lhe um olhar de reprovação. Havia muita testosterona circulando naquela sala.
— Se estou bem informado — disse ele —, essa garota foi assassinada. Corrija-me se eu estiver errado, Mackey, mas não vejo nenhum sinal de violência doméstica e nada indica que ela era uma agente infiltrada. Por que então vocês — e esticou o queixo na minha direção e na de Frank — querem entrar no caso, para início de conversa?
— Eu não queria — falei. — Não quero.
— A vítima usava uma identidade que eu criei para uma das minhas agentes — disse Frank —, e isso me diz respeito pessoalmente. Então, vocês vão ter que me aceitar. E podem ter, ou não, que aceitar a detetive Maddox; é o que vamos descobrir aqui.
— Posso dar a resposta agora mesmo — falei.
— Seja boazinha — disse Frank. — Não responda até eu terminar. Depois de ouvir tudo, pode me mandar à merda quanto quiser, e não vou nem reclamar. Não parece divertido assim?
Desisti. Essa é mais uma das técnicas de Frank: a capacidade de dar a entender que ele fez uma enorme concessão, de modo que você pareça injusta se não ceder um pouco.
— Parece um sonho — falei.
— Tudo bem, então? — perguntou Frank a todos os presentes. — No fim desta reunião, se me disserem para voltar para o meu canto, nunca mais vou mencionar essa minha ideia. Apenas ouçam primeiro tudo que tenho a dizer. Todo mundo concorda?
O'Kelly emitiu um grunhido evasivo; Cooper deu de ombros, tipo não-é-problema-meu; Sam, depois de um segundo, fez que sim com a cabeça. Eu tinha um pressentimento específico de desgraça iminente relacionada a Frank.
— E antes que fiquemos animados demais — disse Frank —, vamos nos assegurar de que a semelhança resiste a uma observação mais detalhada. Senão, não há por que discutir, certo?
Ninguém respondeu. Ele se levantou da cadeira, pegou um punhado de fotos na sua pasta e começou a pregá-las no quadro branco. A foto da identidade de Trinity, ampliada para vinte por vinte e cinco; o rosto da garota

morta, de perfil, com o olho fechado aparentando hematoma; uma foto de corpo inteiro da vítima na mesa de autópsia, ainda vestida, graças a Deus, com os punhos cerrados em cima daquela estrela escura de sangue; um close das mãos, abertas e pontilhadas de marcas amarronzadas e escuras, listas de esmalte prateado aparecendo no meio do sangue.

– Cassie, pode me fazer um favor? Pode ficar aqui de pé por um minuto?

"Seu filho da puta", pensei. Desgrudei da parede, fui até o quadro e fiquei de pé ali em frente, como se estivesse sendo fotografada para uma ficha policial. Eu podia apostar que Frank já havia apanhado minha foto no Arquivo e comparado com essas aqui usando uma lente de aumento. Ele prefere fazer perguntas para as quais já tem respostas.

– Na verdade, deveríamos usar o cadáver – brincou Frank, cortando com os dentes um pedaço de adesivo –, mas achei que seria um pouco bizarro.

– Deus me livre – disse O'Kelly.

Eu queria o Rob, droga. Jamais me permitira pensar isso antes, nem uma vez em todos aqueles meses desde que paramos de nos falar, nem quando eu estava muito cansada ou era tarde da noite. No começo, eu tinha tanta raiva dele que ficava irritada e atirava objetos nas paredes com regularidade. Então parei completamente de pensar nele. Mas a sala da equipe à minha volta e os quatro me encarando, atentos, como se eu fosse uma prova forense exótica, e aquelas fotos tão perto do meu rosto que eu podia senti-las; a sensação de viagem com ácido que eu tivera a semana toda estava se avolumando, como uma onda bravia e vertiginosa, e eu sentia dor, em algum lugar sob o osso esterno. Teria dado um braço para ter Rob ali só por um segundo, erguendo a sobrancelha para mim com ironia por trás de O'Kelly, comentando friamente que a troca nunca daria certo porque a garota morta era bonita. Por um instante atroz, eu poderia jurar que sentia o aroma da sua loção após barba.

– Sobrancelhas – disse Frank, mostrando a foto da identidade, enquanto eu me controlava para não dar um pulo –, as sobrancelhas conferem. Os olhos conferem. A franja de Lexie é mais curta, você vai precisar dar uma aparada; fora isso, o cabelo confere. Orelhas, pode virar de lado um minuto?, as orelhas conferem. As suas são furadas?

– Em três lugares – respondi.

– Ela só tinha dois furos. Vamos ver... – Frank se inclinou. – Não deve ser problema. Não consigo nem ver os furos se não procurar. O nariz confere. A boca confere. O queixo confere. A linha do maxilar confere. – Sam piscava, um movimento rápido como um estremecimento, a cada item.

– Suas maçãs do rosto e clavículas parecem mais pronunciadas do que as da vítima – disse Cooper, me estudando com um interesse profissional vagamente assustador. – Pode me dizer o seu peso, por favor?

Eu nunca me peso.
— Cinquenta e alguma coisa. Cinquenta e quatro? Cinquenta e cinco?
— Você é um pouco mais magra do que ela – disse Frank. – Nenhum problema; uma ou duas semanas de comida de hospital tem esse efeito. As roupas dela são tamanho 40, jeans com cintura 74 centímetros, sutiã 42, sapatos tamanho 37. Acha que tudo vai dar em você?
— As medidas são próximas – falei. E fiquei imaginando que merda eu tinha feito na vida para acabar assim. Pensei em encontrar algum botão mágico que me fizesse retroceder no tempo, com a velocidade de um relâmpago, até estar feliz, sentada ali no canto do fundo e chutando a perna de Rob toda vez que O'Kelly falava um clichê, em vez de estar aqui como um Muppet, mostrando minhas orelhas e tentando evitar que a minha voz tremesse enquanto discutíamos se o sutiã de uma garota morta caberia em mim.
— Um guarda-roupa novinho em folha – disse Frank, rindo. – Quem disse que esse emprego não tem benefícios?
— Ela bem que precisa – resmungou O'Kelly.
Frank passou para a foto de corpo inteiro, desenhou com o dedo o contorno dos ombros até os pés, olhando alternadamente para a foto e para mim.
— A estrutura corporal é a mesma, poucos gramas de diferença. – O seu dedo na foto fez um barulhinho longo e arrastado; Sam se remexeu visivelmente na cadeira. – A largura dos ombros parece igual, a proporção entre cintura e quadril parece igual. Podemos medir, para ter certeza, mas a diferença de peso nos dá uma certa margem. O comprimento de perna parece igual.
Ele indicou a foto em close.
— Este ponto é importante, as pessoas reparam nas mãos. Pode mostrar as suas, Cassie?
Estiquei as mãos como se ele fosse me algemar. Não consegui olhar para a foto; mal podia respirar. Para esse problema, certamente Frank ainda não tinha a resposta. Aí poderia estar a chave: a diferença que me separaria dessa garota, cortaria o elo com um estalo forte e final e me deixaria ir para casa.
— Estas mãos – elogiou Frank, depois de um olhar demorado – talvez sejam as mais bonitas que já vi.
— É incrível – disse Cooper, encantado, debruçando-se para me examinar e também examinar a garota anônima por sobre os óculos. – A chance de isso acontecer é de uma em um milhão.
— Alguém nota alguma diferença? – perguntou Frank a todos na sala.
Ninguém disse nada. O queixo de Sam estava tenso.
— Senhores – concluiu Frank, fazendo um floreio com o braço –, temos um par perfeito.

— O que não quer dizer que tenhamos que fazer alguma coisa com ele — disse Sam.

O'Kelly batia palmas devagar, com sarcasmo.

— Parabéns, Mackey. É uma boa mágica para festas. Agora que nós todos conhecemos a aparência de Maddox, podemos voltar ao caso?

— E eu posso sair daqui? — perguntei. Minhas pernas tremiam como se eu tivesse corrido, e eu estava furiosa com todo mundo, inclusive comigo mesma. — A não ser que precisem de mim como inspiração.

— Pode, claro — respondeu Frank, pegando um marcador para o quadro branco. — Então, temos o seguinte: Alexandra Janet Madison, também conhecida como Lexie, registrada como tendo nascido em Dublin no dia primeiro de março de 1979, o que eu já sabia porque eu mesmo a registrei. Em outubro de 2000 — ele começou a desenhar uma linha do tempo com traços rápidos e retos — ela se matriculou na UCD para fazer pós-graduação em psicologia. Em maio de 2001, abandonou a universidade por motivo de doença relacionada a estresse e foi se recuperar na casa dos pais, no Canadá, e esse deveria ter sido o seu fim...

— Espere aí. Você me arranjou uma *crise nervosa*? — indaguei.

— A sua tese estava acabando com você — disse Frank, rindo. — O velho mundo acadêmico é duríssimo; você não aguentou e saltou fora. Eu tinha que me livrar de você de algum jeito.

Eu mudei de posição, ainda recostada na parede, e fiz uma careta para ele, que piscou para mim. Frank tinha tornado tudo mais fácil para aquela garota, anos antes de ela entrar em cena. Qualquer engano dela quando encontrasse algum velho conhecido e começasse a buscar informações, qualquer pausa fora de hora, qualquer relutância em marcar novos encontros: "Bem, você sabe, ela teve aquela crise nervosa..."

— Em fevereiro de 2002, no entanto — continuou Frank, trocando o marcador azul pelo vermelho —, Alexandra Madison aparece de novo. Usando o histórico da UCD, ela consegue ser aceita na Trinity para fazer doutorado em inglês. Não temos nenhuma pista sobre quem de fato é essa garota, o que ela fazia no passado, ou como encontrou a identidade de Lexie Madison. Checamos suas digitais: não estão no sistema.

— Talvez seja bom ampliar a busca — sugeri. — Há uma boa chance de ela não ser irlandesa.

Frank me lançou um olhar penetrante.

— E por quê?

— Quando os irlandeses querem se esconder, eles não ficam por aqui. Vão para outro país. Se ela fosse irlandesa, em menos de uma semana teria encontrado alguma conhecida do clube de bingo da sua mãe.

– Não necessariamente. Ela vivia bem isolada.

– Além do mais – falei, mantendo a voz neutra –, eu puxei ao lado francês da família. Ninguém acha que sou irlandesa, até eu abrir a boca. Se a minha cara não é daqui, tudo indica que a dela também não.

– Fantástico – disse O'Kelly, devagar. – Inteligência, VD, Imigração, ingleses, Interpol, FBI. Mais alguém que queira entrar na festa? A Associação das Camponesas da Irlanda? A Sociedade São Vicente de Paulo?

– Alguma possibilidade de identificação pela análise dentária? – perguntou Sam. – Pelo menos um país? Dá para saber onde foi executado um trabalho odontológico?

– A jovem tinha ótimos dentes – disse Cooper. – Claro que não sou especialista no assunto, mas ela não tinha restaurações, blocos, extrações, nenhum trabalho facilmente identificável.

Frank levantou a sobrancelha para mim com ar de pergunta. Fiz cara de desentendida.

– Os dois dentes da frente são ligeiramente trepados – disse Cooper – e um molar superior ficou bem desalinhado, o que significa que ela não fez correção ortodôntica quando criança. Eu arriscaria dizer que a possibilidade de identificação por análise dentária é quase inexistente. – Sam abanou a cabeça, frustrado, e voltou às suas anotações.

Frank continuava a me fitar e isso estava me deixando nervosa. Afastei-me da parede, abri a boca bem aberta na frente dele e apontei para os meus dentes. Cooper e O'Kelly me olharam com idênticas caras de horror.

– *Não*, eu não tenho restaurações – disse a Frank. – Está vendo? Não que isso tenha importância.

– Boa menina – aprovou Frank. – Continue a usar fio dental.

– Ótimo, Maddox – disse O'Kelly. – Obrigado por compartilhar essa informação conosco. Então, no outono de 2002, Alexandra Madison vai estudar na Trinity e em abril de 2005 aparece assassinada nos arredores de Glenskehy. Sabemos o que ela fez nesse meio-tempo?

Sam se remexeu, levantou os olhos e pousou a caneta.

– Fez o doutorado, a maior parte do tempo – disse ele. – Algo a ver com escritoras e pseudônimos; não entendi exatamente. Ela estava se saindo muito bem, o seu supervisor informou que, apesar de um pequeno atraso no cronograma, o que ela apresentava era bom. Até setembro morava num conjugado perto da rua South Circular. Pagava as despesas com empréstimos para estudantes, bolsa de estudos, e com o trabalho no departamento de inglês e no Caffeine, na cidade. Não exercia atividades criminosas conhecidas, não tinha nenhuma dívida exceto o empréstimo para pagar a universidade, nenhuma movimentação suspeita na conta bancária, nenhum vício, nenhum namorado ou ex-namorado – Cooper fez cara de dúvida –, nenhum inimigo e nenhuma discussão recente.

– Portanto, nenhum motivo – resumiu Frank pensativo, contemplando o quadro – e nenhum suspeito.

– Seus amigos mais próximos – continuou Sam no mesmo tom – eram um bando de outros doutorandos: Daniel March, Abigail Stone, Justin Mannering e Raphael Hyland.

– Que nome mais idiota – comentou O'Kelly. – Ele é gay ou é inglês? – Cooper, desgostoso, fechou os olhos por um momento, como um gato.

– Ele é metade inglês – respondeu Sam; O'Kelly deu um pequeno grunhido de satisfação. – Daniel foi multado duas vezes por excesso de velocidade e Justin, uma vez, fora isso estão limpos como água da fonte. Não sabem que Lexie usava um nome falso ou, se sabem, nada disseram. Segundo contam, ela foi separada da família e não gostava de falar do passado. Não sabem nem mesmo onde ela nasceu; Abby acha que talvez tenha sido em Galway, Justin pensa que foi em Dublin, Daniel me olhou com arrogância e disse que "não tinha nenhum interesse" no assunto. A mesma atitude com relação à família. Justin acha que os pais dela morreram, Rafe que são divorciados, Abby diz que ela era filha ilegítima...

– Ou talvez nenhuma das alternativas acima – disse Frank. – Já sabemos que essa garota não se importava em contar umas mentirinhas.

Sam concordou.

– Em setembro, Daniel herdou a Casa dos Espinheiros-Brancos, perto de Glenskehy, do seu tio-avô, Simon March, e todos se mudaram para lá. Quarta-feira passada, à noite, os cinco estavam em casa jogando pôquer. Lexie foi eliminada do jogo primeiro e saiu para dar uma volta mais ou menos às onze e meia; passeios noturnos faziam parte da sua rotina, a área é segura, ainda não tinha começado a chover, os outros não deram a menor importância. Eles terminaram pouco depois de meia-noite e foram dormir. Todos descrevem o jogo da mesma maneira, quem ganhou quanto em qual partida, com pequenas diferenças, o que é natural. Interrogamos todos eles várias vezes, e não mudaram uma vírgula do que disseram. Ou eles são inocentes, ou são organizadíssimos.

– E na manhã seguinte – disse Frank, terminando a linha do tempo com um gesto teatral – ela aparece morta.

Sam puxou um maço de papéis da pilha na sua mesa, foi até o quadro e pregou alguma coisa num canto: um mapa topográfico de um trecho de área rural, detalhado a ponto de mostrar todas as casas e cercas, marcado com vários X caprichados e linhas onduladas feitas com canetas marca-texto coloridas.

– Aqui está a aldeia de Glenskehy. A Casa dos Espinheiros-Brancos fica a menos de dois quilômetros na direção sul. Aqui, mais ou menos a meio caminho das duas e um pouco a leste, está o chalé abandonado onde encontramos a garota. Marquei todas as rotas óbvias que ela pode ter seguido para chegar lá. A Perícia e os policiais locais ainda estão fazendo buscas nesses lugares: até agora, nada. Segundo contaram os amigos, ela sempre saía pelo portão de trás nos seus passeios, vagava pelos caminhos estreitos por cerca de uma hora, e lembrem-se de que esses caminhos formam um labirinto naquela região, depois voltava para casa, entrando pelo portão da frente, ou pelo de trás, dependendo do rumo que escolhera.

– No meio da noite? – quis saber O'Kelly. – Ela era maluca ou o quê?

– Sempre levava a lanterna que encontramos com ela – disse Sam –, a não ser que a noite estivesse muito clara. Adorava caminhar, ia quase toda noite; mesmo quando chovia a cântaros, ela se agasalhava bem e saía. Eu não diria que ela estava a fim de fazer exercício, acho que procurava privacidade; vivendo tão junto dos outros quatro, era a única hora que podia ficar sozinha. Eles não sabem se ela foi ao chalé alguma vez, mas confirmaram que gostava do lugar. Logo depois que chegaram de mudança, os cinco passaram um dia inteiro passeando na região de Glenskehy, conhecendo o terreno. Quando viram o chalé, Lexie parou e fez questão de entrar e dar uma olhada, embora os outros lhe dissessem que o fazendeiro apareceria a qualquer momento com uma espingarda. Ela gostava do fato de o chalé ter sido deixado lá, mesmo que ninguém o usasse; Daniel disse que ela "gosta de ineficiência", seja lá o que isso for. Portanto, não podemos eliminar a possibilidade de ser para ela um ponto de parada regular nas caminhadas.

Com certeza não era irlandesa, então, ou pelo menos não tinha sido criada aqui. Os chalés da época da Fome estão por toda parte nos campos irlandeses, nós quase nem os notamos mais. Só os turistas – principalmente os turistas dos países mais novos, América, Austrália – reparam nos chalés e sentem sua importância.

Sam pegou mais uma folha para grudar no quadro: uma planta do chalé, com uma escala pequena e bem-feita no rodapé.

– Seja como for que tenha chegado lá – disse, pregando o último canto da folha –, foi lá que ela morreu, encostada nessa parede, no lugar que estamos chamando de quarto de fora. Em algum momento após a morte e antes de a rigidez se instalar, ela foi levada para o quarto de dentro. Foi onde a encontraram, na quinta-feira de manhã cedo.

Ele fez um gesto em direção a Cooper.

Cooper tinha o olhar vago, num transe altivo. E não se apressou: limpou a garganta com afetação, olhou em torno para se certificar de que todos prestavam atenção nele.

— A vítima – falou – era uma mulher branca, gozando de boa saúde, estatura um metro e sessenta e sete, peso cinquenta e quatro quilos e meio. Não tinha cicatrizes, nem tatuagens, nem qualquer outro sinal particular. O conteúdo de álcool no sangue era de .03, compatível com a ingestão de dois ou três copos de vinho poucas horas antes. Fora isso, nada mais foi detectado no exame toxicológico: quando ocorreu o óbito ela não havia consumido drogas, substâncias tóxicas ou medicamentos. Todos os órgãos estavam dentro da normalidade; não encontrei alterações ou sinais de doença. As epífises dos ossos longos estão totalmente fundidas e os sulcos cranianos mostram sinais de fusão antiga, determinando a idade como próxima de trinta anos. O exame da pelve deixa claro que ela nunca deu à luz. – Ele pegou o copo com água e tomou um gole discreto, mas eu sabia que não era o fim; era uma pausa de efeito. Cooper tinha uma carta na manga.

Ele pousou o copo, precisamente no canto da mesa.

— A vítima estava, entretanto, no período inicial de uma gravidez. – Cooper se recostou na cadeira e observou o impacto.

— Ai, meu Deus – exclamou Sam, baixinho. Frank se encostou na parede e deu um assovio longo, de uma nota só. O'Kelly revirou os olhos.

Este caso não precisava de mais nada. Eu deveria ter tido juízo e me sentado.

— Algum dos amigos mencionou a gravidez? – perguntei.

— Nenhum deles – respondeu Frank, e Sam abanou a cabeça. – Essa garota mantinha os amigos por perto e os segredos muito bem guardados.

— Talvez ela nem soubesse – arrisquei. – Se o seu ciclo menstrual não era regular...

— Ah, por favor, Maddox – disse O'Kelly, chocado. – Não queremos saber dessa complicação. Ponha isso num relatório ou qualquer coisa assim.

— Alguma possibilidade de identificar o pai por DNA? – indagou Sam.

— Não vejo por que não – disse Cooper – se tivermos uma amostra do pai putativo. O embrião tinha aproximadamente quatro semanas e pouco menos de meio centímetro e...

— *Porra* – disse O'Kelly; Cooper sorriu de lado. – Pule a droga dos detalhes e vá em frente. Como ela morreu?

Cooper fez uma pausa conspícua, para deixar claro que ele não acatava ordens de O'Kelly.

— Em algum momento, na quarta-feira à noite – respondeu, quando considerou que sua intenção tinha sido percebida –, ela sofreu uma lesão única por arma branca no lado direito do tórax. É provável que o agressor estivesse de frente para a vítima: o ângulo e local da perfuração seriam difíceis de conseguir pelas costas. Encontrei escoriações leves nas palmas das mãos e em um dos joelhos, compatíveis com queda em terreno sólido, mas nenhuma lesão defensiva. A arma foi uma lâmina de no mínimo sete centímetros e meio de comprimento, de um só gume, ponta afiada e nenhuma característica especial, poderia ser qualquer canivete grande, até mesmo uma faca de cozinha bem afiada. Essa lâmina penetrou no nível da metade da linha clavicular na altura da oitava costela, angulada, e fez uma pequena perfuração pleuro-pulmonar, levando a um pneumotórax traumático. Simplificando ao máximo – ele olhou de soslaio para O'Kelly, com ar de deboche –, a lâmina produziu uma válvula de escape do ar do pulmão. Cada vez que ela inspirava, o ar escapava do pulmão para o espaço pleural; quando ela expirava, a válvula se fechava, deixando o ar preso. É quase certo que poderia ter sido salva se tivesse recebido cuidados médicos imediatos. No entanto, como isso não aconteceu, o ar gradualmente se acumulou, comprimindo os outros órgãos na cavidade torácica. Por fim, o coração não pôde mais se encher de sangue, e ela morreu.

Houve um momento de silêncio, só se ouvia o zumbido das lâmpadas fluorescentes. Imaginei-a naquela casa fria em ruínas, com os pássaros noturnos carpindo lá em cima e a chuva fina à sua volta, morrendo sufocada.

– Quanto tempo teria levado? – perguntou Frank.

– A progressão dependeria de uma série de fatores – disse Cooper. – Se, por exemplo, a vítima correu uma certa distância depois de ferida, sua respiração teria se acelerado e ficado mais profunda, apressando a evolução do pneumotórax traumático. A lâmina também causou uma laceração minúscula em uma das veias principais do tórax; a atividade física faria com que essa laceração se transformasse numa ruptura total, e gradualmente ela começaria a perder muito sangue. Numa estimativa aproximada, eu diria que ela perdeu a consciência cerca de vinte a trinta minutos depois de ferida, e morreu talvez dez ou quinze minutos mais tarde.

– Nessa meia hora – perguntou Sam –, que distância ela conseguiria percorrer?

– Não sou médium, detetive – retrucou Cooper, debochado. – A adrenalina pode ter efeitos fascinantes no corpo humano, e há evidências de que a vítima estava, de fato, num estado de comoção considerável. A presença de espasmo cadavérico, neste caso as mãos contraídas com os punhos cerrados no momento da morte e que continuaram fechadas durante a rigidez cadavérica, é geralmente associada a estresse emocional extremo. Se ela estava motivada o bastante, e imagino que estivesse, dadas as circunstâncias, mais ou menos um quilômetro e meio não seria impossível. Por outro lado, ela poderia ter desfalecido poucos metros depois, claro.

— Ok — disse Sam. Ele pegou uma caneta marca-texto na mesa de alguém e desenhou um grande círculo no mapa em volta do chalé, incluindo a aldeia e a Casa dos Espinheiros-Brancos e vários hectares de campos vazios. — Então, o local exato do crime pode ser qualquer ponto nessa área.

— A dor não teria impedido que ela fosse longe? — perguntei. Senti que Frank me olhou rapidamente. Nós não perguntamos se as vítimas sofreram. A não ser que tenham sido de fato torturadas, não precisamos saber: o envolvimento emocional não ajuda em nada, apenas destrói a objetividade e provoca pesadelos; de qualquer maneira, vamos sempre dizer à família que a vítima não sofreu.

— Controle a sua imaginação, detetive Maddox — disse Cooper. — Um pneumotórax traumático é muitas vezes relativamente indolor. Ela sentiria crescente falta de ar e batimentos cardíacos acelerados; com o estado de choque, sua pele ficaria fria e úmida e ela teria uma sensação de desmaio, mas não há nenhuma razão para supor que estivesse numa agonia terrível.

— Com quanta força foi dada a facada? — perguntou Sam. — Qualquer pessoa teria força suficiente, ou seria preciso um cara grande e forte?

Cooper suspirou. Nós sempre perguntamos: um cara raquítico poderia ter feito isso? E uma mulher? Uma criança? De que tamanho?

— O formato da lesão em corte transversal — disse ele — combinado com o pequeno rompimento da pele no local da perfuração, sugerem uma lâmina com uma ponta bem afiada, que não encontrou nenhum osso ou cartilagem. Supondo uma investida bastante rápida, eu diria que o ferimento poderia ter sido causado por um homem grande, um homem pequeno, uma mulher grande, uma mulher pequena ou uma criança forte entrando na puberdade. Respondi à sua pergunta?

Sam se calou.

— Hora do óbito? — indagou O'Kelly.

— Entre onze e uma — disse Cooper, examinando a cutícula. — Conforme creio já ter declarado no meu relatório preliminar.

— Podemos ter uma aproximação maior — afirmou Sam. Ele encontrou um marcador e iniciou uma nova linha do tempo abaixo da de Frank. — A chuva na região teve início à meia-noite e dez, aproximadamente, e a Perícia acredita que a garota ficou exposta por no máximo quinze ou vinte minutos, a julgar pelo nível de umidade, portanto ela foi levada para um lugar abrigado mais ou menos à meia-noite e meia. E a essa altura já estava morta. Levando em conta o que diz o Dr. Cooper, pode-se deduzir que a agressão ocorreu antes de meia-noite, provavelmente mais cedo; eu diria que ela já estava quase inconsciente antes de a chuva começar, senão teria se abrigado. Se os amigos estão dizendo a verdade sobre ela ter saído de casa ilesa às onze e meia, isso nos dá um intervalo de meia hora para o ataque. Caso eles estejam mentindo ou tenham se enganado, poderia ter sido qualquer hora entre dez e doze.

– E isso – disse Frank, girando a perna sobre a cadeira – é tudo que temos. Nenhuma pegada, nenhum rastro de sangue, a chuva acabou com tudo. Nenhuma impressão digital: alguém revistou os bolsos dela e depois limpou tudo. Nada de interessante sob as unhas, segundo a Perícia; parece que ela não chegou a se atracar com o assassino. Estão analisando todos os vestígios, mas a princípio não há nada digno de nota. Todos os fios de cabelo e fibras parecem ser da vítima ou de seus companheiros, ou de algum objeto na casa, quer dizer, não servem para nada. Ainda estamos fazendo buscas na área, mas até agora não encontramos nem sinal da arma do crime e nada que indique emboscada ou luta. Basicamente, o que temos é uma garota morta, e só.

– Que ótimo – disse O'Kelly aborrecido. – Um daqueles. O que é que você faz, Maddox, anda com um ímã de caso-merda no sutiã?

– Este caso não é meu, chefe – lembrei.

– E, no entanto, você está aqui. Linhas de investigação?

Sam deixou o marcador e levantou o polegar.

– Primeira: um ataque fortuito. – Na Homicídios, você se habitua a enumerar tudo: O'Kelly fica feliz. – A garota estava dando uma caminhada e alguém pulou em cima dela: ou para roubar, ou como parte de um atentado sexual, ou só porque procurava encrenca.

– Se tivesse havido qualquer sinal de atentado sexual – disse Cooper, entediado, olhando as unhas –, creio que a essa altura eu já teria mencionado o fato. Na verdade, não encontrei nada que indicasse contato sexual recente de nenhum tipo.

Sam assentiu.

– Também não há sinal de roubo: ela foi encontrada com a carteira com dinheiro, não possuía cartão de crédito e tinha deixado o celular em casa. Nada disso, porém, prova não ser esse o motivo. Pode ter acontecido de ela lutar, ele dar a facada, ela correr, ele ir atrás e aí entrar em pânico ao perceber o que fez... – Sam me interrogou com um olhar rápido.

O'Kelly tem opiniões bem definidas a respeito de psicologia e gosta de fingir que não sabe nada sobre o negócio dos perfis. Eu precisava agir com tato.

– Você acha? – falei. – Não sei, penso que talvez... quer dizer, ela foi carregada *depois* de morta, certo? Se demorou meia hora para morrer, então ou o cara passou esse tempo todo procurando por ela, e por que um ladrão ou estuprador faria isso?, ou então outra pessoa a encontrou mais tarde, arrastou-a e não se deu ao trabalho de nos chamar. Ambas as hipóteses são possíveis, imagino, no entanto não acredito que nenhuma delas seja provável.

— Felizmente, Maddox — disse O'Kelly, antipático —, a sua opinião não é mais problema nosso. Conforme nos lembrou, você não está neste caso.

— Ainda — interpôs Frank, falando para o vazio.

— Existem outros problemas com a hipótese do estranho — comentou Sam. — Aquela área já é um bocado deserta durante o dia, quanto mais à noite. Se alguém estivesse procurando encrenca, por que ficaria vagando por uma estradinha no meio do nada, contando com a possibilidade remota de que uma possível vítima passasse por ali? Por que não entrar na cidade de Wicklow, ou em Rathowen, ou pelo menos na aldeia de Glenskehy?

— Algum caso semelhante naquela área? — perguntou O'Kelly.

— Nenhum assalto com faca ou atentado sexual praticado por estranho — respondeu Sam. — Glenskehy é uma aldeia pequena, com certeza; os dois crimes principais são beber fora do horário permitido e em seguida ir para casa dirigindo. O único crime com arma branca no ano passado foi um grupo de rapazes que se embriagou e fez bobagem. A não ser que venhamos a saber de algum caso semelhante, acho que por enquanto devemos deixar o estranho de lado.

— Para mim, está bom — comentou Frank, me olhando com um sorriso de orelha a orelha. Um ataque fortuito significaria nenhuma informação sobre a vida da vítima, nenhuma evidência ou motivo a ser descoberto, nenhuma razão para me infiltrar. — Para mim, está mais do que bom.

— É melhor que esteja — disse O'Kelly. — Se foi fortuito, estamos enrascados mesmo: é sorte ou nada.

— Então, tudo bem. Segunda — Sam esticou outro dedo —, um inimigo recente; isto é, alguém que a conheceu como Lexie Madison. Ela andava num círculo muito limitado, por isso não deve ser difícil descobrir se alguém tinha problemas com ela. Estamos começando pelos amigos que moram na mesma casa e depois vamos ampliar o círculo: funcionários da Trinity, alunos...

— Sem nenhum resultado até agora — disse Frank, para ninguém em particular.

— É cedo — afirmou Sam. — Só fizemos os interrogatórios preliminares. E agora que sabemos que ela estava grávida, temos uma nova linha de investigação. Precisamos encontrar o pai.

O'Kelly respirou com força.

— Boa sorte. Do jeito que são as garotas hoje em dia, provavelmente o pai é algum rapaz que ela conheceu numa discoteca e com quem transou numa ruela qualquer.

Senti um súbito e confuso ataque de fúria: "Lexie não era assim." Tive que lembrar que as minhas informações estavam desatualizadas, nessa edição ela poderia ter sido uma prostituta cinco estrelas.

– Discotecas saíram de moda junto com a régua de cálculo, chefe – ironizei.

– Mesmo que seja um cara de alguma discoteca – disse Sam –, terá que ser encontrado e descartado. Pode levar tempo, mas vamos conseguir. – Ele olhava para Frank, que concordava com a cabeça, sério. – Para começar, vou pedir aos rapazes que moram na casa para fazerem exames de DNA.

– Talvez seja melhor esperar um pouco – sugeriu Frank, jeitoso –, tudo vai depender, claro. Se por acaso os amigos acabarem achando que ela está viva e bem, não queremos alarmá-los. É melhor que fiquem relaxados, com a guarda baixa, acreditando que a investigação anda meio parada. O DNA vai continuar lá daqui a algumas semanas.

Sam deu de ombros. Ele começava a ficar tenso de novo.

– Vamos decidir à medida que avançarmos. Terceira: um inimigo da sua vida anterior, alguém que guardou rancor e a seguiu.

– Essa, sim, é a que eu gosto – disse Frank, esticando o corpo. – Não temos nenhum indício de problemas na vida dela como Lexie Madison, certo? Mas, seja onde for que ela estivesse antes, obviamente alguma coisa deu errado. Não foi à toa que ela adotou um nome falso. Ou estava fugindo da polícia, ou estava fugindo de outra pessoa. Aposto que era de outra pessoa.

– Não tenho certeza se concordo – falei. Dane-se O'Kelly; eu percebia exatamente onde Frank queria chegar, e não gosto de ser atropelada. – O crime é completamente desorganizado: uma facada que poderia nem ter sido fatal e depois, em vez de acabar de matá-la ou pelo menos segurá-la para que não procure ajuda e o delate, ele a deixa fugir e tem que perder meia hora até encontrá-la de novo. Para mim, isso indica que não houve premeditação, e talvez nem intenção de matar.

O'Kelly fez uma careta de desgosto.

– Alguém enfiou uma faca no peito dessa garota, Maddox. Eu diria que ele não ignorava que havia uma boa chance de ela morrer.

Tenho anos de prática, O'Kelly não me abala.

– Uma chance, claro. Mas, se alguém tivesse passado anos pensando em matá-la, teria planejado tudo, até os mínimos detalhes. E estaria preparado para qualquer eventualidade, teria um roteiro e não se desviaria dele.

– Então, talvez ele tivesse de fato um roteiro – disse Frank –, mas que não envolvia nenhuma violência. Digamos que não foi por raiva que ele a seguiu, mas por amor, um caso de amor não correspondido. Ele cisma que eles são almas gêmeas, planeja um encontro romântico e depois felizes para sempre, e, em vez disso, ela o manda à merda. É ela que se desvia do roteiro, e ele se atrapalha.

– Os perseguidores às vezes perdem a cabeça – falei –, é verdade. Mas fazem um serviço bem mais completo. Seria de se esperar um frenesi de violência: golpes múltiplos, rosto desfigurado, um exagero. O que temos, no entanto, é *uma* facada, tão pouco profunda que quase não matou a vítima. Não faz sentido.

– Talvez ele não tenha tido a oportunidade de exagerar – disse Sam. – Ele dá a facada, ela corre, quando ele consegue alcançá-la, ela já está morta.

– Mesmo assim – falei. – Você está falando de alguém tão obcecado que espera anos e a segue até sabe-se lá onde. Esse nível de emoção, quando finalmente encontra uma saída, não desaparece só porque o alvo está morto. Se fosse o caso, o fato de ela ter escapado mais uma vez faria com que ele ficasse ainda mais furioso. Eu esperaria pelo menos algumas facadas a mais, uns chutes no rosto, algo no gênero.

Eu me sentia bem, assim tão envolvida no caso, como se eu fosse de novo apenas uma detetive da Homicídios e ela fosse apenas mais uma vítima; a sensação se espalhou pelo meu corpo, forte e doce e reconfortante, como uísque quente depois de um longo dia na chuva e no frio. Frank estava à vontade, esparramado na cadeira, mas eu sentia que ele me observava, e eu sabia que estava começando a demonstrar interesse demais. Dei de ombros, voltei a apoiar a cabeça na parede e mirei o teto.

– O problema de fato – disse Frank, como era previsível – é que se ela era estrangeira e ele a seguiu até aqui, por qualquer razão, assim que souber que o trabalho está feito, vai sair do país rápido como um raio. A única maneira de ele ficar por aqui tempo suficiente para nós o pegarmos será se pensar que ela ainda está viva.

Um breve momento de silêncio pesado.

– Podemos fiscalizar todo mundo que sair do país – sugeriu Sam.

– Fiscalizar como? – indagou Frank. – Não temos nem ideia de quem procuramos, para onde ele ou ela pretende viajar, nada. Antes de qualquer outra coisa, precisamos de uma identificação.

– Estamos trabalhando nisso. Como já disse. Se essa mulher pôde se passar por irlandesa, tudo indica que inglês é sua primeira língua. Podemos começar por Inglaterra, Estados Unidos, Canadá...

Frank abanou a cabeça.

– Isso vai levar tempo. Precisamos manter o rapaz, ou a moça, aqui até sabermos quem é que estamos procurando. E sei a maneira exata de fazer isso.

— Quarta — interrompeu Sam, com firmeza. Ele esticou mais um dedo e seus olhos me procuraram por um segundo, depois se afastaram. — Roubo de identidade.

Mais um momento de silêncio. Cooper saiu do transe e parecia visivelmente curioso. O meu rosto queimava, como se eu estivesse com excesso de sombra nos olhos ou uma blusa decotada demais, alguma coisa que eu sabia que não deveria usar.

— Desagradou a alguém recentemente? — perguntou-me O'Kelly. — Mais do que o normal?

— A mais ou menos uma centena de homens abusados e a umas duas ou três dúzias de mulheres abusadas — respondi. — Não sei de ninguém que esteja atrás de mim, mas posso enviar as pastas dos casos, marcando os piores.

— E quando você estava infiltrada? — perguntou Sam. — Alguém poderia ter guardado rancor de Lexie Madison?

— Fora o idiota que me esfaqueou? — perguntei. — Não que eu me lembre.

— Ele está preso há um ano — disse Frank. — Posse de droga com intenção de tráfico. Eu pretendia contar a você. De qualquer modo, o cérebro dele está tão avariado que talvez nem reconhecesse você numa fila de suspeitos. E revisei todas as informações estratégicas daquele período: nada que dispare um sinal de alerta. A detetive Maddox não pisou nos calos de ninguém, não há nenhum indício de que alguém suspeitasse de que ela fosse uma policial, e, quando foi ferida, nós a tiramos de lá e enviamos outra pessoa para recomeçar o trabalho. Ninguém foi preso como consequência direta do seu trabalho, ela nunca teve que depor como testemunha. Em resumo, ninguém tinha motivo para querer a sua morte.

— O idiota não tem amigos? — quis saber Sam.

Frank deu de ombros.

— Suponho que sim, mas também não vejo por que iria instigá-los contra a detetive Maddox. Ele não foi indiciado pela agressão. Nós o levamos para a delegacia, ele veio com um papo furado de autodefesa, nós fingimos que acreditamos e o soltamos. Ele era mais útil fora do que dentro.

Sam levantou a cabeça de repente e começou a dizer algo, mas logo mordeu o lábio e se concentrou em apagar uma mancha do quadro. Ele e Frank estavam obrigados a trabalhar juntos, não importava sua opinião sobre alguém que libera um cara que tentou matar um policial. Seria uma longa investigação.

— E na Homicídios? — Frank me perguntou. — Fez algum inimigo? — O'Kelly deu um risinho azedo.

— Os bandidos envolvidos nos crimes que solucionei estão todos presos — falei –, mas imagino que eles possam ter amigos, família, cúmplices.

E existem suspeitos que jamais conseguimos condenar. – O sol tinha sumido da minha antiga mesa; o nosso canto escurecera. A sala ficou de repente mais vazia e gelada, varrida por ventos tristes, longos.

– Vou fazer isso – disse Sam. – Vou verificar esses casos.

– Se alguém estiver atrás de Cassie – comentou Frank gentilmente –, ela ficará mais segura na Casa dos Espinheiros-Brancos do que sozinha naquele apartamento.

– Posso ficar com ela – disse Sam, sem olhar para ele. Não queríamos comentar que Sam ficava metade do tempo na minha casa, de qualquer maneira, e Frank sabia disso.

Frank ergueu uma sobrancelha, com cara de quem estava se divertindo.

– Vinte e quatro por sete? Se ela se infiltrar, vai estar com microfone, alguém pode ficar na escuta dia e noite...

– Não pode, não no meu orçamento – disse O'Kelly para Frank.

– Não tem problema: entra no nosso orçamento. Podemos montar uma base na delegacia de Rathowen; se alguém tentar pegá-la, teremos agentes no local em questão de minutos. Ela vai ter essa proteção em casa?

– Se achamos que um indivíduo está a fim de matar um policial – disse Sam –, é claro que ela deveria ter essa proteção em casa. – A voz dele estava ficando mais tensa.

– Muito bem. Como está o seu orçamento para proteção vinte e quatro horas? – perguntou Frank a O'Kelly.

– Vão se ferrar com esses joguinhos – retrucou O'Kelly. – Ela é detetive da VD, ela é problema da VD. – Frank abriu as mãos e sorriu para Sam.

Cooper estava adorando essa discussão.

– Eu não *preciso* de proteção vinte e quatro horas – falei. – Se esse cara estivesse obcecado por mim, ele não teria parado no primeiro golpe, assim como não teria parado se estivesse obcecado por Lexie. Pode todo mundo relaxar.

– Certo – disse Sam, um momento depois. Ele não parecia satisfeito. – Acho que isso é tudo. – E se sentou com força, puxando a cadeira para perto da mesa.

– Enfim, ela não foi morta por causa de dinheiro – disse Frank. – Os cinco compartilham a maior parte dos recursos que têm, cada um deposita cem libras por semana numa caixinha para pagar alimentação, gasolina, contas, reparos na casa e todo o resto. Com a renda que Lexie tinha, não sobrava quase nada. O saldo da sua conta no banco era de oitenta e oito libras.

– O que você acha? – perguntou-me Sam.

Ele queria dizer do ponto de vista do perfil. Traçar o perfil não é nem de longe uma garantia e, na verdade, eu não sei fazer tão bem assim, porém, pelo que pude perceber, tudo indicava que ela havia sido assassinada por alguém que a conhecia, alguém que tinha um temperamento irascível, mais do que um rancor de anos e anos. A resposta óbvia era ou o pai da criança, ou um dos amigos que dividiam a casa com ela, ou ambos.

Se eu falasse isso, no entanto, a reunião estaria terminada, ao menos no que me dizia respeito; Sam teria um ataque só de pensar que eu estaria compartilhando uma casa com os favoritos na disputa. E não era esse o meu desejo. Tentei me convencer de que o motivo era eu querer decidir sozinha, e não deixar que Sam decidisse por mim, mas eu sabia: todo esse ambiente estava me afetando, a sala e as pessoas e a conversa, uma pressão sutil, exatamente como Frank sabia que iria acontecer. Nada neste mundo embriaga como um caso de homicídio, nada exige tanto da mente e do corpo, com um apelo tão irresistível, faiscante e imenso. Fazia meses que eu não trabalhava desse jeito, tão concentrada assim em encaixar indícios, padrões e teorias, e de repente parecia que anos tinham se passado.

– Eu escolheria a porta número dois – falei afinal. – Alguém que a conheceu como Lexie Madison.

– Se nos concentrarmos nessa opção – comentou Sam –, os amigos foram os últimos a vê-la viva e eram os mais próximos a ela, o que os coloca na frente e no centro das suspeitas.

Frank fez que não com a cabeça.

– Não tenho tanta certeza. Ela estava usando um casaco, e sabemos que não foi colocado depois que ela morreu porque há um corte na frente, no lado direito, que combina perfeitamente com a lesão. Para mim, isso significa que ela estava fora de casa, longe dos amigos, quando foi agredida.

– Não estou eliminando os amigos por enquanto – explicou Sam. – Não sei por que algum deles quereria agredi-la, não sei por que o faria fora da casa, tudo que sei é que nesse tipo de trabalho a resposta óbvia é a que mais procuramos, e de qualquer modo que se olhe, eles são as respostas óbvias. Exceto se encontrarmos uma testemunha que viu a garota viva e bem depois de ter saído da casa, vou mantê-los como suspeitos.

Frank não se importou.

– Tudo bem. Digamos que tenha sido um dos amigos: eles estão unidos como unha e carne, foram interrogados durante horas sem nem pestanejar, a possibilidade de desacreditar sua história é virtualmente nula. Ou, digamos que foi alguém de fora: não temos a menor ideia de quem possa ser, como conhecia Lexie ou por onde começar a procurá-lo. Há casos que não podem ser desvendados de fora. Para isso existe a Inteligência, o que me traz de volta ao meu plano de ação alternativo.

– Jogar uma detetive no meio de um bando de suspeitos de homicídio – declarou Sam.

— Como regra — retrucou Frank, com uma levantadinha debochada de sobrancelha —, não mandamos agentes se infiltrarem para investigar santos inocentes. Estar no meio de criminosos é o que normalmente fazemos.

— E estamos falando de IRA, gângsteres, traficantes — confirmou O'Kelly.

— No caso, eles são um bando de *estudantes*. É provável que até Maddox consiga lidar com eles.

— Exatamente — disse Sam. — Exatamente. A Inteligência investiga o crime organizado: drogas, gangues. Eles não se envolvem em assassinatos de rotina. Por que precisamos deles agora?

— Dito por um detetive da Homicídios — contestou Frank, preocupado —, isso me espanta. Você está dizendo que a vida dessa garota vale menos do que um quilo de heroína?

— Não — respondeu Sam, em tom frio. — Estou dizendo que há outras maneiras de investigar um homicídio.

— Como qual, por exemplo? — cobrou Frank, se preparando para a tacada final. — No caso deste homicídio em particular, quais seriam as outras maneiras? Você não identificou a vítima — ele se debruçava na direção de Sam, contando nos dedos com rapidez — e não tem suspeitos, motivo, arma do crime, local exato, impressões, testemunhas, vestígios, nem uma única pista boa. Estou certo?

— A investigação começou há *três dias* — retrucou Sam. — Quem sabe o que descobriremos...

— Agora vamos ver o que você *tem* — continuou Frank. — Uma agente de inteligência experiente, treinada, de primeira linha, que é a cara da vítima. É isso. Alguma razão para não usá-la?

Sam deu uma risadinha raivosa, balançando a cadeira nas pernas traseiras.

— Por que não quero usá-la como isca de tubarão?

— Ela é uma detetive — disse Frank, muito calmo.

— Realmente — concordou Sam, depois de uma longa pausa. Com cuidado, ele abaixou as pernas dianteiras da cadeira até o chão. — Ela é. — Seus olhos se desviaram de Frank e atravessaram a sala: mesas vazias em cantos mal iluminados, uma explosão de rabiscos e mapas e Lexie no quadro branco, eu.

— Não olhe para mim — disse O'Kelly. — O caso é seu, a decisão é sua. — Se tudo desse errado, como ele obviamente acreditava que aconteceria, queria ficar bem longe da linha de tiro.

Os três começavam a me aborrecer.

— Ainda se lembram de mim? — perguntei. — Talvez você deva tentar me convencer também, Frank, porque eu diria que pelo menos em parte a decisão é minha.

— Você vai para onde for mandada – rebateu O'Kelly.

— Claro que é – me disse Frank, com ar de reprovação. – Já vou conversar com você. Pensei que seria educado começar discutindo o assunto com o detetive O'Neill, já que é uma investigação conjunta e tudo o mais. Estou errado?

Por isso as investigações conjuntas são infernais: ninguém tem muita certeza sobre quem é o chefão e ninguém quer saber. Oficialmente, Sam e Frank deveriam estar de acordo em todas as decisões importantes, porém, se houvesse um impasse, tudo que tivesse a ver com operações secretas era decidido por Frank. É provável que Sam pudesse passar por cima dele, já que no começo a investigação era só sua, mas não sem mexer muitos pauzinhos e ter uma razão muito forte. Frank queria ter certeza – "pensei que seria educado" – de que Sam estava se lembrando disso.

— Você está certíssimo – respondi. – Mas não se esqueça, tem que discutir o assunto comigo, também. Até agora, não ouvi nada muito convincente.

— De quanto tempo estamos falando? – perguntou Sam. A pergunta era para Frank, mas os seus olhos estavam em mim, e o seu olhar me assustou: atento e seríssimo, quase triste. Naquele segundo, percebi que Sam diria sim.

Frank percebeu a mesma coisa; sua voz não se alterou, mas ele endireitou as costas e havia um novo brilho em seu rosto, algo de alerta e predatório.

— Não muito tempo. Um mês, no máximo. Não é o caso de estarmos investigando crime organizado e precisarmos de alguém infiltrado durante anos. Se não tivermos resultados em poucas semanas, não teremos depois.

— Ela teria apoio.

— Vinte e quatro horas.

— Se houver qualquer sinal de perigo...

— Nós tiramos a detetive Maddox de lá imediatamente, ou vamos ao local e a resgatamos, se for preciso. O mesmo se aplica caso você obtenha informações indicando que a presença dela na casa não é mais necessária à investigação: nós a tiramos no mesmo dia.

— Então, é melhor eu me apressar – disse Sam em voz baixa, com um longo suspiro. – Ok, se a detetive Maddox aceitar, vamos em frente. Sob a condição de que eu seja mantido cem por cento informado de todos os acontecimentos. Sem exceção.

— Muito bom – disse Frank, levantando-se rápido, antes que Sam mudasse de ideia. – Não vai se arrepender. Espere um pouco, Cassie. Antes que você se pronuncie, quero mostrar uma coisa. Eu prometi vídeos, e sou um homem de palavra.

O'Kelly bufou e fez um comentário previsível sobre filmes pornográficos amadores, mas eu mal o ouvia. Frank vasculhou sua grande mochila preta, balançou na minha frente um DVD com um título escrito em garranchos e introduziu o disco no aparelho vagabundo da sala.

— A data é doze de setembro último – disse, ligando o monitor. – Daniel recebeu as chaves da casa no dia dez. Ele e Justin foram até lá naquela tarde para ter certeza de que o teto não tinha caído ou coisa parecida, os cinco passaram o dia onze empacotando seus pertences e no dia doze todos entregaram as chaves dos seus apartamentos e se mudaram para a Casa dos Espinheiros-Brancos de mala e cuia. Esse pessoal não perde tempo. – Frank sentou-se em cima da mesa de Costello, ao meu lado, e apertou a tecla Play no controle remoto.

Tudo escuro; um clique e um barulho de chave velha sendo girada; ruído de passos no piso de madeira.

— Credo – alguém falou. Uma voz bem modulada, com um leve sotaque de Belfast: Justin. – O *cheiro*.

— Por que está tão chocado? – reclamou uma voz mais grave, calma e quase sem sotaque. ("Este é Daniel", disse Frank, perto de mim.) – Você sabia o que ia encontrar.

— Apaguei da memória.

— Esse negócio está funcionando? – perguntou uma voz feminina. – Rafe, dá pra você saber?

— É a garota – sussurrou Frank, mas eu já sabia. A voz dela era mais baixa do que a minha, uma voz de contralto, muito clara, e a primeira sílaba me atingiu na nuca, no topo da espinha.

— Caramba – disse um rapaz com sotaque britânico, achando graça: Rafe. – Você está *gravando* isso?

— Claro que estou. Nossa nova casa. Só que não sei se está valendo, porque está tudo escuro mesmo. A eletricidade funciona?

De novo barulho de passos; uma porta rangeu.

— Aqui deve ser a cozinha – disse Daniel. – Pelo que me lembro.

— Onde fica o interruptor?

— Eu tenho um isqueiro – disse outra voz feminina. Abigail: Abby.

— Preparem-se – disse Justin.

Uma chama diminuta, tremendo no centro da tela. Eu só conseguia ver um lado do rosto de Abby, sobrancelha erguida, boca meio aberta.

— Minha nossa, Daniel – exclamou Rafe.

— Eu avisei – disse Justin.

— É verdade, ele avisou – confirmou Abby. – Se bem me lembro, ele disse que era uma mistura de sítio arqueológico com os trechos mais cabeludos das histórias de Stephen King.

— Eu sei, mas pensei que ele estava exagerando, como sempre. Não imaginei que estivesse sendo *sutil*.

Alguém – Daniel – tomou o isqueiro de Abby e colocou a mão em concha em volta de um cigarro; havia uma corrente de ar vinda de algum lugar. O seu rosto na tela tremida era calmo, impassível. Ele olhou por cima da chama e piscou com solenidade para Lexie. Talvez porque eu tivesse ficado tanto tempo contemplando aquela foto, havia algo de surpreendente em vê-los todos em ação. Era como ser um daqueles meninos das histórias, que encontram uma luneta mágica que lhes permite entrar na vida secreta de algum quadro antigo, uma coisa fascinante e arriscada.

– Não faça isso – disse Justin, pegando o isqueiro e futucando cauteloso alguma coisa numa prateleira meio bamba. – Se quer fumar, vá lá pra fora.

– Por quê? – perguntou Daniel. – Para não manchar o papel de parede ou para não deixar cheiro nas cortinas?

– Ele tem razão – interveio Abby.

– Que bando de palermas – comentou Lexie. – Eu acho este lugar terrifantástico. Estou me sentindo como uma personagem da coleção *Os cinco*.

– *Os cinco encontram uma ruína pré-histórica* – sugeriu Daniel.

– *Os cinco encontram o planeta mofo* – disse Rafe. – Excelente.

– Acho que devíamos comer bolo de gengibre e carne enlatada – sugeriu Lexie.

– As duas coisas juntas? – perguntou Rafe.

– E sardinhas – completou Lexie. – Qual é a carne enlatada?

– Carne de porco – respondeu Abby.

– Eca.

Justin andou até a pia, aproximou o isqueiro e abriu as torneiras. Uma delas espirrou, deu um estalo e em seguida um fiozinho de água apareceu.

– Hum – disse Abby. – Chá tifoide, alguém aceita?

– Quero ser George – disse Lexie. – Ela era legal.

– Eu não me importo, desde que não seja Anne – disse Abby. – Ela sempre acabava lavando a louça, só porque era menina.

– O que tem de errado com isso? – indagou Rafe.

– Você pode ser Timmy, o cachorro – sugeriu Lexie.

O ritmo da conversa deles era mais acelerado do que eu imaginara, esperto e preciso como uma dança rápida, e dava para entender por que o pessoal do departamento de inglês achava o grupo metido a besta. Devia ser impossível conversar com eles: aquele sincopado firme, elegante, não deixava lugar para mais nada. De alguma maneira, todavia, Lexie conseguira se inserir naquele contexto, se adaptando ou transformando os outros aos pouquinhos até cavar o seu lugar e se tornar parte integrante do grupo. Qualquer que fosse o jogo dessa garota, ela havia sido competente naquilo que fazia.

Uma vozinha clara falou na minha cabeça: "Assim como eu sou competente no que faço."

Milagrosamente, a tela se iluminou, mais ou menos, quando uma lâmpada de quarenta watts se acendeu no teto: Abby encontrara o interruptor, num canto improvável perto de um fogão coberto de gordura.

– Muito bem, Abby – disse Lexie, abrindo o foco.

– Não sei, não – comentou Abby. – Parece pior, agora que dá para ver bem.

Ela estava certa. Era óbvio que algum dia tinham colocado papel nas paredes, mas um mofo esverdeado planejara uma invasão, avançando por todos os lados e quase se unindo no meio. Teias de aranha espetaculares como decorações de Halloween caíam do teto, balançando levemente na corrente de ar. O linóleo acinzentado do piso enrolava nos cantos e tinha sinistras listas escuras; em cima da mesa ficava um vaso de vidro com um buquê de flores bem mortas, talos quebrados, despencando em ângulos esquisitos. Tudo estava recoberto por uma camada de uns cinco centímetros de poeira. Abby parecia profundamente cética; Rafe parecia se divertir, de um jeito meio horrorizado; Daniel parecia um pouco intrigado; Justin parecia que ia vomitar.

– Você quer que eu *more* lá? – perguntei a Frank.

– Não está assim *agora* – ele me recriminou. – Eles melhoraram muito a casa.

– Demoliram e construíram de novo?

– Está linda. Você vai adorar. Shh.

– Pegue aqui – falou Lexie; a câmera deu um pulo e balançou descontrolada, agarrando cortinas de teias de aranha como numa horrível dança de rock dos anos setenta. – Tome conta. Quero explorar a casa.

– Espero que você esteja vacinada – disse Rafe. – O que quer que eu faça com isso?

– Não me provoque – respondeu Lexie e apareceu na tela, indo em direção aos armários.

Ela se movimentava com mais leveza do que eu, passinhos miúdos na ponta dos pés, e era mais feminina: suas curvas não impressionavam mais do que as minhas, claro, mas Lexie tinha um certo balanço que as tornava mais evidentes. Seu cabelo estava mais comprido, naquela época, o bastante para os cachos cobrirem as orelhas, e ela vestia jeans e um suéter bege apertado, muito parecido com um que já tive. Eu ainda não decidira se teríamos gostado uma da outra, caso tivéssemos nos conhecido – provavelmente não –, mas isso não importava, era tão irrelevante que eu nem sabia como pensar no assunto.

– Uau – disse Lexie, examinando um dos armários. – O que é *isso*? Será que está vivo?

— Pode ser que já tenha estado — disse Daniel, debruçando-se sobre o ombro dela — muito, muito tempo atrás.

— Acho que é o contrário — disse Abby. — Não estava vivo antes, mas agora está. Será que já desenvolveu polegares opostos?

— Estou com saudade do meu apartamento — reclamou Justin, lúgubre, a uma distância segura.

— Não está, não — disse Lexie. — O seu apartamento tinha trinta metros quadrados, as paredes eram de papelão reciclado e você o odiava.

— Meu apartamento não tinha formas de vida não identificadas.

— Tinha aquele cara do som no andar de cima que achava que era Ali G.

— Acho que é algum tipo de fungo — arriscou Daniel, inspecionando o armário com interesse.

— Já chega — declarou Rafe. — Não vou gravar isso. Quando formos velhinhos nostálgicos de cabelos brancos, nossas primeiras lembranças do nosso lar não deveriam ser de *fungos*. Como desligo esse troço?

O piso apareceu por um segundo; depois a tela ficou escura.

— Temos quarenta e dois clipes como este — me disse Frank, apertando botões —, todos de um a cinco minutos de duração. Acrescente, digamos, o equivalente a uma semana de interrogatório cerrado dos amigos dela, e tenho certeza de que teremos informações suficientes para montar o nosso próprio kit Lexie Madison. Isso, claro, supondo que você queira.

Ele congelou a imagem de Lexie, cabeça virada por cima do ombro para dizer alguma coisa, olhos brilhantes e boca meio aberta num sorriso. Olhei para ela, difusa e bruxuleante como se fosse saltar da tela a qualquer momento, e pensei: "Eu era assim. Segura e invulnerável, pronta para qualquer coisa que aparecesse. Poucos meses atrás, eu era assim."

— Cassie — disse Frank, gentilmente. — Sua decisão.

Por um tempo que me pareceu longo, pensei em dizer não. Voltar à VD: o padrão de casos de segunda-feira, resultado do fim de semana, contusões de montão, blusas de gola alta e óculos escuros em recinto fechado, as mulheres de sempre registrando queixas contra seus namorados e retirando as queixas na terça à noite, Maher sentado ao meu lado, como um presuntão rosado de pulôver, e rindo, debochado e previsível, cada vez que aparecia um caso envolvendo nomes estrangeiros.

Se eu voltasse para lá na segunda-feira, nunca mais sairia. Minha certeza era tão concreta como um soco no estômago. Essa garota era um desafio, lançado com força e precisão extrema bem em cima de mim: uma chance que aparece uma vez na vida, e que você pega se quiser.

O'Kelly esticou as pernas e suspirou alto; Cooper examinava as rachaduras do teto. Pela imobilidade dos ombros de Sam, dava para ver que ele não estava respirando. Só Frank me encarava, firme e sem pestanejar. O ar da sala doía ao tocar meu corpo. Lexie na luz dourada esmaecida da tela era um lago escuro onde eu poderia mergulhar fundo, um rio coberto de gelo fino onde eu poderia esquiar para longe, um voo de longa distância partindo agora.

– Me diga que essa garota fumava – eu disse.

Minhas costelas se abriram como janelas, eu já não lembrava que era possível respirar tão fundo.

– Puxa vida, demorou – disse O'Kelly, levantando-se da cadeira e puxando a calça por cima da barriga. – Acho que você é uma louca de pedra, mas isso não é novidade. Quando te matarem, não venha chorar pra cima de mim.

– Fascinante – declarou Cooper, me olhando com interesse especulativo; era óbvio que em parte ele calculava a probabilidade de eu acabar na sua mesa. – Não deixe de me manter informado.

Sam passou a mão pela boca, com força, e vi o seu pescoço se curvar.

– Marlboro Lights – confirmou Frank, e apertou a tecla Eject, um enorme sorriso aos poucos dominando o seu rosto. – É assim que eu gosto.

Quando meu coraçãozinho ainda era ingênuo, eu acreditava que tinha algo a oferecer às vítimas. Não vingança – não há vingança no mundo que compense a menor fração do que perderam – nem justiça, seja lá o que isso for –, mas a única coisa que restou para lhes dar: a verdade. Eu era boa nisso. Tinha pelo menos uma das qualidades que fazem um grande detetive: o instinto da verdade, o ímã interior cuja atração revela, sem sombra de dúvida, o que é escória, o que é liga e o que é metal bruto, puro. Eu escavava as pepitas, sem me importar quando cortavam meus dedos, e as trazia nas mãos em concha para colocar nos túmulos, até que descobri – Operação Vestal, mais uma vez – como eram escorregadias, como se esfarelavam com facilidade, como cortavam fundo e, no final, como valiam pouco ou nada.

Na Violência Doméstica, quando conseguimos que uma mulher espancada registre queixa ou vá para um abrigo, pelo menos por uma noite o namorado não vai agredi-la. Segurança é uma moedinha desvalorizada, centavos de cobre, se comparada ao ouro que eu perseguia na Homicídios, mas seu valor, apesar de pequeno, é real. Àquela altura, eu já aprendera a valorizar esse aspecto. Algumas horas de segurança e uma lista de números de telefone para emergências: eu nunca pudera oferecer tanto a uma única vítima de homicídio.

Eu não tinha nem ideia de qual moeda oferecer a Lexie Madison – segurança, não, claro, e a verdade não parecia ter sido uma das suas prioridades –, mas ela viera me procurar, viva e morta ela se aproximara com pés macios, até que explodiu com espalhafato à minha porta: ela queria alguma coisa. O que eu desejava dela em troca – e realmente acreditava nisso naquela época – era simples: queria que saísse da minha vida, porra. Adivinhava que ela seria dura na queda, mas eu era capaz; tinha experiência prévia.

Não conto às pessoas, porque ninguém tem nada a ver com isso, mas o meu trabalho é a coisa mais próxima que tenho de uma religião. O deus do detetive é a verdade, e quase nada é mais elevado ou mais implacável. O sacrifício, pelo menos na Homicídios e na Inteligência – e eu sempre quis essas duas, por que ir atrás de versões diluídas quando se pode ter a emoção completa? – é alguma coisa ou tudo que se tem, seu tempo, seus sonhos, seu casamento, sua sanidade, sua vida. Esses deuses são os mais frios e volúveis de todos e, se aceitarem que fique a seu serviço, tomarão não o que você quer oferecer, mas o que eles escolherem.

A Inteligência escolheu minha sinceridade. Eu deveria ter previsto, mas de alguma maneira estava tão envolvida pela perfeição ofuscante da tarefa que consegui ignorar o óbvio: você passa o dia mentindo. Não gosto de mentiras, não gosto de mentir, não gosto de pessoas que mentem e para mim era uma grande merda ter que virar uma mentirosa para procurar a verdade. Passei meses andando com cuidado numa corda bamba de conversas de duplo sentido, tentando fazer amizade com o pequeno traficante, usando piadas ou sarcasmo para enganá-lo com verdades literais. E aí um dia ele fritou seus dois neurônios com drogas, me ameaçou com uma faca e me perguntou se eu o estava usando para chegar ao seu fornecedor. Eu me equilibrei naquela corda bamba durante horas, ou assim me pareceu – "Esfria a cabeça, qual é o problema, o que é que eu fiz para você achar que eu estou te sacaneando?" – ganhando tempo e rezando para Frank estar na escuta. O Garotão Traficante encostou a faca nas minhas costelas e berrou na minha cara: "Está ou não está? Sem sacanagem. Sim ou não. Está?" Quando hesitei – porque claro que eu estava, mesmo que não fosse pela razão que ele imaginava, e o momento parecia crucial demais para mentiras –, ele me esfaqueou. Depois começou a chorar, e em algum momento Frank chegou e me levou discretamente para o hospital. Mas eu sabia. O sacrifício havia sido exigido e eu havia negado. Levei trinta pontos como aviso: "Não faça de novo."

Eu era uma boa detetive na Homicídios. Uma vez Rob me contou que ao longo do tempo que durou o seu primeiro caso, ele fantasiava detalhes de como poderia fazer alguma merda, espirrar numa evidência de DNA, dar um adeus animado para alguém que acabara de deixar escapar a informação reveladora que faltava, passar distraído por todas as pistas e sinais de alerta. Isso jamais me aconteceu. O meu primeiro caso na Homicídios foi bem banal e deprimente – um jovem viciado foi esfaqueado no poço da escada de um prédio de apartamentos horripilante, grandes manchas de sangue na escada imunda, olhos observando atrás de portas trancadas e o cheiro de mijo por toda parte. Fiquei no patamar com as mãos nos bolsos para não tocar em nada por acaso, olhando para a vítima estendida nos degraus com a calça de moleton pelo meio das pernas devido à queda ou à luta, e pensei: "Então, é isso. Todo esse tempo, era para cá que eu estava vindo."

Ainda me lembro do rosto daquele viciado: magro demais, barba rala, a boca um pouco aberta como se tudo aquilo o tivesse assustado. Tinha um dente torto na frente. Contra todas as probabilidades e apesar das constantes previsões deprimentes de O'Kelly, nós solucionamos o caso.

Na Operação Vestal, o deus dos Homicídios escolheu meu melhor amigo e minha sinceridade, e não me deu nada em troca. Eu pedi transferência sabendo que haveria um preço a pagar pela deserção. Na minha cabeça, esperava que o meu índice de casos solucionados despencasse, esperava que cada sujeito violento fosse me dar uma surra, que cada mulher enraivecida fosse arrancar meus olhos. Eu não tinha medo; estava torcendo para acabar logo. Quando nada aconteceu, no entanto, percebi, como uma maré fria e vagarosa, que essa era a punição: ser liberada, autorizada a prosseguir no caminho. Ser deixada vazia pelo meu deus protetor.

E então Sam telefonou, e Frank estava esperando no topo da colina, e mãos fortes e implacáveis me puxavam para dentro. Pode-se atribuir tudo isso a uma superstição, caso seja mais fácil assim, ou à intensa vida secreta que muitos órfãos e filhos únicos têm; não me importo. Talvez, no entanto, isso explique em parte por que eu disse sim à Operação Espelho e por que, quando aceitei, acreditava haver uma chance razoável de ser assassinada.

4

Frank e eu passamos a semana seguinte desenvolvendo a versão 3.0 de Lexie Madison. Durante o dia, ele interrogava pessoas para obter informações sobre Lexie, sua rotina, seus humores, seus relacionamentos; depois vinha para a minha casa e passava a noite martelando a coleta do dia na minha cabeça. Eu não me lembrava mais de como ele era bom nisso, como era sistemático e meticuloso, e como esperava que eu o acompanhasse com rapidez. No domingo à noite, antes de sairmos da reunião, ele me entregou a programação semanal de Lexie e uma pilha de fotocópias de material da sua tese; na segunda, já tinha uma pasta grossa com os seus AC — amigos e conhecidos — completa com fotos, gravações de voz, currículo e comentários engraçadinhos, para eu decorar. Na terça, trouxe um mapa aéreo da região de Glenskehy, me fez repassar cada detalhe até que eu soubesse fazer o desenho de cabeça, e foi gradualmente estreitando o foco até chegarmos a fotos e planta baixa da Casa dos Espinheiros-Brancos. Juntar tudo isso deve ter levado um bom tempo. Frank, o sacana, adivinhara muito antes de domingo à noite que eu diria sim.

Assistimos aos vídeos feitos no celular de novo e de novo, com Frank pausando a todo momento para chamar minha atenção para algum detalhe: "Notou? Como ela inclina a cabeça para a direita quando ri? Imite aquele ângulo... Vê o modo como ela olha para Rafe e depois para Justin? Ela está flertando com eles. Para Daniel e Abby, ela olha direto; para os dois rapazes, é de lado e para cima. Lembre-se disso... Vê como ela fuma? Não enfia o cigarro no canto direito da boca, como você faz. A mão cruza para o outro lado e o cigarro entra no lado esquerdo. Tente fazer igual... Observou isso? Justin começa a ficar irritado por causa do mofo, e logo acontece aquela troca de olhares entre Abby e Lexie e elas começam a falar dos lindos azulejos para distraí-lo. Há uma cumplicidade..." Assisti aos clipes tantas vezes que quando finalmente ia dormir — quase sempre às cinco da manhã, com Frank esparramado no sofá inteiramente vestido — eles se confundiam com os meus sonhos, num fluxo subliminar e constante: o tom de voz brusco de Daniel em contraste com o som leve de Justin, as estampas do papel de parede, o riso em cascata de Abby.

Eles se tratavam com uma espécie de cerimônia que me espantava. Minha vida de estudante havia sido de festas decididas na hora, períodos frenéticos em que se estudava a noite inteira e refeições inapropriadas envolvendo sanduíches com batatas fritas em horas estranhas. Nesse grupo, porém, as garotas preparavam o café às sete e meia toda manhã, eles chegavam à faculdade em torno de dez horas – Daniel e Justin tinham carros e levavam os outros – tendo ou não aulas para dar, voltavam para casa mais ou menos às seis e meia e os rapazes faziam o jantar. Nos fins de semana, consertavam a casa; de vez em quando, se o tempo estivesse bom, faziam um piquenique em algum lugar. Mesmo suas horas livres incluíam atividades como Rafe tocar piano, Daniel ler Dante em voz alta e Abby restaurar o bordado de um banquinho do século XVIII. Não tinham televisão, muito menos computador – Daniel e Justin compartilhavam uma máquina de escrever manual, os outros três tinham contato suficiente com o século XXI para usar computadores na universidade. Eles eram como espiões de outro planeta, que tinham errado a pesquisa e acabaram lendo Edith Wharton e assistindo a reprises de *Os pioneiros*. Frank teve que fazer pesquisas na internet sobre o jogo de piquê e me ensinar como se joga.

Claro que tudo isso irritou Frank e inspirou observações maldosas cada vez mais criativas ("Estou achando que isso é algum culto bizarro que prega que a tecnologia é obra de Satã e canta para as plantas na lua cheia. Não se preocupe, caso comecem a se preparar para uma orgia, tiro você de lá; pela cara deles, parece que você não iria gostar. Quem é que não tem uma *televisão*?). Não contei a ele, mas quanto mais eu pensava sobre o assunto, menos estranha a vida deles me parecia e mais encantada eu ficava. Dublin é rápida, nos dias de hoje; rápida, lotada e cheia de encontrões, todo mundo apavorado, com medo de ser deixado para trás e abrindo caminho aos gritos, cada vez mais altos, para ter certeza de que não vai desaparecer. Desde a Operação Vestal, eu também vinha andando rápido, com ímpeto e dentes cerrados, fazendo tudo para não parar, e a princípio a calma graciosa e despreocupada daqueles quatro – *bordado*, puxa vida – era tão chocante quanto uma bofetada. Eu me esquecera até mesmo de como era desejar algo lento, algo suave, algo com espaços amplos e que seguia seu próprio ritmo seguro e controlado. Aquela casa e aquela vida permaneciam na minha mente, refrescantes como água de fonte, refrescantes como a sombra de um carvalho numa tarde quente.

Durante o dia, eu praticava: a caligrafia de Lexie, seu andar, seu sotaque – que, por sorte, era um sotaque leve e fora de moda do condado de Dublin, provavelmente copiado do apresentador de algum programa de entrevistas no rádio ou na televisão e não muito diferente do meu próprio – seu tom de voz, seu riso. A primeira vez que consegui acertar – um riso frouxo, borbulhante de prazer, reproduzindo todas as notas musicais como o de uma criança com cócegas – fiquei assustadíssima.

Ainda bem que a sua versão de Lexie Madison tinha sido um pouco diferente da minha. No tempo que passei na UCD, representei uma Lexie alegre, cordata, sociável, mais feliz quando era o centro das atenções; não havia nela nada de imprevisível, nenhum canto escuro, nada que fizesse com que os traficantes ou compradores a vissem como um risco. Pelo menos no começo, Frank e eu a imaginamos como uma ferramenta de precisão sob medida, criada para atender às nossas necessidades e fazer o que quiséssemos, tendo em mente um objetivo bem específico. A Lexie da garota misteriosa fora mais instável e volúvel, mais voluntariosa e impulsiva. Ela criara uma gêmea siamesa, toda saltitante e tagarela, brincalhona com os amigos, distante e fria como gelo com as outras pessoas, e me aborrecia o fato de eu não conseguir puxar aquele fio e descobrir qual tinha sido o seu objetivo, para qual tarefa específica ela havia arquitetado aquela nova pessoa.

De fato considerei a possibilidade de eu estar fazendo as coisas mais complicadas do que o necessário e ela nunca ter tido nenhum objetivo e de, em termos de personalidade pelo menos, simplesmente estar sendo ela mesma. Afinal, não é fácil entrar na pele de outra pessoa por meses e meses; eu que o diga. Mas a ideia de aceitá-la pelo valor aparente me deixava nervosa. Algo me dizia que subestimar essa garota seria um grande, grande erro.

Na terça à noite, Frank e eu estávamos sentados no chão na minha casa, comendo comida chinesa para viagem no baú de madeira que uso como mesinha de centro, em meio a mapas e fotos espalhadas. Era uma noite de tempestade, o vento fustigava a janela em grandes rajadas irregulares como um agressor estúpido, e estávamos ambos de mau humor. Eu passara o dia decorando informações de AC e acumulando tanta energia reprimida que, quando Frank chegou, eu fazia exercícios com a cabeça para baixo para não sair voando pelo teto; Frank tinha entrado com pressa, empurrando o que estava em cima da mesa e falando sem parar enquanto distribuía mapas e embalagens de comida, e eu fiquei pensando – não adiantava perguntar – o que teria acontecido, em algum nível escondido daquele jogo de X-box que ele chama de cérebro, que ele não estava me contando.

A combinação de geografia e comida nos acalmou um pouco – é provável que por isso ele tenha escolhido comida chinesa; é difícil ficar irritado quando se está com a barriga cheia de frango com limão.

– E aqui – disse Frank, empurrando a última porção de arroz para o garfo com uma das mãos e apontando com a outra – é o posto de gasolina na estrada de Rathowen. Fica aberto das sete da manhã às três da madrugada, quase que só para vender cigarros e gasolina para os moradores da localidade que não estão em condições de comprar nem uma coisa nem outra. Você às vezes compra cigarros lá. Quer mais comida?

— Nossa, não — respondi. Eu me admirei de estar faminta — normalmente como muito, Rob sempre ficava fascinado com a quantidade de comida que eu conseguia consumir, mas a Operação Vestal meio que tirou meu apetite. — Café? — A cafeteira já estava no fogo; as olheiras de Frank eram de assustar criancinhas.

— Muito café. Temos trabalho a fazer. Vai ser outra longa noite, menina.
— Que surpresa. O que Olivia acha de você dormir na minha casa?

Eu estava jogando verde e adivinhei, pela pausa de uma fração de segundo enquanto Frank empurrava o prato, que tinha acertado: o trabalho na Inteligência ataca outra vez.

— Sinto muito — falei. — Não tive a intenção de...
— Ah, teve sim. Olivia criou juízo e me deixou no ano passado. Eu fico com Holly um fim de semana por mês e duas semanas no verão. O que Sammy acha de eu dormir na sua casa?

Seus olhos estavam tranquilos e ele nem pestanejava, não parecia aborrecido, apenas firme, mas a mensagem era clara: "Não se intrometa."

— Ele não se incomoda — eu disse, me levantando para ver se o café estava pronto. — Tudo pelo trabalho.

— Você acha? O trabalho não parecia ser a prioridade dele no domingo.

Mudei de ideia: ele estava aborrecido comigo por causa do comentário sobre Olivia. Pedir desculpas só iria piorar a situação. Antes que eu pudesse pensar em algo conveniente para dizer, o interfone tocou. Consegui fazer com que o pulo de susto fosse o menor possível, dei uma canelada bem no canto do sofá, num lance pitoresco ao estilo Inspetor Clouseau, enquanto andava até a porta, e percebi o olhar agudo e curioso de Frank.

Era Sam.

— E aí está a sua resposta — disse Frank, rindo e levantando-se do chão. — Em você, ele confiaria sempre, mas em mim, tem que ficar de olho. Deixe que eu cuido do café; pode ir dar uns beijinhos.

Sam estava exausto; dava para sentir pelo peso do seu corpo quando me beijou, pela sua respiração como um suspiro de alívio.

— Puxa, como é bom ver você — falou; e logo em seguida, quando viu Frank acenando da cozinha — Ah.

— Seja bem-vindo ao Laboratório da Lexie — cumprimentou Frank, animado. — Café? Carne de porco agridoce? Biscoito de camarão?

— Sim — respondeu Sam, atônito. — Quer dizer, não; só café, obrigado. Eu vou embora se vocês estiverem trabalhando; só queria... Estão ocupados?

— Não se preocupe — falei. — Estávamos jantando. Já comeu?

— Estou bem — disse Sam, meio aéreo, jogando sua mochila no chão e tirando com esforço o casaco. — Pode me dar alguns minutos? Se não estiver no meio de alguma coisa importante.

A pergunta era para mim, mas Frank respondeu efusivamente:

— Por que não? Sente-se, sente-se. — E indicou o futon. — Leite? Açúcar?

— Leite não, só açúcar — disse Sam, desabando no futon. — Obrigado. — Eu tinha quase certeza de que ele estava morto de fome, não iria comer nada do que Frank havia comprado, a mochila continha todos os ingredientes para algum prato muito mais elaborado do que frango com limão, e que se eu pudesse massagear os seus ombros conseguiria acabar com aquela tensão em cinco minutos. O trabalho de agente infiltrada começava a parecer a parte mais fácil da história.

Sentei-me ao lado de Sam, tão perto quanto possível sem que nos tocássemos.

— Como vai indo? — perguntei.

Ele apertou minha mão rapidamente e esticou o braço para pegar o casaco, jogado no encosto do futon, e apanhar o caderno.

— Ah, bom, tudo bem, eu acho. Estamos quase que só eliminando. Richard Doyle, o cara que encontrou o corpo, tem um álibi sólido. Já descartamos todos os casos da VD que você marcou; estamos trabalhando no resto e nos seus casos de homicídio, mas até agora nada. — Pensar que o pessoal da divisão de Homicídios estava analisando os meus casos, com os boatos fervendo e o meu rosto como vítima, me deu um tremor desagradável entre as omoplatas. — Acho que ela não usava internet nunca; não há nenhum registro de atividade no seu login nos computadores da universidade, nenhuma página no MySpace, nada desse tipo, o endereço de e-mail que a Trinity designou para ela não foi nem mesmo usado, portanto, nenhuma pista. E nem sinal de discussões na faculdade. O departamento de inglês adora uma fofoca, se ela tivesse tido problemas com alguém, nós saberíamos.

— Odeio dizer que eu avisei — comentou Frank, amável, pegando as canecas —, mas às vezes, na vida, temos que fazer coisas que odiamos.

— É isso — disse Sam, distraído. Frank se inclinou para lhe entregar o café, fazendo uma pequena reverência, e piscou para mim por trás de Sam. Eu o ignorei. Uma das regras de Sam é não brigar com ninguém que esteja trabalhando no mesmo caso, mas sempre existem pessoas como Frank, que imaginam que ele seja muito obtuso para notar quando estão debochando dele. — Então, Cassie, eu pensei... Esse processo de eliminação pode demorar toda vida, o problema é que enquanto eu não tiver motivos ou pistas, não tenho escolha; não há nada para me dizer por onde começar. Eu pensei que, se pelo menos eu tivesse alguma ideia do que estou procurando... Dá para você traçar o perfil para mim?

Por um momento, senti que o ar na sala escurecia de pura tristeza, amarga e tenaz como fumaça. Em todos os casos de homicídios que peguei, fiz o melhor que pude para traçar o perfil, bem aqui, no meu apartamento: noites em claro, uísque, Rob estirado no sofá fazendo cama de gato com um elástico e analisando tudo que eu dizia para encontrar as falhas. Na Operação Vestal, Sam tinha se juntado a nós, Sam me sorrindo timidamente, enquanto música e mariposas dançavam no vidro da janela, e eu só conseguia pensar em como nós três tínhamos sido felizes, apesar de tudo, e inocentes, de uma maneira fatal e devastadora. Este lugar irritante e apertado – cheiro de gordura de comida chinesa fria, minha canela doendo à beça, Frank observando com aquele olhar dissimulado e jocoso – não era a mesma coisa, era como uma imagem zombeteira e distorcida num espelho assustador, e tudo que eu conseguia pensar era, por mais ridículo que pareça, "quero ir para casa".

Sam empurrou para o lado um monte de mapas – sem jeito, nos perguntando com o olhar se não estava estragando alguma coisa – e pousou a caneca. Frank escorregou o traseiro para a pontinha do sofá, encostou o queixo nos dedos entrelaçados e fez cara de encantamento. Fiquei de olhos baixos para eles não verem a minha expressão. Havia uma foto de Lexie na mesa, meio escondida sob uma embalagem de arroz; Lexie no topo de uma escada na cozinha da Casa dos Espinheiros-Brancos, usando macacão e uma camisa masculina e coberta de tinta branca. Pela primeira vez, a visão dela me fez bem: aquela picada de algema no meu pulso me trazendo de volta à terra, aquele choque de água fria no rosto, expulsando tudo o mais da minha mente. Quase estiquei o braço para encostar a mão na foto.

– Sim, claro, vou traçar o perfil – falei. – Mas você sabe que não posso dizer muito, não sabe? Não com um único crime. – A maior parte dos perfis é elaborada com base em padrões. Com um único crime, não se tem como saber o que é puro acaso e o que é uma marca, impressa pelos limites da vida do sujeito ou pelas arestas e contornos secretos da sua mente. Um assassinato numa noite de quarta-feira não diz muita coisa; três outros no mesmo padrão dizem que o homem em questão tem uma janela de oportunidade naquela noite, e você deve olhar duas vezes caso encontre um suspeito cuja esposa vai ao bingo às quartas-feiras. Uma palavra usada num estupro pode não ser nada; se usada em quatro, ela se torna uma assinatura que alguma namorada, esposa ou ex-esposa vai reconhecer.

— Qualquer coisa — disse Sam. Ele abriu o caderno, puxou a caneta e se inclinou para a frente, com os olhos fixos em mim, pronto. — Qualquer coisa mesmo.

— Ok — falei. Eu nem precisava do arquivo. Passara tempo mais do que suficiente pensando sobre isso, enquanto Frank roncava como um porco no sofá, e pela janela eu via o negro virar cinza e depois dourado. — A primeira coisa é que provavelmente é um homem. Não se pode eliminar por completo a possibilidade de ser uma mulher. Se tiver fortes suspeitas em relação a uma mulher, não a ignore; mas, segundo as estatísticas, esfaqueamento é em geral um crime masculino. Por enquanto, fiquemos com um homem.

Sam assentiu com a cabeça.

— Foi o que pensei, também. Alguma ideia da idade?

— Não é um adolescente; é organizado e controlado demais. Também não estamos falando de um homem idoso. Não foi preciso ser atleta, mas exigiu um mínimo de aptidão física: ele teve que correr pelos caminhos, subir muros, arrastar o corpo. Eu diria de vinte e cinco a quarenta anos, mais ou menos.

— E eu acho — disse Sam, anotando — que houve envolvimento de pessoas da localidade.

— Ah, sim — falei. — Ou ele é da localidade ou passou muito tempo perto de Glenskehy, de um jeito ou de outro. Está à vontade na região. Ficou por ali horas depois do crime; assassinos que estão fora do seu território tendem a ficar apreensivos e fugir o mais rápido possível. E, de acordo com os mapas, o lugar é um labirinto, mas mesmo assim ele conseguiu encontrá-la, no escuro da noite e sem nenhuma iluminação, depois que ela fugiu.

Por algum motivo, eu estava com mais dificuldade do que o normal. Havia analisado até não poder mais cada fato que tínhamos, pesquisado em todos os livros, mas não conseguia dar corpo ao assassino. Cada vez que tentava alcançá-lo, ele escapava por entre os meus dedos como fumaça e se perdia no horizonte, me deixando sem nenhuma silhueta para fitar, exceto a de Lexie. Tentei me convencer de que traçar perfis é uma técnica como outra qualquer, como dar uma cambalhota, andar de bicicleta: se não praticar, o seu instinto enferruja; o que não significa que você desaprendeu.

Encontrei meus cigarros; penso melhor quando estou com as mãos ocupadas.

— Ele conhece Glenskehy, não há dúvida, e é quase certo que conhecia a garota. Como confirmação, temos o posicionamento do corpo: o rosto dela estava virado para a parede. Qualquer tipo de atenção especial ao rosto da vítima, seja para cobrir, desfigurar ou virar, em geral significa que há um envolvimento pessoal; o assassino e a vítima se conheciam.

— Ou — acrescentou Frank, girando as pernas para cima do sofá e equilibrando a caneca na barriga — é pura coincidência: foi naquela posição que ela ficou quando ele a pôs no chão.

— Talvez — comentei. — Mas temos também o fato de ele tê-la encontrado. Aquele chalé é bem fora da estrada; se você não estiver procurando especificamente por ele, no escuro não dá nem para saber que existe. A diferença de tempo indica que o cara não foi logo atrás dela, por isso duvido que ele de fato tenha visto quando ela entrou lá e, depois de sentada, a parede a esconderia da estrada. A não ser que a lanterna dela estivesse acesa e ele tenha percebido a luz. Mas por que alguém acenderia uma lanterna se estivesse tentando se esconder de um maníaco homicida? Logo, ele tinha que ter uma razão para procurar no chalé. Acho que sabia que ela gostava do lugar.

— Nada disso demonstra que ela o conhecia — disse Frank. — Só que ele a conhecia. Se, por exemplo, ele estivesse seguindo a garota furtivamente havia algum tempo, poderia sentir que havia uma ligação pessoal e saberia bem os seus hábitos.

Abanei a cabeça.

— Não estou eliminando por completo a possibilidade de um perseguidor, mas, se é com um tipo desse que estamos lidando, ele era pelo menos conhecido dela. Ela foi golpeada de frente, lembre-se. Não estava fugindo e não foi atacada pelas costas; eles estavam face a face, ela sabia que ele estava lá, poderiam estar conversando havia algum tempo. E ela não apresentou lesões defensivas. Para mim, isso significa que estava desprevenida. O sujeito estava próximo, e ela estava à vontade com ele, até o momento exato em que ele a esfaqueou. Se fosse eu, não estaria tão relaxada com um estranho que apareceu àquela hora da noite no meio do nada.

— Tudo isso será bem mais útil — disse Frank — assim que tivermos alguma dica sobre quem, exatamente, essa garota conhecia.

— Algo mais que eu possa procurar? — perguntou Sam, ignorando-o; dava para sentir o seu esforço. — Você diria que ele tem ficha policial?

— Provavelmente tem algum tipo de experiência em crime — sugeri. — Fez um belo trabalho de limpeza antes de ir embora. Há uma boa chance de ele nunca ter sido pego, sendo tão cuidadoso, mas talvez tenha aprendido do jeito mais difícil. Se você estiver analisando os arquivos, tente procurar infrações como roubo de carro, invasão de domicílio, incêndio doloso, algo que exija técnicas de limpeza, mas não envolva contato direto com a vítima. Nada de atentado, incluindo atentado sexual. Considerando-se o assassino de merda que ele é, não tinha nenhuma prática de violência, ou quase nenhuma.

— Ele não é tão merda assim — comentou Sam, calmo. — Deu conta do recado.

— Mal e mal — falei. — Por pura sorte, mais do que qualquer outra coisa. E não acho que foi para essa tarefa que ele foi lá. Alguns elementos deste crime não combinam. Como falei no domingo, o esfaqueamento passa a ideia de coisa não planejada, espontânea; mas tudo em torno daquele momento é muito mais organizado. O cara sabia onde encontrá-la; não concordo com a hipótese de ele ter simplesmente esbarrado nela por acaso, à meia-noite, numa estradinha deserta. Ou ele sabia a rotina dela, ou então eles haviam combinado de se encontrar. E depois da agressão, ele ficou frio e não se apressou: perseguiu a garota até encontrá-la, revistou-a, apagou suas próprias pegadas e limpou os objetos dela, o que prova que não usava luvas. Repetindo, ele não planejava um assassinato.

— Ele tinha uma *faca* — ressaltou Frank. — Estava planejando o que, entalhe em madeira?

Dei de ombros.

— Ameaçar, talvez; assustar, impressionar, não sei. Uma pessoa tão meticulosa, porém, se tivesse tido a intenção de matá-la, não teria feito essa droga toda. O ataque surgiu de repente, deve ter havido um momento em que ela ficou surpresa pelo que acabara de acontecer; se o objetivo dele era acabar com ela, poderia tê-lo feito. Ao contrário, ela é a primeira a reagir; foge correndo e ganha uma boa distância, antes que ele possa fazer qualquer coisa. O que me leva a pensar que ele estava quase tão surpreso quanto ela. Acho que o encontro foi planejado por um motivo completamente diferente, e aí alguma coisa deu muito errada.

— Por que segui-la? — questionou Sam. — Após a facada. Por que não sair de lá correndo?

— Quando ele a alcançou — falei — descobriu que estava morta, arrastou o corpo e revistou os bolsos. Então, estou apostando que uma dessas coisas foi o motivo para persegui-la. Ele não escondeu nem exibiu o corpo, e ninguém gastaria meia hora procurando uma pessoa só para arrastá-la alguns metros sem uma razão, logo, parece que arrastá-la foi mais como um efeito colateral: ele a abrigou para esconder a luz de uma lanterna, ou para sair da chuva, enquanto atingia seu objetivo real: ter certeza de que ela estava morta ou revistá-la.

— Se você está certa sobre ele conhecê-la — disse Sam — e sobre ele não ter intenção de matá-la, seria possível que a tivesse arrastado porque gostava dela? Já se sentia tão culpado, não queria deixá-la na chuva...

— Essa ideia me ocorreu. Mas esse cara é esperto, pensa lá na frente, e levou a sério a intenção de não ser apanhado. Arrastá-la significava ele próprio se sujar de sangue, deixar mais pegadas, levar mais tempo, talvez deixar fios de cabelo ou fibras no corpo... não consigo vê-lo correndo esses riscos adicionais só por sentimentalismo. Tinha que ter um motivo concreto. Verificar se ela estava de fato morta não levaria tanto tempo; menos tempo do que arrastá-la, por certo. Então, meu palpite é que ele a seguiu e depois arrastou o corpo porque precisava revistá-la.

— Para procurar o quê? — perguntou Sam. — Sabemos que não estava a fim de dinheiro.

— Só posso pensar em três razões — falei. — A primeira é que ele procurava qualquer coisa que pudesse identificá-lo: queria certificar-se de que ela não havia anotado o encontro numa agenda, tentar apagar o seu número do celular dela, coisas assim.

— Ela não mantinha uma agenda — interpôs Frank, falando para o teto. — Eu perguntei ao Quarteto Fantástico.

— E tinha deixado seu celular em casa, na mesa da cozinha — acrescentou Sam. — Os amigos disseram que isso era normal; ela sempre tinha a intenção de levar o celular nos seus passeios, mas a maior parte das vezes se esquecia. Está sendo analisado: nada estranho, até agora.

— Ainda assim, ele não tinha que necessariamente saber disso — falei. — Ou poderia estar procurando algo mais específico. Pode ser que fosse para ela lhe dar alguma coisa, e foi isso que deu errado: ela mudou de ideia... Ou ele retirou essa coisa do corpo da garota, ou não estava com ela desde o começo.

— O mapa do tesouro? — sugeriu Frank amavelmente. — As joias da Coroa?

— Aquela casa é cheia de tralhas — comentou Sam. — Se houvesse lá algo valioso... Foi feito algum inventário quando foi herdada?

— Ah — exclamou Frank —, você esteve lá. Como alguém iria inventariar aquilo? O testamento de Simon March lista as coisas de valor, principalmente móveis antigos, dois ou três quadros, mas tudo se foi. Os impostos sobre a herança foram pesadíssimos, qualquer coisa que valesse um pouco mais teve que ser usada no pagamento. Pelo que pude ver, tudo que restou foram aquelas porcarias que são guardadas em sótãos.

— A outra possibilidade — falei — é que ele estivesse procurando uma identificação. Só Deus sabe a confusão que há em torno da identidade dessa garota. Digamos que ele pensou que estava conversando comigo e depois teve dúvidas, ou digamos que ela deu alguma dica no sentido de Lexie Madison não ser o seu nome verdadeiro: o sujeito poderia estar procurando um documento de identidade, na tentativa de descobrir quem ele tinha acabado de esfaquear.

— Vou dizer o que as suas hipóteses têm em comum — falou Frank. Ele estava deitado, com os braços dobrados atrás da cabeça, nos observando, e o brilho nos seus olhos se tornara mais atrevido. – O cara planejou encontrar-se com ela uma vez, o que significa que ele bem que poderia querer se encontrar com ela de novo se houvesse oportunidade. Ele não planejava matá-la, quer dizer, é muito pouco provável que haja perigo no futuro. E ele não veio da Casa dos Espinheiros-Brancos.

– Não necessariamente – discordou Sam. – Se um dos moradores da casa é o culpado, ele, ou ela, pode ter tirado o celular do corpo de Lexie, para ter certeza de que ela não havia ligado para Emergências ou gravado alguma coisa. Sabemos que ela usava a câmera de vídeo o tempo todo; eles bem que poderiam estar preocupados de ela ter gravado o nome do criminoso.

– Já recebeu o resultado das digitais no telefone? – perguntei.

– Hoje à tarde – respondeu Frank. – Lexie e Abby. Tanto Abby quanto Daniel dizem que Abby passou o celular para Lexie naquela manhã, quando saíam para a faculdade, o que é confirmado pelas digitais. As de Lexie se sobrepõem às de Abby pelo menos em dois pontos: ela tocou no telefone depois de Abby. Ninguém tirou aquele telefone do corpo de Lexie. Ele estava na mesa da cozinha quando ela morreu, e qualquer um dos moradores da casa poderia ter descoberto isso sem precisar persegui-la.

– Ou eles poderiam ter apanhado sua agenda – disse Sam. – Só temos a palavra deles como confirmação de que a agenda não existia.

Frank revirou os olhos.

– Se quer jogar esse jogo, só temos a palavra deles como confirmação até de que ela *morava* lá. Pelo que nos consta, ela poderia ter tido uma briga com eles um mês atrás e se mudado para uma suíte no hotel Shelbourne, sendo amante de um príncipe saudita, exceto que não há um pingo de evidência nesse sentido. As histórias dos quatro combinam com perfeição, não pegamos nenhum deles mentindo, ela foi esfaqueada *fora* da casa...

– O que você acha? – perguntou Sam, dirigindo-se a mim e interrompendo Frank. – Eles se encaixam no perfil?

– É, Cassie – retrucou Frank, irônico. – O que *você* acha?

Sam queria tanto que fosse um deles. Por um momento desejei, de verdade, poder dizer que sim, sem me importar com as consequências para a investigação, só para ver aquela aparência cansada sumir do seu rosto e um brilho animar os seus olhos.

– Pelas estatísticas – falei –, claro, eles se encaixam. Eles têm a idade certa, são da localidade, são espertos e a conheciam. Não apenas isso: eles eram as pessoas que a conheciam melhor e é aí que quase sempre se encontra o assassino. Nenhum deles tem ficha na polícia, mas, como falei, um deles pode ter feito alguma coisa que desconheçamos, em algum momento da vida. A princípio, sim, pensei neles. Mas quanto mais fico sabendo... – Passei a mão pelo cabelo, tentando decidir como dizer o que eu queria. – Tem uma coisa sobre a qual não gosto de contar só com a palavra deles. Temos alguma confirmação independente de que ela normalmente dava os passeios sozinha? Que nenhum dos amigos ia com ela?

– Na verdade – respondeu Frank, tateando o chão à procura dos cigarros –, temos, sim, uma doutoranda de inglês, chamada Brenda Grealey, cujo orientador é o mesmo de Lexie. – Brenda Grealey estava na lista de AC: gorda, com olhos de groselha saltados, bochechas rechonchudas já começando a despencar e muitos cachos ruivos. – Ela é do tipo intrometida. Depois que os cinco passaram a morar juntos, ela perguntou a Lexie se conseguia ter alguma privacidade, morando com aquele pessoal todo. Tenho a impressão de que Brenda quis dar à pergunta um duplo sentido, esperava ouvir algum tipo de fofoca sexual picante, mas parece que Lexie só a encarou friamente e respondeu que dava passeios solitários toda noite e não precisava de mais privacidade do que isso, obrigada, e que só ficava na companhia de pessoas de quem gostava. E foi embora. Não sei se Brenda percebeu a derrota humilhante.

– Tudo bem – falei. – Nesse caso, de fato não vejo como encaixar nenhum dos amigos. Pense em como teria que ter acontecido. Um deles precisa conversar com Lexie em particular, sobre algo importante. E aí, em vez de escolher uma maneira que não chama a atenção, levando-a, por exemplo, para tomar um café na faculdade, ele a acompanha no passeio, ou a segue. Nos dois casos, ele estaria quebrando a rotina, tão cara a todos os cinco, e mostrando a todo mundo, inclusive a Lexie, alto e bom som, que está planejando alguma coisa. E aí ele leva uma *faca*. Lembre que eles são intelectuais de classe média, bem educados...

– Ela quer dizer que são um bando de maricas – informou Frank a Sam, ao mesmo tempo que acendia o isqueiro.

– Ah – disse Sam, pousando a caneta. – Espere aí. Você não pode eliminá-los só porque são de classe média. Quantos casos já tivemos em que uma pessoa respeitável, simpática...

– Não estou eliminando, Sam. O problema não é o assassinato. Se ela tivesse sido estrangulada, ou se tivessem esmagado sua cabeça numa parede, eu aceitaria que um deles pudesse ser o criminoso. Não tenho problemas nem mesmo com a ideia de um deles tê-la esfaqueado, se ele por acaso estivesse lá na hora e com uma faca. O que estou dizendo é que ele não *estaria* com uma faca, para início de conversa, a não ser que estivesse de fato planejando matá-la, e, como eu disse antes, isso não é coerente. Sou capaz de apostar muito dinheiro que aqueles quatro não têm o hábito de portar facas; e se quisessem apenas ameaçar alguém, ou convencer, nem *ocorreria* a eles usar uma faca para esse fim. O mundo deles não é assim. Quando se preparam para uma boa briga, pensam em planejar os pontos de um debate, não em escolher uma faca.

— De fato — disse Sam, após uma pausa. Ele respirou profundamente e pegou a caneta de novo, deixando-a pausada sobre o papel, como se tivesse esquecido o que ia escrever. — Suponho que sim, claro.

— Mesmo que aceitemos a hipótese de que um deles a seguiu — continuei — e levou uma faca para assustá-la por alguma razão, o que ele pensou que iria acontecer depois? Será que ele achou mesmo que iria se safar impunemente? Eles fazem parte do mesmo grupo social, que é minúsculo e íntimo. Ela poderia concordar com tudo que ele quisesse, e depois ir direto para casa e contar aos outros três exatamente o que tinha acontecido. Reação de choque, horror e possivelmente, a não ser que seja Daniel, o homem da faca é expulso da Casa dos Espinheiros-Brancos. Esse pessoal é esperto, Sam. Eles não desprezariam algo tão óbvio.

— Na verdade — acrescentou Frank, mudando de lado, aparentemente entediado —, pessoas espertas fazem burrices o tempo todo.

— Não exatamente — disse Sam. Ele deixou a caneta sobre o caderno e com dois dedos pressionou o canto dos olhos. — Burrices, sim, com certeza. Mas não coisas que não fazem o menor sentido.

Eu era a responsável por aquela expressão no seu rosto e me senti péssima.

— Eles usam drogas? — perguntei. — Usuários de cocaína, por exemplo, nem sempre raciocinam com clareza.

Frank expirou a fumaça pelo nariz.

— Duvido — disse Sam, sem levantar os olhos. — Esse grupo, eles são certinhos. Bebem, claro, mas, pelo jeitão, eu diria que não consomem nem maconha de vez em quando, quanto mais drogas pesadas. O resultado do exame toxicológico da garota deu negativo, lembra?

O vento chacoalhou a janela, batendo com força, e depois amainou.

— Então, a menos que estejamos deixando escapar algo de suma importância, o pessoal da casa não se encaixa.

Depois de uma pausa, Sam disse:

— É isso. — Fechou o caderno com cuidado e pendurou nele a caneta. — É melhor eu começar a procurar por algo de suma importância, então.

— Posso fazer uma pergunta? — indagou Frank. — Por que você tem essa cisma com aqueles quatro?

Sam esfregou o rosto com as mãos e piscou com força, como se estivesse tentando se concentrar.

— Porque eles estão lá — respondeu em seguida. — E ninguém mais está, pelo menos não à vista. Porque, se não foram eles, o que temos?

– Você tem aquele perfil simpático – lembrou Frank.

– Eu sei – disse Sam com vagar. – E agradeço a você, Cassie; mesmo, de verdade. Neste momento, porém, não tenho ninguém que se encaixe no perfil. Há muitas pessoas da localidade, inclusive mulheres, na faixa etária certa, alguns têm passagens pela polícia e eu diria que uns poucos são espertos e organizados, mas nada indica que algum deles tenha um dia se encontrado com a garota. Encontrei muitos conhecidos dela da faculdade, e alguns preenchem praticamente todos os quesitos, só que, pelo que deu para descobrir, nunca estiveram em Glenskehy, muito menos conhecem os caminhos da região. Não há ninguém que seja um encaixe perfeito.

Frank arqueou uma sobrancelha.

– Sem querer ser repetitivo – falou –, a detetive Maddox e eu estamos exatamente correndo atrás disso.

– É – disse Sam, sem olhar para ele. – E, se eu o encontrar bem rápido, vocês não precisarão mais correr.

– Melhor se apressar – retrucou Frank. Ele continuava deitado no sofá, observando Sam com olhos semicerrados, preguiçosos, em meio a anéis de fumaça. – A minha intenção é lançar a ofensiva no domingo.

Houve um segundo de silêncio absoluto; até o vento lá fora parecia ter feito uma pausa. Frank nunca mencionara antes uma data definitiva. Pelo canto do olho, vi os mapas e fotos em cima da mesa tremerem e se materializarem, desenrolando-se em folhas brilhantes de sol, vidro ondulado, pedra polida; tornando-se reais.

– Domingo que vem? – perguntei.

– Não me venha com esse olhar apalermado – avisou Frank. – Vai dar tudo certo, menina. E pense assim: não precisará mais olhar para a minha cara feia. – Naquele exato momento, parecia mesmo uma grande vantagem.

– Certo – disse Sam. Ele terminou o café em longos goles e se encolheu. – Então, é melhor eu ir. – Levantou-se e tateou os bolsos, distraído.

Sam mora num desses horríveis condomínios longe de tudo, estava morto de cansaço e o vento recrudescia, quase arrancando o telhado.

– Não vá, Sam, é longe para você dirigir até lá com esse tempo. – eu disse. – Fique aqui. Vamos trabalhar até tarde, mas...

– É, fique por aqui – convidou Frank, abrindo os braços e sorrindo. – Podemos fazer uma festa do pijama. Tostar marshmallows. Jogar Verdade ou Consequência.

Sam pegou o casaco no encosto do futon e ficou olhando, como se não soubesse o que fazer com ele.

– Ah, não; não estou indo para casa. Vou para o trabalho, ficar lá um pouco, pegar umas pastas. Tá tranquilo.

— Tudo bem, então — despediu-se Frank, animado e acenando um adeus. — Divirta-se. Ligue para nós se encontrar um suspeito.

Desci com Sam, dei-lhe um beijo de boa-noite na porta da frente e ele caminhou decidido em direção ao carro, mãos nos bolsos e cabeça bem abaixada para se proteger do vento. Talvez fossem apenas as rajadas de vento que se afunilavam no oco da escada enquanto eu subia, mas sem ele o meu apartamento parecia mais frio, mais deserto de uma certa maneira, com algo fino e cortante no ar.

— Ele ia embora mesmo, Frank — falei. — Você não precisava ser tão sacana.

— Talvez não — disse Frank, levantando-se e começando a empilhar as embalagens de comida chinesa. — Mas pelo que vi nos vídeos, Lexie não usava o termo "sacana". Em ocasiões similares, ela usou "pentelho", às vezes "pentelho fedorento", ou "idiota", ou "escroto". Só para você se lembrar. Lavo a louça se conseguir me dizer, sem olhar no mapa, como ir da casa até o chalé.

Depois daquele dia, Sam não fez mais nenhuma tentativa de preparar um jantar para mim. Ele chegava e ia embora em horas estranhas, dormia na sua casa e não disse nada quando encontrou Frank no meu sofá. Quase sempre ficava apenas o tempo suficiente para me dar um beijo, uma sacola de suprimentos e as últimas notícias. Não havia muito para contar. A Perícia e o pessoal temporário tinham varrido cada centímetro das estradinhas onde Lexie dava seus passeios à noite: nenhum rastro de sangue, nenhuma pegada identificável, nenhum sinal de luta ou esconderijo — eles estavam culpando a chuva — e nenhuma arma. Sam e Frank tinham pedido alguns favores para manter a mídia longe do caso; eles distribuíram para a imprensa uma declaração propositadamente genérica sobre uma agressão em Glenskehy, deram indicações vagas de que a vítima havia sido levada para o hospital de Wicklow e providenciaram vigilância discreta, mas ninguém procurou por ela, nem mesmo os amigos com quem dividia a casa. A companhia telefônica não informou nada de interessante sobre o celular de Lexie. As perguntas de casa em casa suscitaram reações indiferentes, álibis que não podiam ser provados ("... e aí quando a novela acabou eu e a patroa fomos dormir"), alguns comentários ofensivos sobre os jovens ricos da Casa dos Espinheiros-Brancos, muitos comentários ofensivos sobre Byrne e Doherty e o seu súbito interesse por Glenskehy, e absolutamente nenhuma informação útil.

Levando em conta suas relações com os moradores locais e seu nível de entusiasmo, Doherty e Byrne tinham sido designados para examinar milhões de horas de gravação pelo circuito interno de TV, com a finalidade de procurar visitantes que tivessem ido a Glenskehy com regularidade e sem motivo aparente, mas as câmeras não haviam sido posicionadas com esse objetivo e o melhor que conseguiram foi dizer que tinham quase certeza de que ninguém havia entrado ou saído de Glenskehy, por via direta, no horário entre dez e duas na noite do crime. Isso fez com que Sam recomeçasse a falar no pessoal da casa, o que fez com que Frank citasse as várias maneiras de alguém chegar a Glenskehy sem aparecer no circuito interno, o que fez com que Byrne criticasse a chefia que vinha de Dublin dar uma circulada e fazia todo mundo perder tempo com trabalho irrelevante e sem sentido. Parecia que a central de operações estava coberta por uma nuvem elétrica, carregada de becos sem saída, guerras de egos e aquela sensação desagradável e deprimente.

Frank avisara aos moradores da Casa dos Espinheiros-Brancos que Lexie ia voltar para casa. Eles tinham enviado algumas coisas: um cartão desejando rápida recuperação, meia dúzia de barrinhas de chocolate Caramilk, um pijama azul-claro, roupas de usar em casa, creme hidratante – mandado por Abby, com certeza –, dois livros de Barbara Kingsolver, um walkman e uma pilha de fitas com músicas variadas. Mesmo sem levar em conta que eu não via esse tipo de fita desde que tinha mais ou menos vinte anos, as músicas eram difíceis de classificar – havia Tom Waits e Bruce Springsteen, canções que se ouvia tarde da noite em jukeboxes de beira de estrada, junto com Edith Piaf e os Guillemots e uma mulher chamada Amalia, que cantava em português com uma voz rouca. Pelo menos, era tudo de boa qualidade; se tivesse algum Eminem, eu teria desistido. O cartão dizia "Beijos" e tinha o nome dos quatro, nada mais; a concisão dava ideia de segredo, como se estivesse cheio de mensagens que eu não conseguia decifrar. Frank comeu os chocolates.

A história oficial era que o coma apagara a memória de curto prazo de Lexie: ela não se lembrava de nada referente à agressão, e muito pouco dos dias que a antecederam. "O que traz benefícios secundários", ressaltou Frank. "Se você errar um detalhe e disser alguma merda, pode apenas fazer cara de chateada e resmungar qualquer coisa boba sobre o coma, e todo mundo vai ficar sem graça de insistir no assunto." Nesse meio-tempo, eu contara a minha tia e ao meu tio e aos amigos que ia viajar para fazer um curso de treinamento – deixei meio vago – e ficaria fora algumas semanas. Sam tinha suavizado meu sumiço do trabalho numa conversa com Quigley, o erro ambulante da equipe de Homicídios, em que contou a ele confidencialmente que eu ia parar de trabalhar por um tempo para terminar o curso na faculdade, cobrindo assim a eventualidade de alguém me ver passeando na cidade com cara de estudante. Quigley é constituído basicamente por uma grande bunda e uma grande boca, e jamais gostou muito de mim. Em vinte e quatro horas, toda a rede de mexericos saberia que eu estava dando um tempo, e provavelmente a história teria alguns acréscimos (gravidez, psicose, vício em crack) só por precaução.

Na quinta-feira, Frank já disparava perguntas para mim: Onde você se senta no café da manhã? Onde guarda o sal? Quem te dá carona para a faculdade nas quartas de manhã? Qual é a sala do seu orientador? Se eu errasse uma, ele se concentrava naquele ponto, cercando-o por todos os lados – fotos, relatos, vídeos feitos com o celular, fitas de áudio de depoimentos – até que a sensação fosse de que eram as minhas próprias memórias e as respostas saíssem da minha boca automaticamente. E aí ele voltava à saraivada de perguntas: Onde você passou o penúltimo Natal? Em que dia da semana é a sua vez de comprar mantimentos? Era como ter uma máquina humana de atirar bolinhas de tênis no meu sofá.

Não contei a Sam – sentia um pouco de culpa –, mas adorei aquela semana. Gosto de desafios. De vez em quando me ocorria que eu estava numa situação esquisitíssima e que provavelmente ficaria depois mais esquisita ainda. Este caso tinha um nível de fita de Mobius que tornava difícil manter as coisas exatas: Lexies por toda parte, entrando umas nas outras pelas bordas até você não saber mais a qual delas estava se referindo. Volta e meia tinha que me segurar para não pedir notícias dela a Frank.

A irmã de Frank, Jackie, era cabeleireira, por isso, na sexta-feira à noite, ele a trouxe ao apartamento para cortar o meu cabelo. Jackie era magrinha, tinha cabelo louro pintado e não se impressionava nem um pouco com o irmão mais velho. Gostei dela.

– Ah, é mesmo, bem que você precisa de uma aparadinha – me disse ela, dando uma mexida profissional na minha franja com suas longas unhas cor de violeta. – Como quer o corte?

– Olhe aqui – disse Frank, pegando uma foto tirada na cena do crime e passando para ela. – Pode fazer um corte igual a esse?

Jackie segurou a foto entre o polegar e a ponta de um dedo, olhando desconfiada.

– Ei, essa mulher está *morta*?

– Isso é confidencial – respondeu Frank.

– Confidencial porcaria nenhuma. É sua irmã, querida?

– Não olhe para mim – falei. – Essa parada é do Frank. Eu estou só pegando uma carona.

– Não ligue para ele. Ei... – Ela deu mais uma olhada na foto e entregou-a a Frank com o braço esticado. – Isso é um horror, não é mesmo? Não pode arranjar um trabalho decente, Francis? Ser guarda de trânsito, alguma coisa assim, de utilidade. Levei duas horas para conseguir entrar na cidade vindo de...

– Dá para você só fazer o corte, Jackie? – reclamou Frank, irritado e puxando o cabelo, que ficou espetado em tufos. – E parar de me perturbar? – Jackie me olhou de soslaio e trocamos um sorrisinho brincalhão, bem feminino.

– E não se esqueça – disse Frank, bravo. – Fique de boca fechada sobre isso. Ficou claro? É muito importante.

– Ah, sim – retrucou Jackie, tirando da bolsa um pente e a tesoura. – Importante. Vá fazer um chá para a gente, está bom? Se é que você não se incomoda, querida – acrescentou, para mim.

Frank abanou a cabeça e saiu andando zangado em direção à pia. Jackie penteou o meu cabelo para a frente, cobrindo os meus olhos, e piscou para mim.

Quando ela terminou, eu estava com outra cara. Nunca tinha cortado a franja assim tão curta; era uma diferença sutil, mas o meu rosto ficou mais jovem e mais exposto, com a inocência ilusória de olhos bem grandes de uma modelo. Naquela noite, enquanto me preparava para ir dormir, quanto mais me olhava no espelho do banheiro, menos parecia que era eu. Quando cheguei ao ponto de não conseguir mais me lembrar de como era a minha cara antes, desisti, mostrei o dedo do meio para o espelho e fui para a cama.

No sábado à tarde, Frank disse:

– Acho que já estamos com tudo pronto.

Eu estava deitada no sofá, com os joelhos enganchados por sobre o braço, olhando as fotos dos grupos de alunos do estágio docente de Lexie uma última vez e tentando parecer *blasée* em relação à coisa toda. Frank andava de um lado para outro: quanto mais perto do começo de uma operação, menos ele fica sentado.

– Amanhã – falei. A palavra queimou a minha boca, uma queimadura limpa e primitiva como a neve, e me tirou o fôlego.

– Amanhã à tarde. Vamos começar com metade do dia, para você ir se adaptando devagar. Vou avisar ao pessoal da casa hoje no começo da noite, quero ter certeza de que estarão todos lá para recebê-la com calorosas boas-vindas. Você acha que está pronta?

Eu não conseguia imaginar, numa operação como esta, o que poderia significar estar "pronta".

– Tanto quanto posso estar – declarei.
– Quero ouvir de novo: qual o seu objetivo na Semana Um?
– Não ser descoberta, principalmente. E não ser morta.
– Principalmente, não, *unicamente*. – Frank estalou os dedos na frente dos meus olhos quando passou por mim. – Oi. Concentre-se. Isso é importante.
Pus as fotos em cima da minha barriga.
– Estou concentrada. O quê?
– Se alguém suspeitar de você, será nos primeiros dias, enquanto ainda estiver se acostumando e todos estarão de olho. Então, na Semana Um, tudo que tem a fazer é ir se adaptando devagar. É trabalho duro, vai ser cansativo no começo, e se você exagerar pode cometer enganos; um só engano basta para estragar tudo. Por isso, vá com calma. Arranje um tempo para ficar sozinha, se puder: vá dormir cedo, leia um livro enquanto os outros estiverem jogando cartas. Se chegar até o próximo fim de semana, terá pegado o jeito, todos terão se acostumado com a sua volta, nem vão olhar mais para você, e aí o seu espaço de manobra será maior. Até lá, porém, tente não se destacar: não corra riscos, não investigue, não faça nada que desperte a menor suspeita. Nem pense no caso. Não me importo se daqui a uma semana você não tiver uma única informação útil para me dar, desde que ainda esteja na casa. Se estiver, vamos reavaliar e decidir o que fazer.
– Mas você não acredita, de verdade, que eu vá estar. Acredita?
Frank parou de andar e me olhou com firmeza por um bom tempo.
– Você acha que eu mandaria você para lá – perguntou – se eu não acreditasse que pode dar certo?
– Claro que sim – falei. – Desde que considerasse que os resultados seriam interessantes, de um jeito ou de outro, você não pensaria duas vezes.
Ele se recostou na moldura da janela, aparentemente pensando no assunto; a luz estava atrás dele e não dava para ver sua expressão.
– É possível – disse ele –, mas irrelevante. Sim, claro, é arriscado pra caramba. Você sabia disso desde o primeiro dia. Mas dá pra fazer, desde que você seja cautelosa, não fique apavorada nem impaciente. Lembra o que falei da outra vez, sobre fazer perguntas?
– Lembro. Finja-se de inocente e faça tantas perguntas quanto puder sem despertar suspeitas.
– Desta vez é diferente. Tem que fazer o contrário: não pergunte nada, a menos que tenha certeza absoluta de que não deveria já saber a resposta. Em resumo, não pergunte nada a ninguém.
– Então, o que devo fazer, se não posso perguntar nada? – Eu já tinha pensado sobre isso.

Frank atravessou a sala rapidamente, empurrou os papéis da mesinha e se sentou inclinado na minha direção, com os olhos azuis atentos.

– Mantenha os olhos e os ouvidos bem abertos. O problema principal com esta investigação é que não temos um suspeito. A sua missão é identificar um suspeito. Lembre-se, nada do que você conseguir será admissível em juízo, já que não pode exatamente alertar os suspeitos sobre os seus direitos, por isso o nosso objetivo não é uma confissão, nem nada parecido. Deixe essa parte para mim e para o nosso amigo Sammy. Nós montaremos o caso se você nos indicar o rumo certo. Descubra se há alguma pessoa que escapou ao nosso radar: alguém do passado da garota ou alguém que ela conheceu recentemente e manteve em segredo. Caso qualquer um que não esteja na lista de AC se aproxime de você, por telefone, pessoalmente, ou de qualquer outra maneira, estimule a conversa, descubra o que quer e qual era o tipo de relacionamento, e consiga o telefone e o nome completo, se puder.

– Certo – falei. – O seu homem misterioso. – Parecia bem plausível, embora com Frank sempre parecesse assim. Eu ainda tinha quase certeza de que Sam estava certo, a razão principal para Frank fazer isso não era porque ele achava que tinha alguma possibilidade de funcionar, mas porque era uma oportunidade ridiculamente única, desafiadora e brilhante. Decidi que pouco me importava.

– Exato. Para combinar com a nossa garota misteriosa. Enquanto isso, preste atenção nos moradores da casa e faça-os falar. Não os considero suspeitos. Sei que Sammy tem uma cisma com eles, mas estou com você, eles não se encaixam, embora eu esteja certo de que tem alguma coisa que não estão nos contando. Você vai me entender quando estiver com eles. Pode ser algo totalmente irrelevante, talvez colem nas provas, ou fabriquem uísque no jardim dos fundos, ou saibam quem é o pai da criança, mas eu gostaria de decidir por mim mesmo o que é relevante neste caso e o que não é. Jamais vão contar nada aos tiras, mas se for habilidosa, há uma boa possibilidade de contarem a você. Não se preocupe muito com os outros ACs, não temos nada que os incrimine e, de qualquer maneira, Sammy e eu estaremos de olho neles; mas, caso algum deles aja de forma estranha, mesmo que ligeiramente, é óbvio que você deve me avisar. Entendeu?

– Entendi – confirmei.

– Uma última coisa – disse Frank. Ele se levantou da mesinha, pegou nossas canecas de café e levou-as para a cozinha. Àquela altura, a qualquer hora do dia ou da noite, havia sempre um grande bule de café forte e quente no fogão; mais uma semana e provavelmente estaríamos comendo o pó do coador com uma colher. – Há tempos quero ter uma conversinha com você.

Eu já esperava por isso havia vários dias. Repassei as fotos como se fossem cartões com figuras e tentei me concentrar em dizer os nomes na cabeça: Cillian Wall, Chloe Nelligan, Martina Lawlor...

– Vá em frente – falei.

Frank pousou as canecas e começou a brincar com o saleiro, revirando-o com cuidado entre os dedos.

– Detesto tocar nesse assunto – começou –, mas o que posso fazer, às vezes a vida é assim. Você sabe que tem estado, como direi, um pouco nervosa ultimamente, não?

– Sim – respondi, mantendo os olhos nas fotos. – Isabella Smythe, Brian Ryan, os pais de alguém não estavam inspirados ou tinham um senso de humor esquisito, Mark O'Leary... – Estou sabendo.

– Não sei se é por causa deste caso ou se já estava acontecendo ou o que, e não preciso saber. Se é apenas medo de entrar em cena, vai desaparecer assim que você passar pela porta daquela casa. O que eu queria dizer, porém, é o seguinte: se não desaparecer, *não entre em pânico*. Não fique se culpando ou vai acabar perdendo a cabeça, e não tente esconder. Use isso. Existem motivos para Lexie estar um pouco frágil agora, e não há por que não utilizar isso a seu favor. Use o que tiver, mesmo que não seja necessariamente o que você teria escolhido. Tudo é uma arma, Cass. Tudo.

– Vou me lembrar disso – falei. A ideia de a Operação Vestal vir a ser útil provocou uma coisa complicada no meu peito, ficou difícil respirar. Eu sabia que, se piscasse, Frank iria notar.

– Acha que dá para fazer isso?

"Lexie", pensei, "Lexie não diria para ele cuidar da vida dele e deixar que ela cuidasse da dela", o que seria a minha primeira reação neste momento, "e com toda certeza ela não responderia. Lexie bocejaria na cara dele, ou diria a ele que parasse de ser chato e de passar sermão como uma vovozinha, ou pediria um sorvete."

– Os biscoitos acabaram – falei, me espreguiçando, enquanto as fotos deslizavam da minha barriga e se espalhavam pelo chão. – Vá comprar um pacote. De limão. – E comecei a rir alto da cara que ele fez.

Frank foi generoso e me deu folga no sábado à noite – tem um coração de ouro, esse Frankie – para que Sam e eu pudéssemos nos despedir. Sam preparou *tikka* de frango para o jantar; tentei fazer um tiramisu, nada a ver, que ficou gostoso, mas com uma aparência ridícula. Falamos de coisas miúdas, sem importância, de mãos dadas por cima da mesa, trocando pequenas histórias que casais recentes contam um ao outro e guardam como tesouros encontrados na praia: casos da nossa infância, grandes tolices que fizemos na adolescência. As roupas de Lexie, penduradas na porta do guarda-roupa, brilhavam em um canto como sol forte na areia, mas não falamos nelas, nem uma vez.

Depois do jantar, nos enroscamos no sofá. Eu acendera a lareira, Sam botou música no tocador de CD; poderia ser qualquer noite, poderia ser só nossa, exceto por aquelas roupas e pelo ritmo acelerado do meu pulso, à espera.

– Como você está? – perguntou Sam.

Eu começara a ter esperança de que pudéssemos passar a noite sem falar sobre o dia seguinte; na realidade, porém, isso seria pedir demais.

– Estou bem – respondi.

– Está nervosa?

Pensei antes de responder. A situação era de uma maluquice total em mais ou menos uma dezena de níveis diferentes. Eu deveria estar apavorada.

– Não – falei. – Animada.

Senti Sam concordar, com a cabeça encostada em cima da minha. Ele passava a mão pelo meu cabelo, num movimento lento e tranquilizador, mas o seu peito contra o meu estava rígido como uma tábua, como se ele estivesse prendendo a respiração.

– Você detesta a ideia, não é? – perguntei.

– É – disse Sam, calmo. – Detesto, sim.

– Por que não a vetou? A investigação é sua. Você poderia ter agido com firmeza, quando quisesse.

A mão de Sam parou por completo.

– Você quer que eu faça isso?

– Não. – Pelo menos disso eu tinha certeza. – De jeito nenhum.

– Não seria fácil, a essa altura. Agora que a operação de infiltração está armada, a bola está com Mackey; não tenho autoridade na área dele. Mas se você mudou de ideia, posso encontrar um jeito de...

– Não mudei, Sam. Sério. Só fiquei imaginando por que você concordou, para começar.

Ele deu de ombros.

– Mackey tem certa razão, sem dúvida: não temos mais nada. Esta pode ser a única maneira de resolver o caso.

Sam tem casos não solucionados, todo detetive tem, e eu não duvidava de que ele sobreviveria a mais um, desde que estivesse certo de que o cara não estava atrás de mim.

– Sábado passado você também não tinha nada – falei –, e mesmo assim sua opinião foi totalmente contrária.

Sua mão recomeçou o movimento, distraída.

– Naquele primeiro dia – disse, depois de uma pausa –, no local do crime, você estava brincando com seu amigo Mackey, lembra? Ele criticou sua roupa e você respondeu, quase do mesmo jeito que fazia com... quando estava na Homicídios.

Ele quis dizer com Rob. É provável que Rob tenha sido o amigo mais próximo que tive na vida. Depois tivemos uma briga feroz e complicada, e a amizade terminou. Eu virei o corpo e me apoiei no peito de Sam para poder encará-lo, mas ele olhava para o teto.

– Fazia algum tempo que eu não via você assim – falou. – Com tanta disposição.

– Acho que tenho sido uma péssima companhia nos últimos meses – comentei.

Ele sorriu de leve.

– Não estou reclamando.

Tentei me lembrar de alguma vez ter ouvido Sam reclamar de alguma coisa.

– Eu sei que não – falei.

– E aí, no sábado – disse ele –, sei que estávamos brigando e tudo o mais – ele me aconchegou e deu um beijo rápido na testa –, mas, mesmo assim. Percebi depois: o motivo era que estávamos ambos muito envolvidos no caso. Porque você se importava. Foi como se... – Ele abanou a cabeça, procurando as palavras. – VD não é a mesma coisa, certo?

Eu ficara de boca fechada sobre a VD a maior parte do tempo. Não me ocorrera, até aquele momento, que todo aquele silêncio poderia ser bastante revelador, por si só.

– Alguém tem que fazer aquele trabalho – comentei. – Nada se compara a Homicídios, mas a VD é legal.

Sam concordou com a cabeça e por um segundo seus braços me apertaram.

– E aquela reunião – falou. – Até aquele momento, fiquei pensando se deveria exercer minha autoridade e dizer a Mackey para cuidar da vida dele. Isso tudo começou como um caso de homicídio, eu sou o investigador chefe, se eu dissesse não... Mas o jeito que você falava, toda interessada, planejando... Pensei: por que eu iria estragar tudo?

Isso eu não esperava. Sam tem um daqueles semblantes que enganam até mesmo os espertos: um rosto de caipira, pele avermelhada e olhos claros cor de cinza com um começo de pés de galinha, tão simples e sincero que não poderia haver nada oculto.

– Obrigada, Sam. Obrigada.

Senti o seu peito subir e descer quando ele deu um suspiro.

– Pode ser que acabe sendo uma coisa boa, este caso. Nunca se sabe.

– Mesmo assim, você preferiria que essa garota tivesse escolhido qualquer outro lugar para ser assassinada – eu disse.

Sam pensou um pouco, enrolando o dedo em um cacho dos meus cabelos com delicadeza.

– Preferiria, sim – disse –, claro que sim. Mas não adianta preferir. Quando a gente está enrolado com alguma coisa, o melhor a fazer é tirar partido da situação.

Ele abaixou os olhos para mim. Ainda sorria; havia, porém, algo mais, algo de quase triste em volta dos seus olhos.

– Você parecia feliz esta semana – disse ele, simplesmente. – É legal ver você feliz de novo.

Pensei com meus botões por que, diabos, esse homem me suportava.

– Além disso, você sabia que eu te daria uma surra se começasse a tomar decisões por mim – falei.

Sam riu e bateu na ponta do meu nariz de brincadeira.

– Isso também, minha pequena megera – disse ele, mas aquela sombra permanecia em seus olhos.

Depois daqueles dez dias tão longos, o domingo passou rápido, como uma onda que se avoluma até o ponto de quebrar e finalmente arrebenta. Frank chegaria às três, para instalar a escuta e me levar à Casa dos Espinheiros-Brancos, onde eu chegaria às quatro e meia. Enquanto Sam e eu mantínhamos nossa rotina das manhãs de domingo – jornais e xícaras de chá tomadas com calma na cama, uma chuveirada, torradas e ovos e bacon – aquilo flutuava sobre nossas cabeças, um despertador gigante marcando o tempo, esperando a hora certa para ganhar vida. Lá longe, os amigos se preparavam para receber Lexie de volta ao lar.

Depois do *brunch*, me vesti. Fiz isso no banheiro; Sam ainda estava lá e eu queria privacidade. As roupas pareciam algo mais: uma fina armadura de cota de malha, feita especialmente para mim, ou trajes prontos para alguma cerimônia secretíssima. Minhas mãos formigavam ao tocá-las.

Roupas íntimas simples, de algodão branco, ainda com as etiquetas da Penney; jeans desbotados, amaciados pelo uso e desfiando na bainha; meias marrons, botas marrons até o tornozelo; uma camiseta branca de manga comprida; um casaco de camurça azul-claro, usado, mas limpo. A gola tinha cheiro de lírios e mais alguma coisa, uma nota quente, leve demais para ser identificada: a pele de Lexie. Em um dos bolsos havia um recibo da loja Dunne's, datado de algumas semanas atrás, listando filé de frango, xampu, manteiga e uma garrafa de jinjibirra.

Quando fiquei pronta, me olhei no espelho grande atrás da porta. Por um momento, não entendi o que via. E depois, ridículo, tive vontade de rir. A ironia de tudo isso: passei meses me vestindo como Barbie Executiva, e agora que eu era outra pessoa, finalmente ia trabalhar vestida como eu mesma.

– Está bonita – disse Sam, com um leve sorriso, quando saí. – Confortável.

Minha bagagem estava pronta e à espera perto da porta, como se eu fosse viajar; tive a impressão de que deveria checar meu passaporte e a passagem. Frank comprara uma mala nova e legal, do tipo dura, com reforço discreto e um bom cadeado, bem sólido; só um especialista em abrir cofres conseguiria abri-lo. Dentro estavam os objetos de Lexie – carteira, chaves, telefone, todos cópia dos verdadeiros; as coisas mandadas pelos amigos; um frasco plástico de comprimidos de vitamina C, com a etiqueta de uma farmácia que dizia AMOXICILINA – TOMAR UM COMPRIMIDO TRÊS VEZES AO DIA, para ficar num lugar bem visível. O meu equipamento estava num compartimento separado: luvas de látex, o meu celular, baterias sobressalentes para o microfone, um estoque de ataduras artisticamente manchadas para serem colocadas na lata de lixo do banheiro toda manhã e noite, meu caderno, minha identidade e meu revólver novo – Frank tinha me dado um .38 cano curto que encaixava bem na mão e era muito mais fácil de esconder do que o meu Smith & Wesson. Havia também – sério – uma cinta, daquele tipo de elástico, superapertada, que se usa para ficar com a silhueta fina quando se veste um Pretinho Básico. É uma versão de coldre para muitos agentes infiltrados. Não é confortável – depois de uma ou duas horas, parece que tem uma mossa em forma de revólver no seu fígado –, mas funciona bem para disfarçar o contorno da arma. Pensar em Frank no departamento de lingerie da Marks & Spencer escolhendo a peça já fazia esse negócio todo valer a pena.

– Está uma merda – disse ele, me examinando com aprovação quando chegou à porta do apartamento. Carregava nos braços montes de equipamentos eletrônicos pretos estilo Bond, cabos e microfones e sabe-se lá mais o quê: a aparelhagem para a escuta. – As olheiras estão de arrasar.

– Ela tem dormido só três horas por noite – explicou Sam, tenso, atrás de mim. – Assim como você e eu. E também não estamos com ótima aparência.

– Ei, não estou reclamando dela – disse Frank, passando por nós e colocando os equipamentos na mesinha. – Estou encantado. Ela está mesmo com cara de quem ficou dez dias no CTI. Oi, menina.

O microfone era minúsculo, do tamanho de um botão de camisa. Ficava preso na parte da frente do meu sutiã, entre os seios.

— Ainda bem que a garota não gostava de blusas decotadas — disse Frank, olhando para o relógio. — Vá até o espelho e se incline, veja se dá para perceber alguma coisa. — A bateria ficava no lugar onde teria sido a facada, presa com esparadrapo sob um monte de gaze branca, só um ou dois centímetros abaixo da cicatriz que o Garotão Traficante tinha deixado em Lexie Madison Primeira. Depois que Frank fez pequenos ajustes complicados no equipamento, a qualidade do som era excelente. — Para você, menina, só o melhor. O raio de transmissão é de onze quilômetros, dependendo das condições. Temos receptores instalados na delegacia de Rathowen e na sala da Homicídios, de modo que você estará coberta em casa e na Trinity. O único momento em que ficará sem cobertura é no trajeto entre a casa e a cidade, e não acredito que alguém vá empurrar você para fora de um carro em movimento. Não haverá vigilância visual, por isso qualquer coisa avistada que seja importante, conte para nós. Se der merda e você precisar de uma maneira sutil de pedir ajuda, diga "Estou com dor de garganta" e terá apoio maciço no local em poucos minutos. Vê lá se não vai ter uma dor de garganta de verdade e, se tiver, não reclame. Vai precisar se comunicar comigo com frequência, o ideal seria todos os dias.

— E comigo — acrescentou Sam, sem se virar da pia. Frank, agachado no chão e apertando os olhos para ver um mostrador no seu aparelho receptor, nem se deu ao trabalho de me lançar um olhar brincalhão.

Sam terminou de lavar a louça e começou a secar tudo com cuidado excessivo. Coloquei o material sobre Lexie mais ou menos em ordem — aquela sensação nervosa de exame final, largar afinal as anotações, "Se não aprendi até agora", fiz pilhas e pus em sacos plásticos, para deixar no carro de Frank.

— Só isso — disse Frank, desconectando os alto-falantes com uma mesura — e acabou. — Estamos prontos?

— Estou pronta quando você estiver — falei, pegando os sacos plásticos. Frank recolheu com um braço todo o seu equipamento, agarrou minha mala e se dirigiu para a porta.

— Eu levo isso — disse Sam, ríspido. — Você já tem muita coisa para carregar. — Ele tirou a mala de Frank e desceu a escada, as rodinhas batendo em cada degrau com um barulho duro e monótono.

No patamar, Frank se virou e olhou para trás por sobre o ombro, me esperando. Minha mão estava na maçaneta quando, por uma fração de segundo, assim do nada, entrei em pânico, pânico total, o medo me percorrendo como uma pedra negra e pontuda em queda rápida. Eu já sentira isso antes, em momentos de indefinição, como quando saí da casa da minha tia, perdi minha virgindade, fiz meu juramento como policial: aqueles instantes decisivos em que aquilo que você tanto queria se torna concreto e real, muito próximo e disparado na sua direção, um rio sem fundo que sobe e que, uma vez atravessado, não tem volta. Tive que me conter para não chorar como uma garotinha aterrorizada: "Não quero mais fazer isso."

A única coisa que se pode fazer num momento como este é aguentar firme e esperar passar. Pensar no que Frank teria a dizer se eu de fato desistisse agora, ajudou muito. Dei uma última olhada no apartamento – luzes apagadas, aquecedor desligado, latas de lixo vazias, janela fechada; o lugar já estava se fechando por conta própria, o silêncio penetrando nos espaços onde tínhamos estado, se avolumando como poeira nos cantos. Então fechei a porta.

5

O percurso até Glenskehy levou quase uma hora, mesmo com trânsito bom e Frank dirigindo, e deveria ter sido uma agonia. Sam afundou no banco de trás, infeliz, ao lado dos equipamentos; Frank ajudou a melhorar o ambiente ligando o rádio em volume alto e acompanhando a música, assoviando, mexendo a cabeça e marcando o ritmo no volante. Eu mal via os dois. Fazia uma tarde linda, ensolarada e fria, eu saía de casa pela primeira vez em uma semana, a janela do carro estava toda aberta e o vento agitava meu cabelo. Aquela pedra de medo, negra e dura, tinha se dissolvido no momento em que Frank ligou o carro, transformando-se em algo doce, cor de limão e loucamente inebriante.

– Certo – disse Frank, quando chegamos a Glenskehy – vamos ver se você aprendeu bem a geografia do lugar. Me diga por onde ir.

– Atravesse a aldeia, quarta entrada à direita, é estreita demais, não me admira que os carros de Daniel e Justin pareçam carros de corrida de arrancada, sou mais a nossa velha e suja Dublin, com certeza – falei para Frank, imitando seu sotaque. – Vamos para casa, James. – Eu estava meio maluquete. O casaco tinha mexido com a minha cabeça a tarde toda... era aquele cheiro de lírios, muito próximo, toda hora eu me virava para ver quem estava perto de mim... e o fato de eu ficar nervosinha por causa de um casaco, como algo saído de um livro de Dr. Seuss, me dava vontade de rir. Passamos pela saída que daria acesso ao chalé, onde eu me encontrara com Frank e Sam naquele primeiro dia, e mesmo assim não fiquei mais sóbria.

A estradinha era de terra e esburacada. Árvores que ficaram disformes depois de anos de hera, galhos de sebes batendo nas laterais do carro e entrando pela minha janela; e depois enormes portões de ferro batido, enferrujados e descascando, pendurados fora das dobradiças como bêbados. As colunas de pedra estavam meio afundadas em pilriteiros selvagens.

– É aqui – falei.

Frank assentiu com um movimento de cabeça e entrou, e vimos à nossa frente uma alameda interminável e encantadora, ladeada por cerejeiras cobertas por uma explosão de flores.

– Porra – falei. – Por que foi mesmo que eu tive dúvidas? Será que dá para esconder Sam na minha mala e a gente fica morando aqui para sempre?

— Esfrie a cabeça – recomendou Frank. — Quando chegarmos àquela porta, terá que demonstrar indiferença. E de qualquer maneira, a casa ainda está uma merda, portanto, calma.

— Você me disse que eles tinham consertado a casa. Espero que tenha cortinas de caxemira e rosas brancas no meu quarto, senão vou reclamar com o meu agente.

— Eu disse que eles estavam consertando. Eu não disse que eram *mágicos*.

Depois de uma pequena curva, a alameda se abria numa grande área semicircular, com seixos brancos entremeados de ervas daninhas e margaridas, e eu vi a Casa dos Espinheiros-Brancos pela primeira vez. Era muito mais bonita do que parecia nas fotos. Encontram-se casas em estilo georgiano em vários lugares de Dublin, quase todas transformadas em escritórios e desvalorizadas pelas tristes lâmpadas fluorescentes vistas através das janelas, mas esta era especial. Cada proporção era tão perfeitamente equilibrada, que a casa parecia ter crescido e se aninhado ali, com a parte de trás dando para as montanhas, e toda a cidade de Wicklow, matizada e suave, se estendendo à sua frente, ficando a construção suspensa entre o arco pálido da entrada semicircular e as curvas indistintas, verdes e escuras das colinas, como um tesouro sustentado na palma da mão.

Ouvi Sam respirar rápido e com força.

— Lar doce lar – disse Frank, desligando o rádio.

Eles me esperavam do lado de fora, enfileirados no alto da escada. Na minha mente, ainda os vejo assim, revestidos de laca dourada pelo sol da tarde e brilhando nítidos como uma visão, cada dobra de suas roupas e curva dos seus rostos perfeita e extremamente clara. Rafe encostado na balaustrada com as mãos nos bolsos da calça jeans; Abby no meio, apoiando-se nas pontas dos pés, um braço dobrado para proteger os olhos do sol; Justin com os pés bem juntos e as mãos nas costas. E atrás deles, Daniel, emoldurado pelas colunas da porta, cabeça erguida e a luz se refletindo nos seus óculos.

Nenhum deles se mexeu quando Frank encostou e deu uma freada, espalhando os seixos. Eles eram como figuras num friso medieval, reservados, misteriosos, transmitindo uma mensagem em algum código secreto e perdido. Somente a saia de Abby às vezes ondulava na brisa.

Frank me deu uma olhada por cima do ombro.

— Pronta?

— Pronta.

— Boa menina – disse ele. — Boa sorte. Vamos. — Ele saiu do carro e deu a volta para pegar a minha mala no bagageiro.

— Se cuide – recomendou Sam, sem me olhar. — Te amo.

— Logo vou estar de volta — falei. Não tinha nem como tocar seu braço, com todos aqueles olhos me observando. — Tento ligar para você amanhã.

Ele fez que sim com a cabeça. Frank bateu a porta do bagageiro — o barulho foi altíssimo, enorme, ricocheteando na fachada da casa e afugentando os corvos das árvores — e abriu a porta do carro para mim.

Saí, segurando o lado do corpo por um segundo enquanto me levantava.

— Obrigada, detetive — disse a Frank. — Obrigada por tudo.

Trocamos um aperto de mão.

— Foi um prazer — retribuiu Frank. — E não se preocupe, srta. Madison: vamos pegar esse cara.

Ele liberou a alça da mala com um estalido perfeito, passou-a para mim, e eu comecei a puxá-la pela entrada em direção à escada e aos outros.

Mesmo assim, ninguém se mexeu. À medida que me aproximava, percebi, com uma mudança de enfoque semelhante a um choque. Aquelas costas retas, as cabeças erguidas: havia uma tensão entre os quatro, tão forte que era um zumbido alto no silêncio. O barulho das rodinhas da minha mala, arranhando os seixos, soava alto como tiros de metralhadora.

— Oi — falei ao pé da escada, levantando o rosto para olhá-los.

Por um momento achei que não iam responder, que já tinham descoberto o meu disfarce, e me deu uma loucura só de imaginar o que é que eu faria agora. Aí Daniel deu um passo à frente, e a imagem tremeu e se desfez. Um sorriso se insinuou no rosto de Justin, Rafe se esticou e levantou o braço numa saudação e Abby desceu os degraus correndo e me abraçou com força.

— Oi — disse ela, rindo —, seja bem-vinda. — Seu cabelo tinha cheiro de camomila. Larguei a mala e retribuí o seu abraço; era uma sensação estranha, como se eu estivesse tocando alguém saído de um quadro antigo, e me espantava constatar que os seus ombros eram quentes e sólidos como os meus.

Daniel acenou, sério, por cima da cabeça de Abby e fez festinha no meu cabelo, Rafe agarrou a minha mala e começou a puxá-la aos trancos escada acima até a porta, Justin me deu vários tapinhas nas costas, e eu estava rindo também e nem ouvi Frank ligar o carro e partir.

A primeira coisa que me veio à cabeça quando entrei na Casa dos Espinheiros-Brancos foi: "Já estive aqui antes." O pensamento percorreu o meu corpo, aprumando minha espinha como um bater de címbalos. É claro que a casa deveria parecer familiar, depois de todas as horas que eu passara olhando fotos e vídeos, mas era mais do que isso. Era o cheiro, madeira antiga e folhas de chá e um leve aroma de lavanda seca; era a maneira como a luz batia nas tábuas marcadas do chão; era o barulhinho dos nossos passos que voavam pelo poço da escada, ecoando suavemente ao longo dos corredores no andar de cima. Parecia – e dá até para pensar que eu gostaria disso, mas não, era um sinal vermelho de perigo que piscava na minha cabeça – parecia que eu estava voltando para casa.

Daí em diante, a maior parte daquela noite é um borrão em torvelinho, cores e imagens e vozes girando juntas numa explosão quase ofuscante demais para se olhar. Uma rosa no teto e um vaso de louça quebrado, um banquinho de piano e uma cumbuca de laranjas, pés correndo na escada e um riso surgindo. Os dedos de Abby, pequenos e fortes no meu pulso, me conduzindo para o pátio com piso de pedras atrás da casa, cadeiras de metal com arabescos, um antigo balanço de vime oscilando na brisa leve e doce; um grande trecho gramado descendo até os altos muros de pedra meio escondidos por árvores e hera, a sombra rápida de um pássaro nas pedras do piso. Daniel acendendo o meu cigarro, a mão em concha em volta do fósforo, sua cabeça inclinada a centímetros da minha. O som das suas vozes ao vivo me atingiu como um choque, depois de ouvi-las alteradas pelo vídeo, e seus olhos eram tão claros que queimavam a minha pele. Ainda acordo, às vezes, com uma daquelas vozes, forte e próxima ao meu ouvido, exatamente como naquele dia: "Venha cá", chama Justin, "venha aqui para fora, a tarde está linda"; ou Abby dizendo "Temos que decidir o que fazer com o canteiro de ervas, mas a gente estava esperando por você, o que você...", e eu acordo, e eles sumiram.

Eu devo ter falado também, em algum momento, mas não me lembro de quase nada do que disse. Só me lembro de tentar manter o peso na ponta dos pés, como Lexie fazia, a voz no registro alto que era o dela, os olhos e os ombros e o cigarro nos ângulos corretos, tentar não observar demais o meu entorno e não me movimentar muito rápido sem me encolher e não falar nenhuma bobagem e não bater nos móveis. E, meu Deus, o gosto do trabalho de infiltrada de novo na minha boca, o roçar dele ao longo dos pelinhos dos meus braços. Eu tinha pensado que me recordava de como era, de cada detalhe, mas estivera errada: memórias não são nada, são leves como gaze contra o gume implacável daquela lâmina, linda e letal, a mínima falha e ela corta até o osso.

Aquela noite me deixou sem fôlego. Se você alguma vez já sonhou que tinha entrado no seu livro ou filme ou programa de televisão preferido, pode ser que tenha uma ideia da sensação: as coisas criando vida à sua volta, estranhas e novas e ao mesmo tempo tão familiares; o seu coração batendo desordenado enquanto você anda pelos cômodos que tinham uma vida intocável tão intensa na sua cabeça, os seus pés de fato tocam os tapetes, você respira o ar; o brilho do calor, secreto e único, quando essas pessoas que você observa há tanto tempo, de tão longe, abrem o círculo e incluem você. Abby e eu movimentávamos o balanço preguiçosamente; os rapazes entravam e saíam pela porta com quadrados pequenos de vidro que fica entre o pátio e a cozinha, preparando o jantar – cheiro de batatas assadas, chiado de carne no fogo, de repente eu estava morta de fome – e gritavam frases para nós. Rafe foi lá fora, se inclinou sobre o encosto da cadeira entre nós e deu uma tragada no cigarro de Abby. O rosa-dourado do céu se aprofundando e grandes tufos de nuvens passando como a fumaça de um fogo líquido longínquo, ar fresco com cheiro forte de grama e terra e coisas vivas.

– Jantar! – berrou Justin, tendo ao fundo o barulho de pratos.

Aquela mesa longa e repleta, imaculada, com a pesada toalha de damasco vermelha, os guardanapos brancos como neve; os candelabros envoltos em galhos de hera, as chamas que reluziam minúsculas nas curvas dos copos e atraíam a cor da prata, acenando das janelas escurecidas como fogo-fátuo. E eles quatro, puxando as cadeiras de espaldar alto, peles aveludadas e olhos sombreados na confusa luz dourada: Daniel à cabeceira da mesa e Abby na outra ponta, Rafe ao meu lado e Justin em frente. Ao vivo, aquele clima de cerimônia que eu percebera nos vídeos e nas anotações de Frank era poderoso como incenso. A sensação era de estar me sentando para um banquete, um conselho de guerra, um jogo de roleta-russa no alto de alguma torre solitária.

Eles eram tão lindos. Rafe era o único que poderia ser considerado bonito; mesmo assim, quando me lembro deles, é só naquela beleza que consigo pensar.

Justin encheu os pratos de filé à Diana e foi passando para os outros.

– Este é especial para você – disse-me, com um leve sorriso; Rafe acrescentava a cada prato as batatas assadas. Daniel servia vinho tinto em taças descombinadas.

Esta noite estava exigindo o máximo do meu cérebro; tudo que eu não precisava era ficar bêbada.

– Não posso beber – falei. – Os antibióticos.

Era a primeira vez que um de nós mencionava a facada, mesmo indiretamente. Por uma fração de segundo – ou talvez tenha sido só a minha imaginação – a sala pareceu se imobilizar, a garrafa suspensa meio inclinada, mãos paradas em gestos interrompidos. E aí Daniel voltou a servir o vinho, com uma ágil virada de pulso que deixou menos de dois dedos no copo.

– Aí está – disse, sem se perturbar. – Um golinho não vai te fazer mal. Só para brindar.

Ele me entregou o copo e encheu o seu.

– À sua volta para casa. – falou.

No momento em que aquele copo passou da sua mão para a minha, um grito de alerta, alto e forte, soou na minha cabeça. As irrevogáveis sementes de romã de Perséfone, "Jamais aceite comida de estranhos"; antigas histórias em que um gole ou uma mordida cerra para sempre as paredes mágicas, desfaz o caminho de casa em brumas levadas pelo vento. E em seguida, ainda mais agudo: "E se foram eles, afinal, e está envenenado; caramba, que legal morrer assim." E percebi, com um estremecimento de choque, que eles seriam bem capazes disso. Aquele quarteto posudo, me esperando à porta, com suas costas retas e seus olhos frios e atentos: eles eram mais do que capazes de fazer o jogo a noite inteira, enquanto aguardavam, com controle absoluto e sem nenhuma falha, o momento certo.

Mas todos estavam sorrindo para mim, com os copos levantados, e eu não tinha escolha.

– À volta para casa – brindei, e me debrucei sobre a mesa para encostar o meu copo no deles, entre as folhas de hera e as chamas das velas: Justin, Rafe, Abby, Daniel. Tomei um golinho de vinho – era forte e aveludado, mel e frutas vermelhas, e a sensação chegou até as pontas dos meus dedos – depois peguei o garfo e a faca e ataquei o filé.

Talvez tenha sido só o fato de eu estar faminta – o filé estava delicioso e o meu apetite voltara como se quisesse recuperar o tempo perdido, mas infelizmente ninguém dissera nada sobre Lexie ser comilona, então, eu não podia repetir a comida –, mas foi naquele momento que eles se materializaram para mim, naquele jantar; é quando as lembranças começam a entrar em sequência, como contas presas num fio, e a noite passa a ser algo real e controlável, não apenas uma mancha colorida.

– Abby arranjou uma bruxinha – disse Rafe, pondo batatas no seu prato. – Nós íamos queimá-la como uma feiticeira, mas resolvemos esperar até você voltar, para podermos fazer uma votação democrática.

– Queimar Abby ou a bruxinha? – perguntei.

– As duas.

– Não é uma bruxinha – disse Abby, dando um peteleco no braço de Rafe. – É uma boneca da época da rainha Vitória, e Lexie vai gostar dela, porque não é nenhuma ignorante.

– Se eu fosse você, iria gostar a distância – sugeriu Justin. – Acho que ela está possuída. Seus olhos me seguem.

– Então coloque a boneca deitada. Os olhos fecham.

– Não quero nem encostar nela. E se ela me morder? Terei que vagar pela escuridão por toda a eternidade, em busca da minha alma...

– Nossa, senti sua falta – me disse Abby. – Fiquei aqui sem ninguém para conversar a não ser esse bando de palermas. É só uma bonequinha de nada, Justin.

– Bruxa – disse Rafe, com a boca cheia de batatas. – Sério. Foi feita de uma cabra morta em sacrifício.

— Não fale com a boca cheia – repreendeu Abby. E virando-se para mim: – É pelica. Com a cabeça de porcelana. Eu a encontrei numa caixa de chapéus no quarto em frente ao meu. As roupas estão em frangalhos, e eu terminei o banquinho, então achei que seria bom fazer um novo guarda-roupa para ela. Tem tanto pedaço de tecido velho por aí...

— E tem também o cabelo dela – acrescentou Justin, empurrando o prato de legumes na minha direção. – Não se esqueça do cabelo. É horroroso.

— Ela usa os cabelos de uma pessoa morta – informou Rafe. – Se enfiar um alfinete nela, vai ouvir gritos vindos do cemitério. É só tentar.

— Entende o que eu disse? – me perguntou Abby. – Palermas. Ela tem cabelo de verdade. Não sei por que ele acha que é de uma pessoa morta...

— Porque a sua bruxinha foi feita mais ou menos em 1890 e eu sei subtrair.

— E que cemitério? Não tem nenhum cemitério.

— Tem algum por aí. Em algum lugar, toda vez que você encosta naquela boneca, alguém se revira no túmulo.

— Até você se livrar da Cabeça – pontificou Abby, muito digna – não pode criticar a minha boneca por ser horripilante.

— Não tem nada a ver. A Cabeça é uma ferramenta científica valiosa.

— Eu gosto da Cabeça – disse Daniel erguendo os olhos, surpreso. – O que há de errado com ela?

— Parece alguma coisa que o mago Aleister Crowley carregaria, é isso que está errado com ela. Vamos, me dê apoio, Lex.

Frank e Sam não haviam me dito, talvez nunca tivessem visto, a coisa mais importante a respeito desses quatro: como eles eram próximos uns dos outros. Os vídeos feitos no celular não captaram a força dessa proximidade, assim como não captaram a casa. Era como um brilho no ar entre eles, como finíssimos fios cintilantes lançados de um lado para o outro, até que cada movimento ou palavra reverberava no grupo todo: Rafe passando os cigarros para Abby quase antes que ela olhasse em volta para procurar, Daniel se virando com as mãos estendidas para pegar o prato de carne no mesmo segundo em que Justin entrava com ele pela porta, frases trocadas entre eles como cartas de um jogo, sem nem uma fração de pausa. Rob e eu éramos assim: totalmente entrosados.

Minha impressão mais forte era de que eu estava fodida. Esses quatro compartilhavam harmonias como se fossem o grupo à capela mais refinado do planeta, e eu tinha que pegar a minha sequência de notas e me juntar ao improviso sem perder um só compasso. Eu tinha um certo espaço de manobra, levando em conta a fraqueza, os remédios e o trauma – por enquanto eles estavam apenas felizes de eu estar em casa e conversando, o que eu dizia na verdade não vinha ao caso –, mas isso só me levaria até certo ponto, e ninguém me contara nada sobre uma Cabeça. Mesmo com toda a animação de Frank, eu tinha certeza de que na central de operações havia uma loteria de apostas – às escondidas de Sam; não necessariamente às escondidas de Frank – sobre quanto tempo levaria para eu explodir de forma espetacular, e quase todos apostariam em menos de três dias. Não os culpava. Eu mesma deveria ter entrado no jogo, apostando dez libras como seriam vinte e quatro horas.

– Quero saber das novidades – falei. – Quais são as últimas? Alguém perguntou por mim? Alguém mandou cartão?

– Você ganhou umas flores horrendas – disse Rafe – do departamento de inglês. Aquelas margaridas mutantes enormes, tingidas de cores chocantes. Elas murcharam, graças a Deus.

– Brenda Quatro-Peitos tentou consolar Rafe – disse Abby, com um sorriso de lado. – Quando ele estava aflito.

– Credo – disse Rafe, horrorizado, deixando cair o garfo e a faca e cobrindo o rosto com as mãos. Justin começou a rir. – É verdade. Ela e sua peitaria me encurralaram na sala de fotocópias para me perguntar como eu estava me *sentindo*.

Deviam estar falando de Brenda Grealey. Eu não conseguia imaginá-la como um tipo que atrairia Rafe. Ri também – eles estavam fazendo de tudo para manter um clima bem-humorado, e Brenda parecia ser uma chata mesmo.

– Acho que, lá no fundo, ele bem que gostou – disse Justin, sério. – Saiu de lá cheirando a perfume barato.

– Quase morri asfixiado. Ela me imprensou contra a copiadora...

– Tinha música brega ao fundo? – perguntei. Era pouco, mas eu estava fazendo o melhor que podia, e percebi o sorriso rápido meio de lado de Abby, o sopro de alívio no rosto de Justin.

– Que tipo de coisa você assistia naquele hospital? – quis saber Daniel.

– ... e ela *respirou* por cima de mim – disse Rafe. – Respiração úmida. Foi como ser molestado por uma foca encharcada de purificador de ar em spray.

– Você tem uma cabeça suja – disse Justin para ele.

– Ela queria me pagar uma bebida para que pudéssemos *conversar*. Disse que eu precisava me abrir. Não sei nem o que *quer dizer* isso.

– Parece que quem queria se abrir era ela – disse Abby. – De certa maneira. – Rafe fingiu que ia vomitar.

– Você também é nojenta – continuou Justin.

– Graças a Deus – falei. Conversar ainda me dava a sensação de pisar em ovos. – Eu sou a bem-educada.

— Bom — disse Justin, me lançando um sorrisinho meio escondido —, não exatamente. Mas nós te amamos mesmo assim. Pegue mais carne; você está comendo como um passarinho. Não gostou da comida?

Aleluia: parecia que o metabolismo de Lexie e o meu eram parecidos, assim como todo o resto.

— Está fantástico, bobinho. É que o meu apetite ainda não voltou ao normal.

— Mesmo assim — Justin se inclinou sobre a mesa para pôr mais filé no meu prato. — Precisa se fortalecer.

— Justin — falei —, você sempre foi o meu preferido.

Ele corou até a raiz dos cabelos e antes que conseguisse se esconder atrás da taça eu vi algo dolorido — não saberia dizer exatamente o quê — passar rapidamente pelo seu rosto.

— Não seja ridícula — disse ele. — Nós ficamos com saudade.

— Eu também fiquei com saudade — completei, com um sorriso travesso. — Principalmente por causa da comida do hospital.

— Típico — observou Rafe.

Por um momento, tive certeza de que Justin diria mais alguma coisa, mas aí Daniel estendeu a mão para se servir de vinho e Justin piscou, o rubor do seu rosto diminuiu e ele voltou a pegar o garfo e a faca. Fez-se um daqueles silêncios satisfeitos e meditativos que acompanham a boa comida. Algo percorreu a mesa: um relaxamento, uma acomodação, um longo suspiro baixo demais para ser ouvido. "*Un ange passe*", meu avô francês teria dito, um anjo está passando. Em algum lugar no andar de cima, ouvi o som débil e etéreo de um relógio batendo as horas.

Daniel lançou um olhar dissimulado para Abby, tão sutil que mal consegui notar. Durante toda a noite, ele falara menos do que os outros. Nos vídeos ele também era quieto, mas isso agora parecia ter um sabor diferente, uma intensidade concentrada, e eu não sabia se era uma limitação da câmera ou se era uma novidade.

— Então — perguntou Abby —, como está se sentindo, Lexie?

Todos tinham parado de comer.

— Estou bem — respondi. — Não posso pegar peso durante algumas semanas.

— Você sente alguma dor? — perguntou Daniel.

Dei de ombros.

— Eles me deram uns analgésicos supermodernos, mas quase nunca preciso deles. Não vou nem ficar com uma cicatriz grande. Tiveram que me costurar toda por dentro, embora sejam apenas seis pontos do lado de fora.

– Mostre os pontos para a gente – sugeriu Rafe.
– Ai, não – disse Justin, largando o garfo. Parecia que ele estava a ponto de se retirar da mesa. – Você é mórbido. Não quero ver nada, muito obrigado.
– Eu com certeza não quero ver pontos enquanto estamos jantando – concordou Abby. – Sem querer ofender.
– Ninguém vai ver nada – falei, apertando os olhos para Rafe; eu estava preparada para a pergunta. – Andaram me revirando e me cutucando a semana toda, e o próximo que chegar perto dos meus pontos vai ficar sem um dedo.
Daniel ainda me observava, pensativo.
– É isso aí – apoiou Abby.
– Tem certeza de que não sente dor? – A boca e o nariz de Justin tinham uma aura esbranquiçada, como se até a ideia lhe provocasse dor. – Deve ter doído no começo. Foi muito ruim?
– Ela está bem – antecipou Abby. – Acabou de dizer.
– Só estou *perguntando*. A polícia ficava dizendo que...
– Não seja *intrometido*.
– O quê? – perguntei. – O que é que a polícia ficava dizendo?
– Eu acho – interrompeu Daniel, calmo, porém firme, virando-se na cadeira para olhar para Justin – que a gente deveria parar por aí.
Outro silêncio, desta vez menos confortável. A faca de Rafe arranhou o prato; Justin se encolheu; Abby pegou o vidro de pimenta, bateu com ele na mesa com força e agitou-o rapidamente.
– A polícia perguntou – disse Daniel, de repente, olhando para mim por cima dos óculos – se você tinha um diário, ou agenda, ou qualquer coisa assim. Achei melhor dizermos que não.
Agenda?
– Certíssimo – falei. – Não quero que eles vejam minhas coisas.
– Já viram – disse Abby. – Desculpe. Eles fizeram uma busca no seu quarto.
– Ah, puta *merda* – disse, indignada. – Por que vocês não impediram?
– Não tivemos opção – esclareceu Rafe, secamente.
– E se eu tivesse cartas de amor, ou... ou pornografia, ou alguma coisa *pessoal*?
– Supõe-se que era exatamente isso o que eles procuravam.
– Eles eram fascinantes, na verdade – disse Daniel. – Os policiais. Quase todos pareciam completamente desinteressados: tudo rotina. Eu teria adorado vê-los fazendo a busca, mas achei que não seria uma boa ideia pedir.
– Enfim, eles não encontraram o que procuravam – falei, satisfeita. – E onde está, Daniel?

— Não tenho a menor ideia — respondeu Daniel, um pouco surpreso. — Onde você o guarda, suponho. — E voltou a comer o seu filé.

Os rapazes tiraram a mesa; Abby e eu continuamos sentadas, fumando, e o silêncio entre nós começava a ficar amistoso. Ouvi alguém se mexendo na sala de estar, escondida por largas portas duplas de correr, e o cheiro de fumaça de lenha chegou até onde estávamos.

— Que tal uma noite calma? — perguntou Abby, me observando por sobre o cigarro. — Vamos só ler?

O período após o jantar era usado por eles para o lazer: jogos de cartas, música, leitura, conversas, pôr a casa em ordem sem pressa. Leitura parecia de longe a melhor opção.

— Perfeito — respondi. — Tenho muita coisa atrasada da tese para ler.

— Relaxe — disse Abby, com aquele mesmo sorrisinho de lado de novo. — Você acabou de chegar em casa. Tem todo o tempo do mundo. — Ela apagou o cigarro e abriu as portas de correr.

A sala de estar era enorme e, para minha surpresa, maravilhosa. As fotos haviam mostrado apenas a decadência, ignorando por completo o ambiente. Teto alto, com sancas nas bordas; piso de tábuas corridas largas, desiguais e sem polimento; papel de parede florido horroroso, descascado em alguns pontos onde dava para ver as camadas de baixo mais antigas — listas douradas e cor-de-rosa, um brilho bege sem graça imitando seda. Os móveis eram antigos e não combinavam: uma mesa arranhada para jogos de cartas, de madeira de pau-rosa com trabalho de marchetaria, poltronas de brocado desbotadas, um sofá comprido e parecendo desconfortável, estantes lotadas de livros com capas de couro gasto e de brochuras coloridas. Nenhum lustre no teto, só abajures de pé e a lenha crepitando na lareira maciça, de ferro batido, e lançando sombras frenéticas entre as teias de aranha nos cantos altos. A sala era uma bagunça, e eu me apaixonei por ela antes mesmo de passar pela porta.

As poltronas pareciam aconchegantes, e eu começava a me encaminhar para uma delas quando minha mente pisou no freio, com força. Dava para ouvir meu coração batendo. Eu não sabia onde deveria me sentar; me deu um branco. A comida, a preguiça, o silêncio confortável com Abby: eu relaxara.

— Volto num minuto — falei, e me escondi no banheiro para deixar os outros se sentarem e, assim, limitar a minha escolha, e também para os meus joelhos pararem de tremer. Quando consegui voltar a respirar direito, o meu cérebro tinha saído do ponto morto e me lembrei de onde deveria sentar: numa cadeira vitoriana baixa, em um dos lados da lareira. Frank me mostrara montes de fotos. Isso eu sabia.

Teria sido fácil assim: era só sentar na cadeira errada. Pouco menos de quatro horas.

Justin levantou os olhos, com o cenho ligeiramente franzido, quando voltei para a sala, mas ninguém disse uma palavra. Os meus livros estavam espalhados numa mesa baixa perto da cadeira: livros grossos de consulta sobre história, um exemplar bem manuseado de Jane Eyre aberto e virado para baixo em cima de um bloco pautado, um romance barato amarelado intitulado *Vestida para matar*, de Rip Corelli – suponho que não tivesse nada a ver com a tese, mas quem sabe – cuja capa mostrava uma mulher curvilínea usando uma saia com fenda e um revólver na cinta-liga ("Ela atraía os homens como o mel atrai os insetos... e aí ela os esmagava!"). Minha caneta – uma esferográfica azul, a ponta cheia de marcas de dentes – ainda estava onde fora deixada, no meio de uma frase, naquela quarta-feira à noite.

Observei os outros discretamente por sobre o meu livro para ver se notava algum sinal de nervosismo; todos, porém, tinham se engajado na leitura, com uma atenção tão imediata e treinada que chegava quase a intimidar. Abby numa poltrona, com os pés em cima de um banquinho bordado – provavelmente seu projeto de restauração – passava páginas rapidamente e revirava nos dedos um cacho de cabelo. Rafe estava sentado à minha frente no lado oposto da lareira, em outra poltrona; de vez em quando, pousava o livro e se debruçava para atiçar o fogo ou acrescentar um pedaço de lenha. Justin estava deitado no sofá, o bloco de notas apoiado no peito, escrevendo, às vezes resmungando alguma coisa, suspirando ou estalando a língua de um jeito crítico. Na parede atrás dele ficava uma tapeçaria puída, mostrando uma cena de caçada; ele deveria parecer deslocado ali, com suas calças de cotelê e os óculos sem aro; de alguma maneira, porém, não parecia, nem um pouco. Daniel se acomodou na mesa para jogos, a cabeça de cabelos escuros curvada sob a luz de um abajur alto, só se mexendo para, deliberadamente e sem pressa, virar uma página. As pesadas cortinas de veludo verde estavam abertas e eu imaginei como seríamos vistos por um observador que estivesse no jardim escuro; concentrados e envoltos na segurança da luz da lareira; radiantes e tranquilos, como algo saído de um sonho. Por um segundo nítido e atordoante, tive inveja de Lexie Madison.

Daniel percebeu que eu estava observando; levantou a cabeça e sorriu para mim, do outro lado da mesa. Foi a primeira vez que o vi sorrir, e seu sorriso tinha uma doçura grave e imensa. Depois ele enfiou de novo a cabeça no livro.

Fui dormir cedo, lá pelas dez horas, em parte por coerência com a personagem e em parte porque Frank tinha acertado, eu estava exausta. O meu cérebro parecia ter sido submetido a um triatlo. Fechei a porta do quarto de Lexie (aroma de lírios, um ventinho sutil subindo pelo meu ombro e girando em volta da gola da camiseta, curioso e atento) e nela apoiei as costas. De repente, achei que não daria para andar até a cama, só conseguiria escorregar pela porta e adormecer antes de chegar ao carpete. Eu não me lembrava de ser tudo tão difícil, e não achava que fosse porque eu estava ficando velha, ou perdendo o jeito, ou qualquer outra possibilidade interessante que O'Kelly poderia ter sugerido. No último trabalho, as decisões eram minhas, eu escolhia com quem precisava me entrosar, por quanto tempo, o grau de intimidade. Desta vez, Lexie já decidira tudo por mim e eu não podia optar: tinha que seguir as regras dela ao pé da letra, ouvir com atenção total e contínua, como se ela fosse um ponto eletrônico no meu ouvido, fraco e com interferências, e deixá-la me guiar.

Eu já experimentara essa sensação antes, em algumas das investigações de que menos gostei: "Outra pessoa está no comando." A maioria delas não tinha acabado bem. Mas era sempre o assassino que, presunçoso, estava todo o tempo três passos à nossa frente. Eu nunca tivera um caso em que aquela outra pessoa fosse a vítima.

Uma coisa, porém, parecia mais fácil. No último trabalho, na UCD, cada palavra que saía da minha boca deixava um gosto amargo, algo estragado e impróprio, como pão mofado. Já disse que não gosto de mentir. Desta vez, no entanto, tudo que eu falava só deixava na boca o gosto limpo da verdade. Os únicos motivos que eu podia imaginar eram que ou eu estava enganando a mim mesma muitíssimo bem – a racionalização é uma parte importante do conjunto de habilidades de um agente infiltrado – ou, de algum modo confuso, num nível mais profundo e mais claro do que os fatos frios e concretos, eu não estava mentindo. Se o meu desempenho fosse bom, quase tudo que eu dizia era verdade, só que a verdade de Lexie, e não a minha. Decidi que seria prudente me afastar da porta e ir para a cama, antes que eu começasse a pensar demais em qualquer uma dessas possibilidades.

O quarto dela era no último andar, nos fundos da casa, em frente ao de Daniel e em cima do de Justin. Era de tamanho médio, teto baixo, com cortinas brancas simples e uma cama de ferro batido meio bamba, que rangia como um espremedor de roupa antigo quando eu me sentava nela – se Lexie conseguira engravidar naquilo, meus respeitos. O edredom que cobria a cama era azul e tinha sido passado a ferro; alguém trocara a roupa de cama. Ela não tinha muitos móveis: uma estante de livros, um guarda-roupa estreito, de madeira, com marcadores de metal nas prateleiras, úteis para indicar onde pôr cada coisa (CHAPÉUS, MEIAS), uma luminária de plástico ordinária numa mesinha de cabeceira ordinária e uma penteadeira de madeira com entalhes empoeirados e um espelho de três faces, que refletia o meu rosto em ângulos confusos e me dava calafrios de todas as maneiras previsíveis. Considerei a possibilidade de cobrir tudo com um lençol, mas isso exigiria alguma desculpa e, de qualquer maneira, eu não conseguiria me livrar da impressão de que o reflexo continuaria a fazer efeito, mesmo escondido.

Destranquei minha mala, com os ouvidos bem atentos a qualquer barulho na escada, e peguei o revólver novo e o rolo de esparadrapo para os curativos. Mesmo na minha casa, não durmo sem estar com o revólver à mão – um velho hábito, que achei melhor não perder exatamente naquele momento. Prendi o revólver com esparadrapo na parte de trás da mesinha de cabeceira, escondido, porém ao alcance da mão. Nenhuma teia de aranha, nem mesmo uma camada fina de poeira atrás da mesinha: a Perícia estivera lá antes de mim.

Antes de vestir o pijama azul de Lexie, desgrudei o curativo falso, tirei o microfone e escondi tudo no fundo da mala. Em algum lugar, Frank provavelmente estava tendo um chilique por causa disso, mas eu não me importava; tinha minhas razões.

Dormir a primeira noite quando se está infiltrada é inesquecível. Durante todo o dia, você exerceu um controle total e absoluto, vigiando a si própria do mesmo modo firme e inflexível que vigia as pessoas e tudo mais à sua volta; quando chega a noite, no entanto, e você está sozinha, num colchão estranho, num quarto onde o ar tem um cheiro diferente, não há escolha senão relaxar e se entregar, cair no sono e em outra vida como uma pedrinha afundando em água limpa e fresca. Mesmo na primeira vez, você sabe que naquele segundo alguma coisa irreversível começará a acontecer, e que de manhã acordará mudada. Eu precisava estar vazia, sem nada da minha própria vida no meu corpo, assim como os filhos dos lenhadores nos contos de fadas têm que deixar para trás sua proteção para entrar no castelo encantado; do mesmo modo que os sacerdotes, nas religiões antigas, iam nus para os rituais de iniciação.

Encontrei na estante uma edição antiga e frágil dos Irmãos Grimm, lindamente ilustrada, e levei-a para a cama comigo. Era um presente dos amigos para Lexie, no seu aniversário do ano passado: a dedicatória, escrita com caneta tinteiro, em letra inclinada e corrente – de Justin, eu tinha quase certeza – "1/3/04. Feliz Aniversário, MENINA (quando você vai crescer??). Beijos", e os nomes dos quatro.

Sentei-me na cama, com o livro sobre os joelhos, mas não conseguia ler. De vez em quando, vinha da sala o som abafado e rápido das conversas, e do lado de fora da minha janela o jardim estava vivo: o vento nas folhas, uma raposa regougando e uma coruja em sua caçada, coisas farfalhando, gritando e lutando em toda parte. Fiquei lá sentada, examinando o quartinho estranho de Lexie Madison, e escutando.

Pouco antes de meia-noite, a escada rangeu e ouvi uma batidinha discreta na minha porta. Dei um salto quase até o teto, verifiquei a mala para ter certeza de que estava toda fechada e falei em voz alta:

– Pode entrar.

– Sou eu – disse Daniel, ou Rafe, ou Justin, logo atrás da porta, baixo demais para eu saber quem era. – Só para dar boa-noite. Nós já vamos dormir.

Meu coração estava disparado.

– Boa-noite – gritei. – Durma bem.

Vozes para cima e para baixo nos longos lances da escada, sem origem definida e se entrecruzando como coros de grilos, delicadas como dedos nos meus cabelos. "Boa-noite", disseram, "boa-noite, durma bem. Seja bem-vinda, Lexie. É, seja bem-vinda. Boa-noite. Tenha lindos sonhos."

Tenho sono leve e boa audição. Acordei de repente durante a noite, totalmente alerta. No quarto de Daniel, em frente ao meu, alguém estava cochichando.

Prendi a respiração; as portas, porém, eram grossas, e só consegui captar a vibração de sons sibilantes no escuro; nenhuma palavra, nenhuma voz. Tirei o braço que estava debaixo das cobertas, com cuidado, e peguei o telefone de Lexie na mesinha ao lado. 3:17h da manhã.

Acompanhei a dupla sequência indistinta de sussurros, entremeados com os gritos dos morcegos e as lufadas de vento, durante um longo tempo. Faltavam dois minutos para as quatro horas quando ouvi o rangido lento de uma maçaneta sendo girada, e depois o estalido suave da porta de Daniel se fechando. Um sopro de som no patamar da escada, quase imperceptível, como uma sombra se movendo no escuro; e depois mais nada.

6

Fui acordada pelo barulho de passos fortes no andar de baixo. Antes estivera sonhando, algo escuro e confuso, e levei um segundo para conseguir clarear a cabeça e descobrir onde me encontrava. O meu revólver não estava ao lado da cama e eu tentava achá-lo, começando a entrar em pânico, quando me lembrei.

Sentei-me na cama. Aparentemente, nada tinha sido envenenado, afinal de contas; eu me sentia bem. O cheiro de comida entrava por baixo da porta, e dava para ouvir o ritmo matutino acelerado das vozes ao longe, no andar de baixo. Merda: eu tinha perdido a preparação do café da manhã. Havia tanto tempo não conseguia acordar depois das seis, que não me dera ao trabalho de ajustar o despertador de Lexie. Voltei a colocar o curativo com o microfone, vesti jeans, camiseta e um pulôver grandão que parecia ter pertencido a um dos rapazes – fazia um frio de rachar – e desci.

A cozinha era nos fundos da casa e parecia muito melhor do que naquela época do filme de terror de Lexie. Eles tinham se livrado do mofo, das teias de aranha e daquele linóleo horroroso; agora havia um piso de pedras, uma mesa de madeira muito limpa, um vaso de gerânios maltratados no peitoril da janela atrás da pia. Abby, usando um quimono de flanela vermelha com o capuz na cabeça, estava fritando fatias de bacon e salsichas. Daniel estava sentado à mesa, vestido para sair, lendo um livro preso sob a beirada do prato e comendo ovos fritos com um prazer metódico. Justin estava cortando sua torrada em triângulos e reclamando.

– Sinceramente, nunca vi nada igual. Na semana passada, só *dois* tinham lido o que pedi; o resto ficou lá sentado, só olhando e mascando chiclete, como um rebanho de vacas. Tem certeza de que não quer trocar, só por hoje? Talvez você consiga mais deles...

– Não – respondeu Daniel, sem levantar a cabeça.

– Mas os seus estão estudando os sonetos. Eu *sei* os sonetos. Sou *bom* nos sonetos.

– Não.

– Bom-dia – falei, da porta.

Daniel me cumprimentou sério, com um aceno de cabeça, e voltou ao livro. Abby agitou a espátula no ar.

– Bom-dia para você.

– Oi, querida – disse Justin. – Venha cá. Deixe eu olhar para você. Como está se sentindo?

– Bem – respondi. – Desculpe, Abby; dormi demais. Me dê isso aqui... Estiquei o braço para pegar a espátula, mas ela a afastou de mim.

– Não, não se preocupe; você ainda está no rol dos feridos. Amanhã vou lá tirar você da cama. Sente-se.

Aquela fração de segundo, de novo – *feridos*: Daniel e Justin pareceram fazer uma pausa, parando no meio de uma mordida. Então me sentei, Justin pegou mais uma torrada, Daniel virou a página e empurrou um bule de chá esmaltado vermelho na minha direção.

Abby colocou três fatias de bacon e dois ovos num prato, sem perguntar nada, e veio colocá-lo na minha frente.

– Ai, brrr – falou, correndo de volta para o fogão. – Nossa. Daniel, sei sua opinião sobre janelas de vidro duplo, mas, falando sério, a gente devia pelo menos *pensar* na...

– Vidros duplos são uma criação do diabo. São horríveis.

– Tudo bem, mas a casa fica *quentinha*. Já que não vamos ter carpetes...

Justin mordiscava uma torrada, queixo na mão, me observando de tão perto que estava me deixando nervosa. Concentrei-me na comida.

– Tem certeza de que está bem? – perguntou, ansioso. – Parece pálida. Não vai sair hoje, vai?

– Acho que não – respondi. Não tinha certeza de estar preparada para representar um dia inteiro, ainda não. Além disso, precisava de uma oportunidade para examinar a casa sozinha; eu queria aquele diário, ou agenda, ou o que fosse. – Disseram para eu ficar quieta por mais uns dias. Aliás, isso me lembra: o que tem acontecido com as minhas aulas? – As aulas nos estágios docentes terminam oficialmente nos feriados de Páscoa, mas há sempre algumas que, por qualquer razão, se prolongam até o período seguinte. Eu ainda tinha dois grupos, um às terças e outro às quintas. A perspectiva não me animava nem um pouco.

– Nós temos dado as suas aulas – disse Abby, enchendo um prato e juntando-se a nós –, de certa maneira. Daniel estudou Beowulf com o seu grupo das quintas. No original.

– Beleza – comentei. – Como eles se saíram?

– De fato, não muito mal – respondeu Daniel. – No começo ficaram em estado de choque, mas depois um ou dois fizeram uns comentários inteligentes. Foi bem interessante.

Rafe entrou cambaleando, com tufos de cabelo em pé, vestindo camiseta e calça de pijama listado e aparentemente meio fora do ar. Deu um aceno geral para todos, procurou uma caneca, se serviu de boa quantidade de café puro, roubou um triângulo da torrada de Justin e foi saindo.

– Vinte minutos – berrou Justin para ele. – Não vou esperar por você! – Rafe abanou a mão por cima do ombro e continuou andando.

– Não sei por que você se dá ao trabalho – comentou Abby, cortando uma salsicha. – Daqui a cinco minutos, ele não vai se lembrar nem de ter visto você. *Depois* do café. Com Rafe, tem que ser sempre *depois* do café.

– É, mas depois reclama que não dei tempo suficiente para ele se aprontar. Juro que, desta vez, vou deixar Rafe para trás, e se ele chegar atrasado o problema é dele. Pode comprar um carro ou ir *a pé* até a cidade, pouco me importa...

– Isso é toda manhã – disse-me Abby, de frente para Justin, que fazia gestos indignados com a faca de manteiga.

Revirei os olhos. Do outro lado das portas de vidro, atrás da cabeça de Abby, um coelho mordiscava o gramado, deixando marquinhas escuras de patas espalhadas no orvalho branco.

Meia hora depois, Rafe e Justin saíram – Justin encostou o carro em frente à casa e esperou, buzinando e gritando ameaças inaudíveis pela janela, até que Rafe finalmente entrou correndo na cozinha com o casaco meio vestido e a mochila balançando para todos os lados em uma das mãos, enfiou mais um pedaço de torrada entre os dentes e saiu voando, batendo a porta da frente com força suficiente para estremecer a casa inteira. Abby lavou a louça, cantando baixinho com uma agradável voz de contralto: *The water is wide, I cannot get o'er...* Daniel fumou um cigarro sem filtro, rolos finos de fumaça formando espirais nos pálidos raios de sol que entravam pela janela. Eles estavam à vontade comigo; eu fora aceita.

E por isso deveria estar me sentindo bem melhor do que de fato estava. Não me ocorrera que poderia gostar dessas pessoas. Sobre Daniel e Rafe, ainda me restavam dúvidas, mas Justin era de uma simpatia que se tornava mais cativante por ser tão exagerada e espontânea, e Frank tivera razão sobre Abby: numa situação diferente, gostaria de tê-la como amiga.

Eles tinham acabado de perder uma pessoa do seu círculo mais próximo e não sabiam, e ainda havia a possibilidade de ter acontecido por minha causa; eu estava sentada na cozinha da casa deles, tomando o seu café da manhã e enganando a todos. As suspeitas da noite passada – filé com cicuta, meu Deus – pareciam tão ridículas e góticas que eu me sentia envergonhada.

– Daniel, acho bom a gente se apressar – disse Abby afinal, olhando o relógio e enxugando as mãos na toalha de pratos. – Quer alguma coisa do mundo lá fora, Lex?

– Cigarros – respondi. – Os meus estão quase acabando.

Ela puxou um maço de Marlboro Lights do bolso do quimono e jogou para mim.

– Fique com esses. Compro mais no caminho. O que vai fazer o dia todo?

– Ficar como um bicho-preguiça no sofá, ler e comer. Tem biscoitos?

– Tem os de baunilha de que você gosta, na lata de biscoitos, e aqueles com chips de chocolate, no freezer. – Ela dobrou a toalha com capricho e pendurou na barra do fogão. – Tem certeza de que não quer que alguém fique em casa com você?

Justin já havia me perguntado isso umas seis vezes. Revirei os olhos para o teto.

– Certeza absoluta.

Percebi um olhar rápido de Abby para Daniel; ele, porém, estava virando uma página e não prestava atenção em nós.

– Muito bem – disse ela. – Vê lá se não vai desmaiar e rolar escada abaixo. Cinco minutos, Daniel?

Daniel fez que sim, sem levantar a cabeça. Abby subiu as escadas correndo só com meias nos pés; ouvi quando ela abriu e fechou gavetas e, um minuto depois, começou de novo a cantar baixinho. *I leaned my back up against an oak, I thought it was a trusty tree...*

Lexie fumava mais do que eu, um maço por dia, e começava após o café. Peguei os fósforos de Daniel e acendi um cigarro.

Daniel olhou o número da página e fechou o livro, colocando-o de lado.

– Acha mesmo que deveria fumar? – perguntou. – Nessas circunstâncias.

– Não – falei, atrevida, e soprei a fumaça na direção dele. – E você, deveria?

Ele sorriu.

– Está com uma aparência melhor esta manhã – disse. – Ontem à noite você parecia cansadíssima, assim, meio perdida. Imagino que seja natural, mas é bom ver que o seu ânimo está voltando.

Pensei que eu deveria me lembrar de subir o nível de animação gradualmente, durante os próximos dias.

– No hospital, ficavam me dizendo que ia levar um tempo e que eu não deveria me apressar, mas eles podem esquecer. Cansei de estar doente.

Seu sorriso aumentou.

– É, posso imaginar. Com certeza você foi a paciente ideal. – Ele se esticou até o fogão e inclinou o bule de café para verificar se tinha alguma sobra. – O que você de fato se lembra da agressão propriamente dita?

Daniel estava se servindo de um resto de café e me observando, com o rosto sereno e tranquilo, demonstrando interesse.

– Nadica de nada – afirmei. – Todo aquele dia sumiu da minha cabeça, e alguns pedaços do que aconteceu antes. Pensei que os tiras tinham contado a vocês.

– Contaram, sim – disse Daniel –, mas isso não quer dizer que tenha ocorrido de fato. Você poderia ter suas razões para não dizer a eles.

Fiz uma cara inexpressiva.

– Que razões, por exemplo?

– Não tenho nem ideia – retrucou Daniel, recolocando com cuidado o bule no fogão. – Mas espero que, caso se lembre de alguma coisa e tenha dúvidas se deve contar à polícia, não pense que tem que resolver isso sozinha; fale comigo ou com Abby. Você faria isso?

Ele tomou um golinho de café, seu tornozelo perfeitamente cruzado sobre o joelho do lado oposto, me observando com toda a calma. Eu começava a entender o que Frank dissera sobre esses quatro contarem muito pouco. A expressão desse cara teria servido igualmente bem caso ele tivesse acabado de chegar de uma aula de canto coral ou de um assassinato a machadadas de uma dezena de órfãos.

– Ah, sim, claro – concordei. – Mas só me lembro de voltar da faculdade para casa na terça à noite e depois vomitar muito, muito, numa comadre, e isso tudo eu já contei à polícia.

– Hum – disse Daniel. Ele empurrou o cinzeiro para o meu lado da mesa. – A memória é uma coisa esquisita. Queria saber o seguinte: se você tivesse que... – Mas naquele momento Abby desceu as escadas fazendo barulho, ainda cantando, e ele abanou a cabeça, se levantou e começou a apalpar os bolsos.

Dei adeus do topo da escada, enquanto Daniel saía com o carro, fazendo uma curva rápida e perfeita e desaparecendo entre as cerejeiras. Quando tive certeza de que tinham ido embora, fechei a porta e fiquei quieta no vestíbulo, ouvindo a casa vazia. Podia senti-la se acomodando, um sussurro longo como o de areia movediça, para ver o que eu faria agora.

Sentei-me ao pé da escada. O carpete fora retirado, mas eles não tinham chegado a fazer mais nada; havia uma faixa larga sem polimento em cada degrau, empoeirada e gasta no meio por gerações de pés. Recostei-me na coluna da escada, ajeitando o corpo até me sentir confortável, e pensei naquele diário.

Se estivesse no quarto de Lexie, o pessoal da Perícia teria encontrado. Sobrava o resto da casa, todo o jardim, e a pergunta sobre o que havia nele que ela quisera esconder até dos seus melhores amigos. Por um momento ouvi a voz de Frank na sala da reunião: "os amigos por perto e os segredos muito bem guardados".

A outra possibilidade era de que Lexie o tivesse levado com ela, que estivesse no seu bolso quando morreu e o assassino o tivesse roubado. Isso explicaria por que ele perdeu tempo e se arriscou indo atrás dela (puxando-a para um lugar coberto, escuridão total e as mãos dele se movendo rapidamente pelo corpo sem vida, apalpando os bolsos, cobertos de chuva e sangue): se ele precisasse daquele diário.

Isso estaria de acordo com o que eu sabia sobre Lexie – os segredos bem guardados –, porém, pensando no lado prático, teria que ser um diário bem pequeno para caber num bolso, e ela teria que trocá-lo de lugar cada vez que mudasse de roupa. Encontrar um esconderijo teria sido mais simples e mais seguro. Um lugar que estivesse a salvo da chuva e de descobertas acidentais; um lugar onde ela pudesse ter certeza de que teria privacidade, mesmo morando com quatro pessoas; onde poderia ir sempre que quisesse, sem chamar atenção de ninguém; e que não fosse o seu quarto.

Havia um lavabo no térreo e um banheiro completo no primeiro andar. Olhei primeiro no lavabo, mas o lugar era do tamanho de um armário e, uma vez verificada a caixa da descarga, as possibilidades basicamente se esgotaram. O banheiro principal era grande: azulejos dos anos 1930, com borda xadrez preta e branca, banheira em mau estado, janelas de vidro transparente com cortinas de tule gastas. A porta podia ser trancada.

Nada na caixa da descarga, ou atrás. Sentei no chão e puxei a placa de madeira na lateral da banheira. Saiu com facilidade; fez um barulhinho, mas nada que a água correndo ou a descarga não cobrisse. Por baixo havia teias de aranha, cocô de rato, marcas de dedos na poeira; e, enfiado num canto, um caderninho vermelho.

Pela minha respiração, parecia que eu tinha dado uma corrida. Eu não gostava disso; não gostava do modo como, embora tivesse mil lugares para escolher, eu viera direto ao esconderijo de Lexie, como se não houvesse opção. À minha volta, a casa parecia ter se apertado e chegado mais perto, debruçando-se por trás do meu ombro; observando; concentrada.

Subi para o meu quarto – o quarto de Lexie – peguei minhas luvas e uma lixa de unhas. Sentei de novo no chão do banheiro e, com cuidado, segurando pelas pontas, puxei o caderno. Usei a lixa para virar as páginas. Mais cedo ou mais tarde, a Perícia teria que tirar as digitais.

A minha esperança era encontrar um diário do tipo abra-o-seu-coração, mas eu deveria ter adivinhado. O caderninho era só uma agenda, com capa de falso couro vermelho, uma página para cada dia. Os primeiros meses estavam cheios de compromissos e lembretes escritos naquela caligrafia redonda e ágil: "Alface, Brie, sal de alho; 11 aula Sl 3017; cta luz; perg D Ovid livro??". Assuntos caseiros, inócuos, e ler aquilo me deixou mais nervosa do que nunca. Quando você é detetive, se acostuma a invadir a privacidade das pessoas de todas as maneiras possíveis. Eu dormira na cama de Lexie e estava usando suas roupas; esses, porém, eram os pequenos fragmentos da sua vida diária, só dela, e eu não tinha direito a eles.

Nos últimos dias de março, entretanto, alguma coisa mudara. As listas de compras e os horários de aulas desapareceram e as páginas ficaram vazias. Havia apenas três anotações, num garrancho duro e apressado. No último dia de março: 10.30 N. Dia cinco de abril: 11.30 N. E dia onze, dois dias antes de ela morrer: 11 N.

Nenhum N em janeiro e fevereiro; nenhuma menção até aquele compromisso no último dia de março. A lista de AC de Lexie não era muito longa e, pelo que conseguia lembrar, nela não constava nenhum nome começado por N. Um apelido? Um lugar? Um café? Alguém da sua antiga vida, como Frank mencionara, ressurgindo do nada e apagando o resto do seu mundo?

Cobrindo os dois últimos dias de abril havia uma lista de letras e números, naquele mesmo garrancho furioso. AMS 79, LHR 34, EDI 49, CDG 59, ALC 104. Resultados de algum jogo, quantias em dinheiro que ela havia emprestado ou pedido emprestado? As iniciais de Abby eram AMS – Abigail Marie Stone –, mas as outras siglas não correspondiam a ninguém na lista de AC. Examinei-as durante um longo tempo, e a única coisa que me lembravam eram placas de carros antigos; não conseguia pensar em nenhuma razão para Lexie ser uma observadora de carros exóticos e, se fosse, por que isso seria um segredo de Estado.

Ninguém dissera uma palavra sobre ela estar tensa ou estranha nas suas últimas semanas. Ela parecia bem, segundo disseram todas as pessoas interrogadas por Frank e Sam; parecia feliz; parecia a mesma de sempre. O último vídeo era de três dias antes da sua morte e nele ela estava descendo uma escada, vindo do sótão, uma bandana vermelha no cabelo e cada centímetro do corpo coberto de poeira cinza, espirrando e rindo e mostrando alguma coisa na mão livre: "Não, olhe, Rafe, olhe! É", espirro forte, "é um par de óculos para ópera, acho que são de madrepérola, não são *o máximo*?" Se havia alguma coisa acontecendo, ela escondera bem; bem até demais.

O resto da agenda estava em branco, exceto pelo dia vinte e dois de agosto: "niver papai".

Ela não era um bebê trocado por fadas ou produto de uma alucinação coletiva, afinal de contas. Tinha um pai, em algum lugar, e não queria esquecer seu aniversário. Mantivera pelo menos um vínculo frágil com a sua vida original.

Examinei todas as páginas de novo, desta vez com mais vagar, para ver se algo me escapara. Mais para o começo, algumas datas aqui e ali estavam marcadas com um círculo: 2 de janeiro, 29 de janeiro, 25 de fevereiro. A primeira página tinha um minúsculo calendário de dezembro de 2004 e, como era de se esperar, havia um círculo em volta do dia seis.

Intervalo de vinte e sete dias. Lexie tinha tido um ciclo regular e mantivera um registro. No final de março, não havia círculo em volta do dia vinte e quatro, ela devia ter suspeitado de que estava grávida. Em algum lugar – não em casa; na Trinity ou em algum café, onde ninguém veria a embalagem no lixo e tiraria conclusões – ela fizera um teste de gravidez e alguma coisa tinha mudado. A sua agenda virara um segredo absoluto, N aparecera e todo o resto havia sumido.

N. Um obstetra? Uma clínica? O pai do bebê?

– No que você andou se metendo, garota? – falei baixinho para o cômodo vazio. Ouvi um sussurro atrás de mim e dei um pulo, mas era só a brisa agitando as cortinas de tule.

Pensei em levar a agenda para o meu quarto; depois, concluí que Lexie provavelmente tivera suas razões para deixá-la em outro lugar, e o esconderijo aparentemente tinha funcionado muito bem até agora. Copiei as partes interessantes no meu próprio caderno, coloquei o dela de novo sob a banheira e puxei a placa de volta para o lugar. Em seguida, examinei a casa, me familiarizando com os detalhes e fazendo um reconhecimento rápido e não muito completo enquanto andava. Frank esperaria ouvir que eu fizera algo de proveitoso naquele dia, e eu já decidira que não iria lhe contar sobre a agenda, pelo menos não por enquanto.

Comecei pelo térreo e fui subindo. Se encontrasse alguma coisa interessante, teríamos um grande problema de admissibilidade em nossas mãos. Eu era residente na casa, o que significava que podia examinar os espaços comuns tanto quanto quisesse, mas os quartos dos outros ficavam basicamente fora dos meus limites, e eu estava lá com intenção fraudulenta, para começar; esse é o tipo de armadilha que rende novos carros Porsch aos advogados. No entanto, depois que a gente sabe o que está procurando, quase sempre descobre uma maneira legítima de encontrar.

A casa dava facilmente a impressão de algo esquisito, saído de um livro de histórias – o tempo todo eu esperava despencar numa escada secreta, ou sair de um quarto para um corredor todo novo que só existia em segundas-feiras alternadas. Trabalhei com rapidez: não conseguia reprimir a minha pressa, me livrar da sensação de que, em algum lugar do sótão, um relógio imenso fazia uma contagem regressiva, grandes punhados de segundos caindo aos trambolhões.

No térreo ficavam a sala de estar, a cozinha, o lavabo e o quarto de Rafe. O quarto era uma bagunça – roupas empilhadas em caixas de papelão, copos melados e montanhas de papel em toda parte –, mas de um jeito confiante; dava para ver que ele geralmente sabia onde estava cada coisa, mesmo que isso fosse impossível para qualquer outra pessoa. Tinha se divertido rabiscando numa parede esboços a carvão, rápidos e muito bem-feitos, para algum tipo de mural que incluía uma árvore, um perdigueiro e um homem de cartola. No aparador estava – achei! – a Cabeça: um busto de porcelana para estudos de frenologia, olhando com arrogância por cima da bandana vermelha de Lexie. Eu começava a gostar de Rafe.

O primeiro andar tinha o quarto de Abby e o banheiro na frente, o quarto de Justin e um quarto desocupado na parte de trás – ou tinha sido complicado demais esvaziá-lo ou Rafe gostava de ficar sozinho no térreo. Comecei pelo quarto desocupado. A ideia de entrar em qualquer um dos outros deixava um gostinho ruim e ridículo na minha boca.

O tio-avô Simon obviamente nunca na vida jogara nada fora. O quarto tinha uma aparência esquizofrênica, de sonho, um armário perdido da mente: três chaleiras de cobre com furos, uma cartola mofada, um cavalinho de pau quebrado me olhando de esguelha com cara de *O poderoso chefão*, metade de um acordeão, ou pelo menos era o que parecia. Não entendo nada de antiguidades, mas nada parecia valioso, com certeza não valioso o bastante para justificar um assassinato. Mais pareciam tralhas que se deixaria no portão, na esperança de que estudantes bêbados, num surto de entusiasmo kitsch, pegassem para levar para casa.

Abby e Justin eram ambos caprichosos, de maneiras bem diferentes. Abby era ligada em bibelôs – uma jarrinha de alabastro com violetas, um castiçal de cristal de chumbo, uma velha lata de balas com a figura de uma moça de lábios vermelhos na tampa, usando uma roupa egípcia duvidosa, tudo limpíssimo e enfileirado cuidadosamente em todas as superfícies planas – e cores; as cortinas foram confeccionadas com pedaços de tecidos antigos emendados, damasco vermelho, algodão com estampa de florezinhas azuis, renda fina, e ela colara pedaços de tecidos nas falhas do papel de parede. O quarto era aconchegante, peculiar e um tanto irreal, como a toca de uma criatura da floresta de algum livro infantil, que usaria uma touca de babados e faria doces.

Justin, para minha surpresa, tinha gosto minimalista. Havia uma pilha pequena de livros, fotocópias e folhas de anotações ao lado da mesinha de cabeceira, e ele cobrira a parte de trás da porta com fotos do grupo – arrumadas e simétricas, aparentemente em ordem cronológica, e cobertas com um tipo de resina transparente –, mas todo o resto era sóbrio e limpo e funcional: roupas de cama brancas, cortinas esvoaçantes brancas, móveis de madeira escura polidos e brilhantes, filas bem-arrumadas de meias dobradas como bolas nas gavetas e sapatos engraxados na parte de baixo do guarda-roupa. O quarto tinha um leve aroma masculino de ciprestes.

Não havia nada de suspeito em nenhum dos quartos, pelo que pude ver, mas alguma coisa nos três me intrigava. Demorei um pouco para descobrir o que era. Eu estava de joelhos no chão do quarto de Justin, olhando embaixo da cama como um ladrão (nada, nem mesmo bolinhos de poeira), quando me ocorreu: os quartos pareciam permanentes. Eu jamais morara num lugar onde podia mexer no papel de parede ou colar coisas – minha tia e meu tio não teriam se oposto, não exatamente, mas a casa deles era um tipo de ambiente onde se anda na ponta dos pés, tanto que nunca me ocorrera fazer nada desse tipo, e todos os meus senhorios pareciam achar que estavam me alugando a melhor arquitetura de Frank Lloyd Wright; levei meses para convencer o proprietário atual de que o valor do apartamento não despencaria se eu pintasse as paredes de branco, em vez daquela cor de vômito amarelo-banana, e guardasse o tapete alucinógeno no depósito do jardim. Nada disso me aborrecera na época, mas de repente, cercada por esta casa cheia de um sentimento de posse cavalheiresco e feliz – eu teria adorado ter um mural, Sam sabe desenhar – parecia uma maneira estranha de viver, dependendo da condescendência de estranhos, pedindo permissão como uma garotinha antes de deixar qualquer marca.

O último andar: meu quarto, o de Daniel, mais dois desocupados. O que ficava ao lado do de Daniel estava cheio de móveis velhos, espalhados em desordem como se tivesse havido um terremoto: aquelas cadeiras acinzentadas, pequenas demais e que acabam nunca sendo usadas, uma cristaleira que parecia um ataque de náusea do movimento rococó, e mais tudo que se possa imaginar ali pelo meio. Alguns objetos haviam sido retirados, com certeza – marcas de coisas sendo arrastadas, espaços vazios – suponho que para mobiliar os quartos quando os cinco chegaram de mudança. O que sobrou estava coberto por muitos centímetros de poeira pegajosa. O quarto ao lado do meu tinha tralhas ainda mais malucas (uma garrafa para colocar água quente, para aquecimento, quebrada, botas de borracha verde com uma crosta de lama, uma almofada de tapeçaria exibindo flores e um cervo, comida para ratos) e pilhas oscilantes de caixas de papelão e velhas malas de couro. Alguém começara a vasculhar isso tudo, havia não muito tempo: nítidas marcas de dedos nas tampas de algumas malas, uma delas estava até meio limpa, contornos misteriosos nos cantos e em cima das caixas de onde os objetos foram retirados. Havia um emaranhado de marcas leves de sapatos no piso empoeirado.

Se alguém quisesse esconder alguma coisa – a arma de um crime, ou algum tipo de prova, ou uma peça pequena e antiga de valor incalculável – este não seria um mau lugar. Examinei as malas que tinham sido abertas, deixando intatas as marcas de dedos, por segurança, porém todas estavam cheias de páginas e páginas de garatujas obscuras escritas com caneta tinteiro. Pelo que pude perceber, alguém, presumo que o tio-avô Simon, estivera escrevendo a história da família March através dos tempos. Os March eram antigos – as datas chegavam a 1734, quando a casa fora construída –, mas aparentemente jamais tinham feito nada de interessante além de casar, comprar um ou outro cavalo e aos poucos perder quase todos os seus bens.

O quarto de Daniel estava trancado. As técnicas de sobrevivência que aprendi com Frank incluem manipulação de fechaduras, e esta parecia bem simples, mas eu já estava nervosa por causa da agenda, e aquela porta me deixou ainda mais. Não tinha como saber se Daniel sempre trancava o quarto ou se isso tinha a ver comigo especificamente. De súbito, tive a certeza de que ele deixara alguma armadilha – um fio de cabelo atravessado na moldura da porta, um copo d'água logo atrás – que me denunciaria se eu entrasse.

Finalizei indo para o quarto de Lexie; mesmo já tendo sido vasculhado, queria eu mesma fazer uma busca. Ao contrário do tio Simon, Lexie não guardava porra nenhuma. Não se podia dizer que o quarto era exatamente arrumado – os livros estavam jogados nas prateleiras, mais do que enfileirados, a maior parte das roupas estava empilhada no chão do guarda-roupa; sob a cama havia três maços de cigarros vazios, metade de um Caramilk e uma folha amassada de anotações sobre *Villette* – embora fosse vazio demais para ser considerado uma bagunça. Nenhuma bugiganga, nenhum cupom antigo, cartão de aniversário ou flores secas, nenhuma foto; as únicas lembranças que ela havia desejado foram os vídeos feitos com o celular. Folheei todos os livros e revirei todos os bolsos: o quarto não me ajudou em nada.

Tinha, no entanto, aquele mesmo gosto de permanência. Ela tentara fazer pinturas coloridas na parede ao lado da cama, em pinceladas largas e rápidas: ocre, rosa antigo, azul da china. Senti de novo uma ponta de inveja.

"Pior pra você", falei mentalmente para Lexie, "você pode ter vivido aqui mais tempo, mas eu estou sendo paga para fazer isso."

Sentei-me no chão, tirei o celular da mala e liguei para Frank.

– Oi, menina – ele atendeu no segundo toque. – Já foi descoberta, não é?

Frank estava de bom humor.

– Pois é, sinto muito. Venha me buscar.

Ele riu.

– Como vai indo?

Coloquei-o no viva-voz, pus o telefone no chão ao meu lado e guardei as luvas e o caderno na mala.

– Parece que está tudo bem. Acho que ninguém suspeita de nada.

– Por que suspeitariam? Ninguém em perfeito juízo pensaria em algo tão improvável. Tem alguma coisa interessante para me contar?

– Estão todos na faculdade, por isso pude dar uma olhada rápida na casa. Nada de faca nem roupas com manchas de sangue, nenhum Renoir, nenhuma confissão assinada. Nem mesmo um baseado escondido ou uma revistinha pornô. Para estudantes, eles são incrivelmente puritanos. – Os meus curativos estavam em pacotes numerados com cuidado, para que as manchas ficassem mais claras à medida que o ferimento supostamente sarasse, caso alguém com uma mente esquisita resolvesse checar a lata de lixo – neste trabalho, sempre se conta com uma boa dose de esquisitice. Encontrei o curativo com o número "2" e o desembrulhei. Quem tinha feito as manchas devia viver a vida com entusiasmo.

– Algum sinal daquela agenda? – perguntou Frank. – A famosa agenda que Daniel achou por bem comentar com você, mas não conosco.

Recostei-me na estante, levantei a blusa e arranquei o curativo velho.

– Se estiver dentro da casa, alguém a escondeu muito bem – respondi.

Frank fez um ruído de indiferença.

– Ou então você estava certa e o assassino a tirou do cadáver. De uma maneira ou de outra, porém, é interessante que Daniel e companhia tenham sentido que precisavam mentir a respeito. Alguém tem agido de maneira estranha?

– Não. No início, não ficaram à vontade comigo, mas isso é normal. O que tenho percebido, basicamente, é que estão satisfeitos com a volta de Lexie.

– Deu para notar na escuta. Aliás – disse Frank – isso me lembra de uma coisa. O que aconteceu ontem à noite, depois que você foi para o quarto? Ouvi você falando, mas não consegui captar bem as palavras.

Sua voz tinha uma entonação diferente, e nada boa. Parei de alisar as pontas do curativo novo.

– Nada. Todos vieram me dar boa-noite.

— Que bonitinho – disse Frank. – Parece a família Walton. Pena que eu tenha perdido. Onde estava o microfone?

— Na mala. A bateria me incomoda quando durmo.

— Então, durma de costas. A porta do seu quarto não tem tranca.

— Pus uma cadeira na frente.

— Ah, tudo bem, então. Assim você fica bem segura. Porra, Cassie! – Eu podia praticamente vê-lo passando a mão aberta com fúria pelos cabelos, andando de um lado para outro.

— Qual é o problema, Frank? Na outra vez eu nem usava o microfone, a não ser que estivesse fazendo alguma coisa interessante. O que eu falo durante o sono não vai ajudar nem atrapalhar o caso.

— Na outra vez, você não estava morando com suspeitos. Esses quatro podem não estar no topo da nossa lista, mas ainda não os eliminamos. Exceto quando você estiver debaixo do chuveiro, aquele microfone fica junto do seu corpo. Quer falar da outra vez? Se o microfone tivesse ficado *na sua mala*, onde não daria para a gente ouvir, você estaria morta. Teria sangrado até morrer antes que chegássemos lá.

— Sim, sim, sim – falei. – Entendido.

— Entendeu bem? Junto do seu corpo, o tempo todo. Sem enrolação, porra.

— Entendido.

— Tudo bem – disse Frank, se acalmando. – Tenho um presentinho para você. – Havia ali o toque de um sorriso: ele guardara alguma coisa boa para depois do sermão. – Tenho investigado todos os AC da nossa primeira Fantasia Lexie Madison. Você se lembra de uma garota chamada Victoria Harding?

Cortei com os dentes um pedaço de esparadrapo.

— Deveria?

— Mais para alta, magra, cabelo louro comprido? Fala que nem uma matraca? Nem pisca?

— Nossa – falei, colando o esparadrapo. – Vicky Grudenta. Sinto um sabor de passado. – Vicky Grudenta esteve comigo na UCD, estudando algo não específico. Tinha olhos azuis sem vida, muitos acessórios combinando e uma capacidade frenética e sem limites de agarrar como um polvo qualquer pessoa que pudesse ser útil, em especial rapazes ricos e garotas festeiras. Por alguma razão, ela decidira que eu era legal o suficiente para valer o esforço, ou talvez estivesse apenas a fim de conseguir drogas grátis.

— Essa mesma. Quando foi a última vez que conversou com ela?

Tranquei a mala e empurrei-a para debaixo da cama, tentando me lembrar; Vicky não era do tipo que deixa uma impressão duradoura.

— Talvez alguns dias antes de vocês me tirarem de lá. Depois disso eu a vi uma ou duas vezes pela cidade, mas sempre a evitei.

— Isso é engraçado — disse Frank, com aquele sorriso feroz se espalhando pela sua voz — porque ela conversou com você recentemente. Na verdade, vocês duas tiveram uma conversa longa e agradável no começo de janeiro de 2002. Ela se lembra da data porque tinha ido a uma liquidação de inverno e comprado um casaco de algum designer famoso, que ela até mostrou para você. Parece que era, nas palavras dela, "a última novidade em pele de camurça cinza", seja lá que tipo de bicho for uma camurça. Lembra-se de alguma coisa?

— Não — respondi. As batidas do meu coração eram lentas e fortes, dava para sentir até nas solas dos pés. — Não era eu.

— Achei que talvez não fosse. Vicky, porém, se lembra muito bem da conversa, cada palavra, praticamente. A garota tem uma memória de elefante, vai ser uma testemunha fantástica se chegarmos a esse ponto. Quer saber sobre o que conversaram?

De fato, Vicky sempre tivera aquele tipo de cabeça: como sua atividade cerebral era quase nula, as conversas entravam e saíam virtualmente intatas. Era uma das razões principais para eu ter perdido tempo com ela.

— Refresque minha memória — pedi a ele.

— Vocês se cruzaram na rua Grafton. Segundo Vicky, você estava "totalmente aérea", a princípio não se lembrou dela e disse que não tinha certeza de quando tinha sido a última vez que se encontraram. Você alegou estar com uma ressaca braba, mas ela atribuiu tudo àquela terrível crise nervosa de que ouvira falar. — Frank estava se divertindo: sua voz tinha um ritmo concentrado e rápido, como um predador em movimento. Eu me divertia bem menos do que ele. Já adivinhara isso tudo, só faltavam os detalhes, e ter acertado não era tão gratificante quanto possa parecer. — Depois que se lembrou dela, no entanto, você foi muito simpática. Até sugeriu tomarem um café para pôr o assunto em dia. A nossa garota tinha cara de pau.

— É — falei. Percebi que eu estava agachada como um velocista, pronta para me lançar. Sentia o quarto de Lexie zombeteiro e enganador à minha volta, cheio de gavetas secretas, tábuas falsas no chão e armadilhas. — Tinha mesmo, com certeza.

— Vocês foram ao café na Brown Thomas, ela mostrou suas compras e as duas brincaram um pouco de Você Se Lembra. Por mais surpreendente que pareça, você não estava muito falante. Mas escute só: num determinado ponto da conversa, Vicky perguntou se você estava estudando na Trinity. Parece que pouco antes de ter a crise nervosa, você contara a ela que andava cheia da UCD. Estava pensando em pedir uma transferência, talvez para Trinity, talvez para fora do país. Conhece essa história?

— Conheço — respondi. Sentei-me vagarosamente na cama de Lexie. — Conheço muito bem.

Estávamos perto do fim do período e Frank não me dissera se a operação iria continuar depois do verão; eu estava preparando uma saída, caso fosse necessário. Outra coisa sobre Vicky: sempre se podia contar com ela para espalhar boatos pela universidade inteira em dois tempos.

Minha cabeça girava, objetos de formas estranhas se rearrumando e se encaixando em lugares novos, com pequenos cliques. A coincidência da Trinity — essa garota indo direto à minha antiga universidade, continuando do ponto onde eu tinha parado — desde o começo me provocara arrepios, mas isso agora era quase pior. A única coincidência era a de duas garotas se encontrando, numa cidade pequena, e Vicky Grudenta passa mesmo a maior parte do tempo passeando pela cidade, na tentativa de esbarrar em alguém útil. Lexie não tinha ido para Trinity por acaso, ou por obra de alguma tenebrosa atração magnética que fazia com que ela me perseguisse como uma sombra, abrindo caminho às cotoveladas no meu território. Eu mesma lhe sugerira isso. Nós duas tínhamos feito um trabalho totalmente integrado, ela e eu. Eu a atraíra para esta casa, esta vida, com tanta precisão e certeza como ela havia me atraído.

Frank continuava a falar.

— A garota respondeu que não, não estava frequentando nenhuma universidade naquele momento, tinha viajado. Foi vaga sobre onde tinha ido: Vicky supôs que tivesse estado num hospício. E agora vem a parte boa: Vicky achou que era um hospício nos Estados Unidos ou talvez no Canadá. Em parte porque ela se lembra de que a sua família imaginária morava no Canadá, mas principalmente porque, entre o período na UCD e aquele dia na rua Grafton, você tinha adquirido um sotaque americano bastante forte. Concluindo, não apenas sabemos como essa garota se apoderou da identidade de Lexie Madison, e quando, como também temos uma boa noção de onde começar a procurar por ela. Acho que Vicky Grudenta merece que a gente lhe pague uns drinques.

— Prefiro que você pague, e não eu — sugeri. Senti que a minha voz saía estranha, mas Frank estava animado demais para notar.

— Liguei para o pessoal do FBI e daqui a pouco vou mandar um e-mail para eles com documentos e fotos. Há uma boa possibilidade de que a garota estivesse fugindo, por algum motivo, e pode ser que eles encontrem alguma coisa.

O rosto de Lexie me olhava com desconfiança, triplicado pelo espelho da penteadeira.

— Me mantenha informada, ok? — pedi. — Qualquer coisa que você descobrir.

– Pode deixar. Quer falar com o seu namorado? Ele está aqui. Sam e Frank compartilhando uma central de operações. Caramba.

– Ligo para ele mais tarde.

O som grave da voz de Sam ao fundo, e por um rápido momento, sem nenhum motivo aparente, eu queria tanto falar com ele que quase tive que me dobrar.

– Ele está dizendo que terminou de examinar os casos dos seus últimos seis meses na Homicídios – comunicou Frank – e todas as pessoas que você possa ter chateado estão fora do jogo, por um motivo ou por outro. Ele vai continuar trabalhando nos casos mais antigos e avisa qualquer coisa.

Em outras palavras, este caso não tinha nada a ver com a Operação Vestal. Meu Deus; Sam. Indiretamente e a distância, ele tentava me tranquilizar: no seu jeito quieto e obstinado, estava perseguindo a única ameaça que conhecia. Fiquei pensando quanto ele teria dormido na noite anterior.

– Obrigada. Diga a ele que eu agradeço, Frank. Diga que vou ligar para ele em breve.

Eu precisava sair um pouco – meus olhos estavam cansados, todos aqueles objetos estranhos e empoeirados, e, além disso, a casa começava a me dar sensações esquisitas na nuca: a atmosfera à minha volta parecia íntima e familiar demais, como um movimento rápido de sobrancelha de alguém que você jamais consegue enganar. Peguei umas coisas na geladeira, preparei um sanduíche de peru – esse pessoal apreciava uma boa mostarda –, um sanduíche de geleia e uma garrafa térmica de café, e saí para uma longa caminhada levando isso tudo. Num futuro próximo, eu estaria andando por Glenskehy no escuro, possivelmente com a contribuição de um assassino que conhecia a área como a palma da sua mão. Deduzi que seria uma boa ideia me familiarizar com o local.

A região era um labirinto, dezenas de estradinhas para um só carro serpenteando entre sebes, campos e bosques, indo do nada a lugar nenhum, mas na verdade me saí melhor do que o esperado: só me perdi duas vezes. Frank subiu muito no meu conceito. Quando tive fome, me sentei num muro, comi os sanduíches e tomei o café, olhando as montanhas e mentalmente mostrando o dedo do meio para a sala da equipe de VD e Maher e seu problema de mau hálito. O dia estava ensolarado, com a temperatura agradável e nuvens altas no calmo céu azul e, no entanto, eu não encontrara vivalma em nenhum ponto do caminho. Ao longe, um cachorro latia e uma pessoa o chamava assoviando, e era só. Eu estava elaborando uma teoria segundo a qual Glenskehy fora eliminada do mapa por um raio da morte do milênio e ninguém tinha notado.

No caminho de volta, levei um tempo examinando o terreno em volta da Casa dos Espinheiros-Brancos. A família March podia ter perdido a maior parte da propriedade, mas o que restara ainda era bem impressionante. Muros de pedra mais altos do que eu, com árvores enfileiradas – quase todas pilriteiros, os espinheiros-brancos que deram o nome à casa –, embora eu também visse carvalhos, freixos, uma macieira começando a florir. Um estábulo meio destruído, discretamente longe do alcance olfativo da casa, onde Daniel e Justin guardavam os carros. Em outra época, teria acomodado seis cavalos; agora só tinha pilhas de ferramentas e encerados empoeirados; como pareciam intocados havia muito tempo, não mexi neles.

Nos fundos da casa havia aquela grande área gramada, com cerca de uns cem metros de comprimento, delimitada por uma faixa espessa de árvores e muro de pedras e hera. No final tinha um portão enferrujado – o portão por onde Lexie saíra naquela noite, quando caminhou rumo ao limite da sua vida – e, escondido num canto, um canteiro de plantas largo e razoavelmente organizado. Reconheci alecrim e louro: o canteiro de ervas mencionado por Abby na noite anterior. Parecia que isso acontecera meses atrás.

Àquela distância, a casa tinha uma aparência delicada e remota, como uma aquarela antiga. Naquele momento, um ventinho agitou a grama, levantando os longos fios de hera, e o chão se inclinou sob os meus pés. Num dos muros laterais, apenas a uns vinte metros de distância, tinha alguém atrás da hera; alguém leve e escuro como uma sombra, sentado num trono. Os pelos na minha nuca se arrepiaram, uma onda vagarosa.

O meu revólver ainda estava grudado atrás da mesinha de cabeceira de Lexie. Mordi o lábio com força e agarrei um galho caído, pesado, que estava no canteiro de ervas, sem tirar os olhos da hera, que voltara ao seu lugar, inocente – não havia mais brisa, o jardim estava quieto e ensolarado como um sonho. Caminhei ao longo do muro como quem não quer nada, mas com rapidez, encostei-me o mais que pude, segurei com firmeza o galho e chicoteei a hera com um movimento vigoroso.

Não havia ninguém. Os troncos das árvores, os galhos crescidos e a hera formavam um recesso à beira do muro, uma bolha respingada de sol. Havia lá dentro dois bancos e, entre eles, um fio d'água corria por um buraco no muro e descia por degraus baixos até um poço minúsculo e turvo; nada mais. As sombras se entrelaçaram e, por um segundo, tive de novo a ilusão dos bancos se transformando num espaldar alto e majestoso, aquela figura esguia sentada com as costas retas. Então deixei a hera cair e tudo se desfez.

Pelo visto não era só a casa que possuía personalidade própria. Voltei a respirar normalmente e inspecionei aquele recanto. Os bancos tinham restos de limo nas rachaduras, mas a maior parte fora arrancada: alguém conhecia este lugar. Avaliei o seu potencial como um local de encontros, de qualquer tipo, mas era perto demais da casa para receber estranhos, e o tapete de folhas e gravetos em volta do poço pelo jeito não era remexido havia muito tempo. Afastei as folhas com a lateral do meu sapato e encontrei um piso de pedras grandes e lisas. Um brilho metálico na terra fez meu coração dar um salto – *faca* –, mas era pequeno demais. Um botão velho e amassado, com um leão e um unicórnio. Alguém, tempos atrás, servira ao exército britânico.

O buraco no muro do jardim por onde passava a água estava entupido de sujeira. Guardei o botão no bolso, me ajoelhei nas pedras e usei o galho e as mãos para remover os detritos. Demorou um bocado; o muro era grosso. Quando terminei, havia uma minicachoeira com seu murmurinho feliz, e as minhas mãos cheiravam a terra e folhas mortas.

Lavei-as e me sentei um pouco em um dos bancos, fumando e ouvindo a água correr. Era um lugar simpático; aquecido, tranquilo e secreto, como a toca de um bicho ou o esconderijo de uma criança. O poço se encheu, insetos diminutos sobrevoavam a superfície. O excesso de água escoou por uma pequena vala para dentro da terra, eu tirei as folhas que boiavam e daí a pouco o poço estava tão claro que dava para ver a minha imagem em reflexos ondulados.

O relógio de Lexie marcava quatro e meia. Eu conseguira chegar a vinte e quatro horas e provavelmente tinha derrubado um bocado de gente nas apostas da central de operações. Coloquei a guimba do cigarro no maço, me abaixei para passar sob a hera e retornei à casa para estudar o material da tese. A porta da frente se abriu suavemente ao girar da minha chave, o ar interior se alterou quando entrei, e já não parecia haver uma intimidade excessiva; a sensação era de um leve sorriso e de um toque breve e agradável no rosto, como uma saudação de boas-vindas.

7

Naquela noite, fui dar minha caminhada. Precisava ligar para Sam e, de qualquer maneira, Frank e eu tínhamos decidido que seria melhor para mim se Lexie voltasse à rotina o quanto antes, evitando o uso excessivo da desculpa do trauma, pelo menos por enquanto. Era natural que houvesse mesmo pequenas diferenças e, com um pouco de sorte, as pessoas usariam a facada para justificá-las; quanto mais eu atrasasse a recuperação, mais provável seria que alguém pensasse "Puxa, Lexie agora é uma pessoa completamente diferente".

Estávamos na sala, depois do jantar. Daniel, Justin e eu líamos; Rafe tocava piano, uma fantasia lenta de Mozart, parando de vez em quando para repetir uma frase de que ele gostava ou que tinha saído mal na primeira vez; Abby fazia uma anágua nova para sua boneca usando um antigo bordado inglês, com a cabeça inclinada sobre os pontos, tão miúdos que eram quase invisíveis. Eu não achava a boneca exatamente assustadora – não era uma daquelas que parecem adultos gordos, deformados; tinha uma comprida trança escura e um semblante tristonho e sonhador, com um nariz arrebitado e olhos castanhos tranquilos – mas mesmo assim, entendia o ponto de vista dos rapazes. Aqueles olhões tristes, me fitando de uma posição pouco digna, no colo de Abby, provocavam em mim uma vaga culpa e havia algo de perturbador no cacheado original do seu cabelo.

Mais ou menos às onze horas fui até o armário de casacos para pegar os meus tênis – eu já enfiara a cinta supersexy e escondera nela o telefone antes do jantar, para não ter que quebrar a rotina subindo até o meu quarto; Frank ficaria orgulhoso de mim. Falei um "Ai" baixinho e me encolhi um pouco quando sentei no tapete em frente à lareira, e Justin logo levantou a cabeça.

– Você está bem? Quer um analgésico?

– Não – falei, desamarrando os sapatos. – Só me sentei de mau jeito.

– Vai caminhar? – perguntou Abby, levantando os olhos da boneca.

– Vou – confirmei, calçando um dos tênis, que tinha a marca do pé de Lexie, um pouquinho mais estreito do que o meu, na palmilha.

De novo aquela pausa mínima no ar, como uma respiração presa. As mãos de Rafe deixaram um acorde pairando.

— Acha que é recomendável? – perguntou Daniel, com um dedo no livro para marcar a página.

— Eu me sinto bem – falei. – Os pontos só doem quando me viro de lado e não vão abrir com uma caminhada.

— Eu não estava pensando em nada disso – contestou Daniel. – Você não está preocupada?

Todos me olhavam, aquela mirada inescrutável dos quatro, que tinha a força de um raio de tração. Dei de ombros, puxando um cadarço.

— Não.

— Por que não? Se me permite a pergunta.

Rafe se remexeu e dedilhou um pequeno trinado tenso em algum ponto das oitavas superiores do piano. Justin se encolheu.

— Porque – falei – não estou.

— E não deveria estar? Afinal de contas, se não tem nem ideia de...

— Daniel – meio que sussurrou Rafe. – Deixe ela em paz.

— Eu gostaria que você não saísse – disse Justin. Parecia que ele estava com dor de estômago. – De verdade.

— Nós estamos preocupados, Lex – disse Abby, calma. – Mesmo que você não esteja.

O trinado continuava, sem parar, como uma campainha de despertador.

— *Rafe* – pediu Justin, apertando a orelha com uma das mãos. – Pare.

Rafe o ignorou.

— Como se ela já não fosse dramática o bastante, sem vocês três a encorajá-la...

Daniel não deu bola.

— Não acha que temos motivo? – perguntou-me.

— Então, vocês vão ter que ficar preocupados – falei, enfiando o outro pé no sapato. – Eu não ligo. Se ficar assustada agora, vou ficar assustada para sempre, e isso eu não vou fazer.

— Meus parabéns – disse Rafe, terminando o trinado com um acorde caprichado. – Leve a lanterna. Tchau. – E se voltou para o piano, começando a virar as páginas.

— E o telefone – acrescentou Justin. – Caso sinta que vai desmaiar ou... – Sua voz foi sumindo.

— Parece que a chuva parou – disse Daniel, olhando pela janela –, mas pode estar frio. Vai vestir o casaco?

Eu não sabia do que ele estava falando. Dava a impressão de que essa caminhada estava se transformando em algo de nível organizacional semelhante à *Operação tempestade no deserto*.

– Não se preocupe – falei.

– Hum – disse Daniel, me avaliando. – Talvez eu devesse ir com você.

– Não – cortou Rafe, de repente. – Vou eu. Você está trabalhando. – Ele fechou a tampa do piano com força e se levantou.

– Que inferno! – disparei, jogando as mãos para o alto e olhando os quatro com indignação. – É uma *caminhada*. Faço isso *sempre*. Não vou levar roupas de proteção, não vou levar luzes de emergência e com certeza não vou levar um guarda-costas. Está todo mundo de acordo? – A ideia de uma conversa privada com Rafe ou Daniel era interessante, mas eu podia conseguir a mesma coisa em outra hora. Se havia alguém me esperando lá fora, a última coisa que eu queria era amedrontá-lo.

– É assim que se fala – encorajou Justin, com um sorriso pálido. – Você vai ficar bem, não vai?

– Pelo menos – recomendou Daniel impassível – deveria escolher um caminho diferente do daquela noite. Dá para fazer isso?

Ele me olhava com indiferença, um dedo ainda preso entre as páginas do livro. Não se via nada no seu rosto, a não ser uma leve preocupação.

– Eu adoraria – falei – se ao menos me *lembrasse* do caminho que escolhi. Já que não tenho a mínima ideia, vou ter que arriscar, não é?

– Ah – disse Daniel. – Claro. Desculpe. Ligue se precisar que um de nós vá se encontrar com você. – Ele voltou ao seu livro. Rafe se sentou pesadamente no banquinho do piano e atacou o Rondo alla Turca.

A noite estava esplêndida, a lua alta no céu límpido e claro salpicava de lascas brancas as folhas escuras dos pilriteiros; abotoei o casaco de camurça de Lexie até o pescoço. O foco da lanterna iluminou uma faixa estreita de caminho de terra e os campos invisíveis de repente deram a impressão de serem imensos ao meu redor. A lanterna fazia com que eu me sentisse muito vulnerável e pouco inteligente, mas mesmo assim mantive-a acesa. Se alguém estivesse de tocaia, precisava saber onde me encontrar.

Não apareceu ninguém. Alguma coisa se mexeu ao meu lado, alguma coisa pesada, mas quando virei rapidamente a lanterna era uma vaca, me fitando com olhos grandes e tristes. Continuei andando, bem direitinho e devagar como um alvo comportado deve fazer, e pensei naquela conversa lá na sala. Imaginei o que Frank teria deduzido. Talvez Daniel estivesse só tentando reavivar minha memória ou talvez tivesse motivos fortes para verificar se a amnésia era real, e eu não tinha a menor ideia de qual opção era verdadeira.

Não percebi que estava indo na direção do chalé em ruínas até que ele surgisse à minha frente, uma mancha de negrume mais intenso contra o céu, estrelas cintilando nas janelas como as luzes de um altar. Apaguei a lanterna: dava para atravessar o campo sem ela, e era provável que uma luz no chalé deixasse os vizinhos preocupados, talvez até preocupados o bastante para vir investigar. O capim alto açoitava os meus tornozelos, produzindo um som suave e contínuo. Estiquei o braço e toquei o dintel de pedra, como uma saudação, antes de passar pelo vão da porta.

Lá dentro, o silêncio tinha uma qualidade diferente: era mais profundo e tão denso que eu podia senti-lo como uma pressão suave à minha volta. Uma nesga de luar batia na pedra inclinada da lareira no quarto de dentro.

Uma parede descia em degraus irregulares a partir do canto onde Lexie se encolhera para morrer, e nela me sentei, apoiando as costas na aresta. Aquele lugar deveria me assustar – a morte dela era algo tão próximo, por uma questão de dez dias eu poderia ter tocado o seu cabelo –, mas não assustava. O chalé, com um século e meio de quietude acumulada, da qual Lexie tirara apenas uma lasquinha, já tinha absorvido a garota e se apoderado do local onde ela estivera.

Naquela noite, pensei nela de uma maneira diferente. Antes, ela fora uma invasora ou um desafio, sempre me deixando tensa e aumentando minha adrenalina. No entanto, fui eu que surgi na sua vida de repente, com Vicky Grudenta como instrumento e uma oportunidade maluca e decisiva ao alcance das suas mãos; eu era o desafio que ela aceitara, anos antes de a moeda cair do outro lado à minha frente. A lua girava lentamente pelo céu e pensei no meu rosto cinza-azulado e inerte no aço do necrotério, o movimento longo e barulhento da gaveta, encerrando-a no escuro, sozinha. Imaginei-a sentada neste mesmo pedaço de parede em outras noites, passadas, e me senti tão viva e sólida, corpo firme em movimento sobreposto à sua tênue marca prateada, que meu coração quase se partiu. Gostaria de lhe dizer coisas que ela deveria saber, como os seus alunos enfrentaram *Beowulf* e o que os rapazes prepararam para o jantar, como estava o céu esta noite; coisas que eu estava guardando para ela.

Nos primeiros meses depois da Operação Vestal, pensei muito em largar tudo. Era paradoxal, mas parecia a única maneira de voltar a me sentir eu mesma: pegar o meu passaporte e uma muda de roupas, rabiscar um bilhete ("Queridos todos, estou partindo. Beijos, Cassie") e embarcar no próximo voo para qualquer lugar, deixando para trás tudo que havia me transformado numa pessoa que eu não conhecia. Em algum ponto, nunca soube o momento exato, minha vida escapou das minhas mãos e se quebrou em mil pedaços. Tudo que eu possuía – meu emprego, meus amigos, meu apartamento, minhas roupas, meu reflexo no espelho – pareciam pertencer a outra pessoa, uma garota de olhos límpidos e costas retas que eu nunca mais consegui encontrar. Eu era uma coisa destruída, coberta de marcas escuras de dedos e presa a nacos de pesadelos, e não tinha mais direito a nada. Eu andava pela minha vida perdida como um fantasma, tentando não tocar em nada com minhas mãos ensanguentadas, e sonhava em aprender a velejar num lugar de clima quente, Bermuda ou Bondi, e contar às pessoas mentiras doces e amenas sobre o meu passado.

Não sei por que continuei. Provavelmente Sam teria chamado de coragem – ele sempre escolhe o melhor ângulo – e Rob teria chamado de teimosia pura, mas não me gabo nem de uma coisa nem de outra. Você não pode ter o mérito do que faz quando está encurralada. Não é nada mais do que instinto, voltar ao que sabe fazer melhor. Acho que fiquei porque fugir parecia estranho e complicado demais. Tudo que eu sabia era como retroceder, encontrar um terreno sólido e depois fincar pé e lutar por um recomeço.

Lexie fugira. Quando o exílio a atingiu, sem mais nem aquela, ela não lutou da mesma maneira que eu: ela o agarrou com as duas mãos, engoliu-o por inteiro e dele tomou posse. Ela tivera a sabedoria e a coragem de abrir mão de seu antigo eu destruído e se afastar assim, simplesmente, começar de novo, começar nova e limpa como a manhã.

E aí, depois disso tudo, alguém se aproximara dela com arrogância e tirara aquela nova vida tão arduamente conquistada, de maneira tão displicente como arrancaria uma margarida. Senti uma raiva súbita – não dela, mas, pela primeira vez, por ela.

– Seja lá o que for que você queira – falei baixinho no chalé escuro – eu estou aqui. À sua disposição.

Houve uma mudança mínima no ar à minha volta, mais sutil do que um sopro; discreta; satisfeita.

Estava escuro, grandes pedaços de nuvens cobriam a lua; mas eu já conhecia o caminho bastante bem para precisar pouco da lanterna, e minha mão foi direto no trinco do portão dos fundos, sem hesitação. O tempo no trabalho de um agente infiltrado funciona de maneira diferente; era difícil lembrar que eu só estava morando ali havia um dia e meio.

A casa era negro sobre negro, apenas uma pálida e curva fileira de estrelas marcava o fim do telhado e o começo do céu. Aparentava ser maior e intangível, com os contornos difusos, pronta a se dissolver no nada caso a pessoa se aproximasse demais. As janelas iluminadas pareciam excessivamente atraentes e douradas para serem reais, imagens bem pequenas acenando como nos filmes antigos: frigideiras de cobre brilhante penduradas na cozinha, Daniel e Abby, lado a lado no sofá, com as cabeças inclinadas sobre um livro enorme e antigo.

Naquele momento, uma nuvem se afastou da lua e eu vi Rafe, sentado na beirada do pátio, um braço em volta dos joelhos e um copo longo na outra mão. Minha adrenalina deu um salto. Não havia como ele ter me seguido sem que eu o visse e, de qualquer maneira, eu não fizera nada suspeito, mas, mesmo assim, o seu jeito me deixou apreensiva. A maneira como estava sentado, cabeça erguida e alerta, na extremidade daquele extenso gramado: ele me esperava.

Parei sob o pilriteiro ao lado do portão e o observei. Alguma coisa que ficara meio indefinida na minha cabeça finalmente veio à tona. Era o comentário sobre eu ser dramática que chamara minha atenção: a malícia cortante na sua voz, os olhos revirados com irritação. Agora que eu pensava sobre o assunto, Rafe mal me dirigira a palavra desde a minha chegada, nada além de "Passe o molho" e "Boa-noite"; ele conversava comigo de maneira indireta, sem me dar chance de responder, falava na minha direção, nunca diretamente comigo. No dia anterior, Rafe tinha sido o único a não me tocar para dar as boas-vindas, apenas pegara a minha mala e se fora. Ele estava sendo sutil, nada explícito; mas, por alguma razão, Rafe estava puto comigo.

Ele me viu assim que saí de baixo do pilriteiro. Levantou o braço – a luz das janelas fazia sombras longas e confusas voarem pela grama na minha direção – e observou, sem se mover, enquanto eu atravessava o gramado e me sentava ao seu lado.

Parecia que o mais simples era atacar o problema de frente.

– Você está bravo comigo? – perguntei.

Rafe virou rapidamente a cabeça para o outro lado num gesto de desgosto e olhou para o gramado.

– "Bravo" – disse ele. – Pelo amor de Deus, Lexie, você não é nenhuma criança.

– Tudo bem. Você está zangado comigo?

Ele esticou as pernas para a frente e examinou a ponta dos tênis.

– Você por acaso parou para pensar – perguntou – como foi essa última semana para nós?

Refleti por um momento. Dava muito a impressão de que ele estava furioso com Lexie por ela ter sido agredida. No meu entendimento, isso era profundamente suspeito ou estranho. Com esse grupo, era difícil estabelecer a diferença.

– Eu também não estava me divertindo, sabia? – falei.

Ele riu.

– Você nem pensou no assunto, não é?

Eu o fitei.

– É por isso que está puto comigo? Porque fui ferida? Ou porque não perguntei como você se *sente*? – Ele me lançou um olhar oblíquo que poderia significar qualquer coisa. – Puxa, Rafe. Eu não pedi para nada disso acontecer. Por que você está sendo tão babaca?

Rafe tomou um gole longo e desajeitado do seu drinque – gim e tônica; dava para sentir o cheiro.

– Esqueça – disse ele. – Não tem problema. Pode ir lá para dentro.

– Rafe – falei, ofendida. Eu estava fingindo apenas em parte: sua voz tinha um tom cortante que me fez recuar. – Não faça isso.

Ele me ignorou. Pus a mão no seu braço – tinha mais músculos do que imaginei e era quente, mesmo por cima da camisa, quase como se ele estivesse com febre. Sua boca formou uma linha longa e tensa, mas ele não se moveu.

– Me conte como foi – pedi. – Por favor. Quero saber, sinceramente. Só não sabia como perguntar.

Rafe afastou o braço.

– Tudo bem – falou. – Tá bom. Foi inacreditável de tão horrível. Isso responde à sua pergunta?

Esperei.

– Ficamos todos nervosíssimos – disse ele com aspereza após uma pausa. – Ficamos arrasados. Daniel não, claro, ele nunca faria algo tão pouco digno como ficar *abalado*, ele só enfiou a cara num livro e de vez em quando vinha com uma porra de uma citação em nórdico antigo sobre tropas que permanecem fortes em momentos de provação, essas coisas. Mas tenho quase certeza de que ele não dormiu a semana toda; a qualquer hora que eu acordasse, a luz dele estava acesa. E nós três... Para começar, nós também não dormíamos. Todo mundo tinha pesadelos. Era como uma farsa horrível, toda vez que um começava a dormir, alguém acordava aos gritos e, claro, acordava *todos* os outros... Nossa noção de tempo sumiu por completo; metade do tempo eu não sabia que dia era. Eu não conseguia comer, até o cheiro de comida me dava ânsia de vômito. E Abby não parava de *cozinhar*. Dizia que precisava fazer alguma coisa, mas, caramba, pilhas de doces de chocolate grudentos e umas drogas de tortas de carne pela casa toda... Eu e Abby tivemos uma briga feia por causa disso. Ela jogou um garfo em cima de mim. Eu bebia sem parar para o cheiro não me deixar enjoado e aí, claro, Daniel começou a me perturbar por causa *disso*... Acabamos distribuindo os doces de chocolate para os alunos dos estágios. As tortas de carne ainda estão no freezer, caso esteja interessada. Nenhum de nós vai querer saber delas.

"Abalados", dissera Frank, mas ninguém tinha mencionado esse nível de histeria. Agora que Rafe começara a falar, não sabia mais como parar. As palavras saíam de qualquer maneira, involuntárias e difíceis como vômito.

– E Justin – disse ele. – Nossa. Ele ficou bem pior do que nós. Não parava de tremer, tremer mesmo. Um engraçadinho do primeiro ano perguntou se ele tinha Parkinson. Não parece grande coisa, mas era muito irritante; toda vez que a gente olhava para ele, mesmo por um segundo, dava aflição. E ele deixava cair tudo, e cada vez que acontecia nós quase tínhamos um enfarte. Abby e eu gritávamos com ele, aí ele começava a *chorar*, como se isso ajudasse alguma coisa. Abby queria que ele fosse ao departamento médico da faculdade para pegar um Valium ou outro remédio desse tipo, mas Daniel disse que isso era ridículo, Justin tinha que aprender a enfrentar a situação como nós, o que era obviamente uma loucura completa, porque nós *não* estávamos conseguindo segurar a barra. O maior otimista do *mundo* não diria que nós estávamos enfrentando bem a situação. Abby virou sonâmbula. Uma noite ela encheu a banheira às quatro da manhã e entrou nela de pijama e tudo, em sono profundo. Se Daniel não a tivesse encontrado, ela poderia ter se *afogado*.

– Sinto muito – eu disse. Minha voz saiu estranha, aguda e tremida. Cada palavra dele tinha me atingido em cheio no estômago, como o coice de um cavalo. Eu tinha discutido esse assunto com Frank e conversado muito com Sam, pensei que estava com a cabeça feita, mas nunca fora real para mim até aquele momento: o que eu estava fazendo com aquelas pessoas. – Ai meu Deus, Rafe, sinto muitíssimo.

Rafe me olhou longamente, um olhar sombrio e indecifrável.

– E a polícia – disse. Tomou mais um gole do seu drinque, fez uma careta como se o gosto fosse amargo. – Você alguma vez teve que lidar com tiras?

– Não desse jeito – falei. Ainda tinha alguma coisa errada com a minha voz, eu estava ofegante, mas ele não pareceu notar.

– Puxa, eles dão medo. Não eram policiais comuns, do interior, eram *detetives*. Têm as caras mais impassíveis do mundo, não dá para ter nem noção do que estão pensando ou querendo de você, e ficaram em cima da gente. Eles nos interrogaram durante *horas*, quase todos os dias. E fazem até a pergunta mais inocente, como "a que horas você vai dormir normalmente?", parecer uma armadilha, como se estivessem prontos para sacar as algemas caso você dê a resposta errada. A sensação é de que a gente tem que ficar alerta, o tempo todo, é exaustivo, porra, e nós já estávamos exaustos. Aquele cara que trouxe você até aqui, Mackey, ele era o pior. Todo sorrisos e simpatia, mas obviamente nos odiou desde o começo.

– Ele foi simpático comigo – falei. – Me deu biscoitos de chocolate.

– Ah, que legal – disse Rafe. – Tenho certeza de que assim ele conquistou o seu coração. Enquanto isso, aparecia aqui a qualquer hora do dia ou da noite, fazendo perguntas minuciosas sobre cada detalhe da sua vida inteira e emitindo pequenos comentários maldosos sobre como vivem os ricos, o que é uma grande merda, de qualquer maneira. Só porque temos a casa e frequentamos universidade... O cara tem um complexo de inferioridade do tamanho de um bonde. Teria *adorado* arranjar um motivo para nos trancafiar na cadeia. E claro que com isso tudo Justin ficou ainda mais histérico, tinha certeza de que seríamos todos presos a qualquer momento. Daniel disse a ele que isso era bobagem e que ele deveria se controlar, mas na verdade Daniel não ajudava muito porque achava que...

Ele fez uma pausa e fitou o jardim com os olhos semicerrados.

– Se você não tivesse saído do coma naquele momento – disse ele –, acho que teríamos nos matado.

Encostei um dedo nas costas da sua mão, rapidamente.

– Sinto muito. De verdade, Rafe. Não sei outro jeito de dizer. Me desculpe.

– É isso aí – disse Rafe, mas a raiva tinha desaparecido da sua voz e ele só parecia muito, muito cansado. – Tudo bem.

– O que Daniel achava? – perguntei, daí a instantes.

– Não me pergunte – respondeu Rafe. Ele bebeu quase todo o seu drinque de um gole só com um movimento rápido do pulso. – Cheguei à conclusão de que é melhor não saber.

– Não, você falou que Daniel disse a Justin para esfriar a cabeça, mas que Daniel não ajudava muito porque achava alguma coisa. O que era que ele achava?

Rafe mexeu o copo na mão e observou as pedras de gelo batendo nas laterais. Era óbvio que ele não planejava responder, mas o silêncio é o truque mais velho no livro dos policiais, e eu sou melhor nessa técnica do que muita gente. Encostei o queixo nos braços, fitei-o e esperei. Na janela da sala atrás da cabeça de Rafe, Abby apontava alguma coisa no livro e ela e Daniel davam uma gargalhada, distante e clara através do vidro.

– Uma noite – disse Rafe, afinal. Ele continuava a não olhar para mim. O luar prateava seu perfil e orlava o seu rosto, transformando-o em algo saído de uma moeda gasta. – Poucos dias depois... Talvez tenha sido no sábado, não tenho certeza. Vim aqui para fora, me sentei no balanço e fiquei escutando a chuva cair. Por algum motivo achei que isso poderia me ajudar a dormir, mas não ajudou. Ouvi quando uma coruja matou um bicho, provavelmente um camundongo. Foi horrível; o bicho gritava. Deu para saber o segundo exato em que ele morreu.

Ele ficou em silêncio. Pensei que talvez fosse o fim da história.

– As corujas também têm que comer – comentei.

Rafe me olhou de lado, rapidamente.

– E aí – falou – não sei a que horas, estava começando a clarear. Escutei a sua voz, no meio da chuva. Parecia que você estava bem ali, debruçada para fora.

Ele se virou e apontou para cima, para a janela escura do meu quarto.

– Você disse "Rafe, estou voltando para casa. Espere por mim." Sua voz não era sinistra nem nada, apenas normal, meio apressada, talvez. Como daquela vez que você me ligou porque tinha esquecido as chaves. Lembra?

– Claro, lembro. – Uma brisa leve e fria passou pelo meu cabelo e eu estremeci, uma contração rápida e involuntária. Não sei se acredito em fantasmas, mas essa história era outra coisa, me pressionando como a lâmina fria de uma faca encostada na minha pele. Agora era tarde demais, eu estava mais de uma semana atrasada para me preocupar com o sofrimento que eu poderia estar causando àqueles quatro.

– "Estou voltando para casa" – repetiu Rafe. – "Espere por mim." – Ele fitou o fundo do copo. Percebi que provavelmente estava bastante bêbado.

– O que você fez? – perguntei.

Ele abanou a cabeça.

– "Eco, não falarei contigo" – recitou, com um leve sorriso irônico – "porque tu és uma coisa morta."

A brisa se estendera pelo jardim, espalhando as folhas e passando dedos delicados pela hera. À luz do luar, a grama parecia macia e branca como neblina, como se a mão pudesse passar através dela. Estremeci de novo.

– Por quê? – retruquei. – Aquilo não fez você entender que eu ficaria bem?

– Não – contestou Rafe. – Na verdade, não. Eu estava certo de que você tinha acabado de morrer, naquele segundo. Pode rir, se quiser, mas já falei em que estado nos encontrávamos. O dia seguinte inteiro eu passei esperando que Mackey aparecesse aqui, sério e pesaroso, para nos dizer que os médicos tinham feito o possível, porém, blá-blá-blá. Quando ele surgiu na segunda-feira, todo sorridente, e contou que você tinha recobrado a consciência, no começo nem acreditei.

– Era isso que Daniel achava, não era? – perguntei. Não sei bem como eu sabia, mas não havia nenhuma dúvida na minha cabeça. – Ele achava que eu estava morta.

Daí a instantes Rafe deu um suspiro.

– É, ele achava, sim. Desde o começo. Ele achava que você não tinha chegado viva ao hospital.

"Muita atenção a esse ponto", dissera Frank. Ou Daniel era muito mais esperto do que eu gostaria que fosse para enfrentá-lo, e aquela conversa antes da minha saída começava a me preocupar de novo, ou então tivera suas próprias razões para pensar que Lexie não voltaria.

– Por quê? – perguntei, me fazendo de ofendida. – Eu não sou uma *moloide*. Precisa mais do que um cortezinho para acabar comigo.

Senti que Rafe se encolheu com um estremecimento leve e meio escondido.

– Só Deus sabe – falou. – Ele tinha uma teoria excêntrica e complicada sobre os tiras anunciarem que você estava viva só para confundir a cabeça das pessoas; não me lembro dos detalhes, não quis nem ouvir e, enfim, ele falava daquela maneira cifrada. – E deu de ombros. – Daniel.

Por vários motivos, achei que era hora de mudar de assunto.

– Hum... teorias conspiratórias – falei. – Vamos fazer para ele um chapéu de papel alumínio, caso os tiras tentem misturar suas ondas cerebrais.

Eu pegara Rafe desprevenido: antes de se dar conta, ele deu uma gargalhada repentina.

– Ele fica mesmo paranoico, não fica? – disse. – Lembra-se de quando encontramos a máscara contra gases? Ele olhando para ela pensativo e dizendo "Será que seria eficaz contra a gripe aviária"?

Eu também tinha começado a rir.

– Vai combinar bem com o chapéu de papel alumínio. Ele pode usar os dois para ir à faculdade...

– Vamos arranjar para ele uma roupa de segurança contra risco biológico...

– Abby poderia bordar nela uns desenhos bonitinhos...

Não era assim tão engraçado, mas nós dois estávamos morrendo de rir, como adolescentes bobos.

– Ai, ai – disse Rafe, enxugando os olhos. – Pois é, provavelmente a coisa toda teria sido muito engraçada se não tivesse sido tão penosa. Foi como uma daquelas terríveis peças sub-Ionesco que os alunos do terceiro ano sempre escrevem: enormes pilhas de tortas de carne saindo não se sabe de onde e Justin deixando que elas caiam para todo lado, eu vomitando num canto, Abby adormecida na banheira de pijama como uma Ofélia pós-moderna, Daniel vindo à tona para nos dizer a opinião de Chaucer a nosso respeito e depois sumindo de novo, o seu amigo *Officer Krupke* aparecendo na porta a cada dez minutos para perguntar qual cor de M&M é a sua preferida...

Ele deu uma respirada longa e tremida, algo entre um riso e um soluço. Sem me olhar, estendeu o braço e fez festinha no meu cabelo.

– Sentimos saudades, sua boba – disse, quase ríspido. – Não queremos perder você.

– Então, eu estou bem aqui. E não vou a lugar nenhum.

Tentei falar com leveza, mas naquele jardim grande e escuro as palavras davam a impressão de tremular com vida própria, deslizar pela grama e desaparecer entre as árvores. Devagar, Rafe virou o rosto para mim; o reflexo da sala iluminada estava atrás dele e não dava para ver sua expressão, apenas um brilho suave e branco de luar em seus olhos.

— Não? — perguntou.
— Não — respondi. — Gosto daqui.

A silhueta de Rafe se moveu um pouquinho quando ele concordou com a cabeça.

— Que bom — falou.

Para minha grande surpresa, ele esticou o braço e passou as costas dos dedos, suave e deliberadamente, pelo meu rosto. O luar mostrou a ponta de um sorriso.

Uma das janelas da sala se abriu e a cabeça de Justin apareceu.

— Do que vocês dois estão rindo?

Rafe deixou cair a mão.

— De nada — respondemos em uníssono.

— Se ficarem sentados aí no frio vão ter dor de ouvido. Venham aqui ver uma coisa.

Eles haviam encontrado em algum lugar um velho álbum de fotos: a família March, os ancestrais de Daniel, começando mais ou menos em 1860, com espartilhos apertadíssimos, cartolas e caras sérias. Eu me sentei no sofá, apertada ao lado de Daniel — bem perto, encostada; por um momento, quase me encolhi, depois me lembrei de que o microfone e o celular estavam do outro lado. Rafe sentou no braço do sofá ao meu lado e Justin foi para a cozinha e trouxe longos copos de vinho do Porto quente, com guardanapos macios e espessos enrolados com capricho em volta do copo para que não queimássemos as mãos.

— Para você não ficar doente — ele me disse. — Precisa se cuidar. Andando por aí com esse frio...

— Dê uma olhada nas roupas — disse Abby. O álbum, encapado em couro marrom rachado, era tão grande que ocupava o colo de Abby e o de Daniel. As fotos, presas em pequenas canto eiras de papel, estavam manchadas e amarelecidas nas pontas. — Eu quero esse chapéu. Acho que estou apaixonada por esse chapéu.

Era uma obra de arquitetura franjada, encimando uma senhora gorda, com seios enormes e um olhar de peixe morto.

— Essa não é a cúpula que está na sala de jantar? — perguntei. — Tiro lá de cima para você se prometer que vai usar para ir à faculdade amanhã.

— Caramba — disse Justin, se pendurando no outro braço do sofá e olhando por cima do ombro de Abby —, eles todos parecem muito deprimidos, não é? Você não é nem um pouco parecido com nenhum deles, Daniel.

— Agradeça a Deus por isso — disse Rafe. Ele soprava o seu vinho quente, com o braço livre abraçando minhas costas; pelo visto, já perdoara qualquer coisa que eu, ou Lexie, tínhamos feito. – Nunca vi gente com olhos tão esbugalhados. Talvez todos tenham problemas de tireoide e por isso estejam deprimidos.

– Na verdade – disse Daniel –, tanto os olhos saltados quanto as fisionomias tristes são típicos de fotografias daquele período. Fico pensando se tinha algo a ver com o longo tempo de exposição. A câmera vitoriana... – Rafe fingiu um ataque de narcolepsia no meu ombro, Justin deu um grande bocejo e Abby e eu, sendo que eu apenas um segundo depois dela, cobrimos as orelhas com as mãos livres e começamos a cantar. – Tudo bem, tudo bem – assentiu Daniel, sorrindo. Eu nunca tinha estado tão perto dele. O seu cheiro era bom, de cedro e lã limpa. – Só estou defendendo os meus ancestrais. De qualquer modo, acho que me pareço com um deles, onde está ele? Este aqui.

Pelas roupas, eu diria que a foto era de cerca de cem anos atrás. O homem era mais jovem do que Daniel, deveria ter vinte anos no máximo, e estava de pé na escada da frente de uma Casa dos Espinheiros-Brancos mais nova e mais clara – sem hera nas paredes, pintura recente e brilhante na porta e na balaustrada, os degraus de pedra com bordas mais afiadas e pálidos de tão limpos. Havia ali uma semelhança, sem dúvida – ele tinha o queixo quadrado e a testa larga de Daniel, embora a dele parecesse ainda mais larga porque o cabelo escuro estava penteado todo para trás, e a mesma boca reta. Esse cara, porém, se apoiava na balaustrada com uma tranquilidade perigosa e relaxada, que era bem diferente da postura simétrica e correta de Daniel, e os seus olhos separados tinham uma expressão diferente, alguma coisa atormentada e inquieta.

– Uau – falei. A semelhança, aquele rosto que atravessara um século, me fazia sentir coisas estranhas; eu teria invejado Daniel, de uma maneira meio irracional, se não fosse por Lexie. – Você se parece mesmo com ele.

– Só que menos problemático – comentou Abby. – Esse aí não é um homem feliz.

– Olhem só a *casa* – disse Justin baixinho. – Não é linda?

– É, sim – confirmou Daniel, sorrindo e olhando para a foto. – De fato. Um dia a gente chega lá.

Abby passou uma unha sob a foto para soltar os cantos e olhou a parte de trás, onde estava escrito, em caneta tinteiro meio apagada, "William, maio 1914".

– A Primeira Guerra Mundial ia começar – falei em voz baixa. – Talvez ele tenha morrido na guerra.

– Na realidade – disse Daniel, pegando a foto da mão de Abby para examiná-la de perto –, acho que não foi isso que aconteceu. Minha nossa. Se este for o mesmo William... Claro que talvez não seja, minha família sempre foi de uma falta de imaginação singular quando se trata de nomes, mas se for, então ouvi falar dele. Meu pai e minhas tias o mencionavam vez por outra, quando eu era criança. Ele é tio do meu avô, eu acho, mas posso estar errado. William era, bem, não exatamente uma ovelha negra, mais como um esqueleto no armário.

– Com certeza há alguma semelhança – disse Rafe; e em seguida – Ai! – quando Abby se esticou e deu um tapa no seu braço.

– Ele de fato lutou na guerra – disse Daniel –, mas voltou, com algum tipo de doença. Ninguém mencionava exatamente o que era, e isso me leva a crer que pode ter sido algum problema psicológico, e não físico. Houve um escândalo. Não sei detalhes, foi tudo abafado, mas ele passou um tempo numa espécie de sanatório, o que, na época, pode ter sido uma maneira delicada de dizer que era um asilo de loucos.

– Talvez ele tenha tido uma paixão por Wilfred Owen – sugeriu Justin – nas trincheiras. – Rafe suspirou ruidosamente.

– Fiquei com a impressão de que foi alguma coisa mais para tentativa de suicídio – disse Daniel. – Quando saiu de lá, acho que ele emigrou. Teve uma vida longa, morreu quando eu era criança; mesmo assim, talvez não seja o ancestral com quem eu escolheria ser parecido. Você tem razão, Abby: não foi um homem feliz. – Ele recolocou a foto no lugar e tocou-a de leve, com a longa ponta quadrada do dedo, antes de virar a página.

O vinho do Porto quente era saboroso e doce, com pedaços de limão cheios de cravos espetados, e eu sentia o braço de Daniel quente e sólido encostado no meu. Ele virava as folhas devagar: bigodes do tamanho de animaizinhos domésticos, figuras do período eduardiano, com roupas de renda, caminhando no canteiro de ervas todo florido ("Minha nossa", disse Abby suspirando, é *assim* que é para ficar"), jovens modernas dos anos 20 com ombros caprichosamente caídos. Algumas pessoas tinham a mesma compleição de Daniel e William – altos e fortes, com queixos que favoreciam os homens mais do que as mulheres –, porém quase todos eram baixos, empertigados e angulosos, com queixos, cotovelos e narizes proeminentes.

– Esse álbum é fantástico – comentei. – Onde o encontrou?

Um silêncio repentino, um sobressalto. "Ai, meu Deus", pensei, "ai, Deus, não agora, não quando eu começava a me sentir..."

– Mas foi *você* que o encontrou – disse Justin, apoiando o copo no joelho. – No quarto desocupado lá de cima. Não se... – Ele interrompeu a frase, e ninguém a completou.

"Nunca", Frank me recomendara, "não importa o que aconteça, nunca se contradiga. Se falar alguma merda, ponha a culpa no coma, na TPM, na lua cheia, qualquer coisa; sustente o que disse."

— Não — falei. — Eu me lembraria se o tivesse visto antes.

Todos me olhavam; os olhos de Daniel, a centímetros dos meus, estavam atentos, curiosos e enormes atrás dos seus óculos. Eu sabia que tinha ficado branca, seria impossível que ele não notasse. "Ele achava que você não tinha chegado viva ao hospital, ele tinha uma teoria excêntrica e complicada..."

— Você o viu, sim, Lexie — afirmou Abby com suavidade, debruçando-se para a frente para poder me ver. — Você e Justin estavam remexendo numas coisas, depois do jantar, e você apareceu com isso. Foi na mesma noite em que... — Ela fez um gesto pequeno e indefinido e olhou de relance para Daniel.

— Foi poucas horas antes do incidente — disse Daniel. Tive a impressão de que algo percorreu o seu corpo, algo como um pequeno tremor contido, mas não podia ter certeza; eu estava ocupada demais tentando esconder o alívio que sentia. — Não admira que você não se lembre.

— Então — exclamou Rafe, num tom e numa animação um tanto exagerados — está explicado.

— Mas que *droga* — falei. — Agora me sinto uma idiota. Não me importei de esquecer as lembranças ruins, mas não *quero* viver tentando adivinhar o que mais eu esqueci. E se eu comprei o bilhete vencedor da loto e escondi em algum lugar?

— Shh — disse Daniel. Ele me sorria, aquele sorriso fantástico. — Não se preocupe. Nós também tínhamos nos esquecido do álbum até agora à noite. Não chegamos nem a abri-lo. — Eu só reparei que estava com os punhos cerrados quando ele pegou a minha mão, abriu os dedos com delicadeza e passou-a pela dobra do seu braço. — Estou satisfeito de você ter encontrado o álbum. Esta casa tem história suficiente para uma cidade inteira, isso não deveria se perder. Veja esta foto aqui: as cerejeiras, recém-plantadas.

— E dá uma olhada nele — falou Abby, apontando para um sujeito com um traje completo de caçada e sentado num cavalo alazão de pernas longas, ao lado do portão da frente. — Ele teria um chilique se soubesse que guardamos os carros no seu estábulo. — A voz dela estava normal, calma e animada, nem um pingo de hesitação; os seus olhos, porém, passando por Daniel e correndo na minha direção, mostravam ansiedade.

— Se não me engano — comentou Daniel —, este aqui é o nosso benfeitor. — Ele tirou a foto do álbum e examinou a parte de trás. — Correto: "Simon em Highwayman, novembro de 1949". Ele estaria com mais ou menos vinte e um anos.

O tio Simon era do ramo principal na árvore da família: baixo e rijo, com um nariz arrogante e uma aparência feroz.

— Mais um infeliz – disse Daniel. – A esposa dele morreu jovem e parece que ele nunca se recuperou. Foi quando começou a beber. Como disse Justin, esse pessoal não era nada alegre.

Daniel começou a recolocar a foto no álbum, mas Abby disse, "Não", e tirou-a da mão dele. Ela passou o seu copo para Daniel, foi até a prateleira em cima da lareira e lá colocou a foto, bem no meio.

— Vai ficar aqui.

— Por quê? – perguntou Rafe.

— Porque – respondeu Abby – devemos isso a ele. Poderia ter deixado a casa para a Sociedade Equina, e eu ainda estaria morando num tenebroso conjugado sem janelas no subsolo, rezando para o maluco do andar de cima não resolver invadir a minha casa numa noite qualquer. Por mim, esse cara merece um lugar de honra.

— Ah, Abby, querida – disse Justin, esticando um braço. – Venha cá.

Abby ajeitou um castiçal para segurar a foto no lugar.

— Aqui – disse, e depois se aproximou de Justin. Ele encaixou o braço em volta dela e puxou-a de costas contra o seu peito. Abby pegou de volta o copo que estava com Daniel e disse: – Um brinde ao tio Simon.

O tio Simon nos fitava com um olhar sinistro, de pouco caso.

— Por que não? – concordou Rafe, erguendo o copo bem alto. – Ao tio Simon.

O vinho do Porto tinha um brilho escuro e profundo como sangue, o braço de Daniel e o de Rafe me mantinham apertada entre eles, uma lufada de vento sacudia as janelas e balançava as teias de aranha nos cantos.

— Ao tio Simon – falamos juntos.

Mais tarde, no meu quarto, sentei no parapeito da janela e repassei as várias informações novas. Todos os quatro haviam deliberadamente ocultado o quanto ficaram abalados, e ocultado bem. Abby atirava utensílios de cozinha, quando se zangava; pelo menos Rafe de algum modo culpava Lexie por ter sido agredida; Justin tinha tido certeza de que eles seriam presos; Daniel não acreditara na história do coma. E Rafe escutara Lexie falar que voltaria para casa, um dia antes de eu dizer sim.

Um dos pontos mais inquietantes de trabalhar na Homicídios é como se pensa pouco sobre a pessoa que foi assassinada. Algumas vítimas ficam na sua cabeça: crianças, idosos que sofreram agressão física, garotas que saíram para se divertir com suas melhores roupas e acabaram a noite num esgoto. Na maioria dos casos, porém, a vítima é apenas o seu ponto de partida; o ouro no fim do arco-íris é o assassino. É assustador como facilmente pode-se chegar a um ponto em que a vítima se torna incidental, meio esquecida por dias a fio, só um adereço cênico levado ao palco para o prólogo, a fim de que o verdadeiro espetáculo possa começar. Rob e eu pregávamos uma foto bem no meio do quadro branco, em todos os casos – não uma foto da cena do crime ou um retrato posado; apenas um instantâneo, o mais simples que conseguíssemos encontrar, um fragmento vivo do tempo em que aquela pessoa era mais do que uma vítima de homicídio – para que nos lembrássemos.

Isso não é apenas frieza ou autopreservação. O fato concreto é que todos os casos em que trabalhei foram sobre o assassino. A vítima – e imagine explicar isso às famílias para quem tudo que restou foi a esperança de saber o motivo – a vítima era apenas a pessoa que por acaso apareceu quando o revólver estava carregado e engatilhado. O maníaco por controle iria de qualquer maneira matar a esposa na primeira vez em que ela se recusasse a cumprir uma ordem; aconteceu de a sua filha se casar com ele. O assaltante andava pelo beco com uma faca, e o seu marido foi a pessoa que passou por ali. Nós investigamos a vida das vítimas nos mínimos detalhes, mas não é para saber mais sobre elas, e sim sobre o assassino: se conseguirmos determinar o ponto exato em que alguém entrou nessa rede cruzada, podemos trabalhar com a nossa geometria escura e manchada e traçar uma linha que retroceda direto ao cano da arma. A vítima pode nos dizer como, porém quase nunca por quê. O único motivo, o começo e o fim, o círculo fechado, é o assassino.

Este caso tinha sido diferente desde o primeiro momento. Nunca houvera nenhum perigo de eu me esquecer de Lexie; e não somente porque a foto de lembrança andava sempre comigo, ela estava ali todas as vezes que eu escovava os dentes ou lavava as mãos. Desde o momento em que entrei naquele chalé, antes mesmo de ver o seu rosto, tudo girara em torno dela. Pela primeira e única vez, era do assassino que eu às vezes me esquecia.

A possibilidade me atingiu como uma bola de demolição: suicídio. Tive a sensação de cair do parapeito da janela, passando direto pelo vidro e despencando no ar frio. Se o assassino nunca tinha sido nada além de invisível, se todo o tempo Lexie tinha sido o foco do caso, talvez fosse porque nunca houvera nenhum assassino: ela era tudo que havia. Num milésimo de segundo, vi tudo tão claramente como se estivesse acontecendo no gramado escuro lá embaixo, todo aquele horror lento e nauseante. Os outros deixando de lado o baralho e se espreguiçando, "Onde será que Lexie foi?". E depois a preocupação aumentando, até que afinal vestem os casacos e saem na escuridão procurando por ela, lanternas, chuva forte, "Lexie! Lex!". Os quatro apertados no chalé em ruínas, sem fôlego. Mãos trêmulas verificando o pulso de Lexie, apertando com mais força; levando-a para o local abrigado e deitando-a com todo o cuidado, tirando a faca, procurando nos bolsos dela algum bilhete, alguma explicação, alguma palavra. Talvez – meu Deus – talvez até tenham encontrado alguma coisa.

Um minuto depois, claro, minha cabeça desanuviou, voltei a respirar normalmente e vi que era tudo bobagem. Explicaria muita coisa – o ataque de irritação de Rafe, as suspeitas de Daniel, o nervosismo de Justin, o fato de o corpo ter sido movido, os bolsos revirados – e todos nós ouvimos falar de casos em que as pessoas simulam qualquer coisa, desde acidentes improváveis até assassinatos, para não deixar seus entes queridos serem tachados de suicidas. No entanto, eu não conseguia pensar em nenhuma razão que explicasse por que eles a deixariam lá a noite toda para ser encontrada por outra pessoa e, de qualquer maneira, as mulheres geralmente não cometem suicídio enfiando uma faca no peito. Acima de tudo, havia o fato inalterável de Lexie – mesmo que qualquer coisa ocorrida em março houvesse de alguma maneira arruinado isto tudo para ela, esta casa, estes amigos, esta vida – ser a última pessoa no mundo que cometeria suicídio. Suicidas são pessoas que não conseguem ver nenhuma outra saída. Pelo que sabíamos, Lexie não tivera nenhuma dificuldade para encontrar rotas de fuga quando assim o quis.

No andar de baixo, Abby cantarolava baixinho; Justin espirrou, uma sequência regular de gritinhos; alguém fechou uma gaveta com força. Eu já estava na cama e meio adormecida quando me dei conta: tinha me esquecido completamente de ligar para Sam.

8

Meu Deus, aquela primeira semana. Lembro-me dela como se fosse a maçã mais vermelha e brilhante do mundo, e só de pensar me dá vontade de mordê-la. No meio de uma investigação de homicídio funcionando a pleno vapor, enquanto Sam avançava com todo cuidado em meio a várias categorias de pilantras, e Frank tentava explicar ao FBI a nossa situação, sem parecer maluco, eu não tinha nada a fazer exceto viver a vida de Lexie. Isso me dava uma ousada sensação de júbilo e preguiça, que me invadia até os dedos dos pés, como matar aula no dia mais lindo da primavera quando você sabe que a sua turma terá que dissecar sapos.

Na terça-feira voltei à faculdade. Apesar do grande número de novas oportunidades de me ferrar, eu estava entusiasmada. Adorei a Trinity na primeira vez que estudei lá. A universidade ainda tem séculos de charmoso granito cinza, tijolos vermelhos, pedras arredondadas no chão; dá para sentir as camadas de alunos perdidos se sobrepondo através da Praça da Frente ali perto, sentir a sua própria marca ser acrescida ao ar, arquivada, salva. Se alguém não tivesse decidido forçar a minha saída da universidade, eu teria talvez me tornado uma estudante eterna, como aqueles quatro. Em vez disso – e provavelmente por causa daquela mesma pessoa – me tornei uma policial. Eu gostava de pensar que o trabalho atual estava fechando um círculo, me levando de volta para retomar o lugar que eu perdera. Era um estranho sentimento de vitória adiada, algo recuperado apesar das ridículas circunstâncias adversas.

– É melhor você saber – disse Abby no carro – que a rede de fofocas anda enlouquecida. Dizem que foi um negócio envolvendo cocaína que deu errado, falam também num imigrante ilegal, você teria se casado com ele por dinheiro e depois começou a chantageá-lo, além de um ex-namorado agressivo, que acabou de sair da prisão onde estava por ter dado uma surra em você. Prepare-se.

– E também, suponho – completou Daniel, manobrando para passar por um Explorer que bloqueava duas pistas – que comentem sobre todos nós, separados ou em combinações diferentes, e por várias razões. Ninguém disse nada na nossa frente, claro, mas a conclusão é inevitável. – Ele virou para entrar no estacionamento da Trinity e mostrou a identidade ao guarda de segurança. – Se as pessoas fizerem perguntas, o que você vai dizer?

– Ainda não decidi – respondi. – Pensei em dizer que sou a herdeira perdida de um trono e uma facção rival veio me pegar, mas não consegui decidir qual seria o trono. Eu me pareço com uma Romanov?

– Com certeza – disse Rafe. – Eles eram um bando de esquisitões sem queixo. É por aí.

– Seja bonzinho comigo ou conto a todo mundo que você me agrediu com um cutelo num ataque de raiva provocado por drogas.

– Não tem graça nenhuma – retrucou Justin.

Ele não trouxera o carro – tive a impressão de que, por ora, eles queriam ficar todos juntos – por isso estava sentado atrás, comigo e com Rafe, tirando partículas de sujeira do vidro e limpando os dedos no lenço.

– Bom – disse Abby –, na semana passada não teve graça nenhuma. Mas agora que você voltou... – Ela se virou para sorrir por cima do ombro. – Brenda Quatro-Peitos me perguntou, sabe aquele sussurro confidencial horroroso?, se tinha sido "um daqueles jogos que deu errado". Eu não dei papo, mas agora fico pensando que poderia ter dito algo para ela ganhar o dia.

– O que me impressiona nela – disse Daniel, abrindo a porta do seu lado – é que teima em acreditar que somos interessantíssimos. Se ela soubesse...

Quando saímos do carro, vi pela primeira vez na realidade o que Frank dera a entender sobre esses quatro, a impressão que passavam para as outras pessoas. Enquanto andávamos pela longa via de acesso entre as quadras de esporte, alguma coisa aconteceu, uma mudança tão sutil e definida como água virando gelo: eles andavam mais juntos, ombro a ombro e no mesmo passo, empertigados, cabeças levantadas, rostos inexpressivos. No momento em que chegamos ao prédio de Artes, a pose estava pronta, uma barricada tão impenetrável que quase dava para vê-la, fria e faiscando como um diamante. Durante toda aquela semana na faculdade, todas as vezes que alguém começava a mudar de posição para poder me observar bem – esgueirando-se pelas estantes da biblioteca em direção ao canto onde ficavam as nossas mesas de estudo, torcendo o pescoço por trás de um jornal na fila do lanche – aquela barricada me cercava como uma barreira de escudos romanos, confrontando o intruso com quatro pares de olhos impassíveis e fixos, até que ele ou ela recuasse. A coleta de fofocas ia ser um problema sério; até Brenda Quatro-Peitos parou de repente, quando rondava a minha mesa, e logo perguntou se podia pegar uma caneta emprestada.

A tese de Lexie acabou sendo muito mais divertida do que eu imaginara. Os trechos que Frank me dera eram quase todos sobre as irmãs Brontë, Currer Bell como a louca no sótão libertando-se da recatada Charlotte, a verdade no nome fictício; não exatamente uma leitura agradável, dadas as circunstâncias, mas mais ou menos o que se esperaria. Pouco antes de morrer, porém, ela trabalhava em algo muito mais picante: a revelação de que Rip Corelli, famoso por *Vestida para matar*, era na verdade Bernice Matlock, uma bibliotecária de Ohio de conduta irrepreensível, que tinha escrito obras-primas melodramáticas e populares nas horas vagas. Eu começava a gostar do jeito que a mente de Lexie funcionava.

Andava preocupada com a possibilidade de o seu supervisor querer que eu apresentasse alguma coisa boa, no sentido acadêmico – Lexie não tinha sido nenhuma idiota, seu material era inteligente, original e bem elaborado, e eu estava sem praticar havia anos. Na verdade, andava preocupada com o supervisor, de uma maneira geral. Os alunos de Lexie não perceberiam nada – quando se tem dezoito anos, a maioria das pessoas acima de vinte e cinco é apenas ruído branco genérico de adultos –, mas alguém que passara um bom tempo com ela numa conversa a dois, aí a história era bem diferente. Bastou um encontro com ele para me deixar sossegada. O supervisor era um sujeito ossudo, gentil, meio fora do ar, que ficou tão chocado com o "incidente infeliz" que mal conseguia me olhar nos olhos, e me disse para ficar afastada o tempo que fosse necessário para a minha recuperação, sem me preocupar com prazos. Deduzi que poderia passar algumas semanas entretida na biblioteca, lendo a respeito de investigadores durões e mulheres que se metiam em encrencas.

E à noite, tinha a casa. Quase todos os dias trabalhávamos em alguma melhoria, às vezes uma ou duas horas, às vezes só vinte minutos: lixar os degraus, examinar o conteúdo de uma das caixas de guardados do tio Simon ou trocar os encaixes velhos e ressecados das lâmpadas, revezando-nos na escada. O mesmo tempo e cuidado eram dedicados às tarefas mais desagradáveis – como remover manchas dos vasos sanitários – quanto às interessantes; os quatro tratavam a casa como um instrumento musical maravilhoso, um Stradivarious ou um Bosendorfer, que eles tivessem encontrado num tesouro escondido havia muito tempo e agora estivessem restaurando com amor e encantamento total e paciente. Acho que o momento em que vi Daniel mais relaxado foi quando estava deitado de barriga para baixo no chão da cozinha, usando calças velhas e uma camisa xadrez, pintando rodapés e rindo de alguma história que Rafe contava, enquanto Abby se debruçava por cima dele para molhar o pincel, com o rabo de cavalo respingando tinta no rosto dele.

Eles se tocavam muito, todos eles. Nunca encostávamos um no outro na faculdade; em casa, porém, sempre tinha alguém tocando alguém: a mão de Daniel na cabeça de Abby quando ele passava por trás da cadeira dela, o braço de Rafe no ombro de Justin enquanto examinavam juntos algum objeto descoberto no quarto desocupado, Abby deitada no balanço atravessada no meu colo e no de Justin, os tornozelos de Rafe cruzados por cima dos meus quando líamos perto da lareira. Frank fez os previsíveis comentários sarcásticos sobre homossexualidade e orgias, mas eu estava em alerta total para qualquer tipo de conotação sexual – o bebê – e não era isso que eu percebia. Era mais estranho e forte do que isso: eles não tinham limites, não entre eles, não da maneira que a maior parte das pessoas tem. Casas compartilhadas em geral envolvem um alto nível de disputa territorial – negociações tensas sobre o controle remoto, reuniões internas para decidir se pão é um objeto de uso pessoal ou coletivo, a companheira de Rob tinha ataques de raiva de três dias se ele pegasse a sua manteiga. Mas para este grupo, segundo observei, tudo, exceto, graças a Deus, roupas de baixo, pertencia a todos. Os rapazes apanhavam roupas no armário de roupas recém-lavadas de maneira aleatória, qualquer uma que coubesse; nunca descobri quais blusas eram oficialmente de Lexie e quais eram de Abby. Eles tiravam folhas dos blocos uns dos outros, comiam torradas no prato que estivesse mais próximo, tomavam goles do copo mais à mão.

Nunca mencionei esse assunto com Frank – ele teria apenas trocado os comentários sobre orgias por avisos sinistros sobre comunismo, e eu apreciava os limites indefinidos. Eles me faziam pensar em algo quente e sólido, não saberia precisar exatamente o quê. Pendurado no armário, havia um grande casaco impermeável verde, deixado pelo tio Simon, que pertencia a qualquer um que fosse sair na chuva; a primeira vez que o usei na minha caminhada, fiquei um pouquinho emocionada, de uma maneira estranha e inebriante, como ficar de mãos dadas com o namorado pela primeira vez.

Foi só na quinta-feira que consegui precisar aquele sentimento. Com o verão se aproximando, os dias começavam a ficar mais longos, e fazia uma tarde clara e bonita, de temperatura agradável; depois do jantar, levamos uma garrafa de vinho e um bolo para o gramado. Eu tinha feito uma corrente de margaridas e tentava enrolá-la no meu pulso. Já desistira daquele negócio de não beber – estava em desacordo com a personagem, fazia os outros se lembrarem da facada e ficarem tensos e, além disso, os efeitos da combinação de antibióticos e álcool poderiam me tirar dali quando fosse necessário – e estava ligeiramente bêbada e alegre.

– Mais bolo – pediu Rafe, me cutucando com o pé.

– Pegue você mesmo. Estou ocupada. – Como não tinha conseguido colocar a corrente com uma só mão, resolvi colocá-la em Justin.

– Você é uma preguiçosa, sabia?

– Olha quem fala.

Puxei um tornozelo até atrás da cabeça – com toda aquela ginástica quando eu era criança, sou flexível – e botei a língua para Rafe por baixo do joelho.

– Sou ativa e saudável, dê uma olhada.

Rafe ergueu uma sobrancelha com preguiça.

– Fiquei excitado.

– Você é um depravado – falei, com a dignidade possível na posição em que eu estava.

– Pare com isso – disse Abby. – Vai estourar os seus pontos, e estamos bêbados demais para levar você de carro até a emergência do hospital.

Eu me esquecera completamente dos pontos imaginários. Por um segundo, pensei em reagir com nervosismo, mas achei melhor não fazer nada disso. O sol vespertino, os meus pés descalços e a grama fazendo cócegas e, presumo, também a bebida, me deixavam frívola e tola. Havia muito tempo que não me sentia assim, e estava gostando. Consegui virar a cabeça de lado para olhar para Abby.

– Está tudo bem. Os pontos não estão mais nem doendo.

– Porque até agora você ainda não tinha dado um nó com o corpo – disse Daniel. – Comporte-se.

Normalmente, sou alérgica a gente mandona, mas de alguma maneira o que ele falou me pareceu simpático, íntimo.

– Sim, papai – falei, e desenganchei a perna, o que me fez perder o equilíbrio e cair por cima de Justin.

– Ai, sai de cima de mim – disse ele, me dando uma palmada sem muita força. – Nossa, quanto você *pesa*? – Eu me ajeitei para ficar confortável e continuei com a cabeça no seu colo, apertando os olhos contra o sol poente. Ele fez cócegas no meu nariz com um talo de grama.

Eu parecia relaxada, ou pelo menos tentava parecer, mas minha cabeça estava acelerada. Acabara de perceber – "Sim, papai" – o que toda esta situação me lembrava: uma família. Talvez não uma família da vida real, embora eu pouco saiba disso, mas uma família como em milhões de séries de livros infantis e antigos programas de TV, do tipo acolhedora, que vive anos e anos sem ninguém envelhecer, a ponto de você ter dúvidas sobre os níveis hormonais dos atores. Estes cinco incluíam todos os elementos: Daniel, o pai distante, mas afetuoso, Justin e Abby se revezando no papel de mãe protetora e filho mais velho arrogante, Rafe, o filho do meio, adolescente temperamental; e Lexie, a última a chegar, a irmãzinha cheia de caprichos, para ser ao mesmo tempo mimada e provocada.

Eles provavelmente não sabiam mais do que eu sobre como eram as famílias de verdade. Eu deveria ter me dado conta desde o início de que essa era uma das coisas que tinham em comum – Daniel órfão, Abby adotada,

Justin e Rafe exilados, Lexie sabe-se lá o quê, mas não exatamente chegada aos pais. O fato me passara despercebido porque, para mim, era uma situação de rotina. Consciente ou inconscientemente, eles haviam coletado todos os pedacinhos que puderam encontrar e construído, numa colcha de retalhos improvisada, a sua própria imagem do que seria uma família, e depois se transformado naquilo que imaginaram.

Os quatro tinham só mais ou menos dezoito anos quando se encontraram. Olhei-os com os olhos semicerrados – Daniel segurando a garrafa contra a luz para ver se ainda tinha vinho, Abby espantando formigas do prato de bolo – e me perguntei o que teria sido deles se não tivessem se encontrado ao longo do caminho.

Isso me deu um monte de ideias, mas, como ainda eram nebulosas e apressadas, decidi que eu estava muito confortável para tentar dar-lhes forma. Podia esperar algumas horas, até a minha caminhada.

– Para mim, também – disse a Daniel, e estendi o copo para que ele me servisse de mais vinho.

– Está bêbada? – perguntou Frank, quando liguei. – Hoje à tarde você estava com uma voz de quem tinha enchido a cara.

– Relaxe, Frankie. Bebi uns dois copos de vinho no jantar. Não quer dizer que eu esteja bêbada.

– É melhor que não esteja. Pode parecer férias, mas não quero que você aja como se estivesse de férias. Fique alerta.

Eu subia uma estradinha esburacada, depois de passar pelo chalé em ruínas. Tinha pensado, muito, sobre como Lexie acabara chegando naquele chalé. Sempre partimos do princípio de que ela estava correndo para se proteger e não conseguiu chegar à Casa dos Espinheiros-Brancos nem à aldeia, ou porque o assassino bloqueou o seu caminho ou porque estava quase desmaiando e partiu para o esconderijo mais próximo que conhecia. N mudou essa teoria. Supondo que N fosse uma pessoa, e não um pub, ou um programa de rádio, ou um jogo de pôquer, eles tinham que se encontrar em algum lugar, e o fato de a agenda não mencionar o local indicava que tinham usado o mesmo ponto de encontro todas as vezes. E se os encontros eram à noite, e não de manhã, então o chalé faria todo o sentido: privacidade, conveniência, abrigo do vento e da chuva e nenhuma chance de ser surpreendida por alguém. Ela poderia estar se dirigindo mesmo para lá naquela noite, muito antes de ser agredida, e simplesmente continuou indo – talvez no piloto automático, depois da emboscada de N no caminho, talvez porque tivesse esperança de N estar lá para ajudá-la.

Não era o tipo de pista com que sonham os detetives, mas era a melhor que eu tinha, por isso durante grande parte das minhas caminhadas eu ficava rondando a área do chalé, na esperança de que N me ajudasse e aparecesse alguma noite. Eu encontrara um trecho de caminho que me convinha: a vista era livre e dava para ficar de olho no chalé enquanto conversava com Frank ou Sam, tinha árvores suficientes para me esconder, se necessário, e era isolado o bastante para que nenhum fazendeiro me ouvisse falar ao telefone e viesse atrás de mim com a sua espingarda de confiança.

— Estou alerta — falei. — E quero perguntar uma coisa. Refresque minha memória: o tio-avô de Daniel morreu em setembro?

Ouvi Frank remexendo coisas, virando páginas; ou ele levara o arquivo para casa ou então ainda estava no trabalho.

— Três de fevereiro. Daniel recebeu as chaves da casa no dia dez de setembro. O inventário deve ter demorado. Por quê?

— Pode descobrir como o tio-avô morreu e onde estavam os cinco naquele dia? E também, por que o inventário demorou tanto? Quando herdei mil dólares da minha avó, recebi seis semanas depois.

Frank assoviou.

— Está achando que eles liquidaram com o tio Simon por causa da casa? E depois Lexie se descontrolou?

Suspirei e passei a mão pelo cabelo, tentando achar uma maneira de explicar.

— Não é bem isso. De fato, não é nada disso. Mas eles são estranhos com relação à casa, Frank. Todos os quatro. Todos falam como se fossem donos, não apenas Daniel... "Nós deveríamos colocar vidros duplos, nós precisamos decidir sobre o canteiro de ervas, nós..." E todos agem como se fosse uma situação permanente, como se pudessem passar anos consertando a casa porque vão morar lá para sempre.

— Ah, são apenas jovens — disse Frank, tolerante. — Nessa idade, todo mundo acha que colegas de faculdade e amigos com quem dividimos uma casa são para sempre. Espere alguns anos e estarão em casas conjugadas no subúrbio e fazendo compras nas tardes de domingo em lojas de materiais de casa e jardim.

— Eles não são tão jovens assim. E você tem escutado o que falam: estão envolvidos demais com a casa e com eles mesmos. Não existe mais nada na vida deles. Na realidade, não acho que mataram o tio-avô, é só um tiro no escuro. Sempre achamos que estavam escondendo alguma coisa. Qualquer coisa esquisita, vale a pena investigar.

— É verdade — disse Frank. — Vou fazer isso. Não quer saber como foi o meu dia?

Aquela animação disfarçada na sua voz: poucas coisas fazem Frank ficar tão empolgado.

– Vá direto ao ponto – falei.

O disfarce se revelou num sorriso tão largo que dava até para ouvir.

– O FBI encontrou as digitais da garota.

– Pô! Já? – Os caras do FBI nos ajudam quando precisamos, mas sempre demoram uma enormidade.

– Tenho amigos no baixo escalão.

– Tudo bem. Quem é ela? – Por algum motivo, meus joelhos tremiam. Recostei-me numa árvore.

– May-Ruth Thibodeaux, nascida na Carolina do Norte em 1975, dada como desaparecida em outubro de 2000 e procurada por roubo de veículo. Digitais e foto conferem.

Minha respiração saiu com força.

– Cassie? – chamou Frank, após uma pausa. Ouvi quando ele deu uma tragada no cigarro. – Está me ouvindo?

– Estou. May-Ruth Thibodeaux. – Dizer o nome me dava um arrepio na espinha. – O que sabemos sobre ela?

– Não muito. Nenhuma informação até 1997, quando ela se mudou para Raleigh, vinda de algum lugar no cu do mundo, alugou um apartamento asqueroso numa vizinhança ruim e conseguiu um emprego de garçonete num restaurante que fica aberto a noite toda. Teve alguma formação escolar, já que conseguiu ir direto para a pós-graduação na Trinity, mas me parece que era autodidata ou estudou em casa; seu nome não aparece nos registros de nenhum colégio ou universidade local. Ficha criminal limpa. – Frank soprou a fumaça. – Na noite de dez de outubro de 2000, ela pegou o carro do noivo emprestado para ir trabalhar, e nunca mais apareceu. Ele reportou o desaparecimento dois ou três dias depois. A polícia não levou muito a sério; acharam que ela havia apenas fugido. Perturbaram um pouco o noivo, na eventualidade de ele tê-la matado e jogado o corpo em algum lugar, mas seu álibi era bom. O carro apareceu em Nova York em dezembro de 2000, num estacionamento para longos períodos no aeroporto Kennedy.

Ele estava muito satisfeito consigo mesmo.

– Muito bom, Frank – falei, automaticamente. – Ponto para você.

– A gente tenta acertar – disse Frank, fazendo o possível para parecer modesto.

Quer dizer que ela era apenas um ano mais nova do que eu, afinal. Enquanto eu jogava bola de gude na chuva fina num jardim em Wicklow, ela andava solta numa cidadezinha quente, de pés descalços na lanchonete local e sacolejando na carroceria de uma picape em estradas de terra, até que um dia entrou num carro e foi dirigindo toda vida.

— Cassie?

— Sim.

— O meu contato vai remexer um pouco mais, verificar se ela fez algum inimigo perigoso ao longo da vida, qualquer um que possa tê-la seguido até aqui.

— Boa ideia — falei, tentando me concentrar. — Parece o tipo de coisa que pode me interessar. Como era o nome do noivo?

— Brad, Chad, Chet, um desses nomes americanos... — Barulho de papéis. — Meu informante deu uns telefonemas, o cara não faltou ao trabalho nem um dia nos últimos meses. Nenhuma chance de ter dado um pulo até aqui para matar a ex-noiva. Chad Andrew Mitchell. Por quê?

Nada de N.

— Só estava especulando.

Frank esperou, mas sou boa nesse jogo.

— Tudo bem — disse ele, afinal. — Mantenho você informada. A identidade pode não nos levar a lugar nenhum, mesmo assim, é legal saber alguma coisa dessa garota. Fica mais fácil para você compreender como ela era, não é?

— Ah, sim — concordei. — Com certeza.

Não era verdade. Depois que Frank desligou, fiquei um bom tempo encostada na árvore, pensando em May-Ruth Thibodeaux, enquanto observava o contorno irregular do chalé sumir e reaparecer devagar quando as nuvens passavam pela lua. De alguma maneira, devolver a ela seu próprio nome, sua cidade natal, sua história, me fez perceber com clareza: ela fora real, não apenas uma sombra projetada pela minha mente e pela de Frank; uma pessoa viva. Durante trinta anos, poderíamos ter ficado face a face.

De repente me pareceu que eu deveria ter sabido; um oceano de distância, mas tive a impressão de que eu deveria ter sentido a sua presença o tempo todo, e que vez por outra deveria ter erguido o rosto das bolas de gude, ou do livro, ou do relatório de um caso, como se alguém chamasse o meu nome. Ela atravessou milhares de milhas e chegou tão perto a ponto de adotar o meu antigo nome como um casaco herdado de uma irmã, veio direcionada como a agulha de uma bússola e quase conseguiu se dar bem. Ela estava a uma distância de apenas uma hora de carro e eu deveria ter sabido; deveria ter sabido a tempo, para dar aquele último passo e encontrá-la.

As únicas sombras durante aquela semana vieram de fora. Estávamos jogando pôquer, na sexta-feira à noite — eles jogavam baralho com frequência, até tarde da noite; principalmente *Texas Hold'em* e 110, às vezes piquê, se somente duas pessoas quisessem jogar. As fichas eram moedas oxidadas de dez centavos, tiradas de um enorme vaso que alguém encontrara no sótão, mas mesmo assim eles levavam o jogo a sério: todos começavam com o mesmo número de moedas e quem perdia o cacife caía fora, não era permitido pegar mais no estoque de reserva. Lexie, como eu, fora uma jogadora bem razoável; suas apostas nem sempre faziam sentido, mas parece que ela aprendera a fazer o imprevisível trabalhar a seu favor, especialmente nas rodadas importantes. O vencedor podia escolher o menu do jantar do dia seguinte.

Naquela noite, ouvíamos um disco de Louis Armstrong, e Daniel tinha comprado um saco enorme de Doritos e três tipos diferentes de pastinhas, para agradar a todos. Movimentávamos as mãos com cuidado por entre os vários potes lascados e usávamos a comida para distrairmos uns aos outros – funcionava melhor com Justin, que perdia completamente a concentração se achasse que alguém ia derramar pasta de tomate na mesa de mogno. Eu tinha acabado de limpar Rafe mano a mano – quando tinha um jogo fraco ele mexia nas pastinhas, quando recebia cartas boas enfiava punhados de Doritos na boca; nunca jogue pôquer com um detetive – e estava ocupada saboreando a vitória, no momento em que o telefone dele tocou. Rafe inclinou a cadeira para trás e pegou o aparelho numa das prateleiras.

– Alô – atendeu, me mostrando o dedo do meio. Em seguida abaixou a cadeira e o seu semblante mudou, ficando congelado naquela máscara impenetrável e altiva que ele usava na faculdade e perto de estranhos. – Papai – disse.

Sem hesitar, os outros se aproximaram dele; dava para sentir no ar a solidez, a firmeza deles cerrando fileiras em torno de Rafe. Eu estava ao seu lado e fui contemplada com os gritos que vinham do telefone: "... Apareceu um emprego... é um começo... mudou de ideia...?"

As narinas de Rafe tremiam como se ele estivesse sentindo um cheiro desagradável.

– Não estou interessado – falou.

O volume da lenga-lenga fez com que ele fechasse os olhos bem apertados. Ouvi o suficiente para entender que ler peças de teatro o dia todo era coisa de maricas e que alguém chamado Bradbury tinha um filho que acabara de conseguir seu primeiro milhão e que Rafe era um imprestável. Ele segurava o telefone entre dois dedos, afastado da orelha.

– Pelo amor de Deus, desligue – cochichou Justin, com um esgar involuntário de agonia no rosto. – Desligue na cara dele.

– Ele não consegue – murmurou Daniel. – Deveria, claro, mas... Talvez um dia.

Abby deu de ombros.

— Bem, então... — Ela fez um arco com o baralho, passando-o de uma para a outra mão com um movimento rápido e calculado, e depois deu as cartas, cinco mãos. Daniel lhe sorriu do outro lado e puxou a cadeira, pronto para jogar.

O telefone não dava trégua; a palavra "bundão" era repetida várias vezes, aparentemente numa grande variedade de contextos. O queixo de Rafe estava enterrado, como se ele estivesse pronto para a chegada de um furacão. Justin tocou no seu braço; seus olhos se abriram de repente e ele nos fitou, enrubescendo até a raiz dos cabelos.

Nós quatro já tínhamos feito nossas apostas. Minhas cartas eram mais um pé do que uma mão — um sete e um nove de naipes diferentes —, mas eu compreendia exatamente o que os outros faziam. Eles estavam puxando Rafe de volta, e a ideia de que eu participava daquilo me fez sentir algo inebriante, algo tão agudo que chegava a doer. Por um momento pensei em Rob, enganchando um pé no meu tornozelo sob a mesa quando O'Kelly me dava uma bronca. Agitei minhas cartas na frente de Rafe e fiz com a boca, "Pingue".

Ele piscou. Ergui uma sobrancelha, lancei-lhe o sorriso mais atrevido de Lexie e cochichei:

— A não ser que esteja com medo de levar uma surra de novo.

A expressão congelada derreteu, só um pouquinho. Ele examinou suas cartas, depois colocou o telefone na prateleira ao seu lado, com cuidado, e jogou uma moeda de dez no meio da mesa.

— Porque estou feliz aqui — falou para o telefone. Sua voz estava quase normal, mas aquele rubor de raiva ainda cobria o seu rosto.

Abby deu um sorrisinho, abriu três cartas em leque sobre a mesa com agilidade e virou-as.

— Lexie tem pedida para sequência — disse Justin, me encarando com os olhos apertados. — Conheço esse olhar.

Parece que o telefone já tinha gasto muito dinheiro com Rafe e não planejava ver tudo aquilo desperdiçado.

— Não tem não — disse Daniel. — Ela pode ter alguma coisa, mas não pedida para sequência. Estou dentro.

Eu não tinha pedida nenhuma para sequência, mas a questão não era essa; nenhum de nós ia fugir, não até que Rafe desligasse. O telefone fez uma declaração pomposa sobre um Emprego de Verdade.

— Em outras palavras, um emprego num escritório — Rafe nos informou. A tensão na sua coluna começava a diminuir. — Talvez até, quem sabe um dia, se eu me entrosar bem com a equipe, for criativo e trabalhar com inteligência, um escritório com janela. Ou estou querendo demais? – perguntou ao aparelho. – O que acha? – E fez mímica de "Pago os seus dez e dobro" para Justin.

O telefone – que obviamente sabia que estava sendo insultado, embora não soubesse exatamente como – disse algo belicoso sobre ambição e como já era tempo de Rafe crescer e começar a viver no mundo real.

– Ah – disse Daniel, levantando os olhos das fichas. – Aí está um conceito que sempre me fascinou: o mundo real. Só um subconjunto muito específico de pessoas usa o termo, já notaram? Para mim, parece evidente que todo mundo vive no mundo real: todos nós respiramos oxigênio real, comemos comida real, a terra sob os nossos pés é igualmente sólida para todos. Mas é claro que essas pessoas têm uma definição muito mais restrita, e para mim bem misteriosa, de realidade, e uma necessidade intensa e quase patológica de que os outros concordem com essa definição.

– É tudo inveja – disse Justin, examinando suas cartas e jogando mais duas moedas no meio da mesa. – Quem desdenha quer comprar.

– Ninguém – disse Rafe para o telefone, fazendo sinal com a mão para que falássemos baixo. – A televisão. Passo os dias vendo novelas, comendo bombons e arquitetando a derrocada da sociedade.

A última carta que saiu foi um nove, o que me dava pelo menos um par.

– Com certeza, em alguns casos, a inveja é um fator – concordou Daniel –, mas o pai de Rafe, se metade do que diz é verdade, poderia se dar ao luxo de viver a vida que quisesse, inclusive a nossa. Por que ele teria inveja? Não, acho que essa mentalidade tem origem no arcabouço da moral puritana: a ênfase em se encaixar numa estrutura hierárquica rígida, o elemento de ódio por si mesmo, o pavor de qualquer coisa prazerosa, ou artística, ou sem controle... Sempre me perguntei, porém, como esse paradigma fez a transição e se tornou o limite, não apenas da virtude, mas da própria realidade. Dá para ligar o viva-voz, Rafe? Estou interessado em ouvir o que ele tem a dizer.

Rafe o fitou com olhos arregalados, tipo você-está-doido, e fez que não com a cabeça; Daniel pareceu um pouco surpreso. Nós quatro já não conseguíamos controlar o riso.

– Claro – disse Daniel, educado –, se prefere... Qual é a graça, Lexie?

– Malucos – disse Rafe para o teto, à meia voz, abrindo os braços para abarcar o telefone, Daniel e todos nós, que naquele momento já cobríamos a boca com as mãos. – Estou totalmente cercado de malucos. O que fiz para merecer isso? Será que não consolei os aflitos na minha outra encarnação?

O telefone, que obviamente se entusiasmava para chegar a um final impactante, informou Rafe que ele poderia ter um Estilo de Vida.

– Bebendo champanhe na City – traduziu Rafe para nós – e transando com a minha secretária.

"Que merda tem de errado nisso?", gritou o telefone, tão alto que Daniel, assustado, se endireitou na cadeira com uma cara espantada de reprovação. A explosão de riso de Justin soou como algo entre um bufo e um ganido; Abby se pendurava nas costas da cadeira com os nós dos dedos enfiados na boca e eu ria tanto que tive que botar a cabeça debaixo da mesa.

O telefone, ignorando solenemente princípios básicos de anatomia, disse que éramos um bando de hippies de pinto mole. Quando consegui me controlar e levantei a cabeça para respirar, Rafe tinha virado dois valetes e estava arrebanhando todas as moedas, brandindo o punho no ar e rindo. Percebi uma coisa. O celular de Rafe tinha tocado a meio metro da minha orelha e eu não tinha nem ouvido.

– Sabe o que é? – disse Abby, assim do nada, algumas rodadas depois. – É a satisfação.

– Quem disse o que para o que mesmo? – indagou Rafe, apertando os olhos para examinar as fichas de Daniel. Ele tinha desligado o telefone.

– Esse negócio do mundo real. – Ela se inclinou de lado à minha frente para puxar o cinzeiro. Justin tinha posto uma música de Debussy, que combinava com a leve chuva no gramado lá fora. – Toda a nossa sociedade está baseada na insatisfação: as pessoas querem mais e mais, e estão sempre insatisfeitas com suas casas, seus corpos, sua decoração, suas roupas, tudo. Partem do princípio de que este é o objetivo da vida, nunca estar satisfeito. Se você estiver felicíssimo com o que tem, especialmente se o que tem não é nenhuma maravilha, aí você é *perigoso*. Está quebrando todas as regras, desestabilizando a sagrada economia, desafiando todos os princípios em que se baseia a sociedade. É por isso que o pai de Rafe tem um chilique quando Rafe diz que está feliz aqui. Na sua opinião, somos todos subversivos. Somos *traidores*.

– Acho que você tem alguma razão – disse Daniel. – Não é inveja, afinal: é medo. É uma situação fascinante. Ao longo da história, cem anos atrás, ou mesmo cinquenta, a insatisfação era considerada uma ameaça à sociedade, uma oposição à lei natural, um perigo a ser exterminado a qualquer custo. Agora é a satisfação. Que estranha inversão.

– Somos revolucionários – declarou Justin, feliz, cutucando a pasta de tomate com um Dorito e parecendo absolutamente não revolucionário. – Nunca pensei que fosse tão fácil.

– Somos guerrilheiros secretos – falei com gosto.

– Você é um chimpanzé secreto – disse-me Rafe, jogando três moedas no meio da mesa.

— Sim, mas um chimpanzé feliz — argumentou Daniel, sorrindo para mim do outro lado da mesa. — Não é?

— Se Rafe parasse de monopolizar a pasta de alho, eu seria o chimpanzé secreto mais satisfeito da Irlanda.

— Que bom — disse Daniel, fazendo um pequeno aceno de cabeça para mim. — Gosto de ouvir isso.

Sam nunca perguntou. "Como vai indo?", dizia ele, nos nossos telefonemas noturnos, e quando eu falava "Bem", ele mudava de assunto. No começo me dava algumas informações sobre o seu lado da investigação — os casos antigos que ele verificara com cuidado, a lista de baderneiros fornecida pela polícia local, os alunos e professores de Lexie. Quanto mais os resultados eram negativos, porém, menos ele me contava. Em vez disso, falava de outras coisas, pequenos assuntos domésticos. Tinha ido ao meu apartamento algumas vezes, para abrir as janelas e não dar a impressão muito óbvia de que estava vazio; a gata da vizinha tinha tido os filhotes no fundo do jardim, contou, e a terrível sra. Moloney do andar de baixo tinha deixado uma nota impertinente no seu carro, informando que o estacionamento era só para residentes. Eu não disse nada a ele, mas tudo isso parecia estar a um milhão de quilômetros de distância, longe, num mundo antigo e tão caótico que só de pensar me deixava cansada. Às vezes, eu demorava um pouco para me lembrar da pessoa de quem ele falava.

Só uma vez, no sábado à noite, ele perguntou sobre os outros. Eu estava na estradinha que era o meu posto de observação, encostada numa sebe de pilriteiros, e de olho no chalé. Tinha embrulhado o microfone num meião de Lexie, o que me deixava com atraentes três peitos, mas por outro lado Frank e sua turma só conseguiriam decifrar cerca de dez por cento da conversa.

Mesmo assim, eu falava baixo. Quase imediatamente após sair pelo portão dos fundos, tive a sensação de que alguém me seguia. Nada concreto, nada que não pudesse ser atribuído a vento, sombras da lua e barulhos campestres noturnos; apenas aquela corrente elétrica de baixa intensidade na nuca, onde o crânio e a espinha se encontram, que só pode vir dos olhos de alguém. Precisei de muita força de vontade para não me virar, mas se por acaso realmente houvesse alguém atrás de mim, eu não queria que soubesse que fora descoberto, não até eu decidir o que faria.

— Vocês nunca vão ao pub? — perguntou Sam.

Não entendi bem a pergunta. Sam sabia exatamente o que eu fazia o tempo todo. Segundo Frank, ele chegava ao trabalho às seis da manhã, todos os dias, para ouvir as fitas. Isso me deixava inquieta, de uma maneira meio irracional, mas a ideia de tocar no assunto me deixava ainda mais inquieta.

– Rafe, Justin e eu fomos ao Buttery na terça, depois das aulas – eu disse. – Lembra?

– Eu estava pensando no pub local, como é mesmo o nome, Regan's, na aldeia. Eles nunca vão lá?

Passávamos pelo Regan's de carro, na ida para a faculdade e na volta: era um pequeno pub de província, decadente, espremido entre o açougue e a loja de jornais, com bicicletas sem tranca encostadas na parede à noite. Nunca ninguém sugerira ir lá.

– É mais simples tomar uns drinques em casa se estivermos a fim de beber – falei. – É uma boa caminhada até a aldeia, e o único que não fuma é Justin. – Os pubs sempre foram o centro da vida social na Irlanda; quando o fumo foi proibido, porém, muita gente passou a beber em casa. A proibição não me incomoda, embora me confunda a ideia de que uma pessoa não deva entrar num pub para fazer uma coisa que pode ser ruim para a própria pessoa, mas o nível de obediência me incomoda. Para os irlandeses, regras sempre foram um desafio, uma questão de quem descobriria a melhor maneira de contorná-las, e, nesta mudança súbita para o modo carneirinho, me preocupa o fato de estarmos virando outra coisa, talvez uma Suíça.

Sam riu.

– Você está há tempo demais na cidade grande. Eu garanto que no Regan's ninguém é proibido de fumar. E fica a menos de um quilômetro e meio pelas estradas vicinais. Não acha que é esquisito eles nunca irem lá?

Não dei importância.

– Eles são esquisitos. Não são nada sociáveis, caso ainda não tenha notado. E pode ser que o Regan's seja uma droga.

– Pode ser – disse Sam, embora não parecesse convencido. – Você foi à Dunne's no Stephen's Green Centre quando foi a sua vez de comprar comida, certo? Onde os outros vão?

– Como é que eu vou saber? Justin foi à Marks & Spencer ontem; não tenho nem ideia de onde os outros vão. Frank disse que Lexie fazia compras na Dunne's, então vou à Dunne's.

– E a loja de jornais na aldeia? Alguém já foi lá?

Pensei na pergunta. Rafe tinha ido comprar cigarros uma noite, mas saíra pelo portão de trás, em direção ao posto de gasolina que fica aberto até tarde na estrada de Rathowen, não na direção de Glenskehy.

– Não depois que cheguei. O que você está pensando?

– Estou só matutando – disse Sam, devagar. – Sobre a aldeia. Você está na Casa Grande, sabe como é. Daniel pertence à família da Casa Grande.

Quase ninguém liga mais para isso; mas de vez em quando, dependendo da história... Eu estava pensando com meus botões se existe alguma animosidade.

Ainda está na nossa memória que os britânicos administraram a Irlanda através do sistema feudal: doavam aldeias para famílias anglo-irlandesas como presentes, e as deixavam usar a terra e os moradores locais como desejassem, o que incluía maneiras as mais variadas possíveis. Após a independência, o sistema se esfacelou; alguns excêntricos, ultrapassados e antiquados, ainda estão presos ao passado, quase todos morando em quatro cômodos e abrindo o resto da propriedade ao público para pagar as contas do conserto do telhado, mas muitas das Casas Grandes foram compradas por empresas e transformadas em hotéis, spas, ou seja lá o que for, e todo mundo meio que esqueceu o que eram antigamente. Aqui e ali, porém, onde a história deixou uma marca mais profunda, as pessoas se lembram.

Wicklow era um desses casos. Durante centenas de anos, rebeliões foram planejadas a um dia de marcha de onde eu estava. Essas montanhas tinham lutado ao lado dos guerrilheiros, escondendo-os de soldados trôpegos em noites escuras e difíceis; chalés como o de Lexie foram deixados vazios e com marcas de sangue quando os britânicos atiravam em qualquer um que aparecesse, até encontrarem o rebelde escondido que procuravam. Todas as famílias têm histórias.

Sam tinha razão, havia tempo demais que eu estava na cidade grande. Dublin é moderna, chegando a um ponto de histeria, qualquer coisa antes da banda larga tornou-se uma piadinha curiosa e constrangedora; eu me esquecera até mesmo de como era morar num lugar que tinha memória. Sam é do interior, de Galway; ele sabe. As últimas janelas do chalé estavam iluminadas pelo luar e ele parecia uma casa fantasmagórica, com segredos e desconfianças.

— Pode ser que haja — eu disse. — Mas não entendo o que isso teria a ver com o nosso caso. Uma coisa é olhar de cara feia para os garotos da Casa Grande até que eles parem de ir à loja de jornais; outra coisa completamente diferente é esfaquear um deles porque o senhor das terras maltratou a sua bisavó em 1846.

— É provável que sim. Mas vou investigar, só para ter certeza. Vale a pena checar qualquer coisa.

Bati o pé na cerca viva, senti uma vibração rápida pelos galhos quando algo correu.

— Sem essa. Você acha que essas pessoas são tão doidas assim?

Um breve silêncio.

— Não estou dizendo que são doidas — disse Sam, afinal.

— Você está dizendo que uma delas pode ter matado Lexie por causa de alguma coisa que uma família que não tem nada a ver fez cem anos atrás. E eu estou dizendo que essa pessoa no mínimo precisa sair mais de casa e arranjar uma namorada que não seja tosqueada todo verão. — Não tinha certeza do motivo pelo qual a ideia me irritou tanto, ou mesmo por que eu estava sendo tão chatinha. Algo a ver com a casa, acho. Eu tinha trabalhado muito naquela casa, tínhamos passado metade da tarde arrancando o papel mofado das paredes da sala de estar, e eu estava começando a me afeiçoar a ela. Pensar que poderia ser o foco daquele tipo de ódio intenso fez algo quente queimar o meu estômago.

— Na região onde fui criado — disse Sam —, vive uma família, os Purcell. O bisavô, ou seja lá qual for o parentesco, era um coletor de aluguéis, naquele tempo. Um daqueles maus: costumava emprestar às famílias pobres o dinheiro do aluguel, usar as esposas e filhas para pagamento dos juros e depois jogar todos eles na rua quando se cansava. Kevin Purcell cresceu junto conosco, sem problemas, nenhum ressentimento; mas quando ficamos mais velhos e ele começou a sair com uma garota da cidade, um grupo de rapazes se reuniu e deu uma surra feia nele. Eles não eram doidos, Cassie. Não tinham nada contra Kevin, que era um cara legal e nunca fez nenhum mal à garota... É só que... tem umas coisas que nunca ficam bem, mesmo depois de muito tempo. Tem umas coisas que não passam.

As folhas da cerca viva picavam e se retorciam às minhas costas, como se algo se movesse dentro delas, mas quando me virei de repente tudo estava quieto como numa pintura.

— Isso é diferente, Sam. Esse cara, Kevin, deu o primeiro passo: começou a sair com a garota. Esses cinco nunca fizeram nada. Eles só *moram* lá.

Mais uma pausa.

— E isso pode ser suficiente, dependendo do caso. Só estou comentando.

Havia um tom de perplexidade em sua voz.

— Tudo bem — falei, mais calma. — Você tem razão, vale a pena dar uma olhada. Nós tínhamos comentado que o cara que procuramos provavelmente seria um morador local. Desculpe por ser tão chata.

— Queria que você estivesse aqui — disse Sam de repente, carinhoso. — Por telefone, é muito fácil confundir as coisas. Entender tudo errado.

— Eu sei, Sam. Também sinto saudades de você. — Era verdade. Eu tentava não sentir, é o tipo de coisa que distrai, e a distração pode tanto arruinar um caso quanto levar você à morte; mas quando eu estava sozinha e cansada, tentando ler na cama depois de um longo dia, era difícil. — Só faltam algumas semanas.

Sam suspirou.

— Menos, se eu descobrir alguma coisa. Vou falar com Doherty e Byrne, verificar o que eles têm a me dizer. Enquanto isso... se cuide, ok? Só por precaução.

— Pode deixar. Me conte as novidades amanhã. Durma bem.

— Durma bem. Te amo.

Aquela sensação de estar sendo observada ainda apertava a minha nuca, mais forte agora, mais próxima. Talvez fosse só a conversa com Sam que me afetara, mas de repente eu precisava ter certeza. Essa onda elétrica vinda de algum lugar no escuro, as histórias de Sam, o pai de Rafe, tudo isso nos pressionando de todos os lados, à procura de um ponto fraco, de um bom momento para atacar: por um segundo esqueci que eu era um dos invasores e me deu vontade de gritar "Nos deixem em paz". Desenrolei a meia com o microfone e coloquei-o na cinta, junto com o telefone. Acendi a lanterna, ajustando para visibilidade máxima, e comecei a andar, um passeio alegre e despreocupado de volta para casa.

Conheço várias maneiras de despistar um seguidor, pegá-lo com a boca na botija ou inverter a situação; quase todas foram planejadas para as ruas de cidades, não para serem usadas no meio do nada, mas dá para fazer adaptações. Fixei o olhar à frente e acelerei o passo, até que não houvesse jeito de alguém ficar muito próximo sem aparecer ou fazer muito barulho no mato mais baixo. Depois dei uma guinada repentina e entrei num caminho transversal, apaguei a lanterna, corri uns quinze metros e passei espremida, fazendo o mínimo de barulho, pelo meio de uma sebe que dava num campo sem cultivo. Fiquei quieta, agachada perto dos arbustos, e esperei.

Vinte minutos e nada, nem o ruído de um pedregulho sendo esmagado, nem o farfalhar de uma folha. Se de fato havia alguém me seguindo, ele ou ela era esperto e paciente, e isso não era uma ideia agradável. Finalmente me esgueirei de volta para o outro lado da sebe. Não havia ninguém no caminho, nem de um lado nem do outro, até onde a vista alcançava. Catei grande parte das folhas e gravetos das minhas roupas e andei rápido para casa. Os passeios de Lexie duravam em média uma hora; eu não tinha muito tempo antes que os outros começassem a se preocupar. Acima do topo das sebes, dava para ver um brilho contra o céu: a luz da Casa dos Espinheiros-Brancos, tênue e dourada, entremeada de redemoinhos de fumaça, como se fosse neblina.

Aquela noite, quando eu estava lendo na cama, Abby bateu à porta do meu quarto. Ela usava um pijama de flanela xadrez vermelha e branca, estava de rosto lavado e cabelo solto até os ombros; parecia ter mais ou menos doze anos. Fechou a porta depois de entrar e sentou-se de pernas cruzadas na ponta da cama, enfiando os pés descalços nas dobras dos joelhos para se aquecer.

– Posso fazer uma pergunta? – disse ela.

– Claro – respondi, rezando para saber a resposta.

– Tudo bem. – Abby passou o cabelo por trás das orelhas, deu uma olhada para a porta. – Não sei como dizer, então vou direto ao ponto para fazer a pergunta, e você pode me dizer para ir cuidar da minha vida se quiser. O bebê está bem?

Devo ter feito uma enorme cara de espanto. Um canto da sua boca se ergueu num sorrisinho torto.

– Desculpe. Não foi minha intenção assustar você. Eu adivinhei. Nossos dias sempre coincidem, mas no mês passado você não comprou chocolate... e depois, quando vomitou naquele dia, tirei minhas conclusões.

Minha mente estava acelerada.

– Os rapazes sabem?

Abby fez um pequeno movimento com um ombro só.

– Duvido. Pelo menos não falaram nada.

Isso não eliminava a possibilidade de que um deles soubesse, Lexie poderia ter contado para o pai – ou que ia ter um bebê ou que ia fazer um aborto – e ele perdera a cabeça, mas diminuía as chances: Abby era muito observadora. Ela esperava, me fitando.

– O bebê não se salvou – disse; o que era, afinal, verdade.

Abby concordou com um gesto de cabeça.

– Sinto muito. Sinto muito mesmo, Lexie. Ou...? – Ela levantou uma sobrancelha discretamente.

– Está tudo bem. De qualquer maneira, eu não tinha certeza do que ia fazer. Assim ficou mais simples.

Abby de novo assentiu, e percebi que eu tinha acertado a resposta: ela não estava surpresa.

– Você vai contar aos rapazes? Porque eu posso fazer isso se você quiser.

– Não – falei. – Não quero que eles saibam. – Informação é munição, como Frank sempre dizia. Aquela gravidez poderia vir a ser útil algum dia; eu não ia jogá-la fora. Acho que foi só naquele momento, quando percebi que estava guardando um bebê morto como uma granada de mão, que compreendi onde tinha me metido.

– Tudo certo. – Abby se levantou e puxou a calça do pijama. – Se algum dia quiser conversar sobre o assunto, sabe onde me encontrar.

– Você não vai me perguntar quem era o pai? – Se fosse de conhecimento comum com quem Lexie estava dormindo, eu estaria em maus lençóis, mas por algum motivo não achei que fosse; Lexie parecia ter vivido a maior parte da vida contando apenas o necessário. Se, no entanto, alguém tivesse adivinhado, teria sido Abby.

Ela se virou, já na porta, e fez de novo aquele movimento de um ombro só.

– Eu imagino – disse, com uma voz cuidadosamente neutra – que se você quiser me contar, provavelmente vai contar.

Quando ela se foi – rápido arpejo de pés descalços, quase inaudível, descendo a escada – deixei o livro onde estava e fiquei sentada, escutando os outros se prepararem para ir dormir: alguém abrindo a torneira no banheiro, Justin cantando baixinho desafinado (*Gooooldfinger*...) no andar de baixo, as tábuas do piso rangendo enquanto Daniel andava de leve pelo quarto. Aos poucos, os barulhos foram diminuindo, ficaram mais fracos e intermitentes, cessaram no silêncio. Apaguei o abajur ao lado da minha cama: se continuasse aceso, Daniel veria a luz sob a porta do seu quarto e eu já tinha tido conversinhas íntimas suficientes para uma noite. Mesmo depois que os meus olhos se ajustaram, só dava para ver o volume ameaçador do guarda-roupa, a corcunda da penteadeira, o quase invisível reflexo no espelho quando eu me mexia.

Eu me esforçara muito para não pensar no bebê; o bebê de Lexie. Quatro semanas, dissera Cooper, menos de meio centímetro: uma pequenina pedra preciosa, uma única centelha de cor escorregando entre os dedos e pelas rachaduras e indo embora. Um coração do tamanho de uma partícula de purpurina, vibrando como um beija-flor, semeado com um bilhão de coisas que, agora, nunca iriam acontecer.

"Quando vomitou naquele dia..." Um bebê decidido, alerta, que não queria ser ignorado, logo esticando dedos finíssimos para puxar a mãe com força. Por alguma razão, eu não imaginava um recém-nascido delicado, mas sim um garotinho, forte e nu, com cachos de cabelo escuro; sem rosto, correndo para longe de mim pelo gramado num dia de verão, deixando em seu rastro uma risada. Talvez ela tivesse se sentado nesta cama poucas semanas atrás, imaginando a mesma coisa.

Ou talvez não. Eu começava a sentir que a vontade de Lexie fora mais densa do que a minha e dura como obsidiana, feita para resistir, e não para combater. Caso não tivesse desejado imaginar o bebê, aquele pequenino cometa cor de pedras preciosas não teria nem por um segundo passado pela sua mente.

Eu queria saber, com tanta intensidade como se isso fosse de alguma maneira a chave que desvendaria toda a história, se ela iria ter o bebê. A nossa proibição ao aborto não muda nada: todos os anos, numa procissão longa e silenciosa, mulheres tomam uma barca ou um avião para a Inglaterra, e voltam para casa antes mesmo de alguém notar a sua ausência. Ninguém no mundo poderia me contar os planos de Lexie; talvez nem mesmo ela tivesse certeza. Quase saí da cama e me esgueirei até o andar de baixo para olhar de novo a agenda, caso eu tivesse deixado passar alguma coisa – um pontinho escondido num canto de dezembro, na data marcada –, mas teria sido uma idiotice fazer isso, e eu já sabia mesmo que não tinha nada lá. Durante muito tempo, fiquei sentada na cama no escuro, com os braços em volta dos joelhos, escutando o barulho da chuva e sentindo a bateria me espetar no ponto onde o ferimento da facada deveria estar.

Houve uma tarde, acho que foi no domingo. Os rapazes tinham empurrado os móveis da sala e estavam atacando o piso com lixadeira elétrica, cera e um tanto de machismo; Abby e eu então os deixamos trabalhando e fomos para o quarto desocupado no último andar, aquele ao lado do meu, para remexer nos guardados do tio Simon. Eu estava sentada no chão, meio coberta de retalhos de tecidos velhos, separando os que não eram só buracos de traça; Abby verificava uma grande pilha de cortinas horrendas, falando em voz baixa: "Lixo, lixo, lixo, essa pode ser que valha a pena lavar, lixo, lixo, ai, credo, lixo, quem *comprou* essa droga?" A lixadeira zumbia, fazendo muito barulho, no andar de baixo, e a casa tinha um clima de atividade tranquila, que me lembrava a sala da equipe de Homicídios num dia calmo.

– Uau – exclamou Abby, de repente, sentando nos calcanhares. – Dê uma olhada.

Ela segurava um vestido: azul esverdeado com bolinhas brancas, gola e uma faixa na cintura também brancas, mangas japonesas e saia rodada, feita para levantar quando você rodopia, puro *lindy hop*.

– Uau – falei, me desvencilhando do meu monte de panos e indo olhar o vestido. – Acha que era do tio Simon?

– Não acho que ele tivesse corpo para isso, mas vamos verificar no álbum. – Abby segurou o vestido com o braço esticado e o examinou. – Quer experimentar? Acho que não tem traça.

– Experimente você, que o encontrou.

– Jamais caberia em mim. Veja... – Abby ficou de pé e segurou o vestido em frente ao corpo. – É para uma mulher mais alta. A cintura ficaria na minha bunda.

Abby tinha menos de um metro e sessenta, mas eu sempre me esquecia disso: era difícil pensar nela como pequena.

– E é para uma mulher mais magra do que eu – falei, medindo a cintura na minha – ou que use um espartilho apertado. Em mim, vai arrebentar.

— Talvez não. Você perdeu peso quando esteve doente. — Abby jogou o vestido no meu ombro. — Experimente.

Ela me olhou com uma expressão curiosa quando me dirigi ao meu quarto para me trocar: era óbvio que aquilo não estava de acordo com a personagem, mas não havia muito que eu pudesse fazer, exceto ter esperança de que ela atribuísse minha atitude ao embaraço causado pelo curativo ou algo assim. O vestido realmente coube em mim, mais ou menos — ficou meio apertado e o curativo formava uma saliência, mas nada de muito estranho. Dei uma verificada rápida para ter certeza de que o fio não estava visível. No espelho, eu parecia animada, coquete e ousada, pronta para qualquer coisa.

— Eu falei — disse Abby, quando apareci. Ela me rodou, rearrumou a faixa fazendo um laço maior. — Vamos dar um susto nos rapazes.

Corremos para o térreo, gritando "Vejam o que encontramos!", e quando chegamos à sala a lixadeira tinha sido desligada e os rapazes nos esperavam.

— Nossa, olhem só para ela! — exclamou Justin. — A nossa *jazz baby*.

— Perfeito — disse Daniel, me sorrindo. — Está perfeito.

Rafe passou uma perna pelo banco do piano e correu um dedo pelas teclas num floreio caprichado. E começou a tocar, algo lento e convidativo, com um pouco de swing. Abby riu e deu mais um puxão na minha faixa para apertá-la; depois foi até o piano e começou a cantar.

Of all the boys I've known and I've known some, until I first met you I was lonesome...

Eu já ouvira Abby cantar, mas só quando estava sozinha e achava que ninguém escutava, nunca desse jeito. Sua voz era de um tipo que não se ouve nos dias de hoje, uma voz de contralto, magnífica, madura, como nos filmes de guerra antigos, uma voz para clubes noturnos cheios de fumaça e cabelos frisados, batom vermelho e um saxofone azul. Justin deixou a lixadeira de lado, bateu os calcanhares com elegância e se inclinou.

— Pode me dar a honra desta dança? — perguntou, e estendeu a mão para mim.

Por um momento, fiquei insegura. E se Lexie tivesse sido muito desajeitada, e se não tivesse sido nada desajeitada e a novidade da minha falta de jeito me denunciasse, e se ele me abraçasse apertando muito e sentisse a bateria sob o curativo... Mas sempre gostei de dançar, e parecia que eu não dançava nem tinha vontade de dançar havia muito tempo, tanto que nem me lembrava da última vez. Abby piscou um olho para mim, sem pular nem uma nota, Rafe introduziu um pequeno *riff* adicional, e eu peguei a mão de Justin e deixei que ele me puxasse da soleira da porta.

Ele sabia dançar: passos fluidos e a sua mão firme na minha, enquanto me conduzia em círculos lentos pelo salão, as tábuas do piso macias, mornas e empoeiradas sob os meus pés. E eu não tinha perdido o jeito, afinal, não pisava nos pés de Justin nem tropeçava nos meus; meu corpo se movia junto ao dele, seguro e ágil, como se eu nunca tivesse tropeçado numa cadeira na minha vida, não erraria um passo nem que tentasse. Raios de sol correndo pelos meus olhos, Daniel recostado na parede e sorrindo com uma lixa amassada esquecida na mão, minha saia levantando como um sino quando Justin me afastava e depois me puxava de novo para perto dele. *And so I rack my brain trying to explain all the things that you do to me...* Cheiro de cera, e o pó da madeira tecendo espirais preguiçosas nas longas colunas de luz. Abby com a palma da mão levantada e a cabeça jogada para trás, garganta exposta, e a canção sendo lançada através dos quartos vazios e tetos inclinados ao céu flamejante do poente.

De repente me lembrei de quando dançara desse jeito: eu e Rob, na extensão de laje abaixo do meu apartamento, uma noite antes de tudo dar errado. A lembrança nem doeu. Parecia tão longínqua; eu estava protegida e intocável no meu vestido azul, e aquilo era uma coisa doce e triste, acontecida com outra pessoa, havia muito tempo. Rafe estava acelerando o ritmo e Abby começava a se balançar mais rápido, estalando os dedos: *I could say, bella, bella, even say wunderbar, each language only helps me tell you how grand you are...* Justin me pegou pela cintura e me tirou do chão num grande voo circular, seu rosto rubro e risonho perto do meu. A ampla sala vazia lançava a voz de Abby de um lado para o outro, como se houvesse alguém em cada canto fazendo a harmonia, e os nossos passos repicavam e ecoavam até dar a impressão de que o cômodo estava repleto de dançarinos, a casa convocando todas as pessoas que ali dançaram através dos séculos de tardes primaveris, moças valentes se despedindo de rapazes valentes que iam para a guerra, velhos e velhas empertigados, enquanto lá fora o mundo se desintegrava e o novo mundo batia à sua porta, todos feridos e todos rindo, nos aceitando como parte da sua longa linhagem.

9

— Ora, ora – disse Frank, naquela noite. – Você sabe que dia é hoje, não sabe?

Eu não tinha a menor ideia. Minha cabeça ainda estava na Casa dos Espinheiros-Brancos. Depois do jantar, Rafe tinha desencavado um *songbook* velho e amarelado de dentro do banquinho do piano e continuado com o tema entreguerras, Abby o acompanhava, cantando do quarto – *Oh, Johnny, how you can love* – enquanto voltava a remexer nas caixas, Daniel e Justin lavavam a louça, e aquele ritmo tinha ricocheteado nos meus calcanhares, doce, animado e tentador, por toda a extensão do gramado e além do portão dos fundos. De fato, até pensei na possibilidade de ficar em casa, deixando Frank e Sam e o misterioso par de olhos fazerem o que quisessem por uma noite. Não era o caso de eu estar realizando algo de útil aqui fora. A noite se encheu de nuvens, uma chuva fininha salpicava o casaco comunitário, e não me agradava manter a lanterna acesa quando falava ao telefone; não dava para ver vinte centímetros à minha frente. Toda uma gangue de perseguidores bons de faca poderia estar dançando a macarena em volta do chalé e eu nunca saberia.

— Se for o seu aniversário, vai ter que esperar para ganhar o presente.

— Muito engraçado. É domingo, menina. E, se não me engano, você ainda está na Casa dos Espinheiros-Brancos, rente que nem pão quente. O que quer dizer que vencemos nossa primeira batalha: você completou a semana sem ser descoberta. Parabéns, detetive. Você está dentro.

— Acho que estou – falei. Eu parara de contar os dias, em algum momento. Decidi que isso era um bom sinal.

— Então – disse Frank. Dava para ouvi-lo se acomodando melhor, abaixando o volume dos furiosos chamados de rádio ao fundo: ele estava em casa, onde quer que fosse sua casa desde que Olivia o expulsara. – Vamos fazer um resumo da Semana Um.

Sentei-me num muro e esperei um segundo para clarear a cabeça antes de responder. Sob a fachada de brincadeira, Frank é puro profissionalismo: quer relatórios, como qualquer outro chefe, e gosta que sejam claros, completos e sucintos.

— Semana Um — comecei. — Infiltrei-me na casa de Alexandra Madison e no seu local de estudo, aparentemente com sucesso: ninguém demonstrou nenhum sinal de suspeita. Explorei a Casa dos Espinheiros-Brancos tanto quanto possível, mas não encontrei nada que nos indicasse um rumo específico. — Isso era verdade, em termos gerais; é de se supor que a agenda apontasse para algum lugar, mas até aquele momento eu não sabia para onde. — Demonstrei muita disponibilidade para contatos: de amigos e conhecidos, tentando estar sozinha em diversas ocasiões durante o dia e a noite, e de desconhecidos, mantendo-me visível nas caminhadas. Não fui abordada por ninguém que já não estivesse no nosso radar, mas neste momento isso não elimina a possibilidade de um agressor desconhecido; ele poderia estar esperando o desenrolar dos acontecimentos. Todos os moradores da casa e alguns alunos e professores vieram falar comigo em várias ocasiões, mas todos pareciam em princípio preocupados em saber como eu estava me sentindo, esse tipo de coisa. Brenda Grealey demonstrou um interesse maior por detalhes do que seria de se esperar, mas acho que isso é devido apenas ao seu gosto pela morbidez. Nenhuma das reações à agressão a Lexie ou ao seu retorno despertaram alerta vermelho. Parece que os moradores da casa ocultaram dos investigadores a extensão do seu sofrimento; sendo eles do jeito que são, no entanto, não considero esse comportamento suspeito. São muito reservados com estranhos.

— Nem precisa me dizer — comentou Frank. — O que diz o seu instinto?

Eu me ajeitei, tentando achar um pedaço de muro onde nada furasse o meu traseiro. Essa conversa estava sendo um pouco mais complicada do que deveria, porque eu não queria contar nem a ele nem a Sam sobre a agenda ou sobre a minha impressão de estar sendo seguida.

— Acho que algo está nos escapando — eu disse afinal. — Algo importante. Talvez o seu cara misterioso, talvez um motivo, talvez... Não sei. Só tenho uma sensação muito forte de que existe alguma coisa que ainda não veio à tona. Sinto que estou perto de pôr o dedo na ferida, mas...

— Alguma coisa a ver com o pessoal da casa? Faculdade? O bebê? A história de May-Ruth?

— Não sei. Sinceramente, não sei.

Molas de sofá rangendo quando Frank se esticou para pegar algo: uma bebida; ouvi quando ele deu um gole.

— Posso garantir o seguinte: não é o tio-avô. Você deu um tiro n'água. Ele morreu de cirrose; passou trinta ou quarenta anos trancado em casa, bebendo, e depois seis meses num hospital, morrendo. Nenhum dos cinco foi visitá-lo. Na verdade, pelo que descobri, ele e Daniel só se viram quando Daniel era criança.

Poucas vezes fiquei tão feliz por estar errada, embora isso me deixasse com a mesma sensação de estar agarrando miragens que eu tivera a semana toda.

– Por que então ele deixaria a casa para Daniel?

– Não tinha muitas opções. As pessoas dessa família morrem cedo; os únicos parentes vivos eram Daniel e o seu primo, Edward Hanrahan, o filho da filha do velho Simon. Eddie é um yuppie, trabalha para uma empresa imobiliária. Parece que Simon achou que Danny Boy era dos males o menor. Talvez ele preferisse tipos acadêmicos a yuppies, ou talvez quisesse que a casa continuasse com o nome da família.

Ponto para Simon.

– Eddie deve ter ficado aborrecido.

– Ah, claro. Ele não era mais chegado ao avô do que Daniel, mas tentou contestar o testamento, alegou que o álcool afetara a sanidade de Simon. Por isso o inventário demorou tanto. Foi uma burrice, claro, esse Eddie não é o duende mais esperto da floresta. O médico de Simon confirmou que ele era alcoólatra e um velho detestável, mas sua sanidade era tão perfeita quanto a sua ou a minha, e assim acabou a história. Nada de suspeito nisso.

Eu me encolhi no muro. Não deveria ter ficado frustrada, jamais acreditara realmente que o grupo tivesse posto veneno no adesivo de dentadura do tio Simon; não conseguia, porém, me livrar da sensação de que havia algo de muito importante acontecendo em torno da Casa dos Espinheiros-Brancos, algo que eu deveria poder identificar.

– Bom – falei –, foi só uma ideia. Desculpe fazer você perder tempo.

Frank suspirou.

– Não foi o caso. Vale a pena checar qualquer coisa. – Se eu ouvisse aquela frase mais uma vez, matava alguém. – Se acha que eles não são confiáveis, então é porque não são. Só não se aplica a esta questão específica.

– Nunca disse que achava que eles não eram confiáveis.

– Há alguns dias você pensou que eles poderiam ter sufocado o tio Simon com um travesseiro.

Puxei o capuz para cobrir melhor o rosto – a chuva estava aumentando, gotas finas como agulhinhas me picavam, e eu queria ir para casa. Impossível dizer o que fazia menos sentido, esta operação de vigilância ou esta conversa.

– Eu não *pensei*. Só pedi para você verificar, pelo sim pelo não. Não consigo vê-los como um bando de homicidas.

– Hum – disse Frank. – E você tem absoluta certeza de que não é só porque são tão simpáticos?

Não dava para saber pela sua voz se ele estava me provocando ou me testando: sendo Frank do jeito que é, provavelmente um pouco de cada coisa.

– Sem essa, Frank, você me conhece. Você me perguntou sobre o meu instinto; pois é isso o que ele me diz. Há uma semana que fico com aqueles quatro basicamente todo o tempo que estou acordada, e não vi nenhum sinal de motivo, nenhuma indicação de consciência pesada. E, como dissemos antes, se um deles é o culpado, os outros três têm que saber. A essa altura, *alguém* teria perdido o controle, por um segundo que fosse. Acho que você está certíssimo quanto a estarem escondendo alguma coisa, mas não acho que seja isso.

– Tudo bem – disse Frank, evasivo. – Então você tem duas tarefas para a Semana Dois. A primeira é identificar o que está mexendo com o seu sentido de Homem-Aranha. A segunda é começar a pressionar o pessoal da casa um pouco, descobrir o que é que eles não estão contando. Até agora foi fácil para eles. Tudo bem, foi o que planejamos, mas agora é hora de começar a apertar o cerco. E enquanto estiver fazendo isso, tem uma coisa de que eu gostaria que você se lembrasse. Sabe a sua conversa de mulher para mulher com Abby naquela noite?

– Sei – respondi. Senti algo muito estranho ao pensar que Frank ouvira aquela conversa; algo quase como indignação. Tive vontade de reagir com rispidez: "Era uma conversa particular."

– Excelente festa do pijama. Falei que ela era esperta. O que acha: ela sabe quem é o pai?

Eu ainda não conseguira formar uma opinião.

– É provável que tenha um bom palpite, mas acho que não tem certeza. E não pretende me contar qual é o seu palpite.

– Fique de olho nela – disse Frank, tomando mais um gole da bebida. – Ela é um pouco observadora demais para o meu gosto. Você acha que ela vai contar aos rapazes?

– Não – falei. Não precisei nem pensar para responder. – Tenho a impressão de que Abby sabe bem como cuidar da sua própria vida e deixar que as outras pessoas resolvam seus próprios problemas. Ela tocou no assunto do bebê para que eu não tivesse de lidar com o problema sozinha se não quisesse, mas uma vez esclarecido esse ponto, ela saiu imediatamente, sem indiretas, sem questionamento. Ela não dirá nada. E, Frank, você vai interrogar os rapazes de novo?

– Ainda não sei – disse Frank. Havia um toque de cautela em sua voz; ele não gosta de ser forçado a dar informações precisas. – Por quê?

– Se for, não mencione o bebê. Ok? Quero eu mesma surpreendê-los com a notícia. Perto de você, eles ficam na defensiva; não vão demonstrar muita coisa. Comigo a reação vai ser mais explícita.

– Tudo bem – disse Frank, após uma pausa. Ele tentava fazer parecer que me fazia um favor; percebi, porém, a satisfação velada: ele gostava do jeito que a minha cabeça estava funcionando. Era bom saber que alguém gostava. – Mas preste atenção para escolher o momento certo, quando eles estiverem bêbados ou coisa parecida.

– Eles não ficam exatamente bêbados, só meio altos. Vou saber o momento certo quando ele chegar.

– Tudo bem. Mas o meu ponto é o seguinte: isso é um assunto que Abby estava escondendo, e não só no que nos diz respeito, ela estava escondendo de Lexie, também, e continua a esconder dos rapazes. Temos falado sobre eles como se fossem uma grande entidade com um grande segredo, mas não é assim tão simples. Existem falhas por lá. Pode ser que todos estejam guardando o mesmo segredo, pode ser que cada um tenha os seus próprios segredos, ou as duas coisas. Procure as falhas. E me mantenha informado.

Ele ia desligar.

– Alguma novidade com relação àquela garota? – perguntei. May-Ruth. Por algum motivo, não conseguia pronunciar o nome em voz alta; até falar sobre ela parecia estranho agora, elétrico. Mas caso ele tivesse descoberto algo mais sobre ela, eu queria saber.

Frank respirou com força.

– Já tentou alguma vez apressar o FBI? Eles estão ocupadíssimos com os seus próprios problemas de mães homicidas e pais estupradores; um casinho de homicídio de outras pessoas não está no topo da sua lista. Esqueça o FBI. Vão nos dar um retorno algum dia. Concentre-se apenas em conseguir algumas respostas para mim.

Frank tinha razão, a princípio eu vira os quatro como uma unidade: Os Moradores da Casa, ombro a ombro, encantadores e inseparáveis como um grupo de pessoas num quadro, todos sob a melhor luz, como o brilho de madeira antiga encerada. Foi só durante aquela primeira semana que eles se tornaram reais para mim, destacando-se como indivíduos separados, com suas peculiaridades e fraquezas. Eu sabia que as falhas tinham que estar lá. Aquele tipo de amizade não acontece de repente no fim do arco-íris, numa manhã de bruma hollywoodiana meio desfocada. Para durar tanto tempo, num ambiente de convivência tão próxima, deve ter dado muito trabalho. Pergunte a qualquer patinador no gelo, ou dançarino de balé, ou participante de concursos de hipismo, qualquer um que viva de movimentos bonitos: nada demanda tanto trabalho quanto a aparente ausência de esforço.

Pequenas falhas, no começo: impalpáveis como neblina, nada que pudesse ser identificado com precisão. Estávamos na cozinha, na segunda-feira de manhã, tomando café. Rafe tinha seguido sua rotina de Mongo-quercafé e desaparecido para acabar de acordar. Justin cortava os ovos fritos em tiras perfeitas, Daniel comia salsichas com uma só mão e fazia anotações às margens do que parecia ser uma fotocópia em língua nórdica antiga, Abby folheava um jornal de uma semana atrás que ela encontrara no prédio de Artes, e eu tagarelava, com ninguém em especial sobre nada específico. Eu vinha aumentando o meu nível de disposição, um pouquinho de cada vez. E isso é mais complicado do que parece. Quanto mais eu falasse, maior a probabilidade de dizer alguma besteira; por outro lado, a única maneira de conseguir algo proveitoso desses quatro era eles ficarem à vontade comigo, e isso só aconteceria quando tudo voltasse ao normal, o que, para Lexie, não envolvia muito silêncio. Eu contava à cozinha sobre as alunas horríveis da minha aula de quinta-feira, um assunto que eu considerava seguro.

– Para mim, são todas de fato a mesma pessoa. Todas se chamam Orla, ou Fiona, ou Aoife, ou um nome desses, têm aquele sotaque como se tivessem feito uma cirurgia para remover os seios nasais, o cabelo é falso-liso e falso-louro e nunca, nunca leem o que foi pedido. Não sei por que se dão ao trabalho de ir à faculdade.

– Para conhecer rapazes ricos – disse Abby, sem levantar a cabeça.

– Pelo menos uma delas conseguiu. Um sujeito com cara de jogador de rúgbi. Ele estava esperando por ela depois da aula a semana passada e, eu juro, quando as quatro apareceram na porta ele ficou apavorado e por um momento estendeu a mão para a *garota errada*, antes que a certa pulasse em cima dele. Ele também não consegue diferenciar uma da outra.

– Vejam quem está se sentindo melhor – disse Daniel, sorrindo para mim do outro lado da mesa.

– Tagarela – disse Justin, pondo outra fatia de pão no meu prato. – Só por curiosidade, você já ficou calada por mais de cinco minutos seguidos?

– Já, sim. Quando eu tinha nove anos, tive laringite e fiquei cinco dias sem conseguir dizer uma palavra. Foi horrível. Todo mundo trazia canja de galinha para mim e revistas em quadrinhos e outras coisas chatas, e eu tentava explicar que me sentia bem e queria me levantar, mas só me diziam para ficar calada e descansar minha garganta. Quando vocês eram pequenos, alguma vez...

– Droga – disse Abby, de repente, levantando a cabeça do jornal. – As cerejas. O prazo de validade terminou ontem. Alguém ainda está com fome? A gente podia fazer panquecas de cereja ou talvez outra coisa.

– Nunca ouvi falar em panquecas de cereja – comentou Justin. – Parece nojento.

– Não sei por quê. Se você come panquecas de mirtilo...

– E *scones* de cereja – comentei, comendo pão.

— É um princípio completamente diferente – disse Daniel. – Cerejas glaçadas. Os níveis de acidez e umidade...

— A gente podia tentar. Custam um dinheirão, não vou deixar estragar.

— Experimento qualquer coisa – falei, querendo ajudar. – Eu comeria panquecas de cereja.

— Ai, não, pelo amor de Deus – disse Justin, com um estremecimento de nojo. – Vamos levar as cerejas para a faculdade e comemos na hora do almoço.

— Rafe não ganha nem uma – disse Abby, dobrando o jornal e indo em direção à geladeira. – Sabe aquele cheiro esquisito na mochila dele? Era metade de uma banana que ele enfiou no bolso de dentro e esqueceu. De agora em diante, não damos a ele nada que não vá comer na nossa frente. Lex, me ajude a embrulhar as cerejas?

Foi tão tranquilo que nem percebi que tinha acontecido. Abby e eu dividimos as cerejas em quatro porções e as colocamos junto dos sanduíches. Rafe acabou comendo a maior parte, e eu esqueci o episódio, até a noite seguinte.

Tínhamos lavado algumas das cortinas menos horrendas e estávamos no processo de pendurá-las nos quartos desocupados, para manter o calor, mais do que como escolha estética – tínhamos um aquecedor elétrico e a lareira para aquecer a casa inteira, no inverno devia fazer um frio polar. Justin e Daniel trabalhavam no quarto do primeiro andar, e nós três nos quartos do último andar. Abby e eu enfiávamos os ganchos para Rafe pendurar, quando ouvimos um barulho de objetos pesados caindo lá embaixo, um baque, o berro de Justin; depois, Daniel gritando: "Está tudo bem, eu estou bem."

— O que aconteceu? – indagou Rafe. Ele se equilibrava com dificuldade no parapeito da janela, segurando o trilho da cortina com uma das mãos.

— Alguém caiu de algum lugar – disse Abby, com a boca cheia de ganchos de cortina – ou por cima de alguma coisa. Acho que vão sobreviver.

De repente, uma exclamação abafada, que se infiltrou pelo piso, e Justin gritou, "Lexie, Abby, Rafe, venham até aqui! Venham ver!"

Corremos lá para baixo. Daniel e Justin estavam ajoelhados no chão do quarto, cercados por um monte de objetos velhos e estranhos, e por um momento pensei que um deles tinha de fato se ferido. Depois vi o que eles estavam olhando. No chão, entre eles, havia uma sacola de couro, manchada e endurecida, e Daniel segurava um revólver.

— Daniel caiu da escada – disse Justin – e derrubou essa tralha toda, e isso despencou bem nos pés dele. Não dá nem para saber onde estava, no meio dessa bagunça toda. Sabe-se lá o que mais tem por aí.

Era um Webley, uma beleza, a pátina brilhando entre as crostas de sujeira.

— Meu Deus — exclamou Rafe, se abaixando ao lado de Daniel e estendendo a mão para tocar no cano. — É um Webley Mark VI, e antigo. Eram comuns durante a Primeira Guerra Mundial. O maluco do seu tio-avô, Daniel, aquele com quem você é parecido: isso pode ter sido dele.

Daniel assentiu. Ele inspecionou a arma por um momento, depois abriu-a: descarregada.

— William — falou. — Pode ter sido dele, sim. — Ele fechou o cilindro e encaixou a mão, com cuidado e delicadeza, em volta da coronha.

— Está imunda — disse Rafe —, mas dá para limpar. Só precisa ficar de molho uns dias num bom solvente, e depois umas escovadas. Suponho que seria demais querer munição.

Daniel deu um sorriso rápido, inesperado. Ele virou a sacola de couro de boca para baixo e uma caixa de papelão desbotado, com balas, caiu ao chão.

— Ah, maravilha — disse Rafe, pegando a caixa e dando uma sacudida. Pelo barulho, eu sabia que estava quase cheia; deveria ter nove ou dez cartuchos. — Logo, logo vamos deixar isso em bom estado. Vou comprar o solvente.

— Não mexa com isso a não ser que saiba o que está fazendo — disse Abby. Ela havia sido a única a não se sentar no chão para olhar, e não parecia muito satisfeita com a ideia. Eu também não tinha certeza de como me sentia. O Webley era uma beleza e eu adoraria ter a oportunidade de experimentá-lo, mas o trabalho de um agente infiltrado fica muito mais sério quando há um revólver no local. Sam não ia gostar nem um pouco disso.

Rafe revirou os olhos.

— O que faz você pensar que não sei? Meu pai me levava para caçar todo ano, desde que eu tinha *sete* anos. Consigo atingir um faisão em pleno voo, acerto três tiros em cada cinco. Teve um ano que fomos à Escócia...

— Pelo menos isso é legal? — quis saber Abby. — Não precisamos de algum tipo de licença?

— Mas é herança de família — disse Justin. — Nós não compramos a arma, nós herdamos.

Outra vez aquele *nós*.

— Licenças não são para comprar um revólver, bobinha — eu disse. — São para possuir um revólver. — Eu já decidira deixar Frank explicar a Sam por que, embora o revólver provavelmente nunca tivesse sido registrado, nós não iríamos confiscá-lo.

Rafe ergueu as sobrancelhas.

— Não querem me ouvir? Estou contando uma história de ligação afetiva entre pai e filho, e vocês só querem falar de burocracia. Quando meu pai descobriu que eu sabia atirar, me tirava da escola uma semana inteira, nas estações de caça. Foram as únicas épocas na minha vida em que ele me tratou como algo mais do que uma propaganda viva a favor do controle da natalidade. No meu aniversário de dezesseis anos, ele me deu...

– Tenho quase certeza de que, oficialmente, precisamos de uma licença – disse Daniel –, mas acho que não devemos tomar nenhuma atitude, pelo menos por enquanto. Já esgotei minha cota de falar com a polícia por uns tempos. Quando vai poder comprar o solvente, Rafe?

Os seus olhos estavam fixos em Rafe, cinza-gelo, firmes, sem piscar. Rafe devolveu o olhar por um segundo, depois deu de ombros e pegou o revólver das mãos de Daniel.

– Provavelmente esta semana, alguma hora. Quando eu achar uma loja que tenha solvente à venda. – Ele abriu o revólver, com muito mais habilidade do que Daniel, e começou a examinar o cano atentamente.

Foi quando me lembrei das cerejas, eu tagarelando, Abby me cortando. Foi o tom de voz de Daniel que me lembrou: aquela mesma firmeza inflexível, calma, como uma porta que se fecha. Demorei um pouquinho para me lembrar sobre o que eu estava falando, antes que os outros, com habilidade e perícia, mudassem de assunto. Algo sobre ter laringite, ficar de cama, quando eu era criança.

Testei minha nova teoria naquela noite quando Daniel havia guardado o revólver e nós tínhamos pendurado as cortinas e estávamos acomodados na sala de estar. Abby tinha terminado a anágua da sua boneca e estava começando um vestido; seu colo estava coberto com os retalhos de tecidos que eu separara no domingo.

– Eu tinha bonecas quando era pequena – falei. Se a minha teoria estivesse correta, não havia risco; os outros não saberiam muito sobre a infância de Lexie. – Eu tinha uma coleção de...

– Você? – disse Justin, com um sorriso estranho. – A única coisa que você coleciona é chocolate.

– Aliás – perguntou Abby –, tem algum chocolate aí? Com nozes?

Direto com o corte.

– Eu tinha uma coleção, sim – falei. – Tinha as quatro irmãs de *Mulherzinhas*. Podia ter a mãe, também, mas ela era uma beata tão feiosa que eu não queria saber dela. Eu não queria nem as outras, mas a minha tia...

– Por que você não arranja bonecas de *Mulherzinhas*? – Justin perguntou a Abby, em tom de reclamação. – E se livra dessa bruxinha horrível?

– Se continuar a reclamar dela, juro que uma manhã dessas você vai acordar e encontrá-la no seu travesseiro, olhando para você.

Rafe me observava, com os olhos dourados semicerrados por sobre o seu jogo de paciência.

– Eu tentava dizer a ela que não gostava de bonecas – falei, mais alto que as exclamações de pavor de Justin –, mas ela nunca entendeu as indiretas. Ela...

Daniel ergueu os olhos do livro.

– Nada de passado – ordenou. A maneira como falou, o tom definitivo indicavam que ele já dissera isso antes.

Fez-se um silêncio longo, não muito confortável. O fogo lançava fagulhas pela chaminé. Abby voltara a testar pedaços de tecido no vestido da boneca. Rafe ainda me observava; minha cabeça estava enfiada no livro (Rip Corelli, *Ela gostava dos casados*), mas eu sentia os seus olhos em mim.

Por alguma razão, o passado – de qualquer um de nós – estava claramente fora dos limites. Era como os coelhos sinistros de *Watership Down*, que não respondiam a perguntas começadas por "Onde".

E mais uma coisa: Rafe com certeza sabia disso. Ele estava testando os limites de propósito. Eu não sabia ao certo quem ele queria atingir, exatamente, ou por que – talvez todos, talvez fosse apenas o seu astral naquele dia –, mas era uma pequena falha naquela superfície perfeita.

O amigo de Frank que trabalhava no FBI enviou informações na quarta-feira. No momento que Frank pegou o telefone, eu senti que alguma coisa tinha acontecido, alguma coisa importante.

– Onde você está? – perguntou ele.

– Numa estradinha, não sei. Por quê?

Uma coruja piou, bem atrás de mim; eu me virei rapidamente, ainda a tempo de vê-la voar sem pressa para as árvores próximas, asas abertas, leve como cinzas.

– O que foi isso? – indagou Frank, em tom incisivo.

– Só uma coruja. Relaxe, Frank.

– Está com o revólver?

Eu não estava. Tinha andado tão envolvida com Lexie e o Quarteto Fantástico, que me esquecera por completo de que aquilo que eu deveria estar atrás ficava fora da Casa dos Espinheiros-Brancos, não dentro, e provavelmente também estava atrás de mim. Aquele deslize, até mais do que o tom de voz de Frank, fez o meu estômago se revirar num claro sinal de alerta: "Concentre-se."

Frank percebeu o meu segundo de hesitação e atacou.

– Vá para casa. Agora.

– Saí há apenas dez minutos. Os outros vão ficar pensando...

– Deixe que eles pensem o que quiserem. Você não vai andar por aí desarmada.

Eu me virei e comecei a voltar pelo mesmo caminho, passando pela coruja balançando num galho, sua silhueta de orelhas pontudas contra o céu. Fiz um desvio em direção à frente da casa; naquele lado os caminhos eram mais largos, menos cobertura para uma emboscada.

– O que houve?

– Está voltando para casa?

– Estou. O que houve?

Frank respirou com força.

– Se prepare para o que vou contar, menina. O meu amigo nos Estados Unidos conseguiu encontrar os pais de May-Ruth Thibodeaux. Eles moram em algum lugar nas montanhas de Cudomundo, Carolina do Norte, não têm nem telefone. Ele mandou um cara lá para dar a notícia e tentar saber mais alguma coisa. E adivinhe o que ele descobriu.

Um segundo antes de dizer a ele para deixar de ser engraçadinho e ir direto ao ponto, eu sabia.

– Não é ela.

– Acertou. May-Ruth Thibodeaux morreu de meningite aos quatro anos. O cara mostrou aos pais a foto na identidade; eles nunca tinham visto aquela garota.

Aquilo me atingiu como uma enorme dose de puro oxigênio, eu queria tanto rir que fiquei quase tonta, como uma adolescente apaixonada. Ela me enganara direitinho – picapes e lanchonetes, droga nenhuma – e só o que me vinha à cabeça era "Boa jogada, garota". E eu que pensara levar a vida com leveza; de repente, isso parecia um jogo de adolescentes, como um menino rico que se finge de pobre enquanto a sua poupança aumenta, porque com essa garota o jogo fora para valer. Ela havia encarado toda a sua vida, tudo que ela era, com tanta leveza como uma flor do campo enfiada no cabelo, que podia ser jogada fora a qualquer momento, enquanto ela partia queimando pneus pela estrada. O que eu não tinha conseguido fazer nem uma vez, ela fizera com tanta facilidade como escovar os dentes. Ninguém, nem meus amigos, nem parentes, nem Sam nem nenhum outro homem, jamais me causara tal impacto. Eu queria sentir aquele fogo percorrendo os meus ossos, queria aquela ventania limpando a minha pele, queria saber se aquele tipo de liberdade tinha cheiro de ozônio ou tempestade ou pólvora.

– Puta merda – falei. – Quantas vezes ela fez isso?

– O que eu quero saber é por quê. Tudo isso confirma a minha teoria: alguém estava atrás dela, e não ia desistir. Ela pega a identidade de May-Ruth em algum lugar, talvez num cemitério ou num anúncio funerário de um jornal velho, e começa tudo de novo. Ele a encontra e ela foge de novo, desta vez para fora do país. Ninguém faz isso a não ser que esteja com medo. Mas no final ele conseguiu pegá-la.

Cheguei ao portão da frente, me encostei numa das colunas e respirei fundo. À luz do luar, a entrada parecia muito estranha, as flores de cerejeira e as sombras espalhando o preto e o branco tão densamente que o chão e as árvores se integravam com perfeição, num grande túnel estampado.

– Pois é – concluí –, no final ele conseguiu pegá-la.

– E não quero que ele pegue você – Frank deu um suspiro. – Detesto admitir, mas o nosso amigo Sammy talvez esteja certo, Cass. Se quiser cair fora, pode começar a fingir que está doente esta noite e amanhã de manhã tiro você daí.

A noite estava calma, nem uma brisa nas cerejeiras. Um fio de som flutuava pela entrada, muito leve e muito doce: uma voz de mulher, cantando. *The steed my true love rides on...* Um arrepio percorreu os meus braços. Naquele momento me perguntei, e ainda me pergunto agora, se Frank estava blefando; se estava na verdade pronto a me tirar de lá, ou se sabia, antes de oferecer, que àquela altura só havia uma resposta que eu poderia dar.

– Não – falei. – Vou ficar bem. Não vou sair.

With silver he is shod before...

– Tudo bem – disse Frank, sem parecer nada surpreso. – Mantenha o revólver com você e fique de olhos abertos. Se eu descobrir qualquer coisa, qualquer coisa mesmo, comunico.

– Obrigada, Frank. Ligo amanhã. Mesma hora, mesmo lugar.

Era Abby quem cantava. A janela do seu quarto tinha o brilho suave da lâmpada do abajur e ela escovava o cabelo, em movimentos lentos e despreocupados. *In yon green hill do dwell...* Na sala de jantar, os rapazes tiravam a mesa, as mangas de Daniel enroladas com cuidado até os cotovelos, Rafe brandindo um garfo para explicar alguma coisa, Justin abanando a cabeça. Eu me recostei no tronco largo de uma cerejeira e fiquei escutando a voz de Abby que se espalhava janela afora e subia em direção ao enorme céu escuro.

Só Deus sabe quantas vidas essa garota deixara para trás até chegar aqui, sua casa. "Eu posso entrar", pensei. "Quando quiser, posso subir aqueles degraus, abrir aquela porta e entrar."

Pequenas falhas. Na quinta-feira à tardinha estávamos de novo no jardim, após o jantar – montanhas de carne de porco e batatas assadas, legumes e depois torta de maçã, não admira que Lexie fosse mais gorda do que eu. Estávamos tomando vinho e tentando achar disposição para fazer algo de útil.

A pulseira do meu relógio tinha se soltado, por isso eu estava sentada na grama, tentando recolocá-la no lugar com a lixa de unhas de Lexie, a mesma que eu usara para virar as páginas da agenda. O pino sempre voava para longe.

– Vai pro inferno, que se exploda e vai tomar no cu – falei.

– O que você disse é uma coisa muito ilógica – comentou Justin com preguiça, sentado no balanço. – O que há de errado em tomar no cu?

Liguei as antenas. Eu já tinha pensado que Justin talvez fosse gay, mas a pesquisa de Frank não revelara nada, nem para um lado nem para o outro – nenhum namorado, nenhuma namorada – e ele poderia facilmente ser apenas um heterossexual simpático e sensível, com tendências domésticas. Se ele fosse gay, eu poderia riscar pelo menos um nome da lista de possíveis pais do bebê.

– Ah, pelo amor de Deus, Justin, pare de se exibir – disse Rafe. Ele estava deitado de costas na grama, com os olhos fechados e os braços dobrados sob a cabeça.

– Você é tão homofóbico – disse Justin. – Se eu dissesse "Que se exploda e vai se foder" e Lexie dissesse "O que há de errado em foder?", você não a acusaria de se exibir.

– Eu acusaria – disse Abby, ao lado de Rafe. – Eu a acusaria de exibir sua vida amorosa quando nós não temos nenhuma.

– Fale por si mesma – disse Rafe.

– Ah, você – disse Abby –, você não vale. Nunca conta nada para a gente. Poderia estar tendo um romance tórrido com todo o time feminino de hóquei da Trinity e nenhum de nós saberia de nada.

– Na verdade, nunca tive um caso com ninguém do time feminino de hóquei – disse Rafe, recatado.

– *Existe* um time feminino de hóquei? – quis saber Daniel.

– Não comece a imaginar coisas – respondeu Abby.

– Acho que esse é o segredo de Rafe – falei. – Como mantém esse silêncio misterioso, nós todos temos uma imagem dele fazendo coisas terríveis pelas nossas costas, seduzindo times de hóquei e transando como um coelhinho. Acho que de fato ele nunca nos conta nada porque nunca tem nada para contar: tem uma vida amorosa ainda mais insignificante do que a nossa. – Rafe me olhou de lado e deu um sorrisinho enigmático.

– Isso seria difícil – disse Abby.

– Ninguém vai me perguntar sobre o meu tórrido romance com o time masculino de hóquei? – perguntou Justin.

– Não – disse Rafe. – Ninguém vai perguntar sobre os seus romances tórridos, primeiro porque sabemos que vai nos contar tudo, de qualquer jeito, e porque, além disso, são sempre uma merda de tão chatos.

— Puxa – disse Justin, daí a instantes. – Isso certamente me colocou no meu devido lugar. Embora vindo de você...

— O quê? – reclamou Rafe, apoiando-se nos cotovelos e fitando Justin com frieza. – Vindo de mim, *o quê?*

Ninguém disse uma palavra. Justin tirou os óculos e começou a limpá-los, com excessivo capricho, na fralda da camisa; Rafe acendeu um cigarro.

Abby me lançou um olhar, como uma deixa. Eu me lembrei dos vídeos: "Há uma cumplicidade", dissera Frank. Esse era o trabalho de Lexie, quebrar a tensão, fazer um comentário espirituoso para todo mundo poder revirar os olhos, rir e seguir em frente.

— Ah, vai pro inferno, que se exploda e tenha uma relação sexual não específica – falei quando o pino voou de novo pelo gramado. – Assim está bom para todo mundo?

— O que tem de errado com relação sexual não específica? – reclamou Abby. – Não gosto que minha relação sexual seja específica.

Até Justin riu, e Rafe logo esqueceu a cara amarrada, equilibrou seu cigarro na beirada do muro e me ajudou a encontrar o pino. Uma onda de felicidade me invadiu: eu tinha acertado.

— Aquele detetive apareceu depois da minha aula – disse Abby na sexta-feira à tarde, no carro. Justin tinha ido para casa cedo. Havia reclamado de dor de cabeça o dia todo, mas para mim era birra, e tinha a ver com Rafe. Por isso nós quatro estávamos no carro de Daniel, parados num engarrafamento na estrada de pistas duplas, junto com milhares de funcionários de escritórios com caras de suicidas e bundões subdotados em SUVs. Eu respirava na janela e brincava sozinha de jogo da velha no vidro embaçado.

— Qual deles? – perguntou Daniel.

— O'Neill.

— Hum – disse Daniel. – O que ele queria dessa vez?

Abby pegou o cigarro que estava entre os dedos de Daniel para acender o seu.

— Perguntou por que não vamos à aldeia – disse ela.

— Porque lá só tem um bando de imbecis de seis dedos – falou Rafe, para a janela. Ele estava ao meu lado, afundado no banco e empurrando com o joelho a parte de trás do banco de Abby. O trânsito sempre deixava Rafe irritadíssimo, mas esse nível de mau humor reforçou a minha impressão de que havia algum problema entre ele e Justin.

— E o que você disse a ele? – indagou Daniel, virando o pescoço e começando a se aproximar da outra faixa; o trânsito andara um pouquinho.

Abby deu de ombros.

— Contei pra ele. Fomos ao pub uma vez, eles nos deram um gelo, não nos demos ao trabalho de ir de novo.

— Interessante — comentou Daniel. — Acho que estamos subestimando o detetive O'Neill. Lex, você falou com ele sobre a aldeia, em algum momento?

— Nem pensei nisso. — Ganhei o jogo da velha, por isso levantei os punhos e dei um soquinho de vitória no ar. Rafe me olhou com uma cara azeda.

— Pois é — disse Daniel. — Devo admitir que eu tinha mais ou menos descartado O'Neill, mas, se ele teve essa ideia sem ninguém sugerir nada, é porque é mais observador do que parece. Fico imaginando... hum.

— Ele é mais *chato* do que parece — disse Rafe. — Pelo menos o Mackey sumiu. Quando vão nos deixar em paz?

— Porra, eu fui *esfaqueada* — falei, sentida —, podia ter *morrido*. Eles querem saber quem fez isso. Aliás, eu também quero. Você não? — Rafe deu de ombros e voltou a olhar o trânsito com raiva.

— Você falou com ele sobre a pichação? — perguntou Daniel a Abby. — E sobre os arrombamentos?

Abby fez que não com a cabeça.

— Ele não perguntou, eu não falei. Você acha que...? Eu poderia telefonar e contar a ele.

Ninguém mencionara nada sobre pichação ou arrombamentos.

— Você acha que alguém da aldeia me esfaqueou? — perguntei, esquecendo o jogo e me debruçando entre os bancos. — Sério?

— Não tenho certeza — disse Daniel. Eu não saberia dizer se ele respondia à minha pergunta ou à de Abby. — Preciso pensar nas possibilidades. Por enquanto, acho que o melhor plano é não fazer nada. Se o detetive O'Neill percebeu a tensão, vai descobrir o resto sozinho, também; não precisamos encorajá-lo.

— *Ai*, Rafe — reclamou Abby, esticando um braço para trás do banco e dando um tapa no joelho de Rafe. — Pare com isso. — Rafe suspirou ruidosamente e girou as pernas para o lado da porta. O trânsito tinha melhorado; Daniel mudou de faixa para poder virar, saiu da estrada de pistas duplas fazendo uma curva perfeita e acelerou.

Quando liguei para Sam, durante a minha caminhada naquela noite, ele já sabia tudo sobre a pichação e os arrombamentos. Passara os últimos dias na delegacia de Rathowen, examinando os arquivos, dos mais recentes aos mais antigos, à procura da Casa dos Espinheiros-Brancos.

– Tem alguma coisa, com certeza. Os arquivos estão *cheios* de referências à casa. – A voz de Sam estava com aquele tom de quem está atarefado, absorto, que aparece quando ele tem uma boa pista. Rob dizia que praticamente dava para ver seu rabinho abanando. Pela primeira vez, desde que Lexie Madison aparecera como uma bomba em nossas vidas, ele parecia animado. – Não tem droga de crime nenhum em Glenskehy, mas nos últimos três anos, aconteceram quatro arrombamentos na Casa dos Espinheiros-Brancos: um em 2002, outro em 2003, dois enquanto o velho Simon estava no hospital.

– Levaram alguma coisa? Reviraram a casa? – Eu mais ou menos descartara a ideia de Sam de Lexie ter sido assassinada por causa de algum objeto antigo e de valor, depois de ver o tipo de tralha que o tio Simon tinha para oferecer, mas se algo naquela casa valera quatro arrombamentos...

– Nada disso. Nenhum objeto foi levado, em nenhuma das vezes, segundo Simon March, embora Byrne diga que como a casa era um depósito de lixo, ele poderia muito bem não notar se faltasse alguma coisa. Também não havia sinal de que procuravam algo. Apenas quebraram o vidro da porta dos fundos, entraram e fizeram uma bagunça: cortaram cortinas e mijaram no sofá da primeira vez, quebraram um monte de louça na segunda, coisas assim. Isso não é roubo. Isso é rancor.

A casa... A ideia de algum ser desprezível, se arrastando pelos quartos, destruindo o que quisesse e botando para fora seus sete centímetros para mijar no sofá, me fez tremer com uma fúria tão intensa que cheguei a ficar assustada; eu tinha vontade de socar alguma coisa.

– Bonito – falei. – Tem certeza de que não eram apenas garotos bagunceiros? Não tem muita coisa para fazer em Glenskehy num sábado à noite.

– Espere um pouco – disse Sam. – Tem mais. Durante cerca de quatro anos, antes de o grupo de Lexie se mudar para lá, a casa era invadida por vândalos quase todo mês. Tijolos pelas janelas, garrafas jogadas nas paredes, um rato morto na caixa de correspondência e pichação. Algumas das palavras eram – som de páginas de caderno sendo viradas – "FORA IRLANDESES TRAIDORES, MORTE AOS DONOS DE TERRAS, VIVA O IRA...".

– Você acha que o IRA matou Lexie Madison? – Certo, esse caso era tão estranho que tudo parecia possível, mas essa teoria era a mais improvável de todas que eu ouvira até agora.

Sam riu com vontade, feliz.

– Pelo amor de Deus, não. Nem faz o gênero deles. Mas alguém em Glenskehy ainda pensava na família March como irlandeses traidores, donos de terras, e pelo jeito não gostava muito deles. E ouça isto: duas pichações, uma em 2001 e a outra em 2003, diziam "FORA ASSASSINOS DE BEBÊS".

— Assassinos de *bebês*? — falei, muito espantada. De repente, a linha do tempo ficou confusa na minha cabeça e pensei na gravidez breve e escondida de Lexie. — Que droga é essa? Onde entra um bebê nessa história?

— Não sei, mas vou descobrir. Alguém tem um motivo de raiva muito específico. Não contra o grupo de Lexie, isso vem de muito tempo, nem contra o velho Simon. "Irlandeses traidores", "assassinos de bebês", no plural, não estão se referindo só a um idoso. O problema é com a família toda: a Casa dos Espinheiros-Brancos e todos os seus habitantes.

O caminho onde eu estava parecia dissimulado e hostil, muitas camadas de sombras, lembranças demais de coisas antigas acontecidas em suas curvas. Fui até a sombra de um tronco e apoiei as costas.

— Por que nunca ouvimos falar disso?

— Não perguntamos. Estávamos concentrados em Lexie, ou seja lá quem ela for, como nosso alvo; nunca pensamos que ela pudesse ser, como é mesmo que falam, um dano colateral. Não é culpa de Byrne nem de Doherty. Com certeza nunca trabalharam antes num caso de homicídio; não sabem como proceder. Nunca lhes ocorreu que pudéssemos ter interesse em saber.

— O que eles dizem sobre tudo isso?

Sam respirou com força.

— Não muito. Não têm nenhum suspeito, nem a mais vaga ideia sobre algum bebê morto, e me desejaram boa sorte na minha pesquisa. Ambos dizem que sabem tão pouco sobre Glenskehy hoje quanto no dia que chegaram aqui. A população de Glenskehy é fechada, não gosta de tiras, não gosta de gente de fora; sempre que acontece um crime, ninguém viu nada, ninguém ouviu nada, eles resolvem o problema a seu modo, entre eles. Segundo Byrne e Doherty, até o pessoal das aldeias vizinhas acha que o povo de Glenskehy é maluco.

— Então eles simplesmente ignoraram o vandalismo? — perguntei. Dava para ouvir o tom cortante na minha voz. — Fizeram os relatórios e disseram, "Ah, pois é, não podemos fazer nada", e deixaram que alguém continuasse a ferrar com a Casa dos Espinheiros-Brancos.

— Eles fizeram o melhor que puderam — disse Sam, na mesma hora e com firmeza. Todos os policiais, mesmo policiais como Doherty e Byrne, são como família para Sam. — Depois do primeiro arrombamento, disseram a Simon March que deveria arranjar um cachorro ou um sistema de alarme. Ele respondeu que detestava cachorros, alarmes eram para rapazes efeminados e ele era capaz de se cuidar sozinho, muito obrigado. Byrne e Doherty acharam que ele tinha um revólver, deve ser o que vocês encontraram. Não ficaram satisfeitos, principalmente porque ele ficava bêbado quase o tempo todo, mas não podiam fazer muita coisa; quando lhe perguntaram, com todas as letras, ele negou. Não podiam forçá-lo a instalar um alarme contra a sua vontade.

– E depois que ele foi para o hospital? Eles sabiam que a casa estava vazia, todo mundo nas redondezas deve ter sabido também, sabiam que seria alvo de...

– Eles passavam por lá toda noite quando faziam a ronda, claro – disse Sam. – O que mais podiam fazer?

Ele parecia assustado, e percebi que eu estava falando alto.

– Você disse "antes de o grupo se mudar para lá" – falei, mais baixo. – E depois?

– O vandalismo não parou, mas as coisas se acalmaram. Byrne foi até lá, conversou com Daniel, contou o que vinha acontecendo, Daniel não pareceu muito preocupado. Depois houve apenas dois incidentes: uma pedra atirada na janela, em outubro, e pichação, de novo, em dezembro, "ESTRANGEIROS, DEEM O FORA". Mais uma razão para Byrne e Doherty não nos dizerem nada. Para eles, estava terminado, era passado.

– Quer dizer que talvez tenha sido só uma vingança contra o tio Simon, afinal de contas.

– Talvez, mas acho que não. Estou apostando no que se poderia chamar de conflito de agendas. – Havia um sorriso na voz de Sam: ter algo concreto para investigar mudara tudo. – Dezesseis relatórios dão a hora do incidente, sempre entre onze e meia da noite e uma da manhã. Isso não é coincidência. Seja quem for que está a fim de atacar a Casa, tem uma janela de oportunidade nesse horário.

– Hora de fechamento dos pubs – falei.

Ele riu.

– Pensamos a mesma coisa. Imagino um ou dois rapazes bebendo, um dia estão invocados, a bebida lhes dá coragem, e quando o pub fecha eles vão à Casa dos Espinheiros-Brancos com uns tijolos ou uma lata de tinta spray, ou seja o que for que esteja à mão. A rotina do velho Simon era muito conveniente para eles: às onze e meia ou ele já estava desmaiado, e são esses os casos em que o relatório não menciona a hora, porque ele só reportou o incidente quando conseguiu ficar sóbrio na manhã seguinte, ou no mínimo estava bêbado demais para correr atrás deles. Nos dois primeiros arrombamentos, ele estava em *casa*, e não chegou a acordar. Por sorte, tinha uma boa tranca na porta do quarto, ou só Deus sabe o que poderia ter acontecido.

– E aí nós nos mudamos para lá – falei. Com um segundo de atraso, percebi o meu erro, *eles* se mudaram, não *nós*, mas Sam pareceu não notar. – Atualmente, entre onze e meia e uma, tem cinco pessoas acordadas e andando pela casa. Destruir o lugar não é tão divertido quando três rapazes grandes e fortes podem pegar você e dar uma boa surra.

— E duas moças grandes e fortes — acrescentou Sam, e percebi o sorriso, de novo. — Aposto que você e Abby também dariam uns socos. Foi o que quase aconteceu com a pedra que foi atirada na janela. Estavam todos sentados na sala de estar, pouco antes de meia-noite, quando a pedra entrou voando pela janela da cozinha; assim que perceberam o que tinha acontecido, os cinco saíram correndo pela porta dos fundos para ir atrás do cara. Mas como não estavam naquele cômodo, demorou um minuto para se darem conta do que acontecera, e àquela altura o sujeito já tinha se mandado. Sorte dele, disse Byrne. Só chamaram a polícia quarenta e cinco minutos depois. Antes, procuraram o sujeito por todos os lugares ali perto, e mesmo depois ainda estavam *espumando de raiva*. O seu amigo Rafe disse a Byrne que, se ele pegasse o cara, nem a própria mãe o reconheceria; Lexie disse que ela pretendia, vou citar suas palavras, "chutar o saco dele com tanta força que ele teria que enfiar a mão pela garganta se quisesse bater uma punheta".

— Ponto para ela — falei.

Sam riu.

— É, achei que você ia gostar. Os outros foram mais sensatos, sabiam que não deveriam dizer nada desse tipo na frente de um tira, mas Byrne diz que com certeza pensaram. Ele fez um sermão sobre não fazer justiça com as próprias mãos, mas não tem certeza de quanto foi assimilado.

— Não os culpo — afirmei. — Não foi nem o caso de os policiais terem ajudado tanto assim. E a pichação?

— O grupo de Lexie não estava em casa. Era um domingo à noite, e eles tinham saído para jantar e ir ao cinema. Voltaram pouco depois de meia-noite e lá estava, na fachada da casa. Era a primeira vez que voltavam tão tarde depois que se mudaram. Poderia ser coincidência, mas acho que não foi. O episódio da pedra inspirou algum respeito no vândalo, ou vândalos. Ele deveria estar de olho na casa, ou então viu o carro passar pela aldeia e não voltar. Percebeu uma oportunidade e tratou de aproveitá-la.

— Então você acha que não é um caso de aldeia versus Casa Grande, afinal? — perguntei. — É só um cara rancoroso?

Sam emitiu um som neutro.

— Não exatamente. Você sabe o que aconteceu quando o grupo de Lexie foi ao Regan's?

— Sim, Abby disse que você havia conversado com ela sobre isso. Ela mencionou qualquer coisa sobre o pessoal ter dado um gelo neles, mas não contou detalhes.

— Foi uns dois dias depois de se mudarem. O grupo todo vai ao pub uma noite, escolhe uma mesa para sentar, Daniel vai até o balcão e o barman o ignora. Durante dez minutos, a um metro de distância, poucas pessoas no pub, e Daniel pedindo "Por favor, duas Guinness e..." O barman lá, enxugando um copo e olhando para a televisão. Finalmente, Daniel desiste, volta para perto dos outros, eles têm uma conversinha e decidem que talvez o velho Simon tenha sido expulso daqui inúmeras vezes e a família March não seja popular. Então, decidem mandar Abby, imaginando que ela teria mais chance do que o rapaz inglês ou o rapaz do Norte. Acontece a mesma coisa. Nesse meio-tempo, Lexie começa a conversar com os velhos da mesa ao lado, para tentar descobrir que droga está acontecendo. Ninguém responde, ninguém nem sequer olha para ela; todos se viram de costas e continuam com sua conversa.

– Caramba – falei. Não é tão fácil quanto parece ignorar cinco pessoas que estão bem na sua frente, pedindo sua atenção. É preciso muita concentração para superar os seus instintos dessa maneira; tem que ter uma razão, algo sólido e frio como uma pedra. Tentei ficar atenta ao caminho, de um lado e do outro ao mesmo tempo.

– Justin vai ficando nervoso e quer ir embora, Rafe ficando zangado e querendo ficar, Lexie cada vez mais hiperativa, tentando fazer os velhos falarem com ela, oferecendo chocolate, contando piadas batidas, e um grupo de jovens num canto começa a fazer cara feia. Abby não estava muito a fim de desistir, mas ela e Daniel perceberam que a situação poderia fugir ao controle a qualquer momento. Eles puxaram os outros e saíram, e não voltaram mais.

Um leve sussurro de vento passou pelas folhas, subindo pelo caminho na minha direção.

– Então o ressentimento está em toda Glenskehy – falei –, mas só uma ou duas pessoas estão saindo da linha.

– É o que estou pensando. E vai ser uma piada descobrir quem são eles. Há cerca de quatrocentas pessoas em Glenskehy, incluindo as fazendas das redondezas, e ninguém vai querer me ajudar a diminuir esse número.

– Veja bem – falei –, pode ser que dê para eu ajudar. Posso traçar o perfil. Mais ou menos, mas enfim: ninguém coleta dados psicológicos de vândalos como fazem com assassinos seriais, então vai ser quase tudo adivinhação, mas pelo menos existe um padrão que já é suficiente para eu dizer alguma coisa.

– Aceito adivinhação – disse Sam, animado. Ouvi páginas sendo viradas, o telefone sendo ajeitado enquanto ele se preparava para escrever. – Aceito qualquer coisa, claro. Pode mandar.

– Tudo bem – falei. – Você está procurando um morador local, é óbvio, nascido e criado em Glenskehy. Quase com certeza do sexo masculino. Acho que é um indivíduo, e não uma gangue: vandalismo espontâneo geralmente envolve grupos, mas campanhas de ódio planejado como esta tendem a ser particulares.

— Pode me dizer alguma coisa sobre ele? — A voz de Sam ficou pouco clara: ele segurava o telefone com o queixo enquanto escrevia.

— Se isso tudo começou há mais ou menos quatro anos, é provável que ele tenha entre vinte e cinco e trinta e poucos anos; vandalismo em geral é um crime cometido por homens jovens, mas esse cara é metódico demais para um adolescente. Não deve ter muita instrução, nível segundo grau, talvez, mas não nível universitário. Ele mora com alguém, com os pais, a esposa ou a namorada: nenhum ataque no meio da noite, alguém o espera em casa a uma determinada hora. Está empregado, tem um trabalho que o mantém ocupado todos os dias da semana, ou teria havido incidentes durante o dia, quando estamos todos fora e o caminho está livre. Além disso, o emprego é local, ele não vai trabalhar em Dublin, esse nível de obsessão indica que Glenskehy é o seu mundo. E não está satisfeito. O trabalho é bem abaixo do seu nível intelectual ou de instrução, ou pelo menos ele acha que é. E provavelmente tem problemas constantes com outras pessoas, vizinhos, ex-namoradas, talvez patrões; esse cara não se dá bem com figuras de autoridade. Pode ser que valha a pena checar com Byrne e Doherty para saber se há rixas locais ou queixas de assédio.

— Se o cara que procuro assediou alguém de Glenskehy — disse Sam, pessimista —, eles não iriam à polícia de jeito nenhum. Apenas reuniriam um grupo de amigos e dariam uma surra nele numa noite qualquer, com certeza. E ele também não contaria nada à polícia.

— Não — falei —, provavelmente não. — Um movimento rápido, no campo do outro lado, uma lista escura na relva. Era pequena demais para ser uma pessoa; mesmo assim, me mexi para ficar mais escondida pela sombra da árvore. — E tem outra coisa. A campanha contra a Casa dos Espinheiros-Brancos pode ter sido provocada por alguma briga com Simon March, parece que ele era um velho cretino e irritante, pode muito bem ter sacaneado alguém. Na cabeça do cara que você procura, porém, a coisa é bem mais séria. Para ele, tem a ver com um bebê morto. E Byrne e Doherty não sabem nada sobre isso, certo? Há quanto tempo estão aqui?

— Doherty há apenas dois anos, mas Byrne está encalhado aqui desde 1997. Ele disse que houve uma morte súbita de recém-nascido na aldeia na primavera passada e uma garotinha caiu numa fossa em uma das fazendas, alguns anos atrás, que Deus os tenha, mas é só isso. Nada suspeito nas duas mortes, e nenhuma ligação com a Casa dos Espinheiros-Brancos. E o computador não mostrou nenhum resultado.

— Então estamos procurando por algo mais antigo — falei —, como você pensou. Só Deus sabe de quanto tempo atrás. Lembra o que me contou sobre os Purcell da sua cidade?

Uma pausa.

– Nunca vamos encontrar nada, é isso. Os registros, claro.

A maior parte dos registros públicos da Irlanda foi queimada num incêndio em 1921, durante a Guerra Civil. – Você não precisa de registros. As pessoas daqui sabem de tudo, posso garantir. Qualquer que tenha sido a época da morte daquele bebê, esse cara não soube da história lendo um jornal velho. Ele está obcecado demais. Para ele, essa história não é antiga; é um ressentimento da maior importância, novo e real, que precisa ser vingado.

– Você está dizendo que ele é louco?

– Não – falei. – Não da maneira que você está pensando. É cuidadoso demais... espera os momentos certos, recua depois de perseguido... Se fosse esquizofrênico, por exemplo, ou bipolar, não teria tanto controle. Ele não é um doente mental. Mas está obcecado a tal ponto que, sim, acho que você poderia dizer que ele é um pouco desequilibrado.

– Pode ficar violento? Quero dizer, atacar pessoas, não apenas casas. – A voz de Sam ficara mais incisiva; ele estava sentado com as costas mais retas.

– Não tenho certeza – disse, com cuidado. – Não parece o estilo dele. Veja bem, ele poderia ter derrubado a porta do quarto de Simon e golpeado o velho com um atiçador se quisesse, mas não o fez. O fato de aparentemente só fazer esse tipo de coisa quando está bêbado me faz pensar que não tem uma boa relação com a bebida, é um desses caras que desenvolve uma nova personalidade depois de quatro ou cinco doses, e não é uma personalidade agradável. Quando entra bebida na história, tudo fica menos previsível. E, como eu disse, para ele é uma obsessão. Se achou que o inimigo estava aumentando o nível do conflito, ao persegui-lo quando jogou a pedra na janela, por exemplo, ele bem que poderia ter dado o troco na mesma moeda.

– Você sabe com o que exatamente essa descrição se parece – disse Sam, após uma pausa –, não sabe? A mesma idade, morador local, esperto, controlado, alguma experiência em crime, mas sem violência...

O perfil que eu traçara para ele, no meu apartamento; o perfil do assassino.

– É – falei – eu sei.

– O que você está me dizendo é que ele pode ser o nosso cara. O assassino.

Aquela lista de sombra, de novo, rápida e silenciosa, passando pela relva e pelo luar: uma raposa, talvez, atrás de um rato do campo.

– Pode ser – falei. – Não podemos eliminar essa possibilidade.

– Se for uma rixa local – disse Sam –, então Lexie não era o alvo específico, sua vida não tem nada a ver com nada e você não precisa estar aí. Pode voltar para casa.

A esperança na sua voz fez com que eu me encolhesse.
— Talvez — falei. — Mas acho que ainda não chegamos a esse ponto. Não temos nenhuma ligação concreta entre o vandalismo e a agressão; pode ser que não estejam relacionados. E, se decidirmos pela minha saída, não dá para voltar atrás.

Uma breve pausa. E depois:
— Tudo bem — disse Sam. — Vou trabalhar para encontrar essa ligação. E, Cassie...

Sua voz ficara sóbria, tensa.
— Vou tomar cuidado — falei. — Estou tomando cuidado.
— Entre onze e meia e uma. Confere com a hora da agressão.
— Eu sei. Não vi ninguém suspeito por aqui.
— Está com o revólver?
— Todas as vezes que saio. Frank já fez um sermão sobre isso.
— Frank — disse Sam, e ouvi aquela distância se insinuando em sua voz. — Certo.

Depois que desligamos, esperei sob a sombra da árvore um longo tempo. Ouvi galhos mais longos de relva sendo amassados e o grito agudo de algum predador que finalmente deu o pulo. Quando o farfalhar se dissipou no escuro e só coisas pequenas se moviam, voltei para o caminho e fui para casa.

Parei no portão dos fundos e me balancei nele por um tempo, ouvindo o rangido lento da dobradiça e olhando o jardim comprido e depois a casa. Ela parecia diferente, esta noite. A pedra cinzenta nos fundos estava achatada e defensiva como o muro de um castelo, e o brilho dourado das janelas não mais parecia aconchegante; tornara-se desafiador, um aviso, como a pequena fogueira de um acampamento numa selva. O luar, branqueando o gramado, transformava-o num grande mar agitado, com a casa alta e imóvel no meio, todos os flancos expostos; sitiada.

10

Quando a gente encontra uma falha, faz pressão no local para ver se algo se quebra. Demorei cerca de uma hora e meia para deduzir que, se havia alguma coisa que os moradores da casa não estavam me contando, eu deveria apostar em Justin para descobrir. Qualquer detetive com alguns anos de experiência pode dizer quem vai entregar os pontos primeiro; na Homicídios, uma vez eu vi Costello, que tinha ido para lá nos anos oitenta, junto com a mobília, adivinhar quem era o elo mais fraco só de olhar o grupo de suspeitos sendo autuado. É a nossa versão de *Qual é a música?*.

Daniel e Abby eram ambos inúteis: controlados e atentos demais, era quase impossível que se distraíssem ou dessem uma mancada – eu tentara duas ou três vezes encorajar Abby discretamente a me contar quem ela achava ser o pai, mas tudo que obtive foram olhares frios e sem expressão. Rafe era mais sugestionável, e eu sabia que era possível conseguir alguma coisa dele, caso necessário, mas seria arriscado; ele era inconstante e birrento demais, tanto poderia dar um chilique e sair zangado quanto contar o que eu queria saber. Justin – meigo, imaginativo, se preocupava com facilidade, queria que todo mundo ficasse feliz – estava bem perto de ser o sonho de qualquer interrogador.

O único problema era que eu nunca ficava sozinha com ele. Na primeira semana, eu de fato não tinha reparado, mas agora que procurava uma oportunidade, ficava evidente. Daniel e eu íamos para a faculdade juntos umas duas vezes por semana, e eu tinha muito contato com Abby – no café da manhã, depois do jantar quando os rapazes lavavam a louça, e às vezes ela batia na porta do meu quarto à noite com um pacote de biscoitos e nós sentávamos na cama e conversávamos até o sono chegar –, mas se acontecesse de eu ficar sozinha com Rafe ou Justin por mais de cinco minutos, um dos outros se aproximava ou nos chamava, e éramos de novo envolvidos pelo grupo, de uma maneira casual e invisível. Poderia ser natural; todos os cinco de fato passavam muito tempo juntos, e todo grupo tem subdivisões, pessoas que nunca formam um par porque só funcionam como parte de um todo. Mas fiquei pensando se alguém, provavelmente Daniel, havia analisado os quatro com o olho clínico de um interrogador e chegado à mesma conclusão que eu cheguei.

Só na segunda-feira de manhã consegui a oportunidade que eu queria. Estávamos na faculdade; Daniel estava dando uma aula e Abby tinha uma reunião com o seu orientador, então estávamos só Rafe, Justin e eu no nosso canto da biblioteca. Quando Rafe se levantou e saiu, presumo que para ir ao banheiro, contei até vinte e estiquei a cabeça sobre a divisória que dava para a mesa de estudo de Justin.

— Olá, você aí — disse ele, levantando a cabeça de uma folha escrita à mão com letra miúda e caprichada. Cada centímetro da sua mesa estava coberto de livros, folhas soltas e fotocópias assinaladas com caneta marca-texto; Justin não conseguia trabalhar se não estivesse confortavelmente instalado no meio de tudo que ele pudesse vir a precisar.

— Estou entediada e tem sol — comentei. — Vamos almoçar.

Ele consultou o relógio.

— São só vinte para uma.

— Viva perigosamente — falei.

Justin fez cara de dúvida.

— E Rafe?

— Ele é grande e feio o suficiente para se cuidar. Pode esperar por Abby e Daniel. — Justin ainda parecia muito inseguro para tomar uma decisão dessa magnitude, e calculei que eu tinha cerca de um minuto para tirá-lo de lá antes que Rafe voltasse. — Ah, Justin, vamos lá. Vou fazer isso até você vir. — E fiquei batucando com as unhas na divisória.

— Argh — exclamou Justin, pousando a caneta. — Esse barulho é uma tortura chinesa. Você venceu.

O lugar óbvio para irmos era a extremidade da Praça Nova, mas como é visível das janelas da biblioteca, arrastei Justin até o campo de críquete, onde Rafe demoraria mais para nos encontrar. Fazia um dia frio e ensolarado, de céu azul e tempo claro como gelo derretido. Perto do Pavilhão, um grupo de jogadores de críquete se movimentava com empenho e estilo, e na ponta onde estávamos quatro caras jogavam Frisbee, fingindo que não tentavam impressionar três meninas superproduzidas sentadas num banco, que fingiam não olhar. Rituais de acasalamento: era primavera.

— E então — perguntou Justin, depois de nos acomodarmos na grama. — Como está ficando essa parte do trabalho?

— Uma porcaria — falei, procurando o sanduíche na sacola de livros. — Não escrevi droga nenhuma depois que voltei. Não consigo me concentrar.

— Bom — disse Justin, um momento depois –, era de se esperar, não? Por um tempinho.

Dei de ombros, sem olhar para ele.

– Vai passar. Com certeza. Agora que você está em casa e tudo voltou ao normal.

– É. Pode ser. – Encontrei o sanduíche, fiz uma careta e joguei-o na grama: poucas coisas preocupavam tanto Justin quanto as pessoas não comerem. – É só que é muito ruim não saber o que aconteceu. É *péssimo*. Fico pensando... Os tiras sempre sugeriam que tinham várias pistas e tal e coisa, mas não me contavam nada. Pô, fui eu que levei a facada. Se alguém tem o direito de saber o motivo, esse alguém sou eu.

– Mas eu pensei que você estava se sentindo melhor. Você disse que estava bem.

– Acho que estou. Não se preocupe.

– Nós pensamos... quer dizer, eu não achei que você estivesse tão chateada. A ponto de ficar pensando nisso. Não é do seu feitio.

Olhei-o rapidamente, mas ele não parecia desconfiado, apenas apreensivo.

– Pois é – falei. – Acontece que nunca levei uma facada antes.

– Não – disse Justin. – Imagino que não. – Ele arrumou o seu almoço na grama: garrafa de suco de laranja de um lado, banana do outro, sanduíche no meio. Ele mordia a ponta do lábio.

– Sabe no que fico pensando? – falei de repente. – Nos meus pais. – Pronunciar aquelas palavras me causou uma pequena e aguda sensação de tonteira.

A cabeça de Justin se ergueu de repente e ele me fitou.

– Como assim, pensando neles?

– Talvez eu devesse falar com eles. Contar o que aconteceu.

– Nada de passado – disse Justin de imediato, como um sinal contra o azar. – Nós combinamos.

Dei de ombros.

– Tudo bem. Para você, é fácil.

– Na verdade, não é não. – E quando eu não respondi: – Lexie? É sério?

Dei de ombros de novo, com uma certa irritação.

– Ainda não decidi nada.

– Mas eu pensei que você os odiasse. Tinha dito que nunca mais falaria com eles.

– Não se trata disso. – Enrolei a alça da minha sacola de livros no dedo e depois puxei-a em longa espiral. – Só fico pensando... Eu podia ter *morrido* lá. Morrido de verdade. E os meus pais nunca ficariam nem sabendo.

– Se alguma coisa acontecer comigo – disse Justin –, eu não quero que os meus pais sejam chamados. Não quero que apareçam. Não quero que saibam.

— Por que não? — Ele tirava a tampa da garrafa de suco, de cabeça baixa. — Justin?

— Esqueça. Não queria interromper.

— Não. Me conte, Justin. Por que não?

Depois de uma pausa, Justin falou:

— Voltei a Belfast para passar o Natal, no primeiro ano do nosso doutorado. Pouco depois de você vir para cá. Lembra?

— Lembro — falei. Ele não me olhava; piscava na direção dos jogadores de críquete, brancos e formais como fantasmas em contraste com o gramado, a pancada do bastão chegando aos nossos ouvidos atrasada e distante.

— Contei ao meu pai e à minha madrasta que sou gay. Na véspera de Natal. — Um risinho sem graça. — Puxa vida, pensei que o espírito de Natal, paz e boa vontade entre os homens... E vocês quatro tinham aceitado tão naturalmente. Sabe o que Daniel disse quando contei? Ele pensou alguns minutos e depois me informou que heterossexuais e gays são construções modernas, o conceito de sexualidade era muito mais fluido até o Renascimento. E Abby revirou os olhos e me perguntou se eu queria que ela fingisse surpresa. Eu estava mais preocupado com Rafe, não sei bem por que, mas ele apenas sorriu e falou "Menos concorrência para mim". O que foi gentil da parte dele, já que na verdade eu nunca fui um concorrente... Foi um grande apoio, sabia. Imagino que por isso achei que contar à minha família não ia ser um problema assim tão grande, afinal de contas.

— Eu não sabia — falei. — Que você tinha contado a eles. Você nunca falou nada.

— Pois é — disse Justin. Ele começou a puxar o filme plástico do sanduíche delicadamente, com cuidado para não sujar os dedos. — A minha madrasta é uma mulher horrível. Horrível mesmo. O pai dela é carpinteiro, mas ela diz às pessoas que ele é *artesão*, não sei bem o que ela acha que isso significa, e nunca o convida para as festas. Tudo nela é pura e perfeita classe média: o sotaque, as roupas, o cabelo, o padrão da louça, é como se ela própria tivesse sido encomendada por catálogo, mas dá para ver o enorme *esforço* que faz o tempo todo. Casar-se com o chefe deve ter sido como conquistar o Santo Graal. Não estou dizendo que o meu pai me aceitaria sem problemas se não fosse ela, ele parecia até que ia vomitar, mas ela fez tudo ficar tão, tão pior. Ficou *histérica*. Disse ao meu pai que queria que eu saísse daquela casa, imediatamente. Para sempre.

— Caramba, Justin.

— Ela vê muita novela na televisão — continuou Justin. — Filhos pecadores são expulsos o tempo todo. Ela ficou berrando, berrando de verdade "Pense nos meninos!", referindo-se aos meus meio-irmãos. Não sei se achou que eu iria convertê-los ou molestá-los ou o que, mas aí eu falei, foi maldade minha, mas você pode entender por que eu me sentia tão perverso, falei que ela não precisava se preocupar, nenhum gay que se desse ao respeito encostaria a mão naqueles meninos horrorosos com cara de repolho. Daí em diante a discussão degringolou. Ela atirou coisas, eu falei coisas, os meninos com cara de repolho até largaram o PlayStation para ver o que estava acontecendo, ela tentou arrastá-los para fora da sala, suponho que para evitar que eu os agarrasse ali mesmo, *eles* começaram a gritar... No fim, meu pai me disse que seria melhor eu sair, "por enquanto", nas palavras dele, mas nós dois sabíamos o que ele queria dizer. Ele me levou de carro até a estação e me deu cem libras. Como presente de Natal. – Justin terminou de tirar o plástico inteiro e colocou-o aberto na grama, com o sanduíche bem no meio.

– O que você fez? – perguntei em voz baixa.

– No Natal? Quase não saí do meu apartamento. Comprei uma garrafa de uísque de cem libras. Fiquei me lamentando. – Ele me deu um meio sorriso irônico. – Eu sei, deveria ter contado que estava de volta. Mas... bem, orgulho, eu acho. Foi uma das experiências mais humilhantes da minha vida. Sei que nenhum de vocês teria perguntado, mas não poderiam deixar de especular, e são todos espertos demais. Alguém teria adivinhado.

Do jeito que ele estava sentado – joelhos levantados, pés juntos – a calça subia formando pregas; usava meias cinza, gastas pelas inúmeras lavagens, e os seus tornozelos eram delicados e ossudos como os de um menino. Estiquei o braço e coloquei a mão sobre um deles. Era quente e firme e os meus dedos quase o envolviam por inteiro.

– Está tudo bem, agora – disse Justin, e quando ergui o rosto vi que ele me sorria, de verdade desta vez. – Falando sério, está mesmo. No princípio fiquei muito chateado; me senti órfão, abandonado, sinceramente, se você soubesse o nível do melodrama na minha cabeça... Mas não penso mais nisso, não depois que nos mudamos para a casa. Nem sei por que toquei no assunto.

– Minha culpa. Desculpe.

– Não se desculpe. – Ele tocou na minha mão com a ponta do dedo. – Se realmente quiser falar com os seus pais, então... não tenho nada a ver com isso, não é? Só o que estou dizendo é, não se esqueça: todos nós tivemos motivos para combinar que não queremos saber de passado. Eu não sou o único. Rafe... bem, você ouviu o pai dele.

Fiz que sim com a cabeça.

– Ele é um pentelho.

– Desde que eu conheço Rafe que ele recebe exatamente o mesmo telefonema: você é patético, você não serve para nada, me envergonha falar de você com meus amigos. Tenho quase certeza de que a infância dele foi toda assim. O pai não gostou dele desde o momento em que ele nasceu, isso acontece às vezes, sabia? Ele queria um bruto de um filho que jogasse rúgbi, apalpasse a secretária e vomitasse na porta de boates e, em vez disso, ganhou Rafe. E fez da vida dele um *inferno*. Você não conheceu Rafe quando entramos na faculdade: um sujeito magrelo e mal-humorado, tão defensivo que se você mexesse com ele só um pouquinho ele reagia com fúria. Eu nem tinha certeza se gostava dele, no começo. Só me dava com ele porque gostava de Abby e Daniel, e era óbvio que eles o achavam legal.

– Ele ainda é magrelo – comentei. – E mal-humorado, também. É um babaquinha quando está a fim.

Justin abanou a cabeça.

– Está mil vezes melhor do que era. E tudo porque não tem que pensar mais naqueles pais terríveis, pelo menos não com frequência. E Daniel... Já ouviu alguma vez, uma só que seja, ele mencionar sua infância?

Fiz que não com a cabeça.

– Nem eu. Sei que os pais dele morreram, mas desconheço quando, como, ou o que aconteceu com ele depois, onde morou, com quem, nada. Uma noite Abby e eu ficamos muito bêbados e começamos a falar bobagens, inventando infâncias para Daniel: ele era um desses meninos selvagens criados por hamsters, cresceu num bordel em Istambul, seus pais eram espiões da CIA que foram mortos pela KGB e ele escapou se escondendo na máquina de lavar... Foi engraçado no dia, mas o fato é que sua infância não pode ter sido muito agradável, não é, para ele ser tão reservado sobre o assunto. Você é muito reservada... – Justin me lançou um olhar rápido. – Mas pelo menos sei que teve catapora e aprendeu a montar. Não sei de nada parecido sobre Daniel. Nada.

Rezei para nunca aparecer uma situação em que eu precisasse demonstrar as minhas habilidades equestres.

– E tem Abby – disse Justin. – Alguma vez Abby falou com você sobre a mãe dela?

– Pouca coisa. Deu para ter uma ideia.

– É pior do que ela diz. Eu cheguei a conhecer a figura. Você ainda não estava aqui, foi lá pelo terceiro ano. Estávamos todos no apartamento de Abby uma tarde, e a mãe dela apareceu, batendo com força na porta. Ela era... meu Deus. O jeito que estava vestida, não sei se é de fato uma prostituta ou só... bem... Era óbvio que estava desorientada; ficava gritando com Abby, mal entendi uma palavra do que disse. Abby enfiou alguma coisa na mão dela, dinheiro, tenho certeza, e você sabe como Abby estava sempre dura, e praticamente a *rebocou* porta afora. Ela ficou branca como um fantasma, a Abby; pensei que fosse desmaiar. – Justin me olhou ansioso, empurrando os óculos sobre o nariz. – Não diga a ela que eu contei.

– Não direi.

– Desde aquele dia ela nunca mais mencionou o assunto; duvido que queira falar sobre isso. E esse é o meu ponto. Tenho certeza de que você também teve suas razões para achar que não falar do passado era uma boa ideia. Talvez o que aconteceu tenha mudado tudo, não sei, mas... lembre-se de que ainda está frágil, agora. Espere um pouco mais antes de fazer alguma coisa irrevogável. E, se de fato decidir entrar em contato com os seus pais, talvez seja melhor não dizer aos outros. Isso iria... Bem. Iria magoá-los.

Olhei-o, perplexa.

– Você acha?

– Claro. Nós... – Ele ainda mexia com o filme plástico; um leve rubor cobria o seu rosto. – Nós amamos você, sabia? De nossa parte, somos a sua família agora. Todos somos a família uns dos outros, quer dizer, não é bem isso, mas você entendeu...

Inclinei-me e dei-lhe um beijo rápido no rosto.

– Claro que entendi. Entendi perfeitamente.

O telefone de Justin deu um sinal.

– Deve ser Rafe – disse ele, tirando o aparelho do bolso. – Isso mesmo. Quer saber onde estamos.

Ele começou a escrever uma mensagem de texto para Rafe, apertando os olhos míopes, e esticou a mão livre para apertar o meu ombro.

– Apenas pense no assunto – disse. – E coma o seu sanduíche.

– Vi que você anda brincando de Quem é o Pai – disse Frank, naquela noite. Ele estava comendo alguma coisa, um hambúrger, talvez, dava para ouvir o barulho do papel. – E Justin está fora, por mais de um motivo. Faça sua aposta: Danny Boy ou Pretty Boy?

– Ou nenhum dos dois – falei. Eu estava a caminho do meu posto de observação. Atualmente, ligava para Frank assim que passava pelo portão dos fundos, em vez de esperar mais alguns minutos, para saber se ele tinha novidades sobre Lexie. – Lembre-se de que o assassino a conhecia; só não podemos ter certeza de que a conhecia bem. De qualquer jeito, não era isso o que eu procurava. Estava investigando o negócio de nada de passado, tentando descobrir o que eles não estão me contando.

– E tudo que conseguiu foi uma bela coleção de histórias tristes. Eu garanto que esse negócio de nada de passado está ferrado, mas já sabíamos que eles eram um bando de gente esquisita. Isso não é novidade.

— Hum — falei. Eu não estava tão segura de que a tarde tinha sido inútil, embora ainda não soubesse como encaixar as novas informações. — Vou continuar bisbilhotando.

— Hoje foi um dia daqueles — disse Frank, com a boca cheia. — Fiquei investigando a garota e não consegui nada. Você deve ter notado: temos um intervalo de um ano e meio na história dela. Ela abandona a identidade de May-Ruth no fim de 2000, mas só aparece como Lexie no começo de 2002. Estou tentando investigar onde ela estava e quem era nesse período. Duvido que tenha ido para casa, seja lá onde for, mas sempre existe essa possibilidade; e mesmo que não tenha ido, pode ter deixado uma ou duas pistas pelo caminho.

— Eu me concentraria nos países europeus — sugeri. — Depois de setembro de 2001, a segurança nos aeroportos ficou muito mais rígida; ela não conseguiria sair dos Estados Unidos e entrar na Irlanda com um passaporte falso. Teria que estar deste lado do Atlântico antes disso.

— Sim, mas não sei que nome procurar. Não há nenhuma solicitação de passaporte em nome de May-Ruth Thibodeaux. Acho que ela voltou a usar a sua própria identidade ou comprou uma nova em Nova York, saiu de JFK com ela, trocou de identidade de novo quando chegou onde queria...

JFK — Frank continuava falando, mas eu parara subitamente no meio do caminho, esquecendo de continuar a andar, porque aquela página misteriosa na agenda de Lexie tinha explodido na minha cabeça com um estouro de fogo de artifício. *CDG 59...* Eu aterrissara no Charles de Gaulle uma dezena de vezes, quando ia passar o verão com os meus primos franceses, e cinquenta e nove libras parecia um preço razoável para uma passagem só de ida. AMS: não era Abigail Marie Stone, era Amsterdã. LHR: Londres Heathrow. Não me lembrava dos outros, mas sabia, com absoluta certeza, que seriam códigos de aeroportos. Lexie estava pesquisando preços de passagens.

Se ela quisesse apenas um aborto, teria ido à Inglaterra, não havia necessidade de perder tempo com Amsterdã e Paris. E os preços eram só de ida, sem volta. Ela estava se preparando para correr de novo, partir do limite da sua vida para entrar no grande mundo azul.

Por quê?

Três coisas tinham mudado, nas suas últimas três semanas. Ela descobrira que estava grávida; N aparecera; e ela começara a fazer planos de ir embora. Não acredito em coincidências. Não havia como saber a ordem em que essas três coisas tinham acontecido, mas, por algum caminho torto, uma delas tinha levado às outras duas. Havia um padrão ali, em algum lugar: tentadoramente próximo, aparecendo e desaparecendo como aquelas figuras que você tem que cruzar os olhos para conseguir ver, estão lá e depois desaparecem rápido demais para serem percebidas.

Até aquela noite, eu não tivera muito tempo para o perseguidor misterioso de Frank. Pouquíssimas pessoas estão dispostas a jogar fora toda a sua vida e passar anos pulando de um lado para outro pelo mundo atrás de uma garota que tivesse feito alguma sacanagem. Frank tem a tendência de escolher a teoria mais interessante em vez da mais provável, e eu arquivara essa em algum lugar entre Possibilidade Remota e Puro Melodrama Hollywoodiano. Mas era a terceira vez, pelo menos, que algo despedaçara a vida de Lexie, destruindo-a de forma irrecuperável. Meu coração sofria por ela.

– Alô? Controle de terra para Cassie?

– Estou aqui – respondi. – Frank, pode me fazer um favor? Gostaria de saber qualquer coisa fora do comum que tenha acontecido na vida dela como May-Ruth, mais ou menos um mês antes do seu desaparecimento; ou melhor, dois meses, por segurança.

Fugindo de N? Fugindo *com* N para começar uma vida totalmente nova em algum lugar, ele, ela e o bebê?

– Não me subestime, menina. Isso já foi feito. Nenhuma visita estranha nem telefonemas, nenhuma discussão, comportamento anormal, nada.

– Não é a isso que me refiro. Quero saber qualquer coisa que tenha acontecido, qualquer coisa mesmo: se ela arranjou outro emprego, trocou de namorado, mudou de casa, ficou doente, fez um curso qualquer. Nada de sinistro, só acontecimentos normais da vida.

Frank pensou um pouco, mastigando o hambúrguer ou seja lá o que fosse.

– Por quê? – perguntou afinal. – Se vou ter que pedir mais um favor ao meu amigo do Federal, tenho que dar a ele uma razão.

– Invente alguma coisa. Não tenho uma boa razão. Intuição, lembra?

– Tudo bem – disse Frank. Tive a impressão desagradável de que ele estava tirando pedacinhos de comida dos dentes. – Concordo se você fizer algo por mim em troca.

Eu começara de novo a andar, automaticamente, em direção ao chalé.

– Diga lá.

– Não relaxe. Começa a parecer que você está curtindo demais isso aí.

– Mim mulher, Frank. Mulher multitarefa. Posso fazer o meu trabalho *e também* dar umas risadas, tudo ao mesmo tempo.

– Melhor para você. O que eu sei é, agente infiltrada relaxa, agente infiltrada com grandes problemas. Tem um assassino por aí, provavelmente a cerca de um quilômetro de onde você está exatamente agora. A sua obrigação é encontrá-lo, não ficar jogando Família Feliz com o Quarteto Fantástico.

Família Feliz. Eu tinha acreditado que ela escondera a agenda para ter certeza de que ninguém saberia dos seus encontros com N, fosse N coisa ou pessoa. Mas isto agora: ela tivera um outro segredo para esconder. Se os amigos tivessem descoberto que Lexie estava para sair em definitivo do seu mundo entrelaçado, livrando-se dele como uma libélula que se desvencilha da sua pele, não deixando para trás nada além do contorno perfeito da sua ausência, teriam ficado arrasados. De repente, eu estava quase tonta de tão feliz por não ter contado a Frank sobre aquela agenda.

– Estou atenta, Frank.

– Bom. Continue assim. – Papel sendo amassado, ele tinha terminado de comer o hambúrger, e ouvi o bip quando desligou.

Eu estava quase chegando ao meu posto de observação. Fragmentos de arbustos, relva e terra ganhavam vida no círculo pálido do facho da lanterna e desapareciam no momento seguinte. Pensei nela correndo desabalada por este mesmo caminho, este mesmo círculo de luz fraca ricocheteando para todos os lados, a porta para a segurança perdida para sempre na escuridão atrás dela e nada à sua frente, a não ser aquele chalé frio. Aquelas pinceladas na parede do seu quarto: ela planejara um futuro aqui, nessa casa, com essas pessoas, até o momento em que a bomba explodiu. "Somos a sua família", dissera Justin, "todos somos a família uns dos outros", e eu estava na Casa dos Espinheiros-Brancos havia tempo suficiente para começar a compreender como ele falara com sinceridade e o quanto isso significava. "O que", pensei, "o que é que pode ter acontecido de tão sério para destruir isso tudo?"

Agora que eu prestava atenção, as falhas continuavam a aparecer. Não sei se estavam lá o tempo todo, ou se ficavam mais profundas diante dos meus olhos. Naquela noite, eu lia na cama quando ouvi vozes do lado de fora, debaixo da minha janela.

Rafe fora se deitar antes de mim, e dava para ouvir Justin executando o seu ritual noturno no andar de baixo – cantarolar, zanzar, uma ou outra batida misteriosa. Sobravam Daniel e Abby. Ajoelhei-me ao lado da janela, prendi a respiração e escutei, mas eles estavam três andares abaixo e só dava para ouvir, em meio à musiquinha animada de Justin, um sussurro abafado e rápido.

– *Não* – disse Abby, em voz mais alta e parecendo frustrada. – Daniel, não se trata disso... – Sua voz sumiu de novo. "Moooon *river*", cantava Justin sozinho, exagerando, todo feliz.

Fiz o que crianças enxeridas fazem desde o começo dos tempos: decidi que tinha que tomar um copo d'água sem fazer nenhum barulho. Justin nem parou de cantarolar quando passei pelo patamar; no térreo, não se via luz sob a porta de Rafe. Fui tateando pelas paredes e entrei na cozinha. A porta de vidro estava aberta, só um centímetro. Fui até a pia – lentamente, sem nem roçar o pijama – e segurei um copo sob a torneira, pronta para abri-la se alguém me pegasse.

Eles estavam sentados no balanço. O luar iluminava o pátio; nunca me veriam, atrás do vidro na cozinha escura. Abby sentada de lado, suas costas no braço do balanço e os pés no colo de Daniel; ele segurava um copo com uma das mãos e a outra repousava com naturalidade nos tornozelos dela. O luar cobria o cabelo de Abby, embranquecia a curva do seu rosto e se acumulava nas dobras da camisa de Daniel. Algo instantâneo me transpassou como uma agulha fina, uma picada de pura dor destilada. Rob e eu nos sentávamos assim no sofá da minha casa, nas longas noites madrugada adentro. O piso gelado mordeu os meus pés descalços e a cozinha estava tão silenciosa que os meus ouvidos doíam.

– Para sempre – disse Abby. Havia um tom de descrédito em sua voz. – Continuar assim, desse jeito, para sempre. Fingir que nada aconteceu.

– Não vejo nenhuma outra opção – disse Daniel. – Você vê?

– Pelo amor de Deus, Daniel! – Abby passou as mãos pelo cabelo, jogou a cabeça para trás, um lampejo de pescoço branco. – Como é que *isso* pode ser uma opção? É uma *loucura*. É isso mesmo que você quer? Fazer isso para o resto da vida?

Daniel se virou para olhá-la; eu só conseguia ver a parte de trás da sua cabeça.

– No mundo ideal – disse ele, com delicadeza –, não. Eu gostaria que as coisas fossem diferentes; várias coisas.

– Ai, meu Deus – disse Abby, esfregando as sobrancelhas como se tivesse um começo de dor de cabeça. – Não vamos nem falar nesse assunto.

– Não se pode ter tudo, sabe – disse Daniel. – Nós sabíamos, quando decidimos morar aqui, que isso envolveria sacrifícios. Já esperávamos por isso.

– Sacrifícios – disse Abby –, sim. Isso, não. Isso eu não previ, Daniel, não. Nada disso.

– Não? – perguntou Daniel surpreso. – Pois eu, sim.

Abby levantou a cabeça rapidamente e o fitou.

– *Isso?* Por favor! Você previu *isso?* Lexie e...

– Bem, Lexie não – disse Daniel. – Um pouco. Embora talvez... – Ele parou de falar, suspirou. – Mas o resto, sim, pensei que seria uma possibilidade real. É da natureza humana. Achei que você também tinha pensado nisso.

Ninguém me dissera que havia um resto nisso tudo, muito menos sacrifícios. Percebi que eu estava prendendo a respiração havia tanto tempo que minha cabeça começava a girar; expirei, com cuidado.

– Não – disse Abby cansada, olhando para o céu. – Pode me chamar de burra.

– Eu jamais faria isso – disse Daniel, com um sorriso meio triste, olhando para o gramado. – Claro que sou a última pessoa no mundo a ter o direito de julgar você por não perceber o óbvio. – Ele tomou um gole do seu drinque, um brilho de âmbar pálido no copo inclinado, e naquele momento, nos seus ombros caídos e no modo como os olhos se fecharam quando ele engoliu, tive um estalo. Eu considerara aqueles quatro seguros no seu castelo encantado, com tudo que queriam ao alcance das mãos. Essa ideia tinha me agradado, muito. Mas algo havia pegado Abby de surpresa e, por alguma razão, Daniel estava se acostumando a ser terrível e constantemente infeliz.

– Como você acha que Lexie está? – perguntou ele.

Abby pegou um dos cigarros de Daniel e acendeu o isqueiro com força.

– Ela parece bem. Meio calada, emagreceu um pouco, mas isso é o mínimo que poderíamos esperar.

– Você acha que ela está legal?

– Ela tem comido. E toma os antibióticos.

– Não foi isso que eu quis dizer.

– Acho que você não precisa se preocupar com Lexie – disse Abby. – Ela me parece bem tranquila. Pelo que vejo, esqueceu a coisa toda.

– De uma certa maneira – disse Daniel – é o que tem me incomodado. Fico preocupado que ela esteja guardando tudo e um dia exploda. E aí?

Abby o observou, a fumaça subindo em espirais lentas ao luar.

– Sob certos aspectos – disse ela, com cuidado –, pode não ser o fim do mundo se Lexie realmente explodir.

Daniel pensou no assunto, rodando o copo com expressão meditativa e olhando para a grama.

– Dependeria muito – disse ele – de como seria a explosão. Acho que deveríamos nos preparar.

– Lexie – disse Abby – é o menor dos nossos problemas. Justin... quer dizer, era óbvio, eu sabia que seria difícil para Justin, mas ele está muito pior do que eu esperava. Assim como eu, ele também nunca previu nada disso. E Rafe não tem ajudado. Se não parar de ser tão sacana, não sei o que... – Vi os seus lábios se apertarem enquanto ela engolia em seco. – E agora, isso. Também não tem sido fácil para mim, Daniel, e não ajuda o fato de você parecer não ligar a mínima.

– Eu ligo, sim – disse Daniel. – Na verdade, me importo muito. Pensei que você soubesse. Só não vejo nada que nós dois possamos fazer.

– Eu poderia ir embora – disse Abby. Ela olhava atentamente para Daniel, seus olhos redondos e muito sérios. – Nós poderíamos ir embora.

Lutei contra o impulso de cobrir o microfone com a mão. Eu não tinha nenhuma certeza do que estava acontecendo aqui, mas se Frank ouvisse isso, não teria dúvida nenhuma de que os quatro estavam planejando uma fuga dramática e eu logo estaria presa e amordaçada no armário dos casacos enquanto eles pegavam um avião para o México. Eu deveria ter tido o bom-senso de testar o alcance exato do microfone.

    Daniel não olhou para Abby, mas sua mão apertou com mais força os tornozelos dela.

    – Você poderia, sim – disse ele afinal. – Não haveria nada que eu pudesse fazer para impedir. Mas esta é a minha casa, sabe. Assim como espero... – Ele respirou fundo. – Assim como espero que seja a sua também. Não posso sair daqui.

    Abby deixou a cabeça cair para trás, de encontro à barra do balanço.

    – É. Eu sei. Eu também não. Eu só... Meu Deus, Daniel. O que podemos *fazer*?

    – Esperar – disse Daniel, baixinho. – Acreditar que um dia tudo volta ao normal, no tempo certo. Confiar uns nos outros. Fazer o melhor que pudermos.

    Um golpe de vento passou pelos meus ombros e eu me virei de repente, já abrindo a boca para contar a história da água. O copo bateu na torneira e caiu da minha mão na pia; o barulho foi suficiente para acordar Glenskehy inteira. Não havia ninguém na cozinha.

    Daniel e Abby congelaram, os rostos subitamente virados para a casa.

    – Oi – falei, abrindo a porta e saindo para o pátio. Meu coração estava disparado. – Mudei de ideia: não estou com sono. Vocês vão ficar acordados?

    – Não – disse Abby. – Eu vou dormir. – Ela tirou os pés do colo de Daniel e passou por mim, entrando na casa. Pouco depois ouvi quando subiu a escada, não se dando ao trabalho de pular o degrau que rangia.

    Aproximei-me de Daniel e me sentei no chão, perto das suas pernas, com as costas apoiadas no balanço. Por algum motivo, não queria me sentar ao seu lado; achei que pareceria grosseiro, como se eu quisesse forçar confidências. Daí a pouco ele colocou a mão, de leve, na minha cabeça. Sua mão era tão grande que envolvia a minha cabeça, como se eu fosse uma criança.

    – Bem – disse ele em voz baixa, meio que para si mesmo.

    O copo estava no chão ao seu lado, e eu tomei um gole: uísque com gelo, já quase todo derretido.

    – Você e Abby estavam brigando? – perguntei.

    – Não – disse Daniel. O seu polegar se moveu, só um pouquinho, pelo meu cabelo. – Está tudo bem.

    Ficamos assim sentados por algum tempo. A noite estava calma, quase não havia brisa para agitar a grama, a lua flutuava alta no céu como uma antiga moeda de prata. O frescor das pedras do piso passando pelo meu pijama e o cheiro agradável do cigarro sem filtro de Daniel me davam uma sensação de conforto e segurança. Empurrei o balanço de leve com as costas, fazendo-o oscilar num ritmo lento, constante.

– O aroma – disse Daniel em voz baixa. – Sente o aroma?

O primeiro aroma suave de alecrim, vindo do canteiro de ervas, apenas um toque no ar.

– Alecrim, para recordação – disse ele. – Logo teremos tomilho, melissa, hortelã e tanaceto, e o que eu acho que deve ser hissopo, no inverno é difícil dizer pela figura no livro. Claro que este ano vai ficar uma bagunça, mas vamos podar direitinho, replantar onde necessário. Aquelas fotos antigas vão ajudar muito, nos dando uma ideia do projeto original, o que deve ficar onde. São plantas fortes, escolhidas por sua resistência e também por seus benefícios. No ano que vem...

Ele me falou sobre os canteiros de ervas antigos: como o arranjo era cuidadoso, para garantir que cada planta tivesse o necessário para florescer, como era perfeito o equilíbrio entre a visão, o olfato e o uso, o lado prático e a beleza, sem nunca permitir que um prejudicasse o outro. O hissopo era usado como expectorante nas gripes ou para curar dor de dente, disse ele, camomila num emplastro para diminuir a inflamação ou em chá para evitar pesadelos; alfazema e melissa para espalhar o cheirinho bom pela casa, arruda e pimpinela em saladas.

– Vamos tentar qualquer dia – disse ele – uma salada do tempo de Shakespeare. O tanaceto tem gosto de pimenta, sabia? Pensei que tinha morrido muito tempo atrás, parecia escuro e seco, mas quando cortei perto da raiz, lá estava: um pingo de verde. Agora vai ficar legal. É impressionante a teimosia das coisas para sobreviver contra todas as dificuldades; como é forte e irresistível o impulso de viver e crescer...

Eu me deixava levar pelo ritmo da sua voz, calma e tranquila como ondas; mal ouvia as palavras.

– O tempo – acho que ele disse em algum lugar atrás de mim, ou talvez tenha sido "tomilho", nunca tive certeza. – O tempo trabalha tanto a nosso favor, basta que a gente permita.

11

O que as pessoas tendem a esquecer a respeito de Sam é que ele tem um dos mais altos índices de crimes solucionados da equipe de Homicídios. Às vezes me pergunto se é por uma razão muito simples: ele não desperdiça esforço. Outros detetives, eu inclusive, levam tudo para o lado pessoal quando as coisas dão errado, ficam impacientes, frustrados e irritados com eles mesmos e com as pistas que não dão em nada e a merda do caso todo. Sam faz o melhor que pode, depois dá de ombros e diz "Ah, pois é", e tenta algo diferente.

Ele tinha dito "Ah, pois é" muitas vezes naquela semana, quando eu perguntava como andavam as coisas, mas não na sua maneira abstrata, vaga de sempre. Desta vez ele parecia tenso e atormentado, numa angústia que aumentava a cada dia. Tinha ido de porta em porta por quase toda a aldeia de Glenskehy, fazendo perguntas sobre a Casa dos Espinheiros-Brancos, e encontrado apenas uma parede lisa e escorregadia de chá, biscoitos e olhares vazios: "São simpáticos os jovens que moram na Casa dos Espinheiros-Brancos, cuidam da vida deles, nunca dão problemas, por que haveria algum ressentimento, detetive? Terrível o que aconteceu com aquela pobre menina, rezei um terço por ela, deve ter sido alguém que ela conheceu em Dublin..." Eu conheço por experiência própria esse silêncio de cidade pequena, intangível como fumaça e sólido como pedra. Nós o exercitamos com os ingleses durante séculos e faz parte da nossa natureza, o instinto de um lugar se fechar como um punho cerrado quando a polícia bate à porta. Às vezes não significa nada mais do que isso; mas é uma coisa forte aquele silêncio, escuro, traiçoeiro e sem lei. Ainda esconde ossos enterrados em algum lugar das colinas, arsenais escondidos em chiqueiros de porcos. Os ingleses o subestimaram, foram enganados pelos olhares simplórios estudados, mas eu sabia e Sam sabia: é perigoso.

Só na terça-feira à noite o tom absorto voltou à voz de Sam.

– Eu deveria saber desde o início – disse ele animado. – Se eles não falam nem com os policiais locais, por que falariam comigo? – Ele havia recuado, pensado no assunto e resolvido pegar um táxi até Rathowen para ir ao pub uma noite: – Byrne disse que o pessoal de lá não morria de amores pelo povo de Glenskehy e eu imaginei que todo mundo gosta de uma chance de fofocar sobre os vizinhos, então...

Ele estivera certo. O povo de Rathowen era muito diferente do pessoal de Glenskehy: em trinta segundos já sabiam que ele era tira ("Venha cá, meu jovem, você está aqui por causa daquela garota que levou a facada ali na estrada?"), e ele passara o resto da noite rodeado de fazendeiros embevecidos, que lhe pagavam *pints* de cerveja enquanto tentavam alegremente levá-lo na conversa para que revelasse alguma coisa da investigação.

– Byrne estava certo: eles acham que Glenskehy é um asilo de loucos. Em parte, isso é normal entre cidades pequenas. Rathowen é um pouquinho maior, lá eles têm uma escola, uma delegacia policial e algumas lojas, por isso chamam Glenskehy de roça de malucos. Mas tem mais aí do que uma rivalidade comum. Realmente acham que tem algo de errado com as pessoas de Glenskehy. Um cara falou que ele não iria ao Regan's por dinheiro nenhum.

Eu estava em cima de uma árvore, usando o meu meião com microfone e fumando. Desde que soubera da pichação, começara a me sentir meio ansiosa e exposta naquelas estradinhas; não gostava de ficar lá embaixo quando estava ao telefone, com metade da minha atenção em outra coisa. Encontrara um cantinho no alto de uma grande faia, bem no lugar onde os galhos começavam e o tronco se dividia em dois. Minha bunda se encaixava bem na forquilha, eu tinha uma visão clara do caminho em ambas as direções e também do chalé lá embaixo e, quando encolhia as pernas, desaparecia entre a folhagem.

– Falaram alguma coisa da Casa dos Espinheiros-Brancos?

Um breve silêncio.

– Falaram – disse Sam. – A casa não tem boa fama, nem em Rathowen nem em Glenskehy. Em parte, isso se deve a Simon March, que era um velho maluco filho da mãe, segundo todos os relatos. Dois sujeitos se lembravam de ele ter atirado neles, quando eram crianças e foram xeretar no terreno em volta da Casa dos Espinheiros-Brancos. Mas a coisa é mais antiga.

– O bebê morto – falei. As palavras fizeram com que algo liso e frio atravessasse o meu corpo pelo meio. – Eles sabiam alguma coisa sobre isso?

– Um pouco. Não sei se todos os detalhes estão certos, você já vai entender por que, mas se chegaram perto da verdade, não é uma boa história. Quer dizer, não é boa para o pessoal da Casa dos Espinheiros-Brancos.

Ele fez uma pausa.

– E aí? – perguntei. – Essas pessoas não são a minha *família*, Sam. E exceto se essa história aconteceu nos últimos seis meses, o que suponho não ser o caso, senão nós saberíamos, ela não tem nada a ver com ninguém que eu tenha sequer *conhecido*. Não vou ficar profundamente magoada por algo que o bisavô de Daniel fez cem anos atrás. Juro.

– Então, tá tranquilo – disse Sam. – Existem variações, mas o essencial da versão de Rathowen é que, tempos atrás, um rapaz da Casa dos Espinheiros-Brancos teve um caso com uma garota de Glenskehy e ela ficou grávida. É certo que isso acontecia com frequência. O problema foi que essa garota não queria sumir num convento ou se casar com um pobre coitado do local, numa pressa danada, antes de alguém notar que ela ia ter um bebê.

– Já estou gostando dela – falei. Não havia como essa história acabar bem.

– Infelizmente o jovem March não teve a mesma reação. Ele ficou furioso; estava de casamento acertado com uma moça anglo-irlandesa rica e de boa família, e isso poderia arruinar todos os seus planos. Ele disse à garota que não queria mais saber nem dela, nem da criança. Ela já era mal vista na aldeia: não apenas havia engravidado sem se casar, o que na época era uma falta gravíssima, mas estava grávida de um dos March... Pouco depois, foi encontrada morta. Tinha se enforcado.

Existem casos semelhantes espalhados por toda a nossa história. A maior parte está enterrada bem fundo, como as folhas do ano passado, e há tempos se transformou em antigas baladas e histórias contadas em noites de inverno. Pensei em como esse caso ficara latente por talvez mais de um século, germinando e crescendo como uma semente lenta e escura, para florescer enfim com vidro quebrado, facas e frutinhas venenosas de sangue entre as sebes de pilriteiros. Senti o tronco espetando as minhas costas.

Apaguei o cigarro na sola do sapato e enfiei a guimba no pacote.

– Conseguiu alguma coisa para confirmar que isso realmente aconteceu? – perguntei. – E que não é só uma história contada em Rathowen para afastar os meninos da Casa dos Espinheiros-Brancos?

Sam respirou fundo.

– Nada. Mandei dois auxiliares estudarem os registros, mas eles não encontraram droga nenhuma. E não há a menor possibilidade de alguém de Glenskehy me contar a versão deles da história. Preferem que todo mundo esqueça o que aconteceu.

– Alguém não está esquecendo – falei.

– Nos próximos dias devo ter alguma ideia de quem é essa pessoa. Estou coletando todas as informações possíveis sobre os habitantes de Glenskehy, para comparar com o perfil que você traçou. Mas gostaria muito de ter uma noção mais clara sobre qual é o problema do sujeito, antes de falar com ele. O negócio é que não tenho nem uma pista por onde começar. Um dos caras em Rathowen me disse que isso tudo aconteceu no tempo da bisavó dele, o que não ajuda muito, porque a mulher morreu com oitenta anos. Outro jurou que foi no século XIX, "depois da Grande Fome", portanto... não sei. Acho que ele quer que a história tenha acontecido tão lá atrás quanto possível, diria que foi no tempo de Brian Boru, se achasse que eu ia acreditar. Enfim, tenho um período que vai de 1847 a mais ou menos 1950, e ninguém para me ajudar a reduzi-lo.

— Na verdade — falei —, talvez eu possa. — Aquilo me fez sentir toda grudenta, traidora. — Me dê dois ou três dias, vou tentar conseguir algo mais específico.

Uma breve pausa, como uma pergunta, até Sam perceber que eu não iria dar detalhes.

— Tranquilo. Se descobrir qualquer coisa será ótimo. — E em seguida, mudando de tom, quase tímido: — Escute, eu estava pretendendo perguntar uma coisa a você, antes disso tudo acontecer. Eu estava pensando... nunca tirei férias, só uma vez, quando eu era criança, fui a Youghal. E você?

— França, nas férias de verão.

— Para visitar a família, com certeza. Estou falando de férias mesmo, como na televisão, com praia, mergulho de *snorkel* e coquetéis malucos num bar com uma cantora brega cantando *I Will Survive*.

Eu sabia onde ele queria chegar.

— Que droga você tem visto na televisão?

Sam riu.

— *Ibiza Uncovered*. Vê o que acontece com o meu gosto quando você não está aqui?

— Você só está querendo ver as mulheres com peito de fora — falei. — Emma, Susanna e eu pretendemos viajar desde que éramos colegas de escola, só que ainda não concretizamos os planos. Talvez no próximo verão.

— Mas agora as duas têm filhos, não têm? Assim fica mais difícil tirar férias com as amigas. Eu estava pensando... — De novo aquele jeito tímido. — Peguei uns panfletos em agências de viagem. Quase todos da Itália; sei que você gosta de arqueologia. Será que eu posso levar você numa viagem de férias quando isso tudo acabar?

Eu não tinha a menor ideia do que achava disso, nem disposição para pensar no assunto.

— Parece ótimo, e você é um amor de ter pensado nisso. Podemos decidir quando eu voltar para casa? O problema é que não sei quanto tempo ainda vou ficar por aqui.

Houve um silêncio mínimo, e eu fiz uma careta. Detesto magoar Sam; é como chutar um cachorro tão manso que nunca vai reagir e morder.

— Já se passaram mais de duas semanas. Pensei que Mackey tinha dito no máximo um mês.

Frank diz o que for mais conveniente no momento. Investigações secretas podem durar anos e embora eu soubesse que não era o caso agora — as operações demoradas têm como objetivo atividades criminosas contínuas e não um crime específico – tinha quase certeza de que um mês era algo que ele tinha inventado aleatoriamente para se livrar de Sam. Por um segundo, quase desejei que fosse isso. A perspectiva de deixar tudo aqui, voltar à VD, às multidões de Dublin e às roupas de executiva era muito deprimente.

– Em teoria, sim – falei –, mas não dá para determinar um tempo exato nesse tipo de coisa. Pode ser menos de um mês, posso ir para casa a qualquer momento, caso um de nós consiga algo concreto. Mas, se eu encontrar uma boa pista e precisar segui-la, pode ser que fique aqui mais uma ou duas semanas.

Sam manifestou sua raiva e frustração audivelmente.

– Se alguma vez eu falar de novo em investigação conjunta, pode me prender no armário até minha cabeça voltar ao normal. Preciso de um *prazo*. Estou adiando várias coisas, como pegar material dos rapazes para fazer exame de DNA e comparar com o do bebê... Até você sair daí, claro, não posso nem comentar que estamos lidando com um homicídio. Poucas semanas é uma coisa...

Eu tinha parado de escutá-lo. Em algum lugar, no caminho ou no meio das árvores, ouvi um ruído. Não um dos ruídos comuns, aves noturnas, folhas e pequenos animais caçando, esses agora eu já conhecia; outra coisa.

– Espere um pouco – falei baixinho, no meio da frase de Sam.

Afastei o telefone do ouvido e escutei, prendendo a respiração. Vinha do caminho, na direção da estrada principal, fraco mas se aproximando: um barulho lento e ritmado, de algo sendo esmagado. Passos nos seixos.

– Tenho que desligar – disse ao telefone, quase num sussurro. – Ligo mais tarde se puder. – Desliguei o telefone, enfiei-o no bolso, encolhi as pernas entre os galhos e fiquei imóvel.

Os passos eram firmes e se aproximavam; pelo seu peso, uma pessoa grande. Não havia nada caminho acima a não ser a Casa dos Espinheiros-Brancos. Puxei o pulôver para cima, devagar, para cobrir a metade inferior do meu rosto. No escuro, é a visão de relance do branco que denuncia a presença.

A noite muda o sentido de distância, faz os sons parecerem mais próximos, e me pareceu uma eternidade até que a pessoa ficasse visível: só um movimento rápido, a princípio, uma sombra manchada que passava vagarosamente sob as folhas. Um lampejo de cabelo louro, prateado como o de um fantasma na luz pálida. Tive que lutar contra o instinto de virar a cabeça. Era um lugar ruim para esperar que algo saísse da escuridão. Havia uma quantidade de coisas desconhecidas à minha volta, movimentando-se atentas ao longo de seus caminhos secretos, cuidando das suas vidas, e algumas deviam ser do tipo que não é seguro de se ver.

Logo depois ele passou por um trecho enluarado, e vi que era só um cara alto, com corpo de jogador de rúgbi e uma jaqueta de couro que parecia ser de grife. Ele andava como se estivesse inseguro, hesitante, olhando por entre as árvores de um lado e do outro. Quando estava a poucos metros de distância, virou a cabeça e olhou diretamente para a minha árvore, e um segundo antes de eu fechar os olhos – essa é a outra coisa que pode denunciar a sua presença, aquele brilho, somos todos programados para perceber olhos que nos observam – vi o seu rosto. Era da minha idade, talvez um pouco mais novo, atraente e bem-arrumado de um jeito que a gente esquece com facilidade, com uma cara fechada meio confusa e perplexa, e não estava na lista de AC. Eu jamais o vira antes.

Ele passou debaixo da minha árvore, tão perto que eu poderia ter jogado uma folha em sua cabeça, e desapareceu caminho acima. Fiquei quieta. Se era amigo de alguém e estava de visita, eu ia ficar lá em cima um longo tempo, mas tive a impressão de que não era. A hesitação, os olhares confusos para todos os lados; ele não procurava a casa. Procurava alguma coisa, ou alguém.

Três vezes, nas suas últimas semanas, Lexie tinha se encontrado com N – ou pelo menos planejado se encontrar com N – em algum lugar. E na noite em que ela morreu, se os outros quatro estivessem dizendo a verdade, ela saíra para uma caminhada e encontrara o assassino.

Minha adrenalina estava acelerada e eu queria muito ir atrás do cara, ou pelo menos interceptá-lo no seu caminho de volta, mas sabia que era uma má ideia. Não estava assustada – tinha um revólver, afinal de contas, e o sujeito não parecia assustador, apesar do seu tamanho –, mas eu só tinha um tiro, no sentido metafórico, e não podia me dar ao luxo de disparâ-lo enquanto ainda estivesse completamente no escuro. Era provável não haver nenhum meio de descobrir se ele estava ligado a Lexie, e como, eu ia ter que improvisar, mas seria legal pelo menos saber o seu nome antes de começar a conversa.

Deslizei árvore abaixo em câmera lenta – as cascas do tronco agarraram na minha blusa e quase arrancaram o microfone, Frank ia pensar que eu estava sendo atropelada por um tanque – e me escondi atrás, para esperar. Tive a impressão de que horas se passaram até o cara voltar lentamente pelo caminho, esfregando a parte de trás da cabeça e ainda parecendo confuso. Ele não tinha encontrado o que procurava. Quando passou por mim, contei trinta passos e comecei a segui-lo, mantendo-me na orla de relva e pisando com cuidado, sempre atrás dos troncos das árvores.

O seu babacamóvel estava estacionado na estrada principal, um enorme SUV preto com os inevitáveis e deprimentes vidros fumê nas janelas. O local ficava a cerca de cinquenta metros da entrada de acesso, e a estrada era margeada por grandes trechos descampados – relva alta, urtigas ouriçadas, um antigo marco meio torto se destacando – portanto, não havia proteção. Eu não podia correr o risco de chegar perto o bastante para ler o número da placa. O cara deu um tapa afetuoso no capô, entrou, bateu a porta com toda força – um silêncio súbito e frio nas árvores à minha volta – e ficou lá sentado por alguns minutos, contemplando seja lá o que for que caras assim contemplam, provavelmente o seu corte de cabelo. Depois ligou o carro e ficou acelerando, para em seguida arrancar pela estrada em direção a Dublin.

Quando tive certeza de que ele tinha ido embora, voltei a subir na árvore e fiquei pensando. Sempre havia a possibilidade de esse cara estar me perseguindo fazia algum tempo, e a sensação elétrica na minha nuca poderia estar vindo dele, mas eu duvidava. Ele não fora muito dissimulado em sua procura esta noite, e tive a impressão de que andar sorrateiramente pelo mato não era uma parte importante do seu conjunto de habilidades. A tocaia que eu sentia com o canto do olho não iria se revelar tão facilmente.

De uma coisa eu estava certa: nem Sam nem Frank precisavam saber sobre o Príncipe do SUV, não até eu ter algo muito mais concreto para contar. Sam ficaria furioso se soubesse que eu andara me esquivando de homens estranhos no mesmo tipo de caminhada tarde da noite em que Lexie não conseguira se esquivar do assassino. Frank não ligaria a mínima – ele sempre achou que eu era capaz de me cuidar –, mas se eu contasse, ele iria tomar a frente da situação, encontrar o cara, detê-lo e interrogá-lo à exaustão, e não era isso o que eu desejava. Algo me dizia que não era a melhor maneira de lidar com este caso. E outra coisa, mais profunda, me dizia que de fato Frank não tinha nada a ver com isso. Ele estava envolvido por acaso. A questão era entre mim e Lexie.

Mesmo assim, liguei para ele. Já tínhamos nos falado naquela noite e era tarde, mas ele atendeu rápido.

– Alô? Você está bem?

– Estou bem – respondi. – Desculpe, não pretendi assustar você. Só queria perguntar uma coisa, antes que eu me esqueça de novo. Apareceu na investigação algum cara de mais ou menos um metro e oitenta de altura, forte, perto de trinta anos, cabelo louro com aquele topete que está na moda, jaqueta de couro marrom estilosa?

Frank bocejou e eu me senti ao mesmo tempo culpada e ligeiramente aliviada: era legal saber que às vezes ele até dormia.

— Por quê?

— Uns dois dias atrás passei por um cara na Trinity e ele me sorriu e fez um aceno de cabeça, como se me conhecesse. Não está na lista dos AC. Não é nada de tão importante, ele não agiu como se fôssemos amigos do peito nem nada, mas achei que eu deveria checar. Não quero estar desprevenida se nos encontrarmos de novo. — Isso era verdade, a propósito, embora o sujeito em questão fosse pequeno, magrinho e ruivo. Fiquei uns dez minutos dando tratos à bola para descobrir como ele me conhecia. A sua mesa de estudo ficava no nosso canto da biblioteca.

Frank ficou pensando; ouvi o barulho dos lençóis quando ele se virou na cama.

— Não me lembro de ninguém. A única pessoa que me vem à cabeça é Eddie Lento, o primo de Daniel. Tem vinte e nove anos, é louro e usa uma jaqueta de couro marrom, e imagino que possa ser considerado boa pinta, para quem gosta do tipo grande e burro.

— Não é o seu tipo? — Nada de N. Por que é que Eddie Lento estaria perambulando por Glenskehy à meia-noite?

— Prefiro seios maiores. Eddie alega não ter conhecido Lexie. E não haveria mesmo razão para conhecê-la. Ele e Daniel não se dão; não é o caso de Eddie dar um pulo na casa de vez em quando para tomar um chá, ou de se juntar ao grupo para uma noitada. Ele mora em Bray, trabalha em Killiney; não vejo razão para estar na Trinity.

— Não se preocupe — eu disse. — Provavelmente é só alguém que conhece Lexie da faculdade. Volte a dormir. Desculpe tê-lo acordado.

— Sem problemas — disse Frank, bocejando de novo. — É melhor prevenir do que remediar. Grave um relatório numa fita, com uma descrição completa, e se encontrá-lo de novo me avise. — Ele já estava meio dormindo.

— Farei isso. Boa-noite.

Fiquei quieta na minha árvore por alguns minutos, com o ouvido atento a barulhos fora do comum. Nada; apenas a vegetação rasteira se agitando como o oceano com o vento, e aquela sensação de formigamento, leve e indisfarçável, no topo da minha espinha. Pensei com meus botões que se algo fosse incendiar a minha imaginação, seria a história que Sam tinha contado: a garota que tinha perdido o namorado, a família, o futuro, amarrando a corda num desses ramos escuros por tudo que restara, ela e o bebê. Liguei para Sam antes que eu pensasse demais nessa história.

Ele ainda estava totalmente desperto.

— O que foi que aconteceu? Você está bem?

— Estou bem. Mil desculpas. Achei que eu tinha ouvido os passos de alguém. Fiquei imaginando que seria o perseguidor misterioso de Frank, com uma máscara de hóquei e uma moto-serra, mas não tive tanta sorte. – Isso também era verdade, óbvio, mas distorcer os fatos para Sam não era como distorcê-los para Frank, e no ato senti o meu estômago se revirar.

Um breve silêncio.

– Eu me preocupo com você – disse Sam, em voz baixa.

– Eu sei, Sam. Eu sei que você se preocupa. Eu estou bem. Logo vou voltar para casa.

Pensei ouvi-lo suspirar, um pequeno sopro de resignação, suave demais para eu ter certeza.

– É – disse ele. – A gente pode falar sobre aquelas férias depois, então.

Caminhei de volta para casa pensando no vândalo de Sam, naquela sensação de formigamento e em Eddie Lento. Tudo que eu sabia era que ele trabalhava para uma firma de corretores de imóveis, ele e Daniel não se davam, Frank não tinha uma opinião favorável do seu intelecto e ele tinha desejado a Casa dos Espinheiros-Brancos tanto que chegara a chamar o seu avô de maluco. Algumas hipóteses passaram pela minha cabeça – o Maníaco Homicida Eddie matando os ocupantes da Casa dos Espinheiros-Brancos um a um, Don Juan Eddie mantendo uma ligação perigosa com Lexie e depois perdendo a cabeça quando soube do bebê –, mas todas elas pareciam bem mirabolantes, e de qualquer maneira eu gostava de pensar que Lexie tinha tido bom gosto e não transaria com um yuppie idiota no banco de trás de um SUV.

Se ele tinha circulado perto da casa uma vez e não encontrado o que estava procurando, tudo indicava que voltaria – exceto se estivesse apenas dando uma última olhada no lugar que tinha amado e perdido, e ele não me parecia ser do tipo sentimental. Arquivei-o sob o título Coisas para me Preocupar Alguma Outra Hora. Naquele momento, ele não estava entre os primeiros da minha lista.

A parte que eu não estava comentando com Sam, essa coisa nova e escura se desenrolando e palpitando vagamente na minha cabeça: alguém guardava um rancor enorme contra a Casa dos Espinheiros-Brancos; alguém estivera se encontrando com Lexie nesses caminhos, alguém sem rosto cujo nome começava com N; e alguém ajudou-a a fazer aquele bebê. Se os três fossem a mesma pessoa... O vândalo de Sam era meio maluco, mas bem poderia ser sabido o suficiente – quando sóbrio, claro – para esconder isso; ele poderia ser lindo, charmoso, tudo de bom, e já sabíamos que o processo decisório de Lexie funcionava de uma maneira um pouco diferente do da maioria das pessoas. Talvez ela gostasse de homens angustiados. Pensei num encontro casual num dos caminhos, longos passeios juntos sob a lua invernal e galhos com filigranas de geada; naquele seu sorriso oblíquo de olhos semicerrados; no chalé em ruínas e no abrigo atrás da cortina de amoreiras.

Se o cara que eu estava imaginando tivesse se deparado com uma oportunidade de engravidar uma garota da Casa dos Espinheiros-Brancos, para ele seria um presente de Deus, uma simetria brilhante, perfeita: uma bola de ouro jogada em suas mãos pelos anjos, que não poderia ser recusada. E ele teria matado Lexie.

Na manhã seguinte alguém cuspiu no nosso carro. Estávamos a caminho da faculdade, Justin e Abby na frente, eu e Rafe atrás – Daniel saíra cedo, sem explicações, enquanto nós quatro estávamos no meio do café. A manhã estava fresca e cinzenta, o silêncio da madrugada ainda no ar e a chuva fina embaçando as janelas; Abby consultava suas anotações e cantarolava acompanhando a música de Mahler no tocador de CD, alternando oitavas de forma dramática no meio do canto, e Rafe estava só de meias, tentando desfazer um nó gigantesco no cadarço do sapato. Quando passávamos por Glenskehy, Justin freou, em frente à loja de jornais, para deixar uma pessoa atravessar a rua: um senhor idoso, curvado, mas ainda forte, num surrado terno de *tweed* de fazendeiro, com uma boina na cabeça. Ele ergueu a bengala como numa saudação enquanto passava se arrastando, e Justin acenou de volta.

Aí ele viu que era Justin. E parou no meio da rua, fitando-nos através do para-brisa. Por um segundo o seu rosto se contorceu numa máscara rígida de fúria e nojo; e então ele bateu com a bengala no capô, um som metálico forte, que dilacerou a manhã. Todos demos um pulo, mas, antes que pudéssemos tomar qualquer atitude sensata, o velho fez que ia escarrar e cuspiu no para-brisa – bem na altura do rosto de Justin – e continuou a atravessar a rua mancando, deliberadamente no mesmo passo.

– Que... – disse Justin, sem fôlego. – Que *merda*! O que foi isso?

– Eles não gostam de nós – falou Abby impassível, se esticando para acionar os limpadores de para-brisa. A rua era longa e estava deserta, casinhas de cores claras bem fechadas por causa da chuva, a mancha escura das colinas se elevando por trás delas. Nada se mexia, só o arrastar lento e mecânico do velho e o movimento rápido de uma cortina de renda no fim da rua. – Vá em frente, querido.

– Aquele *filho da puta* – disse Rafe. Ele segurava o sapato como uma arma, os nós dos dedos brancos. – Você devia ter acelerado, Justin. Devia ter espalhado o que ele tem no lugar de cérebro no meio dessa droga de rua. – E começou a abaixar a janela do seu lado.

– Rafe – disse Abby, incisiva. – Feche a janela. Agora.

– Por quê? Por que a gente deve deixar que ele saia numa boa...

— Porque — falei baixinho — eu quero dar a minha caminhada essa noite.

Isso assustou Rafe, como pensei que aconteceria; ele me fitou, a mão ainda na manivela. Justin afogou o carro com um rangido horroroso, conseguiu engatar a marcha e pisou com força no acelerador.

— Beleza — disse. Sua voz tinha uma ponta de fragilidade: qualquer tipo de grosseria sempre o perturbava. — Que beleza. Quer dizer, eu sei que eles não gostam de nós, mas isso foi totalmente desnecessário. Eu não fiz nada com aquele homem. Eu *freei* para ele *atravessar*. Por que ele fez isso?

Eu tinha quase certeza de que sabia a resposta. Sam estivera ocupado em Glenskehy nos últimos dias. Um detetive chegado de Dublin, com seu terno de rapaz da cidade, entrando em suas salas de estar e fazendo perguntas, pacientemente desencavando suas histórias escondidas; e tudo porque uma moça da Casa Grande tinha levado uma facada. Sam devia ter feito o seu trabalho com gentileza e habilidade, como sempre faz; não era Sam que eles iriam odiar.

— Por nada — disse Rafe. Ele e eu estávamos virados no assento para observar o velho, que estava parado na calçada em frente à loja de jornais, apoiado na bengala e nos encarando. — Ele fez isso porque é um bicho do mato imbecil e odeia qualquer pessoa que não seja sua mulher ou sua irmã ou as duas coisas. É como viver no meio de *Amargo pesadelo*.

— Sabe de uma coisa? — disse Abby friamente, sem se virar. — Estou ficando cheia, de verdade, dessa sua atitude de colonizador. Só porque ele não frequentou uma escola inglesa elegante, não quer dizer que seja inferior a você. E, se Glenskehy não é boa o suficiente para você, sinta-se livre para procurar um lugar que seja.

Rafe abriu a boca, depois deu de ombros, desgostoso, e fechou-a de novo. Deu um puxão violento no cadarço, que arrebentou; ele xingou baixinho.

Se o homem tivesse trinta ou quarenta anos menos, eu estaria decorando uma descrição dele para Sam. O fato de ele não ser um suspeito viável — esse cara não correria mais do que cinco estudantes sedentos de sangue — me dava um pequeno calafrio ruim nos ombros. Abby aumentou o volume; Rafe jogou o sapato no chão e fez um gesto obsceno no para-brisa traseiro. "Isso", pensei, "vai dar problema."

— Certo — disse Frank, naquela noite. — Consegui que o meu amigo do FBI mandasse os seus rapazes procurarem um pouco mais. Disse a ele que temos motivos para acreditar que a garota fugiu porque teve uma crise nervosa, por isso estamos buscando sinais e causas possíveis. Só por curiosidade, é *isso* o que nós achamos?

– Não tenho nem ideia do que você acha, garoto Frankie. Não me peça para entrar nesse buraco negro. – Eu estava sentada na árvore. Ajeitei as costas para ficarem encostadas de um lado do tronco e firmei os pés do outro lado, assim dava para apoiar o caderno na coxa. O luar, entre os galhos, era suficiente apenas para eu enxergar a página. – Espere um minutinho. – Prendi o telefone sob o queixo e procurei a caneta.

– Você parece animada – disse Frank, desconfiado.

– Acabei de comer um jantar fantástico e dar umas risadas. Por que não estaria animada? – Consegui tirar a caneta do bolso do casaco, sem cair da árvore. – Tudo bem, diga lá.

Frank fez um ruído de exasperação.

– Que vida boa, hem? Não vá ficar amiguinha deles demais. Sempre há a possibilidade de você ter que prender uma dessas pessoas.

– Pensei que você estava atrás do misterioso estranho da capa preta.

– Estou aberto a todas as possibilidades. E a capa é opcional. Ok, o que tenho aqui é o seguinte; e não me culpe, você disse que queria saber coisas comuns. No dia 16 de agosto de 2000, Lexie-May-Ruth trocou de operadora de celular para fazer ligações locais mais baratas. No dia 22, teve aumento de salário no restaurante, setenta e cinco centavos a mais por hora. No dia 28, Chad lhe propôs casamento, e ela aceitou. No primeiro fim de semana de setembro, os dois foram de carro até a Virginia para ela conhecer os pais de Chad, que a consideraram uma moça muito simpática e disseram que ela levara uma planta de presente para eles.

– O anel de noivado – disse, mantendo um tom de voz despreocupado. As ideias explodiam na minha cabeça igual a pipoca, mas eu não queria que Frank soubesse. – Ela o levou quando eles terminaram?

– Não. Os tiras perguntaram a Chad, na época. Ela deixou o anel na mesinha de cabeceira, o que era normal. Ela sempre o deixava lá quando ia trabalhar, para evitar que caísse no meio das batatas ou fosse perdido de alguma maneira. Não era uma pedra valiosa nem nada. Chad é baixista numa banda *grunge*, chamada Homem de Nantucket, e sua grande chance ainda não chegou, por isso ele trabalha como carpinteiro para sobreviver. É um duro.

Minhas anotações eram garranchos escritos num ângulo esquisito, devido à luminosidade e à árvore, mas dava para ler.

– O que mais?

– No dia 12 de setembro ela e Chad compraram um PlayStation no crédito conjunto, o que eu suponho ser atualmente uma declaração de compromisso tão boa quanto qualquer outra. No dia 18, ela vendeu o carro, um Ford 86, por seiscentos paus. Disse a Chad que queria comprar outro um pouco mais novo, agora que tinha o dinheiro extra do aumento. No dia 27, foi ao médico com uma infecção de ouvido, provavelmente devida à natação; ele receitou antibióticos e resolveu o problema. E no dia 10 de outubro, ela se foi. Isso era o que você procurava?

— Sim — respondi. — Era exatamente esse tipo de coisa que eu tinha em mente. Obrigada, Frank. Você vale ouro.

— Acho — disse ele — que algo aconteceu entre o dia 12 e o dia 18 de setembro. Até o dia 12, tudo indica que ela tem planos de permanecer no mesmo lugar: fica noiva, vai conhecer os sogros, ela e Chad fazem compras como um casal. No dia 18, no entanto, ela vende o carro, o que para mim quer dizer que está juntando dinheiro para a fuga. É isso o que você está pensando?

— Faz sentido — falei, mas eu sabia que Frank estava errado. Aquela imagem indistinta tinha entrado em foco com um clique suave, definitivo, e eu sabia o motivo de Lexie ter saído correndo da Carolina do Norte; eu sabia com tanta clareza como se ela estivesse sentada, leve, no galho aqui ao meu lado, balançando as pernas ao luar e cochichando no meu ouvido. E também sabia por que ela estivera prestes a sair correndo da Casa dos Espinheiros-Brancos. Alguém tinha tentado segurá-la.

— Vou procurar saber mais sobre aquela semana, talvez arranjar alguém para interrogar de novo o coitado do Chad. Se conseguirmos descobrir o que a fez mudar de planos, poderemos localizar o homem misterioso.

— Está certo. Obrigada, Frank. Dê notícias.

— Veja lá o que vai fazer — disse ele, e desligou.

Virei a tela do celular na direção do caderno, para poder ler as anotações. O PlayStation não significava nada; é fácil comprar a crédito quando não se tem nenhuma intenção de pagar, nenhuma intenção de estar onde se possa ser encontrada. A última coisa concreta a indicar que ela pretendia permanecer no mesmo lugar fora a troca de operadora do celular, em agosto. Ninguém se importa com minutos mais baratos, a não ser que vá estar lá para usá-los. No dia 16 de agosto, ela estava bem feliz com sua vida de May-Ruth e não pretendia ir a lugar nenhum.

E aí, menos de duas semanas depois, o pobre do *grunge*, Chad, propõe casamento. Depois disso, nem uma única coisa indicava que Lexie iria ficar. Ela dissera sim, sorrira e esperara uma oportunidade até conseguir juntar o dinheiro, e em seguida tinha saído correndo o mais rápido que pôde para o lugar mais distante possível sem nunca olhar para trás. Enfim, não tinha sido o perseguidor misterioso de Frank, nem uma ameaça mascarada saindo furtivamente das sombras com uma lâmina faiscante. Tinha sido tão simples quanto um anel barato.

E desta vez, havia o bebê: o vínculo de uma vida inteira com um homem, em algum lugar. Ela poderia ter se livrado dele, assim como poderia ter recusado a proposta de Chad; isso, contudo, era irrelevante. Só de pensar naquele laço ela ficou desnorteada, frenética como um pássaro aprisionado.

A menstruação que não veio e os preços de passagens; e, em algum lugar, N, que era ou a armadilha tentando segurá-la aqui ou, de algum jeito que eu precisava descobrir, a sua maneira de sair daqui.

O grupo estava esparramado no chão da sala de estar em frente à lareira, como crianças, mexendo numa mala meio destruída que Justin encontrara em algum lugar. As pernas de Rafe estavam amigavelmente atravessadas sobre as de Abby – parece que tinham feito as pazes depois da briga daquela manhã. Havia várias canecas no tapete, além de um prato de biscoitos de gengibre e uma mistura de pequenos objetos velhos: bolas de gude cheias de furos, soldadinhos de lata, metade de um cachimbo de barro.

– Legal – falei, deixando o casaco no sofá e me jogando entre Daniel e Justin. – O que temos aqui?

– Curiosidades curiosas – disse Rafe. – Tome. Para você. – Ele deu corda num ratinho comido de traças e o empurrou tiquetaqueando pelo piso na minha direção. No meio do caminho, o ratinho parou, com um rangido deprimente.

– Troque por um biscoito – disse Justin, se esticando para nos passar o prato. – São mais gostosos.

Peguei o biscoito com uma das mãos, enfiei a outra na mala e encontrei algo duro e pesado. Tirei lá de dentro o que parecia ser uma caixa de madeira em mau estado; a tampa um dia tivera a inscrição EM, em aplicação de madrepérola, da qual só restavam pedaços.

– Ah, excelente – falei, levantando a tampa. – Essa é a melhor brincadeira de pescaria do mundo.

Era uma caixa de música, com o cilindro oxidado e forro de seda azul rasgado, que depois de um minuto de zumbido começou a tocar uma canção: *Greensleeves*, enferrujada e doce. Rafe pôs a mão sobre o ratinho de corda, que ainda chiava desanimado. Fez-se um longo silêncio, só quebrado pelo crepitar do fogo, enquanto escutávamos.

– Lindo – disse Daniel, fechando a caixa quando a música parou. – É lindo. No próximo Natal...

– Posso levar para o meu quarto para me ninar? – perguntei. – Até o Natal?

— Você agora precisa de canções de ninar? – perguntou Abby, sorrindo. – Claro que pode.

— Ainda bem que não encontramos a caixa antes – disse Justin. – Deve ser valiosa; teriam nos obrigado a vendê-la para pagar os impostos.

— Não é assim tão valiosa – retrucou Rafe, tirando-a da minha mão para examiná-la. – As simples como esta aqui valem mais ou menos cem paus, muito menos na condição em que está. Minha avó colecionava. Dúzias delas, em todas as superfícies, só esperando para cair, quebrar e ela dar um ataque se você andasse com muita força.

— Corta essa – disse Abby, chutando seu tornozelo: nada de passado. Mas ela não parecia chateada de verdade. Por alguma razão, talvez apenas a misteriosa alquimia que existe entre amigos, toda a tensão dos últimos dias parecia ter sumido; estávamos de novo felizes juntos, ombros encostados, Justin puxando para baixo a suéter de Abby que tinha levantado nas costas. – Mais cedo ou mais tarde, quem sabe, pode ser que a gente ache alguma coisa de valor nessa bagunça.

— O que você faria com o dinheiro? – perguntou Rafe, esticando o braço para os biscoitos. – Digamos que fossem alguns milhares. – Naquele momento, ouvi a voz de Sam, bem perto do meu ouvido: "Aquela casa é cheia de tralhas, se houvesse lá algo valioso..."

— Eu compraria um fogão Aga – disse Abby de imediato. – Íamos ter aquecimento decente *e* um fogão que não se desmancha em pedaços de ferrugem quando a gente olha para ele de lado. Dois coelhos, uma só cajadada.

— Você é uma mulher maluca – disse Justin. – E quanto a vestidos de grife e fins de semana em Monte Carlo?

— Se os meus pés não ficarem mais congelados, já estou satisfeita.

"Pode ser que fosse para ela lhe dar alguma coisa", eu tinha dito, "e foi isso que deu errado: ela mudou de ideia..." Percebi que a minha mão estava apertando a caixa como se alguém fosse tentar pegá-la.

— Acho que eu reformaria o telhado – disse Daniel. – Deve durar ainda alguns anos, mas seria melhor não esperar tanto tempo.

— Você? – perguntou Rafe, com um sorriso de lado para Daniel e dando corda no ratinho de novo. – Eu imaginaria que você nunca iria vender o objeto, fosse ele qual fosse; iria colocá-lo numa moldura e pendurar na parede. A história da família acima do vil metal.

Daniel abanou a cabeça e estendeu a mão pedindo sua caneca de café, onde eu tinha molhado um biscoito.

— O que importa é a casa – disse, tomando um golinho e me dando a caneca de volta. – Na realidade, todas as outras coisas são supérfluas; gosto delas, mas não hesitaria em vendê-las se precisássemos do dinheiro para consertar o telhado ou algo assim. A casa por si só já tem bastante história; e, afinal de contas, estamos fazendo a nossa própria história, todos os dias.

— O que você faria com o dinheiro, Lexie? — perguntou Abby.

Ali estava, claro, a pergunta que valia um milhão, aquela que latejava na minha cabeça como um martelinho perverso. Sam e Frank não tinham levado avante a ideia de a venda de alguma peça antiga ter dado errado, basicamente porque nada apontava nessa direção. Os impostos sobre a herança haviam tomado tudo que era de valor, Lexie não tinha ligações com donos de antiquários nem com receptadores, e nada indicava que ela precisasse de dinheiro; até agora.

Tinha oitenta e oito libras em sua conta bancária — mal daria para sair da Irlanda, quanto mais recomeçar a vida em outro lugar — e só mais uns dois meses antes de a gravidez ficar visível, o pai começar a notar, e aí seria tarde demais. Da última vez, ela vendera o carro; desta vez, não tinha tido nada para vender.

É impressionante como com pouco dinheiro pode-se jogar fora uma vida e arranjar outra nova, se a pessoa não for muito exigente e estiver disposta a fazer qualquer trabalho que aparecer. Depois da Operação Vestal, passei muitas madrugadas na internet, checando preços de albergues e anúncios de empregos em várias línguas e fazendo contas. Existem muitas cidades onde é possível conseguir um apartamentinho vagabundo por trezentas libras por mês, ou uma cama num albergue por dez libras por noite; acrescente o preço da passagem, e dinheiro suficiente para se alimentar por algumas semanas, enquanto responde a anúncios para atendente de bar, auxiliar de cozinha ou guia de turismo, e estamos falando de uma vida nova pelo preço de um carro de segunda mão. Eu tinha dois mil guardados: mais do que suficiente.

E Lexie sabia disso tudo bem melhor do que eu; ela já fizera isso antes. Não precisaria encontrar um Rembrandt perdido na parte de trás do seu guarda-roupa. Só precisaria do objeto certo — uma boa joia, uma peça de porcelana rara, já ouvi falar em ursinhos de pelúcia que foram vendidos por muito dinheiro — e do comprador certo; e a disposição de vender pedaços da casa, longe dos outros.

Ela fugira no carro de Chad; eu teria sido capaz de jurar, porém, por tudo que é mais sagrado, que aquilo foi outra história. Esta tinha sido a sua casa.

— Eu compraria camas novas para todo mundo — falei. — As molas da minha ficam me espetando de dentro do colchão, como a história da princesa e da ervilha, e dá para ouvir todas as vezes que Justin se vira. — E abri de novo a caixa de música para acabar com aquela conversa.

Abby cantou acompanhando a música, baixinho, virando o cachimbo de barro nas mãos: *Greensleeves is all my joy, Grensleeves is my delight...* Rafe virou o rato de corda de barriga para cima e começou a estudar a engrenagem. Justin jogou com perícia uma bola de gude contra a outra, que rolou pelo chão e bateu direitinho na caneca de Daniel; ele examinava um soldadinho de lata, mas levantou o rosto e sorriu, seu cabelo caindo na testa. Eu os observei e corri os dedos pela seda antiga, com esperança de ter dito a verdade.

12

Na noite seguinte, depois do jantar, fui tentar descobrir, na obra-prima épica do tio Simon, informações sobre uma garota de Glenskehy morta. Teria sido bem mais simples fazer isso sozinha; no entanto, significaria inventar uma doença para não ir à faculdade, e eu não queria preocupar ninguém, a não ser que fosse mesmo necessário; portanto, Rafe, Daniel e eu estávamos sentados no chão do quarto desocupado, com a árvore genealógica da família March aberta entre nós. Abby e Justin estavam no andar de baixo, jogando piquê.

A árvore da família era uma enorme folha de papel grosso e meio rasgado, coberta com uma grande variedade de caligrafias, desde uma delicada, em tinta amarelecida no topo – James March, nascido circa 1598, casado com Elizabeth Kempe 1619 – até os garranchos do tio Simon na parte de baixo: Edward Thomas Hanrahan, nascido 1975, e por último Daniel James March, nascido 1979.

– É a única coisa neste quarto que é inteligível – disse Daniel, tirando uma teia de aranha do canto – segundo consta porque não foi escrita pelo próprio Simon. O resto... podemos tentar dar uma olhada, Lexie, caso você esteja tão interessada assim, mas pelo que sei a maior parte ele escreveu quando estava muito, muito bêbado...

– Veja – falei, me debruçando para apontar. – Este aqui é aquele William. A ovelha negra.

– William Edward March – disse Daniel, colocando o dedo de leve no nome. – Nascido em 1894, falecido em 1983. É ele, sim. Fico pensando para onde ele acabou indo. – William era um dos poucos que passaram dos quarenta anos. Sam estivera certo, a família March morria cedo.

– Vamos ver se conseguimos encontrá-lo aqui – falei, puxando uma caixa para perto de mim. – Estou ficando curiosa sobre esse cara. Quero saber qual foi o grande escândalo.

– Mulheres – reclamou Rafe, com ar superior, sempre sentindo cheiro de fofoca no ar. Mesmo assim, ele pegou uma outra caixa.

Daniel tinha razão, a maior parte da saga estava quase ilegível – o tio Simon gostava de muitos sublinhados e nenhum espaço entre as linhas, no estilo vitoriano. Eu nem precisava ler; só passava os olhos procurando as curvas altas de um W e de um M maiúsculos. Não sei bem o que eu estava esperando que encontrássemos. Nada, talvez; ou algo que tirasse de vez a história de Rathowen da esfera judicial, provasse que a garota tinha se mudado para Londres com o bebê, iniciado um negócio bem-sucedido no ramo de confecção de roupas e vivido feliz para sempre.

No andar de baixo, eu ouvia Justin falando alguma coisa e Abby rindo, vagos e distantes. Nós três não conversávamos; o único som era o farfalhar leve e constante do papel. O quarto estava fresco e mal iluminado, uma lua embaçada se pendurava na janela, e as folhas de papel deixavam uma fina camada de poeira nos meus dedos.

– Ah, encontrei – disse Rafe de repente. – "William March foi vítima de uma muito injusta e, sensacional?, alguma coisa, que afinal lhe custou sua saúde e..." Credo, Daniel. O seu tio devia estar pirado. Parece até que está escrito em outra língua.

– Deixe-me ver – disse Daniel, se debruçando para olhar. – "Sua saúde e seu merecido lugar na sociedade", eu acho. – Ele pegou o maço de folhas de Rafe e empurrou os óculos sobre o nariz. – "Os fatos" – leu devagar, acompanhando com o dedo cada linha – "não considerando os comentários maldosos, são os seguintes: de 1914 a 1915, William March lutou na Grande Guerra, onde teve bom", esta palavra aqui deve ser "desempenho", "tendo mais tarde recebido a Cruz Militar por seus atos de bravura. Isso apenas já deveria", alguma coisa, "todas as maledicências. Em 1915, William March deu baixa, com um ferimento por estilhaço de granada no ombro e em estado de choque..."

– Estresse pós-traumático – disse Rafe. – Ele estava recostado na parede, com as mãos atrás da cabeça, ouvindo. – Pobre coitado.

– Não consigo ler este pedaço – disse Daniel. – Algo sobre o que ele tinha visto, na batalha, presumo; a palavra é "cruel". Depois diz: "Ele rompeu o seu compromisso com a srta. Alice West e não participou das festas do seu círculo social, preferindo ficar com o povo rude da aldeia de Glenskehy, o que foi motivo de preocupação para todos. A opinião geral foi de que esse relacionamento", anormal, eu acho, "não poderia ter um final feliz."

– Esnobes – disse Rafe.

– Olha quem fala – disse eu, deslizando pelo chão para apoiar o queixo no ombro de Daniel e tentar decifrar as palavras. Até aquele ponto, nenhuma surpresa, mas eu sabia, aquele "não poderia ter um final feliz" era a questão.

– "Por essa época" – leu Daniel, inclinando a folha para eu poder ver – "uma jovem da aldeia constatou estar numa situação embaraçosa e citou William March como o pai do seu filho ainda não nascido. Sendo ou não verdade, a população de Glenskehy, que tinha então um alto padrão moral, ao contrário do que acontece atualmente" – "moral" estava com sublinhado duplo – "ficou chocada com a sua conduta leviana. Toda a aldeia tinha a firme", convicção?, "de que a moça deveria esconder a vergonha, entrando no convento das Madalenas, e, até que isso acontecesse, ela foi expulsa do seu convívio."

Nada de final feliz, nem lojinha de roupas em Londres. Algumas moças jamais conseguiram escapar das lavanderias nas Madalenas. Continuaram escravas – por ficarem grávidas ou terem sido estupradas, por serem órfãs ou bonitas demais – até acabarem numa sepultura sem nome.

Daniel continuou a ler, num tom baixo e sem emoção. Eu sentia a vibração da sua voz no meu ombro.

– "A moça, no entanto, talvez desesperada ou relutante em cumprir a penitência determinada, tirou a própria vida. William March, seja porque tinha sido de fato cúmplice no pecado ou porque já havia presenciado muito derramamento de sangue, ficou seriamente abalado. A sua saúde piorou e, quando conseguiu se restabelecer, ele abandonou família, amigos e lar para tentar um recomeço em outro lugar. Pouco se sabe sobre a sua vida depois disso. Esses acontecimentos devem ser tomados como uma lição sobre os perigos da luxúria ou de se misturar com pessoas de classe social diferente..." – Daniel parou de ler. – Não dá para ler o resto. Enfim, isso é tudo o que tem aqui sobre William; o próximo parágrafo é sobre um cavalo de corrida.

– Meu Deus – falei baixinho. O quarto parecia frio de repente, frio e ventoso, como se a janela atrás de nós tivesse sido aberta.

– Eles a trataram como uma leprosa até que ela surtou – disse Rafe, com um jeito tenso no canto da boca. – E até William ter uma crise nervosa e sair da cidade. Então, não é de agora que Glenskehy é a Central dos Malucos.

Senti um leve calafrio percorrer as costas de Daniel.

– É uma historinha desagradável – disse ele. – Muito desagradável. Fico pensando se o melhor não seria adotar o "nada de passado" também para a casa. Mas... – Ele olhou em volta, para o quarto cheio de coisas velhas e empoeiradas, as paredes com o papel em frangalhos; o espelho com manchas escuras, no fim do corredor, refletindo a imagem de nós três em sombras melancólicas pela porta aberta. – Não tenho certeza – disse, quase que para si mesmo – de que existe essa opção.

Ele desamassou os cantos das folhas e colocou-as com cuidado de volta na caixa, fechando a tampa.

– Quanto a vocês dois, não sei – disse ele –, mas acho que eu já vi o suficiente para uma noite. Vamos descer.

* * *

— Acho que já examinei todos os documentos deste país que tenham a palavra "Glenskehy" – disse Sam, quando liguei mais tarde. Ele parecia exausto e sonolento. Era estafa de tanto ver papel, eu conhecia bem aquele tom de voz, mas estava satisfeito. – Sei muito mais do que o necessário sobre o assunto e encontrei três caras que se encaixam no perfil que você traçou.

Eu estava na minha árvore, com os pés bem presos nos galhos. A sensação de ser observada tinha aumentado a tal ponto que eu de fato queria que aquela coisa pulasse em cima de mim, pelo menos para saber o que era. Não comentara o assunto nem com Frank nem, Deus me livre, com Sam. Na minha opinião, as possibilidades eram: minha imaginação, o fantasma de Lexie Madison ou um perseguidor homicida com problemas de indecisão, e nada disso eu gostaria de comentar. Durante o dia, achava que era imaginação, talvez ajudada pela vida selvagem da região, mas à noite era mais difícil ter certeza.

— Só três? Em quatrocentas pessoas?

— Glenskehy está morrendo – disse Sam, sem meias palavras. – Quase metade da população tem mais de sessenta e cinco anos. Assim que as crianças crescem, fazem as malas e se mudam para Dublin, Cork, cidade de Wicklow, para qualquer lugar que tenha um pouco de vida. Os únicos que ficam são os que possuem uma fazenda ou um negócio da família para tomar conta. Tem menos de trinta rapazes entre vinte e cinco e trinta e cinco anos. Eliminei os que trabalham fora da cidade, os que estão desempregados, os que moram sozinhos e os que poderiam sair durante o dia, se quisessem, porque têm empregos noturnos ou são autônomos. Por isso só sobraram três.

— Caramba – exclamei. Pensei no velho mancando pela rua vazia, nas casas sonolentas onde só uma cortina de renda tinha se mexido.

— Para você ver, é o progresso. Pelo menos eles encontram trabalho em outro lugar. – Barulho de papel: – Certo, aqui estão os três rapazes. Declan Bannon, trinta e um anos, cuida de uma fazendola bem perto de Glenskehy com a esposa e dois filhos pequenos. John Naylor, vinte e nove anos, mora na aldeia com os pais e trabalha na fazenda de outra pessoa. E Michael McArdle, vinte e seis anos, mora com os pais e trabalha durante o dia no posto de gasolina na estrada de Rathowen. Nenhuma ligação que se saiba com a Casa dos Espinheiros-Brancos. Você conhece algum dos nomes?

— Assim de estalo, não – respondi –, me desculpe – e em seguida quase caí da árvore.

— Ah, claro – filosofava Sam – seria sorte demais –, mas eu mal o ouvia. John Naylor: finalmente, e já não era sem tempo, eu tinha um nome começando com a letra N.

— De qual deles você gosta mais? — perguntei, cuidando de não fazer nenhuma pausa. De todos os detetives que conheço, Sam é o melhor em fingir que não percebeu alguma coisa, o que tem sua utilidade mais vezes do que se imagina.

— Ainda é cedo para dizer, mas por enquanto Bannon é o meu preferido. Ele é o que mais se encaixa. Cinco anos atrás, uns turistas americanos estacionaram o carro de um jeito que bloqueou um dos portões de Bannon, enquanto foram dar uma caminhada. Quando ele chegou e viu que não podia passar com os carneiros, fez um grande estrago na lateral do carro com um chute. Danos a propriedade e comportamento agressivo com pessoas de fora; aquele vandalismo pode ter tudo a ver com ele.

— Os outros têm ficha limpa?

— Byrne me disse que já viu os dois meio altos algumas vezes, mas não o suficiente para que ele se desse ao trabalho de prendê-los por embriaguez, nada desse tipo. É possível que qualquer um deles pratique atividades criminosas que nós desconheçamos, considerando-se o jeito de Glenskehy, mas à primeira vista, sim, eles têm ficha limpa.

— Você já falou com eles? — De alguma maneira, eu tinha que dar uma olhada nesse John Naylor. Ir ao pub era impossível, claro, e entrar na fazenda onde ele trabalhava, como quem não quer nada, provavelmente não era uma boa ideia, mas se eu encontrasse uma maneira de assistir quando ele fosse interrogado...

Sam riu.

— Me dê um tempo. Acabei de restringir a minha busca esta tarde. Pretendo conversar com todos eles amanhã de manhã. Queria perguntar... você poderia assistir? Só para dar uma olhada, ver se percebe alguma coisa?

Tive vontade de dar um beijo nele.

— Puxa, claro. Onde? Quando?

— É, achei que ia querer vê-los. — Ele estava sorrindo. — Estou pensando na delegacia de Rathowen. Na casa deles seria melhor, para não assustá-los, mas não teria jeito de levar você comigo.

— Está bom — concordei. — Na verdade, está ótimo.

O sorriso na voz de Sam aumentou.

— Para mim, também. Vai conseguir se livrar dos outros?

— Vou dizer que tenho que passar no hospital para checarem os meus pontos. Eu deveria fazer isso, de qualquer maneira. — Pensar nos outros me causou uma dorzinha estranha. Se Sam conseguisse algo concreto de algum daqueles caras, e não precisava nem mesmo ser suficiente para efetuar a prisão, seria o fim; eu estaria fora, de volta a Dublin e à VD.

— Eles não vão querer ir com você?

– É provável que sim, mas não vou deixar. Peço a Justin ou a Daniel para me deixarem na porta do Wicklow Hospital. Dá para você me apanhar lá, ou eu tomo um táxi para Rathowen?

Ele riu.

– Acha que eu perderia uma oportunidade dessa? Dez e meia está bom?

– Perfeito. E, Sam... não sei o quanto você planeja perguntar aos três caras, mas antes de começar a conversa com eles, eu queria passar para você mais umas informações. Sobre aquela garota do bebê. – De novo aquela sensação grudenta de traidora me apertando; tentei me lembrar, porém, de que Sam não era Frank, ele não iria aparecer na Casa dos Espinheiros-Brancos com um mandado de busca e um monte de perguntas deliberadamente antipáticas. – Parece que tudo aconteceu em 1915. Não tenho o nome da garota, mas o namorado era William March, nascido em 1894.

Um minuto de silêncio atônito, e depois:

– Ah, você é *demais* – disse Sam encantado. – Como é que conseguiu saber disso?

Quer dizer, então, que ele não escutava o áudio do microfone, pelo menos não o tempo todo. Fiquei assustada com a minha sensação de alívio.

– O tio Simon estava escrevendo a história da família. A garota foi mencionada. Nem todos os detalhes batem, mas é a mesma história, com certeza.

– Espere um pouco – disse Sam; dava para ouvi-lo procurando uma folha em branco no seu caderno. – Agora. Diga lá.

– Segundo Simon, William foi para a Primeira Guerra Mundial em 1914 e voltou um ano depois, muito abalado. Rompeu o compromisso com uma moça de boa família, não procurou mais os velhos amigos e começou a ficar mais na aldeia. Nas entrelinhas, deu para entender que os moradores de Glenskehy não ficaram muito satisfeitos.

– Não havia muito que eles pudessem fazer – disse Sam, secamente. – Um membro da família dos donos da terra... Com certeza podia fazer o que quisesse.

– Aí a garota ficou grávida. E declarou que o pai da criança era William. Simon pareceu meio cético, mas, de qualquer maneira, o povo de Glenskehy ficou horrorizado. Eles a trataram como lixo; a opinião geral era de que o seu lugar era na lavanderia de um convento das Madalenas. Antes que a mandassem para lá, ela se enforcou.

Um sopro de vento nas árvores, gotinhas de chuva nas folhas.

– Então – disse Sam, após uma pausa –, a versão de Simon tira toda a responsabilidade dos March e a coloca nos caipiras malucos da aldeia.

A explosão de raiva me pegou desprevenida; eu quase lhe dei uma bronca.

— William March também não saiu impune — comentei, notando a rispidez da minha voz. — Ele teve um tipo de crise nervosa; não sei de detalhes, mas acabou indo parar no que, pelo jeito, era um asilo de loucos. E talvez o filho nem fosse dele.

Outro silêncio, mais longo desta vez.

— Certo — disse Sam. — É verdade. E, enfim, não quero nenhuma discussão esta noite. Estou muito feliz porque vou ver você de novo.

Juro que demorei um pouquinho para entender. Estava tão concentrada na oportunidade de ver o misterioso N, que nem me ocorrera que eu veria Sam também.

— Menos de doze horas — disse eu. — Vou estar com cara de Lexie Madison e usando apenas lingerie de renda branca.

— Ah, não faz assim comigo não — disse Sam. — Isso é assunto de trabalho, mulher. — Mas ainda dava para ouvir o sorriso na sua voz quando desligamos.

Daniel estava em uma das poltronas perto do fogo, lendo T. S. Eliot; os outros três jogavam pôquer.

— Ufa — eu disse, me deixando cair no tapete em frente à lareira. A coronha do revólver me furou bem abaixo das costelas; não tentei esconder a reação de dor. — Por que você já está fora? Nunca é o primeiro a sair.

— Eu dei uma surra nele — gritou Abby do outro lado, levantando a taça de vinho.

— Não fique *cantando vitória* — disse Justin. Parecia que ele estava perdendo. — É tão antipático.

— É verdade, ela deu mesmo — confirmou Daniel. — Está ficando muito boa de blefe. Os seus pontos estão incomodando de novo?

Uma pausa mínima na mesa de jogo, com o som de Rafe brincando com as moedas entre os dedos.

— É só porque estou pensando neles — eu disse. — Tenho uma consulta amanhã, para os médicos me cutucarem um pouco mais e me dizerem que estou bem, o que não vai ser novidade. Me dá uma carona?

— Claro — disse Daniel, pousando o livro no colo. — A que horas?

— Hospital de Wicklow, dez horas. Quando sair de lá pego o trem para a faculdade.

— Mas você não pode ir *sozinha* — interrompeu Justin. Ele tinha se virado na cadeira, esquecendo o jogo de cartas. — Deixe que eu levo você. Não tenho nada para fazer amanhã. Eu acompanho você e depois vamos juntos para a faculdade.

Ele parecia preocupadíssimo. Se não conseguisse demovê-lo dessa ideia, eu estava em maus lençóis.

– Não *quero* que ninguém vá comigo. Quero ir sozinha.

– Mas hospitais são horríveis. E eles sempre fazem a pessoa esperar horas, como se fosse gado, apertada naquelas salas de espera insuportáveis...

Mantive a cabeça baixa enquanto procurava os cigarros no bolso do casaco.

– Tudo bem, levo um livro. Eu gostaria de nem estar lá, para começo de conversa; e não preciso de alguém grudado em mim o tempo todo. Só quero acabar logo com isso e esquecer o assunto, ok? Será que posso?

– A escolha é dela – disse Daniel. – Avise se mudar de ideia, Lexie.

– *Obrigada*. Já estou crescidinha, sabia? Posso mostrar os pontos ao médico sozinha.

Justin deu de ombros e voltou ao jogo. Eu sabia que o tinha magoado, mas não havia outro jeito. Acendi um cigarro; Daniel me passou o cinzeiro que antes estava equilibrado no braço da sua poltrona.

– Você tem fumado mais esses dias? – indagou.

O meu rosto devia estar sem expressão; minha cabeça, porém, trabalhava loucamente. Se havia algo digno de nota, era que eu estava fumando menos do que deveria; estava mantendo a minha cota em quinze ou dezesseis cigarros por dia, uma média entre os meus dez normais e os vinte de Lexie, e tinha esperança de que a redução fosse atribuída ao fato de eu ainda estar me sentindo fraca. Nunca me ocorrera que Frank tinha apenas a palavra dos outros sobre aqueles vinte. Daniel não tinha acreditado na história do coma; só Deus sabia do que mais ele tinha suspeitado. Teria sido fácil, assustadoramente fácil para ele introduzir uma ou duas informações erradas nas conversas com Frank, sentar, com aqueles calmos olhos cinzentos me observando sem nenhum sinal de impaciência, e esperar para ver se eu caía na esparrela.

– Não tenho certeza – disse eu, surpresa. – Não reparei. Tenho?

– Você geralmente não levava os cigarros na sua caminhada – disse Daniel. – Antes do incidente. E agora leva.

O alívio quase me deixou sem fôlego. Eu deveria ter notado, não havia cigarros junto ao corpo de Lexie. Mas era bem mais fácil lidar com uma falha na pesquisa do que com a perspectiva de Daniel escondendo o jogo atrás do semblante inexpressivo.

– Sempre tive a intenção de levar os cigarros. Só que sempre esquecia. Agora que vocês me lembram do celular, eu me lembro dos cigarros também. Enfim – sentei-me e lancei um olhar ofendido para Daniel –, por que você está me perturbando? Rafe fuma uns dois maços por dia e você nunca fala nada com ele.

— Não estou perturbando você — disse Daniel. Ele me sorria por cima do livro. — Apenas acredito que os vícios devem dar prazer; senão, por que tê-los? Se estiver fumando por causa de tensão, não está tendo prazer.

— Não estou tensa — Voltei a me apoiar nos cotovelos, como prova, e equilibrei o cinzeiro na minha barriga. — Estou *bem*.

— Não há nada de errado em estar tensa neste momento — disse Daniel. — É muito compreensível. Mas você deveria arranjar outra maneira de lidar com o estresse, em vez de desperdiçar um bom vício. — De novo a sombra de um sorriso. — Se sentir necessidade de conversar com alguém...

— Você quer dizer um terapeuta? — perguntei. — Eca. Eles falaram sobre isso no hospital, mas eu mandei todo mundo à merda.

— Bem — disse Daniel. — Posso imaginar. Acho que foi uma boa opção. Nunca entendi a lógica de se pagar a um estranho, de inteligência não determinada, para ouvir os seus problemas; com certeza os amigos estão aí para isso. Se quiser conversar, todos nós estamos...

— Pelo amor de Deus Todo-poderoso — exclamou Rafe, com a voz alterada. Ele jogou as cartas na mesa com toda força e as empurrou para longe. — Alguém me dê um saquinho que eu vou vomitar. Oh, eu entendo como você se *sente*, vamos todos *conversar* sobre isso... Será que eu não percebi alguma coisa? Nos mudamos para a merda da Califórnia e ninguém me contou?

— Qual é o seu problema? — atacou Justin, com um quê de violência.

— Não gosto desse sentimentalismo, que saco. Lexie está bem. Ela disse que está. Alguma razão especial para não esquecermos o assunto?

A essa altura, eu tinha me sentado; Daniel largara o livro.

— Essa decisão não é sua — disse Justin.

— Se vou ter que ficar aqui ouvindo merda, então sim, a decisão é minha. Eu estou fora. Justin, é todo seu. Dê as cartas, Abby. — Rafe passou o braço na frente de Justin para pegar a garrafa de vinho.

— E por falar em usar vícios para aliviar a tensão — disse Abby, sem alterar a voz —, não acha que já bebeu o suficiente para uma noite?

— Na verdade — respondeu Rafe —, não, não acho. — Ele encheu tanto o copo que uma gota escorreu até a mesa. — E não me lembro de ter pedido os seus conselhos. Dê a porra das cartas.

— Você está bêbado — falou Daniel com frieza. — E está ficando inconveniente.

Rafe se virou rapidamente para ele; sua mão agarrava a boca do copo e por um segundo achei que ele iria atirá-lo.

— É — disse ele, numa voz baixa e perigosa —, eu estou bêbado mesmo. E pretendo ficar mais bêbado ainda. Você quer *conversar* sobre isso, Daniel? É isso que você quer? Gostaria que nós todos tivéssemos uma *conversa*?

Havia algo na sua voz, algo inseguro como o cheiro de gasolina, pronto e à espera para pegar fogo na primeira centelha.

– Não vejo por que discutir qualquer coisa com uma pessoa nas suas condições – disse Daniel. – Controle-se, tome um café e pare de agir como uma criança mimada. – Ele pegou de novo o livro e se virou de costas para os outros. Eu era a única que podia ver o seu rosto. Estava perfeitamente calmo; os seus olhos, no entanto, não se moviam: ele não estava lendo nem uma palavra.

Até eu sabia que Daniel estava lidando com o problema da maneira errada. Uma vez dominado por esse estado de espírito, Rafe não sabia como voltar a ter uma atitude razoável. O que ele queria era que alguém fizesse isso por ele, mudasse o tom da conversa com alguma tolice, ou algo tranquilo ou de ordem prática, para que ele pudesse acompanhar. Tentar hostilizá-lo só fazia com que piorasse, e o fato de Daniel cometer um erro tão pouco característico me fez sentir uma vaga pontada na cabeça: espanto e algo mais, algo como temor ou ansiedade. Eu poderia ter acalmado Rafe em segundos ("Ô, ô, você acha que tenho estresse pós-traumático? Como os veteranos do Vietnã? Alguém aí grite 'Granada' para ver se eu corro para me esconder...") e quase fiz isso, foi preciso muita força de vontade para me conter; mas eu tinha que saber como aquilo acabaria.

Rafe respirou como se fosse dizer alguma coisa, depois mudou de ideia, abanou a cabeça, desgostoso, e empurrou a cadeira para trás com força. Pegou o copo com uma das mãos e a garrafa com a outra e saiu pisando duro. Logo depois ouvimos a porta do seu quarto bater.

– Que merda – disse eu, pouco depois. – Acho que vou marcar uma consulta com aquele terapeuta, afinal de contas, e dizer a ele que moro com pessoas totalmente *piradas*.

– Não comece – disse Justin. – Por favor. – Sua voz estava trêmula.

Abby largou as cartas, se levantou, empurrou a cadeira para perto da mesa com cuidado e saiu da sala. Daniel não se mexeu. Ouvi quando Justin derrubou alguma coisa e xingou com fúria em voz baixa, mas não levantei o rosto.

O café na manhã seguinte foi silencioso, e não no bom sentido. Justin fez questão de não falar comigo. Abby andava pela cozinha com uma ruguinha de preocupação na testa, até que acabamos de lavar a louça e ela conseguiu tirar Rafe do quarto e os três saíram para a faculdade.

Daniel ficou sentado à mesa, olhando pela janela, envolto numa névoa particular, enquanto eu secava e guardava a louça. Finalmente ele se mexeu, respirou fundo:

– Certo – disse, meio confuso ao ver o cigarro que tinha se queimado sozinho entre os seus dedos. – É melhor a gente ir.

Também não disse uma palavra no caminho para o hospital.

– Obrigada – agradeci, quando saltei do carro.

– Tudo bem – disse ele, distraído. – Ligue se tiver algum problema, não que eu ache que vá ter, ou se mudar de ideia sobre alguém ficar com você. – E acenou, por sobre o ombro, enquanto o carro se afastava.

Quando tive certeza de que ele já tinha ido embora, peguei um copo de isopor de algo muito semelhante a café na lanchonete do hospital e me encostei na parede do lado de fora para esperar Sam. Eu o vi, entrando numa vaga e saindo do carro para correr os olhos pelo estacionamento, antes que ele me visse. Durante uma fração de segundo, não o reconheci. Parecia cansado, gordo e velho, ridiculamente velho, e naquele instante eu só conseguia pensar: "Quem é esse cara?" Aí ele me viu e deu um sorriso, minha cabeça deu um clique, e ele voltou a ter a cara de sempre. Pensei com meus botões que Sam sempre engorda um pouco quando está num caso importante – só come porcarias, correndo – e eu estava convivendo o tempo todo com jovens na faixa dos vinte anos, era natural que um homem de trinta e cinco parecesse um senhor de terceira idade. Joguei o copo na lata de lixo e andei em sua direção.

– Nossa – disse Sam, me envolvendo num enorme abraço –, como é bom ver você. – Seu beijo foi quente, forte e estranho; até o seu cheiro, de sabonete e roupa recém-passada, parecia pouco familiar. Demorei um pouquinho para identificar a sensação: era semelhante àquela da primeira tarde na Casa dos Espinheiros-Brancos, quando eu deveria saber de tudo à minha volta de trás para frente.

– Oi – eu disse, sorrindo para ele.

Ele encostou a minha cabeça no seu ombro.

– Nossa – suspirou. – Vamos esquecer essa droga de caso e sumir o dia todo, vamos?

– Trabalho, lembra? Foi você que não me deixou usar a lingerie de renda branca.

– Mudei de ideia. – Ele correu as mãos pelos meus braços. – Você parece ótima, sabia? Toda tranquila e animada, e mais gordinha. Este caso está fazendo bem a você.

– É o ar do campo. E Justin sempre faz comida suficiente para umas doze pessoas. Qual é o plano?

Sam suspirou de novo, soltou as minhas mãos e se encostou no carro.

– Os três rapazes vão comparecer à delegacia de Rathowen, com intervalos de meia hora. Acho que é tempo suficiente; por enquanto, só vou fazer uma abordagem cautelosa, não quero encostá-los na parede. Não tem sala de observação, mas da recepção vai dar para ouvir tudo o que for dito na sala de interrogatório. Você pode esperar nos fundos, enquanto eu entro com eles, depois ir para a recepção e ficar ouvindo.

– Gostaria de dar uma olhada, também – falei. – Por que não fico ali pela recepção? Pode ser bom deixar que eles me vejam, acidentalmente de propósito. Se um deles for o cara que estamos procurando, pelo assassinato ou mesmo só pelo vandalismo, ele vai ter uma reação bem forte quando me vir.

Sam fez que não com a cabeça.

– É isso que me preocupa. Lembra-se da outra noite quando estávamos ao telefone? Você achou que tinha ouvido alguém? Se o rapaz estiver seguindo você e agora achar que estamos em contato... Já sabemos que ele tem um temperamento forte.

– Sam – falei com gentileza, entrelaçando meus dedos nos dele –, é para isso que vou estar lá. Para chegarmos mais perto do cara. Se você não me deixar fazer o que é preciso, sou apenas uma preguiçosa paga para comer bem e ler romances.

Logo em seguida Sam riu, ainda meio relutante.

– Certo – disse. – Tudo bem. Então dê uma olhada nos rapazes quando eu sair da sala com eles.

Ele apertou os meus dedos com delicadeza e soltou a minha mão.

– Antes que eu me esqueça – ele procurou algo dentro do casaco –, Mackey mandou isto. – Era um frasco de comprimidos, como o que eu levara para a Casa dos Espinheiros-Brancos, com uma etiqueta da mesma farmácia anunciando em letras grandes que se tratava de amoxicilina. – Ele pediu para dizer que o seu ferimento ainda não está totalmente cicatrizado e que o médico ficou preocupado porque pode ocorrer uma infecção, por isso você precisa tomar mais uma série do remédio.

– Pelo menos estou tomando vitamina C – comentei, colocando a embalagem no bolso. Parecia pesada demais, puxando o lado do meu casaco para baixo. "O médico ficou preocupado..." Frank estava começando a pensar na minha saída.

A delegacia de Rathowen era uma droga. Eu já vira muitas como ela, espalhadas pelo interior do país: delegacias pequenas, presas num círculo vicioso, criticadas pelos que distribuíam fundos, pelos que distribuíam cargos e por qualquer um que pudesse conseguir outro lugar para trabalhar, não importava onde. A recepção tinha uma cadeira quebrada, um cartaz sobre capacetes de ciclistas e uma janelinha para Byrne fixar o olhar vago lá fora enquanto mascava chiclete em movimentos ritmados. A sala de interrogatório, pelo visto, era também o depósito: tinha uma mesa, duas cadeiras, um arquivo – sem chave – uma pilha de depoimentos para quem quisesse pegar e, por motivos que eu não conseguia entender, um velho escudo antimotim dos anos oitenta num canto. O piso era coberto de linóleo amarelado e havia uma mosca esmagada na parede. Não admira que Byrne tivesse aquela cara.

Fiquei atrás da mesa, com Byrne, onde não dava para eu ser vista, enquanto Sam tentava arrumar um pouco a sala de interrogatório. Byrne guardou o chiclete na bochecha e me fitou com um olhar longo e deprimente.

– Não vai dar certo – informou.

Eu não sabia bem o que fazer com essa informação, mas pelo visto não havia necessidade de resposta; Byrne voltou a mascar o chiclete e a olhar pela janelinha.

– O Bannon chegou – disse ele. – Aquele palerma grandalhão.

Sam tem um jeito leve, legal de interrogar quando está a fim, e naquele dia ele estava. Manteve-se tranquilo, relaxado, nada ameaçador. Você teria alguma ideia, qualquer coisa, sobre quem pode ter agredido a srta. Madison? Como são eles, aqueles cinco lá da Casa dos Espinheiros-Brancos? Você viu algum desconhecido perambulando por Glenskehy? A impressão que ele passava, sutil, porém clara, era de que a investigação estava se encaminhando para um fim.

Bannon, de maneira geral, respondeu com grunhidos irascíveis; McArdle foi menos Neandertal e mais entediado. Ambos declararam não ter nenhuma ideia sobre nada. Eu não prestava muita atenção. Se houvesse algo digno de nota, Sam perceberia; tudo que eu queria era dar uma olhada em John Naylor, e ver a expressão do seu rosto quando ele me visse. Eu me acomodei na cadeira quebrada, estiquei as pernas, tentando parecer que fora levada ali para responder a mais perguntas inúteis, e esperei.

Bannon era de fato um palerma grandalhão: uma grande barriga de bebedor de cerveja cercada de músculos e em cima uma cara de bobo. Quando saiu da sala de interrogatório, junto com Sam, e me viu, seus olhos saltaram das órbitas e ele me lançou um meio sorriso malévolo, com ar de desprezo; Bannon sabia muito bem quem era Lexie Madison, e não gostava dela. McArdle, por outro lado – um cara magro, comprido, com uma barba rebelde – me cumprimentou com um aceno de cabeça distraído e saiu andando desajeitado. Voltei a ficar atrás da mesa e esperei por Naylor.

O depoimento dele foi bem parecido com o dos outros: não tinha visto nem ouvido nada, não sabia de nada. Sua voz era agradável, um timbre de barítono rápido, com o sotaque de Glenskehy que eu começava a reconhecer – mais áspero do que o de grande parte de Wicklow, mais rústico – e uma ponta de tensão. Então, Sam terminou e abriu a porta da sala de interrogatório.

Naylor era de estatura mediana, musculoso e vestia jeans e um suéter largo, sem cor definida. Tinha cabelo desgrenhado castanho avermelhado e o rosto era anguloso, rude: maçãs do rosto salientes, boca bem grande, olhos verdes apertados sob sobrancelhas espessas. Eu não sabia o gosto de Lexie com relação a homens, mas não havia dúvida, esse cara era atraente.

Aí ele me viu. Arregalou os olhos e me fitou de uma maneira que foi quase como se tivesse me atirado na cadeira. A intensidade do seu olhar: poderia ser de ódio, amor, fúria, horror, tudo isso ao mesmo tempo; nada a ver, porém, com o sorrisinho sarcástico de Bannon. Ali havia paixão, ardente e forte como um sinal luminoso de alarme.

– O que você acha? – perguntou Sam, observando Naylor atravessar a rua a passos largos em direção a um Ford 89 enlameado, que talvez valesse cinquenta libras de sucata, se tanto.

O que eu achava, em resumo, era que agora tinha quase certeza sobre de onde vinha aquele formigamento na minha nuca.

– A não ser que McArdle seja um ótimo ator, acho que você pode passar o seu nome para o fim da lista. Sou capaz de apostar que ele não tem a menor noção de quem eu sou. E mesmo que o vândalo que você procura não seja o assassino, ele tem prestado muita atenção na casa e me reconheceria.

– Como fizeram Bannon e Naylor – disse Sam. – E não ficaram nem um pouco satisfeitos de ver você.

– Eles são de Glenskehy – disse Byrne, sombrio, às nossas costas. – Nunca têm prazer em ver ninguém. E ninguém tem prazer em vê-los.

– Estou morto de fome – disse Sam. – Vamos almoçar?

Fiz que não com a cabeça.

– Não posso. Rafe já me enviou uma mensagem de texto, perguntando se está tudo bem. Respondi que ainda estava na sala de espera. Se eu não chegar logo à faculdade, eles vão ao hospital me procurar.

Sam respirou fundo, endireitou os ombros.

– Certo. Pelo menos eliminamos um; agora só faltam dois. Te dou uma carona até a cidade.

Ninguém fez perguntas quando entrei na biblioteca; só acenaram com a cabeça, como se eu tivesse saído para fumar um cigarro. O meu chilique com Justin, na noite anterior, tinha funcionado.

Ele ainda estava emburrado comigo. Eu fingi que não notei, a tarde inteira: a reação de silêncio me deixa tensa à beça, mas Lexie era teimosa e nunca teria cedido, apenas a sua concentração seria afetada. Finalmente me descontrolei na hora do jantar, um ensopado com o molho tão encorpado que quase não se via líquido nenhum; o cheiro maravilhoso se espalhava pela casa toda, intenso e agradável.

— Vai dar para repetir? — perguntei a Justin.

Ele deu de ombros, sem me olhar.

— Adora fazer drama — resmungou Rafe.

— *Justin* — falei. — Você ainda está bravo porque eu fui uma chata ontem à noite?

Ele deu de ombros de novo. Abby, que estava me passando a travessa de ensopado, voltou a colocá-la sobre a mesa.

— Eu estava *com medo*, Justin. Estava preocupada, achando que chegaria lá hoje e os médicos me diriam que tinha alguma coisa errada, que eu ia precisar fazer outra cirurgia, essas coisas. — Percebi que ele ergueu os olhos, um movimento rápido, ansioso, antes de voltar a fazer bolinhas com o pão. — E não tive condições de lidar com você também com medo. Sinto muito, muito mesmo. Me perdoa?

— Bom — disse ele, após uma pausa, com um sorrisinho. — Acho que sim. — E se inclinou para colocar a travessa de ensopado ao meu lado. — Vamos lá. Acabe com isso.

— E o que os médicos disseram? — perguntou Daniel. — Você não precisa de outra cirurgia, precisa?

— Não — respondi, me servindo de ensopado. — Só de mais antibióticos. Ainda não cicatrizou totalmente, eles estão preocupados porque pode infeccionar. — Dizer aquilo em voz alta fez com que algo dentro de mim se revirasse, em algum lugar sob o microfone.

— Eles fizeram algum exame, algum scan?

Eu não tinha a menor noção do que os médicos teriam feito.

— Eu estou bem. Dá para mudar de assunto?

— Muito bem — disse Justin, indicando o meu prato. — Isso quer dizer que agora podemos usar cebolas mais de uma vez por ano?

Tive a sensação de um horrível buraco no estômago. Lancei um olhar perdido para Justin.

— Bem, se você quis repetir — disse ele com jeito — é porque não sente mais aquela ânsia de vômito, não é?

"Putamerdaputamerdaputamerda." Eu como praticamente qualquer coisa; não me ocorrera que Lexie pudesse ser enjoada para comer, e não era bem o tipo de coisa que Frank poderia ter descoberto numa conversa informal. Daniel tinha abaixado a colher e me olhava.

— Nem senti o gosto – eu disse. – Acho que os antibióticos estão alterando o meu paladar. Tudo tem o mesmo gosto.

— Mas eu pensei que era da textura que você não gostasse – disse Daniel. "Puta merda."

— Eu não gosto da *ideia*. Agora que eu sei que tem cebola...

— Isso aconteceu com a minha avó – disse Abby. – Ela estava tomando antibióticos, perdeu o olfato e nunca recuperou. Você devia falar com o seu médico.

— Não, por favor – disse Rafe. – Se encontramos uma coisa que faz com que ela pare de reclamar das cebolas, eu voto para a gente deixar que a natureza siga o seu curso. Vai comer o resto ou eu posso pegar?

— Não quero perder o paladar e comer cebolas. Prefiro ter uma infecção.

— Que bom. Então passe para cá.

Daniel voltara a comer. Eu remexia a comida no prato, em dúvida; Rafe revirou os olhos. Meu coração batia em ritmo acelerado. "Mais cedo ou mais tarde", pensei, "vou cometer um erro e não vou conseguir me safar."

— Boa saída com a cebola – comentou Frank, naquela noite. – E quando chegar a hora de tirar você daí, o esquema já vai estar armado e pronto para a sua saída: os antibióticos estavam alterando o seu paladar, você deixou de tomá-los e, pimba, teve uma infecção. Eu mesmo gostaria de ter pensado nisso.

Eu estava em cima da minha árvore, enrolada no casaco comunitário – era uma noite nublada, com garoa salpicando as folhas e ameaçando virar chuva forte a qualquer momento – e mantinha os ouvidos aguçados para o caso de John Naylor aparecer.

— Você ouviu aquela conversa? Nunca vai para casa?

— Não vou muito, atualmente. Vou ter muito tempo para dormir depois que pegarmos o cara. E por falar nisso, o meu fim de semana com Holly está chegando, então se a gente pudesse começar a encerrar este caso, eu ficaria bem feliz.

— Eu também – rebati. – Acredite.

— É mesmo? Tive a impressão de que você estava começando a ficar muito bem adaptada aí.

Não dava para captar nada na sua voz; ninguém consegue fazer uma voz neutra como Frank.

— Poderia ser bem pior, com certeza – falei, cautelosa. – Mas esta noite foi um alerta. Não posso continuar assim para sempre. E você, descobriu algo de útil?

– Não consegui nada sobre o que fez May-Ruth fugir. Chad e os amigos dela não se lembram de nada fora do comum que tenha acontecido naquela semana. Mas pode ser que não se lembrem, mesmo; já se passaram quatro anos e meio.

Não fiquei surpresa.

– Pois é – falei. – Valeu a tentativa.

– Ainda assim, apareceu uma novidade – disse Frank. – Tudo indica que não tem nada a ver com o nosso caso, mas é uma coisa esquisita, e a essa altura vale a pena avaliar qualquer esquisitice. Analisando superficialmente, que tipo de pessoa você acha que Lexie era?

Dei de ombros, embora ele não pudesse me ver. Havia algo de embaraçoso nisso, íntimo demais, como se eu tivesse que descrever a mim mesma.

– Não sei. Animada, imagino. Alegre. Segura. Muita energia. Um pouco infantil, talvez.

– Isso mesmo. Concordo. Foi o que percebemos nos vídeos e foi o que nos disseram seus amigos. Só que não é isso o que os amigos de May-Ruth têm relatado ao meu companheiro do FBI.

Senti um frio na barriga. Enfiei os pés num ponto mais alto dos galhos e comecei a morder os nós dos dedos.

– Eles descrevem uma garota tímida, muito quieta. Chad achava que tinha a ver com o fato de ela vir de uma cidade distante nos Apalaches; ele disse que Raleigh, para ela, era uma grande aventura, ela adorava a cidade, mas se sentia um pouco perdida. Era meiga, sonhadora, gostava de animais, pensava em talvez se tornar assistente de veterinário. Agora me diga: isso parece com a nossa Lexie?

Passei a mão pelo cabelo e desejei estar com os pés no chão; precisava me movimentar.

– Você está me dizendo o quê, então? Acha que estamos lidando com duas garotas diferentes e que por acaso as duas se parecem comigo? Porque eu confesso, Frank, cheguei ao meu limite de coincidências neste caso. – Eu tinha aquela visão maluca de mais e mais sósias saindo do nada, cópias de mim sumindo e reaparecendo no mundo todo como num enorme jogo de fliperama de Whack-a-Mole, uma pessoa como eu em cada porto. "É isso que eu ganho por querer uma irmã quando era pequena", pensei, num delírio, reprimindo um riso histérico, "cuidado com o que você deseja..."

Frank riu.

– Não. Você sabe que eu te amo, menina, mas duas são suficientes para mim. Além disso, as digitais da vítima eram iguais às de May-Ruth. Só estou dizendo que é estranho. Conheço pessoas que lidaram com indivíduos que trocaram de identidade, sejam testemunhas sob proteção ou adultos que fugiram de casa, como essa garota. E todos dizem a mesma coisa: essas pessoas eram as mesmas, antes e depois. Uma coisa é ter um novo nome e uma nova vida; outra, completamente diferente, é ter uma nova personalidade. Até mesmo para um agente infiltrado experiente, é um estresse constante. Você sabe como foi, ser Lexie Madison vinte e quatro horas, sete dias por semana, e como é agora, com certeza. Não é fácil.

– Estou me saindo bem – falei. Eu sentia de novo aquela vontade enorme de rir. Essa garota, quem quer que ela fosse, teria sido uma agente infiltrada fantástica. Talvez devêssemos ter trocado de vida antes.

– Claro que está – disse Frank, diplomático. – Mas a nossa garota também estava, e vale a pena examinar esse aspecto. Talvez ela fosse naturalmente talentosa; pode ser, no entanto, que tenha tido treinamento em algum lugar, como agente infiltrada ou como atriz. Estou fazendo umas sondagens; pense um pouquinho e repare se notou algum sinal que indique uma ou outra coisa. Parece um bom plano?

– Claro – respondi, recostando-me devagar no tronco da árvore. – Bem pensado.

Eu não estava mais com vontade de rir. Aquela primeira tarde, no escritório de Frank, tinha acabado de passar como um raio pela minha cabeça, tão nítida que por um instante senti o cheiro de poeira e couro e café com uísque, e pela primeira vez me perguntei se eu realmente tinha entendido alguma coisa do que estava acontecendo naquela salinha ensolarada; se, toda contente e sem me dar conta, eu não teria pulado o momento mais importante de todos. Eu sempre acreditara que o teste tinha sido nos primeiros minutos, com aquele casal na rua, ou quando Frank me perguntou se eu estava com medo. Jamais havia me ocorrido que aqueles eram apenas os portões externos e que o desafio real viera bem mais tarde, quando eu achava que já estava segura lá dentro; que o aperto de mão secreto que eu dera, sem nunca perceber, pode ter sido a facilidade com que ajudei a criar Lexie Madison.

– Chad sabe? – perguntei de repente, quando Frank já ia desligar. – Sobre May-Ruth não ser May-Ruth?

– Sabe – respondeu Frank satisfeito. – Ele sabe, sim. Deixei-o iludido pelo tempo que foi possível, mas esta semana pedi ao meu amigo do FBI que contasse a ele. Eu precisava saber se ele estava ocultando alguma informação, por lealdade ou qualquer outra coisa. Parece que não.

O pobre coitado.

– Como ele recebeu a notícia?

– Ele vai sobreviver – disse Frank. – Falo com você amanhã. – E desligou. Fiquei um longo tempo sentada na árvore, fazendo desenhos no tronco com a unha.

Eu começava a me questionar se tinha subestimado não o assassino, mas a vítima. Eu não queria pensar nisso, tentava evitar a ideia, mas eu sabia: tinha havido alguma coisa errada com Lexie, bem lá no fundo. Sua insensibilidade, o modo como tinha deixado Chad para trás sem uma palavra e rido enquanto se preparava para abandonar a Casa dos Espinheiros-Brancos, como um animal que com uma mordida extirpa a própria pata presa numa armadilha, rápido e sem queixa; poderia ter sido apenas desespero. Isso eu sempre entendi. Agora, porém, essa mudança perfeita, da tímida e doce May-Ruth para a palhaça esfuziante Lexie: isso tinha sido algo diferente, algo errado. Nenhum tipo de medo ou desespero poderia ter exigido isso. Ela fez porque quis. Uma garota com um lado assim tão oculto e escuro poderia ter despertado uma raiva intensa em alguém.

"Não é fácil", dissera Frank. E essa era a questão: para mim, sempre tinha sido. Nas duas vezes, ser Lexie Madison tinha sido tão natural quanto respirar. Eu deslizara para dentro dela, como se desliza para dentro de uma calça jeans velha e confortável, e era isso o que tinha me assustado, todo o tempo.

Só quando já estava indo para a cama, naquela noite, me lembrei: aquele dia na grama, quando minha cabeça deu um clique e eu vi os cinco como uma família, sendo Lexie a irmãzinha caçula e atrevida. A mente de Lexie tinha funcionado do mesmo jeito que a minha, só que um milhão de vezes mais rápido. Numa olhada, ela percebera o que eles eram e o que lhes faltava, e num piscar de olhos tinha se transformado naquilo.

13

Eu soubera, desde o momento em que Sam disse que planejava conversar com os três vândalos em potencial, que haveria consequências. Caso o sr. Assassino de Bebês fosse um deles, não ficaria nada contente de ser interrogado pelos tiras, poria toda a culpa em nós e não haveria a menor chance de ele esquecer o assunto. O que não avaliei foi como o golpe viria rápido, e como seria direto. Sentia-me tão segura naquela casa, que me esqueci de que o fato em si deveria me servir de aviso.

Ele só precisou de um dia. Estávamos na sala de estar, no sábado, pouco antes de meia-noite. Abby e eu tínhamos pintado as unhas com o esmalte cor de prata de Lexie, sentadas no tapete em frente à lareira, e estávamos sacudindo os dedos para secar o esmalte; para contrabalançar a onda de estrogênio, Rafe e Daniel limpavam o Webley do tio Simon. O revólver tinha ficado dois dias imerso numa panela cheia de solvente, no pátio, e Rafe decidira que já era suficiente. Ele e Daniel tinham transformado a mesa em depósito – caixa de ferramentas, toalhas de papel, trapos – e estavam felizes limpando a arma com escovas de dentes velhas: Daniel atacava a crosta de sujeira na coronha, enquanto Rafe cuidava do revólver propriamente dito. Justin estava esticado no sofá, resmungando enquanto lia suas anotações para a tese e comendo pipoca fria de uma cumbuca ao seu lado. Alguém pusera música de Purcell para tocar, uma *overture* tranquila em tom menor. A sala cheirava a solvente e ferrugem, um cheiro forte, reconfortante e familiar.

— Sabe — disse Rafe, apoiando a escova de dentes e examinando o revólver —, acho que na verdade está em muito bom estado, debaixo dessa sujeira toda. Há uma boa possibilidade de que funcione. — Ele estendeu o braço para pegar a caixa de munição do outro lado da mesa, colocou duas balas no lugar e fechou o cilindro. — Roleta russa, alguém está a fim?

— Nada a ver — disse Justin, estremecendo. — É horrível.

— Me dê aqui — disse Daniel, estendendo a mão para receber o revólver. — Não brinque com isso.

— Pelo amor de Deus, é só uma *piada* — disse Rafe, entregando-o a Daniel. — Só estou verificando se tudo funciona. Amanhã de manhã vou levá-lo para o pátio e trazer um coelho para o jantar.

— Não — disse eu, endireitando as costas de repente e olhando para ele com cara feia. — Eu *gosto* dos coelhos. Deixe-os em paz.

— Por quê? Eles só sabem fazer mais coelhos e cocô no gramado todo. Os coitadinhos seriam mais bem aproveitados num bom fricassé, ou num ensopado bem gostoso...

— Você é asqueroso. Nunca leu *Watership Down*?

— Você não pode enfiar os dedos nas orelhas, senão vai estragar o esmalte. Eu poderia fazer um coelhinho *au vin* que...

— Você vai para o inferno, sabia?

— Ah, fica fria, Lex, ele não vai fazer nada disso mesmo — rebateu Abby, soprando a unha do polegar. — Os coelhos aparecem de manhã cedinho. De manhã cedinho, não se pode contar com Rafe nem entre os seres *vivos*.

— Não vejo nada de asqueroso em matar animais — disse Daniel, abrindo o revólver com cuidado — desde que a pessoa coma o que matou. Afinal de contas, somos predadores. Num mundo ideal, adoraria que fôssemos cem por cento autossuficientes, vivendo do que pudéssemos cultivar e caçar, não dependendo de ninguém. Na realidade, é improvável que isso aconteça, claro, e de qualquer maneira eu não gostaria de começar pelos coelhos. Aprendi a gostar deles. Combinam com a casa.

— Está vendo? — perguntei a Rafe.

— Vendo o quê? Pare de ser tão infantil. Quantas vezes já vi você enchendo a barriga de bife ou...

Eu já estava de pé, com a mão buscando o coldre e o meu revólver onde ele deveria estar, antes de entender que tinha ouvido um estrondo. Havia uma pedra grande e pontuda pousada no tapete, perto de mim e de Abby, como se tivesse estado lá o tempo todo, cercada de fragmentos de vidro brilhantes parecendo cristais de gelo. A boca de Abby estava aberta num O de susto e uma rajada de vento frio entrava pela janela quebrada, inchando as cortinas.

E aí Rafe pulou da cadeira e correu para a cozinha. Eu estava meio passo atrás dele, com o grito de pânico de Justin — "Lexie, seus pontos!" — nos meus ouvidos. Em algum lugar, Daniel berrava alguma coisa, mas eu passei pela porta dos fundos logo atrás de Rafe e quando ele pulou do pátio, com os cabelos ao vento, ouvi o barulho do portão no fim do jardim.

O portão ainda balançava violentamente quando o cruzamos. Já na estrada, Rafe ficou imóvel, com a cabeça levantada, uma das mãos esticada para trás para segurar o meu pulso: "Shh."

Ficamos escutando, sem respirar. Senti um vulto assomar atrás de mim e me virei de repente, mas era Daniel, ligeiro e silencioso como um felino na relva.

O vento nas folhas; e depois, à nossa direita, na direção de Glenskehy e não muito longe, o estalar mínimo de um graveto.

Deixamos para trás o resto de luz que vinha da casa e voamos pelo caminho no escuro, as folhas açoitando os meus dedos quando eu esticava a mão para me guiar pela sebe, um barulho repentino de pés correndo à minha frente e um grito áspero e triunfante de Rafe ao meu lado. Eles eram velozes, Rafe e Daniel, mais velozes do que eu teria imaginado. A nossa respiração, selvagem aos meus ouvidos como a de animais que caçam em bandos, a batida forte dos nossos pés e o meu pulso como tambores de guerra me empurrando para a frente; a lua crescia e minguava à medida que as nuvens deslizavam por ela e eu consegui divisar algo escuro, uns vinte ou trinta metros apenas à nossa frente, encurvado e grotesco na estranha luz branca e correndo desabalado. Num lampejo vi Frank debruçado sobre a mesa, as mãos apertando os fones nas orelhas, e em pensamento lhe disse, com a dureza de um soco: "Não ouse, não ouse mandar os seus capangas, isso é coisa nossa."

Contornamos uma curva fechada no caminho, segurando na sebe para não perder o equilíbrio, e paramos derrapando numa encruzilhada. À luz do luar, as estradinhas se estendiam em todas as direções, vazias e enganadoras, nada revelando; pilhas de pedras se amontoavam nos campos, como sentinelas encantadas.

– Para onde ele foi? – A voz de Rafe era um cochicho tremido; ele girou, espreitando como um cão de caça. – Para onde foi aquele filho da puta?

– Não pode ter desaparecido tão depressa – sussurrou Daniel. – Está por perto. Está escondido.

– *Merda!* – disse Rafe furioso. – *Merda*, aquele filho da *puta*, aquele safado... Eu vou matar...

A lua ia sumindo de novo; mal dava para ver os rapazes como sombras ao meu lado, desaparecendo rapidamente.

– Lanterna? – cochichei, me esticando para minha boca ficar perto da orelha de Daniel, e vi o movimento rápido da sua cabeça contra o céu quando ele negou.

Quem quer que fosse o homem, ele conhecia aquelas colinas como a palma da sua mão. Poderia se esconder aqui a noite toda, se quisesse, se esgueirar de um esconderijo para o outro como fizeram os seus ancestrais rebeldes séculos antes dele, nada além de olhos semicerrados que espreitam entre a folhagem e depois somem.

Ele estava, porém, cedendo à pressão. A pedra na janela, para nos atingir diretamente, quando ele deveria saber que iríamos atrás dele: o seu controle estava escapando e se desfazendo em poeira diante do interrogatório de Sam e do atrito penoso e constante da sua própria fúria. Ele poderia se esconder para sempre, se quisesse, mas exatamente aí estava o dilema: ele não queria, não para valer.

Todos os detetives do mundo sabem que esta é a nossa melhor arma: o desejo mais íntimo de uma pessoa. Agora que instrumentos para esmagar polegares e ferro em brasa não fazem mais parte do menu, não há como forçar ninguém a confessar um assassinato, levar-nos até o local onde está o corpo, entregar um ente querido ou denunciar um chefão do crime, e mesmo assim as pessoas fazem isso o tempo todo. E fazem porque existe algo que elas querem mais do que a segurança: uma consciência tranquila, uma oportunidade de contar vantagem, o fim de uma tensão, um recomeço, pode citar qualquer coisa que nós a encontraremos. Se conseguirmos descobrir o que a pessoa quer – em segredo, escondido tão lá no fundo que talvez ela própria desconheça – e balançarmos aquilo à sua frente, ela nos dará em troca tudo que pedirmos.

Esse cara estava de saco cheio de ficar escondido no seu território, se esgueirando por ali com tinta spray e pedras como um adolescente mal-educado, desejoso de atenção. O que ele queria mesmo era a chance de uma boa briga.

– Ai, meu Deus, ele está se *escondendo* – falei com toda a clareza e em tom jocoso para a noite vasta, à espera, no meu sotaque mais esnobe de moça da cidade. Os dois rapazes me seguraram ao mesmo tempo, mas eu os contive com um beliscão, forte. – Quer coisa mais ridícula? O cara é durão de longe, mas quando a gente chega perto ele se esconde nos arbustos tremendo como um coelhinho assustado.

A mão de Daniel relaxou no meu braço, ouvi quando ele soltou o ar com uma sombra de sorriso; não estava nem ofegante.

– E por que não? – falou. – Ele pode não ter coragem de entrar numa briga, mas pelo menos tem inteligência suficiente para saber quando a parada é dura demais para ele.

Dei um apertão em Rafe, que estava perto de mim. Se algo fosse capaz de forçar a saída desse sujeito do esconderijo, seria aquele sotaque inglês lento e sarcástico. Ouvi a respiração rápida e furiosa de Rafe quando ele percebeu a minha intenção.

– Duvido muito que tenha sobrado alguma inteligência – disse ele, arrastando as vogais. – Carneiros demais entre os antepassados da família. Ele provavelmente já se esqueceu de nós e saiu por aí procurando o seu rebanho.

Um ruído, leve e rápido demais para ser localizado com precisão; e mais nada.

– Aqui, gatinho – cantarolei. – Vem cá, gatinho, vem cá... – E terminei com um risadinha.

– No tempo do meu bisavô – disse Daniel bem tranquilo –, nós sabíamos como lidar com camponeses que se achavam grande coisa. Um toque de chicote, e eles logo aprendiam qual era o seu lugar.

– O erro do seu bisavô foi deixar que eles procriassem à vontade – disse Rafe a Daniel. – Sua reprodução deveria ser controlada, como se faz com qualquer outro animal da fazenda.

Aquele ruído de novo, mais alto; depois um clique, bem pequeno e nítido, como uma pedrinha batendo na outra, muito próximo.

– Eles tinham sua utilidade – disse Daniel. Sua voz tinha um tom vago, distraído, o mesmo de quando ele estava concentrado num livro e alguém lhe fazia uma pergunta.

– Sim, claro – continuou Rafe –, mas veja no que deu. Involução. Uma genética fraca. Hordas de babões, estúpidos sem pescoço, resultado de casamentos entre irmãos...

Algo irrompeu da sebe, a poucos metros de distância, e passou voando por mim, tão perto que senti o vento nos meus braços, e atingiu Rafe como uma bala de canhão. Ele caiu com um grunhido e um baque horrendo que fez o chão tremer. Durante uma fração de segundo ouvi barulhos de luta, respiração rouca e descontrolada, o som desagradável de um soco atingindo o alvo; e aí eu me meti no meio.

Caímos embolados, a terra dura sob o meu ombro, a respiração ofegante de Rafe, o cabelo de alguém na minha boca e um braço se contorcendo como um cabo de aço até se soltar do meu aperto firme. O cara cheirava a folhas molhadas, era forte e desleal na luta, seus dedos procuravam os meus olhos, os pés subiam em canivete buscando cravar-se no meu estômago. Eu ataquei com tudo, ouvi um sopro forte e senti sua mão sair do meu rosto. Nesse momento, algo se chocou contra nós, vindo da lateral, com a violência de um trem de carga: Daniel.

O seu peso fez com que nós quatro rolássemos para dentro dos arbustos, galhos arranhando o meu pescoço, respiração quente no meu rosto e em algum lugar o ritmo rápido e impiedoso de golpes em algo mais macio, vezes seguidas. Foi uma luta perversa, violenta e suja, braços e pernas para todo lado, pontas ossudas espetando, sons horríveis e abafados como de cachorros selvagens estraçalhando uma presa. Eram três contra um e nós estávamos tão furiosos quanto ele, mas a escuridão lhe dava uma vantagem. Nós não tínhamos como ver o nosso alvo; ele não precisava se preocupar, qualquer golpe que atingisse alguém era válido. E estava usando isso, escorregando em zigue-zague, fazendo aquele bolo de gente rolar pelo chão várias vezes, não havia como se firmar, eu estava tonta e sem fôlego, dando socos frenéticos no vazio. Um corpo caiu pesadamente por cima de mim e eu dei uma cotovelada forte, ouvi um grito de dor que poderia ter vindo de Rafe.

E aí aqueles dedos procuraram os meus olhos de novo. Eu tateei e consegui encontrar um queixo com barba espetada, livrei um braço e dei um soco com todo o peso do meu corpo. Algo atingiu minhas costelas, com força, mas não doeu; nada doía, esse cara poderia ter me retalhado e eu não teria sentido nada, só queria saber de bater nele e de continuar batendo. Uma vozinha fria, bem longe na minha cabeça, avisou, "Vocês podem matá-lo, desse jeito vocês três podem matá-lo", mas eu nem ligava. O meu peito era uma grande explosão de branco ofuscante e eu vi o arco temerário e final da garganta de Lexie, vi a luminosidade suave da sala de estar maculada pelos estilhaços de vidro, vi o rosto de Rob, frio e fechado, e eu poderia continuar batendo para sempre, queria o sangue desse cara enchendo a minha boca, queria sentir seu rosto virar uma massa disforme e em pedaços sob o meu punho e ir em frente.

Ele se esquivou como um gato e os nós dos meus dedos atingiram terra e pedra, não consegui achá-lo. Procurei no escuro, segurei na camisa de alguém e ouvi que ela se rasgou quando fui empurrada com um golpe de ombro. Houve um movimento desesperado de alguém tentando se levantar de qualquer jeito, pedregulhos voando; um som surdo e desagradável, como uma bota atingindo carne, um grunhido de animal furioso; depois, passos de corrida, rápidos e irregulares, cada vez mais fracos.

– Onde... – Alguém me segurava pelo cabelo; eu bati para afastar aquele braço e tateei procurando freneticamente o rosto, aquele maxilar áspero e estropiado; encontrei tecido e pele quente e depois, nada. – *Sai...* – Um resmungo de esforço, um peso saindo das minhas costas; e logo, repentino e agudo como uma explosão, o silêncio.

– Onde...

A lua saiu de trás das nuvens e nós nos fitamos: olhos esgazeados, sujos, ofegantes. Quase não reconheci os outros. Rafe tentando se levantar, com expressão de raiva e sangue brilhando escuro sob o nariz, o cabelo de Daniel caindo na testa e listas de lama ou sangue como uma pintura de guerra pelo seu rosto: os olhos deles eram buracos negros na enganadora luz branca e eles pareciam estranhos perigosos, guerreiros fantasmas da última batalha de alguma tribo selvagem perdida.

– Onde ele está? – perguntou Rafe, num sussurro ameaçador.

Nada se movia; apenas uma brisa leve e tímida agitava os pilriteiros. Daniel e Rafe estavam agachados como lutadores, mãos meio fechadas, prontas, e percebi que eu também. Naquele momento, acho que poderíamos ter nos atacado uns aos outros.

Logo a lua sumiu de novo. Algo pareceu se exaurir no ar, uma vibração aguda demais para ser ouvida. De repente, tive a sensação de que os meus músculos estavam virando água e sumindo terra adentro; se eu não tivesse agarrado um pedaço da sebe, teria caído. E havia a respiração entrecortada, como um soluço, de um dos rapazes.

Todos nós pulamos ao ouvir passos fortes de corrida, no caminho às nossas costas, que pararam de chofre a poucos metros de distância.

– Daniel? – sussurrou Justin, nervoso e sem fôlego. – Lexie?

– Estamos aqui – respondi. Eu tremia toda, como se estivesse tendo um ataque violento; o meu coração parecia que ia saltar pela boca, achei até que eu fosse vomitar. Perto de mim, Rafe tinha ânsia de vômito, tossia dobrado em dois e cuspia: – Terra em tudo quanto é lugar...

– Ai, meu Deus. Vocês estão bem? O que houve? Vocês o pegaram?

– Nós o pegamos – disse Daniel, respirando com dificuldade –, mas nenhum de nós conseguia ver nada e na confusão ele conseguiu se safar. Não adianta ir atrás; a essa altura, já está a meio caminho de Glenskehy.

– Meu Deus. Ele machucou vocês? Lexie! Os seus pontos estão...

Justin estava à beira do pânico.

– Estou muito bem – falei, alto e claro, para ter certeza de que o microfone captaria bem as palavras. As minhas costelas começavam a doer um bocado, mas eu não podia arriscar que alguém quisesse dar uma olhada. – Só minhas mãos estão doendo muito. Consegui dar uns socos.

– Acho que um deles me atingiu, sua danada – disse Rafe. Sua voz tinha um tom leve e despreocupado. – Espero que a sua mão inche e fique roxa.

– Vai levar outro soco se não tomar cuidado – falei. Apalpei minhas costelas: minha mão tremia tanto que não dava para ter certeza, mas achei que não tinha nada quebrado. – Justin, você devia ter ouvido Daniel falando. Ele foi genial.

– Ih, é mesmo – disse Rafe, começando a rir. – Um toque de *chicote*? Caramba, de onde você tirou isso?

– Chicote? – perguntou Justin, atarantado. – Que chicote? Quem tinha um chicote?

Rafe e eu estávamos rindo tanto que não deu para responder.

– Ai, Deus – consegui dizer, afinal. – "No tempo do meu *bisavô*..."

– "Quando os camponeses sabiam qual era o seu lugar..."

– *Que camponeses?* Do que vocês estão *falando*?

– Na hora fez todo o sentido – disse Daniel. – Onde está Abby?

– Ela ficou no portão, para o caso de ele voltar e... Ai, meu Deus, vocês não acham que ele voltou, acham?

— Duvido muito — disse Daniel. Em sua voz havia também a ponta de uma risada, pronta para explodir. Estávamos todos estourando de tanta adrenalina. — Acho que para ele chega por hoje. Está todo mundo bem?

— Não, graças a srta. Spitfire — disse Rafe, tentando puxar o meu cabelo e em vez disso pegando na minha orelha.

— Estou bem — disse eu, dando um tapa na mão de Rafe. Justin, lá atrás, continuava a falar baixinho "Ai, meu Deus, ai, meu Deus...".

— Que bom — disse Daniel. — Então, vamos para casa.

Não havia nem sinal de Abby no portão dos fundos; nada além dos pilriteiros trêmulos e do ranger lento e fantasmagórico do portão na brisa leve e fresca. Justin já começava a demonstrar sinais de ansiedade, quando Daniel gritou na escuridão, "Abby, somos nós", e ela surgiu das sombras, uma curva branca ovalada, um ruge-ruge de saia e uma faixa de bronze. Ela segurava, com as duas mãos, o atiçador da lareira.

— Vocês pegaram o cara? — cochichou ela, furiosa. — Pegaram?

— Credo, estou cercado de mulheres guerreiras — disse Rafe. — Me lembrem de nunca chatear vocês duas. — Sua voz soava abafada, como se ele estivesse tapando o nariz.

— Joana D'Arc e Boadiceia — disse Daniel, sorrindo; senti sua mão descansar no meu ombro por um momento e vi que ele esticou a outra mão para passar no cabelo de Abby. — Lutando para defender sua casa. Nós o pegamos; temporariamente, mas acho que ele entendeu o recado.

— Eu queria trazê-lo até aqui, para ser empalhado e exposto em cima da lareira — falei, tentando tirar a sujeira do meu jeans com os pulsos —, mas ele fugiu.

— Aquele *filho da puta* — disse Abby. Ela expirou com força, lentamente, e abaixou o atiçador. — Eu estava até querendo que ele voltasse.

— Vamos entrar — disse Justin, olhando por sobre o ombro.

— O que foi que ele jogou, afinal de contas? — quis saber Rafe. — Eu nem olhei.

— Uma pedra — informou Abby. — E tem uma coisa grudada nela.

— Ai, meu Jesus Cristinho — disse Justin, horrorizado, na hora que entramos na cozinha. — Vejam o estado de vocês três.

— Uau — exclamou Abby, erguendo as sobrancelhas. — Estou boquiaberta. Adoraria ver o cara que fugiu.

Nossa aparência era tão ruim quanto eu imaginara: trêmulos, olhos inquietos, cobertos de terra e arranhões, grandes e dramáticas manchas de sangue em lugares improváveis. Daniel se apoiava pesadamente em uma perna e sua camisa estava rasgada no meio, com uma manga pendendo solta. Havia um buraco em um dos joelhos da calça de Rafe, por onde dava para ver a pele vermelha brilhante, e amanhã ele teria um belo olho roxo.

– Esses *cortes* – disse Justin. – Vai ter que desinfetar; só Deus sabe o que se pode pegar nesses caminhos. A sujeira do chão, vacas e carneiros e todo tipo de...

– Daqui a pouco – disse Daniel, afastando o cabelo dos olhos. Ele se aproximou segurando um graveto, olhou-o com perplexidade e depois o depositou com cuidado na bancada da cozinha. – Antes de mais nada, acho que precisamos ver o que veio junto com a pedra.

Era um pedaço de papel dobrado, do tipo pautado, arrancado do caderno de escola de alguma criança.

– Esperem – disse Daniel, quando Rafe e eu nos aproximamos. Ele pegou duas canetas em cima da mesa, e com elas conseguiu delicadamente separar o papel dos pedaços de vidro quebrado.

– Agora – falou Justin, afobado, entrando com uma tigela de água em uma das mãos e um pano na outra –, vamos ver o estrago. Primeiro as damas. Lexie, suas mãos?

– Espere um pouquinho – eu disse. Daniel tinha levado o pedaço de papel para a mesa e o desdobrava, com todo cuidado, usando a extremidade mais grossa das canetas.

– Ah – exclamou Justin. – Ah.

Rodeamos Daniel, todos bem juntos. O rosto dele sangrava, havia um corte provocado por um soco ou pela armação dos seus óculos, mas ele parecia não ter notado.

O bilhete fora escrito em letras maiúsculas furiosas, com tanta força que em alguns lugares a caneta havia furado o papel. "VOCÊS SERÃO EXPULSOS PELO FOGO."

Durante um segundo, o silêncio foi absoluto.

– Deus do céu – exclamou Rafe. Ele se jogou de costas no sofá e caiu na risada. – Genial. Aldeões com tochas. Não é o máximo?

Justin fez um muxoxo de desaprovação.

– Bobagem – disse ele. Toda a sua compostura voltara, agora que estava em casa, com a segurança de nós quatro em torno dele e alguma coisa de útil para fazer. – Lexie, suas mãos.

Estendi as mãos para ele. Estavam horríveis, cobertas de terra e sangue, os nós dos dedos esfolados e metade das unhas quebradas até o sabugo, meu lindo esmalte cor de prata acabado. Justin inspirou o ar dando um assovio.

— Minha nossa, o que você *fez* com o coitado do homem? Não que ele não merecesse. Venha cá, onde posso ver melhor. — Ele me levou até a poltrona de Abby, sob o abajur, e se ajoelhou no chão ao meu lado. Da tigela saía uma nuvem de vapor e antisséptico, um cheiro quente e tranquilizador.

— Vamos chamar a polícia? — perguntou Abby a Daniel.

— Claro que não — disse Rafe, apalpando o nariz e olhando os dedos para ver se tinha sangue. — Você está louca? Eles vão fazer o mesmo discurso de sempre: obrigado por fazer a denúncia, absolutamente nenhuma chance de pegarmos o *ofensor*, arranjem um cachorro, tchau. Desta vez pode até ser que nos prendam. Só terão que dar uma olhada para ver que estivemos numa briga. E acham que o Gordo e o Magro vão querer saber quem começou? Justin, posso usar esse pano um pouquinho?

— Espere um minuto. — Justin apertava o pano úmido nos meus dedos, tão de leve que eu não sentia quase nada. — Está ardendo? — Fiz que não.

— Vou ficar sangrando no sofá — ameaçou Rafe.

— Não vai, não. Incline a cabeça para trás e espere.

— Na verdade — falou Daniel, que continuava olhando para o bilhete com o cenho cerrado —, acho que chamar a polícia pode não ser uma má ideia, nesse momento.

Rafe se sentou depressa, esquecendo por completo o nariz.

— Daniel. Você está falando sério? Eles morrem de medo daqueles monstros lá da aldeia. Fariam qualquer coisa para ter a aprovação de Glenskehy, e nos prender por agressão teria exatamente esse efeito.

— Bem, não era a polícia local que eu tinha em mente — explicou Daniel. — Não. Estava pensando em Mackey ou O'Neill, não sei qual deles seria melhor. O que você acha? — perguntou a Abby.

— Daniel — disse Justin. Sua mão tinha parado de apertar o pano sobre a minha, e aquele tom agudo de pânico estava voltando à sua voz. — Não faça isso. Eu não quero... Eles têm nos deixado em paz, depois que Lexie voltou...

Daniel lançou um olhar longo e curioso, por cima dos óculos, para Justin.

— É, de fato — disse. — Mas tenho sérias dúvidas de que isso signifique que abandonaram a investigação. Tenho certeza de que estão se esforçando bastante na busca do suspeito, acho que teriam muito interesse em saber o que aconteceu, e penso que temos a obrigação de contar, sendo ou não sendo conveniente para nós.

— Eu só quero que tudo volte ao *normal*. — A voz de Justin era quase um gemido.

— Sim, claro, nós também — disse Daniel, um pouco irritado. Ele se curvou de dor, massageou o músculo da coxa, se curvou de novo. — E quanto antes tudo acabar e alguém for indiciado, mais cedo poderemos fazer exatamente isso. Não tenho dúvida de que Lexie, por exemplo, se sentiria bem melhor se esse homem estivesse na prisão. Não é verdade, Lex?

— Prisão porra nenhuma, eu me sentiria bem melhor se o filho da mãe não tivesse se safado tão rápido — falei. — Eu estava me divertindo. — Rafe deu um largo sorriso e se debruçou para bater a mão aberta na minha.

— Mesmo esquecendo o caso de Lexie — disse Abby —, o que temos é uma ameaça. Quanto a você, Justin, não sei, mas eu não gosto muito da ideia de ser expulsa pelo fogo.

— Ah, pelo amor de Deus, ele *não vai* fazer isso — interveio Rafe. — Incêndios criminosos demandam um certo grau de habilidade organizacional. Ele seria vítima de uma explosão muito antes de conseguir chegar perto da gente.

— E você aposta nisso a ponto de pôr a casa em risco?

O ambiente da sala mudara. Aquela alegria descuidada, com todos tão unidos, tinha ido embora, evaporado com um chiado violento, como água batendo no forno quente; ninguém se divertia mais.

— Prefiro apostar na burrice desse cara do que na inteligência dos tiras. Precisamos tanto deles quanto de um furo na cabeça. Se o idiota voltar, e ele *não vai* voltar, não depois desta noite, nós mesmos cuidamos dele.

— Porque até agora — disse Abby tensa — ao resolvermos nós mesmos os nossos problemas temos feito um trabalho fantástico. — Ela agarrou a cumbuca de pipoca do chão com um movimento rígido, irritado e se abaixou para catar os pedaços de vidro.

— Não, deixe aí; a polícia vai querer ver tudo do jeito que está — recomendou Daniel, caindo pesadamente numa poltrona. — Ai. — Ele fez uma careta, tirou o revólver do tio Simon do bolso de trás e o colocou na mesinha de centro.

A mão de Justin ficou congelada no ar. Abby, ao se levantar rápido, quase caiu para trás.

Se tivesse sido qualquer outra pessoa, eu não teria ficado surpresa. Mas Daniel... algo frio como água do mar agitou o meu corpo, me tirou a respiração. Foi como ver o seu pai bêbado ou a sua mãe ter um ataque histérico; aquela sensação de queda livre no estômago, os cabos rebentando quando o elevador fica a ponto de despencar centenas de andares, impossível pará-lo, já foi.

— Você está *brincando* — disse Rafe. Ele estava quase tendo outro ataque de riso.

— Que diabo — indagou Abby, em voz bem baixa —, você achou que ia fazer com isso?

— Na verdade — disse Daniel, com um olhar de leve surpresa para o revólver —, não tenho certeza. Peguei-o por puro instinto. Depois que chegamos lá fora, é óbvio, estava escuro e caótico demais para usá-lo de maneira sensata. Teria sido perigoso.

— Deus me livre — disse Rafe.

— Você o teria *usado*? — quis saber Abby. Ela estava fitando Daniel com olhos enormes e segurando a cumbuca como se fosse atirá-la.

— Não tenho certeza — disse Daniel. — Tinha uma vaga ideia de ameaçá-lo com a arma para evitar que escapasse, mas suponho que a gente nunca saiba realmente do que é capaz até a situação se apresentar.

Aquele clique, no caminho escuro.

— Ai, Deus — murmurou Justin, num suspiro trêmulo. — Que encrenca.

— Isso não é nem metade da encrenca que poderia ter sido — ressaltou Rafe, animado. — Quer dizer, em termos de violência. — Ele tirou um sapato e o sacudiu, deixando cair um filete de terra e pedrinhas no chão. Nem Justin olhou.

— Cale a boca — disparou Abby. — Você cale a boca. Isso não é uma merda de uma piada. A coisa está ficando muito fora de controle. Daniel...

— Está tudo bem, Abby — disse Daniel. — De verdade. Está tudo sob controle.

Rafe voltou a se jogar no sofá e começou de novo a rir, com uma ponta de tensão e agressividade, algo muito próximo da histeria.

— E você diz que isso não é uma piada, porra? — perguntou ele a Abby. — Sob *controle*. Foi isso mesmo que você quis dizer, Daniel? Você acha mesmo, pra valer, que essa situação está sob controle?

— Eu já disse que sim — insistiu Daniel. Seus olhos pousados em Rafe estavam atentos e muito frios.

Abby bateu a cumbuca com força na mesa, espalhando as pipocas.

— Isso é papo furado. Rafe está sendo pentelho, mas ele está certo, Daniel. Isso não está mais sob controle. Alguém podia ter sido *morto*. Vocês três correndo no escuro atrás de um psicopata incendiário...

— E quando nós voltamos — ressaltou Daniel —, você estava segurando o atiçador.

— *Claro* que não á a mesma coisa. Aquilo era para o caso de ele voltar; eu não saí *procurando* confusão. E se ele tivesse conseguido tirar aquela coisa de você? E aí?

Agora a qualquer momento alguém diria a palavra "revólver". Assim que Frank ou Sam descobrissem que o revólver do tio Simon passara de herança curiosa a arma preferida de Daniel, entraríamos numa fase totalmente nova, que envolveria uma Unidade de Resposta Emergencial de sobreaviso, com coletes à prova de balas e rifles. A ideia me embrulhava o estômago.

– Ninguém quer saber o que eu penso? – exigi, dando um tapa no braço da poltrona.

Abby se virou rapidamente e me fitou, como se tivesse se esquecido de que eu estava lá.

– Por que não? – disse ela, com lentidão, após uma pausa. – Meu Deus. – Ela se jogou no chão, entre os cacos de vidro, e cruzou as mãos na nuca.

– Acho que devemos contar aos tiras – eu disse. – Pode ser que desta vez eles consigam pegar o cara. Antes, não tinham nenhuma pista, mas agora só o que têm a fazer é encontrar alguém que pareça ter passado por um moedor de carne.

– Neste lugar – disse Rafe – talvez isso não elimine muita gente.

– Excelente ideia – disse-me Daniel. – Não havia pensado nisso. Também seria conveniente como ação preventiva, caso esse homem decida nos acusar de agressão; o que eu acho pouco provável, mas... nunca se sabe. Então, estamos combinados? Não há motivo para fazer os detetives virem até aqui a essa hora. Podemos chamá-los de manhã?

Justin voltara a limpar a minha mão, mas o seu semblante estava abatido e fechado.

– Qualquer coisa para acabar com isso – disse, tenso.

– Acho que você é maluco – disse Rafe –, mas isso eu já acho há muito tempo. De qualquer maneira, não importa muito o que eu acho, não é? Você vai fazer exatamente o que quer, de um jeito ou de outro.

Daniel o ignorou.

– Mackey ou O'Neill?

– Mackey – disse Abby, sem levantar o rosto.

– Interessante – comentou Daniel, pegando o maço de cigarros. – Meu primeiro impulso teria sido O'Neill, principalmente porque parece que ele é quem está investigando a nossa relação com Glenskehy, mas talvez você esteja certa. Alguém tem um isqueiro?

– Posso fazer uma sugestão? – perguntou Rafe, com cara de inocente. – Quando tivermos nossas conversinhas com seus amigos tiras, pode ser uma boa ideia deixar isso de fora. – Ele fez um sinal de cabeça em direção ao revólver.

– Sim, claro – concordou Daniel, distraído. Ele continuava procurando um isqueiro; encontrei o de Abby na mesinha ao meu lado e joguei-o para ele. – De qualquer forma, não tem mesmo nada a ver com a história; não há razão para que seja mencionado. Vou guardá-lo.

– Faça isso – disse Abby, apática, olhando para o chão. – E aí podemos todos fingir que isso nunca aconteceu.

Ninguém respondeu. Justin terminou de limpar minhas mãos e enrolou curativos nas articulações feridas, alinhando as pontas com cuidado. Rafe girou as pernas para fora do sofá, foi até a cozinha e voltou com um bolo de toalhas de papel molhadas, esfregou o nariz com indiferença e jogou as toalhas na lareira. Abby não se mexeu. Daniel fumava, com expressão meditativa, o sangue secando no rosto e os olhos focalizando algo a média distância.

O vento aumentou, fez redemoinho nos beirais do telhado e lançou um lamento agudo pela chaminé, se inclinou e irrompeu na sala, acelerado como um longo e frio trem fantasma. Daniel apagou o cigarro, subiu – passos no andar de cima, um barulho de algo sendo arrastado, uma batida – e voltou com um pedaço de madeira, todo marcado e cheio de pontas, talvez parte da cabeceira de uma cama velha. Abby segurou enquanto ele martelava a madeira no lugar onde o vidro se quebrara, as marteladas ecoando estridentes pela casa e pela noite lá fora.

14

Frank chegou lá depressa, na manhã seguinte; tive a impressão de que ele ficara esperando ao lado do telefone, com as chaves do carro na mão desde a madrugada, pronto para entrar em ação no momento em que ligássemos. Trouxe Doherty com ele, para sentar na cozinha e garantir que ninguém ficaria escutando atrás da porta enquanto Frank tomasse os nossos depoimentos, um de cada vez, na sala de estar. Doherty parecia fascinado; não conseguia parar de olhar de boca aberta para os tetos altos, o papel de parede meio descascado, os quatro jovens impecáveis em suas roupas fora de moda e para mim. Ele nem deveria estar ali. Esta investigação era de Sam, e ele teria ido correndo se soubesse que eu me envolvera numa briga. Frank não tinha contado nada. Ainda bem que eu não estaria na central de operações quando Sam recebesse a notícia.

Os outros se comportaram muito bem. A pose estudada aparecera assim que ouvimos o barulho dos pneus na entrada, ainda que fosse uma versão ligeiramente diferente da que usavam na faculdade: menos fria, mais simpática, um equilíbrio perfeito entre vítimas chocadas e anfitriões educados. Abby serviu chá e ofereceu um prato de biscoitos arrumados com capricho, Daniel pôs mais uma cadeira na cozinha para Doherty; Rafe fez piadas irônicas sobre o seu olho roxo. Eu começava a ter uma noção de como teriam sido as sessões de interrogatório após a morte de Lexie e por que fizeram Frank subir pelas paredes.

Ele começou comigo.

– Então – disse, quando a porta da sala foi fechada e as vozes na cozinha ficaram abafadas, tornando-se um ruído indistinto e agradável. – Até que enfim você conseguiu ver alguma ação.

– E já não era sem tempo – falei. Eu estava puxando as cadeiras para a mesa de jogo, mas Frank abanou a cabeça e se jogou no sofá, fazendo sinal para eu me sentar numa poltrona.

– Não, vamos ter uma conversa informal. Você está inteira?

– O rosto do malvado estragou minhas unhas pintadas, mas vou sobreviver. – Catei no bolso da minha calça cargo um bolo de folhas de caderno amassadas. – Escrevi na cama, a noite passada. Antes que eu me esquecesse de alguma coisa.

Frank bebericava o chá e lia, sem pressa.

— Bom — falou finalmente, colocando as folhas no bolso. — Está bem claro, ou tão claro quanto possível, com todo esse caos. — Ele deixou de lado o chá, pegou o seu caderno e aprontou a caneta. — Daria para identificar o cara?

Abanei a cabeça.

— Não vi o rosto. Estava muito escuro.

— Teria sido bom levar uma lanterna.

— Não deu tempo. Se eu tivesse começado a procurar por uma lanterna, ele teria se afastado muito. De qualquer maneira, você não precisa de uma identificação. É só procurar o cara com os dois olhos roxos.

— Ah — disse Frank, pensativo e confirmando com a cabeça — a briga. Claro. Voltaremos a ela daqui a pouco. Só para a eventualidade de o sujeito alegar que se feriu ao cair de uma escada, seria conveniente ter algum tipo de descrição para corroborar.

— Só posso me guiar pelo tato — eu disse. — Supondo que fosse um dos rapazes que Sam interrogou, Bannon estaria fora, com certeza: é corpulento demais. Esse cara era magro e forte. Não muito alto, mas musculoso. Também não acho que tenha sido McArdle; num determinado momento, minha mão bateu bem no rosto dele, e eu não senti pelos faciais, só barba curta. McArdle é barbudinho.

— De fato, é — confirmou Frank, anotando alguma coisa, devagar. — De fato, é. Então você votaria em Naylor?

— Ele se encaixa. A estatura, a compleição e o cabelo conferem.

— Isso terá que ser suficiente. A gente se vira com o que tem. — Ele examinou a folha do caderno, pensativo, batendo com a caneta nos dentes. — E por falar nisso — disse. — Quando vocês três saíram no galope para lutar pela sua causa, o que foi que Danny Boy levou com ele?

Eu estava preparada para essa.

— Uma chave de fenda — falei. — Não vi quando ele pegou, mesmo porque saí antes dele. A caixa de ferramentas estava sobre a mesa.

— Porque ele e Rafe estavam limpando o revólver do tio Simon. A propósito, que tipo de revólver?

— Um Webley, do começo da Primeira Guerra. Está bem ruinzinho, enferrujado e tal e coisa, mas ainda é uma beleza. Você ia adorar.

— Sem dúvida — disse Frank, amável, fazendo uma anotação rápida. — Com um pouco de sorte, algum dia vou dar uma olhada nele. Então, Daniel está procurando uma arma, com muita pressa, e tem um revólver na frente dele, mas em vez de pegar o revólver ele prefere uma chave de fenda?

— Um revólver descarregado, aberto, sem a empunhadura. E ele não me dá a impressão de que sabe lidar com revólveres. Mesmo sem colocar a empunhadura, teria levado um minuto para montá-lo. – O som de um revólver sendo carregado é inconfundível, porém baixo, e eu estava do outro lado da sala quando Rafe colocou as balas; como também tinha a música, havia uma boa chance de o microfone não ter captado o ruído.

– Então ele preferiu a chave de fenda – disse Frank, confirmando com a cabeça. – Faz sentido. Por alguma razão, no entanto, quando conseguiu agarrar o cara, não lhe ocorreu usar a chave de fenda.

– Ele não teve oportunidade. Foi uma confusão lá, Frank: nós quatro rolando no chão, braços e pernas para todo lado, não dava para saber o que era de quem. Tenho quase certeza de que sou responsável pelo olho roxo de Rafe. Se Daniel tivesse sacado uma chave de fenda e começado a dar golpes a torto e a direito, provavelmente teria acertado um de nós. – Frank continuava a assentir com a cabeça, simpático, tomando notas de tudo; havia, porém, uma expressão de indiferença, de interesse divertido no seu rosto, que não me agradava. – O quê? Você preferiria que ele tivesse enfiado a chave de fenda no cara?

– Com certeza teria simplificado a minha vida – disse Frank, alegre e enigmático. – Então, onde estava a famosa, o que era mesmo?, chave de fenda, durante esse drama todo?

– No bolso de trás de Daniel. Pelo menos, foi de onde ele a tirou quando chegamos em casa.

Frank ergueu uma sobrancelha, todo preocupado.

– Ele tem sorte de não ter se ferido com a chave de fenda. Com aquela briga de rolar pelo chão, eu esperaria no mínimo que ele tivesse sofrido um ou dois furos pequenos.

Ele tinha razão. Eu deveria ter optado por uma chave de boca.

– Talvez isso tenha acontecido – falei, dando de ombros. – Se quiser, pode pedir a ele para mostrar a bunda.

– No momento, estou dispensando. – Frank fechou a caneta, colocou no bolso e se recostou no sofá, à vontade. – E você – indagou com amabilidade – estava pensando o quê?

Por um momento, de fato acreditei que fosse uma simples pergunta sobre o meu raciocínio, e não a frase de abertura para me dar um esporro. Eu já esperava que Sam fosse ficar zangado comigo, mas Frank: ele trata a segurança pessoal como uma brincadeira, começara esta investigação quebrando todas as regras que tinha conseguido, e eu sei com certeza que ele uma vez deu uma cabeçada num traficante com tanta força que o cara teve que ser atendido na emergência de um hospital. Nunca me ocorrera que ele fosse ficar tão injuriado.

– Esse cara está ficando mais ousado – falei. – Ele ficava longe das pessoas: nunca fez nenhum mal a Simon March, da última vez que jogou uma pedra, escolheu um cômodo que ele podia ver que estava vazio... Desta vez, aquela pedra não me atingiu, nem a Abby, por uma questão de centímetros. Segundo nos consta, ele poderia de fato estar tentando atingir um de nós. Agora ele está mais do que disposto a ferir alguém, não apenas a causar danos à propriedade. A cada dia se parece mais com um suspeito.

– Claro – disse Frank, pondo o tornozelo sobre o joelho da outra perna, com calma. – Um suspeito. Exatamente o que estamos procurando. Então, vamos pensar um pouco nessa situação com cuidado, está bom? Digamos que Sammy e eu vamos a Glenskehy hoje e peguemos aqueles três rapazes espertos, e digamos, só por hipótese, que a gente consiga algo de útil de um deles, o suficiente para uma prisão, talvez até para uma acusação formal. O que você sugere que eu diga quando o advogado dele, o ministério público e a mídia me perguntarem, como acho que farão, por que o seu rosto parece um hambúrguer? Dadas as circunstâncias, não tenho porra nenhuma de escolha a não ser explicar que o ferimento foi provocado por dois outros suspeitos e por um dos meus próprios agentes infiltrado. E o que você acha que acontecerá em seguida?

Nem por um momento eu havia pensado tão à frente.

– Você vai achar uma maneira de contornar o problema.

– Pode ser que sim – disse Frank, com a mesma voz indiferente e agradável –, mas não se trata disso, não é? Acho que o que eu estou perguntando é o que, exatamente, você foi fazer lá. Tenho a impressão de que, como detetive, o seu objetivo teria sido localizar o suspeito, identificá-lo e, se possível, detê-lo ou mantê-lo sob observação até achar uma boa maneira de conseguir apoio no local. Tem alguma coisa que eu não estou percebendo?

– Na verdade, tem, sim. Você está ignorando o fato de não ter sido tão simples quanto...

– Porque o seu modo de agir sugere – continuou Frank, como se eu não tivesse falado – que o seu objetivo principal era encher o cara de porrada. O que teria sido um tantinho não profissional da sua parte.

Na cozinha, Doherty disse alguma coisa que parecia o final de uma piada e todo mundo riu; o riso era perfeito, amistoso e nada forçado, e me fez ficar nervosa pra caramba.

– Ah, puta merda, Frank. Os meus objetivos eram não deixar o suspeito escapar *e* manter o meu disfarce. Como você gostaria que eu tivesse feito isso? Arrastando Daniel e Rafe para longe do cara e fazendo um discurso sobre a maneira correta de tratar suspeitos enquanto eu ligava para você?

– Você mesma não precisava ter dado socos.

Dei de ombros.

– Sam me disse que da última vez que Lexie perseguiu esse cara, ela queria chutar o saco dele para dentro do esôfago. Era o jeito dela. Se eu tivesse ficado de fora e deixado os rapazes grandes e valentes me protegerem do homem mau, teria sido suspeitíssimo. Não tive tempo de pensar nas implicações mais profundas naquele momento; tive que agir rápido, e agi de acordo com a personagem. Você está mesmo querendo dizer que nunca entrou numa briga, quando fazia esse tipo de trabalho?

— Ah, nossa, não — disse Frank, tranquilo. — Por que eu diria isso? Já entrei em muitas brigas; e ganhei quase todas, sem querer me gabar. No entanto, tem uma diferença. Entrei em brigas porque o outro cara me atacou primeiro...

— Assim como esse cara nos atacou...

— Quando você deliberadamente o incitou. Acha que não ouvi a fita?

— Nós tínhamos *perdido* o cara, Frank. Se não o forçássemos a sair do esconderijo, ele teria se safado numa boa.

— Me deixe terminar, menina. Entrei em brigas porque o outro cara começou, ou porque não poderia evitar sem prejudicar o meu disfarce, ou apenas para ser um pouquinho respeitado, subir na hierarquia. Mas posso dizer, com convicção, que nunca entrei numa briga porque estava tão envolvido emocionalmente que não pude resistir a dar uma baita surra em alguém. Não no trabalho, pelo menos. Você pode dizer o mesmo?

Aqueles grandes olhos azuis, amáveis e ligeiramente interessados; aquela combinação impecável, irresistível de franqueza com um toque de aço. O meu nervosismo estava se transformando num sinal de alerta total, como as alterações elétricas que os animais detectam antes dos trovões. Frank estava me interrogando da mesma maneira que interrogaria um suspeito. Um passo em falso, e eu seria tirada do caso.

Eu me forcei a ter calma: dei de ombros, meio sem graça, me ajeitei na poltrona.

— Não foi envolvimento emocional — disse, afinal, olhando para os meus dedos que enrolavam a franja de uma almofada. — Pelo menos, não do jeito que você falou. É que... Sabe, Frank, sei que você estava preocupado com o meu estado emocional, no começo dessa história. Não culpo você.

— O que posso dizer? — disse Frank. Ele estava relaxado e me observava com uma expressão totalmente neutra, mas estava ouvindo; eu ainda tinha uma chance. — As pessoas comentam. O assunto Operação Vestal surgiu, uma ou duas vezes.

Fiz uma careta.

— Aposto que sim. E aposto que posso adivinhar o que disseram, também. Quase todo mundo achou que eu estava acabada, antes mesmo de eu esvaziar a minha mesa. Sei que você se arriscou me mandando aqui, Frank. Não sei o quanto você ouviu...

— Uma ou outra coisa.

— Mas é importante você saber que nós nos ferramos, literalmente, e tem alguém solto por aí, neste momento, que deveria ter pegado prisão perpétua. — A minha voz embargou: não foi preciso fingir. — E isso é uma merda, Frank, mesmo. Eu não queria deixar que acontecesse de novo, e não queria que você pensasse que eu estava descontrolada, porque eu *não estou*. Pensei que se eu pelo menos pegasse o cara...

Frank deu um pulo do sofá, como se impelido por uma mola.

— Pegasse o... Jesus, Maria e José, você não está aqui para *pegar ninguém*! O que foi que eu falei, desde o começo? A *única* coisa que você tem que fazer é apontar, para mim e para O'Neill, o rumo certo, e nós faremos o resto. Qual é, será que não fui claro o suficiente? Precisava ter dado isso por escrito, porra? Ou o quê?

Se não fossem os outros, no cômodo ao lado, o volume teria sido ensurdecedor — quando Frank se enfurece, todo mundo fica sabendo. Dei uma encolhidinha e posicionei a cabeça num ângulo apropriado para indicar humildade; por dentro, porém, eu estava satisfeita: levar uma bronca e sair como funcionária desobediente era muitíssimo melhor do que ser tratada como suspeita. Entusiasmar-se demais, ter que provar o seu valor depois de uma mancada: isso Frank podia entender, são coisas que acontecem o tempo todo, e são pecados veniais.

— Sinto muito. Frank, sinto muito mesmo. Sei que me deixei levar, isso não vai acontecer de novo, mas não suportei a ideia de ser descoberta e não suportei a ideia de você saber que eu o deixara escapar e, puxa, Frank, ele estava tão próximo que dava até para sentir o gosto...

Frank me fitou por um bom tempo: depois suspirou, desabou de novo no sofá e estalou o pescoço.

— Olhe aqui, você trouxe outro caso para dentro deste. Todo mundo já fez isso. Ninguém com um mínimo de inteligência faz isso duas vezes. Sinto muito que você tenha pegado um caso ruim, mas se quiser provar alguma coisa, para mim ou para qualquer outra pessoa, o jeito é deixar os casos antigos para trás e trabalhar direito neste.

Ele acreditou em mim. Desde o primeiro minuto deste caso, Frank tivera aquele outro, pendurado como um ponto de interrogação em algum canto da sua mente; só o que precisei fazer foi projetá-lo de volta para ele no ângulo certo. Pela primeira vez, a Operação Vestal, abençoado seja seu caráter escuro e doentio, de fato viera a calhar.

— Eu sei — falei, olhando para as minhas mãos entrelaçadas no colo. — Acredite, eu sei.

— Você poderia ter posto todo o caso a perder, entende isso?

– Me diga que eu não ferrei com tudo de uma vez. Você vai pegar o cara, mesmo assim?

Frank suspirou.

– Vou, provavelmente. Não temos muita escolha, a essa altura. Seria legal se você pudesse estar conosco quando ele for interrogado. Pode dar alguma contribuição no aspecto psicológico, e eu acho que seria interessante colocar o sujeito cara a cara com Lexie e ver o que acontece. Acha que vai conseguir fazer isso sem pular por cima da mesa e quebrar os dentes dele?

Levantei os olhos depressa, mas Frank tinha um sorriso irônico no canto da boca.

– Você sempre foi uma figura – falei, com esperança de que o alívio não transparecesse na minha voz. – Vou fazer o possível. Arranje uma mesa bem grande, por via das dúvidas.

– O seu estado emocional está muito bom, sabia? – disse Frank, pegando o caderno e tirando de novo a caneta do bolso. – Tem cara de pau suficiente para três pessoas. Saia da minha frente antes que eu me aborreça de novo, e mande alguém que não me faça ficar de cabelo branco. Mande Abby entrar.

Saí para a cozinha e disse a Rafe que ele era o próximo, só por ousadia e para mostrar a Frank que eu não estava com medo dele, embora eu estivesse, sim; claro que sim.

– Bom – disse Daniel, depois que Frank tinha terminado e saído com Doherty, supõe-se que para dar a boa notícia a Sam. – Acho que correu tudo bem.

Estávamos na cozinha, arrumando as xícaras e comendo o resto dos biscoitos.

– Nada mau mesmo – confirmou Justin, surpreso. – Eu achei que ia ser horrível, mas Mackey foi até *simpático* dessa vez.

– Mas o pateta local, credo – disse Abby, passando o braço na minha frente para pegar outro biscoito. – Passou o tempo todo encarando Lex, vocês viram? Cretino.

– Ele não é um cretino – falei. Doherty me surpreendera, tinha passado duas horas inteiras sem me chamar de "Detetive", por isso eu me sentia generosa. – Apenas tem bom gosto.

– Continuo a achar que não vão fazer nada – disse Rafe, mas sem mau humor. Se tinha sido algo que Frank dissera a eles, ou apenas o alívio de a visita ter terminado, o fato é que todos pareciam mais dispostos: mais soltos, leves. A tensão aguda da noite passada tinha desaparecido, pelo menos por enquanto.

— Vamos esperar para ver — disse Daniel, curvando a cabeça sobre um fósforo para acender o cigarro. — Pelo menos você vai ter uma história emocionante para contar a Brenda Quatro-Peitos na próxima vez que ela encurralar você na fotocopiadora. — Até Rafe riu.

Estávamos tomando vinho e jogando 110, naquela noite, quando o meu celular tocou. Fiquei assustadíssima — não era o caso de nenhum de nós receber ligações regularmente — e quase perdi a chamada enquanto tentava encontrar o telefone: estava no armário de casacos, ainda no bolso do casaco comunitário, após a caminhada da noite anterior.

— Alô — atendi.

— Srta. Madison? — disse Sam, parecendo muito pouco à vontade. — Aqui quem fala é o detetive O'Neill.

— Ah — falei. Eu estava voltando para a sala, mas recuei e encostei na porta da frente, onde não havia possibilidade de os outros escutarem a sua voz. — Oi.

— Pode falar?

— Mais ou menos.

— Você está bem?

— Estou. Tudo bem.

— Com certeza?

— Absoluta.

— Puxa — disse Sam, respirando com força. — Graças a Deus. Aquele escroto do Mackey ouviu tudo, você sabia? Não me ligou, não disse uma palavra, só esperou até de manhã e foi aí. Me deixou plantado na central de operações como um idiota. Se esse caso não acabar logo, vou acabar quebrando a cara daquele filho da puta.

Sam raramente xinga, só quando está muito furioso mesmo.

— Está certo — eu disse. — Não me surpreende.

Uma pausa.

— Os outros estão aí, certo?

— Mais ou menos.

— Então vou ser rápido. Mandamos Byrne vigiar a casa de Naylor, dar uma olhada nele quando voltasse para casa esta tarde. O rosto dele está um desastre, vocês três fizeram um bom trabalho, pelo visto. Ele é o cara, com certeza. Vou detê-lo amanhã de manhã e, desta vez, vamos para a Homicídios. Não estou mais preocupado em não assustá-lo. Se ele ficar com muita pressa, posso prendê-lo por invasão de domicílio. Você quer ir até lá, dar uma olhada?

– Claro – respondi. Por um lado, eu tinha muita vontade de ser covarde: passar o dia seguinte na biblioteca, junto com os outros, almoçar no Buttery vendo a chuva cair na janela, esquecer tudo que poderia estar acontecendo ali perto, enquanto ainda era possível. Eu não sabia, porém, o que poderia acontecer naquele interrogatório e tinha que estar lá para ver. – A que horas?

– Vou detê-lo antes que saia para o trabalho, a partir das oito, mais ou menos, já deve estar aqui. Pode vir quando quiser. Você... você se incomoda de vir à Homicídios?

Eu tinha até me esquecido dessa preocupação.

– Sem problemas.

– Ele se encaixa no perfil, não é? Exatamente.

– Parece que sim – respondi. Da sala veio um gemido cômico de Rafe, era óbvio que ele tinha feito alguma bobagem no jogo, e uma explosão de gargalhadas dos outros.

– Seu safado – dizia Rafe, rindo também –, seu safado traiçoeiro, me engana todas as vezes... – Sam é um bom interrogador. Se algo havia para ser arrancado de Naylor, tudo indicava que Sam conseguiria fazê-lo.

– Pode ser a solução – disse Sam. A intensidade da esperança em sua voz fez com que eu me encolhesse. – Se eu me sair bem amanhã, pode ser o fim. Você vai poder voltar para casa.

– É – falei. – Legal. Nos vemos amanhã.

– Te amo – disse Sam em voz baixa, e desligou em seguida. Fiquei um bom tempo ali, no hall frio, roendo a unha do polegar e escutando os sons que vinham da sala de estar... vozes e barulho de cartas, tilintar de copos, estalidos e assovios do fogo... antes de voltar lá para dentro.

– Quem era? – perguntou Daniel, erguendo os olhos das cartas.

– Aquele detetive – respondi. – Quer que eu vá até lá.

– Qual deles?

– O louro bonitinho. O'Neill.

– Por quê?

Todos me olhavam, imóveis como animais espantados; Abby estava tirando uma carta da mão e parou no meio.

– Encontraram um cara – falei, voltando a me sentar na minha cadeira. – Tem a ver com ontem à noite. Vão interrogá-lo amanhã.

– Você está brincando – disse Abby. – Já?

– Vá em frente, acabe logo com isso – Rafe incentivou Daniel. – Diga "eu falei". Você sabe que está querendo dizer.

Daniel não lhe deu atenção.

– Mas por que você? O que é que eles querem?

Dei de ombros.

— Só querem que eu dê uma olhada nele. E O'Neill me perguntou se eu me lembrava de mais alguma coisa, daquela noite. Acho que ele tem esperança de que eu dê uma olhada no cara, aponte um dedo trêmulo e diga: "É ele! O homem que me esfaqueou!"

— Um de vocês andou vendo seriados demais na televisão – disse Rafe.

— E você lembrou? – indagou Daniel. – Lembrou-se de mais alguma coisa?

— Porra nenhuma – respondi. Será que foi minha imaginação ou uma tensão fina como um fio sumiu no ar? Abby mudou de ideia sobre a carta, empurrou-a de volta e puxou outra; Justin esticou o braço para pegar a garrafa de vinho. — Talvez ele arranje alguém para me hipnotizar. Eles fazem isso na vida real?

— Peça para ele programar você para fazer algum trabalho de vez em quando – disse Rafe.

— Ho ho. Será que pode? Me programar para fazer a minha tese mais rápido?

— Talvez possa, mas duvido que ele faça isso – disse Daniel. – Não sei se provas obtidas por meio de hipnose são admissíveis em juízo. Onde você vai se encontrar com O'Neill?

— No trabalho dele – falei. – Eu teria tentado convencê-lo a vir tomar uma cerveja no Brogan's se achasse que aceitaria.

— Pensei que você detestasse o Brogan's – disse Daniel, surpreso.

Eu já ia abrir a boca para uma correção rápida: "Claro que detesto, bobo, estava só brincando..." O que me salvou não teve nada a ver com Daniel; ele me olhava por cima das cartas com olhos de coruja, calmos, sem pestanejar. Foi o pequeno movimento de surpresa das sobrancelhas de Justin, a inclinação de cabeça de Abby: eles não sabiam do que ele estava falando. Havia algo errado.

— Eu? – disse, espantada. – Não tenho nada contra o Brogan's. Nem lembro que existe; só falei nele porque é bem em frente ao trabalho de O'Neill.

Daniel deu de ombros.

— Devo ter confundido com outro lugar – justificou. Ele estava sorrindo para mim, aquele sorriso doce e extraordinário, e eu tive de novo a mesma sensação: um súbito relaxamento no ar, um suspiro de alívio. – Você e suas esquisitices; não dá para acompanhar. – E fiz uma careta para ele.

— E que história é essa de flertar com tiras? – reclamou Rafe. – Isso é errado, sob vários aspectos.

— Qual é? Ele é uma *gracinha*. – Minhas mãos tremiam; não ousava pegar as cartas. Tinha demorado um segundo para que eu percebesse: Daniel tentara me pegar. Uma fração de segundo, e eu teria embarcado feliz numa canoa furada.

– Você é incorrigível – brincou Justin, pondo mais vinho no meu copo. – De qualquer maneira, o outro é muito mais atraente, de um jeito meio sacana. Mackey.

– Ai, eca – falei. A merda da cebola... eu tinha certeza, pelo sorriso, que desta vez eu acertara, mas não sabia se tinha sido suficiente para tranquilizar Daniel; com ele, nunca dava para saber... – De jeito nenhum. Aposto que ele tem as costas peludas. Me dê um apoio aqui, Abby.

– São tipos diferentes – disse Abby, tranquila. – E vocês dois são incorrigíveis.

– Mackey é um imbecil – disse Rafe. – E O'Neill, um caipira. E é ouros e a vez de Abby.

Consegui pegar as cartas e tentei pensar que diabos fazer com elas. Observei Daniel a noite toda, com o cuidado possível para não ser notada, mas ele era o mesmo de sempre: amável, educado, distante; não prestando mais atenção em mim do que nos outros. Quando pus a mão no seu ombro, de passagem para pegar outra garrafa de vinho, ele cobriu a minha mão com a sua e apertou com força.

15

Quando cheguei ao Castelo de Dublin, na manhã seguinte, já eram quase onze horas. Quis primeiro dar andamento à rotina diária – o café da manhã, a ida para a cidade, todo mundo começando a trabalhar na biblioteca; imaginei que isso iria tranquilizar os outros, seria menos provável que eles quisessem ir comigo. Deu certo. De fato, Daniel perguntou, quando me levantei e comecei a vestir o casaco, "Quer que eu vá junto com você para dar apoio moral?", mas quando fiz que não com a cabeça, ele assentiu e voltou ao seu livro.

– Não se esqueça de fazer o negócio do dedo trêmulo – me disse Rafe. – O'Neill vai ficar emocionado.

Na porta do prédio da equipe de Homicídios, amarelei. A minha dificuldade era a entrada: o registro na recepção, como visitante, a tortura de uma conversinha alegre com Bernadette, a administradora, a espera, sob os olhares fascinados de quem passava, por alguém para me guiar pelos corredores, como se eu nunca tivesse estado ali antes. Liguei para Frank e pedi para ele vir me buscar.

– Chegou em boa hora – disse ele quando botou a cabeça na porta. – Estávamos justamente fazendo uma pausa, para reavaliar a situação, digamos assim.

– Reavaliar o quê? – questionei.

Ele segurou a porta aberta, me deixando passar.

– Você vai ver. Foi uma manhã curiosa, de maneira geral. Você fez mesmo um estrago no rosto do garoto, não foi?

Ele tinha razão. John Naylor estava sentado à mesa de uma sala de interrogatório, com os braços cruzados, usando o mesmo suéter sem cor definida e a velha calça jeans, e não parecia mais atraente. Seus dois olhos estavam roxos; tinha um lado do rosto inchado e arroxeado e um corte escuro no lábio inferior; a parte de cima do nariz parecia horrivelmente amassada. Tentei me lembrar dos seus dedos procurando os meus olhos, do seu joelho no meu estômago, mas a lembrança não combinava com esse cara estropiado, balançando a cadeira nas pernas traseiras e cantarolando "The Rising of the Moon". Olhá-lo, constatar o que fizéramos com ele, me deu um nó na garganta.

Sam estava na sala de observação, encostado no vidro espelhado, com as mãos enfiadas nos bolsos do casaco e olhando atentamente para Naylor.

— Cassie — disse, desanimado. Ele parecia exausto. — Oi.

— Minha nossa — falei, indicando Naylor.

— Para você ver. Ele diz que caiu da bicicleta e bateu de cara num muro. E não diz mais nada.

— Eu estava comentando com Cassie — disse Frank — que temos um problema a resolver.

— Pois é — disse Sam. Ele esfregou o canto dos olhos, como se estivesse tentando acordar. — Um problema, é isso. Nós trouxemos Naylor para cá mais ou menos às, o quê?, oito horas? Estamos até agora tentando extrair dele alguma informação, mas ele não diz nada; só mantém os olhos fixos na parede e canta. Canções de protesto, quase todas.

— Para mim, ele abriu uma exceção — acrescentou Frank. — Parou o concerto tempo suficiente para me chamar de filho da puta nojento de Dublin, que deveria ter vergonha de puxar o saco dos irlandeses traidores. Acho que ele gosta de mim. Mas o negócio é o seguinte: conseguimos um mandado para fazer uma busca na casa dele, e a Perícia acabou de trazer o que encontrou. Claro que esperávamos encontrar uma faca ou roupas sujas de sangue ou coisas desse gênero, mas não demos sorte. Em vez disso... surpresa!

Ele pegou na mesa do canto um monte de sacos plásticos de provas e agitou-os na minha frente.

— Dê uma olhada.

Havia um jogo de dados de marfim, um espelho de mão com armação de tartaruga, uma aquarela pequena e ruim mostrando um caminho campestre, e um açucareiro de prata. Antes mesmo de virar o açucareiro e ver o monograma — um M delicado, cheio de arabescos — eu sabia de onde as peças tinham vindo. Só conhecia um lugar onde havia essa variedade de quinquilharias: o tesouro escondido do tio Simon.

— Estavam debaixo da cama de Naylor — explicou Frank — bem guardadinhos numa caixa de sapatos. Garanto que, se procurar bem na Casa dos Espinheiros-Brancos, vai descobrir uma leiteira combinando. A nossa dúvida é: como isso acabou indo parar no quarto de Naylor?

— Ele invadiu a casa — disse Sam, voltando a observar Naylor, que estava desabado na cadeira, olhando para o teto. — Quatro vezes.

— Sem levar nada.

— Isso nós não sabemos. Foi o que disse Simon March, que vivia no meio de muita sujeira e estava quase sempre bêbado como um gambá. Naylor poderia ter enchido uma *mala* com tudo que lhe agradasse, e March nunca daria pela falta de nada.

— Ou — interpôs Frank —, ele poderia ter comprado de Lexie.

— Claro — disse Sam — ou de Daniel, ou de Abby, ou dos outros, ou até do velho Simon, se pensarmos bem. Só que não temos a mínima prova de que tenha feito isso.

— Nenhum deles foi esfaqueado e revistado a um quilômetro da casa de Naylor.

Era óbvio que essa discussão vinha se arrastando havia algum tempo; as vozes deles tinham aquele ritmo pesado, de quem já praticou muito. Recoloquei os sacos de provas sobre a mesa, me recostei na parede e fiquei de fora da discussão.

— Naylor trabalha para ganhar pouco mais do que um salário mínimo e sustenta os pais doentes — disse Sam. — Onde é que arranjaria dinheiro para comprar tralhas antigas? E por que cargas d'água iria querer fazer isso?

— Iria querer — disse Frank — porque odeia os March e agarraria qualquer chance de sacanear a família. E porque, como você disse, ele é um duro. Talvez ele mesmo não tenha o dinheiro, mas existe muita gente por aí que tem.

Levei esse tempo todo para perceber sobre o que discutiam, por que a sala toda tinha aquele ambiente de tensão, forte e reprimida. Arte e Antiguidades pode dar a impressão de ser a divisão dos nerds, um bando de catedráticos de terno de *tweed* com crachás, mas o que eles fazem não é brincadeira. O mercado negro se estende pelo mundo inteiro e vai se enredando pelo caminho em uma porção de outros tipos de crime organizado. Há pessoas que ficam feridas, numa rede de trocas onde as moedas vão de Picassos a Kalashnikovs a heroína; há pessoas que são assassinadas.

Sam fez um ruído de frustração e fúria, abanou a cabeça e se recostou encurvado no vidro.

— Tudo o que eu quero — disse ele — é descobrir se esse sujeito é um assassino e prendê-lo, se for. Não ligo a mínima para outras coisas que ele possa estar fazendo nas horas vagas. Ele poderia ter vendido a Mona *Lisa* que eu não iria me incomodar. Se você acha mesmo que ele está no comércio ilegal de antiguidades, podemos entregá-lo à A e A quando terminarmos aqui mas, por enquanto, ele é um suspeito de homicídio. Nada mais.

Frank ergueu uma sobrancelha.

— Você está supondo que não existe nenhuma conexão. Observe o padrão. Até aqueles cinco se mudarem, Naylor estava feliz da vida jogando tijolos e pichando. Depois que eles foram para lá, ele aparece mais uma ou duas vezes e aí, sem mais nem aquela — Frank estalou os dedos — nada de novo no front. O que houve, ele achou os cinco engraçadinhos? Viu que eles estavam reformando a casa e não quis estragar a decoração nova?

– Eles foram atrás dele – falou Sam. O jeito da sua boca: faltava muito pouco para ele explodir. – Naylor não gostou de levar porrada.

Frank riu.

– Você acha que esse tipo de raiva desapareceu de um dia para o outro? Impossível. Naylor encontrou outra maneira de prejudicar a Casa dos Espinheiros-Brancos, se não fosse isso não teria abandonado o vandalismo, nem em um milhão de anos. E veja o que acontece quando Lexie não está mais lá para lhe repassar as antiguidades. Ele espera algumas semanas, caso ela volte a entrar em contato e, quando isso não acontece, volta a jogar pedras pela janela. Ele não estava preocupado em levar porrada na outra noite, estava?

– Quer falar de padrões? Aqui está um para você. Quando os cinco correm atrás dele, em dezembro, sua raiva só faz aumentar. Ele não vai enfrentar todos de uma vez, mas continua a espioná-los, descobre que um deles tem o hábito de dar caminhadas no horário em que ele está livre; ele a segue por um tempo e depois mata. Quando descobre que nem isso fez direito, a raiva aumenta de novo, até que se descontrola e joga pela janela a ameaça de provocar um incêndio. Como você acha que ele se sente sobre o que aconteceu na outra noite? Se um daqueles cinco continuar a passear por ali, sozinha, o que você acha que ele vai fazer?

Frank ignorou a pergunta.

– A questão – disse-me ele – é o que fazer com o Pequeno Johnny agora. Podemos prendê-lo por invasão, vandalismo, roubo e o que mais pudermos descobrir, e ficar de dedos cruzados torcendo para que ele fique abalado o bastante para nos dizer alguma coisa sobre o assassinato. Ou podemos colocar essas coisas todas de volta debaixo da cama dele, agradecer-lhe muito por ter nos ajudado na investigação, mandá-lo para casa e ver aonde ele nos leva.

De uma certa maneira, essa disputa tinha sido inevitável o tempo todo, desde o momento em que Frank e Sam chegaram ao local do crime. Detetives encarregados de homicídios são obstinados, concentram-se em restringir a investigação, inexorável e lentamente, até que tudo que é irrelevante seja descartado e a única coisa diante dos seus olhos é o assassino. Os agentes infiltrados se alimentam de detalhes irrelevantes, apostas diversificadas e opções em aberto: nunca se sabe onde caminhos transversos poderão levar, ou que animal poderá de repente botar a cabeça para fora de um arbusto, se você observar todos os ângulos por tempo suficiente. Os agentes acendem todos os fusíveis que encontram e esperam para ver o que vai estourar.

– E depois, Mackey? – reclamou Sam. – Vamos imaginar, só por um momento, que você esteja certo, Lexie estava repassando antiguidades para o cara vender, e Cassie recomeça a negociação. *E aí*, o que acontece?

— Aí — disse Frank —, eu tenho uma conversinha amigável com A e A, vou à rua Francis e compro para Cassie um monte de lindos objetos brilhantes, e começamos. — Ele sorria, mas seus olhos pousados em Sam estavam contraídos e atentos.

— Por quanto tempo?

— O tempo que for necessário.

A&A usa agentes infiltrados o tempo todo, agentes se passando por compradores, receptadores, vendedores com fornecedores duvidosos, abrindo caminho aos poucos até os chefões. As operações duram meses; eles ficam anos.

— Estou aqui para investigar um *homicídio*, porra — disse Sam. — Lembra? E não posso prender ninguém por esse homicídio enquanto a vítima estiver viva e com saúde e ocupada com açucareiros de prata.

— E daí? Pode pegá-lo quando o lance das antiguidades terminar, de um jeito ou de outro. Na melhor das hipóteses, definimos um motivo e um vínculo entre ele e a vítima, e usamos isso como instrumento de pressão para que ele confesse. Na pior das hipóteses, perdemos um pouco de tempo. Não é o caso de o prazo de prescrição estar perto de terminar.

Não havia a menor possibilidade de Lexie ter passado os últimos três meses vendendo a John Naylor objetos da Casa dos Espinheiros-Brancos só para se divertir. Depois que o teste de gravidez deu positivo, ela teria vendido qualquer coisa para poder fugir, mas antes disso, não.

Eu poderia ter dito isso; deveria ter dito. Acontece que Frank estava certo em um aspecto: Naylor faria qualquer coisa para prejudicar a Casa dos Espinheiros-Brancos. Ele estava enlouquecendo como um gato enjaulado diante da sua própria impotência, enfrentando aquela casa carregada de séculos de poder sem nenhuma arma na mão, exceto pedras e latas de spray. Se alguém o abordasse com um punhado de objetos tirados da Casa, algumas ideias brilhantes sobre onde vendê-los e a promessa de conseguir mais, havia uma boa chance — uma incrível chance — de ele não conseguir recusar.

— Quero propor um acordo — disse Frank. — Você tenta mais uma vez conversar com Naylor, sozinho dessa vez; ele e eu não estamos nos entendendo muito bem. Leve o tempo que precisar. Se ele der qualquer informação sobre o homicídio, qualquer coisa, nem que seja uma indireta, nós o prendemos, esquecemos o negócio das antiguidades, tiramos Cassie de lá e terminamos a investigação. Se ele não falar nada...

— O que acontece? — perguntou Sam.

Frank deu de ombros.

— Se não funcionar do seu jeito, você volta para cá e todos nós vamos ter uma conversa sobre o meu jeito.

Sam o encarou por um longo tempo.

– Sem truques – disse.
– Truques?
– Entrar na sala. Bater na porta quando eu estiver a ponto de conseguir alguma coisa. Esse tipo de coisa.
Vi que um músculo tremeu no queixo de Frank, mas ele apenas confirmou com indiferença:
– Sem truques.
– Tudo bem – disse Sam, respirando fundo. – Vou fazer o melhor que puder. Você pode ficar mais um pouco?
Ele falava comigo.
– Claro – respondi.
– Pode ser que eu queira usar você, talvez pedir que entre na sala. Vou resolver à medida que for avançando. – Seus olhos se voltaram para Naylor, que agora cantava "Follow Me Up to Carlow", alto o suficiente para perturbar. – Deseje-me boa sorte – disse, ajeitando a gravata, e se foi.
– O seu namorado acabou de me insultar? – indagou Frank, quando a porta da sala de observação se fechou atrás de Sam.
– Você pode desafiá-lo para um duelo, se quiser – falei.
– Eu jogo limpo. Você sabe disso.
– Nós todos jogamos limpo – falei. – Só que temos ideias diferentes sobre o que é jogar limpo. Sam não tem certeza de que a sua combina exatamente com a dele.
– Nunca vamos poder dividir uma cota do clube Med – disse Frank. – Não tem problema. O que acha da minha teoria?
Eu observava Naylor através do vidro, mas sentia os olhos de Frank na lateral da minha cabeça.
– Ainda não sei – respondi. – Na verdade, não observei esse cara o suficiente para ter uma opinião.
– Mas você já observou Lexie um bocado; não a original, mas mesmo assim, você sabe tudo que é possível saber sobre ela. Acha que ela seria capaz de fazer esse tipo de coisa?
Dei de ombros.
– Quem sabe? O problema com essa garota é que ninguém tem noção do que ela era capaz de fazer.
– Você estava muito calada há pouco. Não é do seu feitio ficar de boca fechada tanto tempo, não quando com certeza tem uma opinião, contra ou a favor. Gostaria de saber de que lado você está, caso o seu namorado saia dali de mãos abanando e tenhamos que recomeçar a discussão.
A porta da sala de interrogatório se abriu e Sam entrou, equilibrando duas canecas de chá e segurando a porta com o ombro. Ele parecia totalmen-

te acordado, quase lépido: a fadiga some quando você se vê cara a cara com um suspeito.

– Shh – falei. – Quero assistir.

Sam se sentou, com um resmungo de quem se sente confortável, e empurrou uma das canecas para Naylor, do outro lado da mesa.

– Então – disse. Seu sotaque do interior se acentuara como que por mágica: nós contra os homens da cidade. – Mandei o detetive Mackey cuidar da papelada. Ele só estava servindo para nos aborrecer.

Naylor parou de cantar e ficou pensando.

– Não gosto do jeito dele – disse ele, afinal.

Vi uma contração no canto da boca de Sam.

– Nem eu, com certeza. Mas somos forçados a lidar com ele. – Frank riu baixinho do meu lado e se aproximou do vidro.

Naylor deu de ombros.

– O senhor talvez seja. Eu, não. Enquanto ele estiver aqui, não tenho nada a dizer.

– Tranquilo – disse Sam, relaxado. – Ele já se foi e eu não estou pedindo que você fale; apenas ouça. Me contaram uma história que aconteceu em Glenskehy, tempos atrás. Pelo que entendi, poderia explicar muita coisa. Só queria que você me dissesse se é verdadeira.

Naylor o olhou meio desconfiado, mas não recomeçou o concerto.

– Certo – disse Sam, e tomou um gole de chá. – Havia uma garota em Glenskehy, no tempo da Primeira Guerra Mundial...

A história que ele contou era uma mistura sutil do que ouvira em Rathowen, do que eu descobrira na obra magna do tio Simon e de algo estrelado por Lillian Gish. Sam caprichou: a garota foi expulsa de casa pelo pai, ficou pedindo esmola nas ruas de Glenskehy, os moradores locais cuspiam nela quando passavam, as crianças jogavam pedras... Ele culminou a narrativa insinuando com não muita sutileza que a garota tinha sido linchada por uma multidão enfurecida da aldeia. Nesse ponto, a trilha sonora com certeza teria muitos violinos.

Quando terminou seu dramalhão, Naylor estava balançando a cadeira de novo e o fitava com um olhar duro, indignado.

– Não – disse ele. – Meu Deus, não. É o maior monte de merda que já escutei na vida. Onde ouviu isso?

– Até agora – disse Sam, dando de ombros – essa é a história que eu sei. A não ser que alguém a corrija para mim, não tenho escolha senão acreditar.

A cadeira rangia, um barulho incômodo, monótono.

– Me diga, detetive – falou Naylor –, por que o senhor estaria interessado em pessoas como nós e nas nossas velhas histórias? Sabe, somos gente simples, aqui em Glenskehy. Não estamos acostumados a receber atenção de pessoas importantes como o senhor.

– Foi o que ele falou o tempo todo no carro, enquanto vínhamos para cá – contou Frank, encostando um ombro na beirada da janela para ficar mais confortável. – Esse cara tem uma certa mania de perseguição.

– Shh.

– Tem havido uns problemas lá na Casa dos Espinheiros-Brancos – disse Sam. – Claro que você já sabe disso. Temos informações de que há um certo ressentimento entre a casa e os moradores de Glenskehy. Preciso ter certeza dos fatos, para saber se há alguma ligação.

Naylor riu, um som feio e sem graça.

– Ressentimento – disse. – É, acho que se pode chamar assim. Foi isso que falaram lá na Casa?

Sam deu de ombros.

– Só me disseram que não foram bem recebidos no pub. Claro que não havia razão para serem. Não são moradores locais.

– Eles têm sorte. Quando aparece um probleminha, os detetives vêm lá de longe para resolver. Quando são os moradores *locais* que têm problemas, onde estão vocês? Onde estavam quando aquela garota foi enforcada? Registrando o caso como suicídio e voltando para o pub.

Sam ergueu as sobrancelhas.

– Não foi suicídio?

Naylor o observou com atenção; aqueles olhos inchados, só meio abertos, lhe davam uma aparência sinistra, ameaçadora.

– Quer saber a história verdadeira?

Sam fez um pequeno gesto, de leve, com a mão: "Estou escutando."

Daí a pouco Naylor abaixou os pés da cadeira, esticou o braço e segurou a caneca com as duas mãos: unhas quebradas, crostas escuras de feridas nas articulações dos dedos.

– A garota trabalhava como empregada na Casa dos Espinheiros-Brancos – disse. – E um dos jovens de lá, um da família March, gostou dela. Talvez ela fosse tão boba que pensou que ele se casaria com ela, talvez não, mas o fato é que ela engravidou.

Ele lançou um longo olhar de ave de rapina para Sam, para se certificar de que era compreendido.

– Não teve esse negócio de ela ser expulsa de casa. Eu diria que o pai dela ficou possesso e provavelmente falou em pegar o jovem March em alguma estrada numa noite escura, mas teria sido louco de fazer isso. Completamente louco. Isso foi antes da independência, sabe? Os March eram donos de toda a área em torno de Glenskehy. Quem quer que fosse a garota, eles eram os donos da casa do pai dela; se ele dissesse uma palavra, sua família estaria na rua. Então, ele não fez nada.

— Não deve ter sido fácil — comentou Sam.

— Mais fácil do que você imagina. Quase todos, naquela época, só tinham contato com a Casa dos Espinheiros-Brancos quando necessário, porque a casa tinha má fama. Espinheiro-Branco é a árvore enfeitiçada, entende? — Ele deu um sorrisinho ambíguo, duro. — Ainda tem gente que se recusa a passar debaixo de um pilriteiro à noite, embora não saiba dizer por quê. Agora são só restos de coisas passadas, mas naquela época a superstição estava em toda parte. A escuridão tinha esse efeito: sem eletricidade e com as longas noites de inverno, podia-se ver qualquer coisa nas sombras. Muitos acreditavam que o pessoal da Casa dos Espinheiros-Brancos tinha ligação com as fadas, ou com o diabo, dependendo do jeito de pensar de cada um. — De novo aquele sorrisinho frio e irônico. — O que acha, detetive? Éramos todos bárbaros furiosos naquela época?

Sam negou com a cabeça.

— Tem um círculo das fadas na fazenda do meu tio — disse com naturalidade. — Ele não acredita em fadas, nunca acreditou, mas não lavra a terra naquele lugar.

Naylor concordou.

— Então, foi isso que as pessoas disseram em Glenskehy, quando aquela garota apareceu grávida. Disseram que tinha se deitado com um dos homens enfeitiçados lá da Casa e que ia ter uma criança enfeitiçada. E bem feito para a moça.

— Acreditaram que o bebê seria trocado pelas fadas?

— Minha nossa — exclamou Frank. — "É a vida, Jim, mas não como a conhecemos." — Ele se sacudia, tentando conter o riso. Tive vontade de bater nele.

— Acreditaram, sim — disse Naylor, friamente. — E não me olhe assim, detetive. Estamos falando dos meus bisavós, meus e seus. O senhor poderia jurar que não teria acreditado nisso se tivesse nascido naquela época?

— Outros tempos — concordou Sam.

— Veja bem, não era todo mundo que dizia isso. Apenas uns poucos, principalmente os mais velhos. Mas foi o bastante para, de um jeito ou de outro, a história chegar ao pai da criança. Ou ele queria se livrar da criança, desde o começo, e só precisava de uma desculpa ou ele já tinha um problema de cabeça. Muitas pessoas lá da Casa sempre foram, como diriam vocês, meio esquisitas; talvez por isso tenham criado essa fama de ter ligação com as fadas. Enfim, o fato é que ele acreditou. Achou que tinha alguma coisa errada com ele, com o seu sangue, que iria prejudicar a criança.

Ele repuxou o canto da boca ferida.

— Então, combinou de se encontrar com a garota uma noite, antes de o bebê nascer. Ela concordou, sem nenhuma preocupação: ele era o seu namorado, não era? Achou que ele queria combinar a ajuda que daria a ela e à criança. Em vez disso, ele levou uma corda e enforcou-a numa árvore. Essa é a história verdadeira, que todo mundo em Glenskehy conhece. Ela não se suicidou e não foi assassinada por ninguém da aldeia. O pai da criança a matou, porque ficou com medo do próprio filho.

— São uns broncos — disse Frank. — Juro por Deus, a gente sai de Dublin e está em outro mundo. Jerry Springer deve estar morrendo de inveja.

— Que Deus a tenha — disse Sam, baixinho.

— É — disse Naylor. — Que Deus a tenha. Os policiais disseram que foi suicídio, para não ter que prender um dos aristocratas da Casa Grande. Ela e a criança não puderam nem ter um funeral cristão decente.

Poderia ser verdade. Qualquer uma das versões que ouvíramos poderia ser a verdadeira, qualquer uma ou nenhuma; não havia como saber, cem anos depois. O importante era que Naylor acreditava no que estava dizendo, cada palavra. Ele não estava agindo como culpado, embora isso signifique menos do que se possa imaginar. Estava tão envolvido — aquele amargor na sua voz — que bem poderia acreditar que não tinha motivo para se sentir culpado. Meu coração batia rápido e com força. Pensei nos outros, de cabeças baixas na biblioteca, esperando que eu voltasse.

— Por que ninguém na aldeia me contou isso? — perguntou Sam.

— Porque vocês não têm nada a ver com isso. Não queremos ter essa fama: a aldeia de doidos onde o maluco matou o seu filho bastardo por ser enfeitiçado. Somos pessoas decentes, aqui em Glenskehy. Somos pessoas simples, mas não somos bárbaros nem imbecis e não queremos dar show de horrores para ninguém, entendeu? Só queremos viver em paz.

— Mas alguém não está deixando esse assunto em paz — frisou Sam. — Alguém pintou ASSASSINOS DE BEBÊS na Casa dos Espinheiros-Brancos, duas vezes. Alguém jogou uma pedra pela janela da casa, duas noites atrás, e lutou como o diabo quando foram atrás dele. Alguém não quer que aquela criança descanse em paz.

Um longo silêncio. Naylor se remexeu na cadeira, encostou o dedo no lábio ferido e olhou para ver se tinha sangue. Sam esperou.

— Nunca teve a ver só com o bebê — disse ele, afinal. — Essa história foi muito ruim, claro; mas serviu para mostrar como é aquela família. A pose deles. Não tenho outra palavra para usar.

Naylor estava quase admitindo sua culpa pela pichação, mas Sam deixou passar: corria atrás de coisas mais sérias.

— Como eles são? — perguntou. Estava recostado, com a caneca equilibrada no joelho, tranquilo e interessado, como um homem que se acomoda no seu pub favorito para passar uma noite agradável.

Naylor tocou o lábio de novo, distraído. Estava imerso em pensamentos, procurando as palavras.

— Todo o seu trabalho de investigação sobre Glenskehy. Descobriu de onde veio?

Sam sorriu.

— O meu irlandês está muito enferrujado. Vale dos pilriteiros, é isso?

Naylor negou rapidamente com a cabeça, impaciente.

— Ah, não, não, não o nome. O lugar. A aldeia. Glenskehy. Como acha que surgiu a aldeia?

Sam fez que não sabia.

— Os March. Eles a criaram, para conveniência deles. Quando ganharam a terra e construíram aquela casa, trouxeram pessoas para trabalhar para eles: empregadas, jardineiros, cavalariços, tratadores... Eles queriam que os empregados ficassem em suas terras, sob o seu domínio, para mantê-los na linha, mas não perto demais; não queriam sentir o cheiro do povo. — O canto da boca de Naylor se retorcia numa careta de ódio e nojo. — Então construíram uma aldeia para os servos morarem. Como alguém que manda construir uma piscina, ou uma estufa, ou um estábulo cheio de pôneis: pequenos luxos, para a vida ficar mais prazerosa.

— Isso não é jeito de se tratar seres humanos — concordou Sam. — Lembre-se, porém, de que aconteceu há muito tempo.

— Há muito tempo, sim. No tempo em que Glenskehy tinha alguma utilidade para os March. E agora que já não lhes serve para nada, eles ficam aí vendo a aldeia morrer. — Algo crescia na voz de Naylor, algo volátil e perigoso, e pela primeira vez consegui juntar as duas coisas na minha cabeça, esse homem conversando com Sam sobre a história local e a criatura selvagem que tentara arrancar os meus olhos na estrada escura. — A aldeia está caindo aos pedaços. Mais alguns anos e não vai sobrar nada. Os únicos que permanecem são os que ficaram presos aqui, como eu, enquanto o lugar morre e os leva junto. Sabe por que nunca frequentei uma universidade?

Sam abanou a cabeça.

— Não sou nenhum ignorante. Minhas notas eram boas o bastante. Mas tive que ficar em Glenskehy para cuidar dos meus pais, e lá não tem nenhum emprego que exija estudo. Só tem trabalho nas fazendas. Para que eu precisava de um diploma, para mexer com esterco na fazenda de alguém? Comecei a fazer isso no dia que saí da escola. Não tinha escolha. E tem muitos outros como eu.

— Com certeza os March não têm culpa disso — falou Sam, equilibrado. — O que eles poderiam fazer?

De novo aquele riso sarcástico.

— Tem muita coisa que eles poderiam fazer. Muita coisa. Quatro ou cinco anos atrás, apareceu um sujeito percorrendo a aldeia; era de Galway, como o senhor. Um empresário do ramo imobiliário. Queria comprar a Casa dos Espinheiros-Brancos, transformá-la num hotel de luxo. Ia construir mais coisas: acrescentar alas novas, novos prédios em volta do terreno, um campo de golfe e tudo o mais; o cara tinha grandes planos. Sabe o que isso teria feito por Glenskehy?

Sam assentiu.

— Um monte de novos empregos.

— Mais do que isso. Turistas chegando, novos negócios surgindo para cuidar deles, pessoas vindo trabalhar nos novos negócios. Os jovens poderiam ficar na cidade, em vez de se mandarem para Dublin assim que podem. Novas casas sendo construídas e estradas decentes. Voltaríamos a ter uma escola local, em vez de mandar as crianças para Rathowen. Trabalho para professores, um médico, corretores de imóveis, talvez: pessoas instruídas. Não aconteceria assim, tudo de uma vez, levaria anos, mas uma vez dada a partida... Era só do que precisávamos, daquele empurrão. Daquela oportunidade única. Glenskehy voltaria a viver.

Quatro ou cinco anos atrás: exatamente antes de começarem os ataques à Casa dos Espinheiros-Brancos. Ele se encaixava perfeitamente no perfil que eu havia traçado, cada peça. A perspectiva da Casa dos Espinheiros-Brancos transformada em hotel me fez sentir bem melhor com relação ao rosto de Naylor, mas mesmo assim: não dava para ficar indiferente à paixão na sua voz, à visão empolgante pela qual ele se apaixonara, a aldeia plena de movimento e esperança de novo, viva.

— Simon March não quis vender? — indagou Sam.

Naylor fez que não com a cabeça, num movimento lento e furioso; se encolheu, apalpou o queixo inchado.

— Um homem, sozinho numa casa onde caberiam dezenas de pessoas. Para quê? Mas se recusou a vender. Aquela casa só atraiu má sorte, desde que foi construída, e ele preferiu se agarrar a ela, como uma tábua de salvação, em vez de permitir que trouxesse um pouquinho de benefício a alguém. E aconteceu a mesma coisa depois que ele morreu: o rapaz saiu de Glenskehy quando era criança e nunca mais voltou, não tem família, não precisava da casa, mas se agarrou a ela. É assim que eles são, os March. É assim que sempre foram. Agarram o que querem, o resto do mundo que se dane.

— É a casa da família — lembrou Sam. — Talvez eles gostem muito dela.

Naylor levantou a cabeça e fitou Sam, os olhos pálidos brilhando em meio ao inchaço e às feridas escuras.

— Se um homem faz alguma coisa — disse — tem a obrigação de cuidar dela. É a atitude de um homem decente. Se faz uma criança, enquanto ela viver terá que cuidar dela; não tem o direito de matá-la de acordo com a sua conveniência. Se faz uma aldeia, tem que cuidar dela; fazer o que for preciso para mantê-la viva. Não tem o direito de ficar ali, vendo a aldeia morrer, só porque quer continuar a ser dono de uma casa.

— Nisso eu concordo com ele — disse Frank, do meu lado. — Vai ver temos muito mais em comum do que imaginamos.

Eu mal o ouvia. Afinal, eu cometera um erro no meu perfil: esse homem nunca teria agredido Lexie porque ela estava grávida do filho dele, nem porque ela morava na Casa dos Espinheiros-Brancos. Eu pensara que ele era um vingador, obcecado com o passado, mas ele era muito mais complicado e feroz do que isso. A obsessão dele era com o futuro, o futuro da sua cidade, esvaindo-se como água. O passado era o gêmeo siamês sombrio que, enrolado naquele futuro, o direcionava e moldava.

— Era só isso o que você queria dos March? — perguntou Sam, em voz baixa. — Que eles fizessem a coisa certa, vendessem a casa e dessem uma chance a Glenskehy?

Depois de uma longa pausa, Naylor assentiu, com um movimento de cabeça rígido e hesitante.

— E você pensou que a única maneira de forçá-los a isso seria fazer com que ficassem morrendo de medo.

Mais um movimento de cabeça, confirmando. Frank assoviou baixinho, entredentes. Eu mal respirava.

— E não havia melhor maneira de assustá-los — disse Sam, pensativo e num tom neutro — do que dando um cortezinho em um deles, numa noite. Nada sério, não era nem para machucá-la. Só para avisar: vocês não são bem-vindos aqui.

Naylor bateu a caneca na mesa com força e empurrou a cadeira para trás, cruzando os braços sobre o peito.

— Eu nunca machuquei ninguém. *Nunca*.

Sam ergueu as sobrancelhas.

— Alguém deu uma boa surra em três moradores da Casa dos Espinheiros-Brancos, na mesma noite em que você se feriu.

— Aquilo foi uma *briga*. Uma briga honesta, e eram três contra um. Não percebe a diferença? Eu poderia ter matado Simon March muitas vezes se quisesse. Nunca encostei um dedo nele.

– Acontece que Simon March era velho. Você sabia que ele ia mesmo morrer em poucos anos, e sabia que havia uma boa probabilidade de os seus herdeiros preferirem vender a casa a se mudar para Glenskehy. Você podia se dar ao luxo de esperar.

Naylor começou a dizer alguma coisa, mas Sam o interrompeu e continuou a falar sério, com firmeza.

– Mas depois que Daniel e seus amigos chegaram, a história mudou completamente. Eles estavam decididos a ficar, e um pouco de spray não iria assustá-los. Aí você teve que endurecer o jogo, não foi?

– *Não*. Eu nunca...

– Teve que dizer a eles, alto e bom som: caiam fora se não quiserem se machucar. Você já tinha visto Lexie Madison em suas caminhadas tarde da noite, talvez até a tivesse seguido antes, não é?

– Eu não...

– Você tinha saído do pub. Estava bêbado. Tinha uma faca. Pensou nos March deixando Glenskehy morrer, e foi até lá para acabar com tudo de uma vez. Talvez fosse só ameaçá-la, era isso?

– Não...

– Então como foi que aconteceu, John? Me diga. Como?

Naylor deu um pulo para a frente, com os punhos levantados e a boca num esgar furioso; estava a ponto de partir para cima de Sam.

– O senhor me enoja. Eles assoviaram, o pessoal lá da casa, e o senhor veio correndo como um cachorrinho. Eles reclamaram do caipira petulante que não conhece o seu lugar e o senhor me traz até aqui para me acusar de ter dado uma facada em um deles... Isso é sacanagem. Quero que eles saiam de Glenskehy, e pode acreditar que um dia sairão, mas nunca pensei em ferir nenhum deles. Nunca. Não teria dado a eles esse cartaz. Quando arrumarem as coisas para ir embora, quero estar lá para acenar adeus.

Deveria ter sido uma decepção, mas foi como um anfetamina no meu sangue, martelou no alto da minha garganta, me deixou sem fôlego. Tive a sensação – e eu me encostei bem no vidro e mantive o rosto virado, para que Frank não visse – tive a sensação de um adiamento da minha pena.

Naylor continuava a falar.

– Aqueles filhos da mãe nojentos usaram o senhor para me colocar no meu lugar, do mesmo jeito que usam a polícia e todo mundo há trezentos anos. Vou dizer uma coisa assim, de graça, detetive, o mesmo que eu diria a quem contou aquele monte de merda sobre o linchamento. Pode procurar em Glenskehy à vontade, não vai encontrar nada. Não foi ninguém da aldeia que deu a facada naquela moça. Sei que é difícil procurar entre os ricos, e não entre os pobres, mas se está a fim de encontrar um criminoso, e não um bode expiatório, procure na Casa dos Espinheiros-Brancos. Onde eu moro não tem esse tipo de gente.

Ele cruzou os braços, inclinou a cadeira para trás e começou a cantar "The Wind That Shakes the Barley". Frank se afastou lentamente do vidro e ficou rindo sozinho.

Sam tentou durante mais de uma hora. Mencionou todos os episódios de vandalismo, um por um, começando com o de quatro anos e meio atrás; listou as evidências vinculando Naylor à pedra e à briga, algumas concretas, como os ferimentos e a minha descrição, outras inventadas: impressões digitais, análise grafológica; veio até a sala de observação, pegou os sacos de provas sem olhar nem para mim nem para Frank, e atirou-os na mesa em frente a Naylor; ameaçou prendê-lo por invasão de domicílio, agressão com arma mortal, tudo exceto homicídio. Em troca, ouviu "The Croppy Boy", "Four Green Fields" e, para variar um pouco o ritmo, "She Moved through the Fair".

No final, teve que desistir. Um longo tempo se passou entre a sua saída da sala de interrogatório, onde deixou Naylor, e o momento da sua entrada na sala de observação, os sacos de provas pendurados em uma das mãos e o cansaço de novo no seu rosto, mais profundo do que nunca.

– Achei que correu muito bem – disse Frank, animado. – Você poderia até ter conseguido uma confissão de vandalismo se não tivesse almejado o prêmio maior.

Sam o ignorou.

– O que acha? – ele me perguntou.

Restava apenas uma chance improvável, no meu entender, só um motivo pelo qual Naylor poderia ter pirado o suficiente para agredir Lexie: se ele fosse o pai do bebê, e ela tivesse dito que ia fazer um aborto.

– Não sei – falei. – Sinceramente, não sei.

– Eu não acho que ele é o cara que procuramos – disse Sam. Ele largou os sacos de provas sobre a mesa e se recostou pesadamente, deixando a cabeça cair para trás.

Frank fez cara de espanto.

– Você está desistindo porque ele aguentou a pressão durante uma manhã? Na minha opinião, ele parece um bom suspeito: motivo, oportunidade, modo de pensar... Só porque contou uma história interessante, você vai prendê-lo sob a acusação ridícula de vandalismo e jogar fora a chance de pegá-lo por assassinato?

– Não sei – disse Sam, apertando as palmas das mãos nos olhos. – Não sei o que vou fazer agora.

— Agora – falou Frank –, vamos tentar do meu jeito. Combinado é combinado; o seu jeito não deu em nada. Solte Naylor, deixe Cassie tentar obter alguma coisa dele no negócio das antiguidades, e vamos ver se com isso conseguimos chegar mais perto do crime.

— Esse homem não liga a mínima para dinheiro – disse Sam, sem olhar para Frank. – O que importa para ele é a sua cidade e o estrago causado pela Casa dos Espinheiros-Brancos.

— Quer dizer que ele tem uma causa. Nada mais perigoso neste mundo do que uma pessoa que acredita de verdade. O que você acha que ele não faria pela causa?

Esse é um dos problemas de discutir com Frank: ele muda o lugar das traves de gol mais rápido do que é possível acompanhar, e a pessoa acaba se esquecendo do assunto que motivou a discussão original. Eu não saberia dizer se ele de fato acreditava naquela história de antiguidades ou se era apenas porque, àquela altura, estava disposto a tentar qualquer coisa para derrotar Sam.

Sam começava a dar a impressão de estar meio atordoado, como um boxeador depois de levar muitos socos.

— Não acho que ele seja um assassino – disse, determinado. – E não sei por que você acredita que ele seja um receptador. Nada indica isso.

— Vamos perguntar a Cassie – sugeriu Frank. Ele me olhava com atenção. Frank sempre foi um jogador, mas quem me dera saber o que o levava a fazer essa aposta. – O que você acha, menina? Alguma chance de eu estar certo sobre o golpe das antiguidades?

Naquele segundo, mil coisas passaram pela minha cabeça. A sala de observação que eu conhecia de cor, incluindo a mancha no carpete onde eu derrubara uma xícara de café dois anos atrás e onde agora era visitante. Minhas roupas de Barbie Detetive, penduradas no armário, a interessante rotina matinal de limpar a garganta de Maher. Os outros, esperando por mim na biblioteca. O agradável aroma de lírios no meu quarto na Casa dos Espinheiros-Brancos, me envolvendo como um tecido macio.

— Você poderia estar certo, sim – concordei. – Eu não ficaria surpresa.

Sam, justiça seja feita, já trabalhara muito naquele dia e finalmente se descontrolou.

— Pô, Cassie! Que *diabo*? Você não pode acreditar de verdade nessa história maluca. De que lado você está?

— Vamos tentar não raciocinar nesses termos – atalhou Frank, virtuoso. Ele se recostara comodamente numa parede, mãos nos bolsos, para assistir à cena. – Estamos todos do mesmo lado.

— Corta essa, Frank – falei, incisiva, antes que Sam batesse nele. – E, Sam, estou do lado de Lexie. Não do lado de Frank, nem do seu, só do dela. Ok?

— É exatamente disso aí que eu tenho medo. — Sam percebeu o olhar assustado no meu rosto. — O que foi, você achou que era só esse babaca — Frank, que apontava para o próprio peito e fazia cara de ofendido — que me preocupava? Ele é difícil, só Deus sabe o quanto, mas pelo menos nele posso ficar de olho. Mas essa garota... "Do lado dela" é um lugar muito, muito ruim para estar. Os amigos estiveram do lado dela o tempo todo e, se Mackey estiver certo, ela estava traindo a confiança deles, sem nenhum tipo de preocupação. O namorado na América estava ao lado dela, ele a *amava*, e veja o que ela fez com ele. O pobre coitado ficou um caco. Você já viu a carta?

— Carta? — perguntei a Frank. — Que carta?

Ele deu de ombros.

— Chad enviou uma carta para ela, aos cuidados do meu amigo do FBI. Muito emocionante e tal e coisa, mas já a examinei com todo cuidado e não tem nada de útil. Você não precisa de distrações.

— Puxa, Frank! Se você tem algo que me dê qualquer informação sobre Lexie, qualquer coisa...

— Depois a gente fala sobre isso.

— Leia a carta — disse Sam. Sua voz estava um pouco áspera e seu rosto branco, tão branco quanto naquele primeiro dia na cena do crime. — Leia a carta. Se Mackey não der uma cópia para você, eu dou. Aquele cara, Chad, está *arrasado*. Já se passaram quatro anos e meio, e ele não namorou nenhuma outra garota. É provável que nunca mais confie numa mulher. Como poderia? Acordou numa manhã e toda a sua vida estava em pedaços. Todos os seus sonhos viraram fumaça.

— Se não quiser que o seu chefe apareça aqui — disse Frank, amável —, é melhor falar mais baixo.

Sam nem o ouvia.

— E não se esqueça, ela não caiu do céu na Carolina do Norte. Antes ela estava em outro lugar e, pelo que sabemos, antes em outro. Em algum canto por aí, tem mais pessoas, só Deus sabe quantas, que nunca deixarão de se perguntar onde ela está, se está numa cova rasa com o corpo em pedaços, se enlouqueceu e terminou vagando pelas ruas, se nunca ligou para eles mesmo, que diabo *aconteceu* para arruinar suas vidas. Todos estavam do lado dessa garota, e veja o que isso fez com eles. Todos que estavam do lado dela se ferraram, Cassie, todos, e você está indo pelo mesmo caminho.

— Eu estou bem, Sam — eu disse. Sua voz deslizava por mim como a linha fina da névoa na alvorada, quase ausente, quase irreal.

— Uma pergunta: O último namorado firme que você teve foi pouco antes de começar a trabalhar infiltrada, não foi? Aidan qualquer coisa?

— Foi — respondi. — Aidan O'Donovan. — Ele era legal, Aidan: esperto, cheio de energia, com um futuro brilhante à sua frente, um senso de humor pouco convencional, que me fazia rir mesmo quando o meu dia tinha sido uma droga. Havia muito tempo não pensava nele.

— O que aconteceu com ele?

— Nós terminamos. Enquanto eu estava infiltrada. — Por um momento, vi os olhos de Aidan, na noite em que ele me deu o fora. Eu estava apressada, tinha que voltar para o apartamento a tempo de ter um encontro tarde da noite com o viciado que acabou me dando uma facada poucos meses depois. Aidan ficou esperando comigo no ponto do ônibus, e quando me sentei em uma das cadeiras mais altas do ônibus e olhei para baixo, achei que ele estava chorando.

— *Porque* você estava infiltrada. Porque é isso que *acontece*. — Sam se virou rapidamente para Frank: — E você Mackey? Tem esposa? Namorada? Qualquer coisa?

— Está me convidando para sair? — perguntou Frank. Pela voz, parecia que ele estava se divertindo, mas os seus olhos se contraíram. — Porque, vou logo avisando, não sou um namorado barato.

— Isso quer dizer que não. Foi o que pensei. — Sam se virou rapidamente de novo para mim. — Apenas três semanas, Cassie, e veja o que está acontecendo conosco. É isso o que você quer? O que acha que vai acontecer conosco se você ficar um ano fora trabalhando nessa merda de plano que é uma *piada*?

— Vamos tentar o seguinte — disse Frank, num tom ameno, sem se mexer da parede. — Você decide se há problemas no seu lado da investigação, e eu decido se há problemas no meu. Concorda?

O seu olhar já tinha feito superintendentes e chefões do tráfico correrem, mas Sam parecia nem notar.

— *Não*, não concordo droga nenhuma. O seu lado da investigação é um desastre, porra, e, se você não consegue perceber isso, então, graças a Deus, pelo menos eu consigo. Estou com um *suspeito* naquela sala, seja ele o assassino ou não, e eu o encontrei fazendo um trabalho *policial*. E o que você conseguiu? Três semanas dessa confusão toda, para nada. E em vez de minimizar as perdas, você está tentando nos forçar a aumentar o valor da aposta e fazer uma coisa ainda mais maluca...

— Não estou forçando você a fazer nada. Estou perguntando a Cassie, que está nessa investigação como minha agente, lembre-se, não como detetive da sua Homicídios, se ela estaria disposta a ir um pouco além na sua missão.

Longas tardes de verão na grama, o zumbido das abelhas e o ranger preguiçoso do balanço. Ajoelhar no canteiro de ervas para fazer a colheita, chuva fina e fumaça de folhas queimadas no ar, aroma de alecrim e alfazema esmagada em minhas mãos. Embrulhar presentes de Natal no chão do quarto de Lexie, neve passando pela minha janela, enquanto Rafe tocava canções natalinas ao piano e Abby acompanhava cantando do quarto e o cheiro de biscoitos de gengibre entrando por baixo da minha porta.

Os olhos de Sam e os olhos de Frank em mim, fixos. Ambos haviam se calado; o silêncio na sala era súbito e profundo e tranquilo.

– Claro – respondi. – Por que não?

Naylor começara a cantar "Avondale" e, no fim do corredor, Quigley estava aflito por algum motivo. Lembrei-me de Rob, nós dois observando suspeitos daqui desta sala, rindo um ao lado do outro no corredor, nos desintegrando como um meteoro na atmosfera venenosa da Operação Vestal, colidindo e pegando fogo, e não senti nada, nada exceto as paredes se abrindo e caindo à minha volta, leves como pétalas. Os olhos de Sam estavam enormes e escuros como se eu tivesse batido nele, e Frank me observava de um jeito que me fez pensar que se eu tivesse juízo eu estaria amedrontada, mas eu sentia apenas que cada músculo se soltava como se eu tivesse oito anos e desse cambalhotas até ficar tonta na encosta de alguma colina verde, como se eu pudesse mergulhar mil milhas em água azul sem precisar respirar nem uma vez. Eu acertara: a liberdade tinha cheiro de ozônio e tempestade e pólvora, tudo ao mesmo tempo, de neve e fogueiras e grama cortada, tinha gosto de água do mar e laranjas.

16

Era hora do almoço quando voltei para a Trinity, mas os outros ainda estavam em suas mesas na biblioteca. Assim que entrei no comprido corredor de livros que levava ao nosso canto, eles levantaram os rostos, com rapidez e quase ao mesmo tempo, pousando as canetas.

– *Bom* – disse Justin, com um grande suspiro de alívio, quando me aproximei. – Você *chegou*. Já não era sem tempo.

– Caramba – disse Rafe. – Por que demorou tanto? Justin achou que tinha sido presa, mas eu disse que provavelmente você tinha fugido com O'Neill.

O cabelo de Rafe tinha tufos espetados, o rosto de Abby exibia um borrão de caneta de um lado e eles não tinham nem ideia de como me pareciam bonitos, de como estivéramos perto de nos perdermos. Queria tocar nos quatro, abraçá-los, segurar suas mãos e apertá-las com força.

– Eles me deixaram horas esperando – falei. – Vamos almoçar? Estou morta de fome.

– O que aconteceu? – perguntou Daniel. – Conseguiu identificar o homem?

– Não – respondi, me debruçando por cima de Abby para pegar minha mochila. – Mas sem dúvida ele é o cara da outra noite. Deviam ver o rosto dele. Parece que lutou dez *rounds* com Muhammad Ali. – Rafe riu e levantou a mão para me dar um toque.

– Do que você está rindo? – quis saber Abby. – O cara podia ter processado você por agressão se quisesse. Foi o que Justin pensou que tinha acontecido, Lex.

– Ele não vai registrar queixa. Disse aos tiras que caiu da bicicleta. Está tudo bem.

– Nada despertou sua memória? – indagou Daniel.

– Nada. – Puxei o casaco de Justin da cadeira e acenei com ele. – Vamos *embora*. Podemos ir ao Buttery? Quero comida de verdade. Tiras me dão fome.

– Tem alguma ideia do que vai acontecer agora? Eles acham que esse é o homem que atacou você? Está preso?

— Não. Não têm prova suficiente ou algo assim. E não acham que foi ele que me deu a facada.

Eu estivera tão empolgada com a ideia de que isso era uma boa notícia, que me esquecera de que poderia parecer muito diferente sob quase todos os outros pontos de vista. De súbito, fez-se completo silêncio, ninguém olhando para ninguém. Os olhos de Rafe se fecharam por um segundo, como num reflexo.

— Por que não? — perguntou Daniel. — Ele me parece um suspeito lógico.

Dei de ombros.

— Quem sabe o que passa pela cabeça deles? Foi só isso que me disseram.

— Puta merda — disse Abby. De repente ela parecia pálida e com os olhos cansados, sob a luz das lâmpadas fluorescentes.

— Então — disse Rafe —, tudo isso foi à toa, afinal de contas. Voltamos à estaca zero.

— Ainda não sabemos — disse Daniel.

— Acho que está bem claro. Podem me chamar de pessimista.

— Ai, Deus — choramingou Justin. — Eu tinha tanta esperança de que isso tudo fosse terminar. — Ninguém lhe respondeu.

Daniel e Abby, conversando de novo à noite, no pátio. Desta vez não precisei ir tateando pelas paredes até a cozinha; poderia andar por aquela casa de olhos vendados sem dar um passo em falso, sem provocar um rangido nas tábuas do chão.

— Não sei por quê — disse Daniel. Eles estavam sentados no balanço, fumando, sem se tocar. — Não consigo precisar exatamente. Talvez eu esteja deixando que todas as outras tensões prejudiquem o meu julgamento... Só estou preocupado.

— Ela passou por um período difícil — disse Abby, cautelosa. — Acho que só quer voltar à rotina e esquecer o que aconteceu.

Daniel a observou, o luar refletido nos óculos escondendo seus olhos.

— O que é — perguntou — que você não está me contando?

O bebê. Mordi o lábio e rezei para que Abby acreditasse na lealdade entre iguais.

Ela abanou a cabeça.

— Você vai ter que apenas confiar em mim.

Daniel olhou para o outro lado, para a grama, e vi um lampejo de algo, exaustão ou sofrimento, passar pelo seu rosto.

– Costumávamos contar tudo um ao outro até pouco tempo atrás. Não era assim? Ou isso é apenas o que ficou na minha lembrança? Nós cinco contra o mundo, sem nenhum segredo, sempre.

Abby levantou as sobrancelhas rapidamente.

– Era? Não tenho certeza de que uma pessoa conte tudo a outra. Você, por exemplo, não conta.

– Gosto de pensar – disse Daniel, após uma pausa – que faço o possível. E que, exceto se houver uma razão muito forte para não fazê-lo, conto a você e aos outros tudo que é de fato importante.

– Mas sempre há uma razão muito forte, não é? No seu caso. – O rosto de Abby estava pálido e fechado.

– Talvez haja – concordou Daniel, em voz baixa, com um longo suspiro. – Antes não havia.

– Você e Lexie – disse Abby. – Vocês alguma vez...?

Silêncio; os dois se olhando, concentrados como inimigos.

– Porque isso faria diferença.

– Faria? Por quê?

Mais silêncio. A lua se escondeu; seus semblantes sumiram na noite.

– Não – disse Daniel, afinal. – Nunca. Eu diria a mesma coisa de um jeito ou de outro, já que não vejo como isso possa ser importante, então não espero que você acredite em mim. Mas, se é que vale alguma coisa, a resposta é não.

Silêncio de novo. A luzinha vermelha da ponta do cigarro formando um arco na escuridão, como um meteoro. Fiquei ali na cozinha fria, observando-os através do vidro, e desejei poder dizer-lhes: "Agora vai dar tudo certo. Todo mundo vai se acalmar; tudo vai voltar ao normal, com o tempo, e agora nós temos tempo. Eu vou ficar."

Uma porta batendo, no meio da noite; passos descuidados, rápidos, soando pesados na madeira; outra batida, mais forte desta vez, a porta da frente.

Fiquei à escuta, sentada na cama, coração aos pulos. Houve uma alteração em algum lugar da casa, tão sutil que eu a senti, mais do que ouvi, chegando através das paredes e das tábuas do piso até os meus ossos: alguém andando. Poderia estar vindo de qualquer lugar. Era uma noite calma, sem vento nas árvores, apenas o chamado frio e enganador de uma coruja caçando longe, na estrada. Encostei o travesseiro na cabeceira da cama, me ajeitei confortavelmente e esperei. Pensei em acender um cigarro, mas tinha certeza de que não era a única a estar sentada, com os sentidos alertas ao menor sinal: o barulhinho de um isqueiro, o cheiro de fumo serpenteando no ar noturno.

Depois de mais ou menos vinte minutos, a porta da frente se abriu e se fechou de novo, desta vez sem barulho. Uma pausa; em seguida, passos cuidadosos, leves, subindo as escadas, entrando no quarto de Justin, e o rangido explosivo das molas na cama do andar de baixo.

Esperei cinco minutos. Quando nada de interessante aconteceu, deslizei para fora da cama e corri lá para baixo; não adiantava tentar não fazer barulho.

— Ah — disse Justin quando enfiei a cabeça na porta. — É você.

Ele estava sentado na beirada da cama, meio vestido: calça, sapatos sem meias, camisa para fora da calça e meio abotoada. Estava com uma cara horrível.

— Você está bem? — perguntei.

Justin passou as mãos pelo rosto, e notei que tremiam.

— Não — disse. — De fato, não estou.

— O que houve?

Suas mãos caíram e ele me fitou com os olhos vermelhos.

— Vá dormir — falou. — Vá dormir, Lexie.

— Você está chateado comigo?

— Nem tudo nesse mundo tem a ver com você, sabia? — disse Justin, friamente. — Acredite se quiser.

— *Justin* — eu disse, um segundo depois. — Eu só queria...

— Se quer mesmo ajudar — concluiu Justin —, pode me deixar sozinho.

Ele se levantou e começou a mexer com os lençóis, esticando-os em pequenos puxões rápidos e desajeitados, de costas para mim. Quando ficou claro que não ia dizer mais nada, fechei a porta com delicadeza e voltei para o meu quarto. Não havia luz no quarto de Daniel; no entanto, eu podia sentir que ele estava lá, a poucos metros, no escuro, escutando e pensando.

No dia seguinte, quando saí da minha aula das cinco horas, Abby e Justin me esperavam no corredor.

— Você viu Rafe? — perguntou Abby.

— Depois do almoço, não — respondi. Parecia que eles estavam vindo lá de fora, Abby com seu casaco cinza comprido, Justin com o paletó de tweed abotoado; ambos tinham salpicos de chuva nos ombros e nos cabelos. — Ele não tinha uma reunião com o orientador?

— Foi o que ele nos disse — respondeu Abby, se encostando na parede para deixar passar um grupo de estudantes da graduação aos berros —, mas reuniões sobre a tese não duram quatro horas. Mesmo assim, procuramos na sala de Armstrong. Está trancada. Ele não está lá.

— Talvez tenha ido ao Buttery tomar uma cerveja — sugeri. Justin se encolheu. Todos nós sabíamos que Rafe andava bebendo um pouco mais do que deveria, mas ninguém mencionava o assunto, jamais.

— Já procuramos lá, também — disse Abby. — E ele não iria ao Pav, diz que é cheio de brutamontes safados e ele tem lembranças ruins do internato. — Não sei mais onde procurar.

— Qual é o problema? — perguntou Daniel, saindo da sua aula do outro lado do corredor.

— Não conseguimos encontrar Rafe.

— Hum — resmungou Daniel, ajeitando a pilha de livros e papéis que carregava nos braços. — Tentaram ligar para ele?

— Três vezes — disse Abby. — Na primeira vez, ele rejeitou a chamada e depois disso desligou o telefone.

— As coisas dele ainda estão na mesa da biblioteca?

— Não — respondeu Justin, se recostando encurvado na parede e futucando a cutícula. — Não tem nada lá.

— Com certeza isso é um bom sinal — disse Daniel, olhando-o com uma leve surpresa. — Significa que não aconteceu nenhum imprevisto com ele; não foi atropelado, nem teve nenhuma emergência médica e foi levado para o hospital. Ele simplesmente foi sozinho a algum lugar.

— Sim, mas *onde*? — Justin começava a falar mais alto. — E o que vamos fazer agora? Ele não pode ir para casa sem nós. Simplesmente *deixamos* Rafe aqui?

Daniel contemplou o corredor, por cima da confusão de cabeças. O ar tinha cheiro de carpete molhado; em algum lugar depois da curva do corredor uma garota deu um berro, alto e penetrante, e Justin, Abby e eu pulamos, mas, antes de percebermos que era de brincadeira, o grito já se dissolvera em reprimendas ruidosas em tom de paquera. Daniel, mordendo o lábio, pensativo, pareceu não notar.

Logo depois, deu um suspiro.

— Rafe — falou, abanando a cabeça num gesto rápido e irritado. — Sinceramente. Sim, claro, deixamos Rafe aqui; não há mais nada que possamos fazer. Se quiser voltar para casa, pode nos ligar ou pegar um táxi.

— Para *Glenskehy*? Eu não vou dirigir de novo até a cidade para pegá-lo, só porque ele resolveu se comportar como um idiota...

— Bem — disse Daniel —, tenho certeza de que ele vai encontrar um jeito. — E enfiou para dentro uma folha de papel que se soltara da pilha que ele carregava. — Vamos para casa.

* * *

Quando terminamos de jantar – um jantar improvisado, filé de frango tirado do freezer, arroz, uma cumbuca de frutas jogada no meio da mesa – Rafe não tinha telefonado. Ele religara o telefone, mas as nossas chamadas continuavam sendo desviadas para a caixa de correio de voz.

– Não é típico dele fazer isso – disse Justin, que raspava compulsivamente, com a unha do polegar, o desenho na borda do prato.

– Claro que é – disse Abby com firmeza. – Ele caiu na farra e pegou alguma garota, como fez daquela outra vez, lembra? Ficou dois dias sumido.

– Daquela vez foi diferente. E por que você está concordando com a cabeça? – acrescentou Justin, mal-humorado, falando comigo. – Você não se lembra disso. Nem estava *aqui* naquela época.

Minha adrenalina deu um salto, mas ninguém pareceu desconfiar de nada; estavam concentrados demais em Rafe para notar um lapso tão pequeno.

– Estou concordando porque *ouvi falar* da história. Tem um negócio chamado comunicação, você deveria tentar alguma hora... – Todos estavam irritados, eu inclusive. Não era o caso de estar preocupadíssima com Rafe, mas o fato de ele não estar lá me deixava nervosa, assim como o fato de não saber se isso acontecia por motivos concretos referentes à investigação, a intuição tão valorizada por Frank, ou apenas porque, sem ele, o equilíbrio da sala parecia todo errado, fora de prumo e precário.

– Como assim, diferente? – quis saber Abby.

Justin deu de ombros.

– Naquela época, não morávamos juntos.

– E daí? Mais uma razão. O que é que ele tem que fazer se quiser ficar com alguém? Trazer a garota para cá?

– Ele tem que *ligar* para nós. Ou pelo menos deixar um recado.

– Dizendo o quê? – perguntei. Eu estava cortando um pêssego em pedacinhos. – "Caros amigos, estou saindo para transar. Falo com vocês amanhã, ou hoje mais tarde se eu falhar, ou às três da manhã se ela for péssima de cama..."

– Não seja vulgar – fulminou Justin. – E pelo amor de Deus, coma essa droga ou pare de fazer bagunça.

– Não estou sendo vulgar, só estou *falando*. E como quando eu quiser. Por acaso dou palpite na sua maneira de comer?

– Deveríamos chamar a polícia – disse Justin.

– Não – disse Daniel, batendo um cigarro na parte de trás do pulso. – De qualquer modo, neste momento não adiantaria nada. A polícia espera um tempo após o desaparecimento, acho que vinte e quatro horas, talvez mais, antes de começar qualquer tipo de busca. Rafe é um adulto...

— Em teoria – disse Abby.

— ... e tem todo o direito de passar a noite fora.

— Mas e se ele fez alguma bobagem? – Justin estava quase gritando.

— Um dos motivos por que não gosto de eufemismos – disse Daniel, apagando o fósforo com uma sacudida e colocando-o com cuidado no cinzeiro – é que impedem qualquer comunicação real. Acho que se pode apostar que Rafe de fato fez alguma bobagem, mas isso inclui uma ampla gama de possibilidades. Suponho que você esteja preocupado que ele possa se suicidar, o que, sinceramente, considero muitíssimo improvável.

Pouco depois Justin falou, sem levantar o rosto:

— Alguma vez ele contou a vocês o que aconteceu quando tinha dezesseis anos? Quando os pais o forçaram a mudar de colégio pela décima vez ou coisa assim?

— Nada de passado – disse Daniel.

— Ele não estava tentando se matar – disse Abby. – Estava tentando atrair a atenção do sacana do pai, e não funcionou.

— Eu disse *nada de passado*.

— *Não estou* falando de passado. Só estou dizendo que não é a mesma coisa, Justin. Rafe não tem andado completamente diferente nos últimos meses? Não tem estado muito mais feliz?

— Nos últimos meses – esclareceu Justin. – Não nas últimas semanas.

— É, bem – disse Abby, cortando uma maçã ao meio com um estalo seco –, nenhum de nós tem estado bem-humorado. Continua não sendo a mesma coisa. Rafe sabe que tem uma casa, sabe que tem pessoas que gostam dele, não vai se ferir. Só está passando por uma fase difícil e saiu para tomar um porre e correr atrás de um rabo de saia. Vai voltar quando estiver bem.

— E se ele... – A voz de Justin foi sumindo. – Eu odeio isso, sabe – disse baixinho, olhando para o prato. – Odeio mesmo.

— Pois é, nós também – falou Daniel, enérgico. – Todos nós temos passado por momentos difíceis. Precisamos aceitar e ter paciência com nós mesmos e uns com os outros, enquanto nos recuperamos.

— Você disse que com o tempo tudo iria melhorar. Não está melhorando, Daniel. Está *piorando*.

— Eu pensava – disse Daniel – num tempo um pouco mais longo do que três semanas. Se acha que não é razoável, por favor me diga.

— Como você pode ficar tão *calmo*? – Justin estava quase em lágrimas. – Estamos falando do *Rafe*.

— Seja o que for que ele esteja fazendo – disse Daniel, virando a cabeça educadamente para o lado para não soprar a fumaça na nossa direção –, não vejo que diferença faria eu ficar histérico.

— Eu não estou histérico. É assim que pessoas normais reagem quando um amigo *some*.

— Justin — disse Abby, carinhosa —, vai ficar tudo bem. — Mas Justin não a ouvia.

— Só porque você é uma droga de robô... Meu Deus, Daniel, pelo menos uma vez, pelo menos *uma* vez eu gostaria de vê-lo agir como se *gostasse* da gente, de *qualquer coisa*...

— Acho que você tem motivos de sobra para saber — falou Daniel, com frieza — que eu gosto muito de vocês quatro.

— Não tenho. *Que* motivos? Tenho motivos de sobra para pensar que você não liga a mínima...

Abby fez um pequeno gesto, com a palma da mão virada para o teto, a sala à nossa volta, o jardim lá fora. Havia algo no seu gesto, na maneira como a sua mão voltou a cair no colo; algo de cansaço, quase resignação.

— Está certo — admitiu Justin, se curvando na cadeira. A luz o atingiu num ângulo cruel, encovando suas faces e lavrando um longo sulco vertical entre as sobrancelhas, e por um segundo eu vi, como numa viagem no tempo, como seria o seu rosto daí a cinquenta anos. — Claro. A casa. E veja onde isso nos levou.

Fez-se um pequeno silêncio, cortante.

— Nunca afirmei — disse Daniel, e sua voz tinha a profundidade perigosa de uma emoção que nunca aparecera antes — ser infalível. O que afirmo é que tento, com muito empenho, fazer o que é melhor para nós cinco. Se acredita que estou me saindo muito mal nessa empreitada, sinta-se à vontade para tomar suas próprias decisões. Se acha que não deveríamos morar juntos, mude-se. Se pensa que devemos reportar o desaparecimento de Rafe, pegue o telefone.

Daí a pouco Justin deu de ombros, desconsolado, e voltou a raspar o prato. Daniel ficou fumando, com o olhar perdido a média distância. Abby comeu sua maçã; eu transformei o meu pêssego num purê. Ninguém disse nada durante muito tempo.

— Já sei que perderam o lindinho — disse Frank quando liguei para ele de cima da minha árvore. Parece que nós o tínhamos inspirado a ter um momento comida saudável: ele comia alguma coisa que tinha caroço, era encantador ouvi-lo cuspindo caroços na mão ou não sei onde. — Se ele aparecer morto, pode ser que todo mundo comece a acreditar no que eu falo sobre o estranho misterioso. Devia ter feito uma aposta.

— Deixe de ser ridículo, Frankie — falei.

Frank riu.

— Você não está preocupada com ele, está? Sério?

Dei de ombros.

— Preferia saber onde ele está, só isso.

— Então sente e relaxe, menina. Uma linda jovem, minha amiga, estava tentando encontrar o seu amigo Martin, esta noite, e por engano ligou para o número do Rafinha. Infelizmente, ele não disse onde estava antes de desfazer o mal-entendido, mas pelo barulho de fundo deu para ter uma ideia. Abby acertou em cheio: o garoto está em algum pub, tomando um porre e paquerando. Vai voltar para vocês inteirinho, só que com uma ressaca monumental.

Isso queria dizer que Frank ficara preocupado, também; preocupado o bastante para encontrar uma funcionária temporária com voz sexy e pedir a ela para telefonar. Talvez Naylor não tivesse sido apenas uma maneira de Frank implicar com Sam; talvez ele o tivesse levado a sério o tempo todo como suspeito. Coloquei os pés num ponto mais alto dos galhos.

— Legal — eu disse. — Bom saber disso.

— Então por que essa voz de quem acabou de perder o gato de estimação?

— Eles não estão bem — falei, e fiquei feliz de Frank não poder ver o meu rosto. Achei que ia cair da árvore, de puro cansaço. Agarrei um galho e me segurei. — Não sei a razão: porque não conseguem enfrentar o fato de eu ter levado uma facada, ou porque não conseguem lidar com o que não estão nos contando, seja lá o que for. Eles estão desmoronando.

Após uma pausa, Frank falou, com muita delicadeza:

— Sei que está se dando bem com eles, menina. Nenhum problema; não fazem o meu tipo, mas não tenho nada contra você ter outra opinião, se isso faz o seu trabalho mais fácil. Mas eles não são seus amigos. Os problemas deles não são os seus; eles são a sua oportunidade.

— Eu sei. Sei disso. É só que é difícil de se ver.

— Não há nenhum mal em ter um pouco de compaixão — disse Frank, alegre, dando mais uma mordida grande naquela coisa que estava comendo. — Desde que você não perca o controle. E tenho uma coisa para contar que vai distrair sua cabeça dos problemas deles. Rafe não foi o único que sumiu.

— Está falando de quê?

Ele cuspiu caroços.

— Eu estava planejando ficar de olho em Naylor, a uma distância segura: saber sua rotina, seus amigos, todo o resto; para você ter algo mais com que trabalhar. Mas não está sendo possível. Ele não apareceu hoje no trabalho. Os pais não o veem desde a noite passada e dizem que ele nunca faz isso; o pai está numa cadeira de rodas e não é do feitio de John deixar que a mãe pegue peso sozinha. Sammy e alguns temporários estão se revezando na casa dele, e dissemos a Byrne e Doherty para ficarem alertas. Mesmo que não dê em nada.

— Ele não vai longe — falei. — Esse cara não sairia de Glenskehy, a não ser que fosse arrastado pelos cabelos. Vai aparecer.

— É, foi o que imaginei. No que diz respeito à facada, acho que o fato é irrelevante; é mito essa história de que só os culpados fogem. Mas de uma coisa tenho certeza: seja lá qual for o motivo para Naylor dar no pé, não é medo. Você achou que ele parecia assustado?

— Não. Nem por um segundo. Parecia furioso.

— Também achei. Não gostou nem um pouco daquele interrogatório. Observei-o quando saiu de lá; deu dois passos para fora da porta, se virou e cuspiu. O caipira está puto da vida, Cassie, e já sabemos que ele é esquentado. Além disso, como você mesma disse, é provável que continue na área. Não sei se ele sumiu porque não quer ser seguido, ou porque está tramando alguma coisa, ou o quê; mas tome cuidado.

Eu tomei. No caminho de volta para casa, andei pelo meio das estradinhas, com o revólver engatilhado e pronto nas mãos. Não o coloquei de volta na cinta até o portão dos fundos bater atrás de mim e eu estar segura no jardim, junto à linha brilhante de luzes das janelas.

Não tinha ligado para Sam. Desta vez não foi porque me esquecera. Foi porque não sabia se ele atenderia ou o que um de nós teria que dizer caso ele atendesse.

17

Rafe apareceu na biblioteca na manhã seguinte, mais ou menos às onze horas, com o casaco abotoado errado e a mochila displicentemente pendurada em uma das mãos. Fedia a fumaça de charuto e cerveja velha e ainda estava meio trôpego.

– Bom – disse, balançando um pouco e nos examinando. – Olá, olá, olá.

– Onde você estava? – perguntou Daniel em voz baixa, com um quê de irritação tensa, mal disfarçada. Ele se preocupara muito mais com Rafe do que tinha deixado transparecer.

– Por aí – disse Rafe. – Dando umas voltas. Como vão vocês?

– Pensamos que tinha *acontecido* alguma coisa com você. – O cochicho de Justin desafinou, ficando alto e agudo demais. – Por que não telefonou? Ou pelo menos mandou uma mensagem?

Rafe se virou para olhá-lo.

– Eu estava ocupado – disse, depois de pensar um pouco. – E não estava a fim. – Um dos integrantes da Brigada dos Gorilas, os alunos mais velhos que sempre se autonomeiam Vigilantes do Barulho da Biblioteca, levantou o rosto da sua pilha de livros de filosofia e fez "Shh!".

– Escolheu a hora errada – disse Abby friamente. – Não foi um bom momento para sumir atrás de um rabo de saia, e até você deveria ter sido capaz de perceber isso.

Rafe se balançou nos calcanhares e lançou-lhe um olhar de profunda irritação.

– Foda-se – falou, alto e com arrogância. – Eu decido quando fazer o que quero.

– Não fale mais com ela desse jeito – ordenou Daniel, sem nem fingir que tentava manter a voz baixa. Toda a Brigada dos Gorilas fez "Shh!" ao mesmo tempo.

Puxei Rafe pela manga.

– Sente-se aqui e converse comigo.

– Lexie – disse Rafe, conseguindo me focalizar. Seus olhos estavam injetados e o cabelo precisava de uma boa lavada. – Eu não deveria ter deixado você sozinha, não é?

– Eu estou bem – falei. – Estou muito bem. Não quer sentar e me contar como foi a sua noite?

Ele estendeu a mão; seus dedos percorreram meu rosto, meu pescoço e continuaram ao longo da gola da minha blusa. Vi os olhos de Abby se arregalarem atrás dele, ouvi um barulhinho vindo da mesa de Justin.

– Meu Deus, você é tão legal – disse Rafe. – Não é tão frágil como parece, sabia? Às vezes acho que eu e os outros somos o contrário.

Um integrante da Brigada dos Gorilas chamara Attila, o segurança mais invocado de todos. Era óbvio que ele aceitara aquele emprego na esperança de arrebentar a cabeça de criminosos violentos, mas como eles são raros nas bibliotecas de universidades, Attila se divertia fazendo os novatos perdidos chorarem.

– Esse cara está te incomodando? – perguntou para mim. Tentava parecer maior do que Rafe, mas a diferença de altura era um problema.

O muro de proteção surgiu de imediato: Daniel, Abby e Justin logo adotaram uma postura tranquila e controlada, e até Rafe endireitou o corpo, afastou a mão de mim e conseguiu de imediato parecer naturalmente sóbrio.

– Está tudo bem – disse Abby.

– Não perguntei a você – retrucou Attila. – Você conhece esse cara?

Ele estava falando comigo. Dei um sorriso angelical e disse:

– Sim, senhor, na verdade, ele é meu marido. Eu tinha uma ordem judicial para ele não se aproximar de mim, mas agora mudei de ideia e vamos transar furiosamente no banheiro feminino. – Rafe começou a dar uma risadinha debochada.

– Homens não podem entrar no banheiro feminino – ameaçou Attila. – E vocês estão perturbando os outros.

– Está tudo bem – disse Daniel. Ele se levantou e pegou Rafe pelo braço, segurando de um jeito que parecia normal, mas vi que os seus dedos apertavam com muita força. – Nós já estávamos de saída. Todos nós.

– Me *larga* – reagiu Rafe, tentando se livrar da mão de Daniel, que o conduzia rapidamente, passando por Attila e continuando pelo comprido corredor de livros, sem se virar para ver se nós o seguíamos.

Recolhemos nosso material, saímos apressados ouvindo as repreensões severas de Attila, e encontramos Daniel e Rafe no foyer. Daniel balançava as chaves do carro penduradas no dedo; Rafe se recostava meio torto numa pilastra, com a cara emburrada.

– Parabéns – disse Abby a Rafe. – Muito bom. Foi uma cena e tanto.

– Não comece.

— Mas o que é que a gente está fazendo? — perguntou Justin a Daniel. Ele carregava o material de Daniel, além do seu próprio; parecia preocupado e com coisas demais para levar.
— Não podemos simplesmente *ir embora*.
— Por que não?
Houve um silêncio momentâneo, de perplexidade. Nossa rotina estava tão arraigada, que não nos ocorria mais que ela não era, na verdade, uma lei da natureza e que poderíamos quebrá-la, se quiséssemos.
— O que faremos, então? — perguntei.
Daniel jogou as chaves do carro para o alto e pegou-as de volta.
— Vamos para casa pintar a sala de estar — resolveu. — Estamos passando tempo demais nessa biblioteca. Um pouco de trabalho na casa vai nos fazer bem.

Para qualquer pessoa de fora, isso pareceria muito estranho — na minha cabeça, eu ouvia Frank dizer: "Credo, são malucos, como é que você aguenta?" Mas todos concordaram, até, depois de um momento de hesitação, Rafe. Eu já notara que a casa era a zona de segurança deles: quando as coisas ficavam tensas, um deles desviava a conversa para algo que precisava ser consertado ou rearrumado, e todos se acalmavam. Estaríamos numa situação difícil quando a casa ficasse toda arrumada e não tivéssemos mais reboco ou manchas no piso para usar como nosso Lugar Feliz.

O fato é que funcionava. Lençóis velhos cobrindo os móveis, ar fresco e puro entrando pelas janelas abertas, roupas surradas, trabalho duro e o cheiro de tinta, *ragtime* tocando ao fundo, o entusiasmo pela ousadia de ter deixado a faculdade de lado e a casa inchando como um gato satisfeito pela atenção recebida: era exatamente do que precisávamos. Quando acabamos, Rafe começava a parecer encabulado, em vez de beligerante, Abby e Justin tinham relaxado o suficiente para ter uma longa discussão amigável sobre Scott Joplin ser ou não ser uma droga, e o humor de todo mundo estava muito melhor.

— Primeira a tomar banho — falei.
— Deixe Rafe ser o primeiro — disse Abby. — A cada um de acordo com suas necessidades. — Rafe fez uma careta para ela. Estávamos esparramados nos lençóis velhos, admirando o nosso trabalho e tentando encontrar ânimo para nos mexermos.
— Depois que estiver tudo seco — disse Daniel — precisamos decidir o que vamos pôr nas paredes, se é que vamos pôr alguma coisa.
— Eu vi uns pôsteres bem antigos — sugeriu Abby — no quarto desocupado do último andar...
— Não vou morar num pub de 1980 — disse Rafe. Ele ficara sóbrio em algum momento, ou então o cheiro de tinta nos deixara tão altos que nem notávamos mais. — Não tem nenhum quadro ou qualquer outra coisa *normal*?

— Os que sobraram são todos horríveis — disse Daniel. Ele estava recostado na ponta do sofá, com respingos de tinta branca no cabelo e na camisa xadrez velha, parecendo mais feliz e relaxado do que nos últimos dias. — Paisagens com casas antigas, esse tipo de coisa, e nem são bem-feitos. Alguma tia distante com pretensões artísticas, imagino.

— Você é um desalmado — disse Abby. — Não é de se esperar que objetos com valor sentimental tenham também méritos artísticos. Espera-se que sejam uma porcaria. Caso contrário, seria só exibição.

— Vamos usar aqueles jornais velhos — falei. Eu estava deitada de costas no meio do assoalho, agitando as pernas no ar para examinar os novos respingos de tinta no macacão de Lexie. — Os antigos, com o artigo sobre os quíntuplos Dionne e o anúncio daquele produto para engordar. Podemos colá-los nas paredes e depois passar verniz por cima, como as fotos na porta de Justin.

— Mas lá é o meu *quarto* — disse Justin. — Uma sala de estar deve ter elegância. Imponência. Não *anúncios*.

— É o seguinte — disse Rafe, sem mais nem aquela, se apoiando em um cotovelo. — Sei que devo desculpas a todos vocês. Eu não deveria ter sumido, principalmente sem dizer onde estava. Minha única justificativa, que não é muito boa, é que eu estava muito puto porque aquele cara conseguiu fugir. Me desculpem.

Ele estava em um de seus momentos mais cativantes, e Rafe podia ser muito cativante quando queria. Daniel lhe fez um pequeno aceno de cabeça, sério.

— Você é um idiota — disse eu —, mas nós te amamos mesmo assim.

— Você é legal — disse Abby, se esticando para pegar os cigarros na mesa de jogos. — A mim também não agrada a ideia de aquele cara estar solto por aí.

— Sabe o que eu fico me perguntando? — disse Rafe. — Fico me perguntando se Ned o contratou para nos assustar.

Por um momento o silêncio foi absoluto, a mão de Abby parou com um cigarro meio fora do maço, Justin congelou antes de terminar de se sentar.

Daniel respirou com força.

— Duvido muito que Ned tenha intelecto para algo tão complexo — falou, mordaz.

Eu tinha aberto a boca para perguntar "Quem é Ned?", mas fechei-a de novo, rápido; não apenas porque obviamente eu deveria saber, mas porque eu sabia. Fiquei com raiva de não ter percebido antes. Frank sempre usa apelidos para pessoas de quem ele não gosta — Danny Boy, Sammy — e eu, imbecil, nunca considerara a possibilidade de ele ter escolhido o apelido errado. Eles estavam falando de Eddie Lento. Eddie Lento, que andava passeando tarde da noite pelos caminhos à procura de alguém, que alegara não ter conhecido Lexie, era N. Com certeza dava para Frank ouvir o meu coração pelo microfone.

– Provavelmente não tem – disse Rafe, apoiado nos cotovelos e contemplando as paredes. – Quando acabarmos de ajeitar a casa, deveríamos convidá-lo para jantar.

– Só passando por cima do meu cadáver – declarou Abby. Sua voz estava ficando tensa. – Você não teve que lidar com ele. Nós tivemos.

– E do meu – apoiou Justin. – O cara é um grosso. Bebeu Heineken a noite inteira, claro, depois ficou arrotando e naturalmente todas as vezes que isso acontecia ele achava muito engraçado. E aquela conversa chatíssima sobre cozinhas planejadas e benefícios fiscais e parágrafo não sei das quantas. Uma vez já me bastou, muito obrigado.

– Vocês não têm coração – disse Rafe. – Ned *ama* esta casa. Ele disse isso ao juiz. Acho que devemos dar a ele a oportunidade de constatar que a antiga sede da família está em boas mãos. Me dê um cigarro.

– A única coisa que Ned ama – falou Daniel, com muita rispidez – é a visão de seis *apartamentos executivos* planejados, com ampla área em torno e potencial para novas incorporações. E só passando por cima do *meu* cadáver ele poderá ver isso.

Justin fez um movimento súbito e desajeitado, que ele tentou disfarçar pegando um cinzeiro e empurrando para Abby, do outro lado. Fez-se um silêncio cortante, complicado. Abby acendeu o cigarro, apagou o fósforo e jogou o maço para Rafe, que o pegou com uma só mão. Ninguém olhava para ninguém. Uma abelha entrou meio tonta pela janela, voou sobre o piano numa nesga de sol e acabou saindo de novo.

Eu queria dizer alguma coisa – essa era a minha função, aliviar momentos como esse –, mas sabia que tínhamos entrado num tipo de pântano traiçoeiro e difícil, onde um passo em falso poderia me causar enormes problemas. Cada vez mais, Ned dava a impressão de ser um babaca – embora eu não tivesse nem noção do que era um apartamento executivo, deu para ter uma ideia geral –, mas o que quer que estivesse acontecendo era bem mais profundo e escuro do que isso.

Abby estava me observando por cima do cigarro com seus olhos cinzentos frios e curiosos. Lancei-lhe um olhar aflito, o que não me exigiu muito esforço. Logo depois ela se esticou para pegar o cinzeiro e disse:

– Se não tivermos nada bom para pôr nas paredes, talvez possamos tentar algo diferente. Rafe, se encontrarmos fotos de murais antigos, acha que daria para fazer alguma coisa?

Rafe deu de ombros. Um pouco da expressão hostil de não-me-culpe estava voltando ao seu rosto. Aquela nuvem escura e elétrica descera sobre a sala, de novo.

Eu não me importava de ficar em silêncio. Minha cabeça dava cambalhotas – não apenas porque Lexie, por alguma razão, estivera se encontrando com o arqui-inimigo, mas porque Ned era claramente um assunto tabu. Durante três semanas, o seu nome não fora mencionado nem uma vez, a primeira referência a ele tinha feito todo mundo pirar, e eu não conseguia entender por quê. Afinal de contas, ele tinha sido derrotado; a casa era de Daniel, tanto tio Simon quanto o juiz haviam confirmado isso, Ned não deveria provocar nada além de uma risada e alguns comentários sarcásticos. Eu teria dado tudo para descobrir que diabos estava acontecendo ali, mas sabia muito bem que não podia perguntar.

Na verdade, nem precisei. A cabeça de Frank – e eu tinha sérias dúvidas se isso me agradava – funcionara como a minha, só que com maior rapidez.

Saí para a minha caminhada o mais cedo possível. Aquela nuvem não havia se dissipado; só se tornara mais densa, uma pressão que vinha das paredes e dos tetos. O jantar fora um martírio. Justin, Abby e eu tínhamos tentado tagarelar, mas Rafe demonstrava um mau humor atroz e Daniel se fechara, respondendo a perguntas com monossílabos. Eu precisava sair daquela casa para pensar.

Lexie se encontrara com Ned pelo menos três vezes e tinha sido muito cuidadosa ao fazê-lo. Os quatro grandes motivos: luxúria, ganância, ódio e amor. A possibilidade de ser luxúria me deu engulhos; quanto mais eu ouvia falar de Ned, mais eu queria acreditar que Lexie não teria gostado dele. Ganância, porém... Ela precisava de dinheiro, rápido, e um riquinho como Ned seria um comprador muito melhor do que John Naylor e sua porcaria de emprego na fazenda. Se estivesse se encontrando com Ned para discutir quais peças da Casa dos Espinheiros-Brancos ele poderia querer, quanto estaria disposto a pagar por elas, e aí alguma coisa tinha dado errado...

Era uma noite muito estranha: imensa e negra e tempestuosa, lufadas de vento rugindo pelas encostas, um milhão de estrelas e sem lua. Voltei a colocar o revólver na cinta, subi na minha árvore e fiquei um bom tempo observando a ondulação vaga e escura dos arbustos lá embaixo, com os ouvidos atentos a qualquer som leve que não fosse característico; pensando em ligar para Sam.

Acabei ligando para Frank.

– Naylor ainda não apareceu – disse ele, sem um alô. – Está alerta?

– Sim – respondi. – Não vejo nenhum sinal dele por aqui.
– Certo. – Sua voz tinha uma ponta de desatenção, percebi que a cabeça dele também não estava em Naylor. – Bom. Nesse meio tempo, tenho uma notícia que pode interessar a você. Lembra-se de como os seus novos amigos estavam reclamando do primo Eddie e seus apartamentos executivos essa tarde?

Por um segundo todos os meus músculos acordaram com um choque, até eu me lembrar de que Frank não sabia de N.

– Lembro – disse eu. – O primo Eddie parece que é joinha mesmo.
– Ah, sim. Um yuppie genuíno com cérebro de merda, nunca teve um pensamento na vida que não envolvesse seu pênis ou sua carteira.
– Você acha que Rafe estava certo sobre ele ter contratado Naylor?
– Não há a menor possibilidade. Eddie não tem ligação com pessoas de classes mais baixas. Devia ter visto a cara dele quando ouviu o meu sotaque; acho que ficou com medo de que eu o assaltasse. Mas esta tarde pensei numa coisa. Lembra que você disse que o Quarteto Fantástico era estranho com relação à casa? Apegado demais?

– Ah, sim – falei. De fato, quase me esquecera. – Acho que exagerei. Quando você trabalha muito para melhorar um lugar, acaba se apegando. E a casa é muito bonita.

– Ah, claro – disse Frank. Havia alguma coisa no seu tom de voz que fez os meus sininhos de alarme começaram a tocar de leve, um sorriso sardônico, feroz. – É o seguinte. Hoje eu estava entediado. Naylor ainda está solto por aí, não estou chegando a lugar nenhum com Lexie-May-Ruth-Princesa-Anastácia-seja lá quem for, não dei sorte nas pesquisas em mais ou menos catorze países até agora, estou pensando na possibilidade de ela ter sido criada por cientistas loucos em 1997. Então, só para mostrar à minha colega Cassie que confio no seu instinto, ligo para o meu amigo no cartório de registro de imóveis e peço o histórico da Casa dos Espinheiros-Brancos. "Quem é que te ama, neném?"

– Você – falei. Frank sempre tivera uma fantástica rede de amigos nos lugares menos prováveis: meu amigo que trabalha no porto, meu amigo no Conselho Municipal, meu amigo gerente da loja S&M. Tempos atrás, quando começamos essa história toda de Lexie Madison, o Meu Amigo no Cartório de Registro Civil tinha feito um registro oficial, caso alguém suspeitasse e começasse a xeretar, e o Meu Amigo da Van me ajudara na mudança para o conjugado dela. Desconfio que sou mais feliz não sabendo como funciona esse complexo sistema de troca de favores. – E deveria mesmo, depois disso tudo. E aí?

– E lembra que disse que eles todos agiam como se fossem donos da casa?

— Sim. Acho que sim.

— O seu instinto acertou em cheio, menina. Eles são donos. E você também, na verdade.

— Deixe de bancar o engraçadinho, Frankie. — O meu coração batia lento e forte e havia um tremor escuro e estranho nas sebes: alguma coisa estava acontecendo. — Do que você está falando?

— O inventário do velho Simon terminou, e Daniel tomou posse da Casa dos Espinheiros-Brancos no dia 10 de setembro. No dia 15 de dezembro, o título de propriedade da casa foi transferido para cinco pessoas: Raphael Hyland, Alexandra Madison, Justin Mannering, Daniel March e Abigail Stone. Feliz Natal.

O que primeiro me espantou foi a coragem pura e simples do ato: o forte sentimento de confiança que seria necessário para uma pessoa pôr em risco o seu futuro em nome daquilo em que acreditava, sem meias medidas, juntar todos os amanhãs e depositá-los assim, deliberada e simplesmente, nas mãos das pessoas que mais amava. Pensei em Daniel sentado à mesa, ombros largos, firme, com a camisa branca impecável, o movimento perfeito do seu pulso ao virar uma página; em Abby, fritando bacon de quimono; em Justin, cantando desafinado enquanto se preparava para dormir; em Rafe, esparramado na grama e apertando os olhos contra o sol. E todo o tempo, escorando tudo, havia isso. Eu já tinha tido inveja deles em alguns momentos, mas isso era algo profundo demais para inveja; era algo como admiração e respeito.

Aí me dei conta. N, preços de passagens de avião: "Só passando por cima do meu cadáver Ned poderá ver isso." E eu aqui pensando em caixas de música e soldadinhos de lata, tentando adivinhar quanto valeria um álbum de fotos de família; eu que pensara que ela não tinha nada para vender desta vez.

Se ela estava negociando com Ned, e os outros tinham descoberto de alguma maneira: puta merda. Não admira que o seu nome tivesse transformado a sala num bloco de gelo, naquela tarde. Eu não conseguia respirar.

Frank continuava a falar. Podia ouvi-lo se movimentando, caminhando de um lado para o outro do aposento, passos rápidos.

— A burocracia para esse tipo de transferência levaria meses; Danny Boy deve ter começado o processo quase no mesmo dia em que recebeu as chaves. Sei que você gosta desse pessoal, Cassie, mas não me diga que isso tudo não é danado de esquisito. A casa vale uns dois milhões, fácil. O que é que ele está pensando, porra? Que todos vão viver lá para sempre numa grande comunidade hippie, todo mundo feliz? Aliás, esqueça o que ele está pensando, o que ele anda *fumando*, porra?

Frank estava tomando aquilo como uma ofensa pessoal porque o fato lhe escapara: tanta investigação e aqueles estudantes maricas, de classe média, de alguma maneira tinham conseguido enganá-lo.

– É – falei, cautelosa –, é esquisito. Eles *são* esquisitos, Frank. E sim, vai ficar complicado um dia, quando um deles quiser se casar, por exemplo. Mas, como você disse, eles são jovens. Ainda não estão pensando nisso.

– É, bem, o pequeno Justin não vai se casar tão cedo, não sem que haja uma grande mudança na legislação...

– Pare de usar clichês, Frank. E qual é o grande lance nessa história? – Isso não significava que tinha que ser um dos quatro, não necessariamente; as evidências continuavam a indicar que Lexie tinha sido esfaqueada por alguém que ela encontrara fora da casa. Não significava nem mesmo que ela estivesse de fato decidida a vender. Se ela tivesse feito um acordo com Ned e depois mudado de ideia, dito a ele que se arrependera; se estivesse apenas brincando com ele o tempo todo – "ódio" – e o atormentando para puni-lo por ter tentado tomar a casa... Ele desejara a Casa dos Espinheiros-Brancos a ponto de desrespeitar a memória do seu avô; o que teria feito se uma cota da casa estivesse tão perto a ponto de ele sentir o gostinho, e aí Lexie a tivesse puxado para longe? Tentei apagar a agenda da minha mente: aquelas datas, o primeiro N poucos dias depois do círculo que faltava; a letra em garranchos, a caneta quase furando o papel, isso tudo indicava que ela não estivera brincando.

– Bom – disse Frank, com aquela preguiça na voz que aparece quando ele está mais perigoso. – Na minha opinião, isso pode nos dar o motivo que estamos procurando. Eu chamaria de um grande lance, sim.

– Não – falei rapidamente, talvez rapidamente demais, mas Frank não fez nenhum comentário. – Não há a menor possibilidade. Onde está o motivo? Se todos quisessem vender e ela os estivesse impedindo, até poderia ser, mas aqueles quatro prefeririam ser torturados a vender aquela casa. O que eles ganhariam matando Lexie?

– Se um deles morre, a parte dele, ou dela, volta para os outros quatro. Talvez alguém tenha pensado que um quarto daquele lindo casarão seria ainda melhor do que um quinto. Nesse caso, Danny Boy estaria mais ou menos fora da jogada; se ele quisesse a casa toda, poderia ter ficado com ela desde o começo. Ainda assim, continuamos com três.

Eu me remexi para virar para o outro lado no galho. Estava satisfeita por Frank estar mirando o alvo errado; no entanto, por mais ilógico que fosse, o fato de ele estar completamente enganado me irritava.

– Para *quê*? Já disse que eles não querem vender a casa. Querem *morar* nela. E isso eles podem fazer, não importa o percentual que possuam. Acha que um deles a matou porque preferia o quarto de Lexie ao dele?

— Ou dela. Abby é uma boa moça, mas não está descartada. Ou talvez, para variar, o motivo não tenha sido financeiro; talvez Lexie estivesse deixando alguém maluco. Quando as pessoas dividem uma casa, incomodam umas às outras. E lembre-se, é bem possível que ela estivesse transando com um dos rapazes, e sabemos como essa situação pode degringolar. No caso de aluguel, não tem problema: uns gritos, algumas lágrimas, uma reunião dos moradores, um deles se muda. Mas o que fazer no caso de uma coproprietária? Não podem expulsá-la, duvido que tenham dinheiro suficiente para comprar a parte dela...

— Claro — falei —, só que não vejo o menor sinal de nenhum tipo de estresse relacionado comigo. Rafe estava enfezado a princípio por eu não ter percebido como eles tinham ficado abalados, mas foi *só isso*. Se Lexie tivesse enfurecido alguém a ponto de essa pessoa pensar em assassinato, não haveria jeito de eu não ter notado. Eles se *gostam*, Frank. Podem ser esquisitos, mas gostam de ser esquisitos juntos.

— Então por que não nos contaram que todos são donos da casa? Por que são tão dissimulados, porra, se não estão escondendo nada?

— Não contaram porque você não perguntou. Se estivesse no lugar deles, mesmo que fosse tão inocente quanto um bebê, contaria aos tiras algo além do necessário? Aliás, teria passado horas respondendo a perguntas, como eles fizeram?

— Sabe como você está falando? — perguntou Frank, após uma pausa. Ele parara de andar. — Está falando como um advogado de defesa.

Voltei a me virar para trocar de lado, pus os pés num galho mais alto. Estava com dificuldade de ficar quieta.

— Ah, sem essa, Frank. Estou falando como *detetive*. E você está falando como uma pessoa obcecada. Se não gosta daqueles quatro, não tem problema. Se eles fazem suas antenas vibrarem, também não tem problema. Mas isso não quer dizer que cada coisinha que você descobre é automaticamente uma prova de que são assassinos desalmados.

— Não acho que você esteja em condições de questionar a minha objetividade, menina — disse Frank. Aquela preguiça na voz aparecera de novo, e minhas costas ficaram tensas no tronco da árvore.

— Que droga significa isso?

— Significa que estou de fora, mantendo a minha perspectiva, enquanto você está enterrada até o pescoço na ação, e gostaria que se lembrasse disso. Também significa que penso haver um limite, e "Ah, são apenas excêntricos charmosos" só até certo ponto serve como desculpa para agir de maneira obviamente dissimulada.

– O que provocou tudo isso, Frank? Você os descartou desde o começo, dois dias atrás estava atacando Naylor de todas as maneiras...

– E ainda estou, ou estarei, assim que encontrarmos o filho da mãe. É que gosto de espalhar minhas apostas. Não estou deixando ninguém de lado, ninguém mesmo, até que sejam definitivamente descartados. E aqueles quatro ainda não foram. Não se esqueça disso.

Já estava mais do que na hora de recuar.

– Tudo bem – falei. – Até Naylor aparecer, vou me concentrar neles.

– Faça isso. Vou fazer o mesmo. E continue a se cuidar, Cassie. Não apenas fora de casa; dentro, também. Nos falamos amanhã. – E ele desligou.

O quarto grande motivo: amor. Pensei, de repente, nos vídeos feitos com o celular: um piquenique em Bray Head, no verão anterior, todos eles deitados na grama tomando vinho em copos plásticos, comendo morangos e discutindo sem pressa sobre Elvis ser ou não supervalorizado. Daniel estava absorto num longo monólogo sobre o contexto sociocultural, até Rafe e Lexie decidirem que tudo era supervalorizado exceto Elvis e chocolate e começarem a jogar morangos nele. Eles passavam o telefone com câmera de um para o outro; as cenas eram soltas e tremidas. Lexie com a cabeça no colo de Justin, enquanto ele enfiava uma margarida atrás da orelha dela; Lexie e Abby sentadas com as costas apoiadas uma na outra, contemplando o mar, com os cabelos voando e os ombros se erguendo em respiração sincronizada; Lexie rindo para Daniel enquanto pegava uma joaninha no cabelo dele e estendia a mão para mostrá-la, ele inclinando a cabeça sobre a mão dela e sorrindo. Eu vira o vídeo tantas vezes que parecia que as lembranças eram minhas, difusas e doces. Eles estavam felizes naquele dia, todos os cinco.

Ali houvera amor, dando a impressão de ser sólido e simples como pão; verdadeiro. E parecia verdadeiro na convivência, um elemento de conforto no qual nos movimentávamos com facilidade e que recebíamos a cada inspiração. Lexie, porém, estivera disposta a jogar tudo isso para o alto. Mais do que disposta; decidida – aqueles garranchos furiosos na agenda, enquanto no vídeo ela aparecia descendo do sótão rindo e coberta de poeira. Caso tivesse vivido duas semanas a mais, os outros teriam acordado uma manhã e descoberto que ela se fora, sem um bilhete, sem um adeus, sem pensar duas vezes. Em algum canto escondido da minha mente passou a ideia de que Lexie Madison tinha sido perigosa, sob aquela superfície cintilante, e que talvez ainda o fosse.

Deslizei para fora do galho, me pendurei pelas mãos e aterrissei com um baque surdo. Enfiei as mãos nos bolsos e comecei a andar – o movimento me ajuda a pensar. O vento puxava o meu gorro e me empurrava pelas costas, quase tirando os meus pés do chão.

Precisava falar com Ned, logo. Lexie não me deixara instruções sobre como é que eles mantinham contato. Não era por celular: uma das primeiras providências de Sam tinha sido pegar o histórico de ligações dela, e não havia nenhum número não identificado, nem nos telefonemas dados nem nos recebidos. Pombo-correio? Bilhetes num tronco de árvore oco? Sinais de fumaça?

Eu não tinha muito tempo. Frank nem desconfiava de que Lexie se encontrara com Ned algum dia, nem desconfiava de que ela estava se preparando para fugir – eu sabia que apareceria uma boa razão para não querer contar da agenda; como ele sempre diz, os seus instintos trabalham mais rápido do que a sua mente. Mas ele não deixaria passar. Ia lutar com isso como um pitbull e, mais cedo ou mais tarde, pensaria na mesma possibilidade. Eu não sabia grande coisa sobre Ned; apenas o suficiente para ter quase certeza de que, se um dia ele chegasse a ficar numa sala de interrogatório com Frank atacando a todo vapor, abriria o bico em menos de cinco minutos. Nunca, nem por um segundo pensei em ficar parada e deixar que isso ocorresse. O que quer que estivesse acontecendo aqui, eu precisava descobrir antes de Frank.

Se eu quisesse marcar um encontro com Ned, sem possibilidade de os outros descobrirem, o que eu faria?

Telefone, não. Os celulares guardam o registro das ligações e as contas são detalhadas, ela não deixaria algo assim na casa, e a Casa dos Espinheiros-Brancos não tinha telefone fixo. Não havia telefone público a uma distância que pudesse ser percorrida a pé, e usar os da faculdade seria arriscado: os telefones do prédio de Artes eram os únicos próximos o bastante para serem usados numa falsa ida ao banheiro, e se um dos amigos por acaso passasse por lá no momento errado, ela estaria ferrada – e isso era importante demais para arriscar. Visitas, também não. Frank dissera que Ned morava em Bray e trabalhava em Killiney, não havia como ela ir e voltar sem que os outros notassem sua ausência. E cartas ou e-mails, não. Ela nunca, de jeito nenhum, teria deixado um rastro.

"Como foi então, garota?", perguntei baixinho para o ar. Eu a sentia como uma luz trêmula sobre a minha sombra no caminho, a inclinação do seu queixo e o olhar de esguelha, brincalhão: "Não vou contar."

Em algum momento eu parara de notar como a vida dos cinco era totalmente integrada. Juntos para a faculdade, juntos o dia todo na biblioteca, pausa para um cigarro ao meio-dia com Abby e às quatro com Rafe, juntos no almoço à uma hora, juntos para casa e jantar: essa rotina era coreografada com tanta precisão e rigidez como uma gaivota, nem um minuto sem prestar contas, nem um minuto a sós, exceto...

Exceto agora. Durante uma hora por noite, como uma menina enfeitiçada de um conto de fadas, eu desatrelava minha vida da dos outros e ela era só minha de novo. Se eu fosse Lexie e quisesse contatar alguém que não deveria contatar nunca, usaria a minha caminhada noturna.

Usaria, não: usava. Havia semanas eu usava as caminhadas para ligar para Frank, ligar para Sam, guardar os meus segredos. Uma raposa atravessou veloz o caminho à minha frente e sumiu na sebe, toda ossos e olhos brilhantes, e um calafrio me percorreu a espinha. Eu que tinha pensado que essa ideia brilhante fosse minha e que eu estava fazendo o meu próprio caminho, passo a passo e alerta através da escuridão. Foi só agora, quando me virei e olhei para a estrada atrás de mim, que percebi que eu, cega e distraída, estivera colocando os meus pés bem em cima das pegadas de Lexie, o tempo todo.

"E daí?", perguntei em voz alta, como um desafio. "Qual é o problema?" Para isso Frank me mandara para cá, para me aproximar da vítima, entrar na vida dela e – blah – era o que eu estava fazendo. Um pouco de medo era não apenas irrelevante, mas também bastante comum numa investigação de homicídio; não é para ser uma sucessão de risadas. Eu estava ficando mimada, todos aqueles jantares íntimos à luz de velas e os trabalhos manuais, e me assustei quando a realidade voltou a bater à porta.

Uma hora para me comunicar com Naylor. Como?

Bilhetes no tronco oco... Quase ri alto. Deformação profissional: você considera possibilidades as mais esotéricas, e leva um tempão para pensar nas mais simples. Quanto mais alta a aposta, Frank me dissera uma vez, mais baixa a tecnologia. Se quer se encontrar com o seu amigo para tomar um café, pode se dar ao luxo de combinar por mensagem de texto ou e-mail; se acha que os tiras ou a Máfia ou os Illuminati estão fechando o cerco, você manda um sinal para o seu contato pendurando uma toalha azul no varal. Para Lexie, com os dias passando e os enjoos matinais já aparecendo, o que estava em jogo deve ter parecido uma questão de vida ou morte.

Ned morava em Bray; apenas a quinze minutos de carro, fora da hora do rush. Era provável que ela tivesse corrido o risco de ligar para ele da faculdade, a primeira vez. Depois, só precisara de um lugar seguro para deixar alguma coisa, em algum ponto desses caminhos, que ambos pudessem checar com intervalos de poucos dias. Devo ter passado pelo lugar uma dezena de vezes.

De novo aquela luz trêmula, que eu via pelo canto do olho: a sombra de um sorriso aparecendo, astucioso, e depois sumindo.

No chalé? Os peritos o tinham examinado como moscas em cima da bosta, colocaram pó em todos os cantos para recolher impressões digitais e não encontraram nada. E ele não tinha estacionado perto do chalé naquela noite em que eu o seguira. Dando um desconto para o fato de Deus me livre de pôr o Caminhão Monstro para rodar numa estrada que não foi feita para esse tipo de carro, ele teria estacionado tão próximo ao local da coleta quanto fosse possível. Estava na estrada principal de Rathowen, longe de qualquer saída. Uma faixa larga nas laterais do caminho, relva alta e amoreiras, a estrada escura desaparecendo no topo da colina; e o marco, velho e inclinado como uma pequena lápide.

Mal percebi que eu me virara para a direção oposta e estava correndo. Os outros me esperavam de volta a qualquer momento, e a última coisa que eu desejava era que eles ficassem preocupados e viessem me procurar, mas isso não podia esperar até a noite seguinte. Eu não estava mais correndo para cumprir um prazo hipotético, infinitamente flexível; eu estava competindo com a mente de Frank, e de Lexie.

Depois dos caminhos estreitos, o acostamento parecia espaçoso, vazio e muito exposto; a estrada, porém, estava deserta, nem um brilho de farol nas duas direções. Quando acendi a lanterna, as letras no marco de pedra se destacaram, meio apagadas pelo tempo e pelas intempéries, projetando suas próprias sombras inclinadas: "Glenskehy 1828". Com o vento forte, a relva se retorcia e se dobrava em volta dele, provocando um som parecido com uma respiração sibilante.

Segurei a lanterna embaixo do braço e abri a relva com as duas mãos; estava molhada e cortante, minúsculas pontas serrilhadas arranhando os meus dedos. Ao pé da pedra, um brilho de carmim.

Demorou um pouco para a minha mente compreender o que eu via. Bem fundo na relva, cores brilhavam como joias e figuras minúsculas passavam rápidas pela luz da lanterna: o lustre do flanco de um cavalo, um lampejo de casaco vermelho, um movimento de cachos empoados e uma cabeça de cão se virando ao saltar para procurar abrigo. Logo minha mão tocou em metal molhado, áspero e as figuras tremeram e se fixaram, e eu ri alto, dando um gritinho abafado que até a mim pareceu estranho. Uma lata de cigarros, antiga e enferrujada, provavelmente roubada do tesouro escondido do tio Simon; a cena de caçada, colorida e amassada, fora pintada com um pincel fino como um cílio. A Perícia Técnica e o pessoal temporário haviam feito uma busca minuciosa de um quilômetro em torno do chalé, mas este ponto estava fora do perímetro vasculhado. Lexie os derrotara, guardando isso para mim.

O bilhete estava escrito numa folha de papel pautado, arrancada de uma agenda tipo Filofax. A caligrafia parecia a de uma criança de dez anos e dava a impressão de que Ned não tinha conseguido decidir se estava escrevendo uma carta comercial ou uma mensagem de texto: "Cara Lexie, tenho tentado contatar vc sobre akele negócio q conversamos, ainda estou mto mto interessado. Por fvr fale cmg qdo puder. Obrigado, Ned." Eu poderia apostar que Ned frequentara uma escola particular caríssima. O dinheiro do papai não fora bem empregado.

"Cara Lexie; Obrigado, Ned..." Lexie com certeza teve vontade de dar uma surra nele por deixar aquele tipo de coisa por ali, mesmo bem escondida. Peguei o meu isqueiro, fui até a estrada e ateei fogo ao bilhete; quando começou a queimar, joguei-o ao chão, esperei a chama se apagar e amassei as cinzas com o pé. Depois peguei minha caneta e tirei uma folha do caderno que estava comigo.

A essa altura, era mais fácil escrever com a caligrafia de Lexie do que com a minha própria. "Quinta 11h – vamos conversar". Não havia necessidade de pretextos elaborados: Lexie já fizera isso por mim, esse cara estava fisgado. A lata se fechou com um pequeno e nítido clique e eu a enfiei de volta na relva alta, sentindo as minhas digitais se sobrepondo com perfeição às de Lexie, os meus pés cuidadosamente plantados nos lugares exatos onde as suas pegadas já tinham se apagado.

18

O dia seguinte demorou mais ou menos uma semana para passar. O prédio de Artes estava quente demais, seco e abafado. O meu grupo de alunos se remexia nas cadeiras, entediado; era a sua última aula, eles não tinham lido o material nem se davam ao trabalho de fingir que tinham, e eu não me dava ao trabalho de fingir que ligava. Só conseguia pensar em Ned: se iria aparecer, o que eu diria se ele aparecesse, o que eu faria se ele não aparecesse; quanto tempo eu tinha antes que Frank descobrisse.

Eu sabia que esta noite seria um tiro no escuro. Mesmo supondo que eu estivesse certa sobre o chalé ser o ponto de encontro deles, Ned poderia já ter desistido de Lexie, após um mês sem nenhuma comunicação – o bilhete dele não tinha data, poderia ter sido escrito semanas atrás. E mesmo que fosse do tipo persistente, a probabilidade de que ele checasse o local de coleta a tempo de me encontrar era remota. Por um lado, eu tinha muita esperança de que não aparecesse. Precisava ouvir o que ele tinha a dizer, mas qualquer coisa que eu ouvisse, Frank ouviria também.

Cheguei ao chalé cedo, mais ou menos às dez e meia. Em casa, Rafe estava tocando um Beethoven dramático, usando demais o pedal, Justin estava tentando ler com os dedos enfiados nas orelhas, todo mundo estava ficando cada vez mais irritado e a situação como um todo dava sinais de que logo iria se transformar numa discussão violenta.

Era a terceira vez, apenas, que eu entrava naquele chalé. Estava um pouco preocupada com fazendeiros zangados – o campo tinha que pertencer a alguém, afinal de contas, embora não desse a impressão de que a pessoa se importasse muito –, mas a noite estava clara, sossegada, nada se movia, nem a distância, só campos vazios e pálidos e as silhuetas escuras das montanhas com as estrelas ao fundo. Recostei-me num canto, de onde dava para ver o campo e a estrada e onde as sombras me encobririam caso alguém olhasse, e esperei.

Na eventualidade de Ned aparecer, eu tinha que fazer tudo certo; era minha única chance. Era preciso deixar que ele conduzisse a conversa, me mostrando não apenas o que eu deveria dizer, mas também como dizer. O que quer que Lexie tivesse sido para ele, eu precisava ser a mesma coisa. Tomando por base o passado dela, isso poderia ser qualquer coisa – uma *vamp* sensual, uma Cinderela corajosa e maltratada, uma Mata Hari enigmática – e, não obstante os comentários de Frank sobre a inteligência de Ned, se eu desse um fora qualquer provavelmente até ele perceberia. O que eu podia fazer era falar pouco e torcer para ele me dar alguma dica.

A estrada estava clara e misteriosa, serpenteando colina abaixo para sumir nas espessas sebes escuras. Poucos minutos antes das onze senti uma vibração em algum lugar, profunda ou longínqua demais para localizar com precisão, apenas um latejar ao longe nos meus ouvidos. Silêncio; em seguida, o estalar leve de passos no caminho. Eu me grudei no canto, uma das mãos na lanterna e a outra por baixo do pulôver, na coronha do revólver.

Aquele reflexo de cabelo louro, se movimentando entre as sebes escuras. Ned tinha vindo, afinal.

Tirei a mão do revólver e observei-o enquanto pulava desajeitado por cima do muro, inspecionava a calça para ver se não estava contaminada, batia as mãos para limpá-las e avançava devagar pelo campo com uma repugnância profunda. Esperei até que ele estivesse dentro do chalé, a poucos metros de distância, e aí acendi a lanterna.

– *Pô* – disse Ned irritado, levantando o braço para proteger os olhos. – Tipo, está a fim de me cegar?

Só aquilo ali já foi, tipo, mais do que suficiente para eu aprender tudo que precisava saber sobre Ned em uma única e fácil lição. Imaginar que eu ficara tão pirada com a ideia de ter uma sósia; ele deve ter encontrado clones seus em cada esquina da zona sul de Dublin. Ned era tão exatamente igual a todo mundo que nem dava para vê-lo através de todos aqueles milhares de imagens refletidas. Corte de cabelo modernoso padrão, boa aparência padrão, corpo de jogador de rúgbi padrão, roupa de grife caríssima padrão; eu poderia ter contato toda a sua história de vida naquela primeira olhada. Torcia para nunca ter que reconhecê-lo numa fila de suspeitos.

Lexie teria se adaptado à expectativa dele e eu não tinha dúvida nenhuma de que Ned gostava de garotas comuns: sexy mais pelas medidas do que por natureza, sem senso de humor, não muito espertas e sempre meio chatinhas. Pena que eu não podia exibir um bronzeado artificial.

– Caraca – falei, acompanhando seu tom irritado e usando o mesmo sotaque idiota que eu usara para fazer Naylor sair do arbusto. – Não precisa dar um piti. É só uma lanterna. – A conversa não estava começando muito bem, mas para mim não tinha importância. Em algumas esferas sociais, boas maneiras são consideradas sinais de fraqueza.

– Por onde tem andado? – perguntou Ned. – Tenho deixado bilhetes, tipo, dia sim, dia não. Tenho coisa melhor para fazer do que vir até esse fim de mundo toda hora, viu?

Se Lexie estava transando com esse lixo espacial, eu iria ao necrotério dar uma facada nela eu mesma. Revirei os olhos.

— Hum, alôô? Levei uma facada? Fiquei em *coma*?

— Ah — disse Ned. — É, tá certo. — Ele me lançou um olhar azul pálido, vagamente ofendido, como se eu tivesse feito algo de mau gosto. — Mesmo assim. Podia ter entrado em contato. Estamos tratando de *negócios*.

Pelo menos, aquela era uma boa notícia.

— É, bem. Estamos em contato agora, não estamos?

— Um detetive pra lá de esquisito veio falar comigo — disse Ned, lembrando-se de repente. Ele parecia tão furioso quanto se pode ficar sem mudar de expressão. — Como se eu fosse um suspeito, ou coisa parecida. Disse a ele que essa história estava muito longe de ser problema meu. Não sou do castelo de Ballymoon. Não dou *facada* em ninguém.

Decidi que eu concordava com Frank: Ned não era o coelhinho mais esperto pulando por esta floresta. O seu tipo era basicamente um aglomerado de reflexos de segunda mão, que não envolvia nenhum pensamento de fato. Apostaria um bom dinheiro como ele conversava com clientes das classes mais baixas como se fossem deficientes, e que dizia "Mim amar você muito tempo" quando encontrava alguma garota oriental.

— Você contou a ele sobre o nosso negócio? — perguntei, me sentando num pedaço de parede quebrada.

Ele me olhou, horrorizado.

— Claro que não. Ele ia me pressionar de todo jeito e eu não estava a fim de fazer papel de bobo tentando me explicar. Só quero resolver isso, ok?

E era também um cidadão consciente — não que eu estivesse reclamando.

— Tudo bem — falei. — Quer dizer, isso aqui não tem nada a ver com o que me aconteceu, certo?

Ned parecia não ter opinião a respeito. Ele foi andando até a parede para se encostar, examinou-a desconfiado e mudou de ideia.

— Então, será que podemos, tipo, ir em frente? — indagou.

Abaixei a cabeça e olhei-o com o canto do olho, fazendo cara de coitadinha.

— O coma bagunçou muito a minha memória. Então você vai ter que me dizer em que ponto a gente estava, essas coisas.

Ned me fitou. Aquele semblante impassível, completamente inexpressivo, não demonstrando nada: pela primeira vez vi uma semelhança com Daniel, mesmo que fosse Daniel após uma lobotomia frontal.

— Estávamos em cem — disse ele, daí a pouco. — À vista.

Cem libras por uma herança de família, cem mil libras por uma cota da casa? Eu não precisava ter certeza do assunto para saber que ele estava mentindo. – Hum, acho que não – retruquei, dando um sorrisinho malicioso para suavizar o golpe de ele ser superado em esperteza por uma mulher. – O coma bagunçou a minha memória, não o meu *cérebro*.

Ned riu, sem nenhum constrangimento, enfiando as mãos nos bolsos e se balançando nos calcanhares.

– Sabe como é, a gente tem que tentar, certo?

Mantive o sorriso, já que ele parecia ter gostado. – Continue tentando.

– Tudo bem – disse Ned, ficando mais sóbrio e adotando uma expressão de homem de negócios. – Falando sério. Eu ofereci cento e oitenta, certo? E você disse que eu tinha que melhorar a oferta e voltar a falar com você, acho que está mesmo é querendo acabar comigo, mas tudo bem. Aí deixei um bilhete dizendo que a gente podia conversar sobre duzentos mil, certo, mas aí você... – Ele deu de ombros, constrangido. – Você sabe.

Duzentos mil. Durante um segundo, só senti a embriaguez pura e branca do triunfo, aquela que todos os detetives conhecem, quando as cartas são viradas e você vê que todas as suas apostas estavam certíssimas, que mesmo voando no escuro você atingiu o seu objetivo. Em seguida percebi.

Eu tinha imaginado que era Ned quem estava atrasando a negociação, tratando da papelada ou tentando levantar fundos. Até então, Lexie jamais tivera necessidade de muito dinheiro para fugir. Tinha chegado à Carolina do Norte com o suficiente para pagar um apartamento de baixa categoria e saído de lá com o que obteve na venda do carro velho; tudo de que precisava era uma estrada aberta e algumas horas de dianteira. Desta vez, estivera tratando de negócios de seis dígitos com Ned. Não apenas porque podia; com o bebê crescendo e os olhos argutos de Abby a observá-la e uma oferta daquele tamanho na mesa, por que esperar semanas por causa de mil a mais ou a menos? Ela teria assinado na linha pontilhada, pedido notas de pequeno valor e se mandado, a não ser que precisasse de cada centavo que pudesse conseguir.

Quanto mais eu tinha aprendido a respeito de Lexie, mais passara a acreditar que ela planejava fazer um aborto, assim que chegasse ao lugar aonde pretendia ir. Abby – e Abby a conhecera melhor do que ninguém – achava a mesma coisa, afinal. Um aborto, porém, custa apenas algumas centenas de libras. Lexie poderia ter economizado uma parte do seu salário na época, roubado o dinheiro da caixinha alguma noite, conseguido um empréstimo bancário que ela jamais pagaria; não havia nenhuma necessidade de se envolver com Ned.

Criar um filho custa muito mais. A princesa da Terra de Ninguém, a rainha dos mil castelos entre mundos, tinha mudado de lado. Estava pronta para abrir as mãos e aceitar o maior de todos os compromissos. O muro parecia estar virando água sob o meu corpo.

Eu devia estar com os olhos fixos como se tivesse visto um fantasma.

– É sério – disse Ned, um pouco aborrecido, interpretando erradamente o meu olhar. – Não estou te enrolando. Duzentos mil é a melhor oferta que posso fazer. Você sabe, estou correndo um grande risco. Depois que chegarmos a um acordo, ainda vou ter que convencer pelo menos dois dos seus amigos. Claro que no final eu chego lá, depois que tiver essa vantagem inicial, mas isso pode levar meses e dar um monte de aborrecimentos.

Apertei minha mão livre contra o muro, com força, sentindo a pedra áspera furar a palma, até que a minha cabeça clareasse.

– Você acha?

Os olhos pálidos se arregalaram.

– Ah, sim, sem dúvida. Não sei o que eles têm a perder, porra. Sei que são seus amigos e Daniel é meu primo e essa merda toda, mas, tipo, será que eles são burros? Só de pensar em fazer alguma coisa com aquela casa eles começaram a berrar como freiras na frente de um exibicionista.

Dei de ombros.

– Eles gostam da casa.

– *Por quê?* Quer dizer, aquilo é um buraco, não tem nem *aquecimento* e eles agem como se fosse algum *palácio*. Será que não percebem o lucro que poderiam ter se criassem juízo? Aquela casa tem *potencial*.

"Apartamentos executivos com ampla área em torno e potencial para novas incorporações..." Por um segundo senti desprezo por mim e por Lexie, por levarmos na conversa um bosta como esse para servir aos nossos propósitos.

– Eu sou a mais esperta – falei. – Quando conseguir comprar tudo, o que vai fazer com todo aquele potencial?

Ned me fitou, perplexo; presumo que ele e Lexie já tivessem conversado sobre isso. Retribuí com um olhar perdido o que, parece, fez com que ele se sentisse em casa.

– Depende das licenças para construção, não é? Então, o meu ideal seria um clube de golfe ou um spa, algo assim. A longo prazo, aí é que estão os lucros, principalmente se eu conseguir colocar um heliponto. Senão, vamos pensar em apartamentos de altíssimo luxo.

Considerei a hipótese de dar-lhe um chute no saco e sair correndo. Eu tinha ido preparada para odiar o cara e ele não estava me desapontando. Ned não queria a Casa dos Espinheiros-Brancos; não ligava a mínima para a casa, não importava o que dissera ao juiz. O que o fazia babar não era a casa, mas a perspectiva de destruí-la, a chance de rasgar sua garganta, esvaziar suas entranhas e lamber o sangue até a última gota. Num lampejo, vi o rosto de John Naylor, inchado e cheio de hematomas, iluminado por aqueles olhos visionários: "Sabe o que aquele hotel teria feito por Glenskehy?" De uma maneira profunda, mais profunda e mais forte do que a realidade de que os dois se odiariam, ele e Ned eram duas faces da mesma moeda. "Quando arrumarem as coisas para ir embora", dissera Naylor, "quero estar lá para acenar adeus." Ele pelo menos estava disposto a arriscar o seu corpo, não apenas a sua conta bancária, para obter o que desejava.

– Grande ideia – falei. – Quer dizer, é muito importante não deixar que uma casa simplesmente fique no seu lugar, com pessoas morando nela.

Ned não entendeu o sarcasmo.

– É claro – acrescentou rapidamente, caso eu começasse a querer aumentar a minha parte –, vai ser preciso, tipo, investir uma fortuna em dinheiro só para a ideia sair do papel. Por isso, duzentos é o máximo que posso oferecer. Estamos de acordo? Posso começar a tratar da papelada?

Apertei a boca e fingi pensar no assunto.

– Vou ter que pensar um pouquinho.

– Ah, que *saco*. – Ned passou a mão pelo topete, frustrado, depois alisou-o para que voltasse a ficar arrumado. – Sem essa. Esse negócio está se arrastando, tipo, há tempo demais.

– Desculpe – falei, dando de ombros. – Se estava com tanta pressa, deveria ter feito uma oferta decente desde o começo.

– Bom, mas estou fazendo agora, certo? Os investidores estão fazendo fila, pedindo para participar do projeto desde o início, mas não vão ficar esperando para sempre. São caras sérios. Que ganham dinheiro a sério.

Dei o meu sorrisinho malicioso, com o acréscimo do nariz franzido.

– Então, sério mesmo, aviso a você assim que eu decidir. Ok? – E acenei um tchau.

Ned não se mexeu durante alguns segundos, alternando o peso do corpo entre um pé e outro e parecendo muito puto, mas mantive o sorriso congelado.

– Certo – disse afinal. – Tudo bem. Como quiser. Me avise.

No vão da porta ele se virou para me dizer, com toda pompa:

– Isso pode me tornar *conhecido*, sabia? Isso pode me pôr no meio dos *grandes*. Então, não vamos fazer merda, ok?

O que ele queria era uma saída dramática, mas perdeu a oportunidade ao tropeçar em alguma coisa quando se virou para sair todo emproado. Tentou consertar, partindo numa corridinha animada pelo campo, sem olhar para trás.

Apaguei a lanterna e esperei no chalé enquanto Ned patinhava na grama até o carro-garanhão e saía no seu tanque de guerra para o mundo civilizado, a vibração do SUV pequena e insignificante perto das enormes encostas escuras. Aí me sentei, encostada na parede do quarto de fora, e senti o meu coração bater onde o dela parara de bater. O ar estava suave e agradável como leite; minha bunda começou a formigar; mariposas diminutas voavam à minha volta como pétalas. Havia plantas crescendo ao meu lado, saindo da terra onde Lexie tinha sangrado, um tufo pálido de campânulas, uma arvorezinha que parecia ser um pilriteiro: coisas feitas dela.

Mesmo que Frank não tivesse pegado o show ao vivo, ele ouviria a conversa daí a poucas horas, assim que chegasse para trabalhar na manhã seguinte. Eu deveria ligar para ele, ou para Sam, ou para os dois, procurando a melhor maneira de usar aquela informação, mas eu sentia que se me mexesse, ou tentasse falar ou respirar muito fundo, o meu cérebro iria transbordar e sumir na relva alta.

Eu tivera tanta certeza. Dá para me culpar? Essa garota como um gato selvagem, preferindo cortar uma perna a ficar presa; eu tinha tido a convicção de que *sempre* era a única palavra que ela jamais usaria. Tentei me convencer de que ela poderia estar planejando entregar o bebê para adoção, sair do hospital assim que pudesse andar e desaparecer do estacionamento em direção à próxima terra prometida; no entanto, eu sabia: aqueles valores negociados com Ned não eram para nenhum hospital, por mais caro que fosse. Eram para uma vida; para duas vidas.

Assim como ela deixara que os outros a transformassem, de maneira delicada e inconsciente, na irmãzinha que completava a estranha família, assim como deixara que Ned a moldasse aos clichês que eram só o que ele compreendia, ela me permitira fazer dela o que eu desejava que fosse. Uma chave-mestra para abrir todas as portas que se fechavam, uma autoestrada interminável para um milhão de novos começos. Isso não existe. Até mesmo essa garota, que tinha deixado vidas para trás como se fossem paradas para descanso, encontrara uma saída, no final, e estivera pronta a enveredar por ela.

Fiquei um longo tempo sentada no chalé, meus dedos envolvendo a arvorezinha – gentilmente, ela era tão nova, não queria machucá-la. Não sei quanto tempo se passou até que eu conseguisse me levantar; mal me lembro da caminhada para casa. Por um lado, eu estava torcendo para John Naylor saltar de trás de um arbusto defendendo a sua causa, querendo uma discussão acirrada ou mesmo uma briga violenta, só para me dar algo por que lutar.

A casa estava iluminada como uma árvore de Natal, todas as janelas brilhando, silhuetas passando rápidas, vozerio, e por um momento eu não consegui entender: algo terrível tinha acontecido, alguém estava morrendo, a casa tinha se inclinado e deslizado para o lado e recriado uma festa alegre ocorrida num passado distante, se eu pisasse no gramado cairia direto em 1910? Aí o portão se fechou atrás de mim, Abby abriu as portas de vidro, chamou "Lexie!" e veio correndo pelo gramado, a comprida saia branca arrastando pelo chão.

— Eu estava de olho, à sua espera – disse ela. Estava ofegante e corada, olhos brilhantes, o cabelo começando a se soltar das fivelas; era evidente que tinha bebido. – Resolvemos ser decadentes. Rafe e Justin fizeram uma espécie de ponche com conhaque e rum e não sei o que mais eles puseram, mas está um *arraso*, e ninguém tem aulas nem nada amanhã, então, foda-se, não vamos à faculdade, vamos ficar acordados bebendo e fazendo bobagens até cair. Que tal?

— Parece ótimo – eu disse. Minha voz saiu estranha, mal articulada, demorei um pouco para me controlar e entrar no clima, mas Abby aparentemente não notou.

— Acha mesmo? Porque a princípio não tive certeza de que era uma boa ideia. Só que Rafe e Justin já estavam fazendo o ponche, Rafe até botou fogo numa bebida aí, assim, de propósito, e eles gritaram comigo porque estou sempre preocupada com tudo. E, enfim, pelo menos para variar eles não estão discutindo, certo? Então pensei, puxa vida, nós precisamos disso. Depois dos últimos dias, nossa, depois das últimas *semanas*. Estamos todos ficando malucos, você percebeu? A história daquela noite, com a pedra e a briga e... meu Deus.

Algo passou pelo seu rosto, uma sombra escura, mas desapareceu antes que eu pudesse analisá-la, e a alegria despreocupada da bebida voltou.

— Então pensei que, se a gente tiver uma noite de loucura e botar tudo para fora, pode ser que todo mundo se acalme e volte ao normal. O que acha?

Assim, bêbada, ela parecia muito mais jovem. Em algum lugar, na mente de jogos de guerra de Frank em ritmo de bombardeio, ela e seus três melhores amigos estavam sendo enfileirados e inspecionados, um a um, centímetro a centímetro; ele os avaliava, frio como um cirurgião ou um torturador, decidindo onde fazer a primeira incisão, onde inserir a primeira sonda.

— Eu adoraria – disse. – Nossa, eu adoraria.

— Começamos sem você – disse Abby, se apoiando nos calcanhares para me observar preocupada. – Não se importa, não é? De não termos esperado por você?

— Claro que não. Desde que tenha sobrado ponche. – Atrás dela, ao longe, sombras se entrecruzavam na parede da sala; Rafe inclinado, com um copo na mão e o cabelo dourado como uma miragem em contraste com as cortinas escuras, e a voz de Joséphine Baker saindo pelas janelas abertas, doce e áspera e sedutora: *Mon rêve c'étais vous...* Em toda a minha vida, poucas vezes eu desejara tão ardentemente uma coisa como desejava agora ir lá para dentro, me livrar do revólver e do celular, beber e dançar até que estourasse um fusível no meu cérebro e não houvesse nada no mundo além da música, das luzes brilhantes e dos quatro me rodeando, rindo, deslumbrantes, intocáveis.

– Claro que sobrou. O que acha que somos?

Ela agarrou o meu pulso e começou a andar na direção da casa, me puxando, enquanto com a mão livre segurava a saia que se arrastava pela grama.

– Você tem que me ajudar com Daniel. Ele pegou um copo grande, mas está só tomando uns *golinhos*. Esta noite não é para golinhos. Ele deveria estar *entornando*. Quer dizer, sei que está bebendo o suficiente para fazer algum efeito, porque já desfiou um longo discurso sobre o labirinto e o Minotauro e alguma coisa que tem a ver com Bottom em *Sonho de uma noite de verão*, por isso sei que não está *sóbrio*. Mesmo assim...

– Bom, então vamos lá – falei rindo, já que mal podia esperar para ver Daniel de porre –, o que estamos esperando? – E corremos juntas pelo gramado, entrando na cozinha de mãos dadas.

Justin estava à mesa da cozinha, com uma concha em uma das mãos e um copo na outra, inclinado sobre uma cumbuca grande cheia de algo vermelho, com aparência ameaçadora.

– Deus do céu, vocês estão maravilhosas – disse para nós. – Parecem duas pequenas ninfas da floresta, de verdade.

– Elas são lindas – disse Daniel, sorrindo da soleira da porta. – Dê um pouco de ponche para elas, assim vão achar que nós também somos lindos.

– Sempre achamos vocês lindos – Abby lhe disse, pegando um copo na mesa. – Mesmo assim, precisamos de ponche. Lexie precisa de um *montão* de ponche, para tirar a diferença.

– Eu também sou lindo! – gritou Rafe da sala de estar, mais alto do que a voz de Joséphine. – Venham até aqui me dizer que sou lindo!

– Você é lindo! – gritamos, Abby e eu, com toda força, e Justin pôs um copo na minha mão e fomos todos para a sala, jogando os sapatos no hall, lambendo o ponche que respingou nos nossos pulsos e rindo.

Daniel se esticou em uma das poltronas e Justin deitou no sofá, Rafe, Abby e eu acabamos nos esparramando no chão porque as poltronas pareciam complicadas demais. Abby tinha razão, o ponche era um arraso: um troço delicioso, enganador, que descia fácil como suco de laranja e depois se transformava numa sensação de leveza doce e selvagem, que se espalhava como gás hélio por todo o corpo. Eu sabia que seria outra coisa completamente diferente se eu tentasse fazer alguma bobagem, como ficar de pé. Eu podia ouvir Frank, em algum lugar da minha cabeça, me atormentando sobre controle, como uma das freiras da escola com aquela lengalenga sobre a bebida do demônio, mas eu estava de saco cheio de Frank e suas frases de efeito engraçadinhas e de me controlar o tempo todo.

– Mais – pedi, cutucando Justin com o pé e balançando o copo para ele.

Não me lembro de grande parte daquela noite, não em detalhes. O segundo copo, ou talvez o terceiro, deu à noite contornos suaves e encantados, como um sonho. Em algum momento arranjei uma desculpa para ir até o meu quarto e guardar minha parafernália de agente infiltrada – revólver, telefone, cinta – debaixo da cama; alguém apagou quase todas as luzes, deixando só um abajur e velas espalhadas como estrelas. Recordo-me de uma discussão profunda sobre quem foi o melhor James Bond, levando a outra igualmente acalorada sobre qual dos três rapazes faria o melhor James Bond; de uma tentativa desastrosa de reproduzir um jogo envolvendo bebidas, chamado "Pato Tonto", que Rafe aprendera no colégio interno, e que acabou quando Justin botou ponche pelo nariz e teve que correr e dar um espirro de bebida na pia; de rir tanto que minha barriga doía e tive que enfiar os dedos nas orelhas até conseguir respirar de novo; do braço de Rafe esticado sob o pescoço de Abby, dos meus pés apoiados nos tornozelos de Justin e de Abby levantando o braço para pegar na mão de Daniel. Foi como se as arestas nunca tivessem existido; estávamos próximos, carinhosos e animados de novo, como naquela primeira semana, só que agora era melhor, cem vezes melhor, porque desta vez eu não estava em estado de alerta e lutando para encontrar o meu lugar e me firmar. Desta vez eu os conhecia muito bem, seus ritmos, suas peculiaridades, suas inflexões, eu sabia como me entrosar com cada um deles; desta vez eu *era* um deles.

Do que mais me lembro é de uma conversa – apenas um comentário à parte, não sei mais qual era o assunto – sobre Henrique V. Naquele momento, não pareceu importante; mais tarde, porém, depois que tudo terminou, aquilo me voltou à cabeça.

– O sujeito era um louco varrido – disse Rafe. Ele, Abby e eu estávamos de novo deitados de costas no chão: ele estava de braços dados comigo. – Todo aquele heroísmo em Shakespeare era pura propaganda. Hoje em dia, Henrique estaria comandando uma república das bananas com sérios problemas de fronteira e um programa de armas nucleares suspeito.

– Eu gosto de Henrique – disse Daniel, fumando. – Um rei como ele é exatamente do que precisamos.

— Você é belicista e monarquista — comentou Abby, olhando para o teto. — Se houver uma revolução, vai ficar encrencado.

— Monarquia e guerra nunca foram os verdadeiros problemas — disse Daniel. — Todas as sociedades sempre tiveram guerras, é intrínseco à humanidade, e sempre tivemos dirigentes. Você vê tanta diferença entre um rei medieval e um presidente ou primeiro-ministro dos dias atuais, exceto que o rei era um pouco mais acessível aos seus súditos? O problema verdadeiro aparece quando as duas coisas, monarquia e guerra, se separam uma da outra. Com Henrique, não havia separação.

— Você está falando bobagem — retrucou Justin. Ele tentava, com dificuldade, beber o ponche sem se sentar e sem deixar que escorresse para o seu peito.

— Sabe do que você precisa? — perguntou Abby. — De um canudo. De um canudo sanfonado.

— Exatamente! — concordou Justin, todo feliz. — Preciso mesmo é de um canudo sanfonado. Tem algum aí?

— Não — respondeu Abby, surpresa, o que por alguma razão fez com que Rafe e eu tivéssemos um ataque de risadinhas ridículas e incontroláveis.

— Não estou falando bobagem — continuou Daniel. — Veja as guerras antigas, de séculos atrás: o rei ia para a batalha à frente dos seus homens. Sempre. Assim era o chefe: tanto no aspecto prático quanto no místico, era ele que conduzia sua tribo, por ela colocava sua vida em risco, pela segurança dela se sacrificava. Caso se recusasse a ter essa atitude decisiva naquele momento decisivo, seus comandados acabariam com ele, e com razão: ele teria demonstrado ser um impostor, sem direito ao trono. O rei *era* o país; como poderia esperar que entrasse em guerra sem ele? Mas agora... Você vê algum presidente ou primeiro-ministro atual na linha de frente, conduzindo os seus homens na guerra que ele mesmo começou? E uma vez quebrado esse vínculo físico e místico, uma vez que o chefe não esteja mais disposto a se sacrificar pelo seu povo, ele passa de líder a sanguessuga, obrigando os outros a assumir os riscos dele, enquanto fica sentado em segurança e tira proveito das perdas. A guerra se transforma numa abstração horrenda, num jogo de papel para burocratas; soldados e civis tornam-se meros peões, a serem sacrificados aos milhares por motivos sem raízes na realidade. Assim que os chefes não significam nada, a guerra não significa nada; a vida humana não significa nada. Somos governados por pequenos usurpadores venais, todos nós, e onde quer que eles estejam, tudo fica sem sentido.

— Sabe de uma coisa? — eu disse a Daniel, conseguindo levantar a cabeça do chão alguns centímetros. — Tenho só uma vaga ideia do que você está dizendo. Como pode estar tão sóbrio?

— Ele não está sóbrio – disse Abby, satisfeita. – Discursos significam que ele está bêbado. Você já deveria saber disso. Daniel está de porre.

— Não é um discurso – contestou Daniel, mas ele sorria para ela, um sorriso rápido e travesso. – É um monólogo. Se Hamlet pode, por que eu não posso?

— Pelo menos eu *entendo* os discursos de Hamlet – reclamei. – A maior parte.

— O que ele está dizendo, basicamente – informou Rafe, virando a cabeça no tapete, de modo que aqueles olhos dourados ficaram a centímetros dos meus – é que os políticos são supervalorizados.

Aquele piquenique na montanha, meses atrás, Rafe e eu jogando morangos para calar Daniel no meio de um de seus discursos. Juro que me lembrava: o cheiro da brisa do mar, a dor nas pernas depois da subida.

— Tudo é supervalorizado, exceto Elvis e chocolate – anunciei, erguendo o meu copo sem firmeza acima da cabeça, e ouvi o riso súbito e irresistível de Daniel.

Beber fazia bem a Daniel. A bebida dava um rubor vivo ao seu rosto e um brilho profundo aos seus olhos, aliviava aquela rigidez, transformando-a num encanto sensual e seguro. Em geral, Rafe era o colírio para os olhos daquela casa, mas naquela noite era Daniel, e eu não conseguia tirar os olhos dele. Recostado, tendo à sua volta as chamas das velas e as cores vivas e o brocado desbotado da poltrona, com o copo cintilando vermelho na mão e o cabelo escuro caindo na testa, ele mesmo parecia um antigo senhor da guerra: um suserano no seu salão de banquetes, iluminado e destemido, celebrando entre uma batalha e outra.

As janelas, bem abertas, davam para o jardim escuro; mariposas rodopiavam nos abajures, sombras ziguezagueavam, a brisa suave e úmida brincava nas cortinas.

— É *verão* – disse Justin de repente, admirado, erguendo-se do sofá. – Sintam o vento, que agradável. É verão. Vamos, pessoal, vamos lá para fora. – E ele se levantou atabalhoado, puxando Abby pela mão quando passou por ela, e saiu para o pátio.

O jardim estava escuro, perfumado e cheio de vida. Não sei quanto tempo ficamos lá fora, sob uma lua imensa e delirante. Rafe e eu enganchando as mãos e rodopiando no gramado até cairmos embolados e rindo ofegantes, Justin jogando para cima dois punhados de pétalas de pilriteiro para caírem como neve nos nossos cabelos, Daniel e Abby dançando descalços uma valsa lenta sob as árvores, como amantes fantasmagóricos saídos de algum baile perdido no passado. Dei saltos e cambalhotas na grama, que se ferrassem meus pontos imaginários, que se ferrasse saber se Lexie tinha feito ginástica, não me lembrava da última vez em que tinha ficado tão bêbada, e estava adorando. Queria ir mais fundo e nunca vir à tona, abrir a boca e pegar um monte de ar e me afogar nesta noite.

Em algum momento me perdi dos outros; estava deitada de costas no jardim de ervas, sozinha, cheirando hortelã esmagada e contemplando milhões de estrelas tontas. Ouvia Rafe chamando o meu nome, longe, na frente da casa. Daí a um tempo consegui me levantar e saí para procurá-lo, mas a gravidade se tornara escorregadia e era difícil caminhar. Fui tateando pelo muro, mantendo uma das mãos nos galhos e na hera; ouvi gravetos se quebrando sob os meus pés descalços, mas não senti nem um pingo de dor.

O gramado era branco ao luar. A música saía pelas janelas e Abby dançava sozinha na grama, girando lentamente, com os braços abertos e a cabeça virada para o imenso céu noturno. Parei ao lado do recanto do jardim, balançando um comprido galho de hera com uma das mãos enquanto a observava: o pálido rodopio da sua saia, o jeito do seu pulso ao segurá-la, o arco do seu pé descalço, o balanço bêbado e sonhador do seu pescoço, aparecendo e desaparecendo entre as árvores sussurrantes.

– Ela não é maravilhosa? – disse uma voz, baixinho, atrás de mim. Eu estava bêbada demais para me assustar. Era Daniel, sentado em um dos bancos de pedra sob a hera, com um copo na mão e uma garrafa pousada no chão ao seu lado. As sombras da lua o transformavam em mármore entalhado. – Quando ficarmos todos velhos de cabelos brancos e começarmos a perder a memória, mesmo que eu me esqueça de tudo que aconteceu na minha vida, acho que vou me lembrar dela assim.

Senti uma rápida pontada de dor percorrer o meu corpo, embora não conseguisse saber por quê; era excessivamente complicado, longe demais.

– Eu também quero me lembrar desta noite – falei. – Quero tatuá-la em mim, para não esquecer.

– Venha cá – disse Daniel. Ele pousou o copo e chegou mais para o lado, para dar espaço no banco, e estendeu-me a mão. – Venha cá. Teremos milhares de outras noites como esta. Pode esquecer de muitas se quiser; faremos outras. Temos todo o tempo do mundo.

Sua mão na minha era quente, forte. Ele me puxou para o banco e eu me encostei nele, aquele ombro sólido, cheiro de cedro e lã limpa, tudo negro, prata e fluido e a água murmurando sem parar aos nossos pés.

– Quando pensei que tínhamos perdido você – disse Daniel –, foi... – Ele abanou a cabeça, respirou rápido como se ofegasse. – Senti sua falta; você nem imagina quanto. Mas agora está tudo bem. Vai ficar tudo bem.

Ele se virou para mim. Levantou a mão, dedos se enroscando no meu cabelo, ásperos e delicados, descendo pelo meu rosto, acompanhando o contorno da minha boca.

As luzes da casa giraram, ficando difusas e mágicas como luzes de um carrossel, havia uma nota musical aguda acima das árvores e a hera se agitava com uma canção tão doce que era difícil de suportar, e tudo o que eu queria no mundo era ficar ali. Tirar o microfone e a escuta, colocá-los num envelope e mandá-los pelo correio para Frank, e leve como um pássaro me livrar da minha vida antiga e fazer daqui a minha casa. "Não queríamos perder você, sua boba", os outros ficariam felizes, para o resto da vida eles nunca precisariam saber. Eu tinha tanto direito quanto a garota morta, eu era Lexie Madison tanto quanto ela um dia fora. O meu senhorio jogaria no lixo as minhas horríveis roupas de trabalho quando o aluguel parasse de ser pago, não havia nada lá de que eu fosse necessitar agora. Flores de cerejeiras caindo leves na alameda, o cheiro calmo dos velhos livros, o fogo da lareira faiscando nos vidros das janelas cristalizados de neve no Natal e nada jamais mudaria, só nós cinco andando por esse jardim fechado, para todo o sempre. Em algum ponto longínquo da minha cabeça, um tambor batia forte em sinal de perigo, mas eu sabia, como numa visão, que era por isso que a garota morta atravessara mil milhas para me encontrar, aqui estava o porquê de Lexie Madison desde o começo: para esperar pelo momento de estender a sua mão e pegar na minha, me conduzir por aqueles degraus de pedra até entrar por aquela porta, me levar para casa. A boca de Daniel tinha gosto de gelo e uísque.

Caso eu tivesse pensado no assunto, teria imaginado que Daniel não soubesse beijar muito bem, que fosse meio meticuloso. A sua impetuosidade me deixou sem fôlego. Quando nos afastamos, não sei quanto tempo depois, o meu coração batia descompassado.

"E agora", pensei, com um pingo de juízo. "O que vai acontecer agora?"

A boca de Daniel, os cantos curvados num pequeno sorriso, estava muito perto da minha. Suas mãos repousavam nos meus ombros, os polegares se movendo em movimentos longos e delicados ao longo da minha clavícula.

Frank não teria ligado a mínima: conheço agentes que dormiram com gângsteres, deram surras e injetaram heroína, tudo em nome do trabalho. Eu nunca disse nada, não era problema meu, mas sabia muito bem que aquilo era papo furado. Tem sempre um outro jeito de você conseguir o que precisa, caso queira. Eles faziam aquele tipo de coisa porque queriam e o trabalho lhes dava um pretexto.

Naquele segundo vi o rosto de Sam na minha frente, olhos arregalados de surpresa, tão claramente como se ele estivesse de pé ao lado de Daniel. Eu deveria me encolher de vergonha, mas senti apenas uma enorme frustração, me atingindo com tanta força que tive vontade de gritar. Ele era como um imenso edredom de penas envolvendo toda a minha vida, me sufocando e reduzindo a nada, com férias e perguntas protetoras e um calor de afeto delicado, inexorável. Queria me livrar dele com um coice violento e respirar fundo o ar frio, ser eu mesma de novo.

Foi a escuta que me salvou. Não o que ela pudesse captar, eu não estava tão lúcida assim, mas as mãos de Daniel: seus polegares estavam a poucos centímetros do microfone preso ao meu sutiã, entre os seios. Num segundo eu estava mais sóbria do que nunca. Estive a poucos centímetros de ser descoberta.

– *Bem* – falei, para ganhar tempo, e dei um sorrisinho para Daniel. – São sempre os mais quietinhos.

Ele não se mexeu. Pensei ter visto uma sombra rápida em seus olhos, mas não saberia dizer o que era. O meu cérebro parecia estar travado: não tinha ideia de como Lexie teria saído dessa situação. Tinha uma terrível suspeita de que ela não teria saído.

Ouvimos um estrondo dentro da casa, as portas de vidro se abriram de repente e alguém saiu para o pátio. Rafe estava berrando.

– ... sempre tem que fazer uma merda de problema de tudo...

– Meu Deus, dito por você, isso é ridículo. Foi *você* que quis...

Era Justin, tão furioso que sua voz estava tremendo. Arregalei os olhos para Daniel, me levantei de um salto e espreitei pela hera. Rafe estava andando de um lado para outro no pátio e passando a mão aberta no cabelo; Justin estava recostado no muro, roendo uma unha com sofreguidão. Eles continuavam brigando, mas as vozes estavam um pouco mais baixas e eu só ouvia o ritmo rápido, feroz. O ângulo da cabeça de Justin, queixo enterrado no peito, dava a impressão de que talvez estivesse chorando.

– Que merda – falei, olhando para trás por cima do ombro para Daniel. Ele continuava no banco. Seu rosto se confundia com as sombras das folhas; não dava para ver sua expressão. – Acho que quebraram alguma coisa lá dentro. E pela cara de Rafe parece que ele vai bater em Justin. Não acha que deveríamos...

Ele se levantou devagar. O preto e branco dele deu a impressão de preencher o recanto, alto e nítido e estranho.

– Sim – respondeu. – Provavelmente deveríamos.

Ele me afastou para poder passar, a mão educada e impessoal no meu ombro, e saiu andando pelo gramado. Abby estava caída de costas na grama num torvelinho de algodão branco, com um braço esticado. Parecia dormir profundamente.

Daniel se apoiou num joelho ao lado dela e com todo cuidado afastou um cacho de cabelo do seu rosto; depois se levantou de novo, limpando os fiapos de grama da calça, e foi para o pátio. Rafe gritou "Porra!", se virou e entrou zangado, batendo a porta. Justin com certeza agora estava chorando.

Nada fazia sentido. Toda aquela cena incompreensível parecia acontecer em círculos lentos e inclinados, a casa girando sem controle, o jardim subindo e baixando como água. Percebi que eu não estava sóbria, afinal de contas, na verdade estava completamente bêbada. Sentei-me no banco e pus a cabeça entre os joelhos até que tudo se imobilizasse.

Devo ter dormido, ou desmaiado, não sei. Ouvi gritos, em algum lugar, mas pareciam não ter nada a ver comigo e não me mexi.

Acordei com torcicolo. Levei muito tempo para descobrir onde estava: encolhida no banco de pedra, com a cabeça caída para trás e encostada no muro num ângulo ridículo. Minhas roupas estavam úmidas e frias e eu tiritava.

Fui me esticando, em etapas, e fiquei de pé. Foi um erro: minha cabeça deu um giro que dava enjoo e tive que agarrar a hera para me manter na vertical. Fora do recanto, o jardim tinha ficado cinza, um cinza pré-madrugada, parado e espectral, nem uma folha se movendo. Por um segundo tive medo de pisar ali; parecia um lugar que não deveria ser perturbado.

Abby sumira do gramado. A grama estava pesada de orvalho, encharcando os meus pés e a bainha da minha calça jeans. As meias de alguém, talvez as minhas, estavam emboladas no pátio, mas não tive ânimo para apanhá-las. As portas de vidro balançavam, abertas, e Rafe dormia no sofá, roncando, em meio a um monte de cinzeiros cheios, copos vazios, almofadas espalhadas e cheiro acre de bebida. O piano estava salpicado de cacos de vidro, curvos e ameaçadores na madeira brilhante e nas teclas amareladas, e havia uma marca nova e profunda na parede acima dele: alguém atirara alguma coisa, um copo ou um cinzeiro, com força. Subi a escada na ponta dos pés e me enfiei na cama sem me dar ao trabalho de tirar a roupa. Demorei muito tempo para parar de tremer e cair no sono.

19

Como era de se esperar, todos nós acordamos tarde, com uma ressaca infernal e um mau humor coletivo. Eu estava morrendo de dor de cabeça, até os meus cabelos doíam, e o constrangimento pelo que tinha feito chegava até a minha boca, inchada e dolorida. Vesti um casaco por cima das roupas da véspera, olhei no espelho para ver se tinha arranhões de barba no rosto – nada – e fui me arrastando até lá embaixo.

Abby estava na cozinha, jogando cubos de gelo num copo.

– Desculpe – falei da porta. – Perdi o café?

Ela enfiou a bandeja de gelo de volta no freezer e bateu a porta.

– Ninguém está com fome. Eu estou tomando um Bloody Mary. Daniel fez café; se quiser alguma coisa, prepare você mesma. – Ela passou rapidamente por mim e foi para a sala de estar.

Pensei que se eu tentasse entender por que ela estava zangada comigo minha cabeça poderia explodir. Servi-me de uma boa quantidade de café, passei manteiga numa fatia de pão – fazer torrada parecia complicado demais – e levei tudo para a sala. Rafe continuava desmaiado no sofá, com uma almofada por cima da cabeça. Daniel estava sentado no peitoril da janela, contemplando o jardim, com uma caneca em uma das mãos e um cigarro aceso esquecido na outra, e não se virou.

– Ele está respirando? – perguntei, esticando o queixo na direção de Rafe.

– Quem se importa? – disse Abby. Ela estava jogada numa poltrona, com os olhos fechados e o copo encostado na testa. O ambiente cheirava a mofo e coisa rançosa, guimbas de cigarros e suor e bebida derramada. Alguém limpara os cacos de vidro do piano, e os amontoara num canto do chão, numa pequena pilha ameaçadora. Eu me sentei com cuidado e tentei comer sem mexer a cabeça.

A tarde escoou lenta e pegajosa como melado. Abby jogou paciência sem entusiasmo, encerrando e recomeçando o jogo a toda hora; eu cochilei e acordei várias vezes, encolhida na poltrona. Justin finalmente apareceu, enrolado no roupão, os olhos piscando de dor com a luz que entrava pelas janelas; fazia um dia até bonito se você estivesse com astral para esse tipo de coisa.

— Ai, meu Deus – disse ele com voz fraca, protegendo os olhos. – Minha *cabeça*. Acho que estou ficando gripado; meu corpo *todo* dói.

— Foi o sereno – disse Abby, recomeçando a paciência. – O frio, a umidade, ou coisa que o valha. Sem contar uma quantidade de ponche suficiente para fazer flutuar um navio.

— Não é do ponche. Minhas pernas doem; ressaca não dá dor nas *pernas*. Pode fechar a cortina?

— Não – respondeu Daniel, sem se virar. – Tome um pouco de café.

— Acho que estou tendo uma hemorragia cerebral. Não faz os olhos ficarem esquisitos?

— Você está de *ressaca* – disse Rafe, das profundezas do sofá. – E se não parar de reclamar, vou até aí apertar sua garganta, mesmo que eu morra depois.

— Ah, legal – disse Abby, massageando um ponto entre os olhos. – Está vivo. – Justin o ignorou, com um gélido levantar de queixo que indicava que a briga da noite anterior não estava terminada, e afundou numa poltrona.

— Talvez devêssemos pensar em sair, alguma hora – sugeriu Daniel, acordando afinal da sua contemplação e olhando em volta. – Pode ajudar a desanuviar as cabeças.

— Não posso ir a lugar nenhum – disse Justin, se esticando para pegar o Bloody Mary de Abby. – Estou gripado. Se sair, vou ter pneumonia.

Abby deu um tapa na sua mão.

— Este é meu. Faça um para você.

— Os antigos teriam dito – disse Daniel a Justin – que você sofre de um desequilíbrio dos humores: um excesso de bile negra, que causa melancolia. A bile negra é fria e seca, então para combatê-la você precisa de algo quente e úmido. Não me lembro de quais são os alimentos associados ao otimismo, mas parece que carne vermelha, por exemplo...

— Sartre tinha razão – disse Rafe, debaixo da almofada. – O inferno são os outros.

Eu concordava. Tudo o que eu queria era que a noite chegasse para poder dar a minha caminhada, sair desta casa e ficar longe dessas pessoas e tentar pensar na noite anterior. Nunca, em toda a minha vida, eu passara tanto tempo cercada de gente. Até aquele dia eu nem percebera, mas de repente tudo que eles faziam – a cena de cisne moribundo de Justin, o ruído do baralho de Abby – me agredia. Puxei o casaco sobre a cabeça, me escondi no canto da poltrona e dormi.

Quando acordei, a sala estava vazia. Parecia ter sido abandonada com pressa, numa situação de emergência – luzes acesas, cúpulas inclinadas em ângulos esquisitos; cadeiras empurradas, canecas meio vazias e marcas grudentas na mesa. "Alô", chamei, mas minha voz foi absorvida pelas sombras e ninguém respondeu.

A casa parecia enorme e hostil, como acontece com as casas, às vezes, quando você desce de novo depois de ter se recolhido para dormir: estranha, reservada, concentrada em si mesma. Nenhum bilhete; era provável que os outros tivessem saído para uma caminhada, afinal, para curar a ressaca.

Enchi minha caneca de café frio e bebi, encostada na pia da cozinha e olhando pela janela. A luminosidade começava a ficar dourada, e andorinhas mergulhavam e gorjeavam no gramado. Deixei a caneca na pia e subi para o meu quarto, andando automaticamente sem fazer barulho e pulando o degrau que rangia.

Assim que pus a mão na maçaneta, senti que a casa se concentrou e ficou tensa à minha volta. Antes mesmo de abrir a porta, antes de sentir o leve cheiro de tabaco no ar e ver sua silhueta imóvel e de ombros largos sentada na cama, eu sabia que Daniel estava em casa.

A luz que passava através das cortinas provocou um lampejo azul nos seus óculos quando ele virou a cabeça na minha direção.

– Quem é você? – perguntou.

Pensei tão rápido que nem Frank poderia jamais exigir tanto, um dedo já na boca para que ele se calasse enquanto a outra mão batia no interruptor de luz, e em seguida falei alto, "Ei, sou eu, estou aqui" e agradeci a Deus por Daniel ser tão esquisito que talvez desse para ninguém estranhar aquele "Quem é você?". Seus olhos se concentravam no meu rosto, e ele estava entre mim e a minha mala.

– Onde está todo mundo? – perguntei, e desabotoei de um golpe a minha blusa para ele ver o minúsculo microfone preso ao meu sutiã, com o fio entrando no curativo branco.

As sobrancelhas de Daniel se ergueram, de leve.

– Foram ao cinema na cidade – disse ele calmamente. – Eu precisava fazer umas coisas aqui. Decidimos não acordar você.

Fiz um sinal de cabeça e levantei o polegar em sinal de aprovação, e me ajoelhei devagar para puxar a mala que estava embaixo da cama, sem tirar os olhos dele. A caixa de música na mesinha de cabeceira, pesada, cheia de pontas e ao meu alcance: serviria para atordoá-lo por tempo suficiente para eu sair dali, se necessário. Daniel, porém, não se moveu. Digitei a combinação, abri a mala, achei minha identidade e joguei-a para ele.

Ele a inspecionou com atenção.

– Você dormiu bem? – perguntou formalmente.

Estava de cabeça baixa olhando a identidade, aparentemente absorto, e minha mão repousava na mesinha, a centímetros do revólver. Mas e se eu tentasse colocá-lo na cintura da calça e ele levantasse a cabeça? Não. Fechei e tranquei a mala.

– Não muito bem – respondi. – Ainda estou morrendo de dor de cabeça. Vou ler um pouco para ver se melhora. Nos vemos mais tarde? – Agitei a mão para chamar a atenção de Daniel; depois andei em direção à porta e fiz sinal para que me seguisse.

Ele deu uma última olhada na identidade e colocou-a com cuidado na mesinha.

– Claro – respondeu. – Com certeza mais tarde a gente se vê. – E se levantou da cama, seguindo-me pela escada.

Daniel se movia muito silenciosamente para um sujeito tão grande. Sentia sua presença atrás de mim o tempo todo e sabia que era para eu estar amedrontada – bastaria um empurrão –, mas não estava: a adrenalina se alastrava pelo meu corpo como fogo líquido e nunca na minha vida eu tivera menos medo. A atração pelo abismo, assim Frank a chamou uma vez, e me avisou para não confiar nela: os agentes infiltrados podem se afogar como mergulhadores no êxtase da ausência de peso, mas eu não me importava.

Daniel parou no vão da porta da sala, me observando com interesse, enquanto eu cantarolava "Oh Johnny, How You Can Love" em voz baixa e examinava os discos com rapidez. Escolhi o "Requiem" de Fauré, coloquei-o por cima das sonatas para instrumentos de cordas – pelo menos Frank ouviria boa música, para ampliar seu horizonte cultural, e eu duvidava que ele fosse notar a mudança no meio da sequência – e ajustei o volume para ficar bastante alto. Deixei-me cair na poltrona com um baque, suspirei contente e folheei algumas páginas do meu caderno. Depois, com muito cuidado, removi o curativo, puxando ponta por ponta, soltei o microfone do sutiã e deixei todo o equipamento na poltrona para ouvir música por um tempo.

Daniel me seguiu quando atravessei a cozinha e passei pela porta de vidro. Não me agradava a ideia de cruzar o gramado aberto – "não haverá vigilância visual", Frank me dissera, embora ele fosse dizer isso de qualquer maneira –, mas não tínhamos escolha. Fui andando pelas bordas e entramos no meio das árvores. Quando não estávamos mais à vista, relaxei o bastante para me lembrar dos botões da minha blusa e fechá-los de novo. Se Frank tivesse, de fato, alguém vigiando, isso teria dado a ele o que pensar.

O recanto do jardim estava mais claro do que eu esperava; a luz se inclinava longa e dourada pela grama, deslizava entre as trepadeiras e brilhava em retalhos nas pedras do chão. Dava para sentir o frio do banco passando através da minha calça jeans. A hera balançou de volta para nos esconder.

— Tudo bem — falei. — Podemos conversar, mas fale baixo, só por precaução.

Daniel concordou. Ele passou a mão no outro banco para tirar os pedacinhos de terra e se sentou.

— Lexie está morta, então — disse.

— Infelizmente — confirmei. — Lamento muito. — Soou mal, ridiculamente inadequado sob todos os aspectos.

— Quando?

— Na noite em que foi esfaqueada. Ela não deve ter sofrido muito, se é que isso é algum consolo.

Ele não fez nenhum comentário. Juntou as mãos no colo e ficou contemplando através da hera. O fio d'água murmurava aos nossos pés.

— Cassandra Maddox — disse Daniel por fim, como se quisesse ouvir o nome em voz alta. — Pensei muito sobre isso: qual seria o seu nome verdadeiro. Este combina com você.

— Todo mundo me chama de Cassie.

Ele ignorou o comentário.

— Por que tirou o microfone?

Com outra pessoa, talvez eu tentasse enrolar ou me esquivasse da pergunta com "O que você acha?", mas não com Daniel.

— Quero saber o que aconteceu com Lexie. Não me importa se outra pessoa vai ouvir ou não. E achei que você estaria mais inclinado a me contar se eu lhe desse uma razão para confiar em mim.

Fosse por educação ou indiferença, o fato é que ele não comentou a ironia.

— E você acha que eu sei como ela morreu? — indagou.

— Acho, sim.

Daniel pensou um pouco.

— Nesse caso, não deveria estar com medo de mim?

— Talvez. Mas não estou.

Ele me examinou com olhar crítico durante um bom tempo.

— Você se parece muito com Lexie, sabia? Não apenas fisicamente, mas também no temperamento. No começo, pensei que talvez fosse só porque eu queria acreditar nisso, como desculpa por ter sido iludido por tanto tempo, mas é fato. Lexie era destemida. Era como uma patinadora no gelo, equilibrada sem esforço no limite da sua própria velocidade, dando rodopios e saltos alegres e elaborados só por prazer. Sempre a invejei por isso. — Seus olhos estavam na sombra, não pude ver a expressão do seu rosto. — Isso foi só assim, sem nenhum motivo em particular? Se me permite a pergunta.

— Não — respondi. — A princípio eu nem queria fazer. Foi ideia do detetive Mackey. Ele achou que era necessário à investigação.

Daniel fez que sim com a cabeça, não parecendo surpreso.

– Ele suspeitou de nós desde o começo – disse, e eu me dei conta de que ele estava certo; claro que estava. Toda aquela conversa de Frank sobre o estrangeiro misterioso que andou meio mundo atrás de Lexie era só uma cortina de fumaça: Sam teria dado um chilique se achasse que eu e o criminoso dormiríamos sob o mesmo teto. A intuição de Frank tinha se manifestado muito tempo antes de entrarmos naquela sala da reunião. Ele soubera, o tempo todo, que a resposta estava nesta casa.

– Ele é um homem interessante, o detetive Mackey – disse Daniel. – É como um daqueles assassinos charmosos nas peças da época de Jaime I, os que ganham os melhores monólogos: Bosola ou De Flores. Que pena que não pode me contar nada; eu estaria interessadíssimo em saber o quanto ele adivinhou.

– Eu também – falei. – Pode crer.

Daniel pegou a cigarreira, abriu-a e educadamente me ofereceu um cigarro. O seu rosto, inclinado sobre o isqueiro no momento em que pus as mãos em concha em volta da chama, estava absorto e impassível.

– Agora – continuou, depois de acender o seu próprio cigarro e guardar a cigarreira – tenho certeza de que gostaria de me fazer algumas perguntas.

– Se sou tão parecida com Lexie – continuei –, o que me denunciou? – Não deu para evitar. Não era orgulho profissional, nada disso; eu apenas precisava, muito, saber qual tinha sido aquela diferença que não deu para passar despercebida.

Daniel virou a cabeça e me olhou. Havia no seu rosto uma expressão que me surpreendeu: algo quase como afeição ou empatia.

– Você trabalhou extraordinariamente bem – disse, generoso. – Até agora, acho que os outros não suspeitam de nada. Teremos que decidir o que fazer sobre isso, você e eu.

– Não posso ter trabalhado tão bem assim. Se fosse o caso, não estaríamos aqui.

Ele negou com a cabeça.

– Não acha que assim está subestimando nós dois? Você foi praticamente perfeita. Na verdade, eu soube, quase de imediato, que *alguma coisa* estava errada. Todos nós soubemos, assim como você perceberia algo estranho se o seu parceiro fosse substituído por um gêmeo idêntico. Mas havia tantas razões possíveis para isso. Primeiro questionei se poderia estar fingindo a amnésia, por motivos que só você sabia, mas aos poucos ficou claro que a sua memória estava, de fato, prejudicada. Parecia não haver nenhum motivo para você fingir se esquecer do álbum de fotos, por exemplo, e era óbvio que estava chateada de verdade por não lembrar. Quando fiquei convencido de que não era esse o problema, pensei que talvez estivesse planejando ir embora, o que seria compreensível, nas circunstâncias. Só que Abby parecia ter muita certeza de que você não estava, e eu confio no julgamento de Abby. E você parecia mesmo...

Ele virou o rosto para mim.

– Você parecia mesmo que estava feliz, sabia. Mais do que feliz: satisfeita, tranquila. Sentindo-se de novo à vontade entre nós como se nunca tivesse se afastado. Talvez tenha sido deliberado, e você é ainda melhor do que eu imaginava no seu trabalho, mas acho difícil acreditar que tanto o meu instinto quanto o de Abby pudessem estar assim tão errados.

Não havia o que dizer. Por uma fração de segundo, tive vontade de ficar bem encolhida e gritar a plenos pulmões, como uma criança aflita com a crueldade deste mundo. Inclinei o queixo para Daniel num gesto evasivo, dei uma tragada no cigarro e bati as cinzas no chão.

Daniel esperou, com uma paciência séria que fez um pequeno calafrio de alerta me percorrer. Quando ficou claro que eu não responderia, ele assentiu com a cabeça para si mesmo, um aceno leve e pensativo.

– Enfim – falou –, eu decidi que você, ou melhor, Lexie, deveria estar apenas traumatizada. Um trauma profundo, como era obviamente o caso, pode mudar por completo o modo de ser de uma pessoa: transformar um indivíduo forte num covarde trêmulo, um temperamento alegre em melancólico, um meigo em violento. Pode estilhaçar um ser humano em mil pedaços e rearrumar o que sobrou numa figura em que nada seja reconhecível.

Sua voz era neutra, calma; o rosto estava virado de novo para o outro lado, para as flores brancas do pilriteiro tremendo na brisa, e eu não conseguia ver os seus olhos. – Em comparação, as mudanças em Lexie foram tão pequenas e triviais, tão facilmente explicáveis. Suponho que o detetive Mackey tenha dado todas as informações de que você precisava.

– O detetive Mackey e Lexie. O telefone com câmera.

Daniel ficou tanto tempo pensando que achei que ele tinha se esquecido da minha pergunta. Seu rosto tinha uma imobilidade que lhe era própria, talvez fosse o queixo quadrado, que o tornava quase indecifrável.

– "Tudo é supervalorizado, exceto Elvis e chocolate" – disse ele, afinal. – Isso foi um toque de mestre.

– Foi a história da cebola que me denunciou? – perguntei.

Ele respirou fundo e mudou de posição, saindo do seu devaneio.

– A cebola – disse, com um leve sorriso. – Lexie era radical com relação a cebolas e repolho. Por sorte, nós também não gostamos de repolho, mas tivemos que chegar a um acordo sobre as cebolas: uma vez por semana. Mesmo assim, ela reclamava, separava as cebolas no prato, essas coisas, acho que mais para implicar com Rafe e Justin. Por isso, quando você comeu sem dar um pio e pediu mais, eu sabia que tinha alguma coisa errada. Não sabia o que, exatamente, você disfarçou muito bem, mas não dava para simplesmente esquecer o assunto. A única explicação alternativa que consegui arranjar foi que, por mais incrível que parecesse, você não era Lexie.

– Aí você armou uma cilada para mim. A história do Brogan.

– Bom, eu não chamaria de *cilada* – disse Daniel, com um toque de irritação. – Talvez um teste. Foi uma coisa de momento. Lexie não tinha nenhuma opinião formada a respeito do Brogan, nem contra nem a favor. Não sei nem se ela chegou a ir lá algum dia, e não parecia o tipo de coisa que uma impostora saberia; você poderia ter descoberto do que ela gostava e do que não gostava, mas seria difícil saber o que lhe era indiferente. O fato de você ter acertado, mais o comentário sobre Elvis, me tranquilizaram. Mas aí teve a noite passada. Aquele beijo.

Fiquei gelada, até lembrar que tinha tirado o microfone.

– Lexie não teria feito aquilo? – perguntei impassível, me debruçando para apagar o cigarro no chão.

Daniel me sorriu, aquele sorriso doce, vagaroso, que o fazia ficar bonito de repente.

– Ah, teria, sim – afirmou. – O beijo estava bem de acordo com a personagem e foi muito bom, se me permite o comentário. – Eu não pisquei. – Não, foi a sua reação ao beijo. Por uma fração de segundo, você pareceu espantada; em estado de choque diante do que tinha feito. Depois se recuperou e fez algum comentário superficial, e achou uma desculpa para se afastar. Veja bem, Lexie nunca teria ficado perturbada por causa daquele beijo, nem por um segundo. E com certeza nunca teria se retraído àquela altura. Ela teria ficado... – Ele soprou espirais de fumaça em direção à hera, pensativo. – Ela teria ficado – disse ele – exultante.

– Por quê? – perguntei. – Ela estava tentando fazer com que algo assim acontecesse? – Os vídeo clipes passavam rapidamente pela minha cabeça; houvera flertes com Rafe e Justin, nunca com Daniel, nem uma insinuação, mas talvez fosse um blefe, para enganar os outros...

– Foi isso – disse Daniel – que denunciou você.

Eu o encarei.

Ele esmagou o cigarro sob o pé.

– Lexie tanto era incapaz de pensar no passado – falou – quanto incapaz de pensar mais do que um passo à frente no futuro. Talvez essa seja uma das poucas coisas que você ignorou. Não foi sua culpa; esse grau de simplicidade é difícil de imaginar e também difícil de descrever. Era tão assustador quanto uma deformidade. Duvido muito de que ela tivesse sido capaz de planejar uma sedução; uma vez, porém, que algo tivesse acontecido, ela não teria visto nenhum motivo para ficar chocada e certamente nenhum motivo para parar naquele ponto. Você, por outro lado, estava claramente tentando avaliar as consequências. Eu diria que você tem um namorado ou um parceiro na sua vida.

Não falei nada.

– Então – disse Daniel –, liguei para a central de polícia esta tarde, depois que os outros saíram, e perguntei onde poderia encontrar o detetive Sam O'Neill. A moça que me atendeu a princípio não conseguia descobrir o ramal dele, mas depois consultou alguma lista e me deu um número. E falou: "É a sala da equipe de Homicídios."

Ele suspirou, um leve som de cansaço, definitivo.

– Homicídios – repetiu em voz baixa. – E aí, claro, eu sabia.

– Lamento muito – voltei a dizer. O dia todo, enquanto a gente tomava café e implicava um com o outro e reclamava da ressaca, enquanto ele mandava os outros irem ao cinema e se sentava na penumbra do quartinho de Lexie me esperando, ele carregara esse peso sozinho.

Daniel assentiu com a cabeça.

– Sim – disse –, eu compreendo.

Durante um longo tempo ficamos em silêncio. Finalmente, falei:

– Você sabe que preciso perguntar o que aconteceu.

Daniel tirou os óculos e limpou-os com o lenço. Sem eles, seus olhos pareciam vazios, cegos.

– Tem um provérbio espanhol – disse ele – que sempre me fascinou. "Escolha o que quiser e pague pelo que escolher, diz Deus."

As palavras caíram no silêncio sob a hera como seixos frios que afundam na água, sem uma ondulação.

– Não acredito em Deus – afirmou Daniel –, mas esse princípio me parece ter uma divindade própria; um tipo de pureza brilhante. O que poderia ser mais simples ou mais essencial? Você pode ter tudo que quiser, desde que aceite que há um preço e que você terá que pagá-lo.

Ele pôs os óculos e me olhou calmamente, enfiando o lenço de volta no bolso da camisa.

– Tenho a impressão – falou – de que nós, como sociedade, passamos a ignorar a segunda parte. Só ouvimos "Escolha o que quiser, diz Deus"; ninguém fala em preço, e quando chega a hora de acertar as contas, todo mundo fica indignado. Veja a explosão da nossa economia, como o exemplo mais óbvio: ela tem um preço, e bem alto, na minha opinião. Temos restaurantes japoneses e SUVs, mas as pessoas da nossa idade não têm dinheiro para comprar casas nas cidades onde cresceram, por isso comunidades de muitos séculos estão se desintegrando como castelos de areia. As pessoas passam cinco a seis horas por dia no trânsito; os pais nunca veem os filhos, porque ambos têm que fazer hora extra para pagar as contas. Não temos mais tempo para a cultura: os teatros estão fechando as portas, a arquitetura está sendo destruída para dar lugar a prédios de escritórios. E assim por diante.

Ele não parecia nem um pouco indignado, apenas pensativo.

— Não considero isso motivo para ficar furioso – disse, entendendo a minha expressão. – Na verdade, não deveria nem de longe surpreender ninguém. Escolhemos o que quisemos e estamos pagando, e não há dúvida de que muitas pessoas acreditam que, no final das contas, é um bom negócio. O que acho surpreendente é o silêncio desvairado que envolve esse preço. Os políticos nos dizem, o tempo todo, que vivemos em Utopia. Se qualquer pessoa com alguma visibilidade na mídia sugerir que essa bem-aventurança talvez não seja grátis, aí aquele homenzinho horroroso, como é mesmo o nome dele?, o primeiro-ministro, aparece na televisão, não para afirmar que esse tributo é uma lei natural, mas sim para negar furiosamente que ele exista e ralhar conosco como se fôssemos crianças por ter falado no assunto. No final, tive que me livrar da televisão – acrescentou meio mal-humorado. – Nós nos tornamos uma nação de caloteiros: compramos a crédito e, quando chega a conta, ficamos tão indignados que nos recusamos até a olhar para ela.

Ele empurrou os óculos sobre o nariz com o dedo dobrado e piscou para mim através das lentes.

— Sempre aceitei – disse com simplicidade – que há um preço a pagar.

— Pelo quê? – perguntei. – O que você quer?

Daniel refletiu em silêncio, acho que não sobre a resposta propriamente dita, mas sobre a melhor maneira de me explicar.

— No começo – falou daí a um tempo – era mais uma questão do que eu *não* queria. Bem antes de terminar a faculdade, já tinha ficado claro para mim que o sistema-padrão, ou seja, uma quantidade módica de luxo em troca do seu tempo livre e do seu conforto, não era para mim. Eu não me incomodaria de ter uma vida frugal, se fosse um requisito para evitar um cubículo de nove às cinco. Estava mais do que disposto a sacrificar o carro novo, as férias de verão e, o que são essas coisas?, o iPod.

Eu já estava com os nervos à flor da pele, e imaginar Daniel numa praia em Torremolinos, tomando um coquetel tecnicolor e gingando ao som do seu iPod, quase me fez ter um ataque. Ele ergueu o rosto e me olhou com um sorriso vago.

— Não, não teria sido um grande sacrifício. O que deixei de levar em conta, porém, é que nenhum homem é uma ilha; e que eu não poderia simplesmente optar por não aderir ao sistema predominante. Quando uma situação específica se torna padrão numa sociedade ou, por assim dizer, atinge uma massa crítica, não existem alternativas prontas. Levar uma vida simples não é, de fato, uma opção nos diais atuais; ou você se torna um trabalhador compulsivo, ou vai viver só de pão num conjugado sórdido, com catorze estudantes no andar de cima, e essa ideia também não me agradava nem um pouco. Até tentei por um certo tempo, mas era praticamente impossível trabalhar com todo aquele barulho, o proprietário era um velho camponês sinistro que ficava entrando no apartamento nas horas mais estranhas e queria conversar e... enfim. Liberdade e conforto estão mais valorizados do que nunca. Se quiser ter as duas coisas, tem que estar preparado para pagar um alto preço.

— Você não tinha outras opções? — indaguei. — Pensei que tivesse dinheiro.

Daniel me lançou um olhar de peixe morto; devolvi-lhe uma cara insípida. Por fim, ele suspirou.

— Gostaria de tomar uma bebida — falou. — Acho que deixei... Sim, aqui está. — Ele se inclinara para procurar debaixo do banco e, sem perceber, eu já estava tensa e preparada, pensando que não havia nada à mão para servir de arma, mas que se eu atirasse a hera no seu rosto talvez tivesse tempo de chegar ao microfone e gritar por socorro, quando ele se levantou segurando uma garrafa meio cheia de uísque. — Trouxe ontem à noite e depois me esqueci, com todo aquele alvoroço. E deve ter também... Sim. — Ele puxou um copo. — Quer um pouco?

Era coisa boa, Jameson's Crested Ten, e só Deus sabe como eu precisava de um drinque.

— Não, obrigada — falei. Nenhum risco desnecessário; esse cara era esperto demais.

Daniel assentiu, examinou o copo e se abaixou para lavá-lo no fio d'água.

— Você alguma vez já parou para pensar — perguntou — no nível de medo, puro e simples, em nosso país?

— Não com frequência — respondi. Eu estava com dificuldade de acompanhar o fio desta conversa, mas conhecia Daniel o bastante para saber que ele tinha um objetivo e chegaria lá, no seu ritmo. Ainda tínhamos talvez quarenta e cinco minutos antes do Fauré acabar, e eu sempre fui hábil em deixar o suspeito tomar a dianteira. Mesmo que a pessoa seja muito forte ou controlada, guardar um segredo, como eu bem sabia, fica pesado depois de um tempo, pesado e cansativo e tão solitário que parece fatal. Se você os deixa falar, só precisa dar um empurrãozinho de vez em quando, mantê-los no rumo certo; eles farão o resto.

Daniel sacudiu as gotículas de água do copo e pegou de novo o lenço para secá-lo.

– Parte da mentalidade do devedor é um terror sub-reptício, constante e freneticamente reprimido. A nossa relação entre dívida e renda é uma das mais altas do mundo, e parece que estamos quase todos a dois contracheques de morar na rua. Os que estão no poder, ou seja, governos e empregadores, exploram esse fato com muita eficácia. Pessoas assustadas são obedientes, não apenas no aspecto físico, mas também no intelectual e no emocional. Se o seu empregador lhe diz para trabalhar horas extras, e você sabe que uma recusa pode pôr em risco tudo que tem, você não só trabalha as horas a mais como se convence de que o faz voluntariamente, por lealdade à empresa; porque a alternativa é admitir que vive aterrorizado. Antes que se dê conta, está persuadido de que tem uma ligação emocional profunda com uma grande corporação multinacional: não apenas as suas horas de trabalho foram comprometidas, como também todo o seu raciocínio. Os únicos indivíduos capazes de atos livres ou pensamentos livres são aqueles que, seja porque são bravos como heróis, ou porque são loucos, ou porque sabem que estão seguros, não têm medo.

Ele se serviu de três dedos de uísque.

– Não tenho nada de herói e não me considero louco. Nem acho que os outros sejam nenhuma dessas coisas. E, no entanto, eu queria que nós todos tivéssemos essa chance de ser livres. – Ele pôs a garrafa no chão e me lançou um olhar rápido. – Você me perguntou o que eu queria. Passei muito tempo me fazendo a mesma pergunta. Um ou dois anos atrás, eu tinha chegado à conclusão de que na verdade só queria duas coisas na vida: a companhia dos meus amigos e a possibilidade de pensar livremente.

As palavras me cortaram como um estilete fino de algo semelhante a saudade.

– Não me parece que é pedir muito – falei.

– Ah, mas era – disse Daniel, e tomou um gole do seu drinque. Sua voz tinha um tom áspero. – Era pedir muito. Porque o que precisávamos, sabe, era segurança, uma segurança permanente. O que nos traz de volta à sua última pergunta. Os meus pais deixaram investimentos que me dão uma pequena renda; era muito nos anos oitenta, agora mal seria suficiente para pagar aquele conjugado. A renda de Rafe lhe dá mais ou menos o mesmo valor. A mesada de Justin vai deixar de ser paga assim que ele terminar o doutorado; a bolsa de estudos de Abby também, e o mesmo aconteceria com Lexie. Quantos empregos você acha que existem, em Dublin, para pessoas que querem apenas estudar literatura e ficar juntas? Em poucos meses, estaríamos exatamente na mesma situação da vasta maioria em nosso país: presos entre a pobreza e a escravidão, a dois contracheques da rua, submissos aos caprichos de senhorios e empregadores. Eternamente com medo.

Ele olhou para longe através da hera, acompanhando o gramado até o pátio, dobrando o pulso com vagar para que o uísque deslizasse em círculos pelo copo.

— Tudo de que precisávamos — falou — era uma casa.

— Isso é segurança suficiente? — perguntei. — Uma casa?

— Claro que sim — disse ele, um pouco surpreso. — Em termos psicológicos, a diferença quase não dá para ser expressa em palavras. Depois que você é dono da sua própria casa, livre e desimpedida, o que sobra para qualquer um, proprietários, empregadores, bancos, que queira fazer ameaças? Qual o poder que alguém tem sobre você? Pode-se dispensar praticamente todo o resto, se necessário. Nós todos juntos sempre poderíamos arranjar dinheiro suficiente para comida, e não há nenhum outro medo material tão primitivo ou paralisante quanto a perspectiva de perder a sua casa. Eliminando esse medo, estaríamos livres. Não estou dizendo que ter uma casa transforma a vida num eterno paraíso; apenas que faz a diferença entre liberdade e escravidão.

Ele deve ter entendido a expressão do meu rosto.

— Deus do céu, estamos na Irlanda — afirmou, com uma certa impaciência. — Se sabe um pouco de história, o que pode ser mais claro? A coisa mais importante que os ingleses fizeram foi reivindicar a posse da terra, para os irlandeses passarem de proprietários a inquilinos. Uma vez feito isso, todo o resto foi uma consequência natural: confisco das colheitas, abuso dos inquilinos, despejo, emigração, fome, toda aquela ladainha de desgraças e servidão, tudo imposto de maneira displicente e contínua porque os despossuídos não tinham um pedaço de terra firme onde permanecer e lutar. Tenho certeza de que a minha família foi tão culpada quanto qualquer outra. Bem pode ser que haja um elemento de justiça poética no fato de eu ter ficado numa situação em que me vi contemplando o outro lado da moeda. Mas não senti necessidade de aceitá-la simplesmente como uma punição justa.

— Eu sou locatária — falei. — Provavelmente estou a dois contracheques da rua. Isso não me preocupa.

Daniel fez que sim, sem se surpreender.

— É possível que você seja mais corajosa do que eu — disse ele. — Ou é possível, me desculpe, que simplesmente ainda não tenha decidido o que quer da vida, não tenha encontrado algo a que queira se apegar de verdade. Veja bem, isso muda tudo. Estudantes e pessoas muito jovens podem morar de aluguel sem prejudicar a sua liberdade intelectual, porque para eles isso não constitui uma ameaça: não têm nada a perder, ainda. Já notou como é fácil morrer para os muito jovens? São os melhores mártires de qualquer causa, os melhores soldados, os melhores suicidas. O motivo é que muito pouco os prende aqui: ainda não acumularam amores, responsabilidades, compromissos e todas as coisas que nos amarram com força a este mundo. Podem abrir mão de tudo, para eles é tão fácil e simples como levantar um dedo. Mas à medida que a gente envelhece, começa a descobrir coisas a que vale a pena se apegar, para sempre. De repente, o jogo é à vera, como dizem as crianças, e isso muda a sua maneira de ser.

A adrenalina, ou a estranha luz trêmula através da hera, ou as espirais da mente de Daniel, ou apenas a estranheza da situação me faziam sentir como se eu tivesse de fato bebido. Pensei em Lexie a toda velocidade pela noite no carro roubado do pobre Chad, no rosto de Sam com aquela expressão de enorme paciência, na sala da Homicídios à luz vespertina com a papelada de outra equipe espalhada nas nossas mesas; no meu apartamento, vazio e silencioso, a poeira começando a se acumular nas estantes e a luz verde de *standby* no tocador de CD brilhando no escuro. Gosto muito do meu apartamento, mas de súbito percebi que, durante todas essas semanas, não sentira nenhuma falta dele, e por algum motivo isso me deu uma sensação de muita, muita tristeza.

– Eu me arriscaria a supor – disse Daniel – que você ainda tem aquela primeira liberdade, que ainda não encontrou uma coisa ou uma pessoa que queira ter para sempre.

Olhos cinzentos firmes e o brilho dourado hipnótico do uísque, som de água, sombras de folhas balançando como uma coroa de louros mais escura no seu cabelo escuro.

– Eu tive um parceiro de trabalho. Ninguém que você conheça; ele não está trabalhando neste caso. Nós éramos como vocês: combinávamos. As pessoas falavam de nós como se fala de gêmeos, como se fôssemos uma só pessoa: "É o caso de MaddoxeRyan, peça a MaddoxeRyan para fazer..." Se alguém tivesse me perguntado, eu teria dito que era definitivo: nós dois juntos, até o fim de nossas carreiras, nos aposentaríamos no mesmo dia para que nem um nem outro tivesse que trabalhar com outra pessoa e a equipe daria um só relógio de ouro para nós dois. Sabe, na época eu não pensava em nada disso. Apenas via com a maior naturalidade. Não conseguia imaginar outra coisa.

Eu jamais contara isso para ninguém. Sam e eu nunca havíamos mencionado Rob desde que ele fora transferido, e quando as pessoas perguntavam como ele estava eu dava o sorriso mais simpático e as respostas mais vagas que podia. Daniel e eu éramos estranhos e estávamos em lados opostos, sob aquele bate-papo civilizado travávamos uma luta encarniçada, e nós dois sabíamos disso; no entanto, eu lhe contei. Agora acho que aquilo deveria ter sido o meu primeiro sinal de alerta.

Daniel assentiu com a cabeça.

– "Mas isso foi em outro país" – falou – "e além disso aquela moça está morta."

– Isso resume tudo – falei. – É verdade. – Ele me olhava, e o seu olhar tinha algo que ia além da gentileza, além da piedade: compreensão. Acho que naquele momento eu o amei. Se pudesse ter largado o caso e ficado ali, eu o teria feito então.

– Entendo – disse Daniel. Ele me estendeu o copo. Comecei a fazer que não com a cabeça, automaticamente, mas depois mudei de ideia e o peguei: que me importava. O uísque era forte e agradável e queimou trilhas de luz até as pontas dos meus dedos.

– Então você entende como fez diferença para mim – disse ele – encontrar os outros. O mundo se transformou à minha volta: o valor do prêmio aumentou muito, as cores eram tão lindas que chegavam a doer, a vida ficou prazerosa e assustadora, de uma maneira quase inimaginável. É tudo tão frágil, sabe; as coisas se quebram com tanta facilidade. Suponho que possa ser como se apaixonar ou ter um filho e saber que isso pode ser tirado de você a qualquer momento. Estávamos correndo feito loucos para o dia em que tudo que tínhamos ficaria à mercê de um mundo cruel, e cada segundo era tão belo e tão precário que me tirava o fôlego.

Ele estendeu a mão para pegar o copo e tomou um golinho.

– E aí – prosseguiu, erguendo a palma da mão em direção à casa – isto apareceu.

– Como um milagre – falei. Eu não estava sendo sarcástica; falava sério. Por um momento senti a velha madeira do corrimão sob a palma da minha mão, morna e sinuosa como um músculo, uma coisa viva.

Daniel assentiu.

– É uma improbabilidade – disse –, mas eu acredito em milagres, na possibilidade do impossível. Certamente a casa sempre me pareceu um milagre, que se materializou quando nós mais precisávamos. Percebi de imediato, assim que o advogado do meu tio me ligou dando a notícia, o que isso poderia significar para nós. Os outros tiveram dúvidas, muitas dúvidas; discutimos durante meses. Lexie, e isso agora me parece uma ironia trágica, foi a única que ficou felicíssima com a ideia. Abby foi a mais difícil de convencer, embora fosse a que mais ansiasse por um lar, ou talvez por causa disso, não sei. Mas, por fim, até ela se convenceu. Suponho que, no final das contas, o que aconteceu é que quando você tem certeza absoluta de alguma coisa, é quase inevitável que em algum momento conseguirá persuadir as pessoas que não têm certeza nem que sim nem que não. E eu tinha certeza. Tanta como nunca tivera antes.

– Foi por isso que quis que os outros fossem coproprietários?

Daniel me lançou um olhar penetrante, mas mantive um ar de interesse indiferente e daí a pouco ele voltou a contemplar a hera.

– Bom, não foi para convencê-los nem nada disso, se é o que você quer dizer – esclareceu. – Dificilmente. Era essencial ao meu plano. Não era a casa propriamente dita que eu queria, apesar de gostar muito dela. Era segurança, para todos nós; um abrigo seguro. Se eu tivesse sido o único proprietário, a verdade nua e crua é que seria o senhorio dos outros, e eles não teriam tido mais segurança do que tinham antes. Teriam ficado sujeitos aos meus caprichos, sempre na expectativa de que eu decidisse me mudar ou casar ou vender a casa. Desse jeito era a nossa casa, para sempre.

Ele levantou a mão e puxou a cortina de hera para um lado. A pedra da casa tinha cor de âmbar rosado à luz do crepúsculo, brilhante e suave; as janelas flamejavam como se o interior estivesse em chamas.

– Parecia uma ideia tão linda – falou. – Quase inacreditável. No dia em que nos mudamos, limpamos a lareira, nos lavamos com água gelada, acendemos o fogo, e nos sentamos em frente bebendo chocolate frio e cheio de grumos e tentando torrar o pão; o fogão não funcionava, o aquecimento não funcionava, só duas lâmpadas acendiam na casa inteira. Justin estava usando o seu guarda-roupa inteiro e reclamando que íamos todos morrer de pneumonia ou envenenados por causa do mofo ou as duas coisas, e Rafe e Lexie implicavam com ele dizendo que tinham ouvido ratos no sótão; Abby ameaçou mandar os dois dormirem lá se não se comportassem. Toda hora eu deixava o pão queimar ou cair no fogo, e achávamos isso engraçadíssimo; rimos até mal conseguirmos respirar. Nunca fui tão feliz na minha vida.

Os seus olhos cinzentos estavam calmos, mas o tom da sua voz, como um dobrar de sinos, me doía em algum lugar sob o esterno. Havia semanas eu sabia que Daniel estava infeliz; naquele momento, porém, compreendi que o que quer que tivesse acontecido com Lexie partira seu coração. Ele apostara tudo naquela ideia genial, e perdera. Não importa o que digam, acredito em parte que naquele dia, sob a hera, eu deveria ter visto tudo que ia acontecer, os acontecimentos se desenrolando à minha frente, nítidos, rápidos e inexoráveis, e eu deveria ter sabido como sustá-los.

– O que deu errado? – perguntei baixinho.

– A ideia tinha falhas, claro – disse ele, irritado. – Falhas de concepção, fatais. Dependia de dois dos maiores mitos da humanidade: a possibilidade da permanência e a simplicidade da natureza humana. Ambos funcionam muito bem em obras literárias, mas são a mais pura fantasia fora das páginas de um livro. A nossa história deveria ter se encerrado naquela noite do chocolate frio, a noite em que nos mudamos: e todos viveram felizes para sempre, fim. Entretanto, a vida real, de maneira inconveniente, exigiu que continuássemos vivendo.

Ele esvaziou o copo com um longo gole e fez uma careta.

– Está horrível. Seria bom ter um pouco de gelo.

Esperei enquanto ele se servia de mais uma dose, fazia uma cara de ligeira repugnância e punha o copo no banco.

– Posso fazer uma pergunta? – arrisquei.

Daniel inclinou a cabeça.

– Você falou em pagar pelo que escolher – lembrei. – Como teve que pagar por esta casa? Tenho a impressão de que você conseguiu exatamente o que queria, de graça.

Ele ergueu uma sobrancelha.

– Você acha? Está morando aqui há várias semanas. Com certeza tem ideia do preço em questão.

Eu tinha, claro que eu tinha, mas queria ouvir dele.

– Nada de passado – falei. – Para começar.

– Nada de passado – repetiu Daniel, quase que para si mesmo. E em seguida deu de ombros. – Isso fez parte, claro, era preciso que fosse um recomeço para todos nós, juntos, mas foi a parte fácil. Como provavelmente já percebeu, nenhum de nós tem o tipo de passado que valha a pena lembrar mesmo. As principais dificuldades foram de ordem prática, de fato, mais do que psicológica: conseguir que o pai de Rafe parasse de ligar para insultá-lo, que o pai de Justin parasse de acusá-lo de se filiar a um culto e de ameaçar chamar a polícia, que a mãe de Abby parasse de aparecer na porta da biblioteca alterada, sob o efeito de seja lá qual droga que ela toma. Em comparação, porém, foram problemas pequenos; dificuldades técnicas que se resolveriam naturalmente, com o tempo. O preço real...

Ele passou um dedo distraído em volta da boca do copo, observando o dourado do uísque se intensificar e esmaecer com o movimento da sombra.

– Imagino que algumas pessoas possam chamar de estado de hibernação – disse, afinal. – Se bem que eu considere essa definição muito simplista. Casamento e filhos, por exemplo, deixaram de ser possibilidades para nós. A chance de encontrar uma pessoa de fora que fosse capaz de se entrosar no que é, sinceramente, um esquema inusitado, mesmo que ele ou ela quisesse, era mínima. E, embora eu não negue que tenha havido momentos de intimidade entre nós, se duas pessoas ali resolvessem ter uma ligação mais séria, quase com certeza o equilíbrio do grupo ficaria definitivamente prejudicado, seria impossível de consertar.

– Momentos de intimidade? – perguntei. O bebê de Lexie... – Entre nós, quem?

– Ora, faça-me o favor – disse Daniel com uma certa impaciência –, não acho que a questão seja essa. O ponto é que, para fazer desta casa o nosso lar, tivemos que eliminar a possibilidade de várias coisas que outras pessoas consideram objetivos importantes. Tivemos que eliminar tudo que o pai de Rafe chamaria de mundo real.

Talvez fosse o uísque, junto com a ressaca e o estômago meio vazio. Coisas estranhas rodopiavam na minha cabeça, chuviscos de luzes dispersas como prismas. Pensei em histórias antigas: viajantes exaustos saindo de uma tempestade e entrando em salas de banquetes ofuscantes, desapegando-se de suas vidas antigas assim que sentiam o gosto do pão ou do vinho de mel; aquela primeira noite, os quatro me sorrindo por sobre a mesa farta e as taças de vinho erguidas e os ramos de hera, jovens e belos, com a luz das velas em seus olhos. Lembrei-me do segundo antes de Daniel e eu nos beijarmos, de como nós cinco havíamos aparecido na minha frente, impressionantes e eternos como fantasmas, pairando suaves e diáfanos sobre os tufos de grama; e aquele tambor de alerta em algum lugar nos meus ouvidos.

– Não é tão sinistro quanto parece, sabia – acrescentou ele, notando algo na expressão do meu rosto. – Apesar de tudo que as campanhas publicitárias nos dizem, não podemos ter tudo. O sacrifício não é uma opção ou um anacronismo: é um fato da vida. Todos nós cortamos nossos próprios membros para queimar em algum altar. O mais importante é escolher um altar que valha a pena e um membro cuja perda se possa aceitar. Consentir com o sacrifício.

– E você fez isso – falei. Senti como se o banco de pedra estivesse balançando sob o meu corpo, oscilando com a hera num ritmo lento e atordoante. – Você consentiu.

– Sim, eu consenti – confirmou Daniel. – Compreendi todas as implicações, muito claramente. Tinha pensado em tudo antes de embarcar neste projeto e decidido que valia a pena pagar o preço. De qualquer maneira, duvido que eu fosse querer ter filhos algum dia e nunca pus muita fé no conceito de almas gêmeas. Acreditei que os outros tinham feito a mesma coisa: pesado os prós e os contras e decidido que o sacrifício valia a pena. – Ele levou o copo aos lábios e tomou um gole. – Esse – disse – foi o meu primeiro erro.

Ele estava muito calmo. Na hora nem ouvi, só muito depois, quando repassei a conversa na minha cabeça à procura de pistas, me dei conta: *foi*, *tinha*. Daniel usou o tempo passado durante toda a conversa. Ele entendia que estava terminado, mesmo que ninguém mais houvesse notado. E ficou lá sentado sob a hera, com um copo na mão, sereno como Buda, observando, enquanto a proa do seu navio se inclinava e sumia sob as ondas.

– Eles não consideraram todos os aspectos? – perguntei. Minha mente ainda deslizava, sem peso, tudo era escorregadio como vidro e eu não conseguia me agarrar. Por um segundo me perguntei ansiosamente se tinha alguma droga no uísque, mas Daniel bebera muito mais do que eu e ele parecia bem... – Ou eles mudaram de ideia?

Daniel esfregou o osso do nariz com o polegar e o indicador.

– Na realidade – disse, um pouco cansado –, quando penso no assunto, cometi um número impressionante de erros ao longo do tempo. A história da hipotermia, por exemplo: eu nunca deveria ter caído nessa. No início, de fato, não caí. Sei muito pouco de medicina, mas, quando o seu colega, o detetive Mackey, me contou a história, não acreditei numa palavra. Imaginei que ele esperava que ficássemos mais dispostos a falar se achássemos que era um caso de agressão, não de assassinato, e que Lexie poderia a qualquer momento lhe contar tudo. Toda aquela semana, presumi que ele estivesse blefando. Mas aí... – Ele levantou a cabeça e me olhou, piscando, como se tivesse quase esquecido que eu estava ali. – Mas aí – disse – você chegou.

Seus olhos percorreram o meu rosto.

– A semelhança é realmente extraordinária. Você é... você era parente de Lexie?

– Não. Não que eu saiba.

– Não. – Daniel vasculhou os bolsos de modo metódico, tirou a cigarreira e o isqueiro. – Ela nos disse que não tinha família. Talvez por isso a possibilidade de ser outra pessoa não tenha me ocorrido. A improbabilidade inerente à situação era o tempo todo a seu favor: qualquer suspeita de que você não fosse Lexie teria que ter sido baseada na hipótese improvável de que você existia. Eu deveria ter me lembrado de Conan Doyle: "... aquilo que resta, mesmo sendo improvável, deve ser a verdade."

Ele acendeu o isqueiro e inclinou a cabeça em direção à chama.

– Veja bem, eu sabia – disse – que era impossível Lexie estar viva. Eu mesmo verifiquei o seu pulso.

O jardim mudo de susto na evanescente luz dourada. Os pássaros se calaram, os galhos interromperam no meio o seu movimento; a casa, um enorme silêncio suspenso sobre nós, à escuta. Eu tinha parado de respirar. Lexie soprou a grama como uma chuva prateada de vento, se balançou nos pilriteiros e se equilibrou, leve como uma folha, no muro ao meu lado, escorregou pelo meu ombro e desceu queimando pelas minhas costas como fogo-fátuo.

– O que aconteceu? – perguntei em voz baixa.

– Ora – disse Daniel –, você sabe que não posso contar. Como provavelmente suspeitou, Lexie foi esfaqueada na Casa dos Espinheiros-Brancos; na cozinha, para ser mais exato. Você não vai encontrar sangue nenhum, não houve sangramento na hora, embora eu saiba que ela perdeu sangue depois, e também não vai encontrar a faca. Não foi premeditado e não houve intenção de matar. Fomos atrás dela, mas, quando a encontramos já era tarde demais. Acho que é só o que posso dizer.

— Tudo bem. Tudo bem. — Apertei os pés com força nas pedras do chão e tentei me concentrar. Tinha vontade de enfiar a mão no poço e borrifar água fria na minha nuca, mas não podia deixar que Daniel visse e de qualquer maneira duvidava que fosse ajudar.

— Posso dizer o que eu acho que aconteceu?

Daniel inclinou a cabeça e fez um pequeno gesto de cortesia com a mão: "Sim, por favor."

— Acho que Lexie planejava vender a sua cota da casa.

Ele não mordeu a isca, nem pestanejou. Estava me olhando com indiferença, como um professor numa prova oral, batendo a cinza do cigarro, mirando com cuidado para que caísse na água e sumisse.

— E tenho quase certeza de que sei por quê.

Eu estava certa de que ele morderia essa isca, sem dúvida, já tinha se passado um mês, ele tinha que estar se perguntando. Mas Daniel abanou a cabeça.

— Não preciso saber — ele disse. — De fato não tem importância, a essa altura, se é que teve em algum momento. Sabe, eu acho que nós cinco temos um traço de dureza, cada um à sua maneira. Talvez seja de se esperar; tem a ver com a decisão tomada, com a certeza do que se quer. Com certeza Lexie era capaz de uma grande dureza. Mas não de crueldade. Quando pensar nela, por favor se lembre disso. Ela nunca foi cruel.

— Ela ia vender para o seu primo Ned. O Senhor Apartamentos Executivos, o próprio. Isso me parece bem cruel.

Daniel me surpreendeu ao rir, um som áspero, sem graça.

— Ned — falou, com uma contração sarcástica no canto da boca. — Meu Deus. Eu estava muito mais preocupado com ele do que com Lexie. Lexie, como você, era obstinada: se decidisse contar à polícia o que tinha acontecido, iria fazê-lo, mas, se não quisesse falar, por mais que a questionassem não diria nada. Ned, ao contrário...

Ele deu um suspiro, um sopro de irritação que fez a fumaça do cigarro sair pelo nariz, e abanou a cabeça.

— Não é apenas o fato de Ned ter um caráter fraco — disse —, é que ele não tem nenhum caráter; é basicamente um zero à esquerda, formado inteiramente de reflexos embaralhados do que acha que as outras pessoas querem ver. Falávamos antes sobre saber o que se quer... Ned estava animadíssimo com o projeto de transformar a casa em apartamentos de luxo ou num clube de golfe, tinha todo um complexo planejamento financeiro mostrando quantos milhões cada um de nós poderia ganhar em quantos anos, mas não tinha *nem ideia* de por que queria fazer aquilo. Nenhuma noção. Quando lhe perguntei o que queria *fazer* com todo aquele dinheiro, e não é exatamente o caso de Ned ser um pobretão atualmente, ele me fitou como se eu estivesse falando uma língua estrangeira. A pergunta foi totalmente incompreensível para ele, a anos-luz de distância das suas coordenadas. Não era o caso de ele ter muita vontade de viajar pelo mundo, digamos, ou largar o emprego e se dedicar a pintar a Grande Obra-prima Irlandesa. Queria o dinheiro apenas porque tudo à sua volta lhe diz que é o que deveria querer. E foi totalmente incapaz de compreender que nós cinco pudéssemos ter prioridades diferentes, prioridades que nós mesmos havíamos escolhido.

Ele apagou o cigarro.

– Então – continuou – você pode entender por que eu estava preocupado. Ele tinha todos os motivos do mundo para ficar de boca fechada sobre seus negócios com Lexie. Se falasse alguma coisa, arruinaria qualquer possibilidade de venda e, além disso, mora sozinho e, pelo que sei, não tem um álibi; até mesmo ele deve perceber que nada impede que se torne o principal suspeito. Eu sabia, porém, que se Mackey e O'Neill fossem além de um interrogatório superficial, tudo isso seria jogado pela janela. Ele se tornaria exatamente o que eles queriam que fosse: a testemunha cooperativa, o cidadão preocupado cumprindo a sua obrigação. Não teria sido o fim do mundo, claro, porque ele não tem nada a oferecer que seja uma prova concreta, mas poderia nos causar muitos problemas e tensão, e isso era a última coisa de que precisávamos. E não dava nem para medir sua reação, tentar entender o que estava pensando, procurar afastá-lo do desastre. Lexie... você... eu podia pelo menos ficar de olho, até um certo ponto, mas Ned... Eu sabia que entrar em contato com ele seria a pior coisa que eu poderia fazer, mas, puxa vida, foi preciso muito esforço para evitar, mesmo assim.

Ned era território perigoso. Eu não queria que Daniel pensasse muito nele, nas minhas caminhadas, nas possibilidades.

– Você deve ter ficado furioso – falei. – Todos vocês, com os dois. Não me surpreende que alguém tenha lhe enfiado uma faca. – Falei com sinceridade. Sob muitos aspectos, era surpreendente que Lexie tivesse conseguido chegar até aquele ponto.

Daniel ficou pensando; o seu semblante era o mesmo das noites na sala de estar, quando ele ficava entretido com um livro, fechado para o mundo.

– Ficamos zangados no começo – disse ele. – Furiosos; arrasados; nos sentimos sabotados por um dos nossos. De certa maneira, porém, a mesma coisa que denunciou você no final trabalhou a seu favor no início: aquela diferença crucial entre você e Lexie. Somente alguém como Lexie, alguém sem nenhum conceito de ação e consequência, teria conseguido voltar para casa e continuar a vida como se nada tivesse acontecido. Se ela tivesse sido uma pessoa um pouquinho diferente, nenhum de nós teria conseguido perdoá-la, e você nunca teria passado da porta. Mas Lexie... Nós todos sabíamos que nunca, nem por um momento, ela tivera a intenção de nos magoar, e por isso jamais lhe ocorrera que poderíamos ficar magoados; a tragédia que ela estava a ponto de causar na verdade nunca lhe pareceu real. E por isso... – Ele respirou fundo, cansado. – E por isso – completou – ela pôde voltar para casa.

– Como se nada tivesse acontecido – falei.

– Acreditei que sim. Ela nunca teve a intenção de nos ferir; nenhum de nós teve jamais a intenção de feri-la, muito menos de matá-la. Ainda acho que isso deveria fazer alguma diferença.

– Foi o que imaginei – falei. – Que apenas aconteceu. Ela já estava negociando com Ned havia algum tempo; antes, porém, que pudessem chegar a um acordo, vocês quatro, de alguma maneira, descobriram. – Na verdade, eu também tinha uma vaga ideia de como aquela parte acontecera, mas não havia motivo para compartilhá-la com Daniel. Queria guardá-la para quando o efeito fosse mais dramático. – Acho que houve uma discussão violenta e no meio da discussão alguém esfaqueou Lexie. É provável que ninguém, nem os dois envolvidos, tenha tido certeza do que tinha acontecido exatamente; Lexie poderia muito bem ter pensado que tinha sido atingida por um soco. Ela saiu de casa e correu para o chalé. Talvez tivesse marcado de se encontrar com Ned naquela noite, talvez fosse só instinto, não sei. De qualquer maneira, Ned não apareceu. Foram vocês que a encontraram.

Daniel suspirou.

– Em termos gerais – disse –, está certo. Basicamente, foi o que aconteceu. Dá para parar por aí? Você sabe o essencial; os outros detalhes não ajudariam ninguém e prejudicariam bastante várias pessoas. Ela era encantadora, era complicada e está morta. O que mais importa agora?

– Bem. Tem o problema de quem a matou.

– Já lhe ocorreu – indagou Daniel, e havia uma forte emoção velada em sua voz – avaliar se a própria Lexie gostaria que você continuasse com isso? Apesar do que ela estava pensando em fazer, Lexie nos amava. Acha que iria querer que você viesse especificamente para nos destruir?

Algo imóvel envergando o ar, ondulando as pedras sob os meus pés; algo em formato de agulha diante do céu e tremendo logo atrás de cada folha.

– Ela me encontrou – falei. – Eu não fui atrás dela. Ela veio me procurar.

– Talvez sim – disse Daniel. Ele se inclinava na minha direção por sobre a água, próximo, com os cotovelos nos joelhos; atrás dos óculos, seus olhos aumentavam de tamanho, cinzentos e insondáveis. – Mas você tem tanta certeza assim de que o que ela queria era vingança? Afinal, ela poderia com muita facilidade ter corrido para a aldeia: batido em alguma porta, pedido a alguém para chamar uma ambulância e a polícia. Os aldeões podem não gostar muito da gente; duvido, porém, que negariam ajuda a uma mulher obviamente ferida. Em vez disso, ela foi direto para o chalé e simplesmente ficou lá, esperando. Você nunca pensou que ela pode ter sido uma participante voluntária da sua própria morte e do acobertamento do assassino, que ela consentiu, bem do nosso jeito até o fim? Nunca pensou que talvez, por ela, você deveria respeitar isso?

O ar tinha um gosto estranho, de doce, mel e sal.

– Sim – respondi. Era difícil falar, os pensamentos pareciam demorar uma eternidade para ir da minha cabeça à minha língua. – Já pensei. Refleti sobre isso o tempo todo. Mas não estou fazendo por Lexie. Estou fazendo porque é o meu trabalho.

É um lugar-comum e falei automaticamente; as palavras, no entanto, pareceram estalar feito chicote no ar, assustadoras e potentes como eletricidade, descendo com força pela hera, causando uma queimadura branca na água. De repente eu me vi de volta àquela primeira escada fedorenta, com as mãos nos bolsos, olhando para o rosto assustado do jovem viciado morto. Eu estava de novo totalmente sóbria, aquele ofuscamento de sonho se dissolvera no ar e o banco era sólido e úmido sob a minha bunda. Daniel estava me observando com uma atenção renovada nos olhos, me observando como se nunca tivesse me visto antes. Foi só naquele segundo que me ocorreu: era verdade o que eu lhe dissera e talvez tivesse sido verdade o tempo todo.

– Bom – disse ele em voz baixa. – Nesse caso...

Ele se recostou no muro, lentamente, afastando-se de mim. Por um longo tempo ficamos em silêncio.

– Onde – começou Daniel, e parou por um instante, mas sua voz se manteve perfeitamente neutra. – Onde está Lexie agora?

– No necrotério – respondi. – Não conseguimos entrar em contato com nenhum parente.

– Faremos o que for necessário. Acho que ela preferiria assim.

– O corpo é uma das provas num caso de homicídio em aberto – expliquei. – Duvido que alguém o libere para vocês. Até que a investigação seja encerrada, ela terá que ficar onde está.

Não havia necessidade de fazer uma descrição. Eu sabia o que ele estava vendo; na minha mente, eu tinha um slide colorido das mesmas imagens, prontas para serem exibidas. Algo encrespou o semblante de Daniel, um pequeno espasmo enrugando o nariz e os lábios.

– Assim que soubermos quem fez isso com ela – falei – posso tentar convencê-los de que o corpo deveria ser liberado para os outros três. Que vocês são os substitutos da família.

Por um segundo suas pálpebras tremeram; depois o rosto ficou inexpressivo. Em retrospecto, acho – não que seja uma desculpa – que isso era a coisa mais fácil de passar despercebida a respeito de Daniel: como ele era pragmático, de uma maneira implacável e devastadora, debaixo daquele vago alheamento de torre de marfim. Um oficial no campo de batalha deixará para trás o seu próprio irmão morto sem olhar para trás, enquanto o inimigo ainda estiver por perto, para tirar os seus homens dali em segurança.

– É claro – disse Daniel – que eu gostaria que você deixasse esta casa. Os outros só vão voltar daqui a uma hora mais ou menos; deve ser tempo suficiente para você arrumar suas coisas e tomar as providências necessárias.

Não deveria ter sido nenhuma surpresa; mesmo assim, senti como se Daniel tivesse me dado um tapa no rosto. Ele procurou a cigarreira.

– Preferiria que os outros não soubessem quem você é. Acho que pode imaginar o quanto ficariam transtornados. Confesso que não sei como fazer isso, mas com certeza você e o detetive Mackey têm uma cláusula de abandono, não têm? Alguma história que inventaram para tirar você daqui sem levantar suspeitas?

Era a coisa mais óbvia a ser feita, a única coisa. Você foi descoberta, você sai, rápido. E eu tinha tudo que alguém poderia desejar. Eu reduzira o número de suspeitos a quatro; Sam e Frank poderiam muito bem continuar a partir daquele ponto. Seria possível disfarçar o fato de esta conversa não ter sido gravada: era só desconectar o fio do microfone e alegar que acontecera por acidente – Frank talvez não acreditasse muito, mas não se importaria –, contar desta conversa os pedaços que me convinham, voltar para casa impecável e triunfante e ainda fazer uma mesura.

Jamais considerei nem a possibilidade de fazer isso.

– Sim, temos – assenti. – Posso sair daqui avisando com poucas horas de antecedência, sem prejudicar o meu disfarce. Mas não vou fazer isso. Não até descobrir quem matou Lexie, e por quê.

Daniel virou a cabeça e me olhou, e naquele segundo tive a sensação de perigo, claro e frio como neve. E por que não? Eu invadira sua casa, sua família e tentava destruir as duas coisas para sempre. Ele, ou um dos seus, já matara uma mulher por fazer a mesma coisa em escala menor. Ele era forte o bastante para fazê-lo e era muito possível que fosse esperto o suficiente para sair impune, e eu tinha deixado o revólver no quarto. O fio d'água continuava a cantar aos nossos pés e a eletricidade fervia pelas minhas costas, indo até as palmas das mãos. Encarei-o e não me mexi, não pisquei.

Depois de um bom tempo os seus ombros mudaram de posição, um movimento quase imperceptível, e vi o seu olhar se voltar para dentro, perdido. Ele rejeitara aquela ideia: estava pensando em algum outro plano, sua cabeça avaliando opções, separando, classificando, conectando, com mais velocidade do que eu poderia imaginar.

– Você não vai conseguir, sabia – disse ele. – Está supondo que a minha relutância em magoar os outros lhe dá uma vantagem; que, como continuarão a acreditar que você é Lexie, terá uma chance de convencê-los a falar. Mas pode acreditar, estão todos muito cientes do que está em jogo. Não estou falando da possibilidade de um de nós ou todos irem para a cadeia; você não tem nenhuma evidência que aponte para um de nós em particular, não tem um processo montado contra nós, nem individual nem coletivamente, senão já teria prendido alguém há muito tempo e essa farsa nunca teria sido necessária. Na verdade, sou capaz de apostar que, até alguns minutos atrás, você de fato não tinha muita certeza de que o seu alvo estava dentro da Casa dos Espinheiros-Brancos.

– Mantivemos todas as linhas de investigação em aberto – falei.

Ele assentiu com a cabeça.

– Neste momento, cadeia é o que menos nos preocupa. Mas veja a situação, por um momento, sob o ponto de vista dos outros: imagine que Lexie está sã e salva e voltou para casa. Se ela descobrisse o que aconteceu, seria o fim de tudo que nos esforçamos para conseguir. Suponha que ela descobrisse que Rafe, para escolher um de nós aleatoriamente, foi quem a esfaqueou e quase matou. Você acha que ela poderia continuar a viver ao lado dele, sem ficar com medo, sem ficar ressentida, sem usar o fato contra ele?

– Pensei que você tinha dito que ela era incapaz de pensar no passado – lembrei.

– Bom, isso é um pouco diferente – falou Daniel, num tom ligeiramente ácido. – Ele não poderia acreditar que ela fosse descartar o fato como se fosse uma briguinha sobre quem vai comprar leite. E mesmo que ela descartasse, acha que ele poderia olhá-la todos os dias sem se dar conta do risco constante que ela representava, do fato de ela poder, com uma ligação a qualquer momento para Mackey ou O'Neill, mandá-lo para a cadeia? Lembre-se, estamos falando de Lexie: ela poderia fazer uma ligação dessas sem perceber de maneira nenhuma a magnitude do seu gesto. Como poderia ele tratá-la como sempre fez, implicar com ela, discutir ou até mesmo discordar dela? E nós, os outros, pisando em ovos, vendo perigo em cada olhar e em cada palavra trocada entre os dois, sempre esperando que o menor passo em falso detonasse a mina e transformasse tudo em estilhaços? Quanto tempo acha que aguentaríamos?

A voz de Daniel estava muito calma e sem emoção. Lentas espirais de fumaça saíam do seu cigarro, e ele levantou a cabeça para olhá-las enquanto se alargavam e subiam, atravessando as trêmulas faixas de luz.

— Podemos sobreviver ao ato em si — disse ele. — É o conhecimento compartilhado do ato que nos destruiria. Isso pode parecer estranho, em especial vindo de um acadêmico que valoriza o conhecimento acima de quase tudo; no entanto, leia o Gênesis ou, melhor ainda, leia os escritores da época do rei Jaime I: eles compreenderam como o excesso de conhecimento pode ser fatal. Cada vez que estivéssemos juntos, aquilo estaria entre nós como uma faca suja de sangue, e acabaria por nos separar. E nenhum de nós vai deixar que isso aconteça. Desde o dia em que você entrou nesta casa, fizemos todo o esforço possível para evitar essa situação e voltar à nossa vida normal. — Ele sorriu de leve, erguendo uma sobrancelha. — Por assim dizer. E contar a Lexie quem lhe deu a facada acabaria com qualquer esperança de vida normal. Acredite, os outros não vão fazer isso.

Quando você está próximo demais das pessoas, quando passa tempo demais junto delas e as ama demais, às vezes não consegue vê-las. A não ser que Daniel estivesse blefando, ele tinha cometido um erro mais uma vez, o mesmo que vinha repetindo desde o começo. Estava vendo os outros quatro não como eles de fato eram, mas como deveriam ser ou poderiam ser num mundo mais ameno e caloroso. Ele ignorara o fato concreto de Abby, Rafe e Justin já estarem se desagregando, esgotados; isso estava ali, diante dos seus olhos todos os dias, passava por ele na escada como um sopro frio, entrava no carro conosco de manhã e se sentava escuro e encurvado entre nós à mesa do jantar, mas Daniel jamais notara. E ele não tinha contado com a possibilidade de Lexie ter tido suas próprias armas secretas, e de tê-las deixado para mim. Ele sabia que o seu mundo estava desmoronando; de alguma maneira, porém, ainda via os habitantes intocados entre as ruínas: cinco rostos no meio da neve que caía num dia de dezembro, calmos, luminosos e perfeitos, para sempre iguais. Pela primeira vez em todas aquelas semanas me lembrei de que ele era bem mais jovem do que eu.

— Talvez não — falei. — Mas tenho que tentar.

Daniel encostou a cabeça na pedra do muro e deu um suspiro. De súbito, parecia cansadíssimo.

— Sim — disse ele. — Sim, imagino que tenha.

— Depende de você — falei. — Pode me contar o que aconteceu agora, enquanto não estou com a escuta: quando os outros chegarem, já terei ido embora e, se for o caso de prender alguém, será a sua palavra contra a minha. Ou posso ficar e você vai correr o risco de eu conseguir gravar alguma coisa.

Ele passou a mão pelo rosto e endireitou o corpo com esforço.

— Sei muito bem — disse, olhando o cigarro como se tivesse se esquecido de que o segurava — que uma volta à normalidade pode não ser possível para nós, a essa altura. Na verdade, sei que todo o nosso plano provavelmente era inviável desde o começo. Assim como você, no entanto, não temos outra escolha a não ser tentar.

Ele jogou o cigarro no chão e apagou-o com a ponta do sapato. Aquele distanciamento gélido estava começando de novo a tomar conta do seu rosto, a máscara formal que ele usava com estranhos, e sua voz tinha um tom cortante de decisão final. Eu estava a ponto de perdê-lo. Enquanto estivéssemos assim, conversando, eu ainda tinha uma chance, mesmo que pequena; mas agora, a qualquer momento ele iria se levantar e voltar lá para dentro, e aí seria o fim.

Se eu achasse que poderia dar certo, teria me ajoelhado nas pedras do piso e implorado para ele ficar. Mas era Daniel; minha única chance era a lógica, a racionalidade fria e dura.

– Olhe – falei, mantendo a voz neutra –, você está endurecendo o jogo muito mais do que o necessário. Se eu conseguir gravar alguma coisa, então, dependendo do que for, isso poderia significar prisão para todos os quatro: um por homicídio e três por cumplicidade ou até formação de quadrilha. E aí, o que sobra? De que adiantaria voltar? Considerando-se a atitude dos moradores de Glenskehy em relação a vocês, quais são as chances de a casa ainda estar de pé quando vocês voltarem?

– Vamos ter que arriscar.

– Se me disser o que aconteceu, vou lutar por vocês até o fim. Dou minha palavra. – Daniel teria tido todo o direito de me lançar um olhar cínico, mas não o fez. Ele estava me observando com o que parecia ser um interesse moderado, cortês. – Três de vocês podem sair dessa sem nenhum problema e o quarto pode ser acusado de homicídio culposo em vez de doloso. Neste caso não houve premeditação: aconteceu durante uma discussão, ninguém queria que Lexie morresse, e eu posso atestar que vocês todos gostavam dela e que quem a matou estava sob forte tensão emocional. A pena para homicídio culposo é de mais ou menos cinco anos, talvez menos. Depois, quem quer que seja sai da prisão, e vocês quatro podem deixar isso tudo para trás e voltar à vida normal.

– O meu conhecimento de leis é precário – disse Daniel, se inclinando para pegar o copo –, mas, segundo me consta, e por favor corrija-me se eu estiver errado, nada do que é dito por um suspeito durante o interrogatório é admissível como prova, a não ser que o suspeito tenha sido devidamente alertado nesse sentido. Só por curiosidade, como você planeja alertar três pessoas sobre os seus direitos se elas nem desconfiam de que você é agente policial? – Ele lavou o copo de novo e segurou-o contra a luz, apertando os olhos para ter certeza de que estava limpo.

– Não vou fazer isso. Não preciso. Qualquer coisa que eu consiga gravar nunca será admissível como prova em juízo, mas poderá ser usada para conseguir um mandado de prisão e poderá ser usada num interrogatório formal. Quanto tempo você acha que Justin, por exemplo, vai resistir se for preso às duas da manhã e interrogado por Frank Mackey durante vinte e quatro horas, com uma gravação ao fundo na qual o próprio Justin descreve a morte de Lexie?

– Uma pergunta interessante – disse Daniel. Ele apertou a tampa da garrafa de uísque e colocou-a com cuidado no banco ao lado do copo.

O meu coração estava em ritmo de tropel de cavalos.

– Nunca aposte tudo quando tem cartas ruins na mão – falei – a não ser que tenha certeza absoluta de que é um jogador mais competente do que o seu adversário. Você tem tanta certeza assim?

Ele me lançou um olhar vago que poderia significar qualquer coisa.

– Devíamos entrar, agora – disse. – Sugiro que digamos aos outros que passamos a tarde lendo e nos recuperando da ressaca. Acha que está bom?

– *Daniel* – falei, e depois a minha garganta se fechou; mal podia respirar. Até ele abaixar os olhos, nem percebi que minha mão estava na manga da sua camisa.

– Detetive – disse Daniel. Ele me sorria, bem de leve, mas os seus olhos estavam muito firmes e muito tristes. – Não dá para ter as duas coisas. Não se lembra do que conversamos, poucos minutos atrás, sobre a inevitabilidade do sacrifício? Um de nós ou uma detetive: não dá para ser as duas coisas. Se você tivesse desejado de verdade ser um de nós, desejado mais do que qualquer outra coisa, nunca teria cometido um só daqueles erros e não estaríamos sentados aqui.

Ele pôs sua mão sobre a minha, tirou-a da sua camisa e colocou-a no meu colo, com toda a delicadeza.

– Sabe, de certa maneira – disse –, por mais estranho e impossível que pareça, eu gostaria muito que você tivesse escolhido o oposto.

– Não estou tentando destruir vocês. Não posso de jeito nenhum alegar que estou do seu lado, mas comparada ao detetive Mackey, ou até mesmo ao detetive O'Neill... Se deixar por conta deles... e, a não ser que trabalhemos juntos, é o que vai acontecer; são eles que estão comandando a investigação, não sou eu... Vocês quatro vão pegar pena máxima por homicídio. Prisão perpétua. Estou fazendo o melhor que posso, Daniel, para não deixar isso acontecer. Sei que não parece, mas estou fazendo tudo que está ao meu alcance.

Uma folha tinha caído da hera dentro do fio d'água e ficou presa em um dos pequenos degraus, tremendo na correnteza. Daniel a pegou cuidadosamente e virou-a entre os dedos.

– Conheci Abby quando cheguei na Trinity – disse ele. – Literalmente; foi no dia da matrícula. Estávamos no Hall de Exames, centenas de alunos fazendo fila por horas a fio... deveria ter levado algo para ler, mas não me ocorreu que demoraria tanto... A fila se arrastava debaixo de todos aqueles quadros antigos e deprimentes, e todo mundo cochichando por alguma razão. Abby estava na fila ao lado. Ela atraiu minha atenção, apontou para um dos retratos e disse: "Se não fixar os olhos, ele não é exatamente igual a um dos velhos dos Muppets?"

Ele sacudiu a água da folha: gotinhas voando, brilhantes como fogo nos raios de sol entrecruzados.

– Mesmo naquela idade – falou – eu estava consciente de que as pessoas achavam difícil se aproximar de mim. Isso não me incomodava. Mas Abby parecia não sentir essa dificuldade, e aquilo me intrigou. Depois ela me contou que estava quase paralisada de tanta timidez, não por minha causa especificamente, mas por causa de todos e de tudo ali... uma garota que vinha de uma família adotiva de classe mais baixa, jogada no meio de todos aqueles rapazes e moças de classe média, que achavam tão natural frequentar uma universidade e ter privilégios... e ela decidiu que, se era para ter a coragem de falar com alguém, então que fosse com a pessoa mais intimidadora que encontrasse. Veja bem, éramos muito jovens naquela época.

"Depois que finalmente conseguimos fazer a matrícula, fomos tomar um café e combinamos de nos encontrar no dia seguinte... Bem, quando digo 'combinamos', na verdade Abby me disse: 'Vou estar no tour da biblioteca amanhã ao meio-dia, nos vemos lá.' E saiu andando, antes que eu pudesse responder sim ou não. Àquela altura, eu já sabia que a admirava. Foi uma sensação nova para mim; não admiro muitas pessoas. Mas ela era tão decidida, tão cheia de vida; fazia todo mundo que eu conhecera antes parecer pálido e sombrio em comparação com ela. Você já deve ter notado", Daniel deu um sorrisinho, me olhando por cima dos óculos, "que tenho a tendência de me manter a uma certa distância da vida. Sempre tinha tido a sensação de que eu era um observador, nunca um participante; de que eu estava olhando por trás de uma parede de vidro grosso, enquanto as pessoas cuidavam das suas vidas... e faziam isso com tanta facilidade, com uma competência que elas nem percebiam e que eu jamais tivera. E aí Abby esticou o braço através do vidro e pegou na minha mão. Foi como um choque elétrico. Lembro-me de vê-la caminhando pela Praça da Frente, usando uma horrível saia franjada que era comprida demais para ela e parecia engoli-la, e perceber que eu estava sorrindo...

"Justin estava no tour da biblioteca no dia seguinte. Andava um ou dois passos atrás do grupo, e eu nem o teria notado se não fosse o fato de ele estar gripadíssimo. De minuto em minuto, explodia num enorme espirro molhado, todo mundo dava um pulo e depois uma risadinha, ele ficava vermelho que nem um pimentão e tentava esconder a cara no lenço. Obviamente era de uma timidez extrema. No final do tour, Abby se virou para ele, como se tivéssemos nos conhecido a vida inteira, e disse: 'Estamos indo almoçar, você vem conosco?' Poucas vezes vi uma pessoa tão espantada. Ele ficou de boca aberta e murmurou alguma coisa indefinida, mas foi ao Buttery conosco. No final do almoço, estava até usando frases completas que, aliás, eram bem interessantes. Nossas leituras eram muito semelhantes, ele tinha umas ideias sobre John Donne que nunca haviam me ocorrido... Naquela tarde, percebi que gostava dele; que gostava dos dois. E que, pela primeira vez na minha vida, eu estava curtindo a companhia de outras pessoas. Você não me parece o tipo de pessoa que já tenha tido dificuldade em fazer amigos; não sei se dá para entender como isso para mim foi uma revelação.

"Só quando as aulas começaram, na semana seguinte, encontramos Rafe. Nós três estávamos sentados no fundo de uma sala de aula, esperando o professor chegar, quando de repente a porta ao nosso lado se abriu e lá estava Rafe: pingando de chuva, o cabelo emplastrado na cabeça, punhos cerrados, obviamente saindo de um trânsito caótico e de péssimo humor. Foi uma entrada um tanto dramática. Abby disse: 'Vejam só, é o Rei Lear', e Rafe se virou zangado e vociferou, daquele jeito que você conhece... 'Como foi que você chegou aqui, então... na limusine do papai? Ou veio de vassoura?' Justin e eu ficamos chocados, mas Abby apenas riu e disse, 'Num balão de ar', e empurrou uma cadeira na direção dele. Daí a instantes ele se sentou e disse entredentes 'Desculpe'. E foi assim que aconteceu."

Daniel sorriu, olhando para a folha, um pequeno sorriso só para ele, tão carinhoso e surpreso quanto o de um amante.

— Como conseguimos suportar uns aos outros? Abby tagarelando sem parar para esconder sua timidez, Justin meio sufocado sob o peso da dele, Rafe distribuindo agressões a torto e a direito; e eu. Eu era terrivelmente sério, sei disso. Na verdade, só naquele ano aprendi a rir...

— E Lexie? — perguntei baixinho. — Como a encontrou?

— Lexie — disse Daniel. O sorriso enrugou o seu rosto, como o vento na água, e se intensificou. — Sabe que nem me lembro da primeira vez que nós nos encontramos? Abby provavelmente vai se lembrar; você deveria perguntar a ela. Só me lembro de que poucas semanas depois que começou a pósgraduação, parecia que Lexie tinha estado sempre conosco.

Com delicadeza, ele pôs a folha no banco ao seu lado e enxugou os dedos no lenço.

— Sempre achei incrível o fato de nós cinco termos nos encontrado, contra todas as probabilidades, superando todas as defesas que cada um tinha armado. Muito se deveu a Abby, claro; nunca soube qual instinto certeiro a guiou, nem sei se ela mesma sabe, mas você pode entender por que confio no julgamento dela desde aquela época. Mesmo assim, teria sido tão terrivelmente simples não nos cruzarmos, bastaria que eu ou Abby chegássemos uma hora depois para a matrícula, que Justin recusasse o nosso convite, que Rafe fosse um pouquinho mais impertinente para nós recuarmos e o deixarmos em paz. Entende agora por que acredito em milagres? Eu costumava imaginar o tempo voltando, as sombras do que seríamos no futuro retornando aos momentos decisivos para dar um tapinha no ombro de cada um e sussurrar: "Olhe ali, olhe! Aquele homem, aquela mulher: eles são para você; é a sua vida, o seu futuro, se mexendo impaciente naquela fila, pingando água pelo carpete, entrando por aquela porta. Não os deixe passar." De que outra maneira isso poderia ter acontecido?

Ele se inclinou e apanhou nas pedras do piso as guimbas dos cigarros, uma por uma.

– Em toda a minha vida – disse com simplicidade – só amei essas quatro pessoas. – Depois se levantou e atravessou o gramado em direção à casa, com a garrafa e o copo pendurados em uma das mãos e as guimbas na palma da outra.

20

Os outros voltaram ainda com olhos cansados, dor de cabeça e mau humor. O filme tinha sido uma droga, disseram, um troço horrível com um dos irmãos Baldwin em intermináveis situações supostamente cômicas com alguém que parecia Teri Hatcher, mas não era; o cinema estava cheio de adolescentes que com certeza não tinham idade para estar lá e que passaram as duas horas inteiras trocando mensagens de texto, comendo coisas crocantes e chutando as costas da cadeira de Justin. Era evidente que Rafe e Justin ainda não estavam se falando, e parecia que agora Rafe e Abby também não. O jantar foi restos de lasanha, torrada por cima e queimada por baixo, consumida num silêncio tenso. Ninguém tinha se dado ao trabalho de fazer uma salada para acompanhar nem de acender a lareira.

Quando eu já estava a ponto de gritar, Daniel falou calmamente, levantando os olhos:

— A propósito, Lexie, ia pedir uma coisa a você. Pensei em mencionar Anne Finch no meu grupo das segundas, mas estou muito esquecido. Você se incomodaria de relembrar o assunto comigo, rapidamente, depois do jantar?

Anne Finch escreveu um poema do ponto de vista de um pássaro, ela aparecia em algumas das anotações de Lexie para a tese e, como o dia só tem vinte e quatro horas, isso era basicamente tudo que eu sabia sobre ela. Rafe teria pedido algo assim de brincadeira, só para implicar comigo, mas Daniel jamais abria a boca sem uma razão concreta. Aquela aliança breve e estranha no jardim tinha terminado. Ele estava me mostrando, e começava com as coisas pequenas que, se eu insistisse em ficar por ali, poderia tornar a minha vida muito, muito complicada.

Eu não iria fazer papel de boba de jeito nenhum, passar horas falando sobre voz e identidade com alguém que sabia que eu estava dizendo bobagem. Para sorte minha, Lexie tinha sido uma menina imprevisível, embora provavelmente a sorte não tivesse nada a ver com isso: eu estava convencida de que ela construíra aquele aspecto da sua personalidade especificamente para momentos muito parecidos com este.

— Não estou a fim — respondi, mantendo a cabeça baixa e espetando a lasanha torrada com o garfo.

Houve um silêncio momentâneo.
— Você está bem? — perguntou Justin.
Dei de ombros, sem levantar os olhos.
— Acho que sim.
Algo acabara de me ocorrer. Aquele silêncio e o fio fino de nova tensão na voz de Justin, os olhares rápidos passando de um lado a outro da mesa: os outros ficaram imediatamente e com muita facilidade preocupados comigo. E eu que passara semanas tentando fazê-los relaxar, abaixar a guarda; nunca tinha pensado que poderia empurrá-los rapidamente na direção oposta, e como isso talvez pudesse ser uma arma poderosa, se bem usada.
— Ajudei você com Ovídio quando precisou — me lembrou Daniel. — Não se recorda? Passei um bom tempo procurando aquela citação... qual era mesmo?
Claro que eu não iria cair nessa.
— Vou me confundir e acabar citando Mary Barber ou outra pessoa. Hoje não estou conseguindo pensar direito. Fico... — Brinquei com os pedaços de lasanha no prato. — Deixe para lá.
Todos tinham parado de comer.
— Fica o quê? — indagou Abby.
— Esqueça — disse Rafe. — Juro que não estou a fim da droga da Anne Finch. Se ela também não está...
— Tem alguma coisa incomodando você? — perguntou Daniel, solícito.
— Deixe ela *em paz*.
— Claro — disse Daniel. — Vá descansar, Lexie. Podemos fazer isso alguma outra noite, quando estiver se sentindo melhor.
Arrisquei uma olhadela rápida. Ele voltara a pegar o garfo e a faca e comia normalmente, seu rosto mostrando apenas uma atenção concentrada. Sua tentativa tinha dado errado; ele avaliava, com calma e atenção, qual seria a próxima.

Resolvi fazer um ataque preventivo. Depois do jantar, estávamos todos na sala de estar, lendo ou pelo menos fingindo que líamos — ninguém tinha nem sugerido nada tão sociável como um jogo de baralho. As cinzas da noite anterior ainda estavam numa pilha melancólica na lareira e havia um frio úmido no ar; algumas partes distantes da casa a toda hora davam uns estalos fortes ou gemidos agourentos, nos assustando. Rafe estava chutando a grade da lareira com a ponta do sapato, num ritmo contínuo, irritante, e eu ficava me remexendo, mudando de posição na poltrona de minuto em minuto. Nós dois fazíamos Justin e Abby ficarem mais nervosos a cada segundo. Daniel, de cabeça baixa sobre algo com um monte de notas de rodapé, não parecia ter notado.

Mais ou menos às onze horas, como sempre, fui até o hall e peguei o que precisava para sair. Depois voltei à sala de estar e fiquei parada na porta, com cara de dúvida.

– Vai dar uma caminhada? – perguntou Daniel.

– Vou – respondi. – Deve me ajudar a relaxar. Justin, você vem comigo?

Justin deu um pulo, me olhou como um coelho na frente de um farol alto.

– Eu? Por que eu?

– Por que ir alguém? – indagou Daniel, com leve curiosidade.

Dei de ombros, de um jeito meio ansioso.

– Eu não sei, tá legal? Minha cabeça está meio esquisita. Fico só pensando... – Enrolei a echarpe no dedo, mordi o lábio. – Talvez eu tenha tido sonhos ruins a noite passada.

– Pesadelos – disse Rafe, sem levantar os olhos. – Não "sonhos ruins". Você não tem *seis* anos.

– Que tipo de sonhos ruins? – perguntou Abby, com uma ruguinha mínima de preocupação entre as sobrancelhas.

Abanei a cabeça.

– Não me lembro. Não sei direito. É só que... não estou com vontade de sair por esses caminhos sozinha.

– Mas eu também não – disse Justin, parecendo bastante perturbado. – Odeio esses lugares aí... odeio mesmo, não só... São *horríveis*. Sinistros. Dá para outra pessoa ir?

– Ou então – sugeriu Daniel, amável – se você está tão receosa de sair, Lexie, por que não fica em casa?

– Porque se eu continuar sentada aqui, vou ficar maluca.

– Eu vou com você – resolveu Abby. – Conversinha de mulher.

– Sem querer ofender – retrucou Daniel, com um sorrisinho afetuoso para Abby –, mas acho que um maníaco homicida talvez fique menos intimidado por vocês duas do que deveria. Se está se sentindo nervosa, Lexie, seria bom ter um grandão ao seu lado. Por que não vamos você e eu?

Rafe levantou a cabeça.

– Se você for – disse para Daniel –, então eu também vou.

Houve um silêncio momentâneo e tenso. Rafe fitou Daniel friamente, sem pestanejar; Daniel o encarou com toda calma.

– Por quê? – perguntou.

– Porque ele é um babaca – disse Abby para o seu livro. – Se você o ignorar, pode ser que ele desapareça ou pelo menos cale a boca. Não seria legal?

— Eu não *quero* vocês — falei. Tinha me preparado para isso, para Daniel tentar ir junto. Só não contara com essa fobia esquisita e inexplicável de Justin com relação aos caminhos campestres. — Vocês vão se implicar o tempo todo e não estou num dia bom para isso. Quero Justin. Quase não o vejo mais.

Rafe bufou.

— Você vê Justin o dia *todo*, todos os dias. Quanto de Justin dá para uma pessoa aguentar?

— É diferente. Há muito tempo a gente não conversa direito.

— Não consigo sair por aí no meio da noite, Lexie — disse Justin. Ele parecia estar de fato sentindo alguma dor. — Eu iria, sinceramente, mas *não consigo*.

— Bem — disse Daniel para mim e para Rafe, deixando o livro de lado. Havia um brilho nos seus olhos, algo como um triunfo irônico e cansado. — Vamos?

— Esqueçam — falei, encarando-os zangada. — Podem esquecer. Tudo bem. Pode ficar todo mundo aqui reclamando e se lamentando, eu vou sozinha e se for esfaqueada de novo espero que fiquem felizes.

Antes que eu batesse com força a porta da cozinha, fazendo os vidros tremerem, ouvi Rafe começar a dizer alguma coisa e a voz de Abby atalhando, grave e furiosa: "Cale a boca." Quando cheguei ao final do jardim e me virei para olhar, os quatro estavam mais uma vez com as cabeças enfiadas nos livros, cada um no seu círculo de luz formado pelo abajur; brilhantes, fechados, intocáveis.

A noite se cobrira de nuvens, uma atmosfera densa e pesada, como um edredom molhado jogado sobre as colinas. Eu andava rápido, tentando ficar exausta para poder me iludir de que o meu coração batia acelerado por causa do exercício. Pensei naquele grande relógio imaginário que eu sentira em algum lugar ao fundo nos meus primeiros dias, me incitando a ir mais rápido. Algum tempo depois ele sumira completamente, deixando que eu fosse dominada pelos ritmos doces e lentos da Casa dos Espinheiros-Brancos, com todo o tempo do mundo. Agora ele voltava, com um tique-taque selvagem e mais alto a cada minuto, correndo em direção a uma hora zero enorme e sombria.

Liguei para Frank do chão em um dos caminhos; até a ideia de subir na minha árvore e ter que ficar parada num só lugar me dava coceira no corpo todo.

— Olá — disse Frank. — O que estava fazendo, correndo uma maratona? Recostei-me no tronco de uma árvore e tentei recuperar o fôlego.

— Estava tentando curar a ressaca. Clarear a cabeça.

— É sempre bom — concordou Frank. — Antes de mais nada, menina, parabéns por ontem à noite. Prometo pagar um drinque legal como recompensa quando você voltar para casa. Acho que talvez tenha conseguido a brecha de que precisávamos.

— Talvez. Não estou apostando nisso. Pelo que sabemos, Ned poderia estar chutando a história toda. Ele tenta comprar a cota de Lexie na casa, ela não quer vender, ele decide fazer mais uma tentativa, aí eu menciono a perda de memória e ele vê a oportunidade de me convencer de que tínhamos feito um acordo... Ned não é nenhum Einstein, mas também não é nenhum idiota, não quando se trata de negociatas.

— Talvez não — disse Frank. — Talvez não. Como conseguiu entrar em contato com ele, afinal?

Eu tinha a resposta prontinha.

— Tenho ficado de olho no chalé todas as noites. Imaginei que Lexie foi para lá por algum motivo; e se estava se encontrando com alguém, aquele seria o local mais lógico. Então achei que havia uma boa possibilidade de quem quer que fosse aparecer por lá de novo.

— E Eddie Lento aparece — disse Frank despreocupado — exatamente quando eu tinha contado sobre a casa, dado um assunto para vocês dois conversarem. Ele tem bom senso de oportunidade. Por que não me ligou depois que ele foi embora?

— Minha cabeça estava fervendo, Frankie. Só conseguia pensar em como isso muda o caso, como posso usar essa informação, o que fazer em seguida, como descobrir se Ned está chutando... Pretendi ligar para você, mas me esqueci completamente.

— Antes tarde do que nunca. E aí, como foi o seu dia?

Sua voz era simpática, totalmente neutra, não demonstrando nada de especial.

— Eu sei, eu sei, sou uma preguiçosa — disse, num tom humilde de quem pede desculpas. — Eu deveria ter tentado conseguir alguma informação de Daniel enquanto estávamos a sós, mas não tive ânimo. Estava morrendo de dor de cabeça e você conhece Daniel; ele não é exatamente um passatempo. Desculpe.

— Hum — resmungou Frank, não muito tranquilizador. — E aquela cena de mau humor insuportável? Estou supondo que foi só jogo de cena.

— Quero desestabilizar o pessoal — falei, o que era verdade. — Tentamos fazer com que ficassem despreocupados e contassem alguma coisa e não funcionou. Agora, com a nova informação, acho que está na hora de apertar o cerco.

– Não lhe ocorreu discutir o assunto comigo antes de entrar em ação?

Fiz uma pequena pausa de espanto.

– Apenas achei que você fosse deduzir o que eu estava fazendo.

– Tudo bem – disse Frank, com uma voz suave que acionou sirenes na minha cabeça. – Fez um ótimo trabalho, Cass. Sei que não queria se envolver e agradeço por ter aceitado a tarefa. Você é uma boa policial.

Foi como ser atingida no estômago.

– Qual é, Frank – falei, mas eu já sabia.

Ele riu.

– Relaxe, a notícia é boa. Hora de pôr um ponto final, menina. Quero que vá para casa e comece a se queixar de que está sentindo que vai pegar uma gripe: meio tonta, febril e com dor no corpo. Não mencione dor no local do ferimento para não inventarem de dar uma olhada; apenas diga que se sente mal. Talvez possa acordar um deles no meio da noite. Justin é o mais preocupado, não é? Diga a ele que está piorando. Se até de manhã ainda não tiverem levado você para a emergência do hospital, force a barra. Desse ponto em diante eu tomo conta.

Minhas unhas estavam enfiadas nas palmas das mãos.

– Por quê?

– Pensei que ficaria feliz – disse Frank, fingindo-se surpreso e meio emburrado. – Você não queria...

– Eu não queria ter começado. Sei disso. Mas agora estou dentro, e perto de conseguir alguma coisa. Por que diabos quer jogar tudo para o alto? Por que não pedi permissão antes de perturbar o pessoal?

– Nossa, não – disse Frank, mantendo o tom de surpresa despreocupada. – Nada a ver. Você entrou para definir o rumo dessa investigação e fez isso muito bem. Parabéns, menina. Seu trabalho no caso está terminado.

– Não, não está. Você me mandou para cá para encontrar um *suspeito*, foram essas as suas palavras, e até agora só encontrei um possível motivo com quatro possíveis suspeitos vinculados, cinco, se considerar que Ned pode estar mentindo descaradamente. De que maneira isso significa algum progresso na investigação? Os quatro vão se aferrar à sua história, como você disse no começo, e você volta à estaca zero. Me deixe fazer o meu trabalho, porra.

– Estou cuidando de você. Este é o *meu* trabalho. Depois do que descobriu, está correndo riscos e não posso ignorar...

– Papo furado, Frank. Se um daqueles quatro matou Lexie, estou em perigo desde o Dia Um, e você nunca se preocupou com isso até agora...

— Fale baixo. É esse o seu problema? Está enfezada porque não fui *protetor* o bastante?

Eu podia até ver suas mãos descontroladas de raiva e os grandes olhos azuis ressentidos.

— Dê um tempo, Frank. Sou crescidinha, posso me cuidar e isso nunca foi problema para você. Então por que essa merda agora de me tirar daqui?

Silêncio. Finalmente Frank deu um suspiro.

— Tudo bem – disse. – Você quer saber por que, tudo bem. É que eu acredito que você não está mais mantendo a objetividade necessária a esta investigação.

— Está falando de quê? – Meu coração batia acelerado. Se ele tinha posto alguém para vigiar a casa afinal, ou se tinha adivinhado que eu tirara o microfone... "Nunca deveria ter deixado passar tanto tempo", pensei, desesperada, "que burrice, deveria ter ido lá dentro várias vezes e feito algum barulho..."

— Você está emocionalmente envolvida demais. Não sou bobo, Cassie. Tenho uma boa noção do que aconteceu a noite passada e sei que tem alguma merda que não está me contando. São sinais de alerta, e não vou ignorá-los.

Ele caíra no truque do Fauré; não sabia que eu tinha sido descoberta. Meu coração desacelerou um pouquinho.

— Você está extrapolando os limites. Acho que eu nunca deveria ter feito pressão para que aceitasse. Não sei os detalhes do que aconteceu com você na Homicídios e não estou perguntando, mas claramente mexeu com a sua cabeça e é óbvio que ainda não estava pronta para um trabalho como este.

Tenho um temperamento explosivo e se me descontrolasse naquele momento a discussão estava terminada; eu teria confirmado que Frank estava certo. Provavelmente era isso que ele pretendia. Em vez de perder a cabeça, chutei o tronco da árvore, com tanta força que por um segundo achei que tinha quebrado o dedão. Quando consegui falar, disse friamente:

— Minha cabeça está ótima, Frank, e os meus limites também. Cada um dos meus atos foi orientado no sentido de atingir o objetivo desta investigação e descobrir um suspeito do homicídio de Lexie Madison. E eu gostaria de terminar o trabalho.

— Desculpe, Cassie – disse Frank, gentilmente, mas com muita firmeza. – Desta vez não dá.

Existe um detalhe sobre o trabalho de agente infiltrado que ninguém menciona, jamais. A regra é: o responsável tem a mão no freio. É ele que decide quando você deve bater em retirada ou se revelar. É ele que tem a visão geral, afinal de contas, é bem possível que tenha informações que você não tem e você faz o que ele manda, se valoriza a sua vida ou a sua carreira. Só que tem um detalhe que nunca mencionamos, a granada que está sempre conosco: ele não pode nos obrigar. Eu nunca soubera de ninguém que tivesse atirado aquela granada, mas cada um de nós sabe que ela está lá. Se você decidisse dizer não – por um tempinho, pelo menos, e talvez só precisasse disso – não haveria porra nenhuma que o seu responsável pudesse fazer.

Esse tipo de quebra de confiança não pode ser consertada. Naquele segundo, vi os códigos de aeroportos na agenda de Lexie, aqueles garranchos duros, implacáveis.

– Vou ficar – eu disse. Uma forte corrente de vento passou pelo mato, e senti que a minha árvore tremeu, uma sacudida violenta que chegou aos meus ossos.

– Não – disse Frank –, não vai. – Não me crie problemas, Cassie. A decisão está tomada; não há por que discutir. Vá para casa, arrume suas coisas e comece a se fazer de doente. Nos vemos amanhã.

– Você me pôs aqui para fazer um trabalho – falei. – Não vou sair até terminar. Não estou discutindo, Frank. Estou apenas comunicando.

Dessa vez Frank compreendeu. Sua voz não se alterou, mas adquiriu um tom velado que fez os meus ombros se enrijecerem.

– Você quer que eu pegue você na rua, encontre drogas em você e a mande para a cadeia até se acalmar? Porque eu farei isso.

– Não fará, não. Os outros sabem que Lexie não usa drogas e se ela for detida sob falsas acusações e depois morrer enquanto estiver sob custódia da polícia, eles vão criar um escândalo tão grande que essa operação toda vai pelos ares e você vai levar anos para limpar a sujeira.

Houve um silêncio enquanto Frank avaliava a situação.

– Você sabe que isso pode acabar com a sua carreira, não sabe? – perguntou daí a um tempo. – Está desobedecendo a uma ordem direta de um superior. Sabe que eu poderia prendê-la, tirar o seu distintivo e o seu revólver e demiti-la no ato.

– Sim, eu sei. – Mas Frank não faria isso, não ele, e eu sabia que estava me aproveitando desse fato. Eu sabia de outra coisa, também, não estou bem certa de como; talvez pela ausência de choque na sua voz. Em algum momento da sua carreira, Frank fizera exatamente a mesma coisa.

– E sabe que está me fazendo perder o fim de semana com Holly? É aniversário dela amanhã. Quer explicar a ela por que o papai não vai poder estar lá?

Eu estremeci, mas me lembrei de que Frank era assim, o aniversário de Holly provavelmente seria daí a muitos meses.

– Pois então, vá. Deixe outra pessoa monitorar a escuta.

— Sem chance. Mesmo que eu quisesse, não tenho outra pessoa. A verba acabou. Os chefes estão de saco cheio de pagar policiais para ficarem sentados ouvindo você beber vinho e arrancar papel de parede.

— Não posso culpá-los – falei. – O que vai fazer com a escuta é problema seu; deixe falando sozinha se quiser. É a sua parte do trabalho. Estou fazendo a minha.

— Está certo – concordou Frank, dando um suspiro longo e sofrido. – Tudo bem. Vamos fazer o seguinte: você tem quarenta e oito horas, a contar de agora, para encerrar...

— Setenta e duas.

— Setenta e duas, com três condições: não faça nenhuma bobagem, continue a me ligar e não tire o microfone nem um minuto. Quero sua palavra.

Senti uma pontada. Talvez ele soubesse, afinal; com Frank, nunca se pode ter certeza.

— Entendido. Prometo.

— Daqui a três dias, mesmo que esteja a um centímetro de solucionar o caso, você volta. Quando for – consulta ao relógio – quinze para meia-noite de segunda-feira, você está fora daquela casa e na emergência do hospital, ou pelo menos a caminho. Até lá, vou segurar essa fita. Se respeitar as condições e voltar na hora certa, apago tudo e ninguém precisa saber dessa conversa. Se me der mais um pingo de problema, trago você presa para cá, custe o que custar e sejam quais forem as consequências e a demito. Ficou bem claro?

— Sim – concordei. – Claro como água. Não estou tentando ferrar com você, Frank. Não se trata disso.

— Essa ideia, Cassie – disse Frank – foi muito, muito infeliz. Espero que saiba disso.

Ouvi um bip e depois mais nada, só ondas de estática no meu ouvido. Minhas mãos tremiam tanto que deixei o telefone cair duas vezes antes de conseguir apertar Fim.

A ironia da coisa: ele estava a milímetros da verdade. Vinte e quatro horas antes, eu não estava trabalhando neste caso; estava deixando que ele me trabalhasse, caindo dentro dele em queda livre, mergulhada e nadando cada vez mais para o fundo. Havia mil pequenas frases e olhares e objetos que estiveram espalhados por este caso como migalhas de pão, despercebidos e desconexos porque eu desejara – ou pensei que desejasse – ser Lexie Madison muito mais do que desejei solucionar o seu assassinato. O que Frank desconhecia, e o que eu não podia lhe contar, é que Ned, estranhamente, sem ter nem noção do que fazia, me puxara de volta. Eu queria encerrar este caso e estava pronta – e não digo isso com leviandade – a fazer o que fosse preciso.

Seria possível dizer que reagi disposta a lutar porque tinha me enganado, de modo quase fatal, e essa era minha última chance de me redimir; ou porque a única maneira de retomar a minha carreira – "É o meu trabalho", eu dissera a Daniel, antes de me dar conta das minhas palavras – era conseguir solucionar este caso; ou porque o nosso fracasso na Operação Vestal envenenara o ar à minha volta e eu precisava de um antídoto. Talvez um pouco de todos os três motivos. Mas de uma coisa eu não podia escapar: não importava o que essa mulher tinha sido ou feito, éramos parte uma da outra desde que nascemos. Leváramos uma à outra a esta vida, a este lugar. Eu sabia detalhes sobre ela que ninguém no mundo conhecia. Não poderia abandoná-la agora. Não havia outra pessoa para ver através dos olhos dela e ler sua mente, acompanhar as linhas prateadas de runas que ela deixara como um rastro, contar a única história que ela lograra terminar.

Eu só sabia que precisava do fim dessa história, precisava ser aquela pessoa que esclareceria tudo, e que eu estava com medo. Não fico amedrontada com facilidade, mas, exatamente como Daniel, sempre soube que havia um preço a pagar. O que Daniel não sabia, ou não comentou, é o que eu disse logo no começo: o preço é uma coisa incandescente e mutável, e nem sempre é você quem escolhe, nem sempre tem permissão para saber antecipadamente qual vai ser.

A outra ideia que vinha me ocorrendo repetidas vezes, sempre com uma horrível sensação de desequilíbrio nauseante: poderia ter sido este o motivo por que ela me procurara, poderia ter sido isto o que ela queria o tempo todo. Alguém que trocasse de lugar com ela. Alguém que ansiasse por uma oportunidade de se livrar da sua própria vida ingrata, deixá-la evaporar-se como a névoa da manhã sobre a grama; alguém que ficaria contente de desaparecer num aroma de campânulas e num raminho verde, enquanto essa garota se fortalecia, desabrochava e se tornava sólida de novo, e vivia.

Acho que foi só naquele momento que acreditei que ela estava morta, essa garota que eu jamais conhecera em vida. Nunca vou ficar livre dela. Uso o seu rosto; à medida que envelheço, ele será o espelho mutante dela, a visão de todas as idades que ela nunca teve. Eu vivi a vida dela, durante algumas semanas alegres e estranhas; o seu sangue contribuiu para fazer de mim o que sou, da mesma maneira que contribuiu na formação das campânulas e do pilriteiro. Mas, quando tive a oportunidade de dar aquele passo final e ultrapassar o limite, me deitar com Daniel entre as folhas de hera e o ruído da água, abrir mão da minha própria vida com todas as suas cicatrizes e escombros e começar de novo, eu me recusei.

O ar estava parado. Agora, a qualquer minuto eu teria que voltar à Casa dos Espinheiros-Brancos e fazer o melhor que pudesse para destruí-la.

De repente, por nada, eu queria tão intensamente falar com Sam que era como se tivesse sido atingida no estômago. Sentia que a coisa mais urgente do mundo era contar a ele, antes que fosse tarde demais, que eu estava voltando para casa; e que, naquilo que era realmente importante, eu já estava de volta; que estava assustada, apavorada como uma criança no escuro e que precisava ouvir sua voz.

O telefone dele estava desligado. Só ouvi a voz de mulher da gravação me dizendo, condescendente, para deixar um recado. Sam estava trabalhando: assumindo o seu turno na vigilância da casa de Naylor ou analisando depoimentos pela enésima vez, caso tivesse deixado passar alguma coisa. Se eu fosse de chorar, teria chorado naquele momento.

Antes de perceber o que estava fazendo, ajustei o telefone para o meu número Particular e liguei para o celular de Rob. Com a mão livre cobri o microfone e senti sob a palma o meu coração bater lento e forte. Eu sabia que era muito possível que isso fosse a coisa mais imbecil que eu já tinha feito na vida, mas não sabia como não fazer.

– Ryan – atendeu ele no segundo toque, totalmente acordado; Rob sempre teve problemas para dormir. Quando não consegui dizer nada ele falou, com uma súbita e nova atenção na voz: – Alô?

Desliguei. Um segundo antes do meu polegar apertar a tecla, pensei ouvi-lo dizer, com rapidez e urgência, "Cassie?", mas a minha mão já estava em movimento e era tarde demais para puxá-la de volta, mesmo que eu quisesse. Deslizei pela lateral da árvore e me sentei, com os braços bem apertados em volta do corpo, por um longo tempo.

Houve uma noite, durante o nosso último caso. Às três da manhã, peguei a minha Vespa e fui ao local do crime para apanhar Rob. No caminho de volta as ruas estavam desertas àquela hora e eu dirigia em velocidade; Rob se inclinava nas curvas junto comigo e a moto pouco parecia sentir o peso extra. Dois faróis altos apareceram numa curva, ofuscantes e cada vez maiores até cobrirem a estrada toda: um caminhão, no meio da pista e vindo em nossa direção, mas a moto se desviou, leve como um talo de grama, e o caminhão passou, com um grande golpe de vento e ofuscamento. As mãos de Rob na minha cintura tremiam de vez em quando, um tremor rápido e violento, e eu estava pensando na minha casa aquecida e se tinha algo na geladeira.

Nenhum dos dois sabia, mas estávamos passando acelerados pelas últimas horas que tínhamos. Eu me apoiei naquela amizade, livre e despreocupada, como se ela fosse uma parede de dois metros de espessura, mas menos de um dia depois ela começou a desmoronar em avalanche, e não havia nada no mundo que eu pudesse fazer para contê-la. Nas noites seguintes eu acordava com a cabeça cheia daqueles faróis, mais ofuscantes e profundos do que o sol. Eu os vi de novo por trás das pálpebras naquele caminho escuro e compreendi então que poderia ter simplesmente ido em frente. Poderia ter sido como Lexie. Poderia ter engatado velocidade máxima e nos levado voando para fora da estrada, para o silêncio vasto no seio daqueles faróis e até o outro lado, onde nada poderia nos tocar, jamais.

21

Daniel levou duas ou três horas para pôr em prática o seu próximo lance. Eu estava sentada na cama, fitando os Irmãos Grimm e lendo a mesma frase várias vezes sem entender uma palavra do que lia, quando ouvi uma batidinha discreta na porta.

– Pode entrar – falei.

Daniel meteu a cabeça na porta. Estava ainda todo vestido, impecável, de camisa branca e sapatos engraxados.

– Tem um minuto? – perguntou educadamente.

– Claro – respondi, também educadamente, deixando de lado o livro. Com certeza não se tratava de rendição nem de trégua, mas eu não conseguia pensar em nada que um de nós pudesse tentar, não sem os outros por perto para serem usados como armas.

– Só queria – disse Daniel, virando-se para fechar a porta atrás dele – dar uma palavrinha com você. Em particular.

O meu corpo pensou mais rápido do que a minha mente. Naquele segundo em que ele estava virado de costas para mim, antes de saber o porquê da minha reação, agarrei o fio do microfone por cima da blusa do pijama, dei um puxão para cima e senti o estalo da tomada se soltando. Quando Daniel se virou de novo, minhas mãos estavam inocentemente apoiadas no livro.

– Sobre o quê? – perguntei.

– Tem umas coisas – começou Daniel, alisando a beirada do edredom e se sentando – que estão me incomodando.

– Ah?

– Pois é. Quase desde que você... bem, digamos, chegou. Pequenas incoerências, que se tornaram mais preocupantes com o passar do tempo. Quando pediu mais cebola, naquela noite, tive sérias dúvidas.

Ele fez uma pausa educada, caso eu quisesse acrescentar alguma coisa. Eu o fitei. Não podia acreditar que eu não tinha previsto isso.

– E aí, claro – continuou, quando ficou óbvio que eu não ia dizer nada – chegamos à noite passada. Como você deve saber, ou não, em algumas ocasiões você e eu... ou, enfim, Lexie e eu, tivemos... Bem, basta dizer que um beijo pode ser tão individual e inconfundível como um riso. Quando nos beijamos, a noite passada, tive praticamente certeza de que você não é Lexie.

Ele me olhou com indiferença do outro lado da cama. Daniel estava tentando me destruir de novo, de todas as maneiras que podia: com o meu chefe, com o namorado que ele adivinhara, com o alto escalão, que não aprovaria uma agente infiltrada beijando um suspeito. Essas eram suas novas armas com controle remoto. Se o microfone tivesse permanecido ligado, eu estaria a poucas horas de uma triste volta para casa e uma passagem só de ida para uma mesa em Offaly.

– Sei que parece absurdo – disse Daniel, tranquilo –, mas gostaria de ver esse suposto ferimento a faca. Apenas para me certificar de que você é, na verdade, quem alega ser.

– Claro – falei animadamente –, por que não? – E vi o espanto nos seus olhos. Levantei a blusa do pijama e soltei o curativo, para lhe mostrar a tomada e a bateria, separadas.

– Foi uma boa tentativa – falei –, pena que não deu certo. E se conseguir mesmo que me tirem daqui, acha que vou embora quietinha? Não terei nada a perder. Mesmo que só me restem cinco minutos, vou usá-los para dizer aos outros quem eu sou e que você sabe disso há semanas. Qual acha que vai ser a reação de, digamos, Rafe?

Daniel se inclinou para a frente para inspecionar o microfone.

– Ah – falou. – Bem, valeu a tentativa.

– O meu tempo neste caso está se esgotando, de qualquer maneira – continuei. Eu falava rápido: Frank teria começado a ficar desconfiado no momento que a escuta emudecesse, eu tinha talvez um minuto antes que ele explodisse. – Só tenho mais uns dias. Mas preciso desses dias. Se tentar tirá-los de mim, vou sair atirando. Se não fizer nada, ainda tem uma chance de eu não descobrir nada que valha a pena, e podemos combinar algum jeito de os outros nunca terem que saber quem eu sou.

Ele me observava sem expressão, aquelas mãos grandes e quadradas bem apertadas no colo.

– Os meus amigos são responsabilidade minha. Não vou ficar parado e deixar que você os arraste para um canto para fazer um interrogatório.

Dei de ombros.

– Tudo bem. Tente me impedir do jeito que puder; não teve nenhum problema em tentar esta noite. Só não mexa com os meus últimos dias. Combinado?

– Quantos dias – perguntou Daniel – exatamente?

Abanei a cabeça.

— Isso não faz parte do acordo. Em mais ou menos dez segundos vou ligar isso de novo, para parecer que foi desconectado por acidente, e vamos ter uma conversinha inócua sobre o motivo do meu mau humor na hora do jantar. Ok?

Ele fez que sim, distraído, ainda examinando o microfone.

— Beleza — falei. — Agora. Não estou com vontade — conectei o fio no meio da frase, para dar um toque de realismo — de falar nisso. Minha cabeça está confusa, está tudo parecendo uma droga, só quero que me deixem em paz, tá bom?

— Acho que é só o efeito da ressaca — disse Daniel, obediente. — Sempre teve problemas com vinho tinto, não é?

Tudo me soava como uma armadilha.

— Pode ser — falei, dando de ombros como uma adolescente irritada e prendendo o curativo. — Talvez tenha sido o ponche. Rafe deve ter posto alguma bolinha nele. Ele tem bebido muito mais ultimamente, já notou?

— Rafe está bem — afirmou Daniel com frieza. — Assim como você vai ficar, espero, depois de uma boa noite de sono.

Passos rápidos no andar de baixo, e uma porta se abrindo.

— Lexie? — gritou Justin, preocupado. — Está tudo bem?

— Daniel está me perturbando — gritei em resposta.

— Daniel? Por que você está perturbando Lexie?

— Não estou.

— Ele quer saber por que me sinto um lixo — gritei. — Me sinto um lixo porque sim, e quero que ele me deixe em paz.

— Você se sente um lixo porque o quê? — Justin tinha saído do seu quarto e estava no pé da escada; podia imaginá-lo de pijama listado, segurando o corrimão e olhando lá para cima com seus olhos míopes. Daniel estava me lançando um olhar atento e pensativo que me deixava nervosa à beça.

— Calem a *boca*! — berrou Abby, tão furiosa que dava para ouvi-la através da porta. — Tem gente aqui tentando *dormir*.

— Lexie? Você se sente um lixo porque o quê?

Uma pancada: Abby atirara alguma coisa.

— Justin, eu falei para calar a *boca*! *Que droga!*

Do térreo, Rafe, irritado, gritava alguma coisa indefinida, acho que era "O que é que está *acontecendo*?"

— Vou descer e explico, Justin — gritou Daniel. — Voltem todos para a cama. — E para mim: — Boa-noite. — Ele se levantou e mais uma vez alisou o edredom. — Durma bem. Espero que se sinta melhor pela manhã.

— Tudo bem — falei. — Obrigada. Não conte com isso.

O ritmo regular dos seus passos descendo a escada, depois vozes abafadas lá embaixo: no começo, quase só se ouvia a voz de Justin e uma ou outra interjeição breve de Daniel, situação que gradualmente se inverteu. Saí da cama, pé ante pé, e grudei a orelha no chão, mas a voz deles era pouco mais do que um sussurro e não consegui captar as palavras.

Passaram-se vinte minutos antes que Daniel subisse de novo, com passos leves, fazendo uma pausa de alguns longos segundos no patamar. Só comecei a tremer depois que ele entrou no seu quarto e fechou a porta.

Naquela noite, fiquei horas acordada, virando páginas e fingindo ler, fazendo ruídos com as cobertas e respirando fundo e fingindo dormir, desligando o microfone por poucos segundos ou poucos minutos de vez em quando. Acho que consegui dar bem a impressão de uma tomada solta, que ligava e desligava à medida que eu me mexia, mas mesmo assim não fiquei tranquila. De imbecil, Frank não tem nada, e no estado de espírito em que se encontrava não me daria nem o benefício da dúvida.

Frank à minha esquerda, Daniel à minha direita, e ali estava eu, entalada no meio com Lexie. Passei o tempo, enquanto brincava com o joguinho de microfone-tomada, tentando entender como era possível, do ponto de vista da logística, que eu tivesse acabado por ficar do lado oposto ao de absolutamente todas as pessoas envolvidas neste caso, inclusive pessoas que estavam em lados opostos. Antes que eu afinal conseguisse dormir, peguei a cadeira da penteadeira de Lexie, pela primeira vez em semanas, e firmei-a de encontro à porta.

O sábado passou acelerado, num incontrolável torpor de pesadelo. Daniel decidira – em parte porque o trabalho na casa sempre os acalmava, suponho, e em parte para manter todos no mesmo aposento e sob as suas vistas – que precisávamos passar o dia lixando o piso:

– Temos deixado a sala de jantar de lado – ele nos disse no café da manhã. – Está começando a parecer maltratada, comparada à sala de estar. Acho que hoje deveríamos começar a colocá-la em boas condições. O que vocês acham?

– Boa ideia – concordou Abby, fazendo os ovos escorregarem para o prato dele e lhe dando um sorriso cansado, deliberadamente otimista. Justin deu de ombros e voltou a brincar com o pão.

– Para mim, tanto faz – falei, olhando para a frigideira. Rafe pegou o seu café e saiu mudo.

– Que bom – concluiu Daniel serenamente, voltando ao seu livro. – Então, está combinado.

O resto do dia foi tão penoso quanto eu esperara. A mágica do Lugar Feliz tinha tirado folga naquele dia. Rafe estava calado, com raiva do mundo; a toda hora batia a lixadeira elétrica nas paredes, nos assustando, até que Daniel a pegou das mãos dele, sem uma palavra, e lhe deu uma lixa de papel. Eu pus o meu mau humor em volume máximo e torci para que tivesse algum efeito em alguém e que, mais cedo ou mais tarde – não muito mais tarde – eu encontrasse uma maneira de usá-lo.

Lá fora, caía uma chuva fina e irritante. Não conversávamos. Vi Abby enxugar o rosto, uma ou duas vezes, mas sempre de costas para nós, e não dava para dizer se ela estava chorando ou se era só o efeito do pó da madeira, que entranhava em tudo: subia pelos narizes, descia pelos pescoços, entrava na pele das mãos. Justin não escondia sua respiração chiada e tinha acessos de tosse fortes e dramáticos com a boca no lenço, até que finalmente Daniel parou a lixadeira, saiu a passos largos e voltou com uma máscara contra gases, antiga e horrorosa, que estendeu para Justin em silêncio. Ninguém riu.

– Essas máscaras têm asbesto – comentou Rafe, esfregando com violência um canto difícil do piso. – Você está realmente tentando matar Justin ou só quer dar essa impressão?

Justin olhou horrorizado para a máscara.

– Não quero respirar asbesto.

– Se preferir amarrar o lenço na frente da boca – disse Daniel –, então faça isso. Mas pare de reclamar. – Ele empurrou a máscara nas mãos de Justin e voltou a ligar a lixadeira.

A máscara contra gases que provocara, em mim e em Rafe, um ataque de riso, aquela noite no pátio. "Ele pode usá-la na faculdade, Abby pode bordar uns desenhos..." Justin a jogou com cautela num canto vazio, onde ela ficou o resto do dia, nos observando com enormes olhos vazios e tristes.

– E o que está acontecendo com o seu microfone? – indagou Frank, naquela noite. – Só por curiosidade.

– Ah, que merda – falei. – O que é, está com aquele problema de novo? Pensei que tinha consertado.

Uma pausa de ceticismo.

– Que problema de novo?

– Hoje de manhã, quando troquei o curativo, a tomada tinha saído. Acho que botei o curativo do jeito errado, depois que tomei banho ontem à noite, e a tomada ficou saindo quando eu me mexia. Quanto você perdeu? Está funcionando agora? – Enfiei a mão por dentro da blusa e bati no microfone. – Ouviu?

– Alto e bom som – respondeu Frank, secamente. – Saiu algumas vezes durante a noite, mas aí duvido que eu tenha perdido algo significativo. Pelo menos, espero que não. Mas perdi um ou dois minutos da sua conversa com Daniel à meia-noite.

Pus um sorriso na voz.

– Ah, aquela conversa? Ele estava irritado por causa da cena de mau humor. Queria saber o que tinha de errado, então eu disse a ele para me deixar em paz. Aí os outros nos ouviram falando e entraram na conversa, ele desistiu e foi dormir. Falei a você que ia funcionar, Frank. Eles estão nervosíssimos.

– Certo – disse Frank, após uma pausa. – Então parece que não perdi nada muito instrutivo. E, enquanto eu estiver trabalhando neste caso, não dá para dizer que não acredito em coincidências. Mas, se acontecer de aquele fio se soltar de novo, por um segundo que seja, vou até aí e arrasto você pelo pescoço até aqui. Trate de arranjar uma supercola. – E desligou.

Andei de volta para casa, tentando imaginar qual seria o meu próximo passo, se eu estivesse no lugar de Daniel; aconteceu, porém, de eu descobrir que não era com ele que deveria estar me preocupando. Antes mesmo de entrar na casa, eu sabia que alguma coisa acontecera. Todos se encontravam na cozinha – sem dúvida os rapazes tinham parado no meio da lavagem da louça, Rafe estava segurando uma espátula como se fosse uma arma e Justin deixando cair pingos de água e sabão no piso – e estavam todos falando ao mesmo tempo.

– ... fazendo o trabalho deles – dizia Daniel, categórico, quando abri a porta de vidro. – Se não deixarmos que eles...

– Mas *por quê*? – lamuriava-se Justin. – Por que eles iriam...

Foi quando eles me viram. Por um segundo, o silêncio foi completo, todos me olhando fixamente, vozes cortadas no meio de alguma palavra.

– O que está acontecendo? – perguntei.

– Os tiras querem que a gente vá até lá – respondeu Rafe. Ele jogou a espátula na pia, fazendo muito barulho e espalhando água para todos os lados, inclusive na camisa de Daniel, que nem notou.

– Não vou aguentar passar por tudo aquilo de novo – disse Justin, se encostando na bancada com o corpo meio caído. – Não vou.

– Até lá onde? Para quê?

– Mackey ligou para Daniel – explicou Abby. – Querem que a gente vá falar com eles, amanhã de manhã cedo. Todos nós.

"Por quê?" Aquele canalha do Frank. Ele já sabia, quando liguei, que iria inventar essa história. Nem se dera ao trabalho de mencionar o assunto.

Rafe deu de ombros.

– Isso ele não contou. Só disse que gostaria de, abre aspas, ter uma *conversinha* conosco, fecha aspas.

— Mas por que lá? – indagou Justin, descontrolado. Ele fitava o telefone de Daniel, na mesa da cozinha, como se esperasse um ataque. – Das outras vezes, eles vieram aqui. Por que temos que...

— Onde ele quer que a gente vá? – perguntei.

— Ao Castelo de Dublin – informou Abby. – Ao departamento, ou divisão, ou seja lá o que for, de Crimes Graves.

A Crimes Graves e Crime Organizado fica um andar abaixo da Homicídios; Frank só teria que nos fazer subir mais um lance de escada. Essa divisão não investiga casos comuns de esfaqueamento, a não ser que um chefão do crime esteja envolvido, mas os outros não sabiam disso, e o nome impressionava.

— Você tinha alguma informação sobre isso? – perguntou Daniel, me encarando com uma frieza que não me agradava nem um pouco. Rafe virou os olhos para o teto e murmurou algo que incluía as palavras "maluco paranoico".

— Não. Como poderia?

— Achei que o seu amigo Mackey talvez tivesse ligado para você também. Durante a sua caminhada.

— Não ligou. E ele não é meu *amigo*. – Nem tentei disfarçar a cara de aborrecimento; Daniel que tentasse adivinhar se era ou não legítima. Eu só tinha dois dias, e Frank ia desperdiçar um deles com intermináveis perguntas bobas e sem sentido sobre o recheio dos nossos sanduíche e como nos sentíamos em relação a Brenda Quatro-Peitos. Ele queria que fôssemos cedo: planejava esticar as perguntas por tanto tempo quanto conseguisse, oito, doze horas. Fiquei me perguntando se estaria de acordo com a personagem de Lexie dar-lhe um chute no saco.

— Eu sabia que não deveríamos ter ligado para eles quando aconteceu a história da pedra – disse Justin, acabrunhado. – Eu sabia. Eles estavam nos deixando *em paz*.

— A gente pode não ir – falei. Provavelmente Frank classificaria essa sugestão como fazer bobagem, desobedecendo uma de suas condições, mas eu estava aborrecida demais para me importar. – Eles não podem nos forçar.

Uma pausa de espanto.

— Isso é verdade? – perguntou Abby a Daniel.

— De fato, acho que sim – respondeu Daniel. Ele me examinava, meditativo; eu quase conseguia ouvir sua cabeça dando voltas. – Não estamos detidos. Foi um convite, não uma intimação, embora Mackey não usasse esse tom. Mesmo assim, acho que precisamos ir.

— Ah é, acha? – perguntou Rafe com maus modos. – Acha mesmo? E se a minha opinião for de que a gente deve deixar que Mackey se foda?

Daniel se virou para olhá-lo.

– Pretendo continuar a colaborar integralmente com a investigação – disse calmamente. – Em parte porque considero que é uma questão de bom-senso, mas acima de tudo porque gostaria de saber quem cometeu esse ato terrível. Se qualquer um de vocês preferir ser um empecilho e levantar suspeitas em Mackey, se recusando a cooperar, eu não posso impedir; lembrem-se, porém, de que a pessoa que esfaqueou Lexie ainda está por aí, e na minha opinião deveríamos fazer o possível para ajudar na sua captura. – O sacana filho da mãe: usando o meu microfone para dizer a Frank exatamente o que gostaria que ele ouvisse, aparentemente um monte de clichês piedosos. Os dois se mereciam.

Daniel passeou os olhos pela cozinha com ar de interrogação. Ninguém abriu a boca. Rafe começou a dizer alguma coisa, se conteve e abanou a cabeça desgostoso.

– Certo – disse Daniel. – Nesse caso, vamos terminar tudo aqui e ir para a cama. Amanhã vai ser um longo dia. – E pegou o pano de prato.

Eu estava na sala de estar com Abby, fingindo ler e inventando xingamentos criativos para me referir a Frank e ouvindo o silêncio tenso na cozinha, quando percebi uma coisa. Quando pôde escolher, Daniel tinha decidido que preferia passar com Frank um dos meus últimos dias, e não comigo. Deduzi que, de um modo meio perigoso, não deixava de ser um cumprimento.

Do domingo de manhã, o que mais me lembro é que seguimos toda a rotina do café, passo a passo. A batidinha rápida de Abby na minha porta; nós duas preparando o café da manhã, lado a lado, seu rosto afogueado com o calor do fogão. Como nos movimentávamos com facilidade, passando coisas uma para a outra, sem precisar pedir. Lembrei-me daquela primeira noite, a ansiedade quando eu notara como eles eram próximos uns dos outros; de alguma maneira, durante esse tempo, eu me tornara uma parte daquele todo. Justin franzindo a testa enquanto cortava a torrada em triângulos, a manobra em piloto automático de Rafe com o café, Daniel com a ponta do livro presa sob o prato. Eu não me permitia pensar, nem por um fragmento de segundo, que em trinta e seis horas eu já teria ido embora; que, mesmo que eu me encontrasse com eles de novo um dia, nunca mais seria desse jeito.

Não nos apressamos. Até Rafe reapareceu, depois que tomou o café, me empurrando para um lado com o quadril para dividir a cadeira comigo e roubar pedaços da minha torrada. O orvalho escorria pelos vidros das janelas, e os coelhos – cada dia eles ficavam mais ousados e se aproximavam mais – estavam mordiscando a grama lá fora.

Algo se alterara, durante a noite. As arestas cortantes que havia entre os quatro tinham se dissolvido; eles estavam delicados uns com os outros, cuidadosos, quase carinhosos. Às vezes me pergunto se deram tanta atenção àquele café porque, num nível mais profundo e confiável do que a lógica, eles sabiam.

– Está na hora de irmos – disse Daniel, afinal. Ele fechou o livro, esticou o braço para colocá-lo na bancada. Senti um sopro, algo entre uma pausa na respiração e um suspiro, ondular em volta da mesa. O peito de Rafe inchou, rapidamente, de encontro ao meu ombro.

– Certo – disse Abby em voz baixa, quase para si mesma. – Vamos acabar com isso.

– Tem um assunto que eu gostaria de discutir com você, Lexie – disse Daniel. – Por que não vamos no mesmo carro até a cidade?

– Discutir o quê? – perguntou Rafe incisivo, enfiando os dedos no meu braço.

– Se tivesse a ver com você – respondeu Daniel, levando o prato para a pia –, eu o teria convidado para vir conosco. – As arestas cortantes mais uma vez se cristalizaram, assim do nada, finas e cortantes no ar.

– Então – disse Daniel, depois que ele encostara o carro na frente da casa e eu tinha me sentado ao seu lado –, aqui estamos nós.

Algo enfumaçado formou espirais pelo meu corpo: um aviso. Era a maneira que ele estava olhando, não para mim, mas para fora da janela, para a casa na neblina fria da manhã, para Justin esfregando o para-brisa meticulosamente com um trapo de pano dobrado e Rafe descendo a escada encolhido, com o queixo bem enterrado na echarpe; era a expressão no seu rosto, concentrado e pensativo e só um pouquinho triste.

Não havia como saber quais eram os limites desse cara, se é que ele tinha algum. O meu revólver estava atrás da mesinha de cabeceira de Lexie – Homicídios tem detector de metais. "O único momento em que ficará sem cobertura", dissera Frank, "é no trajeto entre a casa e a cidade."

Daniel sorriu, um sorrisinho só dele, olhando o céu azul com um pouco de neblina.

– Vai ser um dia lindo – comentou.

Eu estava a ponto de saltar do carro, correr até Justin, dizer que Daniel estava sendo insuportável e pedir para ir com ele e os outros – parecia ser a semana das desavenças complicadas e violentas, mais uma não despertaria suspeitas em ninguém – quando a porta atrás de mim se abriu de repente e Abby entrou no carro, corada e com o cabelo emaranhado, numa confusão de luvas e chapéu e casaco.

– Ei – falou, batendo a porta. – Posso ir com vocês?

– Claro – concordei. Poucas vezes fiquei tão feliz ao ver alguém.

Daniel se virou para olhá-la por sobre o ombro.

– Pensei que tínhamos combinado de você ir com Justin e Rafe.

– Você deve estar brincando. No mau humor que eles estão? Seria como viajar com Stalin e Pol Pot, só que menos animado.

Inesperadamente, Daniel lhe sorriu, um sorriso verdadeiro, carinhoso, de quem acha graça.

– Eles estão sendo ridículos. É, deixe que eles se virem; uma ou duas horas presos num carro, pode ser disso mesmo que precisem.

– Pode ser – disse Abby, não muito convencida. – Ou então, vão se matar. – Ela pegou uma escova de cabelo dobrável na bolsa e começou a pentear o cabelo com ímpeto. Na nossa frente, Justin pôs o carro em movimento numa arrancada impaciente e se foi, rápido demais.

Daniel esticou a mão para trás por sobre o ombro, com a palma para cima, em direção a Abby. Ele não estava olhando nem para ela nem para mim; através do para-brisa, observava, sem ver, as cerejeiras. Abby soltou a escova e colocou sua mão sobre a dele, apertando os dedos. E não soltou até Daniel dar um suspiro e tirar a mão, gentilmente, e acelerar.

22

Frank, aquele filho da puta, me jogou numa sala de interrogatório ("Logo alguém virá atendê-la, srta. Madison") e me deixou lá por duas horas. E não era sequer uma das salas de interrogatório boas, com água gelada e cadeiras confortáveis; era a porcaria da pequena, que fica a dois passos de uma cela, a que usamos para deixar as pessoas nervosas. Funcionou: fui ficando mais ansiosa a cada minuto. Frank poderia estar lá fora fazendo qualquer coisa, revelando minha identidade, contando aos outros sobre o bebê, dizendo que sabíamos sobre Ned, qualquer coisa. Eu sabia que estava reagindo exatamente como ele queria, exatamente como uma suspeita, mas em vez de me acalmar, isso só me fez ficar mais furiosa. Não podia nem dizer à câmera o que pensava da situação, já que era possível que ele tivesse posto um dos outros para me observar e estava apostando que eu faria exatamente isso.

Troquei as cadeiras de lugar – claro que Frank tinha me dado aquela sem a ponteira em uma das pernas, aquela que é usada para os suspeitos se sentirem desconfortáveis. Tinha vontade de berrar para a câmera, "eu *trabalhava* aqui, seu escroto, aqui é o meu território, não tente essa merda comigo." Em vez disso, encontrei uma esferográfica no bolso do casaco e me diverti escrevendo LEXIE ESTEVE AQUI na parede, em letras caprichadas. Não atraí a atenção de ninguém, mas eu não esperava mesmo que isso acontecesse: as paredes já estavam cobertas com o equivalente a anos de citações e desenhos e sugestões anatomicamente difíceis. Reconheci dois ou três nomes.

Eu odiava essa situação. Estivera nesta sala tantas vezes, eu e Rob interrogando suspeitos, com a coordenação telepática e impecável de dois caçadores esperando o momento certo; estar ali sem ele me fazia sentir como se alguém tivesse tirado todos os meus órgãos e eu estivesse a ponto de desabar, vazia demais para ficar de pé. Acabei enfiando minha esferográfica na parede com tanta força que a ponta se quebrou. Atirei o que sobrou na câmera do outro lado da sala e peguei de volta com uma rachadura, mas nem assim me senti melhor.

Quando Frank decidiu fazer sua entrada triunfal, eu estava fervendo de raiva de umas sete maneiras diferentes.

– Sim, senhora – disse ele, esticando o braço para cima e desligando a câmera. – Imagine, encontrá-la logo aqui. Sente-se, por favor.

Continuei de pé.

— Que merda é essa que você está fazendo?

Ele ergueu as sobrancelhas.

— Estou interrogando suspeitos. Qual é, preciso da sua permissão agora?

— Precisa falar comigo, droga, antes de me dar uma rasteira. Não estou só me divertindo lá, Frank, estou *trabalhando* e isso poderia estragar tudo que estou tentando fazer.

— Trabalhando? É assim que os jovens chamam isso hoje em dia?

— Foi assim que *você* chamou. Estou fazendo exatamente o que você me mandou fazer lá, estou afinal conseguindo resultados, por que, droga, está me sabotando?

Frank se recostou na parede e cruzou os braços.

— Se quer fazer jogo sujo, Cass, eu também sei jogar. Não tem muita graça quando você está do outro lado, não é?

O problema é que eu sabia que ele não estava fazendo jogo sujo, não de verdade. Obrigar-me a sentar no canto, de castigo, e pensar no que eu tinha feito era uma coisa: ele estava tão furioso — e com razão — que era provável que tivesse vontade de me dar um soco no olho, e eu sabia muito bem que, se não inventasse uma solução espetacular de última hora, estaria em maus lençóis quando voltasse no dia seguinte. Ele jamais, porém, não importava o quanto estivesse zangado, faria nada que prejudicasse o caso. E eu sabia, com uma frieza de neve sob toda aquela raiva, que poderia usar isso.

— Tudo bem — eu disse, respirando fundo e passando as mãos pelo cabelo. — Tudo bem. É justo. Eu mereci.

Ele deu uma risada curta e desagradável.

— Você não quer que eu comece a dizer o que você merece, menina. Pode acreditar.

— Eu sei, Frank. E quando tivermos tempo, pode me dar a bronca que quiser, mas não agora. Como está indo com os outros?

Ele deu de ombros.

— Como era de se esperar.

— Em outras palavras, não conseguiu nada.

— Você acha?

— Acho, sim. Conheço aqueles quatro. Pode continuar insistindo até o dia da sua aposentadoria e mesmo assim não vai conseguir nada.

— É possível — disse Frank indiferente. — Vamos ter que esperar para ver, não é? Ainda tenho alguns anos pela frente.

— Sem essa, Frank. Foi você mesmo que disse desde o começo: aqueles quatro são grudados como cola, não adianta uma abordagem por alguém de fora. Não foi por isso que quis que eu entrasse antes de mais nada?

Uma ligeira inclinação de queixo, indefinida, como um dar de ombros.

– Você bem sabe que não vai conseguir tirar deles nada de útil. Só quer assustá-los, certo? Então vamos assustá-los juntos. Sei que você está puto comigo, mas isso não vai mudar até amanhã. Por enquanto, ainda estamos do mesmo lado.

Uma das sobrancelhas de Frank tremeu.

– Estamos?

– Sim, Frank, estamos. E nós dois juntos podemos fazer um estrago muito maior do que você sozinho.

– Parece divertido – disse Frank. Ele estava confortavelmente recostado na parede, com as mãos nos bolsos, os olhos preguiçosos semicerrados para ocultar o lampejo agudo, analítico. – Que tipo de estrago você tinha em mente?

Dei a volta e me sentei na beirada da mesa, inclinando-me na direção dele e ficando tão perto quanto possível.

– Me interrogue e deixe que os outros escutem. Daniel não, ele não se assusta, se forçarmos a barra só o que vai acontecer é que ele irá embora, mas deixe os outros três. Ligue o interfone deles para captar o som desta sala, coloque-os perto do monitor, ou qualquer coisa assim. Se conseguir que pareça acidental, ótimo, mas se não conseguir não tem importância. Caso queira observar a reação deles, deixe Sam conduzir o interrogatório.

– Enquanto você diz o que, exatamente?

– Vou deixar escapar que a minha memória está começando a voltar. Vou manter um tom vago, me atendo a fatos onde não há possibilidade de erro: a corrida até o chalé, sangue, esse tipo de coisa. Se isso não os assustar, nada o fará.

– Ah – disse Frank, com uma ponta de sorriso irônico. – Então, era isso que você estava planejando, com os amuos e os ataques de mau humor e todo aquele comportamento de prima-dona. Eu deveria ter adivinhado. Bobo que sou.

Dei de ombros.

– Sim, claro, eu ia fazer isso de qualquer jeito. Mas desse jeito é até melhor. Como disse, juntos podemos fazer um estrago muito maior. Posso fingir que estou apreensiva, demonstrar claramente que tem mais coisas que não estou contando a você... Se quiser escrever o meu roteiro, tudo bem, faça isso, falo o que você quiser. E aí, Frank, o que me diz? Você e eu?

Frank ficou pensando.

– E o que você quer em troca? – indagou. – Só para eu saber.

Dei o sorriso mais malicioso que eu podia.

– Relaxe, Frank. Nada que vá pôr em risco o seu espírito profissional. Só preciso saber o quanto contou a eles, para não falar besteira. E isso você pretendia me dizer de qualquer jeito, certo? Já que estamos do mesmo lado e tal e coisa.

– É – disse Frank secamente, com um suspiro. – Claro. Não lhes contei porra nenhuma, Cass. O seu arsenal ainda está intacto. Sendo assim, eu ficaria muito feliz se você de fato usasse alguma dessas armas, mais cedo ou mais tarde.

– Vou usar, pode crer. E isso me faz lembrar – acrescentei, como se só tivesse me ocorrido naquele momento – a outra coisa de que preciso: dá para manter Daniel longe de mim por um tempo? Quando terminar conosco, mande-nos para casa, mas não diga a Daniel que já fomos, senão ele vai embora daqui rápido como um azougue. E aí me dê uma hora, duas se puder, antes de liberá-lo. Não o assuste, siga o procedimento de rotina e deixe que ele fale. Ok?

– Interessante – comentou Frank. – Por quê?

– Quero ter uma conversinha com os outros sem que ele esteja por perto.

– Até aí eu já tinha entendido. Por quê?

– Porque acho que vai funcionar, esse é o motivo. Ele é o cabeça, como você sabe; ele decide o que devem ou não dizer. Se os outros estiverem abalados e ele não estiver por perto para controlá-los, quem sabe o que poderão revelar?

Frank tirou alguma coisa alojada entre os dentes da frente, examinou a unha do polegar.

– Qual é exatamente o seu objetivo? – perguntou.

– Não vou saber até que alguém o mencione. Mas sempre dissemos que eles estavam escondendo alguma coisa, certo? Não quero sair deste caso sem fazer o possível para arrancar isso deles. Vou atacá-los com todas as armas: culpa, lágrimas, acessos de raiva, ameaças, o bebê, Eddie Lento, tudo. Talvez até consiga uma confissão...

– O que eu disse desde o começo – ressaltou Frank – não ser o que queremos de você. Já que existe aquela irritante regrinha sobre admissibilidade e tudo o mais.

– Está me dizendo que recusaria uma confissão entregue de bandeja? Mesmo que não seja admissível, não significa que não seja útil. Você os detém, põe a fita para eles ouvirem, faz um interrogatório duro. Justin já está perdendo o controle, basta um tapinha para ele desmoronar. – Levei um segundo para perceber de onde vinha a sensação de *déjà vu*. O fato de estar tendo precisamente a mesma discussão com Frank que eu tivera com Daniel me deu um embrulho frio no estômago. – Talvez uma confissão não seja bem o presente que você pediu a Papai Noel, mas a essa altura, Frankie, não dá para escolher muito.

– Admito que seria melhor do que o que temos agora, um montão de porra nenhuma.

– É isso aí. E pode ser que eu acabe conseguindo algo muito melhor. Talvez eles revelem a arma, o local do crime, quem sabe?

– A velha técnica do ketchup – disse Frank, continuando a examinar a unha do polegar com interesse. – Vire-os de cabeça para baixo, dê uma boa sacudida e torça para sair alguma coisa.

– *Frank* – falei e fiquei aguardando até que ele levantasse os olhos para mim. – É o meu último cartucho. Amanhã eu volto. Me deixe tentar.

Frank suspirou, encostou a cabeça na parede e correu os olhos vagarosamente pela sala; vi que ele notou os rabiscos novos, os pedaços da esferográfica no canto.

– O que me deixa curioso – disse ele por fim – é como você tem tanta certeza de que um deles é o criminoso.

Por um momento o meu sangue parou de correr. Todo o tempo, só o que Frank tinha me pedido era uma pista concreta. Se ele descobrisse que isso eu já tinha, estava frita: fora do caso e encrencada, mais rápido do que levaria para dizer Estou na Merda. Nunca conseguiria nem voltar a Glenskehy.

– Bom, não tenho *certeza* – falei, tranquila –, mas, como você disse, eles têm motivo.

– Sim, eles têm motivo. De uma certa maneira. Por outro lado, Naylor e Eddie e mais um monte de gente também tem, e supõe-se que algumas dessas pessoas nós ainda nem encontramos. Essa garota se expôs ao perigo o tempo todo, Cass. Ela pode não ter causado prejuízos financeiros a ninguém, embora isso seja discutível: pode-se argumentar que conseguiu a sua cota da Casa dos Espinheiros-Brancos usando dissimulação. Mas o fato é que ela causou prejuízos emocionais, o que é perigoso. Ela vivia arriscando. E mesmo assim você tem muita, muita certeza de qual foi o risco que a pegou.

Dei de ombros, abrindo as mãos.

– Esse é o único que posso correr atrás. Só tenho mais um dia; não quero largar este caso sem fazer o melhor que posso. Enfim, está reclamando de quê? Sempre gostou da ideia de serem eles os culpados.

– Ah, você percebeu? Subestimei você, menina. É verdade, sempre achei que fossem culpados. Mas você, não. Poucos dias atrás estava afirmando que esses quatro eram um bando de coelhos fofinhos que não matariam uma mosca, e agora está com esse olhar afiado e pensando na melhor maneira de enganá-los. Aí me pergunto o que é que você não está me contando.

Seus olhos me fixavam, firmes e diretos. Deixei passar um segundo, passei as mãos pelo cabelo como se estivesse tentando achar as palavras certas.

– Não é bem assim – eu disse, afinal. – O que eu tenho é só um pressentimento, Frank. Só um pressentimento.

Frank me observou por um longo minuto; virei as pernas e tentei parecer franca e sincera. E então:

– Tudo bem – disse ele, subitamente bem profissional, afastando-se da parede e indo em direção à câmera para religá-la. – Estamos combinados. Vocês vieram em dois carros, ou vou ter que levar Danny Boy até Glenfodido quando terminar?

– Viemos em dois carros – confirmei. O alívio e a adrenalina me davam tonteiras; minha cabeça estava a mil, pensando em como lidar com o interrogatório, e eu queria disparar pelo ar como um foguete. – Obrigada, Frank. Você não vai se arrepender.

– É – disse Frank –, tá bom. – Ele trocou as cadeiras de lugar. – Sente-se. Fique aqui. Volto daqui a pouco.

Ele me deixou lá por mais umas duas horas, suponho que enquanto tentava de tudo com os outros, na esperança de que um deles cedesse à pressão e ele não precisasse me usar, afinal de contas. Passei o tempo fumando cigarros ilegais – parecia que ninguém se importava – e formulando os detalhes do que iria fazer. Sabia que Frank ia voltar. Para alguém de fora, os outros eram inexpugnáveis, coesos; até Justin se comportaria à altura, frio como gelo diante de Frank em seus piores momentos. Os estranhos ficavam muito distantes para abalá-los. Eles eram como uma daquelas fortalezas medievais, construídas com um cuidado defensivo tão elaborado e extremo que só podiam ser tomadas de dentro, por traição.

Afinal a porta se abriu de repente e Frank meteu a cabeça.

– Já vou conectar você com as outras salas de interrogatório, entre na personagem. Cinco minutos para a cortina se abrir.

– Não inclua Daniel – falei, me endireitando rápido na cadeira.

– Não faça merda – disse Frank, e sumiu de novo.

Quando ele voltou, eu estava empoleirada na mesa, dobrando o tubo de tinta da esferográfica como se fosse uma catapulta e jogando os pedaços quebrados na câmera.

– Oi – falei animada, ao vê-lo. – Pensei que tinha se esquecido de mim.

– Imagine, como poderia fazer uma coisa dessas? – perguntou Frank, com seu sorriso mais simpático. – Até trouxe um café... leite e dois cubinhos de açúcar, certo? Não, não se preocupe com isso – quando pulei da mesa para catar os pedaços da caneta –, alguém vai pegar depois. Sente-se, vamos conversar. Como tem passado? – Ele puxou uma cadeira e empurrou um dos copos de isopor na minha direção.

Frank começou doce como mel – eu tinha me esquecido de como ele pode ser charmoso quando quer.

– Está com uma aparência excelente, srta. Madison, e como vai o ferimento velho de guerra e... – quando fiz charme e me espreguicei para mostrar como os pontos estavam cicatrizados, que maravilha, e um quê de paquera, no ponto certo, em seu sorriso largo. Acrescentei toques de piscadelas-e-risadinhas, bem pouco, só para irritar Rafe.

Frank me fez contar toda a saga de John Naylor, ou pelo menos uma versão dela – não exatamente a versão original do que tinha acontecido, mas com certeza uma versão que fazia Naylor parecer um bom suspeito: acalmando os outros, antes de começarmos o ataque.

– Estou bem impressionada – falei, inclinando a cadeira para trás e lançando-lhe um olhar travesso, de esguelha. – Pensei que vocês tinham desistido há muito tempo.

Frank abanou a cabeça.

– Nós não desistimos – disse, sério. – Não num caso grave como este. Não importa quanto tempo leve. Nem sempre damos a perceber, mas estamos sempre trabalhando, juntando as peças. – Foi incrível, só faltou a trilha sonora. – Temos feito progressos. E neste momento, srta. Madison, precisamos de uma ajudinha sua.

– Claro – falei, abaixando a cadeira e fingindo me concentrar. – Quer que eu identifique aquele cara, Naylor, de novo?

– Nada disso. Desta vez precisamos da sua mente, não dos seus olhos. Lembra que os médicos disseram que a sua memória poderia começar a voltar, à medida que se recuperasse?

– Lembro – falei, insegura, após uma pausa.

– Qualquer coisa de que se lembre, qualquer coisa mesmo, poderia nos ajudar muito. Gostaria que parasse para pensar e me dissesse: lembrou de alguma coisa?

Fiz uma pausa um pouquinho longa demais antes de responder, quase convincente:

– Não. Nada. Só o que já contei antes.

Frank juntou as mãos sobre a mesa e se inclinou na minha direção. Aqueles olhos azuis atentos, aquela voz amável, persuasiva: se eu fosse uma civil genuína, estaria toda derretida na cadeira.

– Olhe, não tenho tanta certeza. Estou com a impressão de que se lembrou de algum fato novo, srta. Madison, mas está preocupada de me contar.

Talvez pense que eu possa interpretar mal e criar problemas para a pessoa errada? É isso?

Dirigi-lhe um rápido olhar de preciso-que-me-tranquilize.

– Mais ou menos. Acho que sim.

Ele sorriu para mim, enrugando todos os pés de galinha.

– Confie em mim, srta. Madison. Não saímos por aí acusando pessoas de crimes graves, a não ser que tenhamos provas concretas. Ninguém será preso só por causa do que me contar.

Dei de ombros, fiz uma careta para o copo de café. – Não é grande coisa. Provavelmente não vai significar nada mesmo.

– Deixe que eu me preocupe com isso, está bem? – disse Frank, tranquilizador. Ele estava a ponto de dar tapinhas na minha mão e me chamar de "querida". – Ficaria surpresa se soubesse o que pode nos ser útil. E se não for, não houve mal nenhum, certo?

– Tudo bem – falei, num sopro. – É só que... tudo bem. Eu me lembro de sangue, nas minhas mãos. Minhas mãos cobertas de sangue.

– Isso mesmo – disse Frank, mantendo aquele sorriso reconfortante ligado. – Muito bem. Não foi tão difícil assim, foi? – Fiz que não com a cabeça. – Lembra-se do que estava fazendo? Se estava de pé? Sentada?

– De pé – respondi. Não precisei fingir o tremor na minha voz. A poucos metros, nas salas de interrogatório que eu conhecia tão bem, Daniel estava esperando pacientemente que alguém voltasse para falar com ele e os outros três começavam, devagar e silenciosamente, a ficar mais tensos. – Encostada numa sebe... cheia de espinhos. Eu estava... – Fiz a mímica de torcer a blusa e apertá-la contra as costelas. – Assim. Por causa do sangue, para ver se parava. Mas não adiantou nada.

– Sentia dor?

– Sentia – falei baixinho. – Estava doendo. Muito. Pensei... fiquei com medo de morrer.

Frank e eu funcionávamos bem juntos, estávamos afinados. Trabalhávamos juntos com tanta eficiência como Abby e eu fazendo o café da manhã, com tanta eficiência como dois torturadores profissionais. "Não dá para ter as duas coisas", Daniel me dissera. E: "Ela nunca foi cruel."

– Está indo muito bem – disse Frank. – Agora que as lembranças começaram a voltar, vai ver que em pouco tempo se lembrará de tudo. Foi o que os médicos nos disseram, não foi? Uma vez abertas as comportas... – Ele folheou a pasta de papéis e tirou um mapa, um dos que tínhamos usado durante a semana de treinamento. – Acha que pode me mostrar onde estava?

Sem pressa, escolhi um local que ficava a mais ou menos três quartos do caminho que ia da casa até o chalé e apontei.

— Acho que aqui, talvez. Não tenho certeza.

— Ótimo — disse Frank, rabiscando com cuidado alguma coisa no seu caderno. — Agora, gostaria que fizesse outra coisa para mim. Está encostada naquela sebe, está sangrando e está com medo. Pode tentar pensar mais para trás? Pouco antes disso, o que estava fazendo?

Mantive os olhos no mapa.

— Eu estava completamente sem fôlego, como se... Correndo. Eu estava correndo. Tão rápido que caí. Machuquei o joelho.

— Vindo de onde? Pense bem. Estava fugindo de quê?

— Eu não... — Abanei a cabeça com veemência. — Não. Não consigo separar as coisas que aconteceram, das coisas que eu apenas... sonhei, ou algo assim. Poderia ter sonhado tudo isso, até o sangue.

— É possível — concordou Frank, afável. — Vamos nos lembrar disso. Mas, por via das dúvidas, acho que precisa me contar tudo... inclusive as partes que provavelmente sonhou. Vamos separá-las à medida que prosseguirmos. Está bem?

Fiz uma pausa longa.

— É só isso — falei afinal, com voz bem fraca. — Eu estava correndo e caí. E o sangue. É só.

— Tem certeza?

— Tenho. Certeza absoluta. Não sei de mais nada.

Frank deu um suspiro.

— Aí está o problema, srta. Madison — disse. Um sedimento fino, de aço estava se acumulando aos poucos em sua voz. — Poucos minutos atrás, estava preocupada em causar problemas à pessoa errada. Mas nada do que disse até agora aponta para alguém em particular. O que me dá a entender que está pulando uma parte da história.

Lancei-lhe o meu olhar desafiador de Lexie, queixo esticado.

— Não, não estou.

— Claro que está. E a questão mais interessante, para mim, é por quê. — Frank empurrou a cadeira para trás e começou um passeio descontraído pela sala de interrogatório, mãos nos bolsos, me obrigando a virar várias vezes para olhá-lo. — Veja bem, pode me chamar de maluco, mas imaginei que estávamos do mesmo lado, a senhorita e eu. Pensei que nós dois estávamos tentando descobrir quem a esfaqueou e prender essa pessoa. Estou maluco? Acha que isso é uma maluquice?

Dei de ombros, virando o corpo para manter os olhos nele. Frank não parava de circular.

— Quando estava no hospital, respondia a todas as minhas perguntas: sem problemas, sem hesitação, sem evasivas. Era uma excelente testemunha, srta. Madison, excelente e valiosa. Agora, porém, de repente, não está mais interessada. Então, ou decidiu se submeter a alguém que quase a matou, e perdoe-me se eu estiver errado, mas não acho que tenha cara de santa, ou existe alguma outra coisa, outra coisa mais importante, que está atrapalhando.

Ele se recostou na parede atrás de mim. Desisti de olhá-lo e comecei a tirar o esmalte da unha do polegar.

— Por isso me pergunto — continuou Frank em voz baixa — o que poderia talvez ser mais importante para a senhorita do que prender essa pessoa? Me diga, srta. Madison. O que é importante para a senhorita?

— Um bom chocolate — respondi, olhando para a minha unha.

O tom de Frank não se alterou.

— Acho que aprendi a conhecê-la bastante bem. Quando estava no hospital, sobre o que falava, todos os dias, assim que eu entrava no seu quarto? Qual era a única coisa que pedia, mesmo sabendo que não era possível? E o que mais desejava ver, no dia em que saiu? O que a animou tanto, que quase rompeu os pontos pulando só de pensar?

Mantive a cabeça baixa, mordiscando o esmalte.

— Os seus amigos — completou Frank, num sussurro. — Os colegas com quem mora. Eles são importantes para a senhorita. Mais do que qualquer outra coisa. Talvez mais do que pegar a pessoa que a agrediu. Não são?

Dei de ombros.

— Claro que eles são importantes para mim. E daí?

— Se tivesse que fazer essa escolha, srta. Madison. Se, digamos, só como suposição, se lembrasse de que um deles a esfaqueou. O que faria?

— Eu não *teria* que fazer essa escolha, porque nenhum deles me machucaria. Jamais. São meus *amigos*.

— É exatamente aí que quero chegar. Está protegendo alguém, e não acredito que seja John Naylor. A quem protegeria, a não ser os seus *amigos*?

— Não estou protegendo...

Antes mesmo que eu ouvisse o seu movimento, ele tinha se afastado da parede e batido as duas mãos com toda força na mesa, ao meu lado, seu rosto a centímetros do meu. Eu me encolhi mais do que pretendia.

— A senhorita está mentindo para mim, Srta. Madison. Não percebe, sinceramente, como isso é óbvio? Sabe algo importante, algo que pode ser uma revelação neste caso, e está ocultando. Isso é obstrução. É crime. Por causa disso pode acabar na *cadeia*.

Joguei a cabeça para trás, empurrei a cadeira para longe dele.

— Vai me prender? Sob que acusação? Droga, quem foi ferida fui eu! Se eu quiser esquecer isso tudo...

— Se quiser ser esfaqueada todos os dias da semana e duas vezes aos domingos, porra, estou pouco me lixando. Mas quando desperdiça o meu tempo e o da minha equipe, isso é problema meu. Sabe quantas pessoas trabalharam neste caso no último mês, srta. Madison? Tem alguma noção de quanto tempo e esforço e dinheiro investimos nisso? Não há nenhuma possibilidade de eu jogar isso tudo pelo ralo porque uma garotinha mimada adora tanto os seus *amigos* que não liga porra nenhuma para mais nada nem ninguém. Não há a menor possibilidade.

Ele não estava fingindo. O ímpeto do seu rosto perto do meu, o ardor azul nos seus olhos: ele estava furioso e falava com sinceridade cada palavra para mim, para Lexie, provavelmente nem ele mesmo sabia para qual das duas. Essa garota: ela distorcia a realidade à sua volta, como uma lente que distorce a luz, ela a pregueava em tantas camadas cintilantes que você nunca sabia para qual delas estava olhando, e quanto mais fixava o olhar mais tonta ficava.

— Eu vou solucionar este caso – disse Frank. – Não importa quanto tempo demore: a pessoa que fez isso será presa. E se a senhorita não parar de ignorar os problemas e perceber como isso é importante, se continuar com essas brincadeirinhas idiotas comigo, será presa também. Está claro?

— Saia da minha frente – falei. O meu braço estava levantado entre nós, para detê-lo. Naquele segundo percebi que o meu punho estava cerrado e que eu estava tão zangada quanto ele.

— Quem lhe deu a facada, srta. Madison? Consegue olhar nos meus olhos e me dizer que não sabe? Vamos, quero vê-la fazer isso. Me diga que não sabe. Vamos lá.

— Vá à merda. Não tenho que provar nada. Só me lembro de correr, e do sangue nas minhas mãos, e pode fazer o que quiser com essas informações. Agora me deixe *em paz*. – Deixei-me cair na cadeira, enfiei as mãos nos bolsos e fitei a parede à minha frente.

Senti os olhos de Frank na lateral do meu rosto, sua respiração rápida, durante muito tempo.

— Certo – disse ele afinal, afastando-se da mesa devagar. – Vamos parar por aqui, então. Por enquanto. – E saiu.

Muito tempo depois ele voltou – uma hora, talvez, eu parara de olhar para o relógio. Catei os pedaços da esferográfica, um por um, e arrumei-os formando desenhos bonitinhos na beirada da mesa.

— Bom – disse Frank, quando finalmente decidiu voltar. – Você estava certa: foi divertido.

— Poesia em movimento – falei. – Fez efeito?

Ele deu de ombros.

– Ficaram abalados, isso é certo; estão nervosos como o diabo. Mas não cederam, ainda não. Se continuarmos por mais umas duas horas, pode ser, não sei, só que Daniel está começando a ficar inquieto. Ah, muito educadamente, claro, mas está perguntando se achamos que ainda vai demorar muito. Se você quer um tempo com os outros três antes que ele saia daqui, é melhor ir com eles agora.

– Obrigada, Frank – falei, com sinceridade. – Obrigada.

– Vou segurá-lo aqui o tempo que der, mas não estou garantindo nada. – Ele retirou o meu casaco do gancho atrás da porta e segurou-o para mim. – Estou jogando limpo com você, Cassie. Agora, vamos ver se joga limpo comigo.

Os outros estavam no lobby do andar de baixo. Todos pareciam pálidos e com olheiras. Rafe estava à janela, balançando um joelho, Justin encolhido numa poltrona como uma grande cegonha triste. Apenas Abby, sentada ereta com as mãos em concha no colo, parecia pelo menos controlada.

– Obrigado por virem até aqui – disse Frank com simpatia. – Vocês todos ajudaram muito mesmo. O seu amigo Daniel está terminando umas coisinhas para nós; disse para irem em frente, ele alcança vocês no caminho.

Justin deu um pulo, como se tivesse acabado de ser acordado.

– Mas por que... – começou a dizer, mas Abby o interrompeu, seus dedos apertando o pulso dele.

– Obrigada, detetive. Pode nos chamar se precisar de mais alguma coisa.

– Com certeza – disse Frank, piscando para ela. Ele segurava a porta aberta para nós e esticava a outra mão para o cumprimento de despedida, antes que alguém raciocinasse o suficiente para fazer perguntas. – Até mais – disse para cada um de nós, à medida que passávamos.

– Por que fez isso? – reclamou Justin, assim que a porta se fechou atrás de nós. – Eu não *quero* ir sem Daniel.

– Cale a boca – disse Abby, apertando seu braço de um jeito que parecia casual – e continue a andar. Não se vire. Mackey provavelmente está nos observando.

No carro, ninguém disse uma palavra por um longo tempo.

– Então – começou Rafe, após um silêncio que parecia limar os meus dentes. – Sobre o que falaram desta vez? – Ele retesou o corpo, um pequeno movimento com a cabeça, antes de se virar para me olhar.

– Esqueça – disse Abby, no banco da frente.

– Por que Daniel? – quis saber Justin. Ele dirigia como uma vovozinha caduca, alternando repentes de velocidade suicida, quando eu rezava para não toparmos com a polícia rodoviária, com trechos de cuidado obsessivo, e pela sua voz parecia que estava a ponto de começar a chorar. – O que eles querem? Será que *prenderam* Daniel?

– Não – afirmou Abby. Claro que ela não podia saber disso, mas os ombros de Justin relaxaram uma fração de centímetro. – Ele vai ficar bem. Não se preocupe.

– Ele sempre fica – disse Rafe, para a janela.

– Ele achou que isso aconteceria – disse Abby. – Não tinha certeza qual de nós eles iriam afastar, achou que provavelmente seria Justin ou Lexie, talvez os dois, mas achou que iam nos separar.

– *Eu?* Por que eu? – A voz de Justin tinha uma ponta de histeria.

– Ah, pelo amor de Deus, Justin, aja como se fosse homem – disparou Rafe.

– Diminua a velocidade – disse Abby – senão vão nos parar. Eles só estão tentando nos perturbar, caso saibamos de alguma coisa que não contamos.

– Mas por que acham que...

– Não entre no mérito da questão. É isso que querem que a gente faça: ficar imaginando o que eles estão pensando, porque estão fazendo certas coisas, e assim vamos ficando paranoicos. Não faça o jogo deles.

– Se deixarmos que aqueles macacos sejam mais espertos do que nós – disse Rafe –, então merecemos ir para a cadeia. – Com certeza somos mais espertos do que...

– Parem com isso! – berrei, esmurrando as costas do assento de Abby. Justin abriu a boca de espanto e quase deixou o carro sair da estrada, mas não liguei. – Parem! Isso não é uma *competição*! É a minha *vida*, não é uma merda de um jogo e eu odeio vocês todos!

E em seguida eu mesma fiquei assustadíssima porque caí em prantos. Havia meses que eu não chorava, nem por causa de Rob, nem por minha vida perdida na Homicídios, nem pelo terrível fracasso da Operação Vestal, mas naquele momento chorei. Apertei a manga do pulôver na boca e me debulhei em lágrimas, por Lexie em todas as suas faces mutáveis, pelo bebê cujo rosto ninguém jamais veria, por Abby rodopiando na grama enluarada e Daniel sorrindo enquanto a observava, pelas mãos exímias de Rafe ao piano e Justin beijando a minha testa, pelo que eu fizera com eles e pelo que ia fazer, por um milhão de coisas perdidas; pela velocidade desvairada daquele carro, a rapidez cruel com que nos levava para onde estávamos indo.

Daí a um tempo Abby abriu o porta-luvas e me passou um pacote de lenços de papel. Sua janela estava aberta, o rugido longo do ar soava como um vento muito forte nas árvores e lá era tão calmo que eu simplesmente continuei a chorar.

23

Assim que Justin estacionou no estábulo, saltei do carro e corri para casa, os seixos voando sob os meus pés. Ninguém chamou por mim. Enfiei a chave na fechadura, deixei a porta toda aberta e subi para o meu quarto com passos pesados.

Pareceu-me que anos se passaram até que ouvi os outros entrando (porta sendo fechada, vozes rápidas e baixas entrecruzadas indo em direção à sala); na verdade, porém, foram menos de sessenta segundos – eu estava de olho no relógio. Calculei que precisava lhes dar cerca de dez minutos. Menos do que isso, não teriam tempo de comparar impressões – a primeira oportunidade do dia – e entrar em pânico total; mais, Abby dominaria a situação e começaria a fazer os rapazes entrar na linha.

Durante aqueles dez minutos, escutei as vozes lá embaixo, tensas e abafadas, à beira da histeria, e me preparei. O sol do fim de tarde entrava com força pela janela do meu quarto e o ar brilhava tanto que me senti leve, suspensa em âmbar, cada movimento que eu fazia tão claro e ritmado e medido como parte de algum ritual para o qual eu tivesse me preparado a vida inteira. Minhas mãos pareciam se mover por conta própria, alisando a minha cinta – que a essa altura já estava começando a ficar meio nojenta, não era exatamente o tipo de coisa que eu pudesse jogar na máquina de lavar roupa – vestindo-a, enfiando a ponta dentro do jeans, colocando o revólver no lugar, com tanta calma e precisão como se eu tivesse todo o tempo do mundo. Pensei naquela tarde longínqua, no meu apartamento, quando vestira as roupas de Lexie pela primeira vez: como tinham parecido uma armadura, um traje cerimonial; como tinham me dado vontade de gargalhar por causa de algo como felicidade.

Ao fim dos dez minutos, fechei atrás de mim a porta daquele quartinho cheio de luz e de aroma de lírios e fiquei escutando enquanto as vozes lá embaixo aos poucos se calaram. Lavei o rosto no banheiro, sequei com cuidado e ajeitei a minha toalha entre a de Abby e a de Daniel. O meu rosto no espelho parecia muito estranho, pálido, com olhos enormes, fitando-me com um aviso crucial, ilegível. Puxei o pulôver para baixo e me certifiquei de que não dava para ver o volume do revólver. E aí desci.

Eles estavam na sala de estar, todos os três. Por um segundo, antes que me vissem, fiquei de pé no vão da porta, observando-os. Rafe estava esparramado no sofá, passando um baralho de uma para a outra mão num arco ligeiro e contínuo. Abby, encolhida na sua poltrona, estava com a cabeça inclinada sobre a boneca e o lábio inferior preso com força entre os dentes; tentava costurar, mas para cada ponto que dava tinha que fazer três tentativas. Justin estava numa das poltronas de espaldar alto, com um livro, e por alguma razão foi ele que quase me partiu o coração: aqueles ombros estreitos e caídos, o cerzido na manga do pulôver, aquelas mãos longas e os pulsos finos e vulneráveis como os de um garotinho. A mesa de centro tinha copos e garrafas espalhadas – vodca, água tônica, suco de laranja; algo respingara na mesa quando eles se serviram, mas ninguém se deu ao trabalho de limpar. No chão, as sombras da hera se enrolavam como se fossem figuras recortadas ao sol.

Então as suas cabeças se ergueram, uma a uma, e os rostos viraram para mim, inexpressivos e atentos como naquele primeiro dia na escada.

– Como está se sentindo? – perguntou Abby.

Dei de ombros.

– Beba alguma coisa – sugeriu Rafe, indicando a mesa. – Se quiser algo que não seja vodca, vai ter que ir pegar.

– Estou me lembrando de umas coisas – falei. Uma faixa de sol longa e inclinada atravessava o piso perto dos meus pés, fazendo com que o polimento novo brilhasse como água. Foi nela que fixei os olhos. – Uns pedaços daquela noite. Os médicos disseram que isso poderia acontecer.

De novo o estalo do baralho em movimento.

– Nós sabemos – disse Rafe.

– Eles nos deixaram assistir – informou Abby em voz baixa. – Enquanto você conversava com Mackey.

Levantei rapidamente a cabeça e fitei-os de boca aberta.

– *Pô* – falei daí a instantes. – E vocês iam me contar? Algum dia?

– Estamos contando agora – disse Rafe.

– Fodam-se – disse, com um tremor na voz que dava a impressão de que eu estava a ponto de chorar de novo. – Fodam-se todos vocês. Acham que eu sou imbecil? Mackey foi escroto comigo e mesmo assim fiquei de boca fechada porque não queria complicar vocês. Mas iam deixar que eu continuasse a fazer papel de idiota, para o resto da vida, enquanto vocês todos sabiam... – Apertei a parte de trás do pulso sobre a boca.

Abby falou baixinho e com muito cuidado:

– Você ficou de boca fechada.

– Não devia ter ficado – falei, com o pulso na boca. – Devia ter contado tudo que estou lembrando e deixar que vocês se virassem.

– Do que mais – indagou Abby –, do que mais você está se lembrando?

O meu coração batia como se fosse sair do peito. Se eu errasse agora, estaria destruída, e cada segundo daquele mês teria sido inútil – o impacto nessas quatro vidas, a mágoa de Sam, o risco de perder o meu emprego: tudo inútil. Eu estava apostando todas as fichas, sem saber nem se o meu jogo era bom. Naquele instante, pensei em Lexie: como ela vivera toda a sua vida assim, entrando de cabeça, às cegas; o que isso lhe custara no final.

– O casaco – falei. – O bilhete, no bolso do casaco.

Por um segundo, achei que tinha perdido. Os rostos deles, virados para mim, eram tão completamente inexpressivos como se o que eu tinha dito não significasse nada. Já estava rapidamente pensando em como me retratar (sonho durante o coma? alucinação causada pela morfina?) quando Justin murmurou, desolado, com um fio de voz:

– Ai, meu Deus.

"Você geralmente não levava os cigarros na sua caminhada", Daniel tinha dito. Eu estivera tão concentrada em disfarçar o lapso, que tinha levado dias para perceber: eu queimara o bilhete de Ned. Se Lexie não levava isqueiro, então – a não ser que tivesse comido os bilhetes, o que me parecia meio exagerado, mesmo para ela – não havia como se livrar deles rapidamente. Talvez os tivesse rasgado em pedacinhos no caminho para casa e jogado os pedaços nas sebes por onde passava, como um rastro escuro de João e Maria; ou talvez nem isso quisesse deixar, talvez os tivesse enfiado no bolso para depois queimar ou jogar na descarga, quando chegasse em casa.

Ela fora tão exageradamente cuidadosa ao guardar os seus segredos. Havia só um erro que eu podia imaginá-la cometendo. Apenas uma vez, indo para casa apressada, no escuro e com a chuva cortante – porque tinha que estar chovendo – já com o bebê transformando a sua mente em algodão e a fuga latejando em cada veia, ela enfiara o bilhete no bolso, sem se lembrar de que o casaco que estava usando não era só dela. Tinha sido traída pela mesma coisa que estava traindo: a proximidade deles, o quanto compartilhavam.

– Bem – disse Rafe, esticando o braço para pegar o copo e erguendo uma sobrancelha. Ele tentava fazer uma cara de enfado, mas as suas narinas se dilatavam ligeiramente cada vez que respirava. – Muito bom, Justin, meu amigo. Isso vai ser interessante.

– O quê? Como assim, muito bom? Ela já *sabia*...

– Cale a boca – disse Abby, que tinha ficado branca, as sardas sobressaindo como se tivessem sido pintadas no seu rosto.

Rafe a ignorou.

– Bem, se não sabia, sabe agora.

– A culpa *não é minha*. Por que vocês sempre, sempre me culpam por tudo?

Justin estava quase desmoronando. Rafe ergueu os olhos para o teto.

– Você me ouviu reclamar? Da minha parte, acho que está mais do que na hora de resolvermos esse assunto de uma vez.

– Não vamos discutir isso – disse Abby – até Daniel chegar.

Rafe começou a rir.

– Ah, Abby – falou –, eu adoro você, mas às vezes tenho dúvidas a seu respeito. Você com certeza sabe que, quando Daniel chegar, não vamos discutir nada disso.

– Tem a ver com nós cinco. Não vamos conversar até que estejam todos aqui.

– Está falando merda – afirmei. A minha voz estava ficando mais alta e eu deixei que continuasse assim. – É tanta merda que não dá nem para ouvir. Se tem a ver com nós cinco, então por que não me contaram semanas atrás? Se podem conversar sobre isso pelas minhas costas, então com certeza a gente pode conversar sem Daniel.

– Ai, meu Deus – murmurou Justin, de novo. Ele estava com a mão trêmula a centímetros da boca aberta.

O celular de Abby começou a tocar em sua bolsa. Eu estivera atenta, esperando ouvir aquele som durante todo o trajeto até a casa, todo o tempo no meu quarto. Frank tinha liberado Daniel.

– Não atenda! – gritei, alto o bastante para parar a mão dela no ar. – É Daniel, e eu sei exatamente o que ele vai dizer. Vai mandar que não me contem nada, e eu estou de *saco cheio* de ele me tratar como se eu tivesse seis anos! Se alguém tem o direito de saber tudo que aconteceu aqui, esse alguém sou eu. Se tentar atender essa droga de telefone, juro que vou *pisar* em cima dele! – E ia mesmo. Domingo à tarde, todo o tráfego era na direção de Dublin, não para fora da cidade; se Daniel pisasse fundo no acelerador – o que ele faria – e conseguisse não ser parado pela polícia rodoviária, talvez em meia hora estivesse em casa. Eu precisava de cada segundo desse tempo.

Rafe riu, um som curto e áspero.

– Aí, garota – disse, levantando o copo para mim.

Abby me fitou, a mão ainda a meio caminho da bolsa.

– Se vocês não me contarem o que está acontecendo – falei –, vou ligar para os tiras agora mesmo e contar tudo que estou lembrando. Eu vou.

– Minha nossa – sussurrou Justin. – Abby...

O telefone parou de tocar.

– Abby – falei, respirando fundo. Sentia minhas unhas cravadas nas mãos. – Não dá para vocês continuarem a me deixar de fora. Isso é *importante*. Eu não... nós não podemos funcionar desse jeito. Ou estamos todos juntos nessa ou não estamos.

O telefone de Justin tocou.

– Vocês não precisam nem me dizer quem de fato fez a coisa se não quiserem. – Era quase certo que, se eu escutasse com atenção, ouviria Frank batendo a cabeça na parede em algum lugar, mas estava pouco ligando: um passo de cada vez. – Só quero saber o que aconteceu. Estou tão cheia de todo mundo saber, menos eu. Estou tão cheia disso tudo. Por favor.

– Ela tem todo o direito de saber – disse Rafe. – E eu, pessoalmente, também estou meio cheio de levar a minha vida tendo por base "Porque Daniel disse". Como é que isso tem funcionado para nós, até agora?

O telefone parou de tocar.

– A gente deveria ligar para ele – disse Justin, já meio levantado da poltrona. – Não deveria? E se ele foi preso e precisa de dinheiro para pagar a fiança ou alguma coisa assim?

– Ele não foi preso – respondeu Abby automaticamente. Ela voltou a desabar na poltrona e passou as mãos pelo rosto, expirando longamente. – Já disse a vocês, eles precisam de provas para prender alguém. Ele está bem. Lexie, sente-se.

Eu permaneci onde estava.

– Caramba, *senta aí* – disse Rafe, com um suspiro paciente. – Vou contar a você toda essa saga patética de qualquer maneira, mesmo que os outros não concordem, e está me deixando nervoso aí se remexendo. E Abby, fica fria. Deveríamos ter feito isso semanas atrás.

Após um momento fui para a minha poltrona, ao lado da lareira.

– Bem melhor – disse Rafe, me sorrindo. Seu rosto tinha uma alegria temerária, perigosa; havia semanas que não parecia tão feliz. – Beba alguma coisa.

– Não quero.

Ele jogou as pernas para fora do sofá, preparou uma dose reforçada de vodca e suco de laranja sem muito capricho e passou-a para mim.

– Na verdade, acho que todos nós devíamos tomar mais uma dose. Vamos precisar. – Com um floreio, ele completou os copos, Abby e Justin pareceram não notar, e ergueu o seu para a sala. – Um brinde à revelação completa.

– Tudo bem – disse Abby, respirando fundo. – Tudo bem. Se você quer mesmo fazer isso, e já que está se lembrando de qualquer modo, então acho que... por que não?

Justin abriu a boca, fechou de novo e mordeu os lábios.

Abby passou a mão pelo cabelo, alisando-o com força.

– Onde quer que a gente...? Quer dizer, não sei de quanto se lembra ou...

– Pedaços – eu disse – que não se encaixam. Comece do princípio. – Toda a adrenalina tinha se evaporado do meu sangue e de repente eu me sentia muito calma. Esta era a última coisa que eu faria na Casa dos Espinheiros-Brancos. Podia sentir a casa em volta de mim, cada centímetro dela cantando com o sol e as partículas de poeira e as lembranças, esperando para ouvir o que viria a seguir. E me senti como se tivéssemos todo o tempo do mundo.

– Você estava saindo para a sua caminhada – disse Rafe gentilmente, voltando a se jogar no sofá – mais ou menos às, o quê?, pouco depois das onze? E Abby e eu descobrimos que estávamos sem cigarros. Engraçado, não é, como as pequenas coisas fazem toda a diferença? Se fôssemos não fumantes, talvez nada disso tivesse acontecido. Quando falam sobre os males do tabaco, nunca mencionam isso.

– Você disse que compraria no caminho – continuou Abby. Ela estava me observando com cuidado, as mãos apertadas no colo. – Mas você sempre demora pelo menos uma hora, então achei melhor eu sair e comprar no posto de gasolina. Parecia que ia chover, por isso vesti o casaco, quer dizer, você não ia precisar dele porque já estava vestindo o seu. Meti a carteira no bolso e...

Sua voz foi sumindo e ela fez um pequeno gesto tenso, que poderia ter significado qualquer coisa. Fiquei calada. Não queria mais conduzir a conversa, se possível. O resto dessa história tinha que vir deles.

– E ela pegou aquele pedaço de papel – disse Rafe, fumando – e disse, "O que é isso?" No começo ninguém prestou muita atenção. Estávamos todos na cozinha; eu, Justin e Daniel estávamos lavando a louça e discutindo algum assunto...

– Stevenson – completou Justin, com a voz baixa e muito triste. – Lembra? *O médico e o monstro*. Daniel falava sobre eles; algo a ver com razão e instinto. Você estava de bom humor, Lexie, disse que já tinha escutado assunto profissional demais para uma noite e que tanto o médico quanto o monstro deviam ser péssimos de cama e aí Rafe falou: "Uma mente que só pensa em uma coisa e essa coisa é sacanagem..." Estávamos todos rindo.

– Foi quando Abby perguntou, "Lexie, o que é isso?" – disse Rafe. – Ela falou muito alto. Todos nós paramos de brincar e nos viramos, e ela estava segurando um pedacinho de papel todo amassado e parecia que tinha levado um tapa na cara; nunca a vi daquele jeito, nunca.

– Essa é a parte que eu lembro – falei. Minhas mãos pareciam ter derretido nos braços da poltrona por efeito de uma onda de calor. – Depois fica tudo confuso de novo.

– Para sorte sua – disse Rafe –, podemos ajudá-la. Acho que cada um de nós vai se lembrar de cada segundo para o resto da vida. Você disse "Me dê isso aqui" e tentou pegar o papel, mas Abby deu um pulo para trás rapidamente e passou-o para Daniel.

— Acho — atalhou Justin em voz baixa — que foi nesse momento que começamos a perceber que alguma coisa séria estava acontecendo. Eu já ia fazer algum comentário bobo sobre ser uma carta de amor, só para implicar, Lexie, mas você ficou tão... Você *partiu* para cima de Daniel, tentando tirar dele o papel. Ele esticou a outra mão para mantê-la afastada, meio automaticamente, mas você estava lutando com ele, lutando de verdade, socando o braço dele, tentando chutá-lo, querendo arrancar aquela coisa. Não dizia uma palavra. Foi o que mais me assustou, eu acho: o silêncio. Parecia que era para todo mundo estar gritando ou berrando ou *qualquer coisa*, como se aí eu pudesse *fazer* algo, mas foi tudo tão silencioso, só você e Daniel respirando ofegantes e a torneira aberta...

— Abby segurou o seu braço — continuou Rafe —, mas você se virou com os punhos levantados; sinceramente, pensei que ia atacá-la. Justin e eu ficamos ali, de boca aberta feito uns idiotas, tentando entender que merda estava acontecendo; sim, porque dois segundos antes o assunto era o sexo do Médico, caramba. Assim que você soltou Daniel, ele atirou o papel para mim, segurou os seus pulsos por trás e me disse: "Leia."

— Não gostei daquilo — murmurou Justin. — Você estava se *jogando* de um lado para outro, tentando se livrar de Daniel, mas ele não soltava. Foi... Você tentou mordê-lo no braço. Achei que ele não deveria fazer aquilo, se o papel era seu, deveria entregar a você, só que eu não conseguia entender o suficiente para dar palpite.

Eu não estava surpresa. Eles não eram homens de ação; suas moedas eram pensamentos e palavras, e tinham sido lançados numa situação em que as duas coisas foram completamente destruídas. O que me surpreendeu, o que ativou luzes de alerta na minha cabeça, foi a rapidez e facilidade com que Daniel tinha entrado em ação.

— Então — disse Rafe — eu li alto. Dizia, "Querida Lexie, pensei no assunto e tudo bem, podemos conversar sobre duzentos mil. Por favor entre em contato porque sei que nós dois queremos fechar o negócio. Abraços, Ned."

— Com certeza — disse Justin num tom baixo e amargo no silêncio abafado — você se lembra disso.

— A ortografia era uma merda — comentou Rafe, com o cigarro na boca. — Ele escreveu tudo abreviado, como se fosse um adolescente de *catorze* anos. Um completo imbecil. Mesmo esquecendo todo o resto, eu esperaria que você tivesse mais bom gosto e não se envolvesse em negócios escusos com uma pessoa assim.

— Você teria? — perguntou Abby. Seus olhos me perscrutavam com firmeza, e as mãos tinham se aquietado no colo. — Se nada disso tivesse acontecido, você teria realmente vendido para Ned?

Quando penso em como fui terrivelmente cruel com aqueles quatro, esta é uma das poucas coisas que fazem com que eu me sinta um pouco melhor: naquele momento, eu poderia ter dito sim. Poderia ter contado exatamente o que Lexie estava planejando fazer com eles, com tudo em que puseram seus corações e mentes e corpos para construir. Talvez isso os tivesse magoado menos, afinal, do que pensar que tudo tinha acontecido por nada: não sei. Só sei que a última vez que tive escolha, tarde demais para fazer qualquer diferença, menti pelos motivos certos.

– Não – falei. – Eu só... meu Deus. Eu só precisava saber que podia. Perdi a cabeça, Abby. Comecei a me sentir sem saída e entrei em pânico. Nunca foi o caso de ir embora, de fato. Eu só precisava saber que poderia ir embora se quisesse.

– Sem saída – repetiu Justin, fazendo um movimento rápido de cabeça, magoado. – Conosco. – Notei, porém, a piscadela ligeira de Abby quando ela percebeu: o bebê.

– Você ia ficar.

– Nossa, eu queria ficar – falei, e ainda não sei e nunca saberei se isso era mentira realmente. – Queria tanto, Abby. De verdade.

Depois de um bom tempo ela assentiu, de maneira quase imperceptível.

– Bem que eu disse – afirmou Rafe, jogando a cabeça para trás e soprando a fumaça para o teto. – Aquele filho da puta do Daniel. Até a *semana* passada ele ainda estava quase histérico com essa paranoia. Eu disse a ele que tínhamos conversado e que você não pretendia ir a lugar nenhum, mas ele não ouve ninguém.

Abby não teve nenhuma reação, não se mexeu; parecia que não estava nem respirando.

– E agora? – ela me perguntou. – O que vai fazer?

Por um segundo fiquei meio tonta e perdi o fio da meada, achei que ela sabia quem eu era e estava me perguntando se eu queria ficar, mesmo assim.

– O que você quer dizer?

– Ela quer saber – esclareceu Rafe, com voz fria, brusca e muito firme – se quando esta conversa acabar, você vai ligar para Mackey, ou O'Neill, ou os idiotas da aldeia e nos entregar. Nos dedurar. Abrir o bico. Seja lá qual for a expressão apropriada nessas circunstâncias.

Seria o caso de ser invadida pela culpa, como um formigamento que se originasse naquele microfone em brasa encostado na minha pele, porém me senti apenas triste: uma tristeza enorme, pesada, final, como uma vazante nos meus ossos.

— Não vou dizer nada a ninguém – concluí, e senti a aprovação de Frank, lá no seu pequeno círculo cheio de equipamentos eletrônicos. – Não quero que sejam presos. Não importa o que aconteceu.

— Bem – disse Abby baixinho, quase que para si mesma. Ela se recostou na poltrona e alisou a saia, distraída, com as duas mãos. – Bem, então...

— Bem, então – emendou Rafe, tragando o cigarro com força – fizemos essa coisa toda ficar muito mais complicada do que o necessário. De alguma maneira, não estou surpreso.

— E depois? – perguntei. – Depois do bilhete. O que aconteceu?

Uma pequena mudança no nível de tensão da sala. Eles não se olhavam. Tentei perceber diferenças mínimas entre os rostos, qualquer coisa que sugerisse que esta conversa estava afetando um deles mais do que os outros, que alguém estava protegendo, sendo protegido, que era culpado ou estava na defensiva: nada.

— Depois – disse Abby, respirando fundo. – Lex, não sei se você tinha pensado sobre o que representaria a venda da sua cota para Ned. Você nem sempre... não sei. Pensa nas consequências.

Um ronco furioso de Rafe.

— Isso é dizer pouco. Meu Deus, Lexie, que diabo você pensou que aconteceria? Que você ia vender, comprar um lindo apartamentinho em algum lugar e ficaria tudo bem? O que esperava encontrar quando chegasse à faculdade todas as manhãs? Abraços e beijos e o seu sanduíche pronto? Nós nunca mais teríamos *falado* com você. Teríamos tido ódio de você.

— Ned ficaria nos perturbando – disse Abby – o tempo todo, todos os dias, para que vendêssemos para algum empresário e a casa fosse transformada em apartamentos ou num clube de golfe ou seja lá o que fosse que ele queria. Ele poderia ter se mudado para cá, *morado* com a gente, e não haveria nada que pudéssemos fazer. Mais cedo ou mais tarde, teríamos cedido. Teríamos perdido a casa. Esta casa.

Algo se agitou, sutil e alerta: uma ondulação mínima nas paredes, um ranger das tábuas do piso no andar de cima, um golpe de vento descendo pelo poço da escada.

— Começamos todos a gritar – continuou Justin, em voz baixa. – A berrar, todo mundo ao mesmo tempo, nem sei o que eu estava dizendo. Você se soltou de Daniel, Rafe a agarrou e você bateu nele, *com força*, Lexie, um soco no estômago...

— Foi uma briga – disse Rafe. – Podemos chamar de qualquer coisa, mas o fato é que brigávamos como um bando de brutamontes numa esquina. Trinta segundos a mais e estaríamos rolando no chão da cozinha, nos matando de porrada. Só que antes que chegássemos a esse ponto...

— Só que — atalhou Abby, sua voz cortando a de Rafe, clara como uma porta que bate — nunca chegamos a esse ponto.

Ela fitou Rafe calmamente, sem pestanejar. Um segundo depois ele deu de ombros e se deixou cair de novo no sofá, balançando o pé, inquieto.

— Poderia ter sido qualquer um de nós — disse Abby, para mim ou para Rafe, não sei bem. Havia uma paixão tão profunda em sua voz que me assustou. — Estávamos todos furiosos, nunca estive tão zangada em toda a minha vida. O resto foi só acaso; apenas o modo como as coisas aconteceram. Cada um de nós estava disposto a matar você, Lexie, e não pode nos culpar.

Aquela agitação, mais uma vez; em algum lugar, longe demais para eu poder ouvir: um movimento rápido no patamar, um zumbido nas chaminés.

— Não culpo vocês — falei. Fiquei me perguntando, e deveria ter sido bem mais esperta, devo ter lido ridículas histórias de fantasmas demais quando criança, se isso era tudo que Lexie quisera de mim: dizer a eles que estava tudo bem. — Vocês tinham todo o direito de estar furiosos. Mesmo depois, teriam tido todo o direito de me expulsar.

— Nós conversamos sobre o assunto — disse Abby. Rafe ergueu uma sobrancelha. — Eu e Daniel. Se poderíamos continuar a viver todos juntos, depois... Mas teria sido complicado e, enfim, era *você*. Apesar de tudo, continuava a ser você.

— Depois disso — prosseguiu Justin, baixinho — só me lembro da porta dos fundos batendo e da faca no meio do chão da cozinha. Suja de *sangue*. Eu não podia acreditar. Não podia acreditar que aquilo estava de fato acontecendo.

— E vocês simplesmente me deixaram *sair*? — perguntei, olhando para as minhas mãos. — Nem se deram ao trabalho de ver se...

— Não — disse Abby, inclinando-se para a frente e tentando olhar nos meus olhos. — Não, Lex. *Claro* que fizemos isso. Levamos um minuto para entender o que tinha acontecido, mas no momento em que entendemos... Foi mais Daniel; nós três estávamos basicamente paralisados. Quando consegui me mexer de novo, ele já estava pegando uma lanterna. Disse para eu e Rafe ficarmos aqui, caso você voltasse para casa, queimarmos o bilhete e providenciarmos água quente, antisséptico e gaze...

— Que teriam sido muito úteis — interrompeu Rafe, acendendo outro cigarro — se estivéssemos fazendo um parto em *E o vento levou*. O que é que ele estava imaginando? Uma cirurgia doméstica na mesa da cozinha com a agulha de bordado de Abby?

— ... e ele e Justin saíram para procurar você. Imediatamente.

Tinha sido um bom plano. Daniel soubera que podia confiar em Abby para manter tudo sob controle; se fosse o caso de alguém desmoronar, seria

Rafe ou Justin. Ele os separara, colocando ambos sob supervisão, e engendrara um plano para manter os dois ocupados, tudo isso em questão de segundos. Era um desperdício esse cara estar na vida acadêmica.

– Não tenho certeza se de fato reagimos tão rapidamente assim – disse Justin. – Pode ser que tenhamos ficado lá, meio tontos, uns cinco ou dez minutos, pelo que sei. Mal me lembro dessa parte; minha mente apagou tudo. A primeira coisa que recordo com clareza é que, quando Daniel e eu chegamos ao portão dos fundos, você tinha sumido. Não sabíamos se tinha ido em direção à aldeia para pedir ajuda, ou se tinha desmaiado em algum lugar, ou...

– Apenas corri – murmurei. – Só me lembro de correr. Nem notei que fiquei sangrando tanto tempo. – Justin se encolheu.

– Acho que você não ficou, no começo – disse Abby, com delicadeza. – Não tinha sangue nenhum nem no chão da cozinha nem no pátio.

Eles tinham verificado. Fiquei imaginando quando, e se fora ideia de Daniel ou de Abby.

– Essa era a outra coisa – continuou Justin. – Não sabíamos... bem, a gravidade. Você saiu tão rápido, não tínhamos tido chance de... Pensamos, quer dizer, pelo menos eu pensei, que como você tinha sumido tão rápido, não podia ser tão grave, não é? Para nós, podia ter sido só um cortezinho.

– Rá – exclamou Rafe, pegando um cinzeiro.

– A gente não *sabia*. Podia ter sido. Disse isso a Daniel, e ele só me olhou de um jeito que não dava para entender. Então nós... meu Deus. Começamos a procurar por você. Daniel disse que o mais urgente era descobrir se você tinha ido para a aldeia, mas estava tudo trancado e escuro, só uma ou outra luz em algum quarto; era evidente que ali não estava acontecendo nada. Então começamos a fazer o caminho de volta para casa, andando de um lado para outro em semicírculos, com a esperança de cruzar com você em algum ponto do caminho.

Ele abaixou os olhos e fitou o copo em suas mãos.

– Pelo menos, é o que suponho que estávamos fazendo. Eu estava apenas seguindo Daniel sem parar, através desse *labirinto* de caminhos escuros como breu; não tinha ideia de onde estávamos, meu senso de direção sumiu completamente. Ficamos com medo de acender a lanterna e com medo de chamar por você, nem sei bem o motivo, só que parecia perigoso demais: caso alguém de uma das fazendas notasse ou caso você estivesse se escondendo de nós, suponho, não sei qual dos dois. Por isso Daniel só piscava a lanterna por um segundo em intervalos de poucos minutos, com a mão em concha na luz, e fazia um movimento rápido em círculo, depois desligava de novo. O resto do tempo andávamos tateando as sebes. Estava um *gelo*, como se fosse inverno, nem tínhamos lembrado de levar casacos. Daniel não parecia se importar, sabe como ele é, mas eu não sentia os dedos dos pés; tinha certeza de que estavam congelados. Vagamos durante *horas*...

– Não foram horas – disse Rafe. – Pode acreditar. Ficamos aqui com um vidro de Dettol e uma faca suja de sangue e nada para fazer, exceto fitar o relógio e enlouquecer. Vocês só ficaram fora uns quarenta e cinco minutos.

Justin deu de ombros, uma contração tensa.

– Bom, pareceram horas. Por fim, Daniel parou de repente, eu dei um encontrão nas costas dele, parecia uma cena de *O gordo e o magro*, e ele falou: "Isso é um absurdo. Nunca vamos encontrá-la desse jeito." Perguntei o que mais sugeriria que fizéssemos, mas ele me ignorou. Só ficou ali, parado, contemplando o céu como se estivesse esperando uma inspiração divina; o tempo estava começando a ficar nublado, mas a lua tinha aparecido e dava para ver o seu perfil ao luar. Daí a pouco ele falou, de uma maneira perfeitamente normal, como se estivéssemos no meio de uma discussão à mesa de jantar: "Bem, vamos supor que ela tenha se dirigido a um local específico, em vez de apenas perambular no escuro. Ela devia estar se encontrando com Ned *em algum lugar*. Algum lugar abrigado, com certeza; o tempo é tão imprevisível. Existe algum lugar aqui por perto que ela..." E em seguida ele saiu *voando*. Estava correndo, em velocidade máxima, *rápido*, eu não sabia que ele podia correr daquele jeito, acho que nunca tinha visto Daniel correr antes, vocês já viram?

– Ele correu naquela outra noite – lembrou Rafe, apagando o cigarro. – Atrás do aldeão incendiário. Ele é veloz, sem dúvida, quando é preciso.

– Eu não tinha a menor noção de para onde ele estava indo; só pensava em tentar acompanhá-lo. Por algum motivo, a ideia de ficar ali sozinho me dava pânico, quer dizer, sei que estávamos a poucas centenas de metros de casa, mas não era isso que parecia. Parecia... – Justin teve um calafrio. – Parecia perigoso – completou. – Como se alguma coisa estivesse acontecendo em volta de nós e não pudéssemos ver, mas se eu ficasse sozinho...

– Foi o choque, querido – disse Abby, gentil. – É normal.

Justin abanou a cabeça, continuando a fitar o copo.

– Não – disse ele. – Não foi desse jeito. – Rapidamente, ele tomou um gole grande do seu drinque e fez uma careta. – Aí Daniel acendeu a lanterna, rodou-a para todos os lados, era como o facho de luz de um farol, eu tinha certeza de que todo mundo a quilômetros de distância viria correndo, e parou naquele chalé. Só deu para ver por um segundo, apenas um canto de muro quebrado. Depois a lanterna se apagou de novo e Daniel se *jogou* por cima do muro em direção ao campo. Tinha aquela relva alta e molhada se enroscando nos meus tornozelos, era como tentar correr num mingau... –

Ele piscou para o copo e empurrou-o para longe na prateleira; um pouco do líquido espirrou, manchando as anotações de alguém de borrões amarelos nojentos. – Pode me dar um cigarro?

– Você não fuma – disse Rafe. – É bem-comportado.

– Já que tenho que contar essa história – disse Justin –, quero um *cigarro*, porra.

Sua voz oscilava, num tom agudo e frágil.

– Corta essa, Rafe – disse Abby. Ela se esticou para passar o maço de cigarros para Justin; enquanto ele o apanhava, ela pegou na sua mão e apertou.

Justin acendeu o cigarro sem jeito, segurando-o no alto entre os dedos duros, tragou com muita força e ficou sufocado. Ninguém disse nada enquanto ele tossia, tomava fôlego, enxugava os olhos com a articulação de um dedo sob os óculos.

– Lexie – sugeriu Abby. – Será que não podemos... Você já sabe a parte importante. Não podemos parar por aqui?

– Quero ouvir – falei. Eu mal conseguia respirar.

– Eu também – reforçou Rafe. – Nunca ouvi essa parte, e tenho a impressão de que pode ser interessante. Não está curiosa, Abby? Ou você já conhece a história?

Abby deu de ombros.

– *Tudo bem* – disse Justin. Seus olhos estavam fechados com força e o queixo tão tenso que ele mal conseguia pôr o cigarro entre os lábios. – Estou... Esperem só um segundo. *Nossa*.

Ele deu nova tragada, teve ânsia de vômito, conseguiu se segurar.

– Ok – falou. Sua voz estava de novo sob controle. – Então chegamos ao chalé. O luar só me permitia ver o contorno das paredes, do vão da porta. Daniel acendeu a lanterna, com a outra mão cobrindo uma parte da luz, e...

Os olhos de Justin se abriram e fugiram de nós, indo em direção à janela.

– Você estava sentada num canto, encostada na parede. Gritei alguma coisa, talvez tenha chamado o seu nome, não sei, e comecei a correr para onde você estava, mas Daniel agarrou o meu braço, com *força*, ele me *machucou*, e me puxou para trás. Encostou a boca bem na minha orelha e soprou, "Cale a boca", e depois: "Não se mexa. Fique bem aqui. Fique quieto." Ele sacudiu o meu braço, fiquei com marcas *roxas*, depois me soltou e foi até você. Pôs os dedos no seu pescoço, assim, verificando o seu pulso, ele estava com a lanterna em cima de você e você parecia...

Justin continuava com os olhos voltados para a janela.

– Você parecia uma garotinha adormecida – disse ele, e o sofrimento na sua voz era suave e persistente como a chuva. – E aí Daniel falou: "Ela está morta." Foi o que pensamos, Lexie. Pensamos que tivesse morrido.

— Você já tinha entrado em coma – explicou Abby, delicadamente. – Os tiras nos disseram que isso teria desacelerado seus batimentos cardíacos, sua respiração, essas coisas. Se não estivesse fazendo tanto frio...

— Daniel ficou de pé – continuou Justin – e limpou a mão na frente da camisa; não sei bem por que, não tinha *sangue* nem nada, mas foi só o que consegui ver: ele esfregando a mão no peito, muitas vezes, como se nem percebesse o que estava fazendo. Eu não conseguia, não conseguia olhar para você. Fui me encostar numa parede, sabe, eu estava respirando acelerado demais, pensei que ia *desmaiar*, mas ele falou com muita rispidez: "Não toque em nada. Ponha as mãos nos bolsos. E prenda a respiração contando até dez." Eu não sabia do que ele estava falando, nada fazia sentido, mesmo assim fiz o que mandou.

— Sempre fazemos – disse Rafe em voz baixa. Abby lançou-lhe um olhar rápido.

— Daí a um minuto, Daniel falou: "Se ela tivesse saído para a sua caminhada habitual, estaria com as chaves e a carteira, e aquela lanterna que ela usa. Um de nós tem que ir lá em casa apanhar essas coisas. O outro deveria ficar aqui. É pouco provável que alguém passe por este local a esta hora, mas não sabemos a extensão dos contatos dela com Ned, e se acontecer de alguém passar, precisamos saber. O que você prefere?"

Justin tentou esticar a mão para mim, desistiu e agarrou com força o cotovelo do seu outro braço.

— Disse a ele que eu não podia ficar lá. Sinto muito, Lexie. Sinto muito mesmo. Eu não deveria... Eu sei, era *você*; continuava a ser você, mesmo que estivesse... Mas eu não podia. Eu estava, eu estava tremendo sem parar, acho que falava palavras sem sentido... Finalmente ele disse, e nem parecia mais que estava *abalado*, só impaciente, ele disse: "Pelo amor de Deus, cale a boca. Eu fico. Vá o mais rápido que puder. Ponha suas luvas e pegue as chaves, a carteira e a lanterna de Lexie. Conte aos outros o que aconteceu. Eles vão querer vir com você; não deixe, de jeito nenhum. Com certeza não precisamos de mais gente andando por aqui, e de qualquer maneira não há motivo para lhes dar mais coisas para esquecer. Volte direto para cá. Leve a lanterna, mas não a use exceto se for realmente necessário, e tente não fazer barulho. Consegue se lembrar disso tudo?"

Ele deu uma tragada forte no cigarro.

— Eu disse que sim; teria dito que sim se ele tivesse me perguntado se eu poderia *voar* até em casa, desde que significasse sair dali. Ele me fez repetir tudo. Depois sentou no chão, ao seu lado, não muito perto, suponho que para não... você sabe. Sujar a calça de sangue. E levantou o rosto para mim e disse: "E aí? Vá logo. Depressa."

– Então fui para casa. Foi horrível. Demorou... bem, se Rafe estiver certo, não pode ter demorado tanto assim. Não sei. Me perdi. Em alguns pontos eu *sabia* que deveria dar para ver as luzes da casa, mas não dava; só escuridão, por quilômetros à minha volta. Eu tinha certeza absoluta de que a casa nem estava mais lá; não tinha sobrado nada, só sebes e caminhos sem fim, aquele enorme labirinto do qual eu jamais sairia, nunca mais seria dia. E de que havia coisas me observando, no alto das árvores e escondidas nas sebes; não sei que tipo de coisas, mas... me observando e rindo. Eu estava em pânico. Quando afinal avistei a casa, apenas um leve brilho dourado por cima dos arbustos, foi tanto alívio que quase gritei. Depois disso só me lembro de abrir a porta dos fundos...

– Ele estava com cara de *O grito* – disse Rafe – só que sujo de lama. E nada do que falava fazia sentido; metade do que dizia era ininteligível, como se falasse uma língua estranha. Só conseguimos entender que ele tinha que voltar e que Daniel disse que deveríamos ficar onde estávamos. Por minha conta, pensei, que se foda, eu queria ir ver que diabo estava acontecendo, mas, quando fui pegar o casaco, Justin e Abby ficaram tão histéricos que desisti.

– Ainda bem – comentou Abby friamente. Ela voltara à boneca; seu cabelo caía, escondendo o rosto, e mesmo do outro lado da sala eu podia ver que os pontos que ela dava eram enormes e malfeitos e inúteis. – Como acha que poderia ter ajudado?

Rafe deu de ombros.

– Nunca saberemos, não é? Conheço aquele chalé; se Justin tivesse me dito para onde estava indo, eu poderia ter ido em seu lugar, e ele poderia ter ficado aqui e se acalmado. Parece, porém, que não era isso que Daniel tinha em mente.

– Supostamente, ele tinha os seus motivos.

– Ah, disso eu tenho certeza – concordou Rafe. – Tenho certeza de que tinha. Então, Justin ficou aqui uns minutos, todo alvoroçado, pegando coisas e falando sem parar, e depois saiu correndo de novo.

– Não me lembro de voltar ao chalé – disse Justin. – No final, eu estava coberto de lama até os joelhos, talvez eu tenha caído, não sei, e minhas mãos ficaram cheias de pequenos cortes; acho que devo ter ficado me segurando nas sebes para continuar de pé. Daniel permanecia sentado ao seu lado; nem sei se tinha se mexido depois que saí. Ele levantou os olhos para mim, seus óculos tinham respingos de chuva, e sabe o que ele me disse? Disse: "Esta chuva pode ser útil. Se continuar, qualquer marca de sangue ou pegadas terão sumido quando a polícia chegar."

Rafe se mexeu, um súbito movimento de inquietação que fez as molas do sofá rangerem.

– Só fiquei ali, fitando Daniel. Deu para ouvir "polícia" e, sinceramente, não conseguia entender o que a polícia tinha a ver com tudo aquilo, mas mesmo assim fiquei apavorado. Ele me olhou de cima a baixo e depois disse, "Você não está usando luvas."

– Com Lexie ali, ao seu lado – disse Rafe, para ninguém em particular. – Legal.

– Eu tinha me esquecido completamente das luvas. Quer dizer, eu estava... bem, vocês entendem. Daniel deu um suspiro e se levantou, nem dava a impressão de estar com pressa, e limpou os óculos com o lenço. Depois estendeu o lenço para mim e eu tentei pegá-lo, pensei que ele quisesse que eu também limpasse os óculos, mas ele o afastou rápido e disse, meio irritado: "Chaves?" Então entreguei-lhe as chaves, que ele pegou e limpou, e foi quando finalmente entendi o negócio do lenço. Depois ele... – Justin se remexeu na poltrona, como se procurasse por algo, sem saber exatamente o quê. – Você não se lembra mesmo de nada disso?

– Não *sei* – respondi, dando de ombros com um tremelique. Eu continuava a só olhar para ele com o canto do olho, o que o deixava nervoso. – Se me lembrasse, não teria que perguntar a você, não é mesmo?

– Tá bom. Tá bom. – Justin empurrou os óculos sobre o nariz. – Bem. Depois, Daniel... Suas mãos estavam meio que no seu colo e estavam todas... Ele levantou um dos seus braços pela manga, para conseguir pôr as chaves no bolso do seu casaco. Depois soltou, e o braço *despencou*, Lexie, como o de uma boneca de pano, com aquele baque horrível... dali em diante não consegui ver mais nada, não dava mesmo. Fiquei com a lanterna acesa, apontada para você para que ele pudesse enxergar, mas me virei e olhei para o campo, torcendo para Daniel achar que eu estava vigiando, caso aparecesse alguém. Ele disse "Carteira" e depois "Lanterna" e eu entreguei, não sei o que ele fez com elas. Ouvi uns barulhos, mas eu estava tentando não imaginar...

Ele respirou fundo, trêmulo.

– Demorou toda vida. O vento estava aumentando e havia barulhos por toda parte, sussurros, estalos e pequenos ruídos de coisas que deslizavam... não sei como você consegue passear por ali à noite. A chuva estava mais forte, mas eram só pancadas, havia aquelas nuvens enormes e rápidas, e toda vez que a lua aparecia todo o campo dava a impressão de estar *vivo*. Talvez fosse só o choque, como diz Abby, mas eu acho que... não sei. Talvez tenha alguma coisa errada com alguns lugares. Eles não são bons para a gente. Para a cabeça da gente.

Ele estava fitando algum ponto no meio da sala, olhos vagos, recordando. Pensei naquele pequeno e inconfundível toque de eletricidade que me subia pela nuca, e pela primeira vez me perguntei com que frequência John Naylor realmente estivera me seguindo.

– Finalmente, Daniel se ergueu e disse: "Acho que está bom. Vamos." Aí me virei e... – Justin engoliu em seco. – A lanterna ainda estava virada para você. Sua cabeça tinha como que caído por cima de um ombro e chovia em cima de você, havia pingos de chuva no seu rosto; parecia que estava chorando durante o sono, como se tivesse tido um pesadelo... eu não conseguia... meu Deus. Eu não suportava a ideia de apenas *deixar* você lá, daquele jeito. Queria ficar até o dia clarear ou pelo menos até parar de chover, mas quando disse isso a Daniel ele me olhou como se eu tivesse perdido o juízo. Então falei que pelo menos, no mínimo, tínhamos que tirá-la da chuva. A princípio ele também disse não; mas, quando percebeu que se não fizesse isso eu não sairia dali, que ele teria que literalmente me puxar até em casa, cedeu. Ficou muito bravo, toda aquela conversa de que seria culpa minha se acabássemos todos na cadeia, mas eu nem liguei. Então nós...

O rosto de Justin estava molhado e brilhava, mas ele não parecia notar.

– Você estava tão *pesada* – continuou. – E é tão pequenininha, já peguei você um milhão de vezes; pensei... Mas foi como arrastar um enorme saco de areia molhada. E estava tão fria e tão... O seu rosto dava uma impressão diferente; como aquela boneca. Eu não podia acreditar que era realmente você.

"Entramos naquele quarto com telhado e tentei fazer você, fazer com que ficasse menos... Estava tão *frio*. Eu queria cobri-la com o meu pulôver, mas sabia que Daniel faria alguma coisa se eu tentasse; ia me bater, não sei. Ele estava esfregando tudo com o lenço, até o seu rosto onde eu tinha tocado em você, e o seu pescoço onde ele tentara sentir... Ele tirou um galho daqueles arbustos perto da porta e varreu tudo. Pegadas, suponho. Ele parecia... meu Deus. Grotesco. Andando para trás, naquele quarto sinistro e horrível, encurvado sobre o galho, *varrendo*. A lanterna brilhava entre os seus dedos, e imensas sombras dançavam nas paredes..."

Ele enxugou o rosto, abaixou os olhos e fitou os dedos.

– Fiz uma oração para você, antes de irmos embora. Sei que não é muito, mas... – Seu rosto estava molhado de novo. – Que a luz perpétua a ilumine – falou.

– Justin – disse Abby, suavemente. – Ela está bem aqui.

Justin balançou a cabeça.

– Depois – ele concluiu – fomos para casa.

Após um momento Rafe acendeu o isqueiro, com força, e nós três demos um salto.

– Eles apareceram no pátio – disse. – Parecendo que tinham saído de *A noite dos mortos-vivos*.

– Nós dois estávamos quase aos gritos com eles, tentando saber o que tinha acontecido – explicou Abby –, mas Daniel apenas fitava um ponto ao longe; tinha aquele terrível olhar vidrado, acho que não nos via. Ele esticou o braço para impedir que Justin entrasse e falou: "Alguém tem alguma roupa para lavar?"

— Acho que nenhum de nós tinha a menor noção do que ele estava falando – disse Rafe. – Não era um bom momento para enigmas. Tentei segurá-lo, para fazer com que nos contasse que merda tinha *acontecido* lá fora, mas ele pulou para trás e fulminou: "Não me toque." A maneira como ele disse... eu quase caí para trás. Não foi o caso de ele berrar comigo nem nada disso, estava praticamente cochichando, mas o seu rosto... Não parecia mais Daniel; não parecia nem humano. Ele estava *rosnando* para mim.

— Estava coberto de sangue – disse Abby, sem meias palavras – e não queria que você se sujasse. E estava traumatizado. Você e eu pegamos a parte fácil daquela noite, Rafe. Não – quando Rafe bufou –, pegamos, sim. Gostaria de ter estado naquele chalé?

— Talvez não tivesse sido uma má ideia.

— Você não teria gostado – disse Justin, com uma certa aspereza na voz. – Pode acreditar. Abby está certa: pegaram a parte mais fácil. – Rafe deu de ombros com afetação.

— Enfim – prosseguiu Abby, após um segundo de tensão –, Daniel respirou fundo e esfregou a mão na testa e disse: "Abby, pegue para cada um de nós uma muda de roupa e uma toalha, por favor. Rafe, arranje um saco plástico, grande. Justin, tire a roupa." Ele já desabotoava a camisa...

— Quando voltei com o saco plástico, ele e Justin estavam de pé no pátio, de cuecas – continuou Rafe, limpando cinzas da camisa. – Uma visão nada agradável.

— Eu estava *congelando* – disse Justin. Ele parecia bem melhor, agora que a pior parte tinha terminado: trêmulo, exausto, aliviado. – Chovia muito, a temperatura era de mais ou menos sete milhões de graus abaixo de zero, um vento que parecia gelo e nós ali no pátio, de cuecas. Eu não tinha a menor ideia de por que estávamos fazendo aquilo; minha mente tinha ficado entorpecida, eu estava apenas cumprindo ordens. Daniel jogou todas as nossas roupas no saco e disse algo sobre que sorte não estarmos usando casaco. Comecei a pôr os sapatos no saco, estava tentando ajudar, mas ele falou: "Não, deixe aí; cuido deles mais tarde." Mais ou menos naquele momento Abby voltou com as toalhas e as roupas, e nós nos secamos e nos vestimos...

— Tentei de novo perguntar o que estava acontecendo – atalhou Rafe – a uma distância segura, desta vez. Justin me fitou com aquela cara de cervo ofuscado pela luz e Daniel nem me olhou; apenas enfiou a camisa na calça e disse: "Rafe, Abby, tragam o que tiverem para lavar, por favor. Se não tiverem roupas sujas, limpas também servem." E aí pegou o saco nos braços e caminhou para a cozinha, descalço, com Justin o seguindo como um cachorrinho. Por algum motivo, eu de fato fui e *peguei* as roupas para lavar.

– Ele estava certo – disse Abby. – Se a polícia tivesse chegado antes de terminar a lavagem, era preciso parecer que estávamos lavando roupa normalmente, e não nos livrando de provas.

Rafe mexeu um ombro só.

– Pode ser. Daniel ligou a máquina e ficou lá franzindo as sobrancelhas para ela, como se fosse algum objeto misterioso e fascinante. Estávamos todos na cozinha, ali em volta, como um bando de palermas, esperando não sei o quê; que Daniel dissesse alguma coisa, suponho, embora...

– Eu só conseguia enxergar a faca – sussurrou Justin. – Rafe e Abby simplesmente a *deixaram* lá, no chão da cozinha...

Rafe ergueu os olhos para o teto, fez um movimento de cabeça na direção de Abby.

– Sim – confirmou ela –, fui eu. Achei melhor não tocar em nada até os outros voltarem e sabermos qual era o plano.

– Porque – disse-me Rafe, fingindo uma voz baixa e arrastada – é claro que haveria um plano. Com Daniel, não existe sempre um plano? Não é legal saber que existe um plano?

– Abby berrou com a gente – contou Justin. – Ela gritou: "Onde é que está Lexie?" No meu ouvido. Quase desmaiei.

– Daniel se virou e ficou olhando fixamente – disse Rafe – como se não soubesse quem éramos nós. Justin tentou falar alguma coisa e fez um barulho horrível, como se estivesse engasgado, e Daniel deu um pulo imenso e piscou. E aí disse: "Lexie está naquele chalé em ruínas de que ela gosta. Está morta. Pensei que Justin tivesse contado a vocês." E começou a calçar as meias.

– Justin tinha nos contado – disse Abby, baixinho –, mas acho que tínhamos esperança de que ele tivesse entendido errado, de alguma maneira...

Um silêncio longo. No andar de cima, o relógio no patamar da escada tiquetaqueava, lento e pesado. Em algum lugar, Daniel tinha o pé no acelerador, e pensei que podia senti-lo lá fora, mais próximo a cada segundo, a velocidade estonteante da estrada sob os pneus do seu carro.

– E depois? – perguntei. – Apenas foram para a *cama*?

Eles se entreolharam. Justin começou a rir, um som agudo, incontrolável, e logo depois os outros se juntaram a ele.

– O que foi? – indaguei.

– Não sei do que estamos rindo – disse Abby, enxugando os olhos e tentando retomar a compostura e fazer cara séria, o que provocou novos ataques de riso. – Ai, Deus... Não foi engraçado; na verdade, não foi. É só que...

– Você não vai acreditar – disse Rafe. – Nós jogamos pôquer.

— Pois é. Sentamos à mesa...

— ... praticamente tendo um enfarte cada vez que a chuva batia na janela...

— Os dentes de Justin não paravam de bater, era como sentar ao lado de um tocador de maracas...

— E quando o vento fez aquele barulho na porta? E Daniel derrubou a cadeira?

— Olha quem fala. Noventa por cento do tempo eu conseguia ver todas as cartas na sua mão. Para sorte sua, eu não estava a fim de roubar, podia ter feito uma limpa...

Eles estavam falando ao mesmo tempo, tagarelando como um bando de adolescentes saindo de uma prova importante, tontos de alívio.

— Ai, meu Deus – disse Justin, fechando os olhos e encostando o copo na têmpora. – Aquela merda de jogo de baralho. Meu queixo ainda cai quando lembro. Daniel ficava dizendo: "O único álibi confiável é uma sequência real de acontecimentos...

— Nós três mal conseguíamos falar em frases completas – disse Rafe –, e ele despejando filosofia sobre a arte do álibi. Eu não conseguia nem pronunciar "álibi confiável".

— ... então ele nos mandou atrasar os relógios para onze horas, pouco antes de dar tudo errado, voltar à cozinha e terminar de lavar os pratos, e depois nos fez vir para cá e jogar *baralho*. Como se nada tivesse acontecido.

— Ele jogou por você e por ele – me contou Abby. – Da primeira vez que você teve um jogo decente e ele teve um melhor, apostou tudo por você e te derrubou. Foi surreal.

— E ficava *narrando* o jogo – acrescentou Rafe. Ele esticou o braço para pegar a garrafa de vodca e completou o seu copo. Na luz enevoada da tarde que entrava pela janela, ele parecia belo e devasso, camisa de colarinho aberto e mechas de cabelo dourado caindo nos olhos, como um janota do período da Regência depois de dançar a noite inteira. – "Lexie aumenta, Lexie foge, Lexie precisaria de mais um drinque agora, alguém pode, por favor, passar o vinho para ela..." Era como um maluco que senta ao seu lado num parque e dá pedaços de sanduíche ao seu amigo imaginário. Depois que tirou você do jogo, ele nos fez representar uma pequena *cena*, você saindo para a sua caminhada e nós todos acenando adeus para o ar... Pensei que estávamos todos ficando loucos. Me lembro de ficar sentado ali, naquela cadeira, dando adeus para a porta educadamente e pensando, com muita calma e clareza: "Quer dizer que a loucura é assim."

— Àquela altura, já deviam ser três da manhã – emendou Justin –, mas Daniel não nos deixava ir para a cama. Tivemos que ficar sentados, jogando a droga do *Texas Hold-'em* até o final. Daniel ganhou, claro, era o único que conseguia se concentrar, mas levou uma *eternidade* para limpar a todos nós. Sinceramente, os tiras devem pensar que somos os piores jogadores de pôquer da história, eu fugia quando tinha um flush e dobrava quando só tinha um dez como carta mais alta... Estava tão exausto que via em dobro, e aquilo tudo parecia um pesadelo medonho, ficava pensando que precisava acordar. Penduramos as roupas em frente à lareira para secar e a sala parecia uma coisa de *A névoa*, as roupas soltando vapor, o fogo crepitando e todo mundo fumando um cigarro atrás do outro daqueles horríveis, sem filtro, de Daniel...

– Ele não me deixou sair para comprar cigarros normais – informou Abby. – Disse que precisávamos ficar todos juntos e que de qualquer maneira as câmeras no posto de gasolina mostrariam a que horas eu tinha estado lá e isso estragaria tudo... Ele agia como um general. – Rafe bufou. – Exatamente. Nós três estávamos tremendo tanto que mal conseguíamos segurar as cartas...

– Num determinado momento, Justin vomitou – disse Rafe, com o cigarro na boca e balançando o fósforo para apagá-lo. – Na pia da cozinha, um lugar bem legal.

– Não pude evitar – justificou Justin. – Só conseguia pensar em você lá no escuro, sozinha... – Ele se esticou e apertou o meu braço. Por um segundo, pus a minha mão sobre a dele, ossuda, fria e tremendo muito.

– Nós só conseguíamos pensar nisso – disse Abby –, mas Daniel... Eu podia ver o quanto estava lhe custando; o seu *rosto* tinha ficado encovado, dava a impressão de ter perdido muito peso depois do jantar, e seus olhos pareciam estranhos, enormes e escuros. Mas ele estava muito calmo, como se nada tivesse acontecido. Justin começou a limpar a pia...

– Ainda com ânsia de vômito – acrescentou Rafe. – Dava para ouvir. Entre nós cinco, Lexie, acho que talvez você tenha tido a noite mais agradável.

– ... mas Daniel mandou-o parar; disse que aquilo iria distorcer a linha do tempo nas nossas mentes.

– Aparentemente – Rafe me informou – a essência do álibi é a simplicidade; quanto menos etapas a pessoa tem que omitir ou inventar, menor é a probabilidade de erro. Ele ficava dizendo: "Do jeito que está, só precisamos lembrar que passamos da lavagem de roupa ao jogo, e eliminar da nossa mente os eventos intermediários. Eles jamais aconteceram." Em outras palavras, volte aqui e jogue na sua vez, Justin. O pobre coitado estava *verde*.

Daniel estivera certo a respeito do álibi. Ele era bom nisso: bom demais. Naquele segundo me lembrei do meu apartamento, Sam tomando notas, o ar do lado de fora da janela escurecendo em tons de violeta e eu traçando o perfil do assassino: alguém que já tivesse cometido algum crime.

Sam verificara os antecedentes de cada um deles e encontrara apenas duas ou três multas por excesso de velocidade. Eu não tinha como saber que tipo de verificação Frank poderia ter feito, no seu mundo particular, extraoficial e complexo; o quanto ele tinha descoberto sem contar a ninguém e o quanto nem mesmo ele percebera; quem, entre todos os competidores, era o melhor guardador de segredos.

– Ele não nos deixava nem mexer na faca – disse Justin. – Ela ficou no mesmo lugar durante todo o tempo em que jogamos baralho. Eu me sentei de costas para a cozinha, e juro que podia *sentir* que ela estava atrás de mim, como uma coisa de Poe ou do período de Jaime I. Rafe, sentado à minha frente, ficava dando uns pulinhos e piscando, como um tique...

Rafe fez uma careta de incredulidade.

– Não ficava, não.

– Ficava, sim. Você dava uns tremeliques, de minuto em minuto, com perfeita regularidade. Dava a impressão exata de que tinha visto alguma coisa terrível acima do meu ombro, e cada vez que você fazia aquilo eu morria de medo de me virar, caso a faca estivesse lá flutuando no ar, ou brilhando, ou pulsando, ou sei lá o quê...

– Ah, pelo amor de Deus. Maldita Lady Macbeth...

– Credo – disse eu de repente. – A faca. Ela ainda está... quer dizer, nós estamos *comendo* com... – Fiz com a mão um movimento vago em direção à cozinha, depois enfiei a articulação de um dedo na boca e mordi. Eu não estava fingindo; pensar que todas as refeições que eu fizera ali tinham incluído vestígios invisíveis de sangue de Lexie fez a minha mente dar cambalhotas lentas.

– Não – contestou Abby rapidamente. – Nossa, não. Daniel se livrou dela. Depois que nós todos tínhamos ido para a cama ou, pelo menos, para os quartos...

– "Boa-noite, Mary Ellen" – disse Rafe. – "Boa-noite, Jim Bob. Durmam bem." Puxa vida.

– ... ele imediatamente desceu de novo, ouvi seus passos na escada. Não sei bem o que ele fez, mas na manhã seguinte os relógios mostravam a hora certa, a pia estava impecável e o chão da cozinha limpo, parecendo que tinha sido esfregado por inteiro, não só naquele lugar. Os sapatos de Daniel e Justin, que eles tinham deixado no pátio, estavam no armário e também limpos, mas não impecáveis, apenas da maneira que sempre os limpamos, e secos, como se ele os tivesse posto perto do fogo. As roupas estavam passadas e dobradas, e a faca tinha sumido.

– Qual foi a faca? – perguntei, meio trêmula, com o dedo ainda na boca.

— Foi uma daquelas velhas facas de carne vagabundas com cabo de madeira — esclareceu Abby, amável. — Está tudo bem, Lex. Ela já sumiu.

— Não quero essa faca aqui em casa.

— Eu sei. Eu também não. Tenho quase certeza de que Daniel se livrou dela. Não sei dizer exatamente quantas facas daquelas tínhamos ao todo, mas ouvi o barulho da porta da frente, por isso imagino que ele a tenha levado lá para fora.

— Para onde? Também não quero que fique no jardim. Não quero que fique em nenhum lugar aqui por perto. — Minha voz estava tremendo mais. Frank, em algum lugar, ouvindo e murmurando: "É isso aí, continue."

Abby abanou a cabeça.

— Não tenho certeza. Ele ficou lá fora poucos minutos, e não acho que a deixaria no nosso terreno, mas você quer que eu pergunte? Posso dizer a ele para mudar de lugar se estiver aqui por perto.

Mexi um dos ombros.

— Pode ser. É, acho que sim. Diga a ele.

Daniel nunca, nem em um milhão de anos, faria aquilo, mas eu tinha que fingir bem, e ele se divertiria liderando buscas infrutíferas; se as coisas chegassem àquele ponto.

— Eu nem ouvi quando ele desceu — disse Justin. — Eu estava... Nossa. Não quero nem pensar nisso. Estava sentado na beirada da cama, com as luzes apagadas, me *balançando*. Durante todo o jogo eu queria tanto me recolher que podia ter gritado, só queria ficar sozinho, mas, quando fiquei, foi pior ainda. A casa ficava rangendo, com todo aquele vento e a chuva, mas juro por Deus que era exatamente como se você estivesse andando lá em cima, se preparando para dormir. Teve uma hora — ele engoliu em seco, os músculos do queixo retesados —, teve uma hora em que ouvi você cantarolando. "Black Velvet Band", imagine. Era nítido assim. Eu queria... Se eu olhar pela minha janela, dá para ver se a luz do seu quarto está acesa, o brilho se reflete no gramado, e eu queria verificar, só para ficar tranquilo... ai, meu Deus, não é exatamente *tranquilo*, você entende o que eu quero dizer... mas não conseguia. Não conseguia me levantar da cama. Tinha certeza absoluta de que se eu abrisse aquela cortina, veria a sua luz na grama. E aí? O que eu poderia *fazer*?

Ele estava tremendo.

— Justin — falou Abby, com delicadeza. — Está tudo bem.

Justin pôs os dedos sobre a boca, com força, e respirou fundo.

— Bom — continuou. — Enfim. Daniel poderia estar subindo e descendo a escada a *galope*, e eu não teria notado.

— Eu o ouvi — disse Rafe. — Acho que naquela noite ouvi cada coisa num raio de um quilômetro; até o menor barulhinho em algum lugar lá no fundo do jardim praticamente me fazia dar um pulo. A alegria da atividade criminosa é que você fica com ouvidos de morcego. – Ele sacudiu o maço de cigarros, jogou-o na lareira e pegou o maço de Abby na mesinha de centro, enquanto Justin abria a boca automaticamente e depois fechava de novo. – Ouvi coisas muito interessantes.

Abby arqueou as sobrancelhas. Enfiou a agulha com cuidado numa bainha, soltou a boneca e lançou um olhar longo e frio para Rafe.

– Você quer mesmo entrar nesse assunto? – perguntou. – Porque não posso impedi-lo, mas, se eu fosse você pensaria muito, muito mesmo antes de abrir essa caixa de Pandora.

Houve um silêncio longo, nervoso. Abby cruzou as mãos no colo e observou Rafe calmamente.

– Eu estava bêbado – disse Rafe, súbita e rispidamente no silêncio. – De porre.

Um segundo depois Justin falou, olhando para a mesinha:

– Você não estava tão bêbado assim.

– Estava, sim. No maior pileque. Acho que nunca estive tão bêbado na minha vida.

– Não, não estava. Se estivesse tão bêbado assim...

– Nós todos tínhamos bebido bastante a maior parte da noite – cortou Abby, com voz neutra. – Como era de se esperar. Não ajudou nada: acho que ninguém dormiu bem. A manhã seguinte foi um pesadelo. Estávamos tão abalados, acabados e de porre que ficamos praticamente zonzos, não conseguíamos pensar direito, nem *ver* direito conseguíamos. Não conseguíamos decidir se deveríamos chamar os tiras e reportar o seu desaparecimento ou o quê. Era isso que Rafe e Justin queriam fazer...

– Melhor do que deixar você naquela choupana infestada de ratos até que algum matuto local por acaso tropeçasse no seu corpo – disse Rafe, com um cigarro na boca, balançando o isqueiro de Abby. – Pode nos chamar de doidos.

– ... mas Daniel disse que seria esquisito; que você tinha idade suficiente para ir dar uma caminhada de manhã cedo ou até não ir à faculdade naquele dia, se quisesses. Ele ligou para o seu celular, que estava ali na cozinha, é óbvio, mas mesmo assim ele achou que deveria ter o registro de uma chamada.

– Ele nos fez tomar o *café da manhã* – informou Justin.

– Dessa vez, Justin conseguiu chegar até o banheiro – disse Rafe.

– Não conseguíamos parar de discutir – continuou Abby. Ela pegara a boneca de novo e estava, metódica e inconscientemente, fazendo e desfazendo suas tranças. – Se tínhamos que tomar café, se deveríamos chamar os tiras, se seria melhor sair para a faculdade, como sempre, ou esperar você voltar. Quer dizer, o mais natural seria Daniel ou Justin esperarem por você, enquanto nós dois íamos para a faculdade, mas não conseguíamos. Pensar em nos dividirmos, não sei se posso explicar como essa ideia nos assustava terrivelmente. Estávamos quase nos matando, Rafe e eu aos gritos um com o outro, gritando mesmo, mas no momento que alguém sugeria fazer alguma coisa separada, eu literalmente sentia uma fraqueza nas pernas.

– Sabe o que pensei? – indagou Justin, muito baixinho. – Eu estava ali, ouvindo vocês três discutirem e olhando pela janela, esperando a polícia ou outra pessoa chegar, e percebi: poderia levar dias. Poderia levar semanas; poderia continuar durante semanas, essa espera. Lexie poderia ficar lá por... Eu sabia que não havia a menor chance de conseguir suportar aquele dia na faculdade, imagine semanas. E pensei que o que deveríamos fazer de fato era parar de brigar, pegar um edredom e entrarmos debaixo dele, nós quatro juntos, e ligar o gás. Era o que eu queria fazer.

– A gente nem *tem* gás – fulminou Rafe. – Pare de ser tão dramático.

– Acho que todos nós tínhamos isto em mente: o que faríamos se você não fosse encontrada logo. Só que ninguém queria mencionar o assunto – disse Abby. – Na verdade, foi um grande alívio quando a polícia apareceu. Justin viu primeiro, da janela; disse "Chegou alguém", e nós todos congelamos, bem no meio da gritaria. Rafe e eu começamos a andar para a janela, mas Daniel falou: "Sentem-se todos. Agora." Então nos sentamos à mesa da cozinha, como se tivéssemos acabado de tomar café, e esperamos a campainha tocar.

– Daniel atendeu a porta, é claro – disse Rafe. – Frio como gelo. Eu o ouvia conversando no hall: Sim, Alexandra Madison mora aqui, e não, não a vimos desde a noite passada, e não, não houve nenhuma discussão, e não, não estamos preocupados com ela, só não temos certeza se ela vai à faculdade hoje, e há algum problema, senhores, e aquele tom de preocupação se insinuando aos poucos em sua voz... Ele estava *perfeito*. Definitivamente, foi apavorante.

Abby arqueou as sobrancelhas.

– Você teria preferido que ele ficasse tagarelando feito um bobo? – indagou. – O que acha que teria acontecido se *você* tivesse atendido a porta?

Rafe deu de ombros. Ele tinha começado outra vez a brincar com o baralho.

– No final – disse Abby quando ficou evidente que ele não responderia –, percebi que podíamos ir até lá, e de fato pareceria estranho se não fôssemos. Eram Mackey e O'Neill. Mackey encostado na parede e O'Neill tomando notas. E eles me assustaram à beça. As roupas comuns, aquelas expressões que não demonstravam absolutamente nada, o modo como falavam, como se não houvesse pressa e eles tivessem todo o tempo do mundo... eu estava esperando aqueles dois idiotas de Rathowen e na mesma hora ficou bem claro que esses caras eram completamente diferentes. Eram muito mais espertos e muito, muito mais perigosos. Eu pensava que o pior já tinha passado, nada poderia ser tão ruim quanto aquela noite. Quando vi aqueles dois, me dei conta de que aquilo era só o começo.

– Eles foram cruéis – disse Justin de repente. – Terrivelmente, terrivelmente cruéis. Demoraram um tempão, antes de nos contar. Ficávamos perguntando o que tinha acontecido, e eles só nos encaravam com aquele ar de superioridade impassível e não davam uma resposta direta...

– "O que os faz pensar que algo possa ter acontecido com ela?" – interrompeu Rafe, fazendo uma imitação maliciosa e perfeita do sotaque arrastado de Dublin de Frank. – "Alguém teria alguma razão para agredi-la? Ela estava com medo de alguém?"

– ... e mesmo quando deram, os filhos da mãe não nos disseram que você estava *viva*. Mackey só disse alguma coisa como: "Ela foi encontrada poucas horas atrás, não muito longe daqui. Em algum momento, durante a noite, foi esfaqueada." E *deliberadamente* deu a entender que você estava morta.

– Daniel foi o único que se manteve calmo – disse Abby. – Eu estava a ponto de me debulhar em lágrimas; tinha me segurado a manhã toda, porque meus olhos podiam ficar esquisitos, e foi um alívio finalmente ter *permissão* para saber o que tinha acontecido... Daniel, porém, fez logo uma pergunta direta, assim de pronto: "Ela está viva?"

– E eles não responderam – prosseguiu Justin. – Não disseram uma palavra, por um tempo que pareceu uma eternidade; apenas ficaram lá, nos observando e esperando. Eu falei que foram cruéis.

– *Finalmente* – disse Rafe – Mackey deu de ombros e disse: "Foi por pouco." Parecia que nossas cabeças tinham explodido. Quer dizer, estávamos preparados para... bem, para o pior; só queríamos que tudo acabasse, para podermos ter nossa crise nervosa em paz. Não estávamos preparados para aquela notícia. Só Deus sabe o que poderíamos ter revelado, talvez tivéssemos estragado tudo naquele momento; ainda bem que Abby, com um senso de oportunidade impecável, teve um desmaio. Aliás, há muito tempo queria perguntar, aquilo foi de verdade? Ou fazia parte do *plano*?

– Muito pouco de tudo isso fazia parte de algum plano – respondeu Abby, mordaz –, e eu não desmaiei. Fiquei tonta por um segundo. Lembre-se de que eu tinha dormido muito pouco. – Rafe riu com maldade.

– Todo mundo correu para segurar Abby, colocá-la sentada, pegar um copo d'água – contou Justin – e, quando ela se recuperou, nós já estávamos mais controlados...

— Ah, *nós* estávamos, é mesmo? – indagou Rafe, arqueando as sobrancelhas. – Você ainda estava ali de pé, abrindo e fechando a boca feito um peixinho. Eu estava com tanto medo de que você dissesse alguma idiotice que fiquei falando *sem parar*, os tiras devem ter achado que eu era um bobão: onde a encontraram, onde ela está, quando podemos vê-la... Não que respondessem, mas pelo menos eu tentei.

— Fiz o melhor que pude – disse Justin. Sua voz estava se alterando; ele começava a ficar nervoso de novo. – Foi fácil para você lidar com a situação: ah, ela está viva, que maravilha. Você não esteve lá. Não estava se lembrando daquele chalé horrível...

— Onde, pelo que entendi, você foi um inútil. Mais uma vez.

— Você está bêbado – disse Abby, friamente.

— Quer saber – disse Rafe, como um garoto satisfeito por chocar os adultos –, acho que estou. E acho que vou ficar cada vez mais bêbado. Isso é problema para alguém?

Ninguém respondeu. Ele se esticou para pegar a garrafa, me olhando de lado:

— Você perdeu uma grande noite, Lexie. Caso esteja se perguntando por que Abby pensa que tudo que Daniel diz é a Palavra de Deus...

Abby ficou imóvel.

— Já avisei uma vez, Rafe. Esta é a segunda. Não vai ter uma terceira chance.

Daí a instantes Rafe deu de ombros e enterrou o rosto no copo. Naquele silêncio, percebi que Justin estava corado até a raiz dos cabelos.

— Os dias seguintes – emendou Abby – foram um inferno. Eles nos disseram que você estava em coma na unidade de terapia intensiva, os médicos não tinham certeza se sobreviveria, mas não nos deixavam ir vê-la. Até mesmo para conseguir que nos dessem notícias suas era uma dificuldade. O máximo que conseguíamos arrancar deles era que você ainda não estava morta, o que não era exatamente animador.

— Isso aqui *fervilhava* de tiras – disse Rafe. – Tiras vasculhando o seu quarto, vasculhando os caminhos, tirando pedaços do *carpete*... Eles nos interrogaram tantas vezes que comecei a me repetir, não lembrava mais o que já tinha dito a quem. Mesmo quando não estavam aqui, estávamos de sobreaviso o tempo todo. Daniel disse que eles não podiam grampear a casa, não legalmente, mas Mackey não me dá a impressão de ser do tipo que se preocupa muito com detalhes técnicos; e, de qualquer maneira, ter tiras na sua casa é como ter ratos, ou pulgas, ou algo do gênero. Mesmo quando não dá para vê-los, a gente pode *sentir* a sua presença em algum lugar, rastejando.

– Foi horrível – confirmou Abby. – E Rafe pode reclamar quanto quiser daquele jogo de pôquer, mas foi muito bom Daniel ter nos obrigado a jogar. Mesmo que eu tivesse pensado naquilo tudo antes, teria imaginado que fornecer um álibi levava cerca de cinco minutos: eu estava aqui, todos dizem a mesma coisa, fim. Mas os tiras nos interrogaram durante *horas*, muitas e muitas vezes, acerca dos mínimos detalhes. A que horas começaram a jogar? Quem sentou onde? Qual foi o cacife inicial? Quem deu as cartas primeiro? Estavam bebendo alguma coisa? Quem bebeu o quê? Qual o *cinzeiro* que usaram?

– E ficavam querendo nos pegar – disse Justin. Ele esticou o braço para pegar a garrafa; sua mão tremeu um pouquinho. – Eu dava uma resposta bem simples, tipo, começamos a jogar mais ou menos às onze e quinze, e Mackey ou O'Neill ou quem estivesse aqui naquele dia fazia aquela cara de preocupação e dizia: "Você tem certeza? Porque acho que um dos seus amigos falou que foi às dez e quinze", e começava a verificar as anotações, e eu ficava *gelado*. Quer dizer, eu não sabia se um dos outros cometera um erro; teria sido fácil, no estado em que estávamos mal conseguíamos pensar direito. E ficava em dúvida se deveria confirmar a informação, dizer "Ah, é isso mesmo, devo ter me enganado", ou alguma coisa assim. No fim das contas, sempre me ative à história, o que foi o melhor a fazer, já que ninguém tinha cometido erro nenhum e os tiras estavam blefando, mas foi pura sorte: eu estava aterrorizado demais para fazer outra coisa. Se tivesse demorado mais um pouco, acho que todos nós teríamos perdido a cabeça.

– E tudo isso para quê? – reclamou Rafe. Ele se sentou de repente, quase derrubando o baralho que estava no seu colo, e tirou o cigarro do cinzeiro. – Esta parte ainda me espanta: nós acreditamos na palavra de Daniel. Ele sabe tanto de medicina quanto um suflê de queijo, mas nos disse que Lexie estava morta e nós apenas consideramos que ele estava certo. Por que sempre *acreditamos* nele?

– Hábito – disse Abby. – Geralmente ele está certo.

– Você acha? – perguntou Rafe. Ele estava de novo recostado no braço do sofá, mas sua voz tinha um tom cortante, algo perigoso que subia em espirais. – É claro que dessa vez ele não estava certo. Poderíamos ter simplesmente ligado e chamado uma ambulância, como pessoas normais, e teria ficado tudo *bem*. Lexie nunca daria queixa, ou seja lá o nome que isso tem, e se um de nós tivesse *pensado* no assunto por um só segundo, teria se dado conta disso. Mas não, deixamos Daniel tomar todas as decisões; tivemos que nos sentar aqui, fazendo a festa do Chapeleiro Louco...

– Ele não sabia que iria ficar tudo bem – interrompeu Abby, incisiva. – O que acha que ele deveria ter feito? Ele pensou que Lexie estava *morta*, Rafe.

Rafe fez um movimento com um ombro só.

— Isso é o que ele diz.

— O que você quer dizer com isso?

— Estou só dizendo. Lembra quando aquele sacana veio nos contar que Lexie tinha saído do coma? Nós três — disse-me ele — ficamos tão aliviados que quase tivemos um troço; pensei que Justin ia desmaiar de fato.

— Obrigado, Rafe — disse Justin, pegando a garrafa.

— Mas você achou que Daniel parecia aliviado? Droga nenhuma. Parecia que alguém tinha lhe dado uma paulada. Puxa, até o tira notou. Lembra? — Abby deu de ombros, indiferente, e abaixou a cabeça para a boneca, se atrapalhou procurando a agulha.

— Ei — falei, dando um chute no sofá para chamar a atenção de Rafe. — *Eu* não me lembro. O que aconteceu?

— Foi aquele idiota do Mackey — disse Rafe. Ele pegou a garrafa de vodca da mão de Justin e entornou mais no seu copo, esquecendo a tônica. — Bem cedinho, na segunda-feira de manhã, ele aparece na nossa porta, dizendo que tinha notícias e perguntando se podia entrar. Por mim, teria mandado ele se ferrar, tinha visto tiras suficientes pro resto da vida naquele fim de semana, mas Daniel atendeu a porta, e ele tinha uma teoria absurda de que não deveríamos fazer nada para antagonizar a polícia, então deixou-o entrar. Enfim, Mackey *já era* um antagonista, ele nos odiou à primeira vista, de que adiantava tentar agradá-lo? Saí do meu quarto para ver o que estava acontecendo, Justin e Abby estavam saindo da cozinha, e Mackey ficou ali no hall olhando para a gente e disse: "Sua amiga vai sobreviver. Ela está acordada e pedindo o café da manhã."

— Ficamos todos eufóricos — disse Abby. Ela encontrara a agulha e perfurava o vestido da boneca com pontos curtos e zangados.

— Bom — interveio Rafe. — Alguns dentre nós ficaram. Justin se agarrou na maçaneta da porta rindo com cara de bobo e meio caído, como se estivesse de joelho mole, e Abby começou a rir, pulou em cima dele e lhe deu aquele abraço enorme, e acho que eu gritei alto de um jeito meio esquisito. Mas Daniel... ele ficou parado. Parecia...

— Parecia jovem — atalhou Justin de repente. — Ele parecia mesmo muito jovem e muito assustado.

— Você — repreendeu-o Abby — não estava em condições de notar nada.

— *Estava*, sim. Estava olhando *especificamente* para ele. Daniel ficou tão branco que parecia que estava se sentindo mal.

— Depois ele se virou e entrou aqui — continuou Rafe — e se debruçou na janela, contemplando o jardim. Nem uma palavra. Mackey nos olhou com ar intrigado e perguntou: "Qual é o problema do seu amigo? Ele não ficou satisfeito?"

Frank nunca mencionara nada disso. Eu deveria ter ficado aborrecida – como ele podia falar em jogo sujo –, mas tive a impressão de que ele era uma pessoa meio esquecida, de um outro mundo a milhões de quilômetros de distância.

– Abby se soltou de Justin e comentou algo sobre Daniel estar emocionado...

– E ele de fato estava – disse Abby, e cortou a linha com os dentes.

– ... mas Mackey apenas deu aquele sorrisinho cínico e depois foi embora. Assim que tive certeza de que tinha saído mesmo, porque ele é bem do tipo que ficaria escutando atrás de alguma moita, fui conversar com Daniel e perguntei que merda de problema ele tinha. Ele continuava na janela, não tinha se mexido; e aí afastou o cabelo do rosto, estava suando, e disse: "Nenhum problema. Ele está mentindo, claro; eu deveria ter percebido imediatamente, mas fui pego desprevenido." Eu só o fitei. Pensei que tinha ficado maluco de vez.

– Ou então foi você que ficou – alfinetou Abby. – Eu não me lembro de nada disso.

– Você e Justin estavam ocupados, dançando e se abraçando e dando uns guinchos, como dois Teletubbies. Daniel me lançou um olhar irritado e disse: "Não seja ingênuo, Rafe. Se Mackey estivesse dizendo a verdade, você acredita, com sinceridade, que seria só uma boa notícia? Não lhe ocorreu como as consequências poderiam ter sido sérias?"

Ele bebeu um gole longo do seu drinque.

– Me diga você, Abby. Isso parece *eufórico*?

– Pelo amor de Deus, Rafe – disse Abby. Ela estava sentada com as costas retas, olhos fulminantes: estava ficando zangada. – Que lenga-lenga é essa? Está ficando maluco? Ninguém queria que Lexie morresse.

– Você não queria, eu não queria, Justin não queria. Talvez Daniel não quisesse. Só estou dizendo que não tenho como saber o que ele sentiu quando tomou o pulso de Lexie; eu não estava lá. E não posso jurar que sei o que ele teria feito se percebesse que ela estava viva. Você pode, Abby? Depois dessas últimas semanas, você pode jurar, de pés juntos, que tem certeza absoluta do que Daniel teria feito?

Algo frio deslizou pela minha nuca, agitou as cortinas, se afastou em espirais para farejar delicadamente nos cantos. Só o que Cooper e a Perícia puderam nos informar foi que ela fora arrastada depois de morta; não quanto tempo depois. Durante pelo menos vinte minutos, eles ficaram sozinhos no chalé, Lexie e Daniel. Pensei nos punhos cerrados de Lexie – "estresse emocional extremo", dissera Cooper – e depois em Daniel sentado quieto ao lado dela, batendo a cinza do cigarro com cuidado dentro do maço, gotinhas leves de chuva se prendendo ao seu cabelo escuro. Caso tivesse havido qualquer outra coisa – um tremor da mão, um suspiro; grandes olhos castanhos se virando para ele, um sussurro quase baixo demais para ser ouvido – ninguém jamais saberia.

O vento noturno em longas rajadas varrendo as encostas, o pio das corujas enfraquecendo. A outra coisa que Cooper dissera: os médicos poderiam tê-la salvado.

Daniel poderia ter forçado Justin a permanecer no chalé se realmente quisesse. Teria sido o mais lógico. O que ficou não tinha nada a fazer, se Lexie estava morta, a não ser ficar quieto e não tocar em nada; o que voltou a casa teve que dar a notícia aos outros, procurar a carteira, as chaves e a lanterna, ficar calmo e se apressar. Daniel mandara Justin, que mal conseguia se manter de pé.

– Até a noite anterior à sua volta para casa – contou-me Rafe –, ele *insistia* que você tinha morrido. Segundo ele, os tiras estavam apenas blefando, alegando que você estava viva para pensarmos que estava falando com eles. Daniel disse que tudo que tínhamos a fazer era não perder a cabeça e, mais cedo ou mais tarde, eles desistiriam, inventariam alguma história sobre você ter tido uma recaída e morrido no hospital. Foi só quando Mackey ligou para perguntar se podia trazer você no dia seguinte, se estaríamos em casa, que Daniel se tocou de que, oh... talvez não houvesse mesmo nenhuma grande conspiração armada; podia até ser que fosse tudo tão simples quanto parecia. Um momento iluminado.

Mais uma vez ele tomou um gole grande do seu drinque.

– Eufórico, o cacete. Vou dizer como ele estava: estava *apavorado*. Só conseguia pensar nisso, se Lexie tinha realmente perdido a memória ou se tinha apenas dito isso aos tiras, e o que ela poderia fazer quando chegasse.

– E daí? – reclamou Abby. – Grande coisa. Nós todos estávamos preocupados com isso, para falar a verdade. Por que não? Se ela de fato se lembrasse, teria todo o direito de estar furiosa conosco. Aquela tarde em que você voltou para casa, Lex, passamos o dia todo nervosíssimos. Quando percebemos que não estava zangada nem nada, ficou tudo bem, mas quando você saiu daquele carro da polícia... Minha nossa. Pensei que minha cabeça fosse explodir. – Por um último segundo, de novo eu os vi como naquela tarde: uma visão dourada na escada da frente, reluzindo e pairando no ar, como jovens guerreiros saídos de algum mito perdido, cabeças erguidas, brilhantes demais para serem reais.

– Preocupados, sim – disse Rafe. – Mas Daniel estava muito mais do que preocupado. Estava tão histericamente nervoso que me fazia ficar nervoso também. Finalmente, consegui encostá-lo na parede; tive que ir às escondidas até o seu quarto, tarde da noite, como se fôssemos amantes, já que ele era muito cuidadoso e evitava que eu o pegasse sozinho, e perguntei-lhe que diabos estava acontecendo. Sabe o que ele me disse? "Temos que aceitar o fato de que talvez esse assunto não vá acabar assim com tanta facilidade. Acho que tenho um plano que deverá cobrir qualquer eventualidade, embora alguns detalhes ainda não estejam definidos. Tente não se preocupar com isso por enquanto; pode ser que nunca chegue a esse ponto." O que você acha que ele quis dizer?

– Como não leio mentes – respondeu Abby, ríspida –, não tenho a menor ideia. Suponho que ele quisesse tranquilizar você.

Uma estradinha escura e um pequenino clique, e aquele tom na voz de Daniel: concentrado, absorto, tão calmo. Sentia meu cabelo se arrepiando. Nunca me ocorrera, nem uma vez, que o revólver talvez não estivesse apontado para Naylor.

Rafe respirou com força.

– Ah, por favor. Daniel estava pouco se lixando para o que a gente sentia, inclusive Lexie. Só queria descobrir se ela se lembrava de alguma coisa e o que faria em seguida. Ele não foi nem sutil; ficava *ostensivamente* tentando obter informações dela sempre que podia. Você lembra que caminho escolheu naquela noite, vai levar o casaco ou não, ah, Lexie, você quer *conversar* sobre o assunto... Me dava *enjoo*.

– Ele estava tentando *proteger* você, Rafe. Nos proteger.

– Não preciso de proteção, muito obrigado. Não sou nenhuma criança. E com certeza, com certeza não preciso da proteção de *Daniel*.

– Tudo bem, melhor para você – disse Abby. – Parabéns, machão. Precisando ou não, ele estava fazendo o melhor que podia. Se não é bom o suficiente para você...

Rafe mexeu um ombro só num movimento abrupto.

– Talvez estivesse. Já disse, não tenho como saber ao certo. Mas se estava, o melhor dele é uma merda para um cara tão esperto. Essas últimas semanas têm sido um inferno, Abby, um inferno, e não *precisava* ter sido assim. Se Daniel tivesse nos escutado, em vez de fazer o melhor que *ele* podia... Nós queríamos contar a você – disse, virando-se para mim. – Nós três. Quando soubemos que estava voltando para casa.

– Queríamos mesmo, Lexie – confirmou Justin, debruçando-se no braço da poltrona na minha direção. – Nem imagina quantas vezes eu quase... meu Deus. Pensei que ia explodir, ou me desintegrar, ou qualquer coisa, se não contasse.

– Mas Daniel – disse Rafe – não deixava. E veja no que deu. Veja no que deu *cada uma* das ideias dele. *Olhe* para nós; a que ponto nos fez chegar. – Sua mão se moveu no ar para indicar todos nós, a sala, brilhantes e desesperados e nos esfacelando. – Nada disso precisava acontecer. Poderíamos ter chamado uma ambulância, poderíamos ter contado a Lexie imediatamente...

– Não – contestou Abby. – Não. *Você* poderia ter chamado uma ambulância. *Você* poderia ter contado a Lexie. Ou eu poderia ou Justin. Não ouse atribuir isso tudo a Daniel. Você é um homem feito, Rafe. Ninguém encostou um revólver na sua cabeça e o forçou a ficar de boca fechada. Você fez tudo sozinho.

– Talvez. Mas fiz porque Daniel me disse para fazer, e você também. Você e eu ficamos sozinhos aqui por quanto tempo, naquela noite? Uma hora? Mais? E a única coisa que você falava era o quanto desejava pedir ajuda. Mas quando eu disse sim, tudo bem, vamos fazer isso, você disse não. Daniel falou para não fazer nada. Daniel tinha um plano. Daniel ia resolver tudo.

– Porque *confio* nele. Devo isso a ele, *pelo menos* isso, e você também. Isto aqui, tudo que temos, é por causa de Daniel. Se não fosse ele, neste momento eu estaria sozinha num horrível quartinho no subsolo. Talvez isso não signifique nada para você...

Rafe riu, um som alto e áspero, chocante.

– Essa merda de casa – disse. – Toda vez que alguém insinua que o seu querido Daniel talvez não seja perfeito, você joga essa história da casa na nossa cara. Tenho ficado de boca fechada porque pensei que talvez você estivesse certa, talvez eu fosse devedor, mas agora... Estou de saco cheio desta casa. Mais uma das ideias brilhantes de Daniel, e o que aconteceu? Justin está um caco, você se recusa a cair na real, eu estou bebendo como o meu pai, Lexie quase *morreu*, e nós nos odiamos quase o tempo todo. Tudo por causa dessa merda de casa.

Abby levantou a cabeça e o fitou.

– Isso *não é culpa de Daniel*. Ele só queria...

– Queria o que, Abby? O quê? Por que acha que ele nos deu cotas da casa para começar?

– Porque – disse Abby, numa voz baixa e perigosa – ele se importa conosco. Porque, certo ou errado, ele acreditou que seria a melhor maneira de nós cinco sermos felizes.

Eu esperava que Rafe risse disso também, o que não aconteceu.

– Sabe – disse ele, após uma pausa, fitando o seu copo –, eu também pensei assim, no princípio. Pensei mesmo. Que era porque ele gostava da gente. – O tom de ferocidade cortante sumira de sua voz; só sobrou uma melancolia cansada, simples. – Eu ficava feliz de pensar assim. Teve uma época em que eu teria feito qualquer coisa por Daniel. Qualquer coisa.

— E aí você viu a luz – disse Abby. Sua voz estava dura e tensa, embora ela não conseguisse disfarçar o tremor. Nunca a vira tão abalada, mais abalada ainda do que quando eu mencionara o bilhete no casaco. – Uma pessoa que dá aos seus melhores amigos a maior parte de uma casa que vale uma fortuna, obviamente o faz por motivos puramente egoístas. Não é paranoia demais?

— Eu pensei nisso. Tenho pensado muito nisso durante as últimas semanas. Eu não queria. Meu Deus... Mas não conseguia evitar. Como tirar a casca de uma ferida. – Rafe ergueu o rosto para Abby, sacudindo a cabeça para afastar o cabelo do rosto; a bebida estava fazendo efeito e os seus olhos estavam vermelhos e inchados, como se ele tivesse chorado. – Digamos que nós todos tivéssemos ido para faculdades diferentes, Abby. Digamos que nunca tivéssemos nos conhecido. O que acha que estaríamos fazendo agora?

— Não tenho a menor noção do que você está falando.

— Estaríamos bem, nós quatro. Talvez tivéssemos tido dificuldade nos primeiros meses, talvez demorássemos um pouco para nos entrosarmos com as pessoas, mas teríamos conseguido. Sei que nenhum de nós fazia o tipo extrovertido, mas teríamos aprendido. É isso que as pessoas *fazem*, na faculdade: aprendem a se virar neste mundo grande e assustador. A essa altura já teríamos amigos, uma vida social...

— Eu não teria – atalhou Justin, falando baixo e com convicção. – Eu não estaria bem. Não sem vocês.

— Estaria sim, Justin. Estaria. Você teria um namorado; e você também, Abby. Não apenas alguém que divide uma cama com você vez por outra, quando o dia foi difícil de suportar. Um namorado. Um parceiro. – Ele me deu um sorrisinho triste. – Quanto a você, bobinha, não tenho tanta certeza. Mas estaria se divertindo muito, de um jeito ou de outro.

— Obrigada por decidir nossas vidas amorosas – disse Abby friamente –, seu paternalista de uma figa. O fato de Justin não ter um namorado não faz de Daniel o Anticristo.

Rafe não reagiu à provocação, e por algum motivo aquilo me assustou.

— Não – falou. – Mas pense um pouco. Se nunca tivéssemos nos conhecido, o que acha que Daniel estaria fazendo agora?

Abby olhou-o sem expressão.

— Escalando o Matterhorn. Se candidatando a algum cargo. Morando exatamente aqui. Como é que eu posso saber?

— Consegue imaginá-lo indo ao baile dos calouros? Participando de sociedades estudantis? Paquerando alguma garota na aula de Poesia Americana? Sério, Abby. Estou perguntando. Consegue?

— Não *sei*. É tudo *se*, Rafe. *Se* não significa nada. Não tenho nem ideia do que teria acontecido se tudo tivesse sido diferente, porque não sou nenhuma vidente e você também não é.

— Talvez não – continuou Rafe –, mas sei o seguinte: Daniel jamais, não importa o que acontecesse, *jamais* teria aprendido a lidar com o mundo exterior. Não sei se ele já nasceu assim, ou se bateu com a cabeça quando era bebê, ou o que, o fato é que ele simplesmente *não é* capaz de viver uma vida normal como qualquer ser humano.

— Não tem nada de errado com Daniel – disse Abby, em sílabas finas e frias como lascas de gelo se estilhaçando. – Nada.

— Tem, sim, Abby. Eu gosto dele, sim, gosto, ainda gosto, mas sempre teve alguma coisa errada com ele. Sempre. Você deve saber disso.

— Ele tem razão – concordou Justin em voz baixa. – Sempre teve alguma coisa. Nunca contei, mas, quando nos conhecemos, no primeiro ano...

— Cale a boca – disparou Abby, furiosa, virando-se para ele. – Cale essa boca. Por que ele seria diferente? Se Daniel é perturbado, então você é tão perturbado quanto ele, e você, Rafe...

— Não – disse Rafe. Ele fitou o seu dedo fazendo desenhos no vidro embaçado do copo. – É o que estou tentando lhe dizer. Deus do céu, nós quatro, quando queremos, conseguimos conversar com outras pessoas. Eu fiquei com uma garota aquela noite. Os seus alunos adoram você. Justin flerta com aquele louro que trabalha na biblioteca; flerta sim, Justin, eu já vi; Lexie se divertiu com as pessoas naquele café horrível. Conseguimos estabelecer uma relação com o resto do mundo se nos esforçarmos. Mas Daniel... Só existem quatro pessoas neste planeta que não o consideram totalmente pirado, e todas as quatro estão nesta sala. Nós teríamos ficado bem sem ele, de um jeito ou de outro, mas ele não teria ficado bem sem nós. Se não fosse por nós, Daniel estaria mais solitário do que Deus.

— E? – indagou Abby, depois de um longo segundo. – E daí?

— E daí que – respondeu Rafe – se você me perguntar, é por isso que ele nos deu cotas da casa. Não para fazer das nossas vidas um mar de rosas. E sim para ter companhia, aqui, no seu universo particular. Para nos segurar, para sempre.

— Seu... – disse Abby. Ela estava ofegante. – Seu imbecil, você só tem maldade na cabeça. Como é que tem a cara de pau de...

— Nunca foi a nós que ele esteve protegendo, Abby. Nunca. Era isto: o seu próprio mundinho pré-fabricado. Me diga o seguinte: por que você foi no carro de Daniel para a conversa com a polícia hoje de manhã? Por que não queria que ele ficasse sozinho com Lexie?

– Eu não queria era ficar perto de você. Do jeito que tem se comportado, me dá *náuseas*...

– Papo furado. O que pensa que ele iria fazer com Lexie se ela apenas sugerisse que ainda pensava em vender a sua parte ou contar aos tiras? Você fica dizendo que eu poderia a qualquer momento ter contado a Lexie, mas o que acha que Daniel teria feito comigo se imaginasse que eu ia sair da linha? Ele tinha um plano, Abby. Ele me disse que tinha um plano para cobrir qualquer eventualidade. *Qual você acha que era o plano dele?*

Justin sufocou um grito, um som aterrorizado e infantil. A luz na sala se alterara; o ar tinha se inclinado, a pressão mudado, todos aqueles pequenos remoinhos se juntando e dando voltas em torno de algum enorme ponto de convergência.

Daniel ocupava o vão da porta, alto e imóvel, mãos nos bolsos do comprido casaco escuro.

– Tudo que eu sempre quis – disse ele em voz baixa – estava aqui nesta casa.

24

— Daniel — disse Abby, e eu vi todo o seu corpo relaxar, aliviado. — Graças a Deus.

Rafe chegou mais para trás, vagarosamente, no sofá.

— Bela entrada em cena — comentou com frieza. — Há quanto tempo está escutando aí na porta?

Daniel não se moveu.

— O que vocês contaram a ela?

— Ela estava se lembrando, *de qualquer maneira* — disse Justin, com a voz trêmula. — Você não ouviu? Na delegacia? Se não contássemos o resto, ela ia ligar para eles e...

— Ah — disse Daniel. Seus olhos foram até onde eu estava, num movimento rápido, sem expressão, e depois se afastaram de novo. — Eu deveria ter adivinhado. Quanto contaram?

— Ela estava aflita, Daniel — explicou Abby. — Começou a se lembrar de algumas coisas, estava com muita dificuldade de lidar com isso tudo, precisava saber. Nós lhe contamos o que aconteceu. Não quem... você sabe. Fez. Mas todo o resto.

— Foi uma conversa muito instrutiva — disse Rafe. — Toda ela.

Daniel assentiu com um leve aceno de cabeça.

— Tudo bem. Agora vamos fazer o seguinte. Todos estão com as emoções à flor da pele — Rafe revirou os olhos e fez um ruído de desagrado; Daniel o ignorou — e acho que não temos nada a ganhar se continuarmos esta discussão neste momento. Vamos esquecer o assunto por uns dias, esquecer completamente, enquanto deixamos a poeira assentar e absorvemos o que aconteceu. Depois então poderemos voltar a falar nisso.

Assim que eu e o meu microfone estivéssemos fora da casa. Antes que eu pudesse abrir a boca, Rafe perguntou:

— Por quê? — Algo no modo como girou a cabeça, nas suas pálpebras se erguendo lentamente quando se virou para fitar Daniel: percebi, com uma sensação de perigo vaga e imprecisa, o quanto ele estava bêbado.

Notei que Daniel percebeu a mesma coisa.

— Caso você prefira não voltar ao assunto – disse friamente –, acredite, para mim não é problema. Eu gostaria muitíssimo de nunca ter que pensar nisso de novo.

— Não. Por que esquecer?

— Já disse. Porque acho que nenhum de nós está em condições de discutir racionalmente. Foi um dia longo e muito difícil...

— E se eu não estiver ligando porra nenhuma para o que você acha?

— Estou pedindo – disse Daniel – para confiar em mim. Quase nunca peço alguma coisa a você. Por gentileza, me faça esse favor.

— Na verdade – continuou Rafe –, nos últimos tempos você tem nos pedido muitos créditos de confiança. – Ele botou o copo na mesa com uma pancadinha marcante.

— Talvez sim – disse Daniel. Por uma fração de segundo, ele pareceu exausto, esgotado, e me perguntei como exatamente Frank o mantivera lá por tanto tempo; sobre o que tinham conversado, os dois a sós numa sala. – Então uns dias a mais não vai ser tão ruim assim, vai?

— E você ficou escutando atrás da porta, como uma dona de casa doida por fofocas, tempo suficiente para deduzir o quanto eu confio em você. Tem medo de que aconteça o que se continuarmos a falar no assunto? Tem medo de Lexie não ser a única a querer ir embora? E o que vai fazer então, Daniel? Quantos está preparado para eliminar?

— Daniel está certo – disse Abby incisiva. A chegada de Daniel a acalmara: sua voz soava forte de novo, segura. – Estamos todos com a cabeça quente, não estamos sendo coerentes. Daqui a alguns dias...

— Pelo contrário – contestou Rafe –, acho que talvez eu esteja sendo coerente pela primeira vez em muitos anos.

— Esqueça – disse Justin, num tom pouco mais alto do que um sussurro. – Por favor, Rafe. Esqueça.

Rafe nem o ouviu.

— Você pode acreditar que cada palavra dele é lei, Abby. Pode ir correndo quando ele estala os dedos. Acha que Daniel se importa de você estar apaixonada por ele? Pois ele não liga a mínima. E se livraria de você num segundo, se necessário, assim como estava pronto a...

Abby finalmente se descontrolou.

— *Foda-se*, seu falso moralista de... – Ela pulou da poltrona e atirou a boneca em Rafe, num movimento rápido e violento; ele levantou o braço automaticamente e rebateu a boneca, que se espatifou num canto. – Eu avisei. E *você*? Que usa Justin quando precisa dele, acha que não ouvi quando ele desceu a escada naquela noite? O seu quarto fica embaixo do meu, gênio.

E quando não precisa dele, o trata como um cocô, partindo o seu coração repetidas vezes e...

– Pare! – gritou Justin. Seus olhos estavam apertados, as mãos pressionando as orelhas; o seu rosto era uma imagem de agonia. – Meu Deus, pare, *pare*...

Daniel falou:

– Já basta. – Sua voz estava começando a se alterar.

– *Não!* – berrei, alto o bastante para abafar as outras vozes. Eu ficara quieta por tanto tempo, deixando-os falar à vontade enquanto esperava o momento certo, que todos se calaram e viraram rapidamente para me olhar, espantados, como se quase tivessem se esquecido de que eu estava ali. – Não basta. *Eu* não quero esquecer.

– Por que não? – perguntou Daniel. Sua voz estava mais uma vez sob controle; aquela calma imperturbável, perfeita cobrira o seu rosto no momento em que eu abri a boca. – Eu teria imaginado que você, Lexie, mais do que qualquer outra pessoa, gostaria de voltar à vida normal o quanto antes. Não é do seu feitio ficar presa ao passado.

– Quero saber quem me deu a facada. Preciso saber.

Aqueles olhos cinzentos curiosos, frios, me examinando com um interesse indiferente.

– Por quê? – repetiu. – Afinal de contas, já passou. Continuamos todos aqui. Não houve nenhum dano permanente. Houve?

"O seu arsenal", dissera Frank. A granada mortal, o último recurso que Lexie me deixara, passado das mãos dela para as de Cooper e para as minhas; o lampejo no escuro, brilhando como uma joia e depois se extinguindo; o botão minúsculo que acionara todo esse movimento. Minha garganta ficou tão fechada que até respirar doía, e em meio a esse aperto gritei:

– Eu estava grávida!

Todos me fitaram. De repente ficou tudo tão quieto, e os seus rostos estavam tão completamente imóveis e inexpressivos que pensei não terem compreendido.

– Eu ia ter um bebê – falei. Sentia-me meio aérea; talvez meu corpo oscilasse, não sei. Não me lembrava de ficar de pé. O sol inundando a sala transformava o ar num ouro impossível, encantado e estranho. – O bebê morreu.

Ainda o silêncio.

– Não é verdade – disse Daniel, sem nem olhar para os outros para observar a sua reação. Seus olhos se fixavam em mim.

– É sim, Daniel, é verdade.

– Não – exclamou Justin. Pela sua respiração, parecia que ele tinha dado uma corrida. – Ah, Lexie, não. Por favor.

— É verdade — confirmou Abby, parecendo cansadíssima. — Eu sabia, antes que isso tudo acontecesse.

A cabeça de Daniel caiu um pouquinho para trás. Seus lábios se separaram e ele deu um longo suspiro, suave e imensamente triste.

Rafe falou em voz baixa, quase delicada:

— Seu sacana filho da puta. — Ele estava se levantando, em câmera lenta, com as mãos curvadas à sua frente, como se estivessem congeladas naquela posição.

Por um segundo, a tentativa de entender o que aquilo significava ocupou a minha mente por inteiro; eu apostara em Daniel, não importava o que ele tinha afirmado a Abby. Foi só quando Rafe falou de novo, mais alto, "Seu filho da puta", que percebi que ele não estava falando com Daniel. Ainda parado na porta, Daniel estava atrás da poltrona de Justin. Rafe estava falando com Justin.

— Rafe — disse Daniel, num tom extremamente cortante. — Cale a boca. *Agora*. Sente-se e tente se controlar.

Foi a pior coisa que ele poderia ter feito. Os punhos de Rafe se cerraram; ele estava branco como um papel, o lábio superior contraído numa expressão feroz, os olhos dourados e vazios como os de um lince.

— Nunca mais — disse ele, em voz baixa. — *Nunca mais* me dê ordens. *Olhe* para nós. Olhe o que você fez. Está satisfeito? Está feliz agora? Se não fosse você...

— *Rafe* — interveio Abby. — Me ouça. Sei que você está zangado...

— Meu... ai, Deus. Era o meu *filho*. Está morto. Por causa dele.

— Eu disse para ficar calado — ordenou Daniel, e havia algo de perigoso crescendo em sua voz.

Os olhos de Abby se desviaram para mim, com urgência e propósito. Só a mim Rafe ouviria. Se naquele momento eu tivesse me aproximado dele e o abraçado, transformado aquilo num luto particular, dele e de Lexie, em vez de uma guerra pública, tudo teria terminado ali. Ele não teria tido escolha. Por um momento pude sentir, com tanta força como se fosse real: seus ombros relaxando junto a mim, suas mãos se levantando para me abraçar com força, sua camisa morna e com cheiro de limpa encostada no meu rosto.

Não me mexi.

— Você — disse Rafe, para Daniel ou Justin, não deu para saber. — Você.

Na minha memória, tudo aconteceu de forma tão organizada, passos claros e distintos, como numa coreografia perfeita. Talvez seja só porque tive que contar a história tantas vezes, a Frank, Sam, O'Kelly, com inúmeras repetições para os investigadores da Corregedoria; talvez não tenha sido nada assim. Pelo que me lembro, porém, aconteceu deste jeito.

Rafe avançou para Justin, ou Daniel, ou ambos, uma investida direta, de cabeça, como um animal furioso. Sua perna bateu na mesa, que tombou, com os líquidos formando grandes arcos no ar, garrafas e copos rolando para todo lado. Rafe se equilibrou com uma das mãos no chão e continuou avançando. Pulei na sua frente e agarrei o seu pulso, mas ele me afastou violentamente com um movimento rápido do braço. Meus pés escorregaram na vodca derramada e eu caí com tudo. Justin já tinha se levantado da poltrona, mãos esticadas para deter Rafe, mas Rafe se atirou em cima dele com toda força e ambos desabaram de novo na poltrona, escorregando para trás, Justin emitindo um gemido de terror, Rafe em cima dele tentando se segurar. Abby tentou afastá-lo, enganchando uma das mãos no seu cabelo e a outra no colarinho da camisa; Rafe gritou e a empurrou para longe. Ele estava com o punho recuado para atingir Justin no rosto, eu estava me levantando do chão e não sei como Abby tinha uma garrafa na mão.

E em seguida eu estava de pé, Rafe pulara para longe de Justin e Abby estava grudada na parede, como se tivéssemos sido separados pela explosão de uma bomba. A casa estava congelada, num silêncio atônito; o único som era o da nossa respiração, rápida e entrecortada.

– Isso – disse Daniel. – Assim está melhor.

Ele se adiantara, entrando na sala. Havia um corte escuro no teto acima dele; pedaços de gesso caíam nas tábuas do piso, com um ruído de passos leves. Daniel estava segurando com as duas mãos o Webley da Primeira Guerra, sem dificuldade, como alguém que soubesse usá-lo. Ele o apontava para mim.

– Largue isso, *já* – ordenei. Minha voz saiu tão alta que Justin choramingou, descontrolado.

Os olhos de Daniel encontraram os meus e ele deu de ombros, erguendo uma sobrancelha, contrito. Parecia mais leve e mais solto, eu jamais o vira assim; parecia quase aliviado. Nós dois sabíamos: aquele estrondo voara pelo microfone direto até Frank e Sam, em menos de cinco minutos a casa estaria cercada de tiras com armas que fariam o velho revólver do tio Simon parecer um brinquedo de criança. Não havia mais onde se agarrar. O cabelo de Daniel caía sobre os seus olhos e juro que ele estava sorrindo.

– Lexie? – disse Justin, num sopro agudo e incrédulo. Segui os seus olhos até o meu corpo. Meu pulôver estava enrolado para cima, mostrando o curativo e a cinta, e eu tinha o revólver nas mãos. Não me lembrava de tê-lo sacado.

– Que *merda* é essa? – perguntou Rafe, ofegante e com os olhos esbugalhados. – Lexie, que merda é essa?

Abby disse:

– *Daniel.*
– Shh – falou Daniel, suavemente. – Está tudo bem, Abby.
– Onde é que você *pegou* isso? Lexie!
– Daniel, *ouça.*
Sirenes, em algum lugar ao longe, na estrada; mais de uma.
– Os *tiras* – disse Abby. – Daniel, os tiras seguiram você.
Daniel afastou o cabelo do rosto com a parte de trás do pulso.
– Duvido que seja assim tão simples – falou. – Mas sim, eles estão a caminho. Não temos muito tempo.
– Você precisa guardar isso – disse Abby. – *Agora mesmo.* Você também, Lexie. Se eles virem...
– Mais uma vez – disse Daniel –, não é assim tão simples.
Ele estava exatamente atrás da cadeira de Justin, a poltrona com o espaldar alto. A poltrona e Justin – petrificado, olhos fixos, mãos agarrando os braços da cadeira – o cobriam até a altura do peito. Mais para cima estava o cano do revólver, pequeno, escuro e cruel, apontado diretamente para mim. O único tiro certo que eu tinha era um tiro na cabeça.
– Ela tem razão, Daniel – eu disse. Eu não podia nem tentar usar uma cadeira como cobertura, não com todos aqueles civis na sala. Pelo menos o revólver estava apontado para mim, não para eles. – Guarde o revólver. Como acha que seria a melhor maneira de terminar tudo isso? Com a polícia nos encontrando todos sentados esperando tranquilamente, ou tendo que trazer uma equipe da SWAT?
Justin tentou se levantar, os pés escorregando sem firmeza no piso. Daniel tirou uma das mãos do revólver e o empurrou com força de volta à poltrona.
– Fique aí – ordenou. – Você não vai se ferir. Eu o coloquei nesta situação; eu vou tirá-lo.
– O que você acha que está *fazendo*? – perguntou Rafe. – Se tem alguma intenção de termos todos uma morte gloriosa, pode enfiar...
– Fique quieto – disse Daniel.
– Abaixe a sua arma – falei – que eu abaixo a minha. Ok?
Naquele segundo em que a atenção de Daniel estava concentrada em mim, Rafe tentou agarrar o seu braço. Daniel saiu de lado, rápido e ágil, e lhe deu uma cotovelada nas costas, sem desviar o revólver de mim. Rafe se dobrou, respirando com dificuldade.
– Se tentar de novo – avisou Daniel –, serei obrigado a atirar na sua perna. Preciso acabar com isso e não tenho tempo para as suas interrupções. Sente-se.
Rafe desabou no sofá.

— Você está louco — disse entre gemidos. — Deve saber que está louco.

— Por favor — insistiu Abby. — Eles estão chegando. Daniel, Lexie, *por favor*.

As sirenes estavam se aproximando. Um som abafado de metal, ecoando pelas encostas: Daniel tinha fechado o portão e um carro acabara de arrombá-lo.

— Lexie — disse Daniel, com muita clareza, para o microfone. Os seus óculos estavam escorregando pelo nariz, mas ele não parecia notar. — Fui eu que dei a facada em você. Como os outros já devem ter dito, não foi premeditado...

— Daniel — gritou Abby, ofegante e angustiada. — Não faça isso.

Acho que ele não a ouviu.

— Tivemos uma discussão — disse-me ele — que virou uma briga e... sinceramente, não lembro exatamente como aconteceu. Eu estava lavando os pratos, tinha uma faca na mão, estava transtornado com a ideia de você querer vender a sua cota da casa; tenho certeza de que compreende. Queria agredir você e foi o que fiz, com consequências que nenhum de nós, jamais, nem por um momento, poderia ter previsto. Peço desculpas por todo e qualquer mal que eu possa ter causado. A todos vocês.

Ranger de freios, movimento de seixos se espalhando; as sirenes, uivando indiferentes lá fora.

— Abaixe a arma, Daniel — falei. Ele devia saber: eu só poderia atirar na cabeça, não tinha como errar. — Vai ficar tudo bem. A gente dá um jeito, eu juro. Apenas abaixe a arma.

Daniel correu os olhos pelos outros: Abby, pronta para agir e impotente, Rafe, encolhido no sofá com cara enfezada, Justin, olhos enormes e assustados, todo torcido para fitá-lo.

— Shh — disse para eles, levando um dedo aos lábios. Eu nunca vira tanto amor e ternura e incrível premência no rosto de alguém, nunca. — Nem uma palavra. Não importa o que aconteça.

Eles o olhavam fixamente.

— Vai ficar tudo bem — disse ele. — Acreditem. Vai dar tudo certo. — Ele estava sorrindo.

Depois se virou para mim e sua cabeça se moveu, um aceno característico e mínimo, que eu já vira mil vezes antes. Eu e Rob, nossos olhos se cruzando frente a uma porta que não se abria, por sobre a mesa de uma sala de interrogatório, e aquele aceno quase invisível de um para o outro: "Vai."

Demorou muito. A mão livre de Daniel subindo em câmera lenta, num semicírculo longo e fluido, para firmar a arma. Um imenso silêncio subaquático preenchendo a sala, todas as sirenes tinham se calado, a boca de Justin estava toda aberta, mas eu não ouvia nenhuma palavra; o único som no mundo era o clique preciso de Daniel engatilhando o revólver. As mãos de Abby indo na direção dele, espalmadas, seu cabelo se levantando. Tive tanto tempo, tempo de ver a cabeça de Justin se inclinando na direção dos joelhos e de abaixar o revólver para o tiro no peito, agora possível, tempo de ver as mãos de Daniel se fechando em volta do Webley e de me lembrar da sensação delas nos meus ombros, aquelas mãos grandes, quentes e capazes. Tive tempo de reconhecer o sentimento de tanto tempo atrás, lembrar o cheiro acre de pânico do Garotão Traficante, do jorro contínuo de sangue entre os meus dedos; da percepção de como era fácil sangrar até morrer, como era simples, nenhuma dificuldade. E aí o mundo explodiu.

Li em algum lugar que a última palavra na caixa preta de qualquer avião acidentado, a última coisa que o piloto diz, quando sabe que vai morrer, é "Mamãe". Quando todo o mundo e toda a sua vida estão se afastando de você na velocidade da luz, é a única coisa que permanece sua. Sempre me apavorou a ideia de que se algum dia um suspeito encostasse uma faca na minha garganta, se minha vida se resumisse a uma fração de segundo, poderia não ter sobrado nada dentro de mim que eu pudesse dizer, ninguém para chamar. Mas o que eu disse, baixinho no silêncio ínfimo entre o tiro de Daniel e o meu, foi "Sam".

Daniel não disse uma palavra. O impacto o fez cambalear para trás e o revólver se soltou da sua mão, batendo no piso com um barulho feio. Em algum lugar pedaços de vidro quebrado caíam, um tilintar doce e inacessível. Pensei ter visto um furo, como uma marca de queimadura de cigarro, em sua camisa branca, mas eu estava olhando para o seu rosto. Nele não tinha dor, nem medo, nada disso; ele não parecia nem assustado. Seus olhos estavam fixos em algo – nunca vou saber o que – atrás do meu ombro. Ele parecia um competidor numa corrida de obstáculos ou um ginasta, concluindo com perfeição o salto final que desafia a morte: concentrado, tranquilo, ultrapassando todos os limites, se entregando por inteiro; seguro.

– Não – disse Abby, como uma ordem categórica e final. Sua saia esvoaçou, alegre à luz do sol, quando se atirou na direção dele. Então Daniel piscou e caiu para o lado, vagarosamente, e não havia mais nada atrás de Justin, exceto uma parede branca e vazia.

25

Os minutos seguintes são fragmentos de pesadelo, emendados com grandes pedaços em branco. Sei que corri, escorreguei no vidro espalhado e continuei correndo, na tentativa de chegar até Daniel. Sei que Abby, debruçada sobre ele, lutou como uma leoa para me manter afastada, com um olhar feroz, garras à mostra. Lembro-me da sua camiseta suja de sangue, do estrondo ecoando pela casa quando alguém arrombou a porta da frente, de vozes de homens gritando, do barulho de passos. Mãos sob os meus braços, me puxando para trás; eu me retorci e chutei até que me deram uma sacudidela forte, os meus olhos se desanuviaram e reconheci o rosto de Frank bem perto do meu: "Cassie sou eu, pare, relaxe, já acabou." Sam o empurrando, suas mãos rígidas de pânico por todo o meu corpo, procurando furos de bala, seus dedos ficando sujos de sangue: "Você está sangrando, está?" Eu não sabia. Sam me virando, me apalpando, e sua voz, finalmente relaxada: "Você está bem, sem problemas, ele errou..." Alguém falou algo a respeito da janela. Alguém soluçando. Um excesso de luz, cores tão vivas que cortavam, vozes demais, "ambulância, chame uma...".

Depois alguém me empurrou lá para fora, me pôs num carro de polícia e bateu a porta. Fiquei sentada lá por muito tempo, olhando as cerejeiras, o céu calmo escurecendo devagar, as curvas distantes e escuras das colinas. Não pensei em absolutamente nada.

Existem procedimentos para esses casos de troca de tiros envolvendo policiais. Existem procedimentos para tudo na força policial, que de propósito não são mencionados até o dia em que afinal são necessários, e o zelador gira a chave enferrujada e sopra a poeira do arquivo. Eu jamais conhecera um policial que tivesse atingido alguém com um tiro. Não havia ninguém que poderia ter me dito o que esperar, ou como fazer, ou que ia ficar tudo bem.

Byrne e Doherty ficaram encarregados de me levar até a Central, no Phoenix Park, onde a Corregedoria trabalha em escritórios bem equipados, numa nuvem defensiva densa e inchada. Byrne dirigiu o carro; seus ombros caídos diziam, com tanta clareza como se houvesse um balãozinho com as palavras saindo da sua cabeça, "eu sabia que alguma coisa desse tipo iria acontecer". Fiquei sentada no banco de trás, como um suspeito, e Doherty tentou ser sutil ao me observar pelo espelho retrovisor. Ele estava praticamente babando: era provável que jamais tivesse lhe acontecido nada tão empolgante, e, além do mais, fofocas são uma moeda forte no nosso meio e ele acabara de ganhar na loteria. Minhas pernas estavam tão frias que eu mal conseguia movê-las; sentia frio até nos ossos, como se tivesse caído num lago gelado. Em todos os sinais de trânsito Byrne deixava o carro morrer e xingava, mal-humorado.

Todo mundo odeia a Corregedoria – a equipe dos Ratos, as pessoas os chamam, os colaboracionistas, e vários outros epítetos menos elogiosos –, mas eles me trataram bem, pelo menos naquele dia. Foram distantes, profissionais e muito gentis, como enfermeiros executando seus rituais especializados em volta de um paciente que tivesse sofrido um acidente horrível, desfigurante. Pegaram o meu distintivo – "enquanto durar a investigação", alguém disse para me tranquilizar; a sensação foi de que tinham raspado a minha cabeça. Removeram o curativo e tiraram o microfone. Guardaram o meu revólver como prova, o que de fato era, cuidadosos dedos de látex colocando-o num saco plástico de provas, lacrando e etiquetando com traços firmes. Uma perita técnica, com o cabelo castanho bem penteado num coque como o de uma criada da época da rainha Vitória, enfiou uma agulha no meu braço com destreza e colheu uma amostra de sangue para testes de álcool e drogas; eu me lembrava, vagamente, de Rafe me servindo bebida e do copo frio e escorregadio, mas não me lembrava de ter tomado nem um gole, e pensei que isso devia ser uma boa coisa. Ela passou cotonete em minhas mãos para detectar resíduos de pólvora e notei, como se observasse alguém a uma grande distância, que as minhas mãos não tremiam, estavam firmes como uma rocha, e que um mês da comida da Casa dos Espinheiros-Brancos tinha suavizado as curvas em torno dos ossos dos meus pulsos. "Pronto", disse a perita em tom de consolo, "rápido e não doeu nada", mas eu estava ocupada fitando as minhas mãos e só horas depois, quando estava sentada num sofá de cor neutra no lobby, sob uma obra de arte inócua, esperando alguém para me levar a algum outro lugar, percebi onde tinha ouvido aquele tom de voz antes: saído da minha própria boca. Não para as vítimas, nem para as famílias; para os outros. Para homens que tinham deixado as esposas quase cegas, para mulheres que haviam queimado seus filhos pequenos com água fervente, para assassinos, nos momentos de confusão e ceticismo depois que despejavam a história toda, eu tinha falado com aquela voz infinitamente delicada: "Está tudo certo, você está bem. Respire. O pior já passou."

Do lado de fora da janela do laboratório, o céu se tornara negro, um negro enferrujado e manchado de laranja pelas luzes da cidade, e havia uma lua fina e frágil flutuando baixa entre as copas das árvores no parque. Um calafrio sacudiu a minha espinha como um vento longo e frio. Carros policiais passando por Glenskehy em velocidade e depois se afastando, os olhos de John Naylor cheios de raiva, e a noite descendo impiedosa.

Eu não tinha permissão para falar nem com Sam nem com Frank até que nós todos tivéssemos sido ouvidos. Disse à perita que tinha que ir ao banheiro e lancei-lhe um olhar de mulher para mulher como explicação para o fato de estar levando comigo o meu casaco. No cubículo, dei descarga e enquanto a água ainda corria – tudo na Corregedoria faz a gente ficar paranoico, os carpetes grossos, o silêncio – enviei rapidamente uma mensagem de texto para Frank e Sam. "Alguém PRECISA ficar de olho na casa."

Desliguei o toque do meu celular e sentei na tampa do vaso, sentindo aquele cheiro enjoado de flores falsas do desinfetante e esperando, por tanto tempo quanto foi possível, mas nenhum dos dois respondeu. Era provável que os telefones deles estivessem desligados; eles estariam empenhados em fazer interrogatórios completos, habilmente se alternando entre Abby, Rafe e Justin, trocando ideias em voz baixa no corredor, formulando as mesmas perguntas inúmeras vezes com uma paciência feroz, implacável. Talvez – meu coração deu um salto, bateu no fundo da garganta – talvez um deles estivesse no hospital, falando com Daniel. Rosto branco, cateteres, pessoas em roupas cirúrgicas andando ligeiras. Tentei me lembrar do ponto exato onde a bala o atingira, repassei a cena várias vezes na minha cabeça, mas o filme piscava e tremia e eu não conseguia ver. Aquele aceno mínimo; o pulo do cano do revólver dele; o coice subindo pelos meus braços; aqueles olhos cinzentos sérios, pupilas só um pouco dilatadas. Depois só havia a voz de Abby, direta e dura, "Não"; a parede vazia no lugar onde Daniel estivera de pé e o silêncio, imenso e rugindo em meus ouvidos.

A perita me mandou de volta para o pessoal da Corregedoria, e eles me disseram que se eu estivesse me sentindo um pouco abalada poderia esperar até o dia seguinte para dar o meu depoimento, mas eu disse que não, obrigada, eu estava bem. Eles me explicaram que eu tinha direito à presença de um advogado ou de um representante do sindicato e eu disse não, obrigada, eu estava bem. A sala de interrogatório deles era menor do que a nossa, mal havia espaço para afastar a cadeira da mesa, e mais limpa: não tinha desenhos nas paredes, nem marcas de cigarro no carpete, nem buracos nas paredes onde alguém tivera um ataque de fúria usando a cadeira. Ambos os caras da Corregedoria pareciam contabilistas de desenho animado: ternos cinza, meio calvos, lábios inexistentes, idênticos óculos sem aro. Um deles se recostou na parede atrás do meu ombro – ainda que você conheça todas as táticas de trás para a frente, mesmo assim funciona com você – e o outro se sentou na minha frente. Ele ajeitou o caderno minuciosamente para ficar alinhado com a borda da mesa, ligou o gravador e fez a preleção inicial.

– Agora – disse ele – o seu relato, detetive.

– Daniel March – falei; foram as únicas palavras que saíram. – Ele vai ficar bem? – E eu soube, antes mesmo que ele me dissesse, soube quando suas pálpebras se agitaram e seus olhos se desviaram dos meus.

A perita – seu nome era Gillian – me levou em casa já tarde da noite, quando os gêmeos da Corregedoria terminaram de colher o meu depoimento. Disse-lhes o que era de se esperar: a verdade, da melhor maneira que pude colocá-la em palavras, nada além da verdade, não toda a verdade. Não, eu não achava que tivera nenhuma opção além de disparar a minha arma. Não, eu não tivera nenhuma oportunidade de tentar um tiro de imobilização não letal. Sim, eu acreditara que a minha vida estava em perigo. Não, não houvera nenhum indício anterior de que Daniel era perigoso. Não, ele não tinha sido o principal suspeito, devido a uma longa lista de motivos – levei um segundo para me lembrar deles, pareciam de tanto tempo atrás e tão distantes, parte de uma vida diferente. Não, eu não acreditava que houvera negligência nem minha, nem de Frank, nem de Sam ao deixar o revólver na casa, era prática consagrada no trabalho de infiltrado deixar materiais ilegais no local enquanto durasse a investigação, não tínhamos tido nenhuma maneira de tirá-lo de lá sem destruir toda a operação. Sim, em retrospecto, essa decisão parecia não ter sido sensata. Eles me disseram que logo voltaríamos a conversar – fizeram com que soasse como uma ameaça – e marcaram uma consulta para mim com o psicólogo, que iria adorar essa história.

Gillian precisava das minhas roupas – as roupas de Lexie – para o teste de resíduo de pólvora. Ela ficou na porta do meu apartamento, de mãos cruzadas, observando enquanto eu me trocava: precisava ter certeza de que o que via era o que receberia, nada de trocar a camiseta e lhe dar uma outra limpa. As minhas próprias roupas me pareceram frias e duras demais, como se não me pertencessem. O apartamento também estava frio, tinha um leve cheiro de mofo e havia uma fina camada de pó em todas as superfícies. Sam não ia lá havia algum tempo.

Dei minhas roupas a Gillian e ela as dobrou com eficiência, colocando-as em grandes sacos plásticos. Na saída ela hesitou, com as mãos carregadas; pela primeira vez parecia insegura, e percebi que provavelmente era mais nova do que eu.

– Vai ficar bem sozinha? – perguntou.

— Estou bem — respondi. Já dissera a frase tantas vezes naquele dia que estava pensando em mandar fazer uma camiseta com os dizeres.

— Tem alguém que possa vir ficar com você?

— Vou ligar para o meu namorado, e ele virá até aqui — embora eu não tivesse certeza de que aquilo fosse verdade, não tivesse certeza nenhuma.

Quando Gillian foi embora, levando o que restara de Lexie Madison, sentei no peitoril da janela com um copo de brandy — odeio brandy, mas tinha quase certeza de que eu estava oficialmente em estado de choque, de umas quatro maneiras diferentes. Além disso, era a única bebida no apartamento — e observei o holofote do farol piscando, sereno e regular como batidas de um coração, lá longe na baía. Era tarde da noite, mas eu não podia nem pensar em dormir; na fraca luz amarelada do abajur na minha mesinha de cabeceira, o futon parecia vagamente ameaçador, entupido de calor esponjoso e pesadelos. Eu queria tanto ligar para Sam que era como estar desidratada, mas não sobrara nada dentro de mim para lidar com a possibilidade de ele não atender, não naquela noite.

Em algum lugar ao longe, o alarme de uma casa disparou por pouco tempo, até que alguém o desligou, e o silêncio de novo cresceu e zombou de mim. Na direção sul, as luzes do píer Dun Laoghaire estavam enfileiradas como luzes de Natal; para além delas pensei ver, por um segundo — ilusão de ótica — a silhueta das montanhas Wicklow se destacando no céu escuro. Alguns poucos carros solitários passavam pela rua da praia àquela hora da noite. O círculo suave da luz dos faróis aparecia aos poucos e depois desaparecia, e fiquei imaginando aonde iriam aquelas pessoas, sozinhas a essa hora da noite, o que pensavam dentro daquelas bolhas mornas dos seus carros; quantas camadas insubstituíveis de vidas, frágeis e conquistadas com esforço, as envolviam.

Não penso muito nos meus pais. Tenho apenas um punhado de memórias e não quero que se desgastem, que as texturas desapareçam pelo uso excessivo, que as cores desbotem pela exposição demasiado longa. Quando as trago à tona, o que acontece muito raramente, preciso que estejam tão brilhantes que me tirem o fôlego e tão aguçadas que cheguem a cortar. Naquela noite, porém, eu as espalhei no peitoril da janela, como recortes delicados de papel fino, e repassei-as, uma a uma. Minha mãe como a sombra de uma lamparina ao lado da minha cama, apenas uma cintura fina e um rabo de cavalo cacheado, a mão na minha testa, um aroma que jamais encontrei em outro lugar e uma voz doce e grave cantando para me ninar: *A la claire fontaine, m'en allant promener, j'ai trouvé l'eau si belle que je m'y suis baignée...* Naquela época, ela era mais jovem do que sou agora; nunca chegou aos trinta anos. Meu pai sentado comigo numa colina verde, me ensinando a amarrar os cadarços, os seus velhos sapatos marrons, suas mãos fortes com um arranhão na articulação de um dedo, gosto de picolé de cereja na minha boca e nós dois rindo da bagunça que eu fiz. Nós três no sofá debaixo de um edredom, vendo *Bagpuss* na televisão, os braços do meu pai nos juntando num grande bolo confuso e afetuoso, a cabeça da minha mãe aconchegada sob o queixo do meu pai e a minha orelha no peito dele, para poder sentir a vibração do seu riso nos meus ossos. Minha mãe se maquiando antes de sair para alguma apresentação, eu esparramada na cama deles a observando e torcendo a ponta do edredom com o polegar e perguntando: "Como você encontrou o papai?" E ela sorrindo no espelho, um sorrisinho todo seu nos olhos acinzentados: "Essa história eu vou contar quando você for mais velha. Quando tiver uma filhinha. Um dia."

O céu começava a ficar cinzento no horizonte ao longe, e eu estava pensando que gostaria de ter um revólver para ir ao estande de tiro e me perguntando se com uma dose reforçada de brandy eu conseguiria cochilar na janela, quando o interfone tocou; um toque mínimo, tão hesitante e rápido que pensei ser apenas a minha imaginação.

Era Sam. Ele não tirou as mãos dos bolsos do casaco e eu não o toquei.

– Não queria acordar você – explicou –, mas achei que se estivesse acordada mesmo...

– Não consigo dormir. Como foi lá?

– Como era de se esperar. Estão muito abalados, nos odeiam e se recusam a colaborar.

– É – comentei. – Eu já imaginava.

– Você está bem?

– Estou bem – respondi automaticamente.

Ele deu uma olhada na sala – arrumada demais, nenhum prato na pia, o futon ainda dobrado – e piscou com força, como se os seus olhos estivessem arranhando.

– Aquela mensagem que você me mandou – disse. – Entrei em contato com Byrne, assim que vi o seu recado. Ele disse que iria ficar de olho, mas... Sabe como ele é. Só o que fez foi passar por lá de carro, quando teve tempo, na sua ronda noturna.

Algo diáfano e escuro se moveu atrás de mim, assomando trêmulo perto do meu ombro, como um grande gato pronto para o ataque.

– John Naylor – falei. – O que ele fez?

Sam esfregou os olhos com as palmas das mãos.

— Os bombeiros acham que foi gasolina. Tínhamos colocado fitas de isolamento em volta da casa, mas... A porta estava arrombada, com certeza; e aquela janela de trás, a que Daniel estilhaçou. O cara só precisou passar pela fita e entrar.

Uma coluna de fogo na encosta da montanha. Abby, Rafe e Justin sozinhos em salas de interrogatório sujas, Daniel e Lexie no aço frio.

— Salvaram alguma coisa?

— Até Byrne ver o fogo e os bombeiros chegarem... Fica a quilômetros de distância.

— Sei — falei. De alguma maneira, eu estava sentada no futon. Podia sentir o mapa da Casa dos Espinheiros-Brancos marcado nos meus ossos: o formato da coluna da escada impresso na minha mão, as curvas da cama de Lexie na minha espinha, as inclinações e voltas da escada nos meus pés, meu corpo transformado num cintilante mapa do tesouro de uma ilha perdida. O que Lexie começara, eu havia terminado para ela. Nós duas tínhamos reduzido a Casa dos Espinheiros-Brancos a escombros e cinzas fumegantes. Talvez fosse isso o que ela desejara de mim o tempo todo.

— Enfim — concluiu Sam. — Só pensei que seria melhor você saber por mim, em vez de... sei lá, ouvir no noticiário da manhã. Sei como se sentia em relação àquela casa. — Mesmo naquele momento, não havia nenhum traço de amargura em sua voz, mas ele não se aproximou de mim e tampouco se sentou. Ainda não tirara o casaco.

— Os outros — perguntei. — Eles sabem? — Durante um momento de confusão, antes que eu me lembrasse do quanto eles me odiavam agora e de como tinham todo o direito, pensei: "Eu deveria lhes contar. Eles deveriam saber por mim."

— Sabem, eu contei. Não ficaram com raiva de mim, mas de Mackey... achei que era melhor eu contar. Eles... — Sam abanou a cabeça. A contração num canto da sua boca me revelou como tinha sido. — Eles vão ficar bem — completou. — Mais cedo ou mais tarde.

— Eles não têm família — falei. — Não têm amigos, nada. Onde estão agora?

Sam deu um suspiro.

— Estão detidos, claro. Formação de quadrilha para cometer homicídio. Não vai colar, não temos nada admissível contra eles, a não ser que falem, e não vão falar, mas... enfim. Temos que fazer uma tentativa. Amanhã, quando forem liberados, Apoio às Vítimas os ajudará a encontrar um local para ficar.

— E aquele, como é mesmo o nome dele? — perguntei; eu via o nome na minha cabeça, mas as palavras não saíam. — Aquele do fogo. Já está detido?

— Naylor? Byrne e Doherty foram procurá-lo, mas ele ainda não apareceu. Não adianta persegui-lo; ele conhece aquelas colinas como a palma da sua mão. Vai voltar para casa mais cedo ou mais tarde. Aí nós o pegamos.

— Que confusão – falei. A luz amarela tênue e imprecisa fazia o apartamento parecer subterrâneo, sufocante. – Que confusão dos diabos, total e completa.

— É – disse Sam – bom... – E puxou distraído os ombros do casaco. Ele olhava para um ponto ao longe, para as últimas estrelas se apagando na janela. – Ela foi uma encrenca desde o começo, aquela garota. No fim vai dar tudo certo, suponho. Acho melhor eu ir andando. Tenho que começar cedo, fazer nova tentativa com aqueles três, se é que vai valer a pena. Só achei que você precisava saber.

— Sam. – Eu não conseguia ficar de pé; precisei de toda a coragem que tinha me sobrado apenas para estender a mão para ele. – Fique.

Vi que ele mordeu o lábio por dentro e continuou a não me olhar nos olhos.

— Você precisa dormir também; deve estar exausta. E eu nem deveria estar aqui, claro. O pessoal da Corregedoria disse...

Eu não conseguia lhe dizer: "Quando tive certeza de que ia morrer, foi em você que pensei no meu último segundo." Não conseguia nem dizer "Por favor". Só conseguia ficar sentada ali no futon com a mão estendida, sem respirar, com esperança de que não fosse tarde demais.

Sam passou a mão pela boca.

— Preciso saber de uma coisa – disse. – Você vai voltar a trabalhar na Inteligência?

— *Não* – respondi. – Nossa, não. Sem chance. Isso foi diferente, Sam. Foi uma oportunidade única.

— O seu amigo Mackey disse... – Sam se conteve, abanou a cabeça, aborrecido. – Aquele calhorda... falou.

— O que foi que ele disse?

— Ah, um monte de merda. – Sam se deixou cair no sofá, como se alguém tivesse cortado os fios que o prendiam. – Uma vez agente infiltrado, sempre agente infiltrado; você voltaria, agora que tinha sentido o gostinho. Esse tipo de coisa. Eu não... Essas poucas semanas foram tão ruins, Cassie. Se você voltar a trabalhar lá permanentemente... Não vou aguentar. Não vou.

Eu estava cansada demais para ficar zangada para valer.

— Frank estava sacaneando – falei. – É a sua especialidade. Ele não me aceitaria na sua equipe, mesmo que eu quisesse, e eu não quero. Ele só não queria que você tentasse me fazer voltar para casa. Imaginou que, se acreditasse que eu estava no lugar certo para mim...

— Acho que foi isso mesmo – disse Sam. Ele observou a mesinha, tirou a poeira com as pontas dos dedos. – Então você vai ficar na VD? É definitivo?

— Você quer dizer, no caso de eu ainda ter emprego, depois de ontem?

— Ontem foi culpa de Mackey – disse Sam, e mesmo exausta notei a expressão de raiva no seu rosto. – E não sua. Essa história toda é culpa de Mackey. O pessoal da Corregedoria não é bobo; vai perceber isso, assim como todo mundo.

— A culpa não foi só de Frank – retruquei. – Eu estava lá, Sam. Deixei as coisas correrem soltas, permiti que Daniel tivesse acesso a um revólver e depois o matei. Não posso culpar Frank por isso.

— E eu deixei que ele fosse em frente com esse plano maluco e vou ter que conviver com isso. Mas ele era o responsável. Quando a pessoa assume esse tipo de responsabilidade, tem que assumir as consequências. Se ele tentar jogar essa encrenca em cima de você...

— Ele não vai fazer isso – disse. – Não é do seu estilo.

— A mim parece ser exatamente o estilo dele – disse Sam. Ele sacudiu a cabeça, como para afastar o pensamento de Frank. – Vamos deixar isso para depois. Mas digamos que esteja certa e que ele não vá sacanear você para salvar o próprio pescoço; você fica na VD?

— Por enquanto – respondi – sim. – Mas no futuro... – Eu nem soubera que ia dizer isso, era a última coisa que eu esperaria que saísse da minha boca, mas quando ouvi as palavras tive a impressão de que elas estavam esperando que eu as encontrasse desde aquela tarde luminosa com Daniel, sob a hera. – Sinto falta da Homicídios, Sam. Sinto muita falta, o tempo todo. Quero voltar.

— Certo – disse Sam. Ele levantou a cabeça e respirou fundo. – É, foi o que pensei, exatamente. É o fim para nós dois, então.

Não temos permissão para namorar ninguém que seja da mesma equipe; como diz O'Kelly com elegância, nada de transar na copiadora da empresa.

— Não – falei. – Sam, não; não tem que ser desse jeito. Mesmo que O'Kelly concorde que eu volte, pode ser que só surja uma vaga daqui a anos, e quem sabe onde estaremos até lá? Você poderá até estar chefiando uma equipe sua. – Ele não sorriu. – Se for o caso, só precisamos ser discretos. Acontece o tempo todo, Sam. Você sabe disso. Barry Norton e Elaine Leahy... – Norton e Leahy trabalham na Veículos Automotores há dez anos e moram juntos há oito. Eles fingem que um dá carona ao outro, e todo mundo, inclusive o chefe dos dois, finge que não sabe de nada.

Sam sacudiu a cabeça, como um cachorrão acordando.

— Não é isso o que eu quero – disse. – Espero que eles continuem a se dar bem e tal e coisa, mas quero que seja de verdade. Talvez você ficasse feliz na situação deles; sempre achei que essa era uma das razões para não querer contar a ninguém sobre nós, claro: assim poderia voltar à Homicídios, um dia. Mas eu não estou só a fim de uma transa, nem quero ficar de vez em quando, nem ter um caso meio escondido em que tenhamos que agir como se... – Ele ficou procurando alguma coisa dentro do casaco, desajeitado; estava tão exausto que apalpava como se estivesse bêbado. – Comecei a carregar isso comigo duas semanas depois do início do nosso namoro. Lembra que fomos dar uma caminhada em Howth Head? No domingo?

Eu me lembrava. Um dia frio e cinzento, chuva fina e leve no ar, um cheiro forte de maresia enchendo o meu peito; a boca de Sam tinha gosto de sal. Caminhamos na borda de penhascos altos a tarde toda e jantamos peixe e batatas fritas sentados num banco, minhas pernas doíam, e, segundo me lembro, foi a primeira vez depois da Operação Vestal em que me senti eu mesma.

– No dia seguinte – continuou Sam –, comprei isto. Na minha hora de almoço. – Ele encontrou o que procurava e pôs em cima da mesa de centro. Era uma caixinha de anel de veludo azul.

– Ah, Sam – falei. – Ah, Sam.

– Era para valer – disse Sam. – Isto. Você, nós. Eu não estava só me divertindo.

– Eu também não estava – falei. Aquela sala de observação; o olhar dele. "Estava." – Jamais. Eu só... fiquei meio perdida por um tempo. Sinto muito, Sam. Eu fiz merda, de todas as maneiras, e lamento muito.

– Deus do céu, eu te *amo*. Você pegou esse trabalho de infiltrada, eu quase enlouqueci, e não podia nem comentar com ninguém, porque ninguém sabia. Eu não posso...

Sua voz foi sumindo, ele esfregou os olhos com as palmas das mãos. Eu sabia que deveria haver uma maneira delicada de perguntar, mas a minha visão estava distorcida e trêmula nas bordas e eu não conseguia raciocinar com clareza. Fiquei pensando que não poderia ter havido hora pior para esta conversa.

– Sam. Eu matei uma pessoa hoje. Ontem; tanto faz. Meu cérebro não está funcionando direito. Você vai ter que falar com todas as letras: está rompendo comigo ou me propondo casamento? – Eu tinha quase certeza da resposta. Só queria terminar logo com aquilo, passar pela rotina da despedida, entornar o resto do brandy até ficar inconsciente.

Sam olhou para a caixinha, perplexo, como se não soubesse bem como tinha ido parar ali.

– Nossa – falou. – Eu não... Eu tinha tudo planejado: jantar num lugar legal, com uma vista bonita. E champanhe. Mas suponho que, quer dizer, agora que...

Ele pegou a caixinha e a abriu. Eu não conseguia acompanhar; a única coisa que ficou registrada foi que ele não parecia estar me dando o fora, e que o alívio era mais puro e doloroso do que eu poderia ter imaginado. Sam se levantou do sofá e pôs um joelho no chão, desajeitado.

– Certo – disse, e estendeu a caixinha para mim. Estava pálido e com os olhos arregalados; parecia tão espantado quanto eu. – Quer se casar comigo?

A única coisa que eu queria era rir; não dele, mas do hilariante grau de loucura que aquele dia conseguira atingir. Fiquei com medo de começar e não conseguir parar.

– Eu sei – disse Sam, engolindo em seco –, sei que isso significaria que você não poderá voltar para a Homicídios, a não ser com uma permissão especial, e...

– E nenhum dos dois vai receber tratamento especial no futuro próximo – concluí. A voz de Daniel roçou o meu rosto como penas escuras, como um longo vento noturno vindo de uma montanha longínqua. "Escolha o que quiser e pague pelo que escolher, diz Deus."

– É. Se... Puxa. Se quiser pensar no assunto... – Mais uma vez ele engoliu em seco. – Não precisa decidir agora, claro. Sei que esta noite não é o melhor momento para... Mas talvez tivesse que acontecer. Mais cedo ou mais tarde, preciso saber.

O anel era simples, um aro fino com um brilhante redondo, cintilante como uma gota de orvalho. Nunca na vida eu imaginara um anel de compromisso no meu dedo. Pensei em Lexie tirando o dela num quarto escuro, deixando-o ao lado da cama que ela compartilhara com Chad, e senti a diferença penetrando na rachadura entre nós como uma lâmina fina: eu não poderia colocá-lo no dedo sem saber que ficaria ali, para sempre.

– Quero que seja feliz – disse Sam. Aquele olhar de espanto desaparecera aos poucos dos seus olhos, que agora estavam claros e firmes nos meus. – Custe o que custar. Não vai adiantar nada se não for... Se não puder ser feliz sem voltar para a equipe, me diga.

Há tão pouca compaixão neste mundo. Lexie partiu ao meio todas as pessoas que ficaram entre ela e a porta de saída, pessoas com quem ela havia rido, trabalhado, transado. Daniel, que a amou tanto, ficou sentado ao seu lado e observou-a morrer, para não permitir o cerco ao seu castelo encantado. Frank me pegou pelos ombros e me conduziu direto para algo que ele sabia que poderia me destruir. A Casa dos Espinheiros-Brancos me revelou suas câmaras secretas e sarou minhas feridas, e em troca eu preparei meus explosivos com cuidado e a fiz voar pelos ares em mil pedaços. Rob, meu parceiro, meu escudeiro, meu amigo mais querido, me tirou da sua vida e me descartou porque ele quis dormir comigo e eu concordei. E quando todos tínhamos terminado de tirar pedaços uns dos outros, Sam, que tinha todo o direito de me mostrar o dedo do meio e ir embora para sempre, ficou porque estendi a mão e pedi que ficasse.

— Quero voltar para a Homicídios — eu disse —, mas não tem que ser agora. Nem precisa ser em breve. Mais dia, menos dia, um de nós vai fazer alguma coisa espetacular e ganhar todos os pontos do mundo, e aí pedimos a permissão especial.

— E se não acontecer? Se nunca fizermos alguma coisa espetacular ou se disserem não, mesmo assim. E aí?

Aquele roçar de asas, de novo, no contorno do meu queixo. "Consentir."

— Aí — respondi — eu vou sobreviver. E você vai ter que me aguentar reclamando de Maher para o resto da vida. — Estendi a mão para Sam e vi nos seus olhos que ele começava a compreender, e quando pôs o anel no meu dedo percebi que desta vez não havia nenhum medo negro e pontudo me percorrendo, nenhum grito selvagem diante daquela coisa irrevogável crescendo a centímetros de distância, eu não estava nada assustada; a única coisa que eu sentia era certeza.

Mais tarde, quando estávamos aconchegados no edredom e o céu lá fora ficava cor de salmão, Sam falou:

— Tem mais uma coisa que preciso perguntar a você, e não sei bem como.

— Pode perguntar. Tem todo o direito. — E balancei a mão para ele. O anel ficou bonito no dedo. Até o tamanho estava certo.

— Não — disse Sam. — É uma coisa séria.

Imaginei que a essa altura eu estivesse preparada para qualquer coisa. Virei de barriga para baixo e me apoiei para poder olhá-lo direito.

— Rob — disse ele. — Você e Rob. Vi como era quando estavam juntos, vocês dois; como eram próximos. Sempre achei que... Nunca pensei que eu tivesse chance.

Por essa eu não esperava.

— Não sei o que deu errado entre vocês — continuou Sam —, e não estou perguntando. Não tenho o direito de saber. É só que... tenho uma ideia do que você passou durante a Operação Vestal. E depois. Não queria ser intrometido, nem nada disso; mas eu estava lá.

Ele ergueu para mim os olhos cinzentos, firmes, sem pestanejar. Eu não conseguia dizer nada; estava sem ar.

Foi naquela noite com os faróis, a noite em que fui pegar Rob no local do crime. Eu o conhecia bastante bem para saber que, se não fosse, ele iria se desintegrar, simplesmente se quebrar em mil pedaços, mas não bem o suficiente para adivinhar que ele faria isso de qualquer jeito, e que tudo que eu tinha feito era atrair a artilharia para o meu lado. Nós fizemos algo bom; achei que isso significasse que dali não poderia advir nenhum mal. Depois me ocorreu que talvez eu seja bem mais burra do que pareço. Se aprendi alguma coisa na Homicídios, é que a inocência não é suficiente.

Eu não sou Lexie, não sou louca, principalmente não quando estou arrasada, estressada e exausta. Quando aquele sentimento terrível se instalou, eu já tinha ido para a VD, Rob fora mandado para um limbo burocrático em algum lugar e as pontes do nosso relacionamento estavam queimadas e tinham virado cinzas amargas; ele se afastara tanto que eu não conseguia mais nem vê-lo na outra margem. Não contei a ninguém. Peguei a barca para a Inglaterra antes do amanhecer num sábado de chuva de granizo e voltei para o meu apartamento escuro à noite – teria sido mais rápido ir de avião, mas eu não suportava a perspectiva de ficar sentada quieta uma hora na ida e outra na volta, espremida entre estranhos, cotovelos se tocando. Em vez disso, fiquei andando de um lado para outro no convés da barca. Na volta, o granizo estava mais forte, fiquei encharcada até os ossos; se houvesse outra pessoa no convés, teria pensado que eu estava chorando, mas não estava, não chorei nem uma vez.

Naquela época, Sam era a única pessoa que eu suportava perto de mim. Os outros estavam do outro lado de uma parede de vidro, grossa e ondulada, eles se lamuriavam, gesticulavam e faziam caretas e era preciso me esforçar muito para decifrar o que queriam e responder com os barulhos apropriados. Sam era o único que eu conseguia ouvir. Ele tem uma bela voz: uma voz do campo, lenta e calma, profunda e rica como a terra. Aquela voz era a única coisa que atravessava o vidro e parecia real.

Quando nos encontramos para tomar um café, naquela segunda-feira depois do trabalho, ele me olhou com atenção e disse: "Está com cara de quem pegou uma gripe; tem muita gente gripada por aí. Vou levar você em casa, está bem?" Ele me acomodou na cama, saiu para comprar comida, voltou e fez um ensopado. Durante aquela semana, preparou o jantar para mim todas as noites e contou piadas horríveis até que eu risse apenas da expressão esperançosa no seu rosto. Seis semanas depois, fui eu quem o beijou primeiro. Quando aquelas mãos quadradas e carinhosas tocaram a minha pele, pude sentir a cura das células dilaceradas. Nunca me enganei com a pinta de caipira de Sam, sempre tive certeza de que havia algo mais; mas nunca tinha me ocorrido – já disse que sou mais burra do que pareço – que ele soubera, o tempo todo, e soubera não interferir.

— A única coisa que preciso saber – perguntou Sam – é se já acabou para você; o caso todo. Se... não posso ficar me perguntando, ao longo da nossa vida, o que aconteceria caso Rob se recuperasse e voltasse querendo... Sei como foi difícil para você. Tentei... não invadir o seu espaço, acho que é assim que se diz, para você poder entender o que tinha acontecido. Mas agora, se realmente temos um compromisso... preciso saber.

O primeiro raio de sol estava explodindo no seu rosto, tornando-o solene e sábio como um apóstolo cansado numa moldura.

— Acabou – respondi. – De verdade, Sam. Agora já acabou tudo.

Pus a mão no seu rosto; brilhava tanto que por um segundo pensei que estava me queimando, um fogo puro e indolor.

— Bom – disse ele, suspirando, e sua mão subiu para se apoiar aberta na parte de trás da minha cabeça e me puxar para o seu peito. – Isso é bom. – E os seus olhos estavam se fechando antes de terminar a frase.

Dormi até duas da tarde. Em algum momento, Sam se arrastou para fora da cama, me deu um beijo de despedida e fechou a porta atrás dele sem fazer barulho, mas ninguém ligou para me dizer para ir trabalhar, presumo que ninguém tenha conseguido resolver em qual equipe eu estava lotada agora ou se eu estava suspensa ou se ainda tinha pelo menos um emprego. Quando finalmente acordei, considerei a possibilidade de ligar e dizer que estava doente, mas não sabia bem para quem ligar – Frank, talvez, mas era pouco provável que ele estivesse a fim de conversar. Decidi deixar que outra pessoa resolvesse por mim. Então fui à cidadezinha de Sandymount, desviei os olhos das manchetes dos jornais, comprei comida, fui para casa e comi quase tudo e depois dei uma longa caminhada pela praia.

Era uma tarde ensolarada e preguiçosa. O calçadão estava cheio de idosos passeando com os rostos voltados para o sol, casais bem juntinhos, crianças alvoroçadas andando aos pulos como grandes e doces abelhões. Reconheci muitas pessoas. Sandymount ainda é o tipo de lugar onde você vê caras conhecidas, troca sorrisos e compra perfume feito em casa pelos filhos da vizinha; é uma das razões por que moro lá mas, mesmo assim, naquela noite a cidade parecia estranha e perturbadora. Senti como se tivesse estado longe por tanto tempo que as vitrines deveriam estar todas diferentes, as casas pintadas com outras cores, os semblantes familiares deveriam ter ficado mais adultos, mais velhos e ter partido.

A maré estava baixa. Tirei os sapatos, enrolei as pernas da calça jeans e caminhei pela areia até que a água chegasse aos meus tornozelos. Um momento do dia anterior passava pela minha cabeça continuamente: a voz de

Rafe, suave e perigosa como neve, dizendo a Justin "Seu sacana filho da puta".

Eis o que eu poderia ter feito, naquele último segundo antes da grande explosão: poderia ter dito, "Justin? Foi *você* que me deu a facada?". Ele teria respondido. Estaria lá, gravado na fita, e mais cedo ou mais tarde Frank ou Sam encontraria uma maneira de fazê-lo dizer de novo, desta vez tendo sido alertado sobre os seus direitos.

Provavelmente nunca vou saber o motivo por que não o fiz. Compaixão, talvez; uma gota, pouco e tarde demais. Ou – o que Frank teria escolhido – um excesso de envolvimento emocional, mesmo naquele momento: a Casa dos Espinheiros-Brancos e os cinco ainda salpicados por cima de mim como pólen, ainda me tornando cintilante e desafiadora, "nós contra o mundo". Ou talvez, e gosto de pensar que foi este, porque a verdade é mais complicada e menos atingível do que eu compreendia antes, um lugar claro e ilusório, alcançado não só através de ruelas secundárias cheias de curvas, mas também, com a mesma frequência, por meio de avenidas retas, e isso foi o mais perto que consegui chegar.

Quando voltei para casa, Frank estava sentado nos degraus da frente, uma perna esticada, usando um cadarço do sapato desamarrado para implicar com o gato do vizinho e assoviando *Leave Her, Johnny, Leave Her* por entre os dentes da frente. Estava com uma aparência horrível, enrugado e com os olhos cansados, e precisando muito fazer a barba. Quando me viu, voltou a dobrar a perna por baixo do corpo e se levantou, empurrando o gato de leve na direção dos arbustos.

– Detetive Maddox – disse ele. – A senhora não compareceu ao trabalho hoje. Algum problema?

– Eu não sabia muito bem para quem trabalho no momento. Se é que trabalho para alguém. Além disso, dormi demais. Tenho uns dias de férias sobrando; vou descontar um desses.

Frank deu um suspiro.

– Não se incomode. Eu dou um jeito, pode constar como minha funcionária um dia a mais. Mas a partir de amanhã, você volta para a VD. – Ele se afastou para que eu abrisse a porta. – Foi coisa demais.

– É – concordei. – Foi mesmo.

Ele me seguiu escada acima, entrou no apartamento e foi direto até o fogão; ainda havia um meio bule de café que tinha sobrado da refeição não identificada que eu fizera mais cedo.

– É assim que eu gosto – disse, encontrando uma caneca no escorredor de louça. – Uma detetive sempre preparada. Quer um pouco?

— Já tomei muito – respondi. – Pode tomar tudo. – Eu não entendia por que ele tinha vindo: para os esclarecimentos finais do caso, para me dar um chute na bunda, ou um beijo e fazer as pazes, o quê. Pendurei o meu casaco e comecei a tirar os lençóis do futon para podermos nos sentar sem ficarmos próximos demais.

— Então – começou Frank, pondo a caneca no micro-ondas e apertando botões. – Já soube da casa?

— Sam me contou.

Senti que ele virou a cabeça; continuei de costas, puxando o futon para a versão sofá. Daí a pouco o micro-ondas começou a funcionar.

— Bom – disse ele – o que vem fácil, vai fácil. Provavelmente tinha seguro. Já falou com a Corregedoria?

— Ah, sim – confirmei. – Eles são minuciosos.

— Foram muito duros com você?

Dei de ombros.

— Não mais do que era de se esperar. E com você?

— Já tenho prática – disse Frank, sem entrar em detalhes. O micro-ondas apitou; ele pegou o açucareiro no armário e pôs três colheres de açúcar no café. Frank toma café sem açúcar; ele estava lutando para se manter acordado. – Os tiros não serão problema. Ouvi as fitas: três tiros, os dois primeiros a uma boa distância de você, os rapazes da informática vão poder determinar exatamente a distância, e o terceiro bem perto do microfone, quase estourou os meus tímpanos. E tive uma conversinha com o meu amigo da Perícia Técnica, também, depois que terminaram de examinar o local. Parece que a trajetória de uma das balas de Daniel foi uma cópia invertida quase perfeita da trajetória da sua. Não há dúvida: você só atirou depois que ele já tinha atirado direto em você.

— Eu sei – falei, dobrando os lençóis e jogando-os no guarda-roupa. – Eu estava lá.

Ele se recostou na bancada, tomou um gole grande de café e ficou me observando.

— Não deixe os rapazes da Corregedoria perturbarem você.

— Isso foi uma trapalhada, Frank. A mídia vai cair em cima e a chefia vai querer achar alguém para assumir a culpa.

— De quê? O tiro foi um caso clássico. A casa tem a ver com Byrne: ele foi avisado para ficar de olho, não cumpriu a ordem. Para todo o resto que aconteceu durante o caso, temos o argumento básico: funcionou. Pegamos o cara, embora não tenhamos conseguido prendê-lo. Desde que você não faça nenhuma bobagem, isto é, nenhuma outra bobagem, vamos sair bem dessa.

Sentei-me no futon e peguei os cigarros. Eu não sabia se ele estava me tranquilizando ou me ameaçando, ou talvez um pouco de cada coisa.

– E você? – perguntei com cuidado. – Se já tem prática com a Corregedoria...

Um rápido movimento da sobrancelha.

– É bom saber que você se preocupa. Também tenho muita influência, se for o caso.

Aquela fita – eu desobedecendo a uma ordem direta dele, dizendo que não iria me afastar – passou de repente entre nós, tão concreta como se ele a tivesse jogado sobre a mesa. Ela não o salvaria – um chefe deve ser capaz de controlar os seus subordinados –, mas me arrastaria para o fundo junto com ele, e talvez turvasse a água o suficiente para permitir que ele escapasse. Naquele momento entendi que se Frank quisesse jogar toda a culpa em cima de mim, acabar de vez com a minha carreira, ele poderia; e provavelmente tinha todo o direito.

Vi o minúsculo clarão de divertimento naqueles olhos injetados: ele sabia o que eu estava pensando.

– Influência – falei.

– Não tenho, sempre? – disse, e só por um segundo ele pareceu velho e cansado. – Escute, o pessoal da Corregedoria tem que mostrar serviço, para sentir que não é impotente, mas neste momento eles não estão a fim de pegar você nem, a propósito, o seu Sammy querido. Vão me proporcionar algumas semanas de diversão, mas no final vamos ficar todos bem.

A pontada de raiva me assustou. À parte o fato de Frank decidir me jogar ou não às feras – e eu sabia que nada que eu dissesse abalaria sua decisão – "bem" não era a palavra que eu pessoalmente teria escolhido para nada acerca desta situação.

– Certo – falei. – É bom saber disso.

– Então por que a cara emburrada? Como o bartender disse ao cavalo.

Quase joguei o isqueiro na cabeça dele.

– Pô, Frank! Eu matei Daniel. Morei na casa dele, me sentei à mesa ao seu lado, comi da sua comida – não disse "eu o beijei" – e depois o matei. Todos os dias do que deveria ter sido o resto da sua vida ele não estará mais aqui, por minha causa. Entrei lá para *pegar* um homicida, passei anos me dedicando de corpo e alma a aprender a fazer isso, e agora estou... – Calei-me porque minha voz estava trêmula.

– Sabe de uma coisa? – perguntou Frank, após uma pausa. – Você tem o mau hábito de assumir a responsabilidade pelo que outras pessoas à sua volta fazem. – Ele trouxe a caneca para o sofá e se deixou cair, pernas bem abertas. – Daniel March não era nenhum idiota. Ele sabia muito bem o que estava fazendo, e deliberadamente forçou uma situação em que você não tinha outra escolha senão matá-lo. Aquilo não foi homicídio, Cassie. Não foi nem autodefesa. Aquilo lá foi suicídio por policial.

– Eu sei – concordei. – Sei disso.

– Ele sabia que estava encurralado, não tinha nenhuma intenção de ir para a cadeia, e não o culpo; consegue imaginá-lo fazendo amizade com os outros presidiários? Então ele escolheu a saída que queria e foi em frente. Uma coisa eu admirei no cara: ele teve coragem. Eu o subestimei.

– Frank – perguntei. – Você já matou alguém?

Ele pegou um cigarro do meu maço, observou a chama enquanto o acendia com uma só mão.

– Foi um bom tiro aquele de ontem – falou, depois de guardar o isqueiro. – Aconteceu, não foi divertido, em poucas semanas tudo estará terminado. Fim.

Não respondi. Frank soprou uma longa nuvem de fumaça para o teto.

– Olhe, você encerrou o caso. Se teve que atirar em alguém, melhor que tenha sido em Daniel. Jamais gostei daquele sacana.

Eu não estava disposta a controlar o meu gênio, não com ele.

– Pois é, Frankie, eu percebi. Qualquer pessoa a quilômetros do caso percebeu. E sabe por que não gostava dele? Porque ele era exatamente igual a você.

– Ora, ora – disse Frank, arrastando as palavras. Sua boca mostrava um trejeito jocoso, mas os olhos fixos eram de um azul frio, e não dava para saber se ele estava ou não furioso. – E eu que ia me esquecendo de que você estudou psicologia.

– A imagem cuspida, Frank.

– Papo furado. Tinha alguma coisa errada com aquele cara, Cassie. Lembra o que você disse no perfil? Algum tipo de experiência em crime. Lembra-se disso?

– Qual é, Frank? – falei. Percebi que os meus pés tinham saído de baixo do meu corpo e estavam agora apoiados com força no chão. – O que você descobriu sobre Daniel?

Frank abanou a cabeça de leve, num movimento ambíguo, com o cigarro na boca.

– Não precisei descobrir nada. Sei quando tem alguma coisa errada com uma pessoa, e você também sabe. Existe uma linha, Cassie. Você e eu, nós vivemos de um lado dela. Mesmo quando fazemos merda e perambulamos pelo outro lado, tem aquela linha que impede que a gente se perca. Daniel não tinha essa linha.

Ele se debruçou sobre a mesinha de centro para bater a cinza do cigarro.

— Existe uma linha — repetiu. — Nunca se esqueça de que existe uma linha.

Ficamos em silêncio por um longo tempo. A janela começava a escurecer de novo. Pensei em Abby, Rafe e Justin, onde passariam a noite; e em John Naylor, se dormiria esparramado sob o luar nas ruínas da Casa dos Espinheiros-Brancos, rei por uma noite dos nossos escombros. Sabia o que Frank diria: "Não é mais problema seu."

— O que eu adoraria saber — disse Frank depois da pausa, e o tom da sua voz estava diferente — é quando Daniel descobriu o seu disfarce. Porque ele descobriu, sabe. — Um lampejo rápido de azul, no momento em que ele levantou os olhos para mim. — Pelo jeito como falava, tenho quase certeza de que ele sabia que você tinha uma escuta; mas não é isso que está me perturbando. Poderíamos ter colocado uma escuta em Lexie, se ela tivesse estado conosco; a escuta não era suficiente para ele deduzir que você era tira. Mas quando Daniel entrou naquela casa ontem, ele sabia sem sombra de dúvida que você estava com um revólver e que o usaria. — Ele se ajeitou no sofá, um braço esticado no encosto, e deu uma tragada no cigarro. — Tem alguma ideia do que denunciou você?

Dei de ombros.

— Eu apostaria na cebola. Sei que imaginamos que eu tinha me saído bem, mas parece que Daniel jogava pôquer melhor do que pensávamos.

— Sem brincadeira — disse Frank. — E tem certeza de que foi só isso? Ele não viu nada de errado, por exemplo, com o seu gosto musical?

Ele sabia; ele sabia do Fauré. De jeito nenhum poderia ter certeza, mas o seu instinto lhe dizia que ali havia algo. Forcei-me a olhá-lo nos olhos e fazer uma cara de espanto meio chateada.

— Nada de que me lembre.

Espirais de fumaça suspensas na luz do sol.

— Certo — disse Frank, finalmente. — Bom. Dizem que o diabo está nos detalhes. Você não poderia ter feito nada a respeito das cebolas, o que significa que não poderia ter feito nada para não ser descoberta. Certo?

— Certo — falei, e pelo menos isso saiu com facilidade. — Fiz tudo que podia, Frank. Fui Lexie Madison com tanto empenho quanto me foi possível.

— E se, digamos, você tivesse deduzido poucos dias atrás que Daniel tinha descoberto o seu disfarce, poderia ter feito alguma coisa para que isso terminasse melhor?

— Não — respondi, sabendo que isso também era verdade. Este dia começara anos atrás, no escritório de Frank, com café com gosto de queimado e biscoitos de chocolate. Quando enfiei aquela linha do tempo na jaqueta do uniforme e andei para o terminal de ônibus, este dia tinha estado pronto e nos esperando. — Acho que foi o final mais feliz que poderíamos ter.

Ele assentiu.

– Então você fez o seu trabalho. Não pense mais nisso. Não pode se culpar pelas coisas que as outras pessoas fazem.

Nem tentei lhe explicar o que eu estava vendo, a teia fina e espraiada através da qual tínhamos nos arrastado uns aos outros até este lugar, as inocências múltiplas que constituem a culpa. Pensei em Daniel, com aquela tristeza indescritível como uma marca no seu rosto, me dizendo "Lexie não tinha nenhum conceito de ação e consequência", e senti aquela lâmina fina penetrando com mais profundidade entre mim e ela, sendo torcida.

– O que me leva – disse Frank – ao motivo de eu ter vindo aqui. Tenho mais uma pergunta sobre este caso, e algo me diz que talvez você saiba a resposta. – Ele levantou o rosto depois de tirar alguma coisa de dentro da caneca. – Daniel deu mesmo a facada naquela garota? Ou estava apenas assumindo a culpa, por alguma razão complicada que só ele sabia?

Aqueles olhos azuis firmes do outro lado da mesinha.

– Você ouviu o que eu ouvi – afirmei. – Ele foi o único que falou claro; os outros três não chegaram a mencionar um nome. Eles estão dizendo que não foi ele?

– Eles não estão dizendo porra nenhuma. Nós os interrogamos hoje o dia todo e a maior parte da noite de ontem e ainda não conseguimos que digam uma palavra além de "Quero um copo d'água". Justin chorou um bocado e Rafe atirou uma cadeira quando descobriu que tinha abrigado uma víbora em seu seio por um mês; tivemos que algemá-lo até que se acalmasse. Mas a comunicação não passa disso. São como prisioneiros de guerra.

O dedo de Daniel encostado nos lábios, os seus olhos percorrendo os outros com uma intensidade que eu não entendera naquela hora. Mesmo para esse momento além do horizonte mais remoto da sua própria vida, ele tivera um plano. E os outros três, seja pela sua fé em Daniel, seja por hábito, ou apenas porque não tinham mais a que se apegar, continuavam a fazer o que ele havia ordenado.

– Uma das razões para a pergunta – justificou Frank – é que as histórias não batem exatamente. Quase, mas não exatamente. Daniel lhe disse que por acaso tinha uma faca na mão porque estava lavando a louça; mas na fita, tanto Rafe quanto Justin descrevem Daniel usando as duas mãos na luta com Lexie. *Antes* da facada.

– Talvez eles estejam confusos – falei. – Aconteceu muito rápido; você sabe o quanto valem os relatos de testemunhas oculares. Ou talvez Daniel estivesse amenizando os fatos: tentando alegar que estava com a faca por acaso, quando de fato a pegou especificamente para esfaquear Lexie. É provável que a gente nunca vá saber com exatidão o que aconteceu.

Frank deu uma tragada no cigarro, observando o pequeno brilho vermelho.

– Pelo que sei – disse –, só uma pessoa estava lavando a louça e não estava fazendo outra coisa com as mãos entre o momento em que o bilhete apareceu e o momento em que Lexie foi esfaqueada.

– Daniel a matou – falei, e não senti que estava mentindo, nem naquele momento nem agora. – Tenho certeza, Frank. Ele estava dizendo a verdade.

Frank observou o meu rosto por um longo minuto, sondando. E depois:

– Ok – disse, com um suspiro. – Acredito na sua palavra. Nunca vou achar que ele era do tipo que perde a cabeça assim, sem nenhum plano nem nada organizado; mas, ei, talvez tivéssemos menos em comum do que você imagina. Eu estava apostando desde o início em outra pessoa, porém, se todo mundo quer que seja Daniel... – Um pequeno movimento de cabeça para trás, como quem não se importa. – Não há muito que eu possa fazer.

Ele apagou o cigarro e se levantou.

– Toma – disse, procurando num bolso do casaco. – Acho que é melhor você ficar com isto.

Ele empurrou por cima da mesa na minha direção algo que brilhou à luz do sol e que eu peguei automaticamente, com uma só mão. Era um minicassete, do tipo que a Inteligência usa para gravar escutas.

– É você, jogando a sua carreira no lixo. Acho que pisei num cabo enquanto falávamos ao telefone aquele dia, desliguei alguma coisa. A fita oficial tem mais ou menos quinze minutos de nada, até que percebi o problema e liguei tudo de novo. Os técnicos querem me matar pelo mau uso dos seus aparelhinhos, mas vão ter que entrar na fila.

Não é do seu estilo, eu dissera a Sam na noite anterior; não é o estilo de Frank deixar que eu leve a culpa. E antes disso, lá no começo: Lexie Madison foi responsabilidade de Frank quando ele a criou do nada, e continuou a ser responsabilidade dele quando apareceu morta. Não que ele se sentisse culpado por essa confusão toda, nada disso – uma vez que a Corregedoria o deixasse em paz, ele provavelmente nunca mais pensaria no assunto. Mas algumas pessoas cuidam dos que lhe são próximos, não importa o que aconteça.

– Nenhuma cópia – esclareceu Frank. – Você não vai ter problemas.

– Quando disse que você se parece muito com Daniel – falei –, não era um insulto.

Vi um lampejo de algo complicado em seus olhos, enquanto ele tirava suas conclusões. Após um longo momento, assentiu.

– Está certo – disse.

– Obrigada, Frank – falei, fechando a mão sobre a fita. – Obrigada.

– *Uau* – exclamou Frank de repente. Rapidamente ele esticou a mão por cima da mesa e agarrou o meu pulso. – E o que é isto?

O anel. Eu me esquecera; minha cabeça ainda estava se acostumando. Precisei me esforçar para não rir da cara dele. Eu jamais vira Frank Mackey tão embasbacado assim.

– Acho que fica bem em mim. Gostou?

– É novo? Ou já estava aí antes e eu não tinha visto?

– É bem novo, sim. – respondi.

Aquele sorriso malicioso, tranquilo, a expressão irônica; de súbito, ele parecia bem acordado e cheio de energia, pronto a entrar em ação.

– Puta merda, estou de queixo caído – falou. – Não sei qual de vocês dois me surpreendeu mais. Tenho que admitir, com toda a sinceridade, que tiro o meu chapéu para o Sammy. Deseje-lhe boa sorte por mim, está bem?

Ele começou a rir.

– Minha Nossa Senhora – disse –, não é que ganhei o dia? Cassie Maddox se casando! Puxa vida! Deseje ao cara boa sorte por mim! – E desceu as escadas correndo, ainda rindo alto.

Fiquei sentada no futon por um longo tempo, virando a fita nas mãos e tentando me lembrar o que mais ela teria – o que eu fizera, naquele dia, além de enfrentar Frank e desafiá-lo a me demitir. Ressacas, café e Bloody Mary e a troca de farpas entre nós. A voz de Daniel, no quarto escuro de Lexie, perguntando "Quem é você?". Fauré.

Acho que Frank esperava que eu destruísse a fita, tirando da bobina e passando por uma fragmentadora de papéis – que eu não tenho, mas aposto que ele tem. Em vez disso, subi na bancada da cozinha, tirei do armário minha caixa de sapatos de Documentos Oficiais e pus a fita lá dentro, junto com o meu passaporte, a certidão de nascimento, os exames médicos e as faturas do cartão Visa. Quero ouvi-la, um dia.

26

Algumas semanas depois do fim da Operação Espelho, enquanto eu ainda estava enrolada com papéis e esperando que alguém em algum lugar decidisse alguma coisa, Frank me ligou.

– Estou com o pai de Lexie na linha – disse. – Ele quer falar com você. – Um clique, e depois nada além de uma luzinha vermelha piscando no meu telefone, indicando uma chamada em espera.

Eu estava pilotando uma mesa na sala da VD. Era hora de almoço, um dia estival calmo e de céu azul; todos os outros tinham saído para descansar no parque Stephen's Green, com as mangas levantadas e a esperança de algum tipo de bronzeado, mas eu andava evitando Maher, que ficava aproximando sua cadeira da minha e perguntando em tom conspiratório qual era a sensação de matar alguém, de modo que quase todos os dias eu inventava um trabalho urgente e tirava o horário de almoço bem tarde.

Tinha sido simples assim, no final: a meio mundo de distância, um policial muito jovem chamado Ray Hawkins tinha ido para o trabalho uma manhã e esquecido as chaves de casa. O seu pai fora levá-las na delegacia. O pai era detetive aposentado e havia automaticamente dado uma olhada no quadro de avisos atrás da mesa – alertas, carros roubados, pessoas desaparecidas – enquanto entregava as chaves e lembrava a Ray de comprar peixe para o jantar no caminho para casa. E aí ele tinha dito: "Espere aí; já vi essa garota em algum lugar." Depois, só o que tiveram a fazer foi examinar anos de arquivos de pessoas desaparecidas até que aquele rosto saltasse em cima deles, uma última vez.

O nome dela era Grace Audrey Corrigan e era dois anos mais nova do que eu. Seu pai se chamava Albert. Ele tinha uma pequena fazenda de gado chamada Merrigullan, em algum lugar nas áreas enormes e sem nome da Austrália Ocidental. Não via a filha havia treze anos.

Frank lhe dissera que eu era a detetive que tinha passado mais tempo no caso, a que conseguira solucioná-lo no final. O seu sotaque era tão pronunciado que levou um tempo para o meu ouvido se acostumar. Eu esperava um milhão de perguntas, mas ele não me perguntou nada, não a princípio. Ao contrário, me contou coisas: todas as coisas que eu nunca poderia ter lhe perguntado. A sua voz – grave, áspera, a voz de um homem grande – tinha um ritmo lento, com grandes pausas, como se não estivesse acostumado a conversar, mas conversou por muito tempo. Ele tinha guardado o equivalente a treze anos de palavras, à espera de que este dia viesse ao seu encontro.

Gracie tinha sido uma boa menina, contou, quando era pequena. Muito esperta, esperta o suficiente para frequentar qualquer universidade, mas não teve interesse. Caseira, disse Albert Corrigan; com oito anos, já explicava a ele que, assim que fizesse dezoito, iria se casar com um dos aprendizes das fazendas de carneiros, para que pudessem tomar conta de tudo e cuidar do pai e da mãe quando ficassem velhos.

– Gracie tinha tudo planejado – disse ele. Durante toda a narrativa, havia o que restou de um antigo sorriso em sua voz. – Me disse que daí a uns anos eu deveria começar a me lembrar disso quando contratasse alguém, ficar de olho para encontrar uma pessoa com quem ela pudesse se casar. Falou que gostava de rapazes altos e louros e não se importava que gritassem, mas não gostava dos que ficavam bêbados. Ela sempre soube o que queria, a Gracie.

Mas, quando tinha nove anos, sua mãe teve uma hemorragia durante o parto do irmão mais novo de Grace, e sangrou até morrer antes que o médico conseguisse chegar lá. – Gracie era nova demais para ouvir aquela notícia – disse ele. Eu sabia, pela sua voz muito mais baixa, que ele tinha pensado nisso um milhão de vezes, formando um longo sulco em sua mente. – Percebi assim que lhe contei. O seu olhar: ela era nova demais para ouvir aquilo. Ficou muito abalada. Se fosse pelo menos uns dois ou três anos mais velha, talvez tivesse ficado bem. Mas daí em diante ela mudou. Nada muito específico. Continuou a ser uma ótima menina, fazia o dever de casa e tudo o mais, nunca foi de responder mal. Assumiu as tarefas da casa; aquele tiquinho de gente fazendo ensopado para o jantar como tinha visto a mãe fazer, num fogão maior do que ela. Mas eu nunca mais soube o que se passava na sua cabeça.

Nos intervalos a estática roncava no meu ouvido, um som longo e baixo semelhante ao de uma concha. Bem que eu gostaria de saber mais sobre a Austrália. Pensei em terra vermelha e no sol que agredia como um grito, em plantas retorcidas e tão teimosas que conseguiam tirar vida do nada, em espaços que poderiam tontear, engolir uma pessoa por inteiro.

Grace tinha dez anos quando fugiu pela primeira vez. Foi encontrada em poucas horas, com sede e chorando furiosa na beira da estrada, mas tentou de novo no ano seguinte, e no outro. Cada vez chegava um pouco mais longe. Entre uma fuga e outra jamais mencionava o fato, olhava-o sem expressão quando ele tentava abordar o assunto. O pai nunca sabia em qual manhã iria acordar e descobrir que ela havia partido. Ele colocou cobertores na cama no verão e ficou sem cobertores no inverno, tudo para o sono ficar tão leve que ele acordasse com o barulhinho da porta.

— Ela conseguiu quando tinha dezesseis anos — continuou ele, e eu o ouvi engolir em seco. — Pegou trezentos dólares que eu tinha debaixo do colchão e um Land Rover da fazenda, furou os pneus de todos os outros carros para nos atrasar. Quando conseguimos sair atrás, ela já tinha chegado à cidade, deixado o Land Rover no posto de gasolina e pegado uma carona com um caminhoneiro que ia na direção leste. Os policiais disseram que fariam o possível, mas se ela não quisesse ser encontrada... É um país muito grande.

Ele não tivera notícias durante quatro meses enquanto sonhava com ela jogada na beira de alguma estrada, comida até os ossos por cães selvagens sob uma enorme lua vermelha. E aí, um dia antes do seu aniversário, ele recebera um cartão.

— Espere um pouco — falou. Ruídos, uma batida; um cachorro latindo ao longe. — Aqui está. Diz "Querido papai, feliz aniversário. Eu estou bem. Tenho um emprego e bons amigos. Não vou voltar, mas queria dar um oi. Beijos, Grace. P.S. Não se preocupe, não sou uma profissional." — Ele riu, aquele pequeno sopro áspero de novo. — Não é uma coisa? Ela estava certa, sabia, eu andava preocupado mesmo, uma moça bonita sem qualificação nenhuma... Mas ela não se daria ao trabalho de dizer isso se não fosse verdade. Não a Gracie.

O selo do correio era de Sydney. Ele tinha largado tudo, dirigido até o aeroporto mais próximo e pegado o avião do correio que ia na direção leste para colocar cartazes toscos, feitos de fotocópias, nos postes, VOCÊ VIU ESTA GAROTA? Ninguém tinha telefonado. O cartão do ano seguinte chegara da Nova Zelândia: "Querido papai, feliz aniversário. Por favor, pare de me procurar. Tive que me mudar porque vi um cartaz meu. EU ESTOU BEM, portanto pare com isso. Beijos, Grace. P.S. Na verdade eu não moro em Wellington, só vim aqui para colocar este cartão no correio, por isso nem se dê ao trabalho."

Ele não tinha passaporte, nem sabia como fazer para conseguir um. Faltavam poucas semanas para Grace completar dezoito anos, e os policiais de Wellington observaram, com muita razão, que não podiam fazer nada quando um adulto sadio decidia sair de casa. Chegaram mais dois cartões de lá, dizendo que Grace tinha um cachorro e uma guitarra, e depois, em 1996, um de San Francisco.

— Ela afinal conseguiu chegar à América — disse ele. — Só Deus sabe como foi parar lá. Acho que Gracie nunca deixou que nada atrapalhasse os seus planos. — Ela gostou da cidade, pegava o bonde para ir trabalhar, e o amigo com quem dividia o apartamento era um escultor que estava lhe dando aulas de cerâmica, mas no ano seguinte Grace estava na Carolina do Norte, sem nenhuma explicação. Quatro cartões de lá, um de Liverpool com uma foto dos Beatles, depois os três de Dublin.

– O seu aniversário estava marcado na agenda de Grace – contei. – Sei que ela teria lhe mandado um cartão este ano também.

– É – disse ele. – Provavelmente teria. – Em algum lugar ao fundo, algo, um pássaro, soltou um grito alto e tolo. Imaginei-o sentado numa velha varanda de madeira, milhares de milhas de terra agreste se espalhando ao seu redor, com as suas próprias regras puras e implacáveis.

Houve um longo silêncio. Percebi que tinha deslizado a minha mão livre, com elegância, para dentro do pescoço da blusa, para tocar no anel de Sam. Até a Operação Espelho estar oficialmente concluída e podermos dizer às pessoas, sem provocar um aneurisma coletivo na Corregedoria, eu o usava numa fina corrente de ouro que pertencera à minha mãe. Ficava pendurado entre os meus seios, mais ou menos no mesmo lugar onde tinha ficado o microfone. Mesmo em dias frios, eu sentia o anel mais quente do que a minha pele.

– Que tipo de pessoa ela se tornou? – perguntou ele afinal. – Como ela era?

Sua voz estava mais baixa, com um quê de rispidez. Ele precisava saber. Pensei em May-Ruth levando uma planta para os pais do noivo, em Lexie jogando morangos em Daniel e rindo, em Lexie enfiando aquela cigarreira na relva alta, e não tinha a menor noção do que responder.

– Ela continuou esperta – disse a ele. – Fazia pós-graduação em inglês. Continuava a não deixar que nada atrapalhasse os seus planos. Seus amigos a adoravam, e ela os adorava. Eram felizes juntos. – Apesar de tudo que os cinco tinham feito uns com os outros no final, eu acreditava naquilo. Ainda acredito.

– Essa era a minha menina – disse ele, distraído. – Essa era a minha menina...

Ele estava pensando em coisas que eu não tinha como saber. Depois de uma pausa, respirou rapidamente, saindo do seu sonho.

– Mas um deles a matou, não foi ele?

Tinha demorado muito a perguntar.

– Sim – confirmei –, ele a matou. Se servir de consolo, ele não teve intenção. Não foi planejado nem nada. Apenas tiveram uma discussão. Por acaso ele tinha uma faca na mão, porque estava lavando a louça, e perdeu a cabeça.

– Ela sofreu?

– Não. Não, sr. Corrigan. O médico-legista diz que a única coisa que ela teria sentido antes de ficar inconsciente seria falta de ar e o coração batendo rápido, como se tivesse corrido muito. – "Foi tranquilo", eu quase falei; mas aquelas mãos...

Ele ficou calado por tanto tempo que cheguei a me perguntar se a ligação tinha caído ou se ele tinha se afastado, apenas soltado o telefone e saído do aposento; se estava debruçado numa balaustrada em algum lugar, respirando fundo o ar noturno frio e selvagem. As pessoas começavam a voltar do almoço: passos subindo as escadas, alguém no corredor reclamando da papelada, o riso alto e agressivo de Maher. "Depressa", eu queria dizer, "não temos muito tempo."

Finalmente ele deu um suspiro, lento e comprido.

— Sabe do que me lembro? — perguntou. — Da noite anterior à sua última fuga. Estávamos sentados na varanda, depois do jantar, Gracie tomava golinhos da minha cerveja. Estava muito bonita. Mais do que nunca, parecida com a mãe: calma, pelo menos naquele dia. Sorrindo para mim. Pensei que isso queria dizer... bem, pensei que ela por fim tivesse sossegado. Talvez estivesse gostando de algum dos aprendizes; era o que aparentava, estava com aquela expressão que têm as garotas quando se apaixonam. Pensei: "É a nossa menina, Rachel. Não é linda? Ela acabou dando certo, no final das contas."

Suas palavras fizeram coisas estranhas esvoaçarem pela minha cabeça, frágeis como mariposas em círculos. Frank não lhe contara: não sobre o trabalho de agente infiltrada, não sobre mim.

— E deu mesmo, sr. Corrigan — falei. — Do seu jeito, deu.

— Pode ser — continuou ele. — É o que parece. Eu só gostaria... — Em algum lugar, aquele pássaro gritou novamente, um alarme longo e triste, desaparecendo aos poucos. — O que estou dizendo é que acho que você está certa: aquele rapaz não teve intenção de matá-la. Acho que tinha que acontecer, de um jeito ou de outro. Ela não foi feita para este mundo. Fugia dele desde que tinha nove anos.

Maher entrou na sala fazendo barulho, berrou alguma coisa para mim, jogou uma grossa fatia de um bolo grudento em cima da mesa e começou a atacá-la. Ouvi a estática ecoando no meu ouvido e pensei nas manadas de cavalos nas vastas regiões selvagens da América e da Austrália, aqueles que correm livres, lutando para afastar linces ou cães selvagens, comendo o que conseguem encontrar, numa massa confusa e dourada sob o sol intenso. O meu amigo de infância Alan trabalhou numa fazenda em Wyoming, durante um verão, com um visto J1. Ele presenciou os caras domando aqueles cavalos. E me contou que, de vez em quando, aparecia um tão selvagem que eles não conseguiam domar. Esses cavalos lutavam contra as rédeas e a cerca até ficarem feridos e sangrando, até que as pernas ou o pescoço se quebrassem em pedaços, até morrerem lutando para fugir.

* * *

No fim das contas, Frank estava certo: a Operação Espelho acabou bem para todos nós, ou pelo menos ninguém foi demitido nem preso, o que, acredito, provavelmente combina com o conceito de "bem" de Frank. Ele perdeu três dias de férias e na sua ficha funcional consta uma repreensão, oficialmente por perder o controle da investigação – com uma trapalhada daquele tamanho, a Corregedoria precisava que alguém fosse punido, e tive a impressão de que eles ficaram encantados em deixar que fosse Frank. A mídia tentou provocar um escândalo a respeito da brutalidade policial, mas ninguém dava entrevistas – o máximo que conseguiram foi uma foto de Rafe mostrando o dedo do meio para um fotógrafo; apareceu num tabloide, a imagem com a devida distorção moralista para proteger as crianças. Compareci às sessões obrigatórias com o psicólogo, que adorou me ver de novo; relatei-lhe um punhado de leves sintomas de trauma, fiz com que desaparecessem milagrosamente após algumas semanas sob os seus excelentes cuidados profissionais, tive alta e tratei da Operação Espelho à minha moda, em particular.

Depois que descobrimos onde tinham sido postados aqueles cartões, foi fácil seguir o rastro dela. Não havia necessidade de termos esse trabalho – o que ela tivesse feito antes de chegar à nossa área e ser assassinada não era problema nosso –, mas mesmo assim Frank fez questão. Ele me mandou o arquivo, com o carimbo de ENCERRADO, sem nenhum bilhete.

Não descobriram nada sobre ela em Sydney – o mais próximo que chegaram foi um surfista que pensou tê-la visto vendendo sorvete na praia de Manley e tinha a impressão de que se chamava Hazel, só que ele estava muito inseguro e era imbecil demais para ser uma testemunha confiável –, mas na Nova Zelândia ela fora Naomi Ballantine, a recepcionista mais eficiente no cadastro de uma agência de serviços temporários, até que um cliente satisfeito começou a pressioná-la para que trabalhasse como funcionária permanente. Em San Francisco foi uma hippie chamada Alanna Goldman, que trabalhava numa loja de artigos de praia e passava muito tempo fumando maconha em volta da fogueira de acampamentos; fotos de amigos mostravam cabelos cacheados até a cintura, voando ao vento marinho, pés descalços, colares de conchas e pernas bronzeadas em shorts jeans. Em Liverpool, ela foi Mags Mackenzie, uma promissora estilista de chapéus, que servia bebidas num bar moderninho de segunda a sexta e vendia seus chapéus numa barraca de feira nos fins de semana; na foto, usava um chapéu de abas largas de veludo vermelho formando pregas, com um pompom de renda e seda antiga caindo por cima da orelha, e estava rindo. As amigas que moravam com ela – um bando de garotas animadíssimas que gostavam de sair à noite e exerciam atividades mais ou menos semelhantes, moda, *backing vocals*, algo chamado de "arte urbana" – contaram que duas semanas antes de sumir ela havia recebido uma proposta para ser contratada como estilista de uma butique da moda. Não se preocuparam muito quando acordaram e viram que tinha partido. Mags ficaria bem, disseram; sempre ficava.

A carta de Chad estava presa com um clipe a uma foto apagada dos dois em frente a um lago, num dia com ondas de calor. Ela usava uma trança comprida e uma camiseta grande demais, e mostrava um sorriso tímido, com a cabeça tentando se esconder da câmera; Chad era alto, bronzeado e magrelo, com um topete louro meio caído. Ele estava com o braço em volta dela e a olhava como se não acreditasse na sorte que tinha. "Eu só gostaria que tivesse me dado uma chance de ir com você", dizia a carta, "só uma chance, May. Eu teria ido para qualquer lugar. Fosse o que fosse que você queria, eu espero de coração que agora tenha encontrado. Só gostaria de saber o que era e por que não era eu."

Tirei cópia das fotos e dos depoimentos e mandei o arquivo de volta para Frank com um Post-it dizendo "Obrigada". Na tarde seguinte saí cedo do trabalho e fui visitar Abby.

O seu novo endereço estava no arquivo: ela estava morando em Ranelagh, Central de Estudantes, num prédio em mau estado, com ervas daninhas no canteiro da frente e campainhas demais ao lado da porta. Fiquei na calçada, recostada na grade. Eram cinco horas, em breve ela estaria voltando para casa – é difícil se livrar da rotina – e eu queria que ela me visse de longe, para ficar preparada antes de chegar onde eu estava.

Esperei cerca de meia hora até que ela apareceu na esquina, usando o seu comprido casaco cinza e carregando duas sacolas de supermercado. Estava longe demais para ver o seu rosto, mas eu conhecia bem aquele andar rápido, preciso. Notei o segundo exato em que ela me viu, o movimento desajeitado para trás, o aperto das mãos quando as sacolas quase caíram; a longa pausa, depois que ela percebeu, quando ficou no meio da calçada decidindo se dava meia-volta e ia para outro lugar, qualquer lugar; o levantar de ombros enquanto respirava fundo e recomeçava a andar na minha direção. Lembrei-me daquela primeira manhã, em volta da mesa da cozinha: como eu havia pensado que, se as coisas fossem diferentes, nós duas poderíamos ser amigas.

Ela parou no portão e ficou quieta, examinando cada detalhe do meu rosto, com deliberação e ousadia.

– Eu deveria te encher de porrada – disse, por fim.

Não achei que ela conseguiria. Tinha perdido muito peso e o seu cabelo estava preso num coque que fazia o rosto parecer mais magro ainda, mas não era só isso. Alguma coisa tinha desaparecido da sua pele: luminosidade, elasticidade. Pela primeira vez, vi num relance como ela seria depois de velha, empinada, sarcástica e rija, com olhos cansados.

– Você teria todo o direito – falei.

– O que você quer?

– Cinco minutos – pedi. – Descobrimos algumas informações sobre Lexie. Achei que poderia querer saber. Talvez... Não sei. Pode ser que ajude.

Um garoto desengonçado, com botas Dr. Martens e um iPod, passou ligeiro por nós, entrou na casa e bateu a porta com força.

– Posso entrar? – perguntei. – Se preferir que eu não entre, podemos ficar aqui fora. Só cinco minutos.

– Como é mesmo o seu nome? Eles nos disseram, mas eu esqueci.

– Cassie Maddox.

– Detetive Cassie Maddox – disse Abby. Instantes depois ela escorregou uma das sacolas para o pulso e pegou as chaves. – Tudo bem. Pode entrar. Mas, quando eu disser para você sair, você sai. – Fiz que sim.

Seu apartamento tinha um único cômodo, nos fundos do primeiro andar, era menor do que o meu e mais vazio: uma cama de solteiro, uma poltrona, uma lareira fechada com tábuas, uma minigeladeira, uma mesa e cadeira bem pequenas perto da janela; nenhuma porta que desse para uma cozinha ou um banheiro, nada nas paredes, nenhum bibelô na prateleira acima da lareira. Lá fora a temperatura da tarde era agradável, porém no apartamento o ar era frio como água. Havia leves manchas de umidade no teto, mas cada centímetro do lugar estava bem limpo e uma grande janela de guilhotina se abria para o lado oeste, dando ao quarto um longo brilho melancólico. Pensei no seu quarto na Casa dos Espinheiros-Brancos, aquele ninho tão rico de enfeites.

Abby jogou as sacolas no chão, tirou o casaco e o pendurou atrás da porta. As sacolas tinham deixado sulcos vermelhos nos seus pulsos, como marcas de algemas.

– Não é tão ruim quanto você pensa – disse em tom de desafio, porém com um laivo de cansaço. – O apartamento tem um banheiro. Mas fica no patamar da escada, o que se pode fazer?

– Não acho que seja ruim – disse, o que de fato não deixava de ser verdade; já morei em lugares piores. – É que eu esperava... Pensei que você fosse receber algum dinheiro do seguro, alguma coisa. Da casa.

Abby apertou os lábios por um segundo.

– Não tínhamos seguro – disse. – Sempre achamos que se a casa tinha durado tanto tempo, era melhor usar o dinheiro para consertá-la. Bobos que fomos. – Ela abriu o que parecia ser um guarda-roupa; dentro havia uma pia mínima, um fogão de duas bocas e dois armários. – Então vendemos a casa.

Para Ned. Não tínhamos muita opção. Ele venceu, ou então Lexie venceu, ou a sua turma, ou o cara que botou fogo, não sei. Enfim, outra pessoa venceu.

– Então por que morar aqui – perguntei – se você não gosta?

Abby deu de ombros. Estava de costas para mim, guardando as compras nos armários: feijão enlatado, tomates em conserva, um saco de sucrilhos sem marca; suas omoplatas, pontudas sob o fino pulôver cinza, pareciam delicadas como as de uma criança.

– Foi o primeiro apartamento que vi. Precisava de um local para morar. Depois que a sua turma nos deixou sair, o pessoal de Apoio às Vítimas nos levou para um lugar horrível tipo cama e café da manhã em Summerhill; não tínhamos dinheiro nenhum, colocávamos quase tudo na caixinha, como você sabe, obviamente, e foi tudo queimado. A proprietária nos fazia sair às dez da manhã e voltar às dez da noite, eu passava o dia todo na biblioteca olhando para o vazio e a noite toda sozinha no meu quarto, já que nós três de fato não estávamos nos falando... Saí de lá assim que pude. Agora que vendemos a casa, o mais lógico seria usar a minha parte para dar entrada num apartamento, mas para isso precisaria ter um emprego para pagar a hipoteca, e até terminar o doutorado... Essa droga desse negócio todo parece complicado demais. Atualmente estou com dificuldade de tomar decisões. Se eu esperar tempo suficiente, o aluguel vai comer o dinheiro todo e não haverá mais o que decidir.

– Ainda está na Trinity? – Eu tinha vontade de gritar. Esta estranha conversa, tensa e cautelosa, quando eu já tinha dançado enquanto ela cantava, já tínhamos nos sentado na minha cama comendo biscoitos de chocolate e trocando histórias do pior beijo; isso era mais do que eu merecia e eu não conseguia quebrar o gelo e me aproximar dela.

– Já que comecei, é melhor terminar.

– E Rafe e Justin, como estão?

Abby bateu as portas dos armários e passou as mãos pelo cabelo, aquele gesto que eu já vira mil vezes.

– Não sei o que fazer com você – disse ela, de repente. – Me faz uma pergunta dessas, e, ao mesmo tempo que quero contar tudo em detalhes, também quero acabar com você por nos fazer passar por tudo isso quando supostamente éramos os seus melhores amigos, e também quero dizer para você cuidar da merda da sua vida, tira, e não ousar nem mencionar o nome deles. Não consigo... não sei como conversar com você. Não sei como *olhar* para você. O que você *quer*?

Ela estava a dois segundos de me expulsar.

– Trouxe isto – falei rapidamente, pegando o bolo de fotocópias na minha mochila. – Você sabe que Lexie usava um nome falso, não sabe?

Abby cruzou os braços na altura da cintura e ficou me observando, desconfiada e com o semblante inexpressivo.

– Um dos seus amigos nos contou. Como é o nome dele, que ficou nos atormentando desde o começo. O cara louro e parrudo, com sotaque de Galway?

– Sam O'Neill – falei. Eu agora usava o anel no dedo; as brincadeiras, que variaram de afetuosas a ferinas, tinham mais ou menos cessado; a equipe de Homicídios até nos deu um tipo de salva de prata inexplicável como presente de noivado. Mas não havia motivo para ela ligar uma coisa à outra.

– Ele mesmo. Acho que esperava que o choque soltasse nossa língua. E daí?

– Nós a rastreamos – continuei, estendendo as fotocópias.

Abby as pegou e correu a unha do polegar pelas páginas num movimento rápido; pensei naquele jeito hábil e natural de embaralhar as cartas.

– O que é isso tudo?

– Lugares onde ela morou. Outras identidades que usou. Fotos. Depoimentos. – Ela continuava a me olhar daquele jeito categórico e final como um tapa no rosto. – Achei que a escolha deveria ser sua. Deveria ter a oportunidade de guardar isso se quiser.

Abby jogou a papelada na mesa e voltou às sacolas de compras, guardando coisas na geladeira minúscula: uma caixa de leite, um potinho plástico de alguma coisa parecida com musse de chocolate.

– Não quero. Já sei de tudo que preciso saber sobre Lexie.

– Achei que ajudaria a explicar algumas coisas. Por que ela fez o que fez. Pode ser que você não queira saber, mas...

Ela se levantou de repente, deixando a porta da geladeira balançar solta.

– O que é que você sabe sobre isso? Nem chegou a *conhecer* Lexie. Não me importa porra nenhuma se ela usava um nome falso, se foi uma dezena de pessoas diferentes em dezenas de lugares diferentes. Nada disso tem importância. Eu *conhecia* Lexie. Eu *morava* com ela. Isso não era falso. Você é igual ao pai de Rafe, aquela merda toda sobre o mundo real... *Aquilo era o mundo real*. Era muito mais real do que *isto aqui*. – E esticou o queixo, furiosa, para mostrar o quarto à nossa volta.

– Não é isso que estou dizendo – falei. – É que acredito que ela nunca quis magoar você, nenhum de vocês. Não era isso.

Daí a pouco ela soltou o ar e suas costas se vergaram.

– Foi o que você disse naquele dia. Que você, ela, simplesmente entrou em pânico. Por causa do bebê.

– Eu acreditei nisso – falei. – Ainda acredito.

— É — concordou Abby. — Eu também. Só por isso deixei você entrar. — Ela empurrou algo com mais firmeza numa das prateleiras da geladeira, fechou a porta.

— Rafe e Justin — falei. — Eles gostariam de ver isso?

Abby fez uma bola com as sacolas plásticas e enfiou-as dentro de outra sacola pendurada na cadeira.

— Rafe está em Londres — disse. — Ele viajou assim que a sua turma nos deu permissão para viajar. O pai lhe arranjou um emprego, não sei o que, exatamente; algo a ver com finanças. Ele não tem nenhuma qualificação para isso e provavelmente vai se sair muito mal, mas não vai ser demitido, pelo menos não enquanto o papai estiver vivo.

— Ai, meu Deus — exclamei, sem conseguir me conter. — Ele deve estar muito infeliz.

Ela deu de ombros e me lançou um olhar rápido e insondável.

— Não nos falamos muito. Liguei para ele algumas vezes, sobre a venda da casa; não que ele se importe, só me diz para fazer o que eu quiser e mandar os papéis para ele assinar, mas eu tenho que perguntar. Liguei à tardinha, e quase sempre parecia que ele estava num pub chique ou num clube noturno: música alta, gente gritando. Eles o chamam de "Raffy". Estava sempre meio bêbado, o que para você não deve ser nenhuma novidade, mas não, ele não parecia infeliz. Se é que isso ajuda você a se sentir melhor.

Rafe à luz da lua, sorrindo, me olhando de lado; seus dedos quentes no meu rosto. Rafe com Lexie, em algum lugar... eu ainda tinha dúvidas sobre aquele recanto no jardim.

— E Justin?

— Voltou para o Norte. Tentou continuar na Trinity, mas não aguentou; não apenas os olhares e cochichos, embora isso fosse bem ruim, mas... nada será do mesmo jeito. Duas ou três vezes ouvi o seu choro na mesa da biblioteca. Um dia tentou entrar na biblioteca e não conseguiu; teve um ataque de pânico, bem no prédio de Artes, na frente de todo mundo. Tiveram que levá-lo numa ambulância. Nunca mais voltou.

Ela pegou uma moeda numa pilha arrumadinha em cima da geladeira e colocou no contador de eletricidade, girou a manivela.

— Liguei para ele duas ou três vezes. Está lecionando inglês numa escola de meninos, substituindo uma professora em licença-maternidade. Diz que os alunos são monstrinhos mimados e escrevem "O sr. Mannering é gay" no quadro quase todas as manhãs, mas pelo menos é tranquilo, fica na área rural, e os outros professores o deixam em paz. Duvido que ele ou Rafe queiram esse troço. — Ela fez um movimento de cabeça em direção à mesa. — E não vou perguntar. Se quiser falar com eles, faça o seu próprio trabalho sujo. Vou logo avisando que acho que não ficarão muito satisfeitos de falar com você.

— Não os culpo. — Andei até a mesa, ajeitei o monte de papéis. Sob a janela, o jardim dos fundos estava maltratado, cheio de sacos de papel colorido e garrafas vazias.

Abby falou atrás de mim, sem nenhuma inflexão na voz:

— Sabe, nós sempre vamos odiar você.

Não me virei. Gostando ou não da ideia, o fato é que neste quarto pequeno, o meu rosto ainda era uma arma, uma lâmina aberta entre nós duas; era mais fácil para ela falar quando não dava para vê-lo.

— Eu sei – falei.

— Se está procurando algum tipo de absolvição, este é o lugar errado.

— Não estou. Esses papéis são só o que tenho a oferecer, por isso achei que tinha que tentar. Devo isso a você.

Daí a um segundo, ouvi o suspiro dela.

— Não é que a gente pense que foi tudo culpa sua. Não somos bobos. Mesmo antes de você chegar... — Um movimento: ela mudou de posição, ajeitou o cabelo, alguma coisa. — Daniel acreditou, até o fim, que ainda podíamos consertar as coisas; que ainda havia alguma maneira de ficar tudo bem de novo. Eu não. Mesmo que Lexie tivesse sobrevivido... Acho que, quando os seus amigos apareceram à nossa porta, já era tarde demais. Muita coisa tinha mudado.

— Você e Daniel – falei. – Rafe e Justin.

Mais um movimento.

— Imagino que era óbvio mesmo. Aquela noite, a noite em que Lexie morreu... não teríamos aguentado se não fosse assim. E não deveria ter sido tão importante. Várias coisas tinham acontecido antes, aqui e ali ao longo do tempo; ninguém se importava. Mas naquela noite...

Ouvi quando ela engoliu em seco.

— Antes, mantínhamos um equilíbrio, sabe? Todo mundo sabia que Justin era apaixonado por Rafe, mas aquilo era só parte do contexto. Nem percebi que eu... Pode me chamar de tola, mas é verdade; achava apenas que Daniel era o meu melhor amigo. Imagino que poderíamos ter continuado assim, talvez para sempre... ou talvez não. Mas aquela noite foi diferente. No momento em que Daniel disse "Ela está morta", as coisas mudaram. Tudo ficou mais claro, claro demais para suportar, como se uma luz enorme tivesse sido acesa e nunca mais pudéssemos fechar os olhos, nem por um segundo. Você me entende?

— Entendo. Entendo, sim.

— Depois daquilo, mesmo que Lexie tivesse voltado para casa, afinal, não sei se nós...

Sua voz foi sumindo. Eu me virei e vi que ela estava me observando, mais próxima do que eu tinha pensado.

— Você não fala como ela — continuou Abby. — Nem mesmo os seus movimentos são iguais. Você tem alguma coisa parecida com ela?

— Tínhamos algumas coisas em comum — falei. — Não tudo.

Abby fez que sim com a cabeça. Daí a instantes, disse:

— Agora eu gostaria que você fosse embora.

Minha mão estava na maçaneta da porta quando ela falou, subitamente e quase sem querer:

— Quer saber de uma coisa estranha?

Estava escurecendo; parecia que o rosto dela ia se apagando na penumbra do quarto.

— Uma das vezes que liguei para Rafe ele não estava naquele tal clube; estava em casa, na varanda do seu apartamento. Conversamos um pouco. Eu falei alguma coisa sobre Lexie, que ainda sinto falta dela, embora... apesar de tudo. Rafe fez um comentário superficial sobre estar se divertindo demais para sentir falta de alguém; mas antes do comentário, antes que ele respondesse, houve uma pequena pausa. De perplexidade. Como se ele tivesse demorado um segundo para se lembrar de quem eu estava falando. Eu conheço Rafe, e juro por Deus que ele quase perguntou: "Quem?"

No andar de cima, meio abafado pelo teto, um telefone começou a tocar "Baby Got Back" e ouvimos as passadas de alguém indo atender.

— Ele estava bastante bêbado — disse Abby. — Como já contei. Mesmo assim... não paro de me perguntar. Se estamos nos esquecendo uns dos outros. Se, daqui a um ou dois anos, teremos sumido completamente das mentes uns dos outros; apagados, como se nunca tivéssemos nos conhecido. Se poderíamos nos cruzar na rua, a centímetros de distância, e nem pestanejar.

— Nada de passado — lembrei.

— Nada de passado. Às vezes — respiração rápida — não consigo visualizar seus rostos. Rafe e Justin, dá para suportar; mas Lexie. E Daniel.

Vi sua cabeça se virar, seu perfil na janela: o nariz pequeno, uma mecha de cabelo fora do lugar.

— Eu o amava, sabe — disse ela. — Eu o teria amado tanto quanto ele permitisse, para o resto da vida.

— Eu sei — falei. Gostaria de lhe dizer que para ser amado também é preciso um certo talento, que é preciso tanta coragem e tanto trabalho quanto para amar; que algumas pessoas, por diversas razões, nunca pegam o jeito. Em vez disso, voltei a tirar as fotocópias da bolsa e folheei-as, praticamente encostadas no meu nariz, até que encontrei a cópia colorida daquela foto com a faixa no canto: os cinco, sorrindo em meio à neve que caía e ao silêncio, em frente à Casa dos Espinheiros-Brancos. — Tome — falei, e estendi a foto para Abby.

Sua mão, pálida na quase escuridão, pegando a foto. Ela foi até a janela, inclinou a folha para pegar o resto de luz.

— Obrigada — agradeceu em seguida. — Esta eu vou guardar. — Ela continuava lá, olhando a foto, quando fechei a porta.

Depois disso, tive esperança de que sonharia com Lexie, pelo menos de vez em quando. Ela está se apagando da mente dos outros, dia após dia; logo sumirá para sempre, será apenas campânulas e um pilriteiro, num chalé em ruínas onde ninguém vai. Achei que lhe devia os meus sonhos. Mas ela nunca apareceu. O que quer que desejasse de mim, devo ter-lhe entregado em algum ponto do caminho. A única coisa com que sonho é a casa, vazia, aberta para o sol e a poeira e a hera; arrastar de pés e sussurros, sempre à distância de uma virada; e uma de nós, ela ou eu, no espelho, rindo.

A única coisa que eu espero é que ela jamais tenha parado. Espero que quando o seu corpo não pôde mais correr ela o tenha deixado para trás como tudo o mais que tentou detê-la, que tenha acelerado fundo e partido como fogo líquido, voando pelas pistas à noite, com as duas mãos fora do volante e a cabeça jogada para trás, gritando aos céus como um lince, linhas brancas e luzes verdes ficando para trás na escuridão, os pneus a centímetros do chão e a liberdade esmagando sua espinha. Espero que cada segundo que ela poderia ter tido tenha jorrado por aquele chalé como um vento rápido: fitas e respingos de mar, um anel de casamento e a mãe de Chad chorando, rugas de sol e corridas entre arbustos selvagens vermelhos, o primeiro dente de um bebê e suas omoplatas como asinhas minúsculas em Amsterdã Toronto Dubai; flores de pilriteiro rodopiando no ar estival, o cabelo de Daniel embranquecendo sob tetos altos, chamas de velas e a doce cadência do canto de Abby. O tempo trabalha tanto a nosso favor, Daniel me disse um dia. Espero que aqueles últimos minutos tenham sido perfeitos para ela. Espero que naquela meia hora ela tenha vivido todos os seus milhões de vidas.

markgraph

Rua Aguiar Moreira, 386 - Bonsucesso
Tel.: (21) 3868-5802   Fax: (21) 2270-9656
e-mail: markgraph@domain.com.br
Rio de Janeiro - RJ